L'ASSASSIN DE GOR

Retrouvez toutes les collections J'ai lu sur notre site :

www.jailu.com

Rejoignez la communauté de Gor sur notre blog :
www.gor-leblog.net

John NORMAN

L'ASSASSIN DE GOR

Traduit de l'américain par Daniel Rouanet
Traduction révisée

J'AI LU

Titre original :
Assassin of Gor

1

Kuurus

Accroupi au sommet d'une faible colline, les deux mains sur la hampe de son javelot, les yeux fixés sur le fond de la petite vallée, Kuurus de la Caste des Assassins attendait. Le moment n'était pas encore venu.

Au loin, se dressaient les murs blancs et les tours de Ko-ro-ba, que l'on reconstruisait. Ko-ro-ba est un mot d'ancien goréen signifiant « ville de marché », mais rares étaient ceux qui connaissaient ce sens archaïque. Kuurus regarda la ville. Les Prêtres-Rois l'avaient autrefois détruite, mais on la reconstruisait. Kuurus s'en fichait. Il appartenait à la Caste des Assassins. Il avait rendez-vous à cet endroit. Au début de la huitième heure goréenne, le soleil illumina les murs blancs qui brillèrent de tout leur éclat parmi les vertes collines. Les Tours du Matin, se dit Kuurus, les Tours du Matin.

L'Assassin changea de position et reporta son attention sur la vallée où les officiants étaient presque prêts.

Les troncs avaient été préparés et disposés avec soin. Il y en avait des centaines, polis et taillés, principalement des troncs de Ka-la-na, arbre à vin de Gor au parfum doux. Ils étaient disposés les uns au-dessus des autres suivant la technique traditionnelle, suffisamment espacés pour permettre à l'air de s'engouffrer entre eux, formant une pyramide à étages solide et tronquée.

Sous le regard attentif de Kuurus, deux hommes vêtus du rouge des Guerriers placèrent le dernier tronc.

Puis les femmes libres, voilées et vêtues de Robes de Dissimulation, chargées de jarres et de boîtes métalliques, arrivèrent. Malgré la distance, Kuurus sentit les huiles parfumées, les onguents et les épices que les femmes, escaladant et parcourant lentement la pyramide, y répandirent ou versèrent sur le bois.

Au-delà du bûcher, en direction de la ville, Kuurus vit arriver la procession. Il fut étonné car, à en juger par les couleurs des vêtements de ceux qui la composaient, elle réunissait des membres de nombreuses castes, peut-être même de toutes les castes de la cité ; néanmoins, il n'y vit pas le Blanc de la Caste des Initiés. Cela surprit Kuurus car, en de telles occasions, les Initiés jouent en général un rôle de premier plan.

Il n'ignorait pas que les habitants de Ko-ro-ba avaient été dispersés aux quatre coins de Gor lorsque les Prêtres-Rois avaient détruit leur cité et qu'ils étaient revenus, lorsque les Prêtres-Rois le leur avaient permis, dans l'intention de la reconstruire, chacun apportant une pierre afin de l'ajouter aux murs. On racontait, à cette époque troublée, que la Pierre du Foyer n'avait pas disparu ; c'était la vérité. Et Kuurus lui-même, membre de la Caste des Assassins, savait qu'une cité ne peut pas mourir aussi longtemps que sa Pierre du Foyer existe. Lui qui ne tenait pourtant pas les hommes en haute estime ne pouvait pas mépriser des hommes tels que ceux-ci, les hommes de Ko-ro-ba.

La procession ne psalmodiait ni ne chantait car l'heure n'était pas à de telles manifestations ; on n'y voyait pas de branches de Ka-la-na, on n'entendait ni le sistre ni le tambour sous le soleil matinal. En de telles occasions, les Goréens ne chantent ni ne parlent. Ils se taisent car, dans ces moments-là, les mots n'ont aucun sens, ils avilissent et insultent ; dans ces moments-là, seuls le silence, les souvenirs et le feu conviennent aux Goréens.

La procession était menée par quatre Guerriers qui portaient sur leurs épaules un bâti de lances entrecroisées et liées les unes aux autres, sur lequel le corps reposait, enveloppé du cuir écarlate des tarniers.

Impassible, Kuurus regarda les quatre Guerriers déposer leur fardeau au sommet de l'énorme bûcher odorant et imprégné d'huile.

Détournant les yeux, ils retirèrent le vêtement afin d'exposer le corps à la caresse du vent et du soleil.

Kuurus nota qu'il s'agissait d'un homme imposant, vêtu du cuir des Guerriers. Il remarqua que sa chevelure était inhabituelle.

La procession et ceux qui étaient arrivés un peu plus tôt près du bûcher funéraire reculèrent alors d'une cinquantaine de mètres environ, car le bois imprégné d'huile prendrait feu rapidement et brûlerait furieusement. Trois hommes, néanmoins, ne s'éloignèrent pas : l'un d'eux portait la robe brune de l'Administrateur de la Cité, l'une des robes les plus humbles, et un long manteau à capuche ; l'autre était vêtu du Bleu de la Caste des Scribes, un homme de petite taille, presque un nain, voûté par la douleur et la tristesse ; le dernier semblait être très puissant, les épaules larges, barbu et à la longue chevelure blonde, un Guerrier ; pourtant le Guerrier lui-même paraissait terriblement ému.

Sous le regard de Kuurus, la torche fut allumée et le Guerrier la jeta, avec un sanglot, sur le monticule de bois imprégné d'huile. Le bûcher s'embrasa soudainement avec une violence telle que les trois hommes reculèrent en titubant, l'avant-bras protégeant les yeux.

Kuurus se pencha, arracha un brin d'herbe et le mâchonna sans quitter le feu des yeux. Sur son visage, malgré le soleil, on pouvait voir le reflet des flammes. Des gouttes de sueur apparurent sur son front. Il cligna les yeux à cause de la chaleur.

Les hommes et les femmes de Ko-ro-ba restèrent debout en cercle, sans parler ni bouger, pendant plus de deux ahns. Au bout d'environ une demi-ahn, le bûcher, qui dégageait toujours une chaleur et une lumière terrifiantes, s'était effondré dans un rugissement, formant un gros tas de bois imbibé d'huile flambant furieusement. Enfin, lorsque le bois ne brûla plus que par endroits, lorsqu'il ne resta plus du bûcher que des cendres et des braises, les membres d'une douzaine de castes, portant chacun une jarre de vin frais, approchèrent et versèrent le vin sur le feu pour l'éteindre. D'autres cherchèrent parmi les cendres les restes du Guerrier. Ils rassemblèrent quelques morceaux d'os et un peu de cendre grisâtre dans une pièce de tissu blanc qu'ils mirent dans une urne de verre rouge et jaune. Kuurus savait que, puisque l'homme appartenait à la Caste des Guerriers, cette urne était probablement décorée de scènes de chasse et de guerre. On donna l'urne à l'homme vêtu de la robe d'Administrateur de la Cité qui l'accepta et prit lentement, à pied, la direction de Ko-ro-ba, suivi par le puissant Guerrier blond et le petit Scribe. Les cendres, de l'avis de Kuurus, du fait même que le corps avait été enveloppé dans le cuir écarlate des tarniers, seraient éparpillées à dos de tarn, peut-être au-dessus de la lointaine Thassa, la mer.

Kuurus se leva et s'étira. Il ramassa sa courte épée dans son fourreau, son casque et son bouclier. Il se jeta le tout sur l'épaule gauche. Puis il ramassa son javelot et resta immobile, se découpant sur le ciel au sommet de la colline, vêtu de sa tunique noire.

Ceux qui avaient assisté à la cérémonie étaient repartis lentement vers la cité. Il ne restait plus qu'un homme près des cendres fumantes. Il portait une robe noire ornée d'une bande blanche devant et derrière. Kuurus comprit que cet homme, vêtu de noir, mais pas du Noir intégral de l'Assassin, était chargé de négocier avec lui. Kuurus eut un sourire amer. Il se moquait de la bande blanche. Leur tunique, se dit-il, est aussi noire que la mienne.

Quand l'homme qui se tenait près des cendres fumantes se tourna vers lui, Kuurus descendit de la colline. Le moment était venu. Il sourit intérieurement.

L'homme ne le salua pas et Kuurus ne leva pas la main, paume tournée vers l'intérieur, en disant : « Tal ! »

L'homme était étrange, de l'avis de Kuurus. Sa tête était totalement dépourvue de cheveux, même ses sourcils étaient rasés. Peut-être s'agit-il d'un Initié quelconque, se dit Kuurus.

Sans un mot, l'homme sortit vingt pièces d'or, tarnets d'Ar, pesant le double du poids normal, et les donna à Kuurus qui les glissa dans les poches de sa ceinture. Les Assassins, contrairement à la plupart des castes, n'ont pas de bourse.

Kuurus regarda avec curiosité les restes du bûcher. Seuls un ou deux morceaux de bois que le vin frais n'avait pas touchés brûlaient encore ici et là ; quelques rondins, cependant, fumaient toujours tandis que d'autres semblaient avoir conservé, en eux, le rouge du feu ; mais tous étaient simplement consumés, morts, maculés d'huile, couverts des traînées humides laissées par le vin.

— Justice doit être faite, dit l'homme.

Kuurus ne répondit pas et se contenta de le regarder. Souvent, mais pas toujours, ils parlaient de justice. Ils aiment parler de justice, se dit-il. Et de droit. Cela les met à l'aise et les rassure. Il n'y a pas de justice, se dit Kuurus. Il n'y a que l'or et l'acier.

— Qui dois-je tuer ? demanda-t-il.

— Je l'ignore, répondit l'homme.

Kuurus le regarda avec colère. Pourtant, les poches de sa ceinture contenaient bien vingt tarnets d'or pesant le double du poids. Son interlocuteur n'avait probablement pas tout dit.

— Nous ne possédons qu'un seul indice, reprit l'homme en lui donnant un carré de tissu verdâtre.

Kuurus l'examina de près.

— Il appartient à une faction, dit-il. Il me fait penser aux courses de tarns d'Ar.

— C'est exact, répondit l'homme.

Pendant les courses d'Ar, ceux qui sont favorables à une faction ou à une autre portent de tels carrés de tissu. Il y a plusieurs factions qui contrôlent les courses et s'opposent les unes aux autres : les Verts, les Rouges, les Or, les Jaunes, les Argent.

— J'irai à Ar, déclara Kuurus.

— Si tu réussis, dit l'homme, reviens et tu recevras cent pièces d'or.

Kuurus le regarda fixement.

— Si tu mens, affirma-t-il, tu mourras.

— Je le sais, confirma l'homme.

— Qui était celui qui a été tué ? demanda Kuurus. Qui faut-il que je venge ?

— Un Guerrier, répondit l'homme.

— Son nom, insista Kuurus.

— Tarl Cabot, répondit l'homme.

2

Ar

Kuurus, membre de la Caste des Assassins, entra dans Ar par la Grande Porte.

Les sentinelles ne l'arrêtèrent pas car il portait au front la marque de la dague noire.

Il y avait de nombreuses années que l'on n'avait pas vu la tunique noire des Assassins dans les murs d'Ar, en fait depuis le siège de cette cité en l'an 10110 de sa fondation, à l'époque de l'Ubar Marlenus, de Pa-Kur, Maître Assassin, et du Guerrier Korobain que les chants appelaient Tarl de Bristol.

Pendant de nombreuses années, le Noir des Assassins avait été interdit dans l'enceinte de la ville. Pa-Kur, Maître Assassin, avait pris la tête d'une coalition de cités vassales et avait attaqué Ar l'Impériale à l'époque où sa Pierre du Foyer avait disparu et son Ubar était contraint de s'enfuir. La ville était tombée et Pa-Kur, bien qu'issu des Basses Castes, avait eu la prétention de revêtir le manteau impérial de Marlenus, avant d'oser poser les yeux sur le trône de l'Empire et de passer autour de son cou le médaillon d'or de l'Ubar, acte que les traditions de l'Anti-Terre interdisent à des hommes tels que lui. L'armée de Pa-Kur avait été vaincue par une coalition de villes libres dirigée par Ko-ro-ba et Thentis et commandée par Matthew Cabot de Ko-ro-ba, père de Tarl de Bristol, et par Kazrak de Port Kar, frère d'armes de ce Guerrier. Tarl de Bristol lui-même avait vaincu Pa-Kur, Maître Assassin, au sommet battu par le vent du Cylindre de Justice d'Ar. Depuis cette époque, on n'avait pas vu le Noir des Assassins dans les rues d'Ar la Glorieuse.

Néanmoins, personne ne se mettrait en travers du chemin de Kuurus à cause de la minuscule et fine marque de la dague noire qu'il portait au front.

Tout membre de la Caste des Assassins ayant reçu son argent et accepté sa tâche appose cette marque afin de pouvoir entrer dans toutes les cités sans que personne tente d'entraver son action.

Rares sont ceux qui, ayant fait le mal ou bien, s'étant fait des ennemis riches et puissants, ne tremblent pas lorsqu'ils apprennent qu'un Assassin portant la marque de la dague noire vient d'arriver.

Kuurus s'arrêta entre les grands vantaux et regarda autour de lui.

Une femme chargée d'un panier fit un pas de côté, les yeux fixés sur lui, peu désireuse de le toucher, et serra son enfant contre elle.

Un paysan s'écarta afin que l'ombre de l'Assassin ne tombe pas sur la sienne.

Kuurus montra un fruit posé sur le plateau d'un chariot à roues de bois tiré par un petit tharlarion à cornes.

Le colporteur lui mit le fruit dans la main puis s'éloigna en hâte, sans croiser son regard.

Appuyée contre le mur de brique d'une tour proche de la porte, une jeune et mince esclave aux chevilles fines le regardait. Ses yeux exprimaient la peur. C'était probablement la première fois qu'elle voyait un membre de la Caste des Assassins. Ses longs cheveux noirs tombaient jusqu'au creux de ses reins ; ses yeux étaient noirs ; elle portait la robe d'esclave courte et dépourvue de manches, très répandue dans les cités septentrionales de Gor ; la robe était jaune et fendue jusqu'à la corde qui faisait office de ceinture ; elle portait au cou un collier assorti, émail jaune sur acier.

Ayant mordu dans le fruit dont le jus lui coulait sur le menton, Kuurus examina la fille. Elle aurait manifestement voulu s'enfuir, mais son regard la cloua sur place. Il cracha quelques graines dans la poussière de la rue. Lorsqu'il eut terminé, il envoya le cœur du fruit à ses pieds et elle le regarda avec horreur. Quand elle leva les yeux, terrifiée, elle sentit qu'une main se posait sur son bras gauche.

Il la fit pivoter et la poussa devant lui dans une rue latérale.

L'Assassin conduisit la fille dans une taverne proche de la Grande Porte, endroit bon marché et très animé, sale et malodorant, fréquenté par les étrangers et les petits Marchands. Assis autour de tables basses, les consommateurs levèrent la tête. Il y avait trois Musiciens dans un coin. Ils cessèrent de jouer. Les esclaves vêtues de Soies de Plaisir se retournèrent et s'immobilisèrent, leur cruche de Paga délicatement posée sur l'avant-bras. Même les clochettes qu'elles portaient à la cheville gauche ne tintaient pas. Pas un bol de Paga ne fut levé, pas une main ne bougea. Les hommes regardèrent fixement l'Assassin qui les dévisagea un par un. Ils pâlirent sous ce regard. Quelques-uns s'enfuirent, pas très sûrs d'eux, de peur que la marque de la dague noire que portait le nouveau venu ne leur soit destinée.

L'Assassin se tourna vers l'homme au tablier noir, un homme gras et sale vêtu d'une tunique blanc et or tachée de sueur et de Paga.

— Collier ! fit l'Assassin.

L'homme lui tendit une des nombreuses clés suspendues derrière lui à des crochets fixés au mur.

— Sept, dit-il en lançant la clé à l'Assassin.

L'Assassin s'empara de la clé et, prenant la fille par le bras, la poussa vers un mur sombre situé dans un coin de salle particulièrement bas de plafond. Elle marcha avec raideur, comme inconsciente. Ses yeux exprimaient la frayeur.

Deux autres filles étaient attachées à cet endroit, agenouillées ; elles s'écartèrent dans un tintement de chaînes.

Il força la fille brune à s'agenouiller près du collier numéro sept, le lui passa au cou et fit tourner la clé dans la serrure. Il lui laissait environ un mètre de chaîne fixée à un anneau scellé dans la pierre. Puis il la regarda. Elle leva les yeux, effrayée, et rencontra son regard. Le jaune de sa robe semblait plus sombre dans l'obscurité. De l'endroit où elle était agenouillée, elle pouvait voir les lampes à huile de tharlarion de la grande salle de la taverne, les hommes, les filles vêtues de soie qui, dans un instant, au tintement de leurs clochettes, passeraient entre eux en leur servant du Paga. Au milieu des tables, sous une grosse lampe centrale, se trouvait un carré légèrement en contrebas et plein de sable, réservé aux combats des hommes ou aux danses des filles. Au-delà de cette aire sablonneuse et des nombreuses tables se dressait un mur d'environ six mètres de haut, divisé en quatre niveaux, chacun contenant sept petites alcôves, pourvues de rideaux, à l'intérieur desquelles on accédait par une entrée ronde d'environ soixante-dix centimètres de diamètre. Sept échelles étroites d'une grosse vingtaine de centimètres de large permettaient d'accéder aux alcôves.

Elle regarda Kuurus gagner les tables et s'asseoir en tailleur près de l'une d'elles, une table proche du mur de gauche pour qu'il n'y en ait pas d'autre entre la paroi et lui.

Les consommateurs de cette table et des tables voisines se levèrent en silence et s'éloignèrent.

Kuurus avait appuyé son javelot contre le mur puis s'était débarrassé de son bouclier, de son casque et de son épée suspendue à son épaule gauche. Il avait posé sa lame à sa droite sur la table basse, mais sans la sortir du fourreau.

Sur un geste du propriétaire, une esclave, faisant tinter les clochettes qu'elle portait à la cheville gauche, se dirigea vers l'Assassin, posa un bol devant lui et l'emplit en tremblant avec la cruche qu'elle tenait sur l'avant-bras. Puis, ayant jeté un regard furtif à la fille enchaînée dans un coin de la salle, l'esclave s'éloigna en hâte.

Kuurus prit le bol de Paga à deux mains et baissa la tête, examinant et humant le liquide.

Puis, d'un air maussade, il le porta à ses lèvres et but.

Ayant reposé le bol, il s'essuya les lèvres avec l'avant-bras et regarda les Musiciens.

— Jouez ! lança-t-il.

Les trois Musiciens se penchèrent sur leurs instruments et on entendit bientôt les bruits ordinaires d'une taverne : conversations, musique barbare, ruissellement du Paga que l'on verse, tintement des bols, léger carillon des clochettes de cheville.

Il s'était à peine écoulé un quart d'ahn et les consommateurs avaient oublié, comme cela arrive fréquemment, qu'un homme en noir était assis dans la même taverne qu'eux – un homme vêtu de la tunique noire de la Caste des Assassins et qui buvait en silence. Il leur suffisait de savoir que la marque de la dague noire que celui qui buvait en leur compagnie portait au front ne leur était pas destinée, que ce n'était pas eux qu'il poursuivait.

Kuurus but, les observant, le visage impassible.

Soudain, un personnage minuscule franchit la porte de la taverne, trébucha et tomba dans l'escalier, cria. Il se releva d'un bond, semblable à un petit animal tassé sur lui-même, car il avait une grosse tête et des cheveux bruns en désordre. Il avait un œil plus grand que l'autre. Debout, même en se redressant, il ne dépassait pas la ceinture d'un individu de taille moyenne.

— Ne faites pas de mal à Hup ! cria-t-il. Ne faites pas de mal à Hup !

— C'est Hup le Fou, dit quelqu'un.

La petite créature difforme, avec sa grosse tête, se dirigea en boitant et en sautillant comme un urt à la patte cassée vers le comptoir derrière lequel se tenait l'homme à la tunique crasseuse, lequel essuyait un bol.

— Cache Hup ! s'écria la créature. Cache Hup ! Je t'en prie, cache Hup !

— Fiche-moi le camp, Hup le Fou ! répliqua l'homme en le frappant du dos de la main.

— Non ! hurla Hup. Ils veulent tuer Hup !

— Ar la Glorieuse n'a que faire des mendiants, grogna un des consommateurs.

Les haillons de Hup avaient peut-être autrefois été un costume de la Caste des Potiers, mais rien n'était moins sûr. On aurait dit que ses mains avaient été brisées. Il avait manifestement une jambe plus courte que l'autre. Hup tordit ses petites mains difformes en regardant autour de lui. Il voulut se cacher derrière un groupe de consommateurs mais ceux-ci le jetèrent dans le carré plein de sable, au milieu de la taverne. Comme un animal aux abois, il voulut se glisser sous une table basse mais ne réussit qu'à renverser du Paga car les hommes le tirèrent de dessous la table et le rouèrent de coups de poing. Gémissant et hurlant, il courut de-ci, de-là. Puis, malgré les protestations de colère du propriétaire, il escalada péniblement le comptoir et se réfugia derrière.

Tous les consommateurs, à l'exception de Kuurus, éclatèrent de rire.

Un instant plus tard, quatre hommes vigoureux et armés, une bande de soie bleue et jaune cousue en diagonale sur leurs vêtements, franchirent le seuil et pénétrèrent dans la salle.

— Où est Hup le Fou ? demanda au propriétaire leur chef, un large type auquel il manquait des dents et affublé, de surcroît, d'une cicatrice en travers de l'œil droit.

— Il faut que je le cherche, répondit l'homme avec un clin d'œil au brèche-dent qui grimaça un sourire. Non, reprit le propriétaire en inspectant avec le plus grand soin l'arrière du comptoir, Hup le Fou ne semble pas être là.

— Il nous faudra donc chercher ailleurs, répondit le chef en s'efforçant de paraître déçu.

— On dirait bien, fit le propriétaire. (Puis, après une pause cruelle, il s'écria soudain :) Non ! Attendez ! J'ai vu quelque chose !

Et, se baissant derrière le comptoir, il se saisit de la petite masse animale qu'était Hup le Fou, qui hurlait de terreur, et le jeta dans les bras du brèche-dent qui se mit à rire.

— Eh bien, s'exclama celui-ci, le voilà ! C'est bien Hup le Fou !

— Pitié, Maîtres ! gémit Hup en tentant de lui échapper.

Les trois autres mercenaires, qui avaient peut-être appartenu autrefois à la Caste des Guerriers, regardèrent en riant le petit paquet de chair larmoyante se débattre dans l'espoir de se libérer.

Nombreux étaient ceux que l'infortune du petit fou mettait en joie.

Il est vrai que Hup était réellement laid car, malgré sa petite taille, il était gros, presque obèse, et, sous sa tunique sale, peut-être celle des Potiers, on devinait une sorte d'excroissance grotesque. Il avait une jambe plus courte que l'autre ; il avait la tête trop grosse par rapport au corps et le côté gauche était enflé ; un œil était plus grand que l'autre. Ses petits pieds semblaient pris de frénésie et frappaient l'homme qui le tenait.

— Avez-vous véritablement l'intention de le tuer ? demanda un consommateur.

— Cette fois, il mourra ! répondit l'homme qui tenait Hup. Il a osé prononcer le nom de Portus et lui demander une pièce.

En général, les Goréens ne sont pas favorables à la mendicité, et certains la considèrent même comme une injure, une injure vis-à-vis d'eux-mêmes et de leur Cité. Lorsque la charité s'avère nécessaire, par exemple lorsqu'un homme est incapable de travailler ou qu'une femme se retrouve seule, la caste prend généralement les choses en main, mais c'est parfois le clan, système partiellement distinct des castes et reposant sur les liens du sang jusqu'au cinquième degré, qui s'en occupe. Celui qui se trouve, de fait, dépourvu de caste et de clan, comme c'était peut-être le cas du petit fou nommé Hup, risque fort de vivre misérablement et même brièvement. En outre, les Goréens sont très chatouilleux sur les noms, et ceux qui ont le droit de les prononcer. Certains, notamment dans les Basses Castes, vont même jusqu'à s'attribuer un nom d'emprunt et cachent leur véritable identité de peur qu'un ennemi ne s'en empare et ne s'en serve pour leur jeter un mauvais sort. De même, les esclaves ne s'adressent généralement pas aux hommes libres en les appelant par leur nom. Kuurus supposa que Portus, personnage manifestement important, avait été une fois de trop importuné par le petit fou et avait décidé de se débarrasser de lui.

L'homme qui s'était saisi de Hup, toujours sanglotant, le tenait d'une main et le frappait de l'autre ; puis il le lança à un de ses acolytes qui l'imita. La foule des consommateurs manifesta bruyamment sa joie tandis que le petit corps, semblable à celui d'un animal, était roué de coups et jeté de-ci, de-là, parfois précipité contre un mur ou sur les tables. Enfin, ensanglanté et presque incapable de gémir, Hup se tassa sur lui-même en une petite boule tremblante, la tête entre les jambes, les mains serrées autour des chevilles. Les quatre hommes, l'ayant précipité dans le carré plein de sable et encerclé, le bourraient de coups de pied.

Puis l'homme édenté saisit Hup par les cheveux et lui tira la tête en arrière afin d'exposer la gorge. Il avait à la main une lame courte, épaisse et courbe, le poignard d'Ar, que l'on utilise dans son fourreau au cours du sport qui porte son nom. Mais à cet instant, la lame n'était pas dans son fourreau.

Les yeux du minuscule Hup étaient hermétiquement fermés, son corps frémissait comme celui d'un urt prisonnier des dents d'un sleen.

— Faites ça sur le sable ! cria le propriétaire de la taverne.

Le brèche-dent rit et regarda la foule, les yeux brillants, constatant que les consommateurs attendaient avec impatience qu'il porte le premier coup.

Mais son rire mourut dans sa gorge lorsque son regard croisa celui de Kuurus, membre de la Caste des Assassins.

De la main gauche, Kuurus poussa son bol de Paga sur le côté.

Hup ouvrit les yeux, stupéfait de n'avoir pas encore senti le mouvement ample et cruel de l'acier.

Son regard rencontra celui de Kuurus, assis en tailleur au pied du mur, dans l'obscurité, le visage impassible.

— Tu mendies ? demanda Kuurus.

— Oui, Maître, répondit Hup.

— As-tu fait une bonne journée ? s'enquit Kuurus.

Hup fixait sur lui un regard effrayé.

— Oui, Maître, dit-il. Oui !

— Alors, tu as de l'argent, reprit Kuurus qui se leva et se passa sur l'épaule le baudrier de sa courte épée.

Frénétiquement, Hup enfouit une petite main courte et noueuse dans sa bourse et jeta une pièce, un tarnet de cuivre, à Kuurus qui s'en saisit et le glissa dans une poche de sa ceinture.

— Ne te mêle pas de cela ! le prévint l'homme au poignard courbe.

— Nous sommes quatre ! menaça un autre en portant la main à son épée.

— J'ai accepté l'argent, répondit Kuurus.

Les consommateurs et les serveuses s'éloignèrent des tables.

— Nous sommes des Guerriers ! souligna un autre.

Une pièce d'or, tintant sur le bois de la table, tomba juste devant l'Assassin.

Tous les regards se tournèrent vers un homme corpulent, vêtu d'une robe de soie jaune et bleue.

— Je m'appelle Portus, déclara-t-il. Ne te mêle pas de cela, Assassin.

Kuurus ramassa la pièce, la tripota puis regarda Portus et la reposa.

— J'ai déjà accepté l'argent, lâcha-t-il.

Portus en eut le souffle coupé.

Les quatre Guerriers se dressèrent. Cinq lames jaillirent des fourreaux dans le même bruit. Hup quitta, à quatre pattes et sans cesser de gémir, le carré plein de sable.

Le premier Guerrier se jeta sur l'Assassin, mais dans l'obscurité du coin retiré de la salle où il se tenait, dans la faible lumière des lampes à huile de tharlarion, on ne vit pas distinctement ce qui se passa. Personne n'entendit le choc de l'acier mais tout le monde vit le corps de l'homme édenté s'abattre en tournoyant sur une table. La silhouette sombre de l'Assassin parut se mouvoir comme une ombre rapide dans la salle ; les trois Guerriers se jetèrent sur lui sans parvenir à l'atteindre et un autre homme, sans même qu'on ait vu briller l'acier, tomba à genoux et s'abattit sur le sable du carré ; les deux autres frappèrent également, mais leurs lames ne rencontrèrent même pas celle de l'Assassin qui ne paraissait pas daigner croiser le fer avec eux ; sans un bruit, une expression de surprise sur le visage, un troisième homme tournoya sous l'impact de la lame de l'Assassin, fit deux pas et tomba ; le quatrième se fendit mais ne toucha pas l'ombre qui parut se jeter sur le côté, et l'homme n'était pas encore tombé que l'ombre avait remis son épée au fourreau. Alors l'Assassin ramassa la pièce d'or et examina le visage stupéfait, couvert de sueur, de Portus. Puis il lança la pièce à Hup le Fou.

— Un cadeau pour Hup le Fou, dit l'Assassin, de la part de Portus, qui est généreux.

Hup s'empara de la pièce d'or et sortit précipitamment de la salle, tel un urt franchissant en courant la porte ouverte d'un piège.

Kuurus regagna sa table et reprit sa place. Il reposa son épée à sa droite. Il leva son bol et but.

Kuurus n'avait pas terminé son Paga qu'il perçut une présence à ses côtés. Il posa la main droite sur le pommeau de sa courte épée.

C'était Portus, corpulent, ventru, vêtu de soie jaune et bleue. Il s'approcha avec prudence, les mains ouvertes et éloignées du corps, avec un sourire engageant.

Il s'assit, le souffle court, en face de Kuurus, et posa délibérément les mains sur ses genoux.

Kuurus ne dit rien et le dévisagea.

L'homme sourit, mais Kuurus ne sourit pas.

— Bienvenue, Tueur, dit l'homme, donnant à l'Assassin un titre qui, pour ceux de sa caste, était une marque de respect.

Kuurus ne bougea pas.

— Je vois que tu portes au front la marque de la dague noire, reprit l'homme.

Kuurus l'examina, chair molle sous la robe de soie jaune et bleue. Il remarqua que le vêtement faisait un pli sur l'avant-bras droit de l'homme.

La courte épée jaillit de son fourreau.

— Je dois me protéger, dit l'homme avec un sourire d'excuse tandis que la lame de Kuurus glissait sous la manche et coupait la soie, exposant un fourreau fixé à l'avant-bras.

Sans quitter l'homme des yeux, Kuurus coupa les liens qui fixaient le fourreau à l'avant-bras de Portus puis, d'un bref mouvement de sa lame, envoya le fourreau et la dague qu'il contenait à quelque distance.

— À mon avis, reprit l'homme, il est bon que ceux qui portent la tunique noire soient de nouveau des nôtres.

Kuurus acquiesça, admettant ce jugement.

— Apporte du Paga ! cria impérieusement le gros homme, avec impatience, à une fille qui se hâta de lui obéir. (Puis il se tourna à nouveau vers Kuurus avec un sourire engageant.) Ar vit une période difficile depuis la déposition de Kazrak de Port Kar, Administrateur de la Cité, et l'assassinat d'Om, le Grand Initié.

Kuurus avait entendu parler de ces événements. Kazrak, Administrateur de la Cité pendant plusieurs années, avait finalement été déposé, en grande partie à cause de l'agitation de certaines factions d'Initiés et de Marchands opposées à Administrateur. Kazrak s'était mis à dos la Caste des Initiés, notamment en levant des impôts sur les immenses richesses qu'ils possédaient en ville, et en soutenant les arrêts des tribunaux administratifs contre ceux des tribunaux des Initiés. Les Initiés, par l'interprétation des sacrifices et grâce à leurs parchemins, avaient amené de nombreux habitants d'Ar, surtout parmi les Basses Castes, à croire que Kazrak ne jouirait plus longtemps de la faveur des Prêtres-Rois. Après l'assassinat d'Om, plutôt en bons termes avec l'Administrateur, le nouveau Grand Initié, Complicius Serenus, en interprétant les présages du bock blanc sacrifié à la Fête des Moissons, avait découvert, apparemment avec horreur, qu'ils étaient défavorables à Kazrak. D'autres Initiés voulurent eux aussi examiner ces présages, résultant de l'état du foie de l'animal, mais Complicius Serenus, apparemment pris de panique, avait jeté le foie au feu, probablement afin de détruire immédiatement les puissances du Mal. Puis il s'était effondré en larmes sur l'autel du sacrifice car tout le monde savait qu'il était l'ami de l'Administrateur. C'est à cette époque que l'on commença à murmurer, surtout parmi les Basses Castes, que Kazrak avait perdu la confiance de la cité. Sa situation était d'autant moins solide à cause des mesures visant à réduire certains monopoles, importants aux yeux de plusieurs factions de Marchands et concernant notamment la fabrication des briques ainsi que la distribution du sel et de l'huile de tharlarion. En outre, il avait réglementé les jeux et les concours de sorte que ceux-ci se soldaient rarement par la mort d'un combattant, même parmi les esclaves. On prétendait que les habitants d'Ar auraient toutes les difficultés du monde à rester courageux et braves s'ils perdaient l'habitude du sang, du danger et de la mort. Et du fait que Kazrak, ce qui peut paraître surprenant, était originaire de Port Kar – ville qui n'était en bons termes ni avec Ar ni avec les autres cités de Gor –, une telle réglementation avait activement participé à la défense d'Ar à l'époque des troubles causés par Pa-Kur, Maître Assassin ; dans l'histoire, telle qu'on la racontait dans les rues, les hommes d'Ar avaient repoussé seuls l'envahisseur; Kazrak, en conséquence, rappelait à tous qu'Ar la Glorieuse avait eu besoin de l'aide d'autres cités et d'autres hommes.

Bien que le Conseil de la Cité ne soit élu que par les hommes des Hautes Castes, il est rare que l'on ne tienne pas compte de l'or des Marchands et des désirs de la populace au moment du choix. En conséquence, Kazrak de Port Kar, Administrateur d'Ar pendant de nombreuses années, avait été déposé et banni à la suite d'un vote; on lui avait publiquement refusé le pain, le sel et le feu, comme cela était arrivé à Malernus, autrefois Ubar d'Ar, de nombreuses années auparavant. Il y avait plusieurs mois que Kazrak, quelques partisans loyaux et la belle Sana de Thentis, son épouse, avaient quitté la ville. On ignorait où ils étaient allés mais on croyait qu'ils avaient l'intention de fonder une colonie sur une île de Thassa, très au nord de Cos et Tyros. Le nouvel Administrateur d'Ar s'appelait Minus Tentius Hinrabius. C'était un individu sans intérêt, mais il appartenait à la famille des Hinrabius, très en vue parmi les Constructeurs car elle possédait la majorité des fours où presque toutes les briques d'Ar étaient fabriquées.

— Ar vit des temps difficiles, reprit Portus, depuis le départ de Kazrak.

Kuurus ne répondit pas.

— Les lois ne sont plus respectées, poursuivit-il. Lorsqu'on sort la nuit, même sur les hauts ponts, il faut être accompagné. Il est préférable de ne pas se promener parmi les cylindres sans torche et sans acier après la tombée du jour.

— Les Guerriers ne surveillent donc plus les rues? demanda Kuurus.

— Certains le font, répondit Portus, mais ils ne sont pas assez nombreux. Beaucoup sont engagés dans de lointaines querelles frontalières, notamment autour de Cartius. En outre, on accorde maintenant des escortes gratuites aux caravanes de Marchands.

— Il doit tout de même y avoir de nombreux Guerriers en ville, releva Kuurus.

— Oui, acquiesça Portus, mais ils n'agissent guère... Ils sont bien payés, deux fois plus qu'auparavant, mais ils passent les matinées à s'entraîner au maniement des armes, les après-midi et les soirées dans les tavernes, les salles de jeu ou les bains.

— Peut-on louer des épées ? s'enquit Kuurus.

— Oui, répondit Portus, les riches Marchands et les grandes Maisons, ceux de la Rue des Monnaies et ceux de la Rue des Marques, engagent des hommes de main. (Il sourit.) Et puis, poursuivit-il, certains Marchands arment et entraînent des patrouilles de mercenaires qu'ils louent à prix d'or aux citoyens de ces rues et de ces cylindres.

Kuurus leva son bol de Paga et but.

— En quoi cela me concerne-t-il ? demanda-t-il.

— Pour qui portes-tu sur le front la marque de la dague noire ? demanda Portus à voix basse.

Kuurus ne répondit pas.

— Je pourrais peut-être te dire où le trouver, proposa Portus.

— Je le trouverai, lui affirma Kuurus.

— Naturellement, assura Portus, naturellement.

Le gros homme assis en tailleur en face de l'Assassin se mit à suer, tripota la soie bleue et jaune, humide, qui lui couvrait les genoux puis, d'une main tremblante et nerveuse, porta son bol de Paga à ses lèvres ; un peu de liquide lui coula sur le menton.

— Je n'avais aucune mauvaise intention, souligna-t-il.

— Tu es vivant, répliqua Kuurus.

— Puis-je te demander, Tueur, si tu viens commettre le premier meurtre – ou le second ?

— Le second, lâcha Kuurus.

— Ah, fit Portus.

— Je chasse, dit Kuurus.

— Naturellement, souffla Portus.

— Je viens en vengeur, précisa Kuurus.

Portus sourit.

— C'est ce que je voulais dire, reprit-il, en disant qu'il est bon que ceux qui portent la tunique noire soient de nouveau des nôtres : la justice s'exercera, l'ordre sera restauré, le droit sera soutenu.

Kuurus posa sur lui un regard dur.

— Il n'y a que l'or et l'acier, lâcha-t-il.

— Naturellement, reconnut hâtivement Portus. Tu as parfaitement raison.

— Pourquoi es-tu venu parler avec moi ?

— J'aimerais louer une épée telle que la tienne, répondit Portus.

— Je chasse, lui rappela Kuurus.

— La ville est immense, fit remarquer Portus. Il te faudra peut-être longtemps pour découvrir celui que tu cherches.

Les yeux de Kuurus brillèrent.

Portus se pencha vers lui.

— Et pendant ce temps, expliqua-t-il, tu pourrais gagner des sommes considérables. J'ai du travail pour un homme comme toi. Et, le plus souvent, tu serais libre et tu pourrais chasser à ta guise. Chacun de nous pourrait y trouver son intérêt.

— Qui es-tu ? s'enquit Kuurus.

— Je m'appelle Portus, répondit-il, je suis le Maître de la Maison de Portus.

Kuurus avait entendu parler de la Maison de Portus, c'était une des plus grandes Maisons d'Esclaves de la Rue des Marques. Il avait naturellement compris, grâce à la robe bleue et jaune de son interlocuteur, qu'il s'agissait d'un Marchand d'Esclaves.

— De quoi as-tu donc peur ? demanda Kuurus.

— Il y a une Maison plus importante que la mienne et que toutes les autres dans la Rue des Marques, dit-il.

— Tu crains cette Maison ? demanda Kuurus.

— Ils jouissent de la faveur de l'Administrateur et de celle du Grand Initié, expliqua Portus.

— C'est-à-dire ? s'enquit Kuurus.

— L'or de cette Maison pèse lourd dans les assemblées de la cité.

— L'Administrateur et le Grand Initié doivent leur trône à l'or de cette Maison ? demanda Kuurus étonné.

Portus eut un rire amer.

— Sans l'or de cette Maison, comment l'Administrateur et le Grand Initié auraient-ils pu organiser les courses et les jeux grâce auxquels ils se sont gagné la faveur des Basses Castes ?

— Mais les Basses Castes n'élisent ni l'Administrateur ni le Grand Initié, fit remarquer Kuurus. L'Administrateur est nommé par le Grand Conseil de la Cité et le Grand Initié par le Grand Conseil des Initiés de la Cité.

— Ces Conseils, fit haineusement Portus, savent interpréter les braillements des Basses Castes sur les gradins. (Il se fit sarcastique et ajouta :) Et nombreux sont les membres des Grands Conseils de la Cité qui, s'ils étaient forcés de choisir entre l'acier du poignard courbe et l'or susceptible d'alourdir leur bourse, choisiraient l'or de préférence à l'acier. (Portus adressa un clin d'œil à Kuurus.) Il n'y a que l'or et l'acier, conclut-il.

Kuurus ne sourit pas.

Portus porta hâtivement son bol de Paga à la bouche et but à nouveau, son regard évitant celui de l'Assassin assis en face de lui.

— Où cette Maison se procure-t-elle des richesses capables de surpasser celles de toutes les factions d'Ar ?

— C'est une Maison riche, répondit Portus en regardant autour de lui. C'est une Maison riche.

— Riche à ce point ? s'enquit Kuurus.

— J'ignore d'où vient cet or – tout cet or... confia Portus. Ma Maison elle-même ne pourrait pas organiser plus de deux jours de jeux – nous y engloutirions la totalité de notre fortune.

— En quoi cette Maison t'intéresse-t-elle ? demanda Kuurus.

— Elle veut devenir la seule Maison d'Esclaves d'Ar, souffla Portus.

Kuurus sourit.

— Ma Maison, reprit Portus, existe depuis vingt générations. Il y a un demi-millénaire que nous élevons, capturons, formons, échangeons et vendons des esclaves. La Maison de Portus est connue dans tout Gor. (Portus baissa la tête.) Six Maisons de la Rue des Marques ont déjà été achetées ou fermées.

— Il n'y a jamais eu de monopole de l'esclavage à Ar, fit remarquer Kuurus.

— C'est cependant le souhait de la Maison dont je parle, répondit Portus. Ça ne te choque-t-il pas ? N'es-tu pas scandalisé ? Ne comprends-tu pas ce que ça signifierait en termes de marchandise et de prix ? Aujourd'hui déjà, certaines Maisons éprouvent des difficultés à acquérir des esclaves de première qualité et, lorsque nous y parvenons, on vend moins cher que nous. Rares sont ceux qui vont acheter leurs esclaves dans les petites Maisons, cette année.

— Comment la Maison dont tu parles peut-elle vendre continuellement moins cher ? demanda Kuurus. Possède-t-elle de si nombreux esclaves qu'elle peut se permettre de faire un bénéfice moindre sur chacun ?

— J'y ai longuement réfléchi, répondit Portus, et ce n'est pas une explication suffisante. C'est un domaine que je connais bien, je sais ce que coûtent l'information, l'organisation, l'élaboration des projets, l'acquisition, le transport et la sécurité, le logement, la nourriture et le dressage des animaux, les gardiens, le coût des ventes aux enchères, les taxes sur les ventes, la livraison dans les cités éloignées – et le personnel de la Maison dont je parle est nombreux, qualifié et très bien payé – et il bénéficie d'avantages sans équivalents dans la ville, aussi bien en nature qu'en salaire. Ils ont des bains intérieurs qui pourraient rivaliser avec les piscines des Bains Capaciens. (Portus, incrédule, hocha la tête.) Non, dit-il, leur or ne provient pas uniquement des bénéfices réalisés sur la marchandise. (Du bout du doigt, il étala une tache de Paga sur la table basse.) J'ai cru pendant un temps, poursuivit-il, qu'ils avaient décidé de vendre à perte, jusqu'à ce que toutes les autres Maisons soient obligées de fermer, pour ensuite compenser largement leurs pertes en imposant leurs propres prix – mais, en tenant compte des sommes dépensées dans le financement des courses et des jeux organisés en l'honneur des hommes qui sont devenus Administrateur et Grand Initié, j'ai compris que c'était impossible. Je suis convaincu qu'ils ne tirent pas tout leur or des bénéfices réalisés sur la marchandise.

Kuurus ne répondit pas.

— Un autre élément étrange m'échappe à propos de cette Maison, reprit Portus.

— Lequel ? s'enquit Kuurus.

— Le nombre de femmes barbares qu'ils mettent en vente.

— Il y a toujours eu des femmes barbares sur Gor, lui opposa Kuurus.

— Pas en de telles quantités, grommela Portus. (Il regarda l'Assassin.) As-tu une idée de ce qu'il en coûte pour acquérir une barbare capturée au-delà des Cités – des distances que ça représente ? Normalement, on ne peut en faire venir qu'une à la fois, à dos de tarn. Il faudrait un an à une caravane de chariots pour aller au-delà des Cités et revenir.

— Cent tarniers bien organisés pourraient attaquer les villages barbares, s'emparer d'une centaine de filles et revenir en vingt jours, affirma Kuurus.

— C'est vrai, reconnut Portus, mais en général on organise de tels raids sur certaines villes – aller au-delà des Cités représente de grandes distances, et les barbares ne se vendent pas cher.

Kuurus haussa les épaules.

— En outre, reprit Portus, ce ne sont pas des barbares ordinaires.

Kuurus leva la tête.

— Rares sont celles qui parlent quelques mots de goréen, expliqua-t-il. Et elles ont un comportement étrange. Elles supplient, pleurent et gémissent. On jurerait qu'elles n'ont jamais vu de collier ou de chaîne d'esclave. Elles sont belles mais elles sont stupides. Elles ne comprennent que le fouet. (Portus baissa les yeux d'un air dégoûté.) On va même aux ventes par curiosité car ou bien elles restent là, debout, immobiles, ou bien elles hurlent, résistent et crient dans leur langue barbare. (Il leva la tête.) Mais le fouet leur enseigne comment il faut se tenir sur l'estrade et, ensuite, elles se présentent comme il faut – et certaines se vendent finalement assez cher pour des barbares.

— Je présume, dit Kuurus, que tu voudrais louer mon épée afin de te protéger, dans une certaine mesure, des hommes et des projets de la Maison dont tu parles ?

— C'est vrai, admit Portus, quand l'or est impuissant, seul l'acier peut s'opposer à l'acier.

— Selon toi, la Maison dont tu parles est la plus grande et la plus puissante de la Rue des Marques ?

— Oui, répondit Portus.

— Comment s'appelle-t-elle ? demanda Kuurus.
— La Maison de Cernus, répondit Portus.
— Je vais louer mon épée, annonça Kuurus.
— Bravo ! s'écria Portus, les mains sur la table, bravo.
— À la Maison de Cernus, précisa l'Assassin.

Les yeux de Portus s'agrandirent et son corps se mit à trembler. Il se leva péniblement, chancelant, et recula en trébuchant, secouant la tête, puis il fit demi-tour, buta contre une table basse et quitta la taverne en courant.

Ayant terminé son bol, Kuurus se leva à son tour et gagna le coin sombre et bas de plafond. Il regarda dans les yeux la fille en costume d'esclave jaune qui y était agenouillée. Puis il fit tourner sa clé dans la serrure du collier numéro sept et la libéra. L'ayant fait se lever, il la poussa devant lui jusqu'au comptoir derrière lequel se tenait l'homme vêtu d'une tunique blanche et or particulièrement sale. Kuurus lui lança la clé.

— Prends le vingt-sept ! dit l'homme en tendant à Kuurus un morceau de soie – la Soie du Plaisir – enveloppant une chaîne d'esclave.

Kuurus se jeta la soie et la chaîne sur l'épaule puis fit signe à la fille de le précéder et elle obéit avec raideur, traversa la pièce entre les tables et s'arrêta au pied d'une étroite échelle appuyée contre le côté droit du haut mur dans lequel se trouvaient les alcôves. Sans un mot, mais toujours aussi raide, elle gravit l'échelle, suivit la passerelle, s'arrêta devant l'alcôve indiquant en goréen le nombre vingt-sept et entra, suivie de Kuurus qui tira les rideaux derrière eux.

L'alcôve aux murs courbes ne faisait qu'un mètre vingt de haut et un peu plus d'un mètre cinquante de large. Elle n'était éclairée que par une petite lampe posée dans une niche du mur. Elle était tapissée de soie rouge, le sol était couvert des fourrures de l'amour et de coussins, les fourrures faisant plus de quinze centimètres d'épaisseur.

Dans l'alcôve, la conduite de la fille se transforma soudainement ; elle s'allongea sur le dos et leva un genou. Elle regarda son partenaire avec effronterie.

— Je n'étais jamais venue dans ce genre d'endroit, dit-elle.

Kuurus jeta la soie et la chaîne dans un coin de l'alcôve et lui adressa un sourire ironique.

— Maintenant je comprends, reprit-elle, pourquoi les femmes libres n'entrent jamais dans les tavernes.

— Mais tu n'es qu'une esclave, lui fit remarquer Kuurus.

— C'est vrai, reconnut-elle tristement en tournant la tête.

Kuurus lui ôta ses vêtements d'esclave.

La jeune femme se redressa, les yeux brillants, serrant ses chevilles entre ses mains.

— Alors, voilà à quoi ressemblent ces endroits, dit-elle en regardant autour d'elle.

— Est-ce que cela te plaît ? demanda Kuurus.

— Eh bien, répondit-elle, faussement sérieuse, les yeux baissés, une femme peut s'y sentir… plutôt bien.

— Exactement, reconnut Kuurus. Si je comprends bien, il faudra que je te conduise souvent ici.

— Ça pourrait être agréable, répondit-elle, Maître.

Il toucha le collier qu'elle portait au cou, émail jaune sur l'acier. On pouvait y lire : « J'appartiens à la maison de Cernus. »

— J'aimerais, dit-il, te retirer ce collier.

— Malheureusement, répliqua-t-elle, la clé est dans la Maison de Cernus.

— Tu joues un jeu dangereux, Élisabeth, souligna Kuurus.

— Tu ferais mieux de m'appeler Vella, releva-t-elle. Car c'est ainsi qu'on m'appelle là-bas.

Il la prit dans ses bras et elle l'embrassa.

— Tu m'as manqué, Tarl Cabot, dit-elle.

— Tu m'as manqué, toi aussi, répondis-je.

Je l'embrassai.

— Nous devons parler de notre tâche, grommelai-je, de nos projets, de nos objectifs et des moyens de parvenir à nos fins.

— Les affaires des Prêtres-Rois et le reste, résuma-t-elle, tout ça est certainement moins important que nos activités actuelles.

Je grognai une protestation mais elle ne voulut rien entendre, et soudain, parce que je la serrais dans mes bras, je me mis à rire et la pressai contre moi ; elle rit aussi et souffla :

— Je t'aime, Tarl Cabot.

— Kuurus, relevai-je à mon tour, Kuurus, membre de la Caste des Assassins.

— Oui, dit-elle, Kuurus – et la pauvre Vella de la Maison de Cernus, ramassée dans la rue et conduite ici, qui ne peut que servir le plaisir d'un homme qui n'est même pas son maître –, cruel Kuurus !

Nous nous embrassâmes, nous caressâmes, nous aimâmes et, un peu plus tard, les yeux brillants, elle souffla :

— Ah, Kuurus, tu sais ce que veulent les femmes.

— Tais-toi, Esclave ! répliqua Kuurus.

— Oui, Maître, obéit-elle.

Je tendis le bras et glissai sous elle le morceau de Soie de Plaisir afin qu'il soit froissé et porte des traces de sueur.

— Le Maître est malin, remarqua-t-elle avec un sourire.

— Tais-toi, Esclave ! commandai-je, et elle obéit car, pendant plus d'une ahn, elle s'acquitta de ses devoirs dans un silence exquis, rompu seulement par nos respirations, ses exclamations étouffées et ses gémissements.

3

Le Jeu

Lorsque je jugeai sage de me séparer de Vella, je lui remis sa robe jaune, refermai l'agrafe à son épaule gauche et criai :

— Va-t'en, Esclave !

Puis je frappai dans mes mains et elle poussa un hurlement, comme si je l'avais cognée elle, puis, marmonnant des mots sans suite et sanglotant, elle sortit de l'alcôve en hâte, maladroitement, manquant de tomber, descendit l'étroite échelle et sortit en pleurant de la taverne, pour le plus grand plaisir et la plus grande joie des consommateurs.

Quelques instants plus tard, je fis mon apparition, descendis l'échelle, me dirigeai vers le propriétaire de l'établissement, jetai le morceau de Soie de Plaisir souillé et la chaîne sur le comptoir. Je le regardai fixement mais il ne réclama pas son dû et détourna les yeux ; je quittai alors la taverne et gagnai la rue.

Il faisait encore clair ; c'était le début de la soirée.

Je ne craignais pas qu'on me reconnaisse. J'avais teint mes cheveux en noir. Il y avait plusieurs années que je n'étais venu à Ar. Je portais le costume de la Caste des Assassins.

Je regardai autour de moi.

Ar m'a toujours impressionné car c'est la cité la plus grande, la plus peuplée et la plus luxueuse des territoires connus de Gor. Ses remparts, ses innombrables cylindres, ses spires et ses tours, ses lumières, ses feux d'alarme, ses hauts ponts, les lampes et les lanternes des ponts sont incroyablement émouvants et fantastiques, surtout vus des ponts les plus élevés ou du toit des cylindres les plus hauts. Mais peut-être la cité est-elle plus merveilleuse encore lorsqu'on la découvre des airs, à dos de tarn. Je me souvins de la nuit où, de nombreuses années auparavant, j'avais franchi pour la première fois les remparts d'Ar, pendant la fête des Plantations de Sa-Tarna ; j'avais alors plongé à dos de tarn sur la Pierre du Foyer de la plus grande cité de Gor, Ar la Glorieuse. Je m'efforçai de chasser ces pensées de mon esprit mais je ne pus leur échapper complètement, car il s'y cachait le souvenir d'une jeune femme, Talena, fille de Marlenus, l'Ubar des Ubars, qui, de nombreuses années plus tôt, avait été la Libre Compagne d'un simple Guerrier de Ko-ro-ba, lequel lui avait été arraché par la volonté des Prêtres-Rois qui l'avaient renvoyé sur Terre où il était resté jusqu'au moment où il avait dû, à nouveau, jouer son rôle dans les jeux cruels de Gor. Lorsque la Cité de Ko-ro-ba avait été détruite par les Prêtres-Rois et sa population disséminée, les Korobains se voyant refuser le droit d'aller par deux, la jeune femme avait disparu. Le Guerrier de Ko-ro-ba ne l'avait jamais retrouvée. Il ne savait même pas si elle était vivante ou morte.

Les passants auraient certainement été stupéfaits s'ils avaient vu, debout dans l'ombre, un Assassin qui pleurait.

« Jeu ! Jeu ! » entendis-je.

Je secouai aussitôt la tête, chassant les souvenirs d'Ar et de la jeune femme autrefois connue, toujours aimée.

Le mot était, en fait : « Kaissa », qui, en goréen, signifie : « Jeu ». C'est un terme générique mais, employé sans qualificatif, il ne se rapporte qu'à un seul jeu. L'homme qui venait de crier portait une robe à carreaux rouges et jaunes et le plateau de jeu comportant des carreaux semblables, dix dans un sens et dix dans l'autre, soit cent carreaux en tout, était accroché à son dos ; suspendu à son épaule gauche, comme le Guerrier porte son épée, se balançait un sac de cuir contenant les pièces, vingt pour chaque camp, rouges et jaunes, symbolisant les Lanciers, les Tarniers, les Cavaliers au Grand Tharlarion et ainsi de suite. Le but du jeu est la capture de la Pierre du Foyer de l'adversaire. La marche et la capture des pièces fonctionnent sur le même principe qu'aux échecs. Je suis persuadé que les similitudes entre ce jeu et les échecs ne sont pas le fruit du hasard. De nombreux individus, appartenant à diverses périodes et cultures de la Terre, ont été amenés, de temps en temps, sur Gor, l'Anti-Terre. Ils y ont certainement apporté leurs coutumes, leur savoir, leurs habitudes et leurs jeux, et il est probable que ceux-ci ont subi d'importantes modifications. Je suppose que les échecs, tels qu'on les pratique sur Terre, étant donné leur histoire fascinante et leur développement, descendent du même ancêtre que le jeu goréen, tous deux provenant d'un jeu depuis longtemps disparu, peut-être le jeu de dames des Égyptiens ou un jeu primitif indien. Puisque je dois en parler, il faut préciser que le Jeu – car il n'existe pas, en goréen, d'autre mot pour le désigner – est extrêmement populaire sur Gor, et il n'est pas rare que les enfants en possèdent les pièces parmi leurs jouets ; les clubs et les compétitions sont nombreux au sein des castes et des cylindres ; on note les parties importantes afin de pouvoir les étudier ; la liste des tournois, des compétitions et des vainqueurs est conservée au Cylindre des Archives ; dans la plupart des bibliothèques, il existe une section contenant une quantité incroyable de rouleaux consacrés à la technique, la tactique et la stratégie du Jeu. Presque tous les Goréens civilisés, quelle que soit leur caste, jouent. Il est assez fréquent que des enfants de douze ou quatorze ans jouent avec une profondeur et une complexité, une subtilité et un éclat qui feraient pâlir de jalousie les maîtres d'échecs de la Terre.

Mais l'homme qui avait crié n'était ni un amateur ni un passionné. C'était un homme probablement respecté par toutes les castes d'Ar ; le moindre galopin errant dans les rues d'Ar aussi bien que l'Ubar lui-même le reconnaissaient ; c'était un Joueur, un professionnel ; il gagnait sa vie grâce au Jeu.

Les Joueurs ne constituent ni une caste ni un clan, mais ils ont tendance à former un groupe distinct et indépendant. Les hommes qui le composent viennent de diverses castes et n'ont souvent pas grand-chose en commun en dehors du Jeu, mais cela suffit amplement. Ce sont, en général, des hommes doués d'un sens extraordinaire du Jeu, des hommes que le

Jeu enivre, des hommes prisonniers des liqueurs abstraites et subtiles de la variation, de la stratégie et de la victoire, des hommes qui vivent pour le Jeu, qui le désirent et ont besoin de lui comme d'autres convoitent l'or, le pouvoir, les femmes, ou d'autres encore, les rouleaux narcotiques et toxiques de kanda.

Il existe des compétitions entre les Joueurs ; les associations d'amateurs, et parfois les villes elles-mêmes, les dotent de prix en espèces ; il arrive que ces prix permettent au vainqueur de s'enrichir, mais presque tous les Joueurs gagnent misérablement leur vie en vendant leur marchandise – se mesurer à un maître – dans la rue. La cote est généralement de quarante contre un, un tarnet de cuivre contre une pièce de quarante, parfois même une pièce de quatre-vingts ; parfois, l'amateur opposé au maître pose d'autres conditions : avoir la possibilité d'effectuer trois mouvements consécutifs au moment de son choix, ou bien exiger que le maître joue sans ses deux Tarniers ou sans ses deux Cavaliers au Grand Tharlarion. En outre, s'il est sage et ne veut pas rebuter ses adversaires, le maître doit perdre une partie de temps en temps, ce qui lui coûte très cher ; et il lui faut perdre avec subtilité, de sorte que l'amateur soit persuadé d'avoir gagné. À Ko-ro-ba, j'ai connu un Guerrier balourd et aux grands yeux larmoyants qui se vantait d'avoir battu Quintus de Tor dans une taverne de Thentis. Ceux qui vivent du Jeu n'ont pas la partie belle car le client est roi, et les gens n'acceptent de jouer que si les conditions leur conviennent. Lorsque Centius de Cos était à Ko-ro-ba, j'aurais pu jouer contre lui, sur le pont proche du Cylindre des Guerriers, pour deux pièces de cuivre. Je trouvai triste de pouvoir – alors que j'ignore pratiquement tout des subtilités du Jeu – acheter pour une somme aussi modique le privilège de faire une partie avec un tel maître. À mon sens, on devrait payer un tarnet d'or pour être autorisé à seulement regarder un tel maître jouer, mais telle n'est pas la réalité économique du Jeu.

Bien qu'ils jouissent du respect, voire, dans une certaine mesure, de l'adulation de la majorité des Goréens, les Joueurs vivent pauvrement. Dans la Rue des Monnaies, il leur est souvent difficile d'emprunter de l'argent. Les aubergistes ne les aiment pas et n'acceptent de les loger que s'ils paient d'avance. La nuit, il n'est pas rare que le maître dorme, enroulé dans ses robes, sur le plancher d'une taverne où, pour un morceau de viande de tarsk, un pot de Paga et une soirée de parties gratuites avec les clients, on lui aura permis de s'installer. Nombreux sont les Joueurs qui rêvent d'être choisis pour les compétitions au cours desquelles les cités s'opposent, lors des quatre Foires annuelles des Sardar, car le vainqueur de chaque année gagne assez pour vivre, et vivre bien, pendant de nombreuses années, années qu'il consacrera, naturellement, à approfondir sa connaissance du Jeu. Les Joueurs peuvent également gagner un peu d'argent en annotant les parties inscrites sur de grands tableaux, près du Cylindre Central, en préparant ou en éditant des rouleaux relatifs au Jeu et en communiquant leurs connaissances à ceux qui désirent s'améliorer. Mais, globalement, les Joueurs vivent indigemment. En outre, il existe entre eux une compétition extrêmement dure dont l'enjeu est une place dans certaines rues ou sur certains ponts. Les meilleurs emplacements sont, naturellement, les hauts ponts – les Ponts Supérieurs – proches des cylindres des riches, les tavernes les plus chères, et ainsi de suite. Ces emplacements, ou territoires, sont attribués en fonction de compétitions entre les Joueurs eux-mêmes. À Ar, le haut pont proche du Cylindre Central, où se trouvent le palais de l'Ubar et la salle de réunion du Grand Conseil de la Cité, était tenu depuis quatre ans par Scormus d'Ar, jeune Joueur brillant et fougueux.

— Jeu ! répondit une voix, et un individu gras, appartenant à la Caste des Négociants en Vins, le souffle court et les yeux brillants, vêtu d'une tunique blanche ornée de feuilles de tissu vert au col et sur les manches, sortit d'un couloir.

Sans un mot, le Joueur s'assit en tailleur au bord de la rue et posa le plateau devant lui. Le Négociant en Vins prit place en face de lui.

— Dispose les pièces, dit le Joueur.

Surpris, je regardai plus attentivement tandis que le Négociant en Vins s'emparait du sac contenant les pièces et, de ses doigts courts, les installait.

Le Joueur était un homme âgé, phénomène extrêmement rare sur Gor où les Sérums de Stabilisation ont été découverts il y a des siècles par la Caste des Médecins de Ko-ro-ba et Ar, puis transmis aux Médecins des autres cités à l'occasion des Foires des Sardar. Curieusement, l'âge était – et est toujours – considéré comme une maladie et non comme un phénomène naturel. Le fait qu'il s'agisse d'une maladie universelle n'a pas convaincu la Caste des Médecins de renoncer à chercher le moyen de la combattre. En conséquence, pendant des siècles, les recherches ont été concentrées sur cet objectif. De nombreuses maladies, qui se sont probablement développées il y a des siècles sur Gor, ont été pratiquement négligées, du fait qu'elles étaient moins dangereuses et moins universelles que le vieillissement. En conséquence, ceux qui étaient sensibles à ces maladies moururent, et ceux qui l'étaient moins survécurent et se reproduisirent. On suppose que les épidémies du Moyen Âge de la Terre ont eu, à peu de chose près, le même résultat. Quoi qu'il en soit, la maladie est pratiquement inconnue sur Gor, à l'exception de la terrifiante Dar-Kosis – « Sainte Maladie » ou « Affliction Sacrée » – sur laquelle il est pratiquement impossible d'entreprendre des recherches sans se mettre à dos la Caste des Initiés qui y voit une manifestation du mécontentement des Prêtres-Rois. Le fait que la maladie frappe ceux qui observent les règles édictées par la caste et qui assistent régulièrement à ses nombreuses cérémonies aussi bien que ceux qui ne le font pas est rarement expliqué ; néanmoins, lorsqu'on insiste, les Initiés mettent en cause la bonne foi des fidèles ou la volonté impénétrable des Prêtres-Rois. Je crois également que le succès des Goréens dans la lutte contre le vieillissement est partiellement dû au fait que, dans de nombreux domaines, la technologie est sévèrement limitée sur cette planète. Les Prêtres-Rois n'ont aucunement l'intention de laisser les hommes devenir assez puissants pour leur disputer la domination de la planète. Ils croient – et peut-être ont-ils raison – que l'homme est un animal agressif qui, s'il en avait le pouvoir, ne se priverait pas de menacer les Prêtres-Rois eux-mêmes et chercherait peut-être à les exterminer. Quoi qu'il en soit, les Prêtres-Rois avaient sévèrement limité les possibilités des hommes sur cette planète, et ce dans de nombreux domaines, notamment l'armement, les communications et les transports. En revanche, l'intelligence que les hommes auraient pu appliquer à des recherches destructrices fut canalisée, presque par nécessité, en direction d'autres domaines, surtout la médecine, bien qu'on eût aussi accompli des progrès considérables dans la production de machines à traduire, l'éclairage et l'architecture. Les Sérums de Stabilisation, auxquels tous les êtres humains ont droit, qu'ils soient civilisés ou barbares, amis ou ennemis, consistent en une série d'injections qui ont, si incroyable que cela puisse paraître, le pouvoir de transformer progressivement certaines structures génétiques, ce qui entraîne le remplacement infini des cellules sans altération de leurs caractéristiques. En outre, cette transformation génétique est généralement transmissible. Par exemple, bien que j'aie reçu une série d'injections à mon arrivée sur Gor, les Médecins m'ont confié que, dans mon cas, elles n'étaient peut-être pas nécessaires du fait que j'étais né de parents qui, bien qu'originaires de la Terre, avaient vécu sur Gor et reçu les injections. Mais les êtres humains ne réagissent pas tous de la même manière aux Sérums de Stabilisation et les Sérums sont plus efficaces dans certains cas que dans d'autres. Chez certains individus, les effets se font sentir indéfiniment, chez certains autres, ils diminuent après quelques centaines d'années, chez d'autres encore, ils restent complètement inefficaces ; enfin, chez d'autres, ils accélèrent la dégénérescence au lieu de la stabiliser. Cette situation, néanmoins, est relativement rare et peu de Goréens renoncent à bénéficier des avantages procurés par les Sérums si le besoin s'en fait sentir. Le Joueur, comme je l'ai mentionné, était plutôt âgé – pas extrêmement vieux, mais assez vieux. Son visage était pâle et ridé, il avait les cheveux blancs. Il était rasé de près.

Ce qui m'étonna le plus chez cet homme ne fut pas le fait qu'il était plus âgé que ceux que l'on rencontre habituellement dans les cités de Gor, mais le fait qu'il était manifestement aveugle. Ses yeux n'étaient pas beaux à voir car ils semblaient dépourvus d'iris et de pupille ; on aurait dit de simples morceaux de verre ovoïdes couverts de cicatrices irrégulières et gonflées. Les orbites elles-mêmes étaient bordées de tissus blancs. Je compris alors comment on lui avait retiré la vue. On lui avait appliqué un fer rouge sur chaque œil, sans doute plusieurs années auparavant. Il avait, au milieu du front, une grande brûlure représentant la première lettre du mot goréen signifiant « esclave », en majuscule. Mais je savais qu'il ne s'agissait pas d'un esclave car ceux-ci n'ont pas le droit de jouer. Cela constituerait une insulte aux hommes libres et une insulte au Jeu. En outre, aucun homme libre n'accepterait de se faire battre par un esclave. Je présumais, en raison de l'état de ses yeux et de la marque qu'il portait au front, que le Joueur avait autrefois offensé un Marchand d'Esclaves, probablement un notable de la cité.

— Les pièces sont disposées, annonça le Négociant en Vins, les doigts tremblants.

— Tes conditions ? demanda le Joueur.

— Je joue le premier, dit le Négociant en Vins.

C'était, naturellement, un avantage qui permettait au Négociant de choisir son ouverture, une ouverture à laquelle il avait peut-être consacré plusieurs années d'étude. En outre, du fait qu'il débutait, il lui faudrait moins de temps pour sortir ses pièces et les placer au centre du jeu afin d'en contrôler les cases capitales, les carrefours principaux. De plus, jouant le premier, il aurait probablement pendant plusieurs coups l'initiative de l'agression, peut-être même jusqu'à la fin. Lorsqu'ils jouent entre eux, entre adversaires de force égale, les Joueurs cherchent fréquemment le match nul lorsqu'ils ne débutent pas.

— Très bien, fit le Joueur.

— En plus, dit le Négociant en Vins, je demande la possibilité de jouer trois fois de suite au moment opportun et tu devras te passer de l'Ubar et de l'Ubara ou bien du Premier Tarnier.

Il y avait alors quatre ou cinq badauds autour d'eux, moi compris, qui les regardaient. Il y avait un Constructeur, deux Bourreliers, un Boulanger et un Gardien de Tarns qui portait sur l'épaule un carré de tissu vert indiquant qu'il était favorable aux Verts. En fait, comme il n'y avait pas de course à Ar ce jour-là et qu'il portait tout de même le carré de tissu, il est probable qu'il travaillait aux Perchoirs des Verts. Personne n'avait l'air hostile à ma présence, néanmoins personne ne s'approcha de moi. Dans la perspective d'une partie, les Goréens ont tendance à oublier les distances, les civilités et l'émoi d'instants plus tempérés. Et un murmure d'irritation s'éleva parmi les spectateurs lorsque le Négociant annonça ses conditions.

— Très bien, répéta le Joueur, regardant placidement le jeu sans le voir.

— En ce qui concerne le pari, déclara le Négociant, ce sera quatre-vingts contre un.

À ces mots, un grondement de colère s'éleva parmi les spectateurs.

— Quatre-vingts contre un, répéta-t-il fermement, triomphalement même.

— Très bien, acquiesça de nouveau le Joueur.

— Le Tarnier de l'Ubar au Sept du Médecin, annonça le Négociant en Vins.

— L'Ouverture Centienne, releva un des Bourreliers.

Le Boulanger tourna la tête et, s'adressant à un groupe d'hommes rassemblés dans la rue, cria :

— La Centienne !

Les hommes approchèrent sans hâte. Je supposai qu'ils avaient envie de voir quelle serait la réponse du Joueur au quatorzième mouvement des jaunes, mouvement à propos duquel les autorités se querellaient vigoureusement, certaines préférant l'Initié de l'Ubar à la Troisième du Scribe, d'autres le retrait du Lancier de l'Ubara pour protéger la Deuxième de l'Ubar.

Je constatai avec surprise que le Joueur choisit le retrait du Lancier pour couvrir la Deuxième de l'Ubar, ce qui me parut particulièrement défensif et lui coûtait forcément la possibilité d'une contre-attaque dangereuse mais prometteuse culminant, si tout allait bien, à l'installation de son Second Tarnier sur la Cinquième de l'Initié de son adversaire. Lorsqu'il fit ce mouvement, je vis deux ou trois spectateurs se regarder avec dégoût, se faire un clin d'œil puis s'en aller. Le Négociant en Vins, pour sa part, ne parut rien remarquer et répondit par l'attaque classique, avançant son

Second Lancier à la Cinquième de l'Initié. Le visage du Joueur paraissait calme. J'étais moi-même terriblement déçu. Il me sembla pratiquement évident, à ce moment-là, que le Joueur s'était décidé pour ce mouvement réputé plus faible dans le but de réduire ses chances de gagner la partie, néanmoins ce mouvement pouvait se défendre du fait que certaines autorités le préféraient. À Ko-ro-ba, j'avais vu une douzaine de fois Centius de Cos jouer son ouverture, et il n'avait jamais reculé le Lancier de son Ubara à ce moment-là. Devant l'agitation du Négociant en Vins et la placidité impassible, stoïque, du Joueur, je ressentis de la tristesse car je compris, comme plusieurs autres spectateurs, que cette partie, malgré la somme qu'il en coûterait au Joueur, serait gagnée par le Négociant. Il faut bien comprendre que ce dernier n'était pas un joueur médiocre. Il était même très bon et n'aurait pas démérité face aux Goréens doués, pour qui le Jeu est une seconde nature ; néanmoins il n'aurait, en aucun cas, pu faire un Joueur.

Je continuai de regarder, mais sans plaisir. Plusieurs fois, je remarquai que le Joueur se décidait pour des mouvements subtilement inefficaces, sains en apparence mais ouvrant des brèches susceptibles d'être exploitées, trois ou quatre tours plus tard, d'une manière tout à fait décisive. Par la suite, le Joueur parut se reprendre et le Négociant en Vins se mit à suer, se frotta les doigts les uns contre les autres, se prit la tête entre les mains, fixa intensément le plateau de jeu comme s'il voulait le transpercer de son regard.

Incidemment, le fait que le Joueur était aveugle mais se souvenait néanmoins de tous les mouvements et de toutes les complexités du jeu ne semblait pas étonner les spectateurs. Les Goréens jouent souvent sans plateau et sans pièces, mais préfèrent malgré tout en disposer car cela leur évite de garder continuellement en mémoire la position et les mouvements des pièces. J'ai moi-même vu, sur Terre, des Maîtres d'échecs jouer vingt parties simultanément et les yeux bandés. Cependant, moi qui suis originaire de la Terre, tout en admettant que ce que je regardais n'était pas aussi stupéfiant qu'il y paraissait, je n'en étais pas moins impressionné. Le Négociant en Vins, pour sa part, ne s'intéressait qu'à la partie elle-même.

À un moment donné, alors qu'il se trouvait dans une position difficile, je remarquai, avec quelques autres, que sa main glissa jusqu'au jeu et déplaça son Second Lancier de la Quatrième du Médecin à la Quatrième du Constructeur, ce qui lui ouvrait une ligne.

Un des Bourreliers s'écria avec colère :

— Fais attention ! Il a mis son Second Lancier sur la Quatrième du Constructeur !

— Ce n'est pas vrai ! glapit le Négociant en Vins.

Le Joueur parut décontenancé.

Tous les yeux se tournèrent vers lui. Le Joueur baissa la tête, reconstruisant manifestement la partie de mémoire, bien qu'ils eussent joué une quarantaine de coups ; puis il sourit :

— Son Second Lancier devrait se trouver à la Quatrième du Constructeur.

— Tu vois ! s'écria joyeusement le Négociant en Vins.

Vexé, le Bourrelier tourna les talons et s'en alla.

Personne ne parla plus. De temps en temps, des gens s'arrêtaient et regardaient mais, comprenant ce qui se passait, ils ne restaient pas. Le plus souvent, néanmoins, sept ou huit personnes, moi-même compris, regardaient.

Finalement, la partie approcha de son terme ; dans quatre ou cinq coups, la Pierre du Foyer du Joueur serait perdue. Le Négociant en Vins avait pris son option de trois tours consécutifs en fin de partie, et en avait profité pour construire une attaque dévastatrice. Le Joueur était dans une situation telle que, à mon avis, ni Centius de Cos, ni Quintus de Tor, ni même le champion de la cité, Scormus d'Ar, n'auraient pu mieux faire. Comme d'autres spectateurs, j'étais mécontent.

Je pris la parole. Le Joueur, naturellement, pouvait seulement entendre ma voix.

— Un tarnet d'or, dis-je, et faisant le double du poids, aux rouges si les rouges gagnent.

Les spectateurs retinrent leur souffle. Le Négociant en Vins parut stupéfait. Le Joueur leva sur moi son regard aveugle.

Je sortis de ma ceinture un tarnet d'or pesant le double du poids et le tendis au Joueur qui s'en saisit, le soupesa puis le porta à sa bouche et le mordit avant de me le rendre.

— C'est bien de l'or, dit-il. Ne te moque pas de moi.

— Un tarnet double aux rouges si les rouges gagnent, répétai-je.

Je savais qu'un Joueur ne gagne pas une telle somme dans toute une année.

Le Joueur tourna la tête vers moi, levant ses yeux morts comme s'ils pouvaient voir. Tous les muscles de son visage ridé semblaient tendus, comme s'il cherchait à percevoir ce qui se trouvait derrière l'obscurité qui constituait son univers, sauf en ce qui concernait le souvenir des mouvements des pièces sur un plateau en damier. Il tendit la main au-dessus du jeu ; je la pris et la serrai avec fermeté. Un instant, je lui tins la main et il tint la mienne ; je pris conscience de son étreinte et souris car je compris alors que, bien qu'il fût aveugle, marqué au fer rouge et âgé, c'était tout de même un homme. Il me lâcha la main et se redressa, assis en tailleur, le dos aussi droit que celui d'un Ubar, un sourire se jouant sur ses lèvres. Les yeux aveugles semblaient luire.

— Le Second Tarnier, dit-il, à la Neuvième du Constructeur de l'Ubar.

La foule laissa échapper une exclamation de stupéfaction. Le Négociant en Vins lui-même poussa un cri.

Il est fou, me dis-je. Ce mouvement était absolument sans rapport avec la partie. C'était un coup au hasard, dépourvu de sens. L'attaque à laquelle il était soumis était une des plus dévastatrices qu'il soit possible de monter. Sa Pierre du Foyer tomberait dans quatre coups. Il lui fallait défendre sous peine de perdre !

D'une main tremblante, le Négociant en Vins poussa son Second Lancier sur la gauche, capturant le Premier Lancier du Joueur, qui n'était pas protégé.

Je gémis intérieurement.

— Le Cavalier au Grand Tharlarion de l'Ubar, dit le Joueur, à la Huitième du Médecin de l'Ubar.

Je fermai les yeux. C'était à nouveau un coup dépourvu de sens. La foule fixait le jeu, tremblante, stupéfaite, sans voix. Cet homme n'était-il donc pas un Joueur ?

Implacablement, le Négociant en Vins avança une nouvelle fois son Second Lancier, capturant le Cavalier au Grand Tharlarion de l'Ubar.

— Le Scribe de l'Ubar à la Sixième du Scribe de l'Ubara, dit le Joueur.

Dans d'autres circonstances, je serais parti à ce moment-là mais, du fait que j'avais mis en jeu une pièce d'or, il me faudrait rester jusqu'à la fin qui, maigre consolation, ne tarderait plus.

Le Négociant en Vins lui-même parut ébranlé.

— Veux-tu reprendre ton dernier mouvement ? demanda-t-il, faisant une concession rare parmi les joueurs et surprenante de sa part étant donné ce que j'avais pu deviner de son caractère.

Je me dis que ce n'était peut-être pas un mauvais bougre bien que la victoire eût peut-être trop d'importance pour lui.

— Le Scribe de l'Ubar à la Sixième du Scribe de l'Ubara, répéta le Joueur.

D'un geste raide, le Négociant en Vins déplaça la pièce.

— Mon Premier Tarnier, dit-il ensuite, capture le Scribe de l'Ubara.

La capture de la Pierre du Foyer du Joueur aurait lieu au tour suivant.

— Veux-tu reprendre ton dernier mouvement ? demanda le Joueur en regardant le jeu sans le voir mais avec un sourire.

Il eut, à cet instant, un air de grandeur digne du geste magnanime d'un Ubar victorieux.

Le Négociant en Vins le regarda avec stupéfaction.

— Non, répondit-il, pas du tout.

Le Joueur haussa les épaules.

— Je capture la Pierre du Foyer au tour suivant, insista le Négociant.

— Tu n'auras pas de tour suivant, affirma le Joueur.

Les spectateurs retinrent leur souffle et examinèrent le jeu.

— Aiii ! m'écriai-je, bien que cette exclamation ne convînt guère aux vêtements noirs que je portais, et, un instant plus tard, le Gardien de Tarns et le Bourrelier crièrent à leur tour, tapèrent des pieds dans la poussière et se frappèrent l'épaule gauche du poing droit.

Puis d'autres spectateurs exprimèrent leur joie à grands cris. Je tirai mon épée de son fourreau et en frappai mon bouclier. Puis le Négociant en Vins rugit de plaisir et se donna de grandes claques sur les cuisses tant la subtilité du coup le mettait en joie, bien qu'il en fût la victime.

— Magnifique ! s'écria-t-il, les larmes aux yeux, prenant le Joueur par les épaules et le secouant.

Puis le Négociant en Vins, aussi fièrement que s'il s'était agi du sien, annonça le mouvement du Joueur :

— Le Scribe de l'Ubara prend la Pierre du Foyer.

La foule hurla de plaisir, émerveillée par le coup et son apparente simplicité ; l'attaque n'avait pas tant été montée que révélée par des mouvements apparemment dépourvus de sens dont l'unique objectif avait été de dégager le terrain en prévision de l'attaque décisive portée, contre toute attente, par le Scribe de l'Ubara, pièce qui compte parmi les moins fortes mais qui, combinée à, disons, un Tarnier et un Cavalier au Grand Tharlarion, peut être aussi dévastatrice que l'Ubar lui-même. Personne n'avait soupçonné cette attaque, pas même le Négociant en Vins. Ce dernier déposa le tarnet de cuivre que le Joueur avait gagné dans la main de celui-ci qui le glissa dans sa bourse. Je lui mis alors entre les mains le tarnet d'or, pesant le double du poids, et l'homme le serra entre ses mains, sourit et se leva. Le Négociant en Vins ramassa les pièces et les rangea dans le sac de cuir qu'il suspendit à l'épaule du Joueur. Puis il lui tendit le plateau.

— Merci pour la partie, dit le Négociant.

Le Joueur tendit la main et lui toucha le visage, comme pour en conserver le souvenir.

— Merci pour la partie, répondit-il.

— Je te souhaite bonne chance, dit le Négociant en Vins.

— Je te souhaite bonne chance, répondit le Joueur.

Le Négociant en Vins s'en alla. Tandis qu'il s'éloignait, quelques spectateurs, le Bourrelier et le Gardien de Tarns qui portait la marque des Verts, commentèrent la partie.

— En fait, c'était très simple, expliquait le Bourrelier, évident, même.

Je souris et remarquai que le Joueur souriait également.

— Tu es Marchand ? demanda le Joueur.

— Non, répondis-je.

— Alors, comment se fait-il, demanda-t-il, que tu possèdes de telles richesses ?

— Ça ne veut rien dire, dis-je. Puis-je t'accompagner chez toi ?

— Tu appartiens certainement à une Haute Caste, reprit le Joueur, puisque tu possèdes de l'or.

— Puis-je t'accompagner chez toi ? insistai-je.

S'éloignant du Bourrelier, le Gardien de Tarns se dirigea vers nous. C'était un homme de petite taille, au visage carré et aux cheveux courts. Je remarquai le morceau de tissu vert qu'il portait à l'épaule. Il me sourit.

— Bien joué, Tueur ! dit-il.

Puis, sans cesser de sourire, il s'éloigna.

Je me tournai à nouveau vers le Joueur mais, debout dans la rue, il paraissait maintenant seul bien que je fusse auprès de lui.

— Tu es de la Caste des Assassins ? me demanda-t-il enfin.

— Oui, dis-je, c'est exact.

Il me mit la pièce d'or dans la main et s'éloigna en trébuchant, tendant la main vers le mur afin de se guider.

— Attends ! criai-je. Tu l'as gagnée ! Elle est à toi !

Je me lançai à sa poursuite.

— Non ! cria-t-il, cherchant aveuglément à me frapper, à me repousser.

Je reculai. Il s'immobilisa, le souffle court, aveugle, le corps tendu en avant, furieux.

— Ton or est rouge, dit-il. Ton or est rouge !

Puis il fit demi-tour et partit à tâtons.

Immobile au milieu de la rue, je le regardai s'en aller, serrant entre mes doigts la pièce que j'avais voulu lui donner.

4

Cernus

— Oppose-moi ton meilleur homme d'armes, dis-je, et permets-moi de le tuer.

Cernus d'Ar, Maître de la Maison de Cernus, m'examina ; son large visage resta impassible, ses yeux semblables à des pierres grises ne révélèrent rien. Ses grosses mains reposaient sur les accoudoirs de la chaise curule, montée sur un socle de pierre d'environ trente centimètres de haut et de trois mètres carrés, sur laquelle il était assis. Vingt anneaux d'esclave étaient scellés dans la base de l'estrade.

Cernus d'Ar portait une robe noire et grossièrement taillée, probablement en laine d'urt à deux pattes, marsupial domestique que l'on élève en immenses troupeaux dans les environs de plusieurs cités septentrionales de Gor. L'urt, élevé dans de gigantesques fermes, gardé par des sleens domestiques et tondu par des esclaves, remplace sa laine quatre fois par an. J'avais entendu dire que la Maison de Cernus avait des intérêts dans les fermes proches de la ville. Le noir du vêtement de Cernus n'était rehaussé que par trois bandes de soie cousues sur la longueur de sa manche gauche : deux bandes bleues entourant une bande jaune.

Lorsque j'eus parlé, quelques hommes d'armes, inquiets, s'agitèrent d'un air incertain. D'autres portèrent la main à leurs armes.

— Je suis le meilleur homme d'armes de la Maison de Cernus, affirma Cernus.

Je me trouvais dans la salle d'honneur de la Maison de Cernus. C'était une grande pièce d'environ quinze mètres carrés et le plafond se trouvait à une dizaine de mètres au-dessus du sol. Scellés dans le mur qui se trouvait à ma gauche, comme à la base de l'estrade de pierre, se trouvaient des anneaux d'esclave, une douzaine environ. La salle était dépourvue des ampoules à énergie de la Caste des Constructeurs. Il y avait aux murs d'autres anneaux destinés aux torches, mais il n'y avait pas de torches. La salle était éclairée, chichement, par la lumière du jour qui y pénétrait par plusieurs étroites fenêtres munies de barreaux et s'ouvrant tout en haut des épais murs de pierre. Cette pièce, dans une certaine mesure, me faisait penser à une prison et, dans un sens, c'en était effectivement une car elle se trouvait dans la Maison de Cernus, le plus gros trafiquant d'esclaves d'Ar.

Au cou, suspendu à une chaîne d'or, Cernus portait un médaillon orné de la marque de la Maison de Cernus : un tarn maintenant des chaînes d'esclave entre ses serres. Derrière Cernus, au mur, se trouvait une grande tapisserie richement tissée de rouge et de jaune, représentant également cette marque.

— Je suis venu, dis-je, afin de louer mon épée.

— Je t'attendais, répondit Cernus.

Je ne manifestai aucun signe de surprise.

— Je me suis laissé dire, reprit-il en se référant manifestement aux rapports qui lui avaient été transmis, que Portus, de la Maison de Portus, a tenté en vain de louer ton épée.

— C'est vrai, répondis-je.

Cernus sourit.

— Autrement, ajouta-t-il, tu ne serais certainement pas venu ici – car, dans cette Maison, nous sommes innocents.

C'était une allusion à la marque que je portais au front.

Après avoir regardé la partie, j'avais passé la nuit dans une auberge, avais effacé la marque puis, au matin, l'avais à nouveau dessinée sur mon front. Après un morceau de bosk froid, un peu d'eau et une poignée de pois, j'avais gagné la Maison de Cernus.

La septième heure goréenne n'était pas encore commencée mais le Marchand d'Esclaves était déjà levé et supervisait ses affaires lorsqu'on m'avait conduit à lui. À sa droite se tenait un Scribe, individu maigre et triste, aux yeux profonds, avec ses tablettes et son stylet. C'était Caprus d'Ar, Chef Comptable de la Maison de Cernus. Il habitait là et sortait rarement. C'est auprès de cet homme que Vella avait été placée, son enregistrement et les papiers concernant sa vente ayant été régularisés. Dans la Maison de Cernus, après lui avoir retiré ses vêtements, ses menottes, sa laisse et son collier, on avait confronté ses empreintes digitales à celles des papiers. Les Médecins de la Maison l'avaient ensuite soigneusement examinée. Puis, une fois acceptée, elle avait dû s'agenouiller tandis que les employés signaient le reçu et endossaient les documents, en conservant un jeu, en donnant un au vendeur puis en envoyant un troisième au Cylindre des Archives. Elle s'était ensuite soumise à la Maison de Cernus, s'agenouillant devant un employé, la tête baissée, les bras tendus en avant et les poignets croisés. On lui avait ensuite mis un collier avant de la confier à Caprus qui l'avait fait peigner et laver – elle portait sur elle l'odeur des cellules –, lui avait fourni deux tenues puis lui avait expliqué quelle serait sa tâche. On disait que Caprus était favorable aux Prêtres-Rois. Il avait été très facile, semblait-il, d'introduire Vella dans la Maison de Cernus. Pourtant, je craignais pour sa sécurité. C'était un jeu dangereux.

— Puis-je te demander, s'enquit Cernus, pour qui tu portes au front la marque de la dague noire ?

J'étais prêt à parler de ces choses, assez longuement, avec Cernus, car il était important, bien que dangereux, qu'il comprenne bien le but de ma mission. Le moment était venu de révéler certaines choses afin que la rumeur se répande dans les rues d'Ar.

— Je viens pour venger Tarl Cabot de Ko-ro-ba, déclarai-je.

Les hommes d'armes laissèrent échapper des exclamations de stupeur. Je souris intérieurement. J'étais persuadé que, dans moins d'une ahn, l'histoire serait dans toutes les tavernes d'Ar, dans tous les cylindres et sur tous les ponts.

— Dans notre cité, précisa Cernus, Tarl Cabot est connu sous le nom de Tarl de Bristol.

— Oui, dis-je.

— J'ai entendu chanter ses exploits, souligna Cernus.

Je regardai attentivement le Marchand d'Esclaves. Il semblait troublé, déconcerté.

Deux de ses hommes sortirent précipitamment de la salle. Je les entendis crier dans les couloirs de la maison.

— Cette nouvelle m'attriste, reprit enfin Cernas. (Puis il me regarda.) Rares seront les habitants d'Ar, conclut-il, qui ne te souhaiteront pas de réussir.

— Qui a pu tuer Tarl de Bristol ? s'écria un homme d'armes sans réfléchir que Cernus ne l'avait pas autorisé à prendre la parole.

— Un couteau sur le pont supérieur, répondis-je, non loin du Cylindre des Guerriers – à la vingtième ahn – dans l'obscurité et les ombres des lanternes.

Les hommes d'armes s'entre-regardèrent.

— Ça ne pouvait pas se passer autrement, dit enfin l'un d'eux.

Je me souvins avec amertume du pont faiblement éclairé, proche du Cylindre des Guerriers – et d'une certaine heure, une certaine nuit –, car c'est sur ce pont qu'un jeune homme de la Caste des Guerriers s'était engagé moins d'un quart d'ahn avant que je ne suive le même chemin. Son crime, s'il en avait commis un, avait été d'avoir eu à peu près ma taille et des cheveux qui, dans l'ombre, la semi-obscurité des lanternes et les trois lunes de Gor, pouvaient paraître semblables aux miens aux yeux d'un quelconque observateur. Tarl l'Aîné et moi-même avions trouvé le cadavre et, près de lui, accroché au grillage d'une lanterne, un morceau de tissu vert arraché sans doute à l'épaule d'un homme en fuite. Tarl l'Aîné avait retourné le cadavre, nous l'avions examiné, puis nous nous étions regardés.

— Ce couteau, avait dit Tarl l'Aîné, t'était destiné.

— Le connais-tu ? avais-je demandé.

— Non, avait-il répondu. Je constate seulement que c'était un Guerrier de Thentis, notre alliée, un Guerrier pauvre.

Nous remarquâmes qu'on ne lui avait pas coupé sa bourse. Le tueur n'avait voulu que sa vie.

Tarl l'Aîné avait saisi le couteau par le manche et l'avait retiré. C'était un couteau de jet caractéristique d'Ar, beaucoup plus petit que le quiva du Sud et effilé d'un seul côté.

C'était une arme conçue pour tuer. Souillée de sang et de fluides corporels, il y avait une tache blanche à l'extrémité de la lame, résidu visqueux d'une pellicule de pâte de kanda que la chaleur du sang avait fait fondre et dont on avait enduit le bout de la lame. Sur la garde de l'arme, on pouvait lire : « Je l'ai cherché, je l'ai trouvé. » C'était un couteau de tueur.

— La Caste des Assassins ? avais-je demandé.

— Probablement pas, avait répondu Tarl l'Aîné, car les Assassins sont en général trop fiers pour avoir recours au poison.

Puis, sans un mot, Tarl l'Aîné avait jeté le cadavre sur ses épaules. J'avais pris le morceau de tissu vert accroché au grillage. Nous avions transporté le corps, sans heureusement rencontrer quiconque à cette heure tardive, dans les appartements de mon père, Matthew Cabot, Administrateur de la Cité. Tarl l'Aîné, mon père et moi discutâmes longtemps. Nous étions persuadés que cette tentative de meurtre dirigée contre moi, car il semblait bien que ce fût le cas, était liée aux Sardar, aux Prêtres-Rois et aux Autres, ennemis des Prêtres-Rois, qui convoitaient ce monde et qui, sournoisement et cruellement, combattaient dans l'espoir de se l'approprier bien que, jusqu'ici, craignant les pouvoirs des Prêtres-Rois ou ne comprenant pas que la Guerre du Nid, plus d'un an auparavant, les avait considérablement affaiblis, n'avaient pu osé attaquer ouvertement. En conséquence, attendant notre heure, nous laissâmes la cité croire que Tarl Cabot avait été assassiné. C'est pourquoi, dans la salle de la Maison de Cernus, mes pensées se firent amères. J'étais effectivement venu assouvir une vengeance. Mais je ne connaissais même pas le nom de la victime. C'était un tarnier de Thentis. Il était venu à Ko-ro-ba, cité alliée de la sienne, et y avait trouvé la mort sans raison apparente, en dehors du fait qu'il avait eu le malheur de me ressembler.

— Pourquoi les Guerriers de Ko-ro-ba ne sont-ils pas venus à Ar afin d'y découvrir le meurtrier ? demanda Cernus, interrompant ma rêverie.

— Ce n'était pas un acte de guerre, répondis-je. En outre, ajoutai-je, comme Kanak de Port Kar n'est plus

Administrateur d'Ar, il est probable que les Guerriers de Ko-ro-ba ne seraient pas les bienvenus dans les murs d'Ar.

— C'est vrai, fit remarquer un homme d'armes.

— Connais-tu le nom de celui que tu recherches ? demanda Cernus.

— Je n'ai que ceci, répondis-je en sortant de ma ceinture le morceau de tissu vert et froissé.

— C'est un insigne de faction, dit Cernus. Il y en a des milliers à Ar.

— Je ne possède rien d'autre, fis-je.

— Cette Maison elle-même, reprit Cernus, est alliée aux Verts, tout comme d'autres Maisons et divers établissements de la cité sont associés à d'autres factions.

— Je sais, dis-je, que la Maison de Cernus est alliée aux Verts.

— Je comprends maintenant, souligna Cernus, pourquoi tu tiens tant à louer ton épée à la Maison de Cernus.

— En effet, celui que je cherche pourrait très bien appartenir à cette Maison.

— C'est cependant peu probable, affirma Cernus, car ceux qui soutiennent les Verts se comptent par milliers et appartiennent à toutes les castes de Gor. L'Administrateur d'Ar lui-même et le Grand Initié sont favorables aux Verts.

Je haussai les épaules.

— Mais sois le bienvenu dans cette Maison, reprit Cernus. Comme tu le sais certainement, Ar vit une époque difficile ; une bonne épée est un bon investissement et, par les temps qui courent, l'acier est parfois plus utile que l'or.

— Je suis à ton service, dis-je.

— On va te montrer tes quartiers, dit Cernus en faisant signe à un homme d'armes.

Je fis demi-tour et le suivis.

— À propos, Tueur, fit Cernus.

Je lui fis face.

— J'ai appris que tu as tué quatre Guerriers de la Maison de Portus dans la taverne de Spindius.

Je ne répondis pas.

— Quatre pièces d'or, des tarnets doubles, seront envoyées chez toi.

J'inclinai la tête.

— En outre, reprit Cernus, on m'a rapporté que tu t'es approprié une de mes esclaves, dans la rue.

Légèrement crispé, je laissai tomber la main sur le pommeau de ma courte épée.

— Quel était son numéro ? demanda Cernus à Caprus qui se tenait près de lui.

— 74673, répondit le Scribe.

J'avais prévu qu'il serait fait mention de Vella car il était peu probable que Cernus ne fût pas au courant de notre rencontre. En réalité, je lui avais demandé de se plaindre et de s'indigner de ce qui lui était théoriquement arrivé, à son retour à la Maison de Cernus. En conséquence, je constatai sans surprise que le Scribe connaissait parfaitement son numéro. De toute façon, il le connaissait certainement déjà, car son rôle, au sein de son personnel, consistait principalement à faire des courses en ville du fait que Caprus, disait-on, n'aimait guère sortir. Je souhaitais pouvoir collaborer étroitement avec Vella dans la Maison de Cernus. Je comptais sur le sens de l'humour malsain dont font souvent preuve les marchands d'Esclaves.

— Y es-tu opposé ? demandai-je.

Cernus sourit.

— Nos Médecins ont certifié, répondit-il, que ce n'est qu'une Esclave de Soie Rouge.

— Je ne peux pas croire, fis-je, que vous laisseriez une Esclave de Soie Blanche sortir seule dans les rues d'Ar.

Cernus eut un rire étouffé.

— Effectivement, dit-il. Le risque est trop important, il atteint parfois dix pièces d'or. (Puis il se détendit.) 74673 ! appela-t-il.

— La fille ! cria le Scribe.

Élisabeth Cardwell, Vella, fut poussée dans la salle par une porte latérale derrière laquelle elle avait été cachée. Elle était vêtue comme lorsque je l'avais rencontrée près de la Grande Porte d'Ar, nu-pieds, les cheveux défaits, portant une courte robe et un collier jaunes. Elle courut rapidement jusqu'à l'estrade de pierre et s'immobilisa devant la chaise curule de Cernus où elle s'agenouilla dans la position de l'Esclave de Plaisir, la tête baissée. Je fus amusé car elle avait couru, comme on enseigne parfois aux jeunes esclaves à le faire, à petits pas rapides, les jambes presque droites, les pieds quittant à peine le sol, le dos droit, la tête tournée sur la gauche, les bras le long du corps, les paumes tournées à quarante-cinq degrés, davantage un pas de danse qu'une véritable course. Élisabeth, je ne l'ignorais pas, devait détester ça. Je me la rappelai telle qu'elle était dans les Plaines de Turia, le Pays des Peuples des Chariots. Peu de jeunes femmes avaient son souffle et son énergie, sa puissance et sa vitalité ; celles qui étaient capables de courir aussi bien qu'elle à l'étrier d'un Guerrier étaient rares. Comme elle devait trouver choquante l'idée que se faisait un Marchand d'Esclaves de la hâte élégante d'une esclave !

— Lève la tête, Esclave ! ordonna Cernus.

Elle obéit et je compris qu'elle n'avait sans doute jamais vu le Maître de la Maison. Son visage était pâle.

— Depuis combien de temps es-tu chez nous ? demanda Cernus.

— Neuf jours, Maître.

— Te plais-tu ici ?

— Oh, oui, Maître ! fit-elle.

— Sais-tu comment je punis les menteuses ?

Élisabeth, tremblante, posa le front sur le sol et croisa les poignets sous elle, s'agenouillant, comme on dit, sous le fouet. Un homme d'armes regarda Cernus pour voir s'il voulait qu'elle soit attachée à un des anneaux de la plate-forme.

Cernus fit non de la tête.

— Lève la tête, Petite Esclave, dit-il.

Élisabeth obéit.

— Déshabille-toi ! ordonna-t-il.

Sans un mot, Élisabeth se leva et détacha son agrafe d'épaule.

— Tu es très jolie, Petite Esclave, remarqua Cernus.

— Merci, Maître, répondit-elle.

— Comment t'appelles-tu ?

— 74673.

— Non, fit Cernus, comment aimes-tu qu'on t'appelle ?

— Vella, répondit-elle, si le Maître le veut bien.

— C'est un joli nom, releva-t-il.

Elle baissa la tête.

— Je vois, reprit Cernus, que tu portes la marque des quatre cornes de bosk.

— Oui, Maître.

— Kassar, fit-il, n'est-ce pas ?

— Non, Maître, répondit-elle, Tuchuk.

— Mais où est l'anneau ? demanda-t-il.

Les femmes Tuchuks, qu'elles soient esclaves ou libres, portent à la narine un petit anneau d'or, mince et fin, assez semblable aux alliances de la Terre. Les énormes bosks, qui constituent le moyen de subsistance des Peuples des Chariots auxquels appartiennent les Kassars et les Tuchuks, portent également un anneau mais, naturellement, dans leur cas, il est beaucoup plus gros et lourd.

— Mon maître précédent, expliqua-t-elle, Clark de la Maison de Clark, à Thentis, l'a retiré.

— C'est un imbécile, déclara Cernus. Cet anneau est merveilleux. Il trahit la barbare et promet des plaisirs si sauvages et violents que c'est à peine si le citadin peut les concevoir.

Élisabeth ne répondit pas.

— J'ai possédé une Tuchuk, autrefois, reprit Cernus, une fille sauvage des chariots qui me plaisait bien. Mais le jour où elle a essayé de me tuer, je l'ai étranglée avec la chaîne de la Maison de Cernus.

Il toucha la chaîne et le médaillon qu'il portait au cou.

— Je ne suis pas vraiment Tuchuk, dit Élisabeth. Je viens des îles du nord de Cos, j'ai été capturée par les pirates de Port Kar, vendue à un tarnier, transportée et vendue à nouveau à Turia ; ensuite, on m'a cédée aux Tuchuks contre vingt peaux de bosk. C'est là que l'on m'a marquée et mis l'anneau.

— Comment es-tu arrivée à Thentis ? demanda Cernus.

— Les Kassars ont attaqué les chariots des Tuchuks, répondit-elle. J'ai été enlevée et vendue aux Turiens. (Elle parlait d'une voix morne.) Plus tard, on m'a vendue à Tor, reprit-elle, très au nord de Turia. Un an après, dans un chariot d'esclaves, je suis arrivée à la Foire de Se'Var, près des Sardar, où j'ai été vendue à la Maison de Clark ; c'est là que, avec beaucoup d'autres, j'ai eu la chance d'être achetée par la Maison de Cernus et conduite à Ar la Glorieuse.

Cernus s'adossa à nouveau, apparemment satisfait.

— Mais sans anneau, fit-il remarquer, personne ne prendra au sérieux la marque des quatre cornes de bosk. (Il sourit.) Ton authenticité, ma chère, en souffrira.

— Je suis désolée, fit Élisabeth en baissant la tête.

— Je vais demander au forgeron de remplacer cet anneau, décida-t-il.

— Comme le maître veut, dit-elle.

— Ça ne sera pas douloureux, la deuxième fois, souligna Cernus.

Élisabeth ne répondit pas.

Cernus se tourna vers Caprus qui se tenait près de lui.

— A-t-elle reçu une éducation ? demanda-t-il.

— Non, répondit Caprus. Elle est Soie Rouge mais elle ne sait pratiquement rien.

— Esclave ! fit Cernus.

— Oui, Maître.

— Tiens-toi droite, mets les mains sur la nuque et rejette la tête en arrière.

Élisabeth obéit.

— Tourne lentement ! ordonna Cernus.

Après avoir effectué un tour, elle s'immobilisa devant lui comme il le lui avait commandé.

Cernus se tourna vers Caprus.

— A-t-elle été touchée par le cuir ? s'enquit-il.

— Flaminius, notre Médecin, a fait lui-même cette expérience, répondit-il. Elle a été magnifique.

— Excellent, déclara Cernus. Tu peux baisser les bras, ajouta-t-il à l'intention de la jeune femme.

Elle obéit et resta là, debout devant lui, les yeux baissés.

— Qu'elle soit complètement instruite ! conclut-il.

— Complètement ? s'étonna Caprus.

— Oui, répondit Cernus. Complètement.

Élisabeth le regarda avec stupéfaction.

Je n'avais pas prévu ça et Élisabeth non plus. Toutefois, nous n'y pouvions rien changer. Complète et précise, l'instruction prendrait des mois. D'un autre côté, elle se déroulerait probablement dans la Maison de Cernus. En outre, cette instruction, bien qu'étalée sur plusieurs mois, n'occupe que cinq heures goréennes par jour afin que les jeunes femmes puissent se reposer, assimiler leurs leçons et se détendre dans les piscines et les jardins. Pendant ce temps, du fait qu'Élisabeth appartenait théoriquement au personnel de Caprus, il lui serait certainement possible de s'occuper de nos affaires, car c'était dans ce but que nous nous étions introduits dans la Maison de Cernus.

— N'es-tu pas reconnaissante ? s'enquit Cernus, surpris.

Élisabeth tomba à genoux, les yeux baissés.

— Je suis indigne d'un tel honneur, Maître, dit-elle.

Puis Cernus tendit le bras vers moi, indiquant à la jeune femme de regarder dans cette direction.

Élisabeth obéit et brusquement, magnifiquement, se posa le bras sur la bouche et cria, comme si elle venait de me découvrir et de me reconnaître avec horreur. Elle fut merveilleuse.

— C'est lui ! s'écria-t-elle, frissonnante.

— Qui ? s'enquit innocemment Cernus.

Je me dis alors que mes prévisions, basées sur le sens de l'humour malsain dont font souvent preuve les Marchands d'Esclaves, n'allaient pas tarder à se réaliser.

Élisabeth avait posé le front sur les dalles du sol.

— Je vous en prie, Maître, pleura-t-elle. C'est lui, l'Assassin qui m'a obligée à l'accompagner dans la taverne de Spindius ! Protégez-moi, Maître ! Je vous en prie, Maître ! Protégez-moi, Maître !

— Est-ce l'esclave, demanda sévèrement Cernus, que tu as contrainte à t'accompagner dans la taverne de Spindius ?

— Je crois que c'est elle, reconnus-je.

— Sale bête ! gémit Élisabeth.

— Tu n'es qu'une pauvre petite esclave, fit Cernus. S'est-il montré cruel ?

— Oui, s'écria-t-elle, les yeux brillants. Oui !

Il me fallait reconnaître qu'Élisabeth jouait parfaitement la comédie. C'était une jeune femme extrêmement intelligente et douée, et belle en plus. J'espérai que son numéro ne serait pas trop convaincant car je risquerais de finir dans un baquet d'huile de tharlarion portée à ébullition.

— Veux-tu que je le punisse ? demanda Cernus avec douceur.

Élisabeth lui décerna un regard de gratitude infinie, ses grands yeux pleins de larmes, les lèvres frémissantes.

— Oui ! gémit-elle. Je vous en prie, Maître, punissez-le ! Punissez-le !

— Très bien, fit Cernus. Pour le punir, je vais lui attribuer une fille non instruite.

— Maître ? fit-elle.

Cernus se tourna vers Caprus.

— Lorsqu'elle ne suivra pas l'instruction, 74673 habitera le logement de l'Assassin.

Caprus nota cette décision sur ses tablettes.

— Non ! hurla Élisabeth. Je vous en supplie, Maître ! Non ! Non !

— Peut-être, dit Cernus, si ton instruction progresse rapidement et favorablement, seras-tu autorisée, après quelques mois, à habiter ailleurs.

Élisabeth s'effondra en larmes devant l'estrade de pierre.

— Que cela t'incite à te montrer attentive et diligente, Petite Esclave, conclut Cernus.

Je rejetai la tête en arrière et ris ; Cernus fit de même, martelant les bras de sa chaise curule, puis les hommes d'armes, à leur tour, éclatèrent de rire. Je fis alors demi-tour et suivis celui qui devait me montrer mon logement.

5

Dans la Maison de Cernus

Assise sur les talons dans mon logement, dans la position traditionnelle des femmes goréennes, Élisabeth riait joyeusement et se donnait des claques sur les genoux tant elle était contente.

Moi aussi, j'étais content.

— Tout a formidablement bien marché ! s'exclama-t-elle. Et cette pauvre Vella qui doit partager le logement de l'Assassin ! Pauvre, pauvre Vella !

— Ne ris pas si fort ! dis-je avec un sourire tout en faisant le tour de la pièce.

J'avais fermé la lourde porte de bois et mis les deux barres en place. Lorsqu'elle n'était pas bloquée de la sorte, il était possible de l'ouvrir de l'extérieur si le levier de la serrure était glissé dans le trou. Autrement, il fallait l'enfoncer. Je pris note de ne pas oublier de glisser le levier dans le trou avant de sortir. L'inconvénient d'une telle porte, naturellement, est que n'importe qui peut entrer et fouiller la pièce ou attendre à l'intérieur lorsque le levier de la serrure est à l'extérieur. Dans de telles pièces, on range les objets de valeur dans un lourd coffre, bardé de fer et scellé au mur, qu'il est possible de fermer à clé. Néanmoins, sur Gor, presque toutes les portes donnant accès aux chambres ou bien à un ensemble de chambres comportent une serrure, généralement de fabrication artisanale et très décorée, fixée au centre de la porte et commandant un long pêne.

Curieusement, bien que de fabrication artisanale, la plupart de ces serrures sont à tiges, la fermeture étant réalisée au moyen de plusieurs lourdes tiges qui viennent se loger dans la gâche; lorsque l'on introduit la clé, les tiges, qui sont toutes de longueur différente, se soulèvent de sorte que, lorsqu'on tourne la clé, le pêne peut se déplacer, ce qui entraîne l'ouverture de la porte. On rencontre parfois d'autres formes de serrures, la plus répandue étant la serrure à disques, dans laquelle ce sont des disques, et non des tiges, qui assurent la fermeture.

La petite serrure des colliers d'esclave, incidemment, peut être de différents types, mais elles sont presque toutes à tiges ou à disques. Les colliers des femmes comportent généralement six tiges ou six disques, un, dit-on, pour chaque lettre du mot goréen qui signifie femme esclave: Kajira; l'homme esclave, ou Kajirus, porte rarement un collier à serrure; on se contente en général de lui passer une bande de fer au cou et de la sceller à coups de marteau; il travaille souvent enchaîné, généralement avec d'autres esclaves; dans certaines cités, y compris Ar, on ne voit pratiquement jamais d'esclaves mâles sans chaînes; incidemment, les esclaves mâles sont beaucoup moins nombreux que les esclaves femelles; une femelle capturée est presque invariablement assujettie au collier, un mâle capturé est presque invariablement passé au fil de l'épée; en outre, la raison d'être des raids, expéditions soigneusement préparées, organisées et réalisées, est presque toujours l'acquisition de femelles; on s'attaque généralement à un cylindre, on obstrue ses ponts, on pénètre dans ses logements que l'on saccage, à la recherche d'or et de femmes; les hommes sont massacrés et les femmes dépouillées de leurs vêtements; celles qui ne sont pas au goût du Marchand d'Esclaves sont tuées; les autres sont chargées du butin et conduites sur le toit, avec le fouet et l'aiguillon, puis attachées aux selles des tarns ou entassées dans des nacelles hermétiquement fermées, suspendues sous les grands oiseaux; parfois, moins d'un quart d'ahn plus tard, avant que des renforts appropriés aient pu arriver, les Marchands d'Esclaves s'enfuient avec butin et prisonnières, laissant derrière eux un cylindre en feu; les Marchands d'Esclaves peuvent frapper n'importe quelle cité, mais ils préfèrent s'attaquer à celles qui n'ont pas domestiqué le tarn et dépendent du lourd tharlarion.

Sur Gor, bien que presque toutes les serrures soient métalliques, les serrures de bois ne sont pas complètement inconnues. La variété la plus répandue est constituée de deux ensembles de broches correspondantes, le premier étant fixé sur une clé de bois en forme de spatule et l'autre, mobile, se logeant dans une barre qu'il immobilise. On introduit la clé sous la barre et on la soulève, ce qui a pour effet de lever les broches mobiles et de libérer la barre. Néanmoins, comme on peut le supposer, ce type de serrure n'est pas sûr car il est possible de soulever les broches une par une en introduisant de petits morceaux de bois dans les trous, un par un, jusqu'à ce que la barre soit libre.

Il existe un autre type de serrure, peut-être encore moins sûr, constitué d'une barre munie d'un cran, que l'on ouvre en glissant un bâton dans un trou ; ce bâton s'insère dans le cran et on le pousse ensuite à droite ou à gauche en fonction du sens d'ouverture de la porte. Ce type de « clé » étant très lourd, on le porte généralement sur l'épaule et il est possible de s'en servir comme d'une arme.

Il faut savoir que les cadenas sont très répandus sur Gor. En outre, les serrures à combinaisons n'y sont pas inconnues mais elles sont rares. Le type le plus fréquent est constitué d'un ensemble d'anneaux où sont gravées des lettres et dissimulant le système de fermeture. Lorsque les lettres sont correctement alignées, il est possible d'ouvrir.

Les appartements des riches, les entrepôts des Marchands, les trésors des cités et ainsi de suite sont fermés par des serrures à poignard ou des serrures à poison ; les serrures à poignard, lorsqu'on tente de les ouvrir, projettent une lame, ou plusieurs, avec beaucoup de puissance, parfois derrière l'intrus. Mais elles sont rarement efficaces lorsque l'individu sait s'y prendre. La serrure à poison est beaucoup plus dangereuse parce que les trous par lesquels les minces aiguilles – généralement enduites de pâte de racine de kanda – sortent sont extrêmement petits, presque invisibles, dissimulés dans les creux et les arabesques des serrures goréennes, généralement très décorées. La serrure à fosse est également dangereuse et difficile à déceler à cause des nombreuses rainures naturelles des carreaux goréens que l'on trouve dans les couloirs des cylindres ;

lorsqu'on tente de les forcer, une trappe s'ouvre sous l'intrus qui tombe dans une fosse au fond de laquelle se trouvent, en général, des pointes fixées verticalement mais, parfois, des osts, des sleens affamés ou des tharlarions d'eau ; de temps en temps, cependant, la fosse n'est qu'un piège et l'intrus capturé peut ensuite être interrogé et torturé à loisir.

Enfin, il est bon d'ajouter que le Serrurier, membre de la Caste des Métallurgistes, commet un délit puni de mort lorsqu'il fait, sans autorisation, le double d'une clé ou en conserve un exemplaire pour lui-même ou quelqu'un d'autre. Toutefois, dans la Maison de Cernus, la porte de ma chambre n'avait pas de serrure. Les barres, naturellement, permettaient de fermer correctement la porte, mais seulement lorsqu'il y avait quelqu'un dans la pièce. Le fait que mon logement fût dépourvu de clé n'était certainement pas dû au hasard.

Je décidai qu'il valait mieux ne pas demander que l'on installe une serrure. Une telle requête aurait pu paraître déplacée ou trahir un goût du secret qui n'était pas de mise dans une Maison où, c'est du moins ce qu'on croyait, j'avais accepté de l'or en échange de mon acier. On aurait pu en déduire que je n'étais pas celui que je prétendais être. En outre, j'étais persuadé que la serrure serait installée, sur ordre de Cernus, par un de ses employés, de sorte qu'il connaîtrait la nature du dispositif et posséderait, malgré l'interdiction, un double de la clé.

Je n'étais cependant pas complètement désarmé car, à l'examen, je découvris que la porte comportait, outre le trou autorisant le passage du levier permettant de faire jouer le loquet, un autre petit trou, juste au-dessous de la deuxième barre, probablement percé par un occupant précédent.

— Ça permet de faire un nœud complexe, dis-je à Élisabeth en lui montrant le petit trou.

— Qu'est-ce que c'est ? demanda-t-elle.

— Regarde, fis-je.

Je me levai et fouillai la pièce. Il y avait plusieurs coffres, dont le lourd meuble cerclé de fer avec sa serrure. Il y avait également un large bahut contre un mur, plein d'assiettes, de tasses, de bouteilles de Paga et de vin de Ka-la-na.

— Qu'est-ce que tu cherches ? demanda-t-elle.

— Un morceau de ficelle ou de corde, peu importe, répondis-je.

Nous fouillâmes chacun des coffres et, presque aussitôt, Élisabeth trouva cinq paires de lacets de sandale.

— Est-ce que ça ira ? demanda-t-elle.

— Parfaitement, répondis-je en prenant une paire.

Elle s'agenouilla et me regarda tandis que, ayant choisi un lacet, je m'asseyais en tailleur par terre et le coupais en deux, dans le sens de la longueur, sur le fil de mon épée. J'obtins une longue lanière de peau de bosk. Puis je la passai autour de la barre et glissai les deux extrémités dans le petit trou de sorte qu'elles pendent à l'extérieur. J'ouvris alors la porte.

— Maintenant, dis-je, suppose que j'attache solidement les deux extrémités de la lanière.

Élisabeth regarda un instant les lanières.

— Ainsi, dit-elle, tu immobiliseras la barre et il sera impossible de la soulever avec le levier.

Je souris. Élisabeth était vive, toujours. En attachant les deux extrémités, la corde étant glissée autour de la barre et le nœud trop gros pour passer par le trou, j'immobilisais la barre.

— Mais, fit-elle remarquer, on peut défaire le nœud et entrer.

— Naturellement, répondis-je en la fixant dans les yeux.

Elle me regarda un instant, troublée. Puis, soudain, un sourire éclaira son visage et elle battit des mains.

— Oui ! s'écria-t-elle. Formidable !

Je n'ai jamais connu de jeune femme plus vive qu'Élisabeth. Originaire de la Terre, elle ne pouvait pas connaître ces ruses et pourtant, au premier indice, elle avait deviné ce qu'il était possible de faire.

— Regarde bien, dis-je.

Je saisis les deux extrémités de la lanière et les attachai en un nœud qui dut lui paraître horriblement compliqué.

— En fait, expliquai-je sans cesser d'entrelacer les deux extrémités de la lanière suivant une structure de plus en plus complexe, ce n'est qu'un nœud à cinquante-sept boucles. Il est néanmoins de mon invention, bien que je n'aie jamais pensé en avoir besoin. Cette ruse m'a été enseignée, il y a de nombreuses années, par Andreas de Tor, membre de la Caste des Poètes, car les portes de Tor sont, en général, semblables à celle-ci. Son nœud comportait soixante-deux boucles et celui de son père soixante et onze ; un de ses frères utilisait un nœud à cent quatre boucles, ce qu'Andrews, je m'en souviens, trouvait un peu prétentieux.

— Pourtant, c'est toujours le même à la base, remarqua Élisabeth.

— Oui, répondis-je, mais chacun a son propre nœud, aussi distinct qu'une signature, et chaque nœud a son secret. Une seule personne peut le réaliser et, plus important, une seule sait comment le défaire à condition, naturellement, qu'on ne l'ait pas touché.

— Pourtant, n'importe qui pourrait le défaire.

— Certainement, reconnus-je. Le problème est de le renouer après l'avoir défait.

— Le propriétaire du logement, en déduisit Élisabeth, rentrant et détachant le nœud, peut dire immédiatement s'il s'agit ou non de son nœud.

— Exact, fis-je.

— Il peut ainsi savoir, conclut Élisabeth, si on est entré dans son logement en son absence.

— Oui, dis-je. Parfois, ajoutai-je, un intrus pénètre dans le logement pendant qu'un complice, resté à l'extérieur, tente de reconstituer le nœud afin que celui qui est caché à l'intérieur puisse surprendre l'occupant à son retour mais, en général, ce stratagème ne fonctionne pas, parce qu'il est extrêmement difficile à remettre en place.

Élisabeth ne quitta pas mes mains des yeux tandis que, essayant de retrouver les complexités de mon nœud, je manipulais les lanières de peau de bosk.

Enfin, avec un soupir, je me détendis.

— C'est un véritable nœud gordien, fit-elle remarquer.

— Il est tout à fait possible, dis-je, que le nœud gordien ait été un tel nœud.

— Alexandre, fit-elle avec un sourire, l'a coupé d'un coup d'épée.

— Et, ce faisant, conclus-je, a appris au monde entier que la pièce, ou l'endroit en question, avait été violée.

Je défis le nœud, sortis les deux lanières du trou, fermai la porte et remis la barre en place.

Je me tournai vers Élisabeth :

— Je vais t'apprendre le nœud, dis-je.

— D'accord, fit-elle, absolument pas intimidée par la complexité de la tâche. (Puis elle leva les yeux vers moi :) Je devrais aussi avoir mon propre nœud, ajouta-t-elle.

— Nous pouvons certainement utiliser le même, répondis-je avec appréhension.

Apprendre un nœud n'a, après tout, rien de drôle.

— Si je dois apprendre ton nœud, insista-t-elle, pourquoi n'apprendrais-tu pas le mien ?

— Élisabeth... commençai-je.

— Vella, corrigea-t-elle.

— Vella, repris-je, malgré tout ce que tu as subi sur ce monde, tu restes, par certains côtés, une femme de la Terre.

— En fait, répondit-elle, il me semble simplement que ce serait juste. (Puis elle eut un sourire narquois.) Mon nœud sera tout aussi complexe que le tien, ajouta-t-elle.

— Je n'en doute pas, fis-je avec découragement.

— Ça va être très amusant d'inventer un nœud, reprit-elle, mais il faudra qu'il soit féminin et reflète ma personnalité.

Je grognai.

Elle me mit les bras autour du cou et me regarda dans les yeux.

— Peut-être, dit-elle, lorsque Vella aura été instruite, le Maître la trouvera-t-il plus séduisante.

— Peut-être, reconnus-je.

Elle m'embrassa légèrement sur le nez.

— Tu ne sais même pas danser, lui rappelai-je.

Soudain elle recula, rejeta la tête en arrière, lança une jambe sur le côté et leva les bras. Puis, les yeux fermés, sans rien bouger d'autre que le talon du pied droit qui battait la mesure, elle fredonna un chant d'esclaves tuchuk ; sur la seconde mesure, elle posa les mains sur les hanches et ouvrit les yeux, me regardant ; sur la troisième mesure, son corps se mit à bouger et, suivant la mélodie, il se balança de droite à gauche et elle approcha de moi ; quand je tendis le bras vers elle, elle recula et dansa, les mains à hauteur de la tête, faisant claquer ses doigts au rythme de la mélodie.

Puis elle s'immobilisa.

— C'est tout ce que je sais, reconnut-elle.

Je poussai un cri de rage.

Elle vint jusqu'à moi et me passa une nouvelle fois les bras autour du cou.

— Pauvre maître, fit-elle, Vella ne sait même pas danser.

— Néanmoins, répondis-je, Vella a des dispositions.

— Le Maître est gentil, dit-elle. (Elle m'embrassa, une nouvelle fois, légèrement, sur le nez.) Le Maître ne peut pas tout avoir, conclut-elle.

— C'est un sentiment, répliquai-je, qui satisferait peu de maîtres goréens.

Elle rit.

— Ça pourrait être pire, fit-elle remarquer. Je pourrais être une esclave de Soie Blanche.

Je me saisis d'elle, la portai jusqu'au large lit de pierre couvert de fourrures et la posai dessus.

— J'ai entendu dire, fit-elle avec un sourire, que seules les Libres Compagnes ont droit aux honneurs du lit.

— Exact ! m'écriai-je, l'enroulant dans les fourrures et jetant le tout par terre au pied du lit, sous l'anneau destiné à l'esclave.

Avec une révérence, je déroulai les fourrures, découvrant Élisabeth qui cria et s'enfuit à quatre pattes, mais ma main s'abattit sur l'agrafe de son épaule gauche et elle fit soudain demi-tour, essayant de s'asseoir, les pieds empêtrés dans son vêtement que je jetai au loin avant de la reprendre dans mes bras.

— Si je te plais, demanda-t-elle, m'achèteras-tu ?

— Peut-être, répondis-je. Je ne sais pas.

— Je crois, reprit-elle, que j'aimerais bien que tu sois mon maître.

— Vraiment ? fis-je.

— Alors, conclut-elle, je vais essayer de te plaire pour que tu m'achètes.

— Tu n'es pas ici dans la tente rouge.

Elle rit. C'était une allusion à certaines pratiques relatives au commerce d'esclaves de Soie Rouge à l'occasion de ventes privées organisées à l'intention de clients importants. À certaines périodes de l'année, on dresse de telles tentes dans la cour de la Maison du Marchand d'Esclaves; dans chacune d'elles, nue, enchaînée à un anneau par la cheville gauche, sur des fourrures, se trouve une très belle fille de Soie Rouge; les acheteurs, généralement accompagnés d'un membre de la Caste des Médecins, en présence d'un employé du Marchand d'Esclaves, examinent les diverses filles; lorsqu'ils manifestent un intérêt particulier pour l'une d'elles, le Médecin et l'employé du Marchand se retirent; si, par la suite, la fille n'est pas vendue ou, tout au moins, ne fait pas l'objet d'une sérieuse option, elle est sévèrement battue ou même soumise à l'aiguillon pendant une heure entière; si, après deux ou trois essais, la fille n'est pas vendue, on lui donne une instruction supplémentaire; si, après ça, elle n'est toujours pas vendue, on l'enferme en général dans les cages de fer, avec les filles de valeur inférieure, et elle est vendue à prix réduit sur un marché secondaire, ou même dans une cité de moindre importance. La plupart des filles, néanmoins, même les spécimens de premier choix, ne connaissent jamais la tente; en général, le Marchand en tire un meilleur prix lorsque de nombreux acheteurs s'affrontent dans la chaleur d'une vente aux enchères.

— Très bien, Soie Rouge, dis-je, montre ce que tu sais faire!

— Oui, Maître, fit-elle, soumise.

Et, pendant toute une heure, elle m'en fit la démonstration, et superbement. Je me rendis compte que, si j'avais été un acheteur, j'aurais pris une sérieuse option sur la petite femme experte et sensuelle qui frémissait dans mes bras, tirant le meilleur parti de sa vivacité et de sa beauté pour me plaire. J'en oubliai parfois qu'elle était Élisabeth Cardwell, originaire de la Terre, lorsqu'elle s'oublia elle-même dans nos plaisirs, les mains serrées autour du collier, et non une esclave goréenne éduquée pour le seul plaisir du Maître.

*

* *

Quelques mois plus tôt, Élisabeth et moi, l'œuf des Prêtres-Rois dans les fontes de la selle de notre tarn, avions quitté les Plaines de Turia, le Pays des Peuples des Chariots, en direction du nord. À proximité des Monts Sardar, j'avais tranquillement posé le tarn sur le disque de métal gris du vaisseau, d'une quinzaine de mètres de diamètre, environ deux mille mètres au-dessus de la surface de Gor. Le vaisseau ne se déplaçait pas, il restait immobile au soleil, malgré le vent violent, comme s'il était attaché à un poteau ou un quai invisible. Semblables à des nappes de brouillard, brillants dans la lumière dorée du soleil, des nuages dérivaient. Très loin, en bas, sur la droite, je vis, au travers des nuages, les pentes noires et couvertes de neige des Sardar.

Sur le vaisseau, grand et mince, semblable à la lame d'un couteau d'or, les pattes délicatement tendues devant le corps, ses antennes dorées frémissant dans le vent, se tenait, dans toute l'immobilité incroyablement alerte de sa race, un Prêtre-Roi.

Je sautai vivement de mon tarn et m'immobilisai sur le vaisseau, dans la lumière radieuse du soleil filtrée par les nuages.

Le Prêtre-Roi fit un pas dans ma direction, sur ses quatre membres postérieurs réservés à la locomotion, et s'arrêta, comme s'il n'osait pas avancer davantage.

Je ne bougeai ni ne parlai.

Nous nous regardâmes.

J'examinai sa tête gigantesque, semblable à une sphère dorée, surmontée d'antennes frémissant au vent, hérissées de poils sensoriels luisants. Si Miss Cardwell eut peur, attachée à la selle du tarn, par mesure de sécurité, elle ne cria ni ne parla ; elle resta silencieuse.

Mon cœur battait très fort, mais je ne bougeai pas. Ma respiration était profonde, mon cœur plein de joie.

Les crochets destinés au nettoyage des antennes, situés au niveau de la troisième articulation des membres supérieurs du Prêtre-Roi, se levèrent délicatement et se tendirent vers moi.

Je regardai l'énorme tête dorée et ses deux grands yeux ronds à facettes, et la lumière parut étinceler sur leur surface composée. Une cicatrice blanchâtre et irrégulière barrait l'œil gauche.

Enfin, je pris la parole.

— Ne reste pas trop longtemps au soleil, Misk, dis-je.

Luttant contre le vent, s'efforçant de tendre ses antennes dans ma direction, il fit un pas vers moi sur la surface métallique du disque. Puis il s'immobilisa, cinq mètres de corps doré, en équilibre sur ses quatre pattes postérieures, membres munis de quatre articulations destinés à la locomotion, les deux antérieurs, membres à quatre articulations destinés à la préhension, munis chacun de quatre minuscules et délicats crochets préhensiles, tendus délicatement, avec vigilance, devant lui, dans l'attitude caractéristique des Prêtres-Rois. Autour du tube reliant la tête au thorax, était passée une chaîne à laquelle était suspendu le traducteur rond et compact.

— Ne reste pas trop longtemps au soleil, répétai-je.

— As-tu trouvé l'œuf? demanda Misk.

Son énorme mâchoire, qui s'ouvrait et se fermait latéralement, n'avait, naturellement, pas bougé. Ce fut plutôt un ensemble d'odeurs, sécrétées par ses glandes destinées à la communication, perçues par le traducteur et transformées en mots goréens reproduits ensuite mécaniquement, sans émotion aucune.

— Oui, Misk, répondis-je. J'ai trouvé l'œuf. Je l'ai. Il est dans les fontes de la selle de mon tarn.

L'énorme créature donna un instant l'impression de vaciller, comme si elle allait tomber; puis, comme par un effort de volonté qui se propagea lentement dans tout son corps, elle se redressa.

Je ne dis rien.

Délicatement, lentement, la gigantesque créature vint vers moi – seuls ses quatre membres postérieurs parurent bouger – puis s'immobilisa. Je levai les mains au-dessus de la tête et, délicatement, dans la brume luisante, sous le soleil, son être lisse et doré brillant de tous ses feux, il baissa lentement le corps et la tête puis, du bout de ses antennes hérissées de poils sensibles et dorés, caressa les paumes de mes mains.

J'avais les larmes aux yeux.

Les antennes frémirent sur ma peau. La grande lame d'or qu'était son corps parut trembler un instant. Une nouvelle fois, les crochets destinés au nettoyage des antennes et situés au niveau de la troisième articulation des membres supérieurs sortirent délicatement, se tendirent tendrement vers moi. Les grands yeux à facettes, dont les Prêtres-Rois se servent si peu, étaient radieux ; ils luisaient comme des diamants.

— Merci, dit Misk.

*

* *

En compagnie d'Élisabeth, j'avais séjourné dans le Nid des Prêtres-Rois, ce complexe incroyable situé sous les Sardar, pendant quelques semaines.

C'était avec une joie sans partage que Misk avait reçu l'œuf et l'avait confié à des collaborateurs zélés chargés de le mettre en lieu sûr et de l'amener à maturité. Je suis persuadé que les Médecins et les Savants du Nid ne se sont jamais montrés plus diligents et soigneux qu'avec cet œuf, et sans doute à juste titre car il représentait l'avenir de leur espèce.

— Quelles nouvelles de Ko-ro-ba et de Talena ? avais-je demandé à Misk alors que nous étions encore sur le vaisseau, avant même d'avoir regagné le Nid.

Il me fallait connaître le sort de ma Cité et de celle qui avait été ma Libre Compagne, que j'avais perdue de nombreuses années plus tôt.

Élisabeth se tut tandis que je posais ces questions.

— Comme tu dois t'en douter, répondit Misk, on reconstruit la Cité. Les habitants de Ko-ro-ba sont revenus des quatre coins de Gor, chantant et apportant tous une pierre pour ajouter à ses murs. Au fil des mois, tandis que tu travaillais pour nous au Pays des Peuples des Chariots, des milliers et des milliers de Korobains ont regagné leur ville. Les Constructeurs et les autres, tous ceux qui le pouvaient, ont entrepris de reconstruire ses murs et ses tours. Ko-ro-ba existe de nouveau.

Je savais que seuls les hommes libres étaient autorisés à reconstruire la cité. Il y avait certainement de nombreux esclaves à Ko-ro-ba, mais on leur permettait seulement d'assister ceux qui érigeaient les murs et les tours. Pas une seule pierre ne pouvait être mise en place, dans une tour ou dans un mur, par un individu ne jouissant pas de sa liberté. À ma connaissance, la seule cité de Gor qui fut construite par des esclaves, sous le fouet des maîtres, est Port Kar, dans le delta du Vosk.

— Et Talena ? m'enquis-je.

Les antennes de Misk s'abaissèrent légèrement.

— Que lui est-il arrivé ? m'écriai-je.

— Elle n'est pas parmi ceux qui ont regagné la cité, répondit le traducteur de Misk.

Je le regardai.

— Je suis désolé, dit Misk.

Je baissai la tête. Il y avait huit ans, peut-être plus, que je ne l'avais vue.

— Est-elle en esclavage ? demandai-je. A-t-elle été tuée ?

— On l'ignore, répondit Misk. On ne sait rien d'elle.

Mes épaules s'affaissèrent.

— Je suis désolé, fit à nouveau le traducteur de Misk.

Je lui tournai le dos.

Je remarquai qu'Élisabeth s'était éloignée pendant notre conversation.

Misk avait rapidement ramené le vaisseau aux Sardar.

Élisabeth avait découvert le Nid avec stupeur et émerveillement mais, après quelques jours, malgré son immensité majestueuse, je compris qu'elle avait envie de regagner la surface, l'air libre, le soleil.

J'avais personnellement beaucoup de choses à voir avec Misk et d'autres amis du Nid, notamment Kusk, le Prêtre-Roi, ainsi que Al-Ka et Ba-Ta, qui étaient humains, et dont je me souvenais avec joie. Je remarquai que les jeunes femmes qui avaient autrefois été leurs esclaves, ennemies capturées, ne portaient plus le collier d'or et étaient devenues leurs Libres Compagnes. En réalité, il n'y avait pratiquement plus d'esclaves humains dans le Nid, à l'exception des hommes et des femmes qui nous avaient trahis pendant la Guerre du Nid, de ceux que l'on avait réduits à cette condition en raison de leurs délits et de ceux qui avaient pénétré dans les Sardar dans l'intention de s'approprier les richesses des Prêtres-Rois.

Un Prêtre-Roi nommé Serus, que je n'avais pas rencontré pendant la Guerre du Nid du fait qu'il appartenait aux cohortes de Sarm, avait inventé un appareil intéressant, destiné au contrôle des esclaves et valant la peine d'être mentionné. Il est constitué de quatre anneaux métalliques, munis de plaques qui se font face, et que l'on passe aux poignets et aux chevilles de l'esclave. Ces anneaux, qui ressemblent un peu à des bracelets, lui permettent une totale liberté de mouvement. Lorsqu'il les porte, naturellement, le collier et la marque ne sont plus nécessaires. Mais, à partir d'un tableau de commande central étroitement gardé, et grâce à des émetteurs individuels appartenant aux propriétaires, il est possible d'envoyer un signal qui colle les plaques des bracelets les unes contre les autres, immobilisant ainsi l'esclave, même à distance. Il existe des signaux individuels et des signaux généraux permettant d'immobiliser un esclave donné, où qu'il se trouve, ou bien tous les esclaves du Nid.

— Si Sarm avait disposé d'un tel appareil, m'expliqua Serus, l'issue de la Guerre du Nid aurait été différente.

Je dus l'admettre. Du fait que ni Élisabeth ni moi n'appartenions au Nid, Serus voulut nous faire porter son appareil mais Misk, naturellement, ne voulut rien entendre.

En outre, dans le Nid, je rencontrai le mâle, qui n'avait pas de nom, pas plus que la Mère des Prêtres-Rois n'en avait. On considère qu'ils sont au-dessus des noms, au même titre que les hommes ne pensent pas devoir donner un nom à l'univers. C'était, me sembla-t-il, un magnifique spécimen, mais très grave et silencieux.

— Je suis heureux, dis-je à Misk, que le Nid ait un Père et, bientôt, une Mère.

Misk me regarda.

— Le Nid n'a jamais de Père, dit-il.

J'essayai d'en savoir plus mais Misk resta évasif et je compris qu'il ne voulait pas m'en dire davantage; en conséquence, selon son souhait, je n'insistai pas.

Curieusement, Élisabeth apprit à lire le goréen dans le Nid, et ce en moins d'une ahn. Ayant entendu dire qu'elle ne savait pas le lire, Kusk proposa de le lui enseigner. Élisabeth accepta mais fut stupéfaite, lorsqu'on l'installa sur une longue table, de la taille, en fait, d'un Prêtre-Roi, et qu'on lui emprisonna la tête entre deux appareils courbes et complexes assez semblables aux deux moitiés d'un bol. Sa tête fut maintenue exactement en place par deux étriers. De plus, afin qu'elle n'ait pas peur et ne tente pas de s'échapper, elle fut attachée à la table par plusieurs bandes métalliques ainsi que par des anneaux aux chevilles, aux jambes, aux poignets et aux bras.

— Nous avons constaté après la Guerre du Nid, expliqua Kusk, que de nombreux ex-esclaves ne savaient pas lire, ce qui n'était pas surprenant puisqu'ils étaient nés dans le Nid et que l'on n'avait généralement pas jugé utile de le leur enseigner. Mais, une fois libres, beaucoup voulurent apprendre. En conséquence, nous avons mis au point cet appareil, ce qui ne fut pas très difficile du fait que le cerveau humain est plutôt simple, capable de reconnaître et d'ordonner les lettres, sous toutes leurs formes, et les mots. Les structures neurales qui permettent à l'être humain de lire résultent naturellement de certains types d'alignement synaptique que nous produisons ici en évitant le long processus de la formation des habitudes.

— Lorsqu'il s'agit d'un Prêtre-Roi, dis-je, on utilise huit fils, un par cerveau.

— Nous n'avons plus besoin de fils, répondit Kusk, même dans le cas des Prêtres-Rois. Nous les utilisions surtout par tradition, mais les humains du Nid ont suggéré certaines améliorations, nous laissant, naturellement, le soin de les mettre au point. (Kusk tendit une antenne vers moi.) Il me semble, dit-il, que les humains sont rarement satisfaits.

— Libérez-moi, intervint Élisabeth, s'il vous plaît.

Kusk tourna un bouton. Élisabeth répéta : « S'il vous plaît », puis sembla éprouver des difficultés à garder les yeux ouverts, ferma les yeux et s'endormit.

Ensuite, pendant environ une ahn, je discutai plusieurs points avec Kusk, notamment concernant le degré de remise en état des dispositifs de surveillance du Nid, l'importance croissante du rôle des humains et les difficultés que présentait la mise en place d'un système social susceptible de satisfaire deux espèces aussi radicalement différentes.

L'appareil emprisonnant la tête d'Élisabeth émit un signal sonore et un signal sous forme d'odeur. Kusk leva les antennes, se dirigea rapidement vers l'appareil et coupa le contact. Il ouvrit les pièces métalliques courbes et libéra la jeune femme des anneaux qui la maintenaient encore.

Elle ouvrit les yeux.

— Comment te sens-tu ? demandai-je.

— Je me suis endormie, répondit-elle, s'asseyant et se frottant les yeux, passant les jambes au-dessus du bord de la table. Je m'excuse, je n'ai pas pu m'en empêcher.

— Ça ne fait rien, affirmai-je.

— Maintenant, je suis réveillée, dit-elle. Pouvons-nous commencer ?

— Nous avons terminé, intervint Kusk, son traducteur prononçant les mots sur un ton uni.

Dans le crochet préhensile de la patte droite, il tenait une feuille de plastique sur laquelle étaient écrits l'alphabet goréen et quelques paragraphes en goréen, dans différents types d'écriture, imprimerie et cursive.

— Lis, dit Kusk.

— Mais c'est du goréen, fit Élisabeth. Je ne sais pas lire le goréen.

Elle fixa la page, déroutée.

— Quelle est cette lettre ? demandai-je en en montrant une.

Son visage prit une expression de surprise, puis de crainte.

— C'est Al-Ka, répondit-elle, la première lettre de l'alphabet goréen.

— Lis cette phrase, suggérai-je.

— Je ne sais pas lire, répliqua-t-elle.

— Prononce les mots.

— Je ne sais pas lire, répéta-t-elle.

— Essaie, fis-je.

Lentement, hésitante, elle prononça les sons, disant ce qui lui venait à l'esprit.

— Le-pre-mier-né-de-la-mère-fut-sarm… (Elle me regarda.) Mais ce ne sont que des bruits.

— Que signifient-ils ? demandai-je.

— Le Premier Né de la Mère fut Sarm ! s'écria-t-elle soudain, le souffle coupé.

— Elle est très intelligente, constata Kusk. L'adaptation prend parfois un quart d'ahn, c'est le temps qu'il leur faut pour comprendre que les sons qu'ils associent spontanément aux signes sont, en fait, les mots de leur langue. Bientôt, elle reconnaîtra aisément les mots, et les lettres ne lui apparaîtront plus comme des signes associés arbitrairement à des sons. Elle lira de mieux en mieux. Dans quelques jours, elle lira le goréen aussi bien que tous les Goréens ; la suite n'est qu'une question d'intérêt et d'aptitudes.

— Lorsque je regarde les lettres, s'écria Élisabeth avec enthousiasme, je sais à quels sons elles correspondent. Je le sais !

— Naturellement, fit Kusk, mais l'heure du quatrième repas est proche et, en ce qui me concerne, un peu de champignon et d'eau ne me feraient pas de mal.

Nous laissâmes Élisabeth dans la pièce et allâmes manger. Elle paraissait trop absorbée pour nous accompagner et lisait inlassablement la feuille de plastique. Ce soir-là, ayant sauté le quatrième repas, elle rentra tard aux quartiers que je partageais avec Misk, les bras chargés de rouleaux de plastique qu'elle avait réussi à emprunter aux humains du Nid. Je lui avais gardé un peu de champignon qu'elle mangea, assise dans un coin, en déroulant avidement un rouleau. J'eus bien du mal à l'empêcher de lire à haute voix. Néanmoins, elle nous interrompit fréquemment, s'exclamant :

— Écoute ceci !

Puis elle lisait un passage qui lui paraissait particulièrement évocateur.

— Certains Prêtres-Rois, expliqua Kusk, ne voulaient pas que les humains apprennent à lire.

— Je comprends pourquoi, soupirai-je.

Mais, plus le temps passait, plus nous avions envie de quitter le Nid.

À la fin de notre séjour, je m'entretins souvent avec Misk des difficultés relatives à l'obtention de l'œuf des Prêtres-Rois, l'informant notamment que les Autres avaient également voulu s'emparer de l'œuf et avaient failli réussir, ces

Autres qui disposaient d'une technologie capable de les conduire sur la Terre, de capturer les humains et de se servir d'eux comme l'avaient autrefois fait les Prêtres-Rois.

— Oui, dit Misk. Nous sommes en guerre.

Je me laissai aller en arrière.

— Mais cette guerre dure depuis vingt mille ans, reprit-il.

— Et, malgré tout ce temps, demandai-je, vous n'êtes pas parvenus à la gagner ?

— Contrairement aux humains, répondit Misk, les Prêtres-Rois ne sont pas belliqueux. Il nous suffit d'assurer la sécurité de notre territoire. En outre, ceux que tu appelles les Autres n'ont plus de monde. Il est mort avec leur soleil. Ils habitent un ensemble de Vaisseaux-Maîtres dont chacun est pratiquement une planète artificielle en lui-même. Aussi longtemps que ces vaisseaux restent au-delà du cinquième anneau, celui de la planète que les Terriens appellent Jupiter, l'Hersius des Goréens, d'après le héros légendaire d'Ar, nous ne combattons pas.

J'acquiesçai. Je savais que la Terre et Gor partageaient le troisième anneau.

— Ne vaudrait-il pas mieux chasser les Autres du système ? demandai-je.

— Nous les en avons chassés onze fois, répondit Misk. Mais ils sont toujours revenus.

— Je vois, fis-je.

— Ils n'approcheront pas de nous, dit Misk.

— Allez-vous tenter de les chasser à nouveau ? demandai-je.

— J'en doute, répondit Misk. De telles expéditions sont extrêmement longues et dangereuses ; en outre, elles sont extrêmement difficiles à réaliser. Leurs Vaisseaux disposent de détecteurs aussi sensibles que les nôtres ; ils se dispersent ; ils ont des armes, primitives sans doute, mais efficaces à cent mille pasangs.

Je ne répondis pas.

— Depuis des milliers d'années, à l'exception de petits vaisseaux de reconnaissance, généralement pilotés par des individus désireux de prouver leur courage afin de devenir Chefs, ils n'ont pas franchi le cinquième anneau. Ils semblent maintenant prendre de l'assurance.

— Les Autres, dis-je, pourraient certainement conquérir la Terre.

— Nous ne le leur avons pas permis, répondit Misk.

J'acquiesçai de nouveau.

— Je m'en doutais, fis-je.

— Elle se trouve en deçà du cinquième anneau, fit-il remarquer.

Je le regardai avec surprise. Amusé, il abaissa ses antennes.

— En outre, reprit-il, les humains ne nous déplaisent pas.

Je ris.

— Néanmoins, ajouta Misk, les Autres ne sont pas inintéressants et nous avons autorisé certains d'entre eux, capturés avec leurs vaisseaux de reconnaissance, à vivre sur cette planète, comme nous l'avons fait pour les humains.

Cela me stupéfia.

— Dans l'ensemble, ils n'habitent pas les mêmes régions que les humains, précisa Misk. En outre, nous les contraignons à respecter les lois des Prêtres-Rois en ce qui concerne les armes et la technologie ; c'est à cette condition qu'il leur est permis de vivre.

— Vous limitez leur niveau de technologie tout comme celui des humains ? demandai-je.

— Certainement, fit Misk.

— Mais les Autres des Vaisseaux-Maîtres, dis-je, restent dangereux.

— Extrêmement dangereux, reconnut Misk. (Il baissa ses antennes.) Les humains et les Autres se ressemblent beaucoup, affirma-t-il. Ils sont tributaires de la vue ; ils peuvent respirer la même atmosphère ; leurs systèmes circulatoires sont similaires ; ce sont des vertébrés ; leurs appendices préhensiles sont à peu près semblables ; en outre, ajouta Misk avec un frémissement des antennes, ils sont belliqueux, ont l'esprit de compétition, sont égoïstes, rusés, possessifs et cruels.

— Merci beaucoup, fis-je.

L'abdomen de Misk fut secoué de tremblements, ses antennes frémirent et s'enroulèrent.

— De rien, Tarl Cabot, fit-il.

— Et tous les Prêtres-Rois, répondis-je, n'ont pas la chance de s'appeler Misk, tu sais.

— Je considère néanmoins, répliqua Misk, que l'être humain est supérieur à ceux que tu appelles les Autres.

— Pourquoi ça ? m'enquis-je.

— En général, il n'aime guère tuer, répondit-il ; en outre, même si ça n'est pas fréquent, il est capable de loyauté, de communion avec ses semblables, et d'amour.

— Les Autres n'en sont certainement pas dépourvus, fis-je.

— Peu d'indices nous permettent de l'affirmer, expliqua Misk, bien qu'ils fassent preuve d'une certaine loyauté au Vaisseau, car leur mode d'existence artificiel exige de la discipline et le sens des responsabilités. Nous avons remarqué que, parmi les Autres installés sur Gor, il s'est produit, en l'absence du Vaisseau, une dégénérescence des rôles sociaux qui les conduisait à l'anarchie jusqu'à l'avènement d'une autorité reposant sur la force et la crainte. (Misk me regarda.) Même dans les Vaisseaux, reprit-il, il n'est pas interdit de tuer, sauf pendant une bataille ou bien lorsque cela pourrait nuire au bon fonctionnement de l'équipage.

— Peut-être, suggérai-je, est-ce là un système permettant de contrôler la population dans un environnement limité.

— Sans doute, répondit Misk, mais le plus intéressant, aux yeux des Prêtres-Rois, est que les Autres, qui sont probablement une espèce rationnelle et civilisée, aient choisi ce système primitif de contrôle de la population.

— Je me demande bien pourquoi, fis-je.

— C'est le choix qu'ils ont fait, souligna Misk.

Je baissai la tête, perdu dans mes pensées.

— Peut-être, suggérai-je à nouveau, trouvent-ils que ça encourage les arts martiaux, le courage et ce qui s'y rapporte.

— C'est plutôt qu'ils aiment tuer, affirma Misk.

Nous restâmes quelques instants silencieux.

— Je suppose, dis-je, que les Autres sont beaucoup plus nombreux que les Prêtres-Rois.

— Au moins mille fois plus nombreux, estima Misk. Pourtant, nous les tenons en respect depuis vingt mille ans, parce que nous sommes plus forts.

— Mais, fis-je remarquer, vous êtes beaucoup moins puissants depuis la Guerre du Nid.

— C'est vrai, reconnut Misk, mais nous reconstruisons. Je crois que le danger n'est ni immédiat ni important, à condition que l'ennemi n'apprenne pas que nous sommes affaiblis. (Ses antennes se déplacèrent lentement, comme des mains cherchant à saisir des pensées.) Néanmoins, certains indices permettent de supposer qu'ils soupçonnent quelque chose.

— Lesquels ?

— Les vaisseaux de reconnaissance sont de plus en plus nombreux, répondit Misk. En outre, conformément à leurs projets, des humains ont été transportés sur cette planète.

— Ils ont fait preuve d'audace lorsqu'ils ont tenté de s'approprier l'œuf des Prêtres-Rois, rappelai-je.

— Mais ils se sont servis d'agents, souligna Misk.

— C'est vrai, reconnus-je.

— Ils ont certainement été informés de la Guerre du Nid, répondit Misk, par l'intermédiaire des humains qui ont été autorisés à quitter le Nid après la Guerre. (Ses antennes frémirent légèrement.) Mais il est probable que ceux que tu appelles les Autres, soupçonneux comme ils le sont, un peu comme les hommes, pensent qu'il s'agit d'une fausse information destinée à les faire tomber dans un piège. Nous avons de la chance qu'ils soient aussi civilisés qu'ils le sont. S'il s'agissait de simples barbares, Gor et la Terre leur appartiendraient déjà.

— Peut-être se sont-ils emparés de certains de ces humains, dis-je, et les ont-ils interrogés ; il leur a sans doute été possible de déterminer s'ils disaient la vérité grâce aux drogues et aux tortures.

— Les drogues et les tortures, fit remarquer Misk, ne révèlent que ce que l'individu interrogé considère comme la vérité, pas nécessairement la vérité elle-même. Et nous supposons que les Autres croient que nous ne laissons tomber entre leurs mains que les humains dont le cerveau a été amené à croire certaines choses, toujours dans l'intention de les faire tomber dans un piège.

Je secouai la tête.

— L'ironie de la chose, reprit Misk, c'est que nous serions actuellement incapables de repousser une attaque généralisée et de protéger la Terre, mais les Autres ne le croient pas.

— Telle est la chance des Prêtres-Rois, fis-je.

— Et celle des humains, ajouta Misk.

— Exact, reconnus-je.

— Mais les Autres, reprit Misk, ne restent pas inactifs. (Il me regarda.) Les mouvements des vaisseaux de reconnaissance semblent coordonnés depuis la surface. Il est possible que ceux des Vaisseaux soient entrés en contact avec ceux qui vivent sur la planète et obéissent à nos lois. En outre, au cours de ces cinq dernières années, et pour la première fois, les Autres ont établi des contacts diplomatiques avec les humains. (Les antennes de Misk se tendirent soudain dans ma direction.) Ils ont apparemment l'intention, dit-il, d'acquérir de l'influence dans les villes, de gagner les humains à leur cause, de les armer et de les pousser à faire la guerre aux Prêtres-Rois.

Cela me stupéfia.

— Pourquoi ne pousseraient-ils pas les humains à se battre à leur place ? demanda Misk. Les humains, qui sont relativement nombreux sur Gor, sont intelligents, capables d'apprendre, et ont tendance à se montrer belliqueux.

— Mais ils ne feraient que se servir d'eux, dis-je.

— Naturellement, répondit Misk. Par la suite, ils ne serviraient plus que d'esclaves et de nourriture.

— De nourriture ? m'écriai-je.

— Les Autres, contrairement aux Prêtres-Rois, sont carnivores.

— Mais les humains sont des créatures douées de raison, relevai-je.

— Dans les Vaisseaux, expliqua Misk, on élève les humains et d'autres êtres organiques pour leur viande.

Je ne répondis pas.

— Les Autres, poursuivit Misk, considèrent les humains et la plupart des créatures comme de la nourriture et des outils.

— Il faut les arrêter ! déclarai-je.

— S'ils parviennent, avec le temps, à tourner un assez grand nombre d'hommes contre nous et à les armer, même de façon primitive, notre monde est perdu.

— Où en sont-ils de leur projet ? m'enquis-je.

— Pour autant que nous le sachions, grâce à nos agents, au début.

— Connaissez-vous, demandai-je, les points de contact à partir desquels ils espèrent étendre leur influence au sein des cités ?

— Nous ne sommes certains que d'un seul, répondit Misk. Et nous ne voulons pas le détruire immédiatement. Cela montrerait que nous sommes informés du projet. En outre, d'innocentes créatures douées de raison pourraient y perdre la vie. De plus, si nous le détruisions, du fait que c'est un élément du réseau, nous nous priverions d'informations dignes de foi concernant leur degré de dispersion et de pénétration.

— Il vous faut un espion, Misk.

— Je savais, releva Misk, qu'il ne fallait pas aborder ce sujet avec toi.

— Quel est le point de contact que vous connaissez ? demandai-je.

— Rentre à Ko-ro-ba, dit Misk. Installe-toi dans cette cité et sois heureux. Emmène la fille. Laisse à d'autres le soin de s'occuper des noirceurs de la guerre.

— Vous ne me laisserez pas prendre moi-même ma décision ? relevai-je.

— Nous ne te demandons rien, Tarl Cabot, déclara Misk. (Puis il posa ses antennes sur mes épaules, tendrement.) Tu seras en danger, même à Ko-ro-ba, ajouta-t-il, car les Autres savent certainement que c'est grâce à toi que les Prêtres-Rois ont pu retrouver leur œuf. Peut-être croient-ils que tu travailles toujours, ou retravailleras peut-être, pour les Prêtres-Rois et, de ce fait, ils chercheront à te tuer. Regagne la cité, Tarl Cabot, sois aussi heureux que possible, mais reste prudent.

— Face à la menace des Autres, dis-je, comment peut-on jouir du bonheur et de la paix ?

— Je t'en ai trop dit, regretta Misk. Je suis désolé.

Je fis demi-tour et constatai avec surprise qu'Élisabeth était entrée dans la pièce. J'ignorais depuis combien de temps elle écoutait.

— Salut, fis-je avec un sourire.

Élisabeth ne sourit pas. Elle semblait effrayée.

— Qu'allons-nous faire ? demanda-t-elle.

— À quel propos ? demandai-je d'un air innocent.

— Il y a longtemps qu'elle est ici, intervint Misk. Ai-je eu tort de parler devant elle ?

Je regardai Élisabeth.

— Non, répondis-je, pas du tout.

— Merci, Tarl, dit la jeune femme.

— Tu disais être certain d'un point de contact ? rappelai-je à Misk.

— Oui, un seul.

— Lequel ?

Le regard de Misk alla d'Élisabeth à moi. Puis les mots sortirent du traducteur, à intervalles réguliers, dépourvus d'expression.

— C'est une importante Maison spécialisée dans le trafic d'esclaves, dis-je, vieille de plusieurs générations.

Les antennes de Misk acquiescèrent d'un mouvement bref.

— Nous avons un agent dans cette Maison, reprit Misk, un Scribe, le chef comptable ; il s'appelle Caprus.

— Il lui est certainement possible de découvrir ce que vous voulez savoir, dis-je.

— Non, répondit Misk. En tant que Scribe et Comptable, il n'est pas libre de ses mouvements.

— Alors, dis-je, il vous faut un autre agent dans cette Maison.

— Rentre à Ko-ro-ba, Tarl Cabot, fit Misk.

— Je me suis engagé dans cette partie, affirmai-je.

Misk me regarda ; ses grands yeux à facettes brillaient.

— Tu en as déjà trop fait, dit-il.

— Personne, déclarai-je, n'en aura assez fait aussi longtemps que les Autres n'auront pas été repoussés.

Soudain, Misk posa ses antennes tremblantes sur mes épaules.

— Je veux en être, déclara Élisabeth.

— Il n'en est pas question, déclarai-je. Je vais te conduire à Ko-ro-ba et tu y resteras !

— Certainement pas ! s'écria-t-elle.

Je la regardai fixement, osant à peine en croire mes oreilles.

— Certainement pas ! répéta-t-elle.

— Je vais te conduire à Ko-ro-ba, déclarai-je, et tu y resteras ! Un point c'est tout !

— Non ! cria-t-elle. Je refuse !

— Tu n'iras pas à Ar ! fis-je avec colère. N'en parlons plus.

— Je suis née sur Terre, dit-elle. La Terre doit sa liberté aux Prêtres-Rois. Je leur en suis reconnaissante. Et puis, je suis libre, je peux faire exactement tout ce qui me plaît et je le ferai !

— Tais-toi ! ordonnai-je.

— Je ne suis pas ton esclave, affirma-t-elle.

Je reculai d'un pas.

— Je suis désolé, dis-je, je suis désolé, Élisabeth. Je suis désolé. (Je secouai la tête. Je voulus la prendre dans mes bras mais elle recula avec colère.) C'est trop dangereux, dis-je, trop dangereux.

— Pas plus pour moi que pour toi, déclara-t-elle, et peut-être même moins. (Elle regarda Misk et se dirigea vers lui.) Envoyez-moi là-bas ! dit-elle.

Misk posa sur elle ses yeux lumineux, ses antennes s'abaissèrent vers elle.

— Autrefois, raconta Misk, j'ai eu une jeune humaine qui te ressemblait, il y a bien longtemps, lorsque les humains du Nid étaient encore esclaves. (Misk posa ses antennes sur ses épaules.) Un jour, elle m'a sauvé la vie. Sarm, mon ennemi, l'a fait tuer. (Puis Misk se redressa.) C'est trop dangereux, conclut-il.

— Croyez-vous, demanda Élisabeth, s'adressant à Misk et à moi, que les femmes ne peuvent pas être braves ? Les honneurs du danger seraient-ils l'exclusivité des hommes ? Les femmes n'ont-elles pas le droit de faire de grandes choses pour leurs semblables, des choses importantes et belles ? Tout ce qui est grand et lourd de conséquences ne serait-il réservé qu'aux seuls hommes ? (Élisabeth, les larmes aux yeux, s'éloigna, puis pivota sur elle-même et nous fit face.) Moi aussi, je suis un être humain ! déclara-t-elle.

Misk la regarda un long moment, les antennes tendues vers elle.

— Nous allons nous arranger, dit-il enfin, pour que tu sois esclave dans la Maison de Cernus, en tant qu'employée des services de Caprus. Lorsque les documents seront prêts, nous t'enverrons dans la Maison de Clark, à Thentis, d'où tu gagneras Ar par caravane de tarns ; tu feras alors l'objet d'une vente privée et tu seras achetée par les agents de la Maison de Cernus, sur les instructions de Caprus.

— Alors ? fit Élisabeth, rayonnante, les mains sur les hanches, en me regardant.

— Je la suivrai, dis-je. Je me ferai passer pour un tarnier mercenaire et tenterai de me faire engager par la Maison de Cernus.

— Vous êtes des êtres humains, déclara Misk, des êtres humains pleins de noblesse.

Puis il avait posé ses antennes sur nous, une sur mon épaule gauche, l'autre sur l'épaule droite d'Élisabeth.

Toutefois, avant d'entreprendre notre dangereux voyage, Misk nous conseilla de regagner Ko-ro-ba, de nous reposer quelques jours en paix et de nous prouver mutuellement notre affection.

Mon retour fut émouvant car c'est à la Pierre du Foyer de cette cité goréenne qu'appartenait mon épée ; c'est en son sein que j'avais appris le maniement des armes et à parler le goréen ; à l'abri de ses murs que j'avais rencontré mon père après de longues années de séparation ; j'y avais deux amis très chers : Tarl l'Aîné, maître d'armes, et le petit Torm à l'esprit vif, membre de la Caste des Scribes ; et c'est à partir de cette cité que, de nombreuses années plus tôt, à dos de tarn, j'avais entrepris une action qui avait fait trembler l'Empire d'Ar et coûté à Marlenus d'Ar, Ubar des Ubars, son trône ; et, également, c'est dans cette cité que, à dos de tarn, j'avais amené, non comme une esclave vaincue mais comme une jeune femme belle, libre et joyeuse, Talena, fille de Marlenus, Ubar des Ubars ; je l'y avais conduite parce que je l'aimais, afin que nous puissions boire ensemble le vin qui ferait d'elle ma Libre Compagne.

Je pleurai.

Après avoir franchi les remparts partiellement reconstruits, accompagné d'Élisabeth, je m'engageai parmi les cylindres dont la reconstruction suivait elle aussi son cours. Nous fûmes aussitôt entourés de Guerriers à dos de tarn, les sentinelles ; je levai la main, faisant le signe de la ville, et tirai la quatrième rêne, posant l'animal.

J'étais de retour chez moi.

Je pus bientôt étreindre mon père et mes amis.

Nos yeux nous apprirent, malgré la joie de nos retrouvailles, que nous ignorions où se trouvait Talena, autrefois Compagne, bien qu'elle fût la fille d'un Ubar, d'un simple Guerrier de Ko-ro-ba.

Je conserve un bon souvenir de notre séjour à Ko-ro-ba, malgré quelques problèmes.

Peut-être serait-il préférable de dire : malgré Élisabeth.

Non seulement prit-elle position sur de nombreux problèmes politiques, économiques et sociaux qui ne sont généralement pas considérés comme l'apanage du beau sexe, mais elle refusa catégoriquement de porter les lourdes Robes de Dissimulation dont se couvrent traditionnellement les femmes libres. Elle ne portait que la courte robe de cuir des Tuchuks et, lorsqu'elle se promenait sur les ponts les cheveux au vent, elle attirait les regards, non seulement, naturellement, ceux des hommes, mais aussi ceux des femmes, qu'elles soient esclaves ou libres.

Un jour, une esclave la bouscula sur un pont et la frappa, croyant avoir affaire à une autre esclave, mais Élisabeth, d'un coup de poing bien appliqué, la jeta à terre, puis réussit à l'empoigner par la cheville pour l'empêcher de tomber dans le vide.

— Esclave ! cria la fille.

Élisabeth la frappa alors une nouvelle fois et faillit à nouveau la faire tomber du pont. Puis, tandis qu'elles se crêpaient le chignon et se donnaient des coups de pied, l'esclave s'immobilisa soudain, terrifiée, car Élisabeth ne portait pas de bande d'acier brillant au cou.

— Où est ton collier ? bredouilla-t-elle.

— Quel collier ? demanda Élisabeth sans cesser de lui tirer les cheveux.

— Le collier, répéta la fille, hébétée.

— Je suis libre, répliqua Élisabeth.

Soudain, la fille gémit et tomba, tremblante, à genoux aux pieds d'Élisabeth, s'offrant au fouet.

— Pardonne-moi, Maîtresse, geignit-elle, pardonne-moi !

L'esclave qui frappe une personne libre est généralement empalé après avoir été interminablement torturé.

— Relève-toi, fit Élisabeth avec irritation en forçant la pauvre fille à se redresser.

Elles s'immobilisèrent et s'observèrent.

— Après tout, fit Élisabeth, pourquoi seules les esclaves pourraient-elles être à l'aise et libres de leurs mouvements ?

— N'es-tu pas esclave ? demanda un spectateur, un Guerrier, en la regardant attentivement.

Élisabeth le gifla vigoureusement, et il recula.

— Non ! déclara-t-elle.

Stupéfait, il resta là, se frottant la joue. Des badauds, parmi lesquels se trouvaient plusieurs femmes libres, s'étaient arrêtés.

— Si tu es libre, dit l'une d'elles, tu devrais avoir honte de te promener sur les ponts dans cet accoutrement !

— Eh bien ! répliqua Élisabeth, si tu aimes sortir enveloppée dans des couvertures, c'est ton affaire !

— Dévergondée ! cria la jeune femme.

— Tu as probablement de vilaines jambes ! lança Élisabeth.

— Certainement pas ! rétorqua l'autre.

— Ne t'étouffe pas avec ton voile ! conseilla Élisabeth.

— Je suis belle ! cria la femme libre.

— J'en doute ! répliqua Élisabeth.

— Je le suis ! répéta l'autre.

— Eh bien, fit Élisabeth, de quoi as-tu honte ?

Puis Élisabeth se jeta sur elle et, à la stupéfaction horrifiée de l'autre, sur ce pont public, lui découvrit le visage. La jeune femme hurla mais personne ne lui vint en aide et Élisabeth la fit tourner sur elle-même, déroulant les nombreuses couches des Robes de Dissimulation, si bien que la jeune femme se trouva bientôt, au milieu d'un tas de soie, de brocart, de satin et de mousseline, uniquement vêtue d'une courte tunique orange, élégante, semblable à celles que les femmes libres portent parfois dans l'intimité de leurs appartements.

Immobile, la jeune femme se tordait les mains et gémissait. La jeune esclave s'était éloignée et semblait sur le point de sauter dans le vide tant elle avait peur.

Élisabeth examina la jeune femme.

— Eh bien, fit-elle, tu es plutôt jolie, après tout.

La jeune femme cessa de gémir.

— Vraiment ? demanda-t-elle.

— Disons vingt pièces d'or, déclara Élisabeth.

— Je suis prêt à en donner vingt-trois, intervint le spectateur qu'Élisabeth avait giflé.

Furieuse, la jeune femme pivota sur elle-même et le gifla à son tour. Ce n'était vraiment pas son jour.

— Qu'est-ce que tu en dis ? demanda Élisabeth à la jeune esclave.

— Oh, je ne sais pas, répondit celle-ci, je ne suis qu'une pauvre fille de Tyros.

— C'est ce qui fait ton malheur, déclara Élisabeth. Comment t'appelles-tu ?

— Rena, répondit-elle, si la Maîtresse le veut bien.

— Ça fera l'affaire, déclara Élisabeth. Alors, qu'est-ce que tu en dis ?

— Rena ? demanda la fille.

— Oui, répliqua Élisabeth. Serais-tu stupide, Esclave ?

La jeune femme sourit.

— Disons vingt-cinq pièces d'or, fit-elle.

Élisabeth et les autres examinèrent la jeune femme libre.

— Oui, conclut Élisabeth, je crois que tu as raison, Rena. (Puis elle se tourna vers la jeune femme libre.) Comment t'appelles-tu ? demanda-t-elle.

La jeune femme rougit.

— Relia, répondit-elle. (Puis elle regarda l'esclave.) Tu crois vraiment que je vaudrais une aussi grosse somme, Rena ?

— Oui, Maîtresse, répondit la jeune esclave.

— Oui, Relia, corrigea Élisabeth.

La jeune esclave parut un instant effrayée.

— Oui, Relia, répéta-t-elle.

Ravie, Relia se mit à rire.

— Je suppose, dit Élisabeth, qu'une femme libre de haut rang, telle que toi, ne boit pas de vin de Ka-la-na ?

— Bien sûr que si ! répliqua Relia.

— Eh bien, reprit Élisabeth en se tournant vers moi, car, aussi médusé que les autres spectateurs, j'avais assisté à la scène, nous allons boire. (Elle me regarda.) Toi, là, fit-elle, une pièce pour le vin de Ka-la-na !

Stupéfait, je fouillai dans ma bourse et lui donnai une pièce, un Tarsk d'argent.

Élisabeth prit Relia et Rena par le bras.

— Allons acheter une bouteille de vin, déclara-t-elle.

— Attendez, dis-je, je vous accompagne.

— Certainement pas ! déclara-t-elle en précipitant, d'un coup de pied, les Robes de Dissimulation de Relia dans le vide. Nous n'avons pas besoin de toi.

Puis, bras dessus bras dessous, les trois jeunes femmes s'éloignèrent.

— De quoi allez-vous donc parler ? demandai-je sur un ton plaintif.

— Des hommes ! répliqua Élisabeth sans s'arrêter, les deux autres jeunes femmes riant à ses côtés.

J'ignore si la présence permanente d'Élisabeth à Ko-ro-ba aurait provoqué une révolution parmi les femmes libres de la ville. Elle fut manifestement le sujet d'interventions scandalisées dans des cercles aussi augustes que le Grand Conseil de la Cité. Mon père lui-même, Administrateur de la Cité, ne semblait guère l'apprécier.

Mais, avant qu'une telle révolution ait pu être menée à bien, Al-Ka, venant du Nid, arriva en ville. En raison de sa mission, il s'était laissé pousser les cheveux. Je faillis ne pas le reconnaître car, en général, les humains du Nid, aussi bien hommes que femmes, bien que cela ne soit plus obligatoire, sont complètement rasés, conformément aux traditions sanitaires du Nid. Sa chevelure lui causait de nombreux soucis et il dut la laver plusieurs fois pendant la journée qu'il passa avec nous. Les faux documents d'esclave, comprenant le récit complet de sa capture et de ses échanges, y compris les endossements et les copies des factures, amusèrent beaucoup Élisabeth. Certaines informations telles que les certificats médicaux, les mensurations et les marques d'identification avaient été rassemblées dans le Nid, puis transférées plus tard sur les documents. Dans mon logement, Al-Ka prit ses empreintes digitales et les ajouta aux documents. Je constatai avec satisfaction que sa qualité de lettrée était mentionnée. Sans cela, naturellement, Caprus n'aurait pas pu demander qu'elle fasse partie de son personnel. Je l'embrassai longuement, un matin, puis, en compagnie d'Al-Ka, cachée dans un chariot semblable à celui d'un colporteur, elle quitta la ville.

— Sois prudente, avais-je dit.

— Nous nous reverrons à Ar, avait-elle répondu en m'embrassant.

Puis elle s'était allongée sur un grand morceau de grosse toile dans lequel nous l'avions enroulée avant de la porter, ainsi dissimulée, dans le chariot.

Une fois sorti de la ville, le chariot s'arrêterait à l'abri d'un bosquet. Al-Ka libérerait alors Élisabeth et s'occuperait du chariot. Il installerait une barre centrale sur la longueur et la fixerait. Puis il remplacerait la bâche de grosse toile blanche et or par une bâche de soie bleue et jaune. Pendant ce temps, Élisabeth aurait fait du feu et brûlé ses vêtements. Al-Ka lui donnerait alors un collier qu'elle se passerait au cou. Elle monterait ensuite dans le chariot où, grâce à deux anneaux passés aux chevilles et à trente centimètres de chaîne passés autour de la barre centrale, elle serait attachée. Puis, détendu, Al-Ka ferait sortir le chariot du bosquet et Élisabeth serait en route pour Thentis où elle serait livrée à la Maison de Clark, simple esclave nue et enchaînée, peut-être plus jolie que la moyenne mais se fondant dans la masse de celles qui pénètrent chaque jour dans une Maison aussi grosse et importante, la plus grosse de Thentis, une des plus célèbres de Gor.

Thentis se trouvait à un jour de tarn, mais nous savions qu'en chariot le voyage durerait probablement la quasi-totalité des vingt-cinq jours d'un mois goréen. Incidemment, les calendriers de la plupart des cités comptent douze mois de vingt-cinq jours. Chaque mois, qui comprend cinq semaines de cinq jours, est séparé du suivant par une période de cinq jours, que l'on appelle la Main Transitoire. Il y a une exception à cette règle : le dernier mois de l'année est séparé du premier mois de l'année, qui débute avec l'équinoxe de printemps, non seulement par une Main Transitoire mais aussi par une autre période de cinq jours, que l'on nomme la Main Patiente, pendant laquelle on peint les seuils en blanc, on mange peu, on boit peu, on ne chante ni ne s'amuse dans la cité ; pendant cette période, les Goréens sortent aussi peu que possible ; les Initiés, curieusement, ne tirent pas le meilleur parti de la Main Patiente en ce qui concerne leurs cérémonies et leurs sermons, ce qui permet de supposer que cette période n'a aucune signification religieuse; peut-être, dans une certaine mesure, porte-t-on alors le deuil de l'année défunte; comme les Goréens vivent beaucoup dehors, sur les ponts et dans les rues, ils sont plus proches de la nature que les humains de la Terre; mais lorsque arrive l'équinoxe de printemps, jour du nouvel an dans presque toutes les cités, la fête bat son plein; on peint les seuils en vert et les chants, les jeux, les concours, les réunions entre amis, les festins se prolongent pendant les dix premiers jours du premier mois, c'est-à-dire deux fois plus longtemps que la Main Patiente. Les noms des mois, malheureusement, diffèrent suivant les cités, mais les cités civilisées ont quatre mois, associés aux équinoxes, aux solstices et aux grandes Foires des Sardar, en commun: ce sont En'Kara, ou En'Kara-Lar-Torvis, En'Var ou En'Var-Lar-Torvis, Se'Kara ou Se'Kara-Lar-Torvis, et Se'Var ou Se'Var-Lar-Torvis. Élisabeth et moi étions arrivés à Ko-ro-ba dans le courant du second mois et elle était partie pendant la Seconde Main Transitoire, celle qui suit le second mois. Nous pensions qu'elle serait certainement arrivée à la Maison de Clark avant la Troisième Main Transitoire, qui précède le mois d'En'Var. Si tout se passait bien, nous espérions qu'elle serait à Ar, et peut-être dans la Maison de Cernus, à la fin d'En'Var. Il est clair que, si les esclaves étaient transportées par chariot, ce programme ne serait pas rempli; mais nous savions que la Maison de Clark transportait la marchandise de choix, catégorie à laquelle Élisabeth appartenait certainement, par caravanes de tarns jusqu'aux marchés d'Ar, les esclaves étant généralement par groupes de six dans les nacelles, ces caravanes comprenant jusqu'à cent tarns et leur escorte.

J'avais décidé d'attendre la Quatrième Main Transitoire, celle qui suit En'Var, pour gagner Ar à dos de tarn et me faire passer pour un tarnier mercenaire désireux de travailler pour la Maison de Cernus, mais le Guerrier de Thentis qui me ressemblait ayant été tué au début d'En'Var, je décidai de me rendre à Ar déguisé en Assassin et monté sur un grand tharlarion car les Assassins, en général, ne sont pas des tarniers. En outre, il semblait préférable de faire croire à ceux d'Ar que Tarl Cabot était mort. De plus, il me fallait effectivement assouvir une vengeance car le sang du Guerrier de Thentis qui avait trouvé la mort sur un pont de Ko-ro-ba exigeait la justice de l'épée. Ce n'était pas simplement que Thentis était l'alliée de Ko-ro-ba, mais également que le Guerrier avait, semblait-il, été tué à ma place, qu'on avait pris sa vie au lieu de la mienne et qu'il me fallait donc le venger.

*

* *

— Je crois que, maintenant, j'ai compris, dit Élisabeth qui, à genoux devant l'anneau réservé à l'esclave, autour duquel elle avait passé le lien, avait appris à reproduire mon nœud.

— Bien, dis-je.

Il m'avait fallu quelque temps pour maîtriser le nœud qu'elle avait inventé et qui, j'étais bien obligé de le reconnaître, était ingénieux. J'examinai son nœud, que j'avais reproduit autour de la poignée d'un coffre.

C'est peut-être étonnant, mais je crois qu'il n'est pas difficile de distinguer un nœud de femme d'un nœud d'homme; en outre, bien que les indices soient extrêmement subtils, le nœud d'Élisabeth, dans une certaine mesure, reflétait sa personnalité. Il était intelligent, complexe, plutôt élégant et, ici et là, dans ses courbes et ses boucles, j'irai jusqu'à dire espiègle. Ces nœuds, bien que sans importance, me rappelèrent une fois de plus les différences sexuelles et individuelles qui séparent les êtres humains, différences qui s'expriment de mille manières rarement perçues, telles que la façon dont on plie un morceau de tissu, dont on forme une lettre, dont on se souvient d'une douleur, dont on tourne une phrase. Dans tout cela, pensai-je, nous nous exprimons tous différemment.

— Tu devrais vérifier mon nœud, dit Élisabeth.

Je pris sa place, elle prit la mienne et chacun entreprit de défaire attentivement, un mouvement à la fois, le nœud de l'autre.

Le nœud d'Élisabeth comportait cinquante-cinq boucles. Le mien cinquante-sept.

Elle avait menacé d'inventer un nœud plus complexe, mais elle s'était ravisée lorsque j'avais menacé de la battre.

— C'est absolument parfait, dis-je.

À la réflexion, il me semblait utile qu'Élisabeth ait son propre nœud, en dehors du fait qu'elle avait pris plaisir à l'inventer. Par exemple, il pouvait lui arriver d'avoir son propre compartiment ou son propre coffre et le nœud lui serait alors très utile. Elle aurait pu se servir du mien, naturellement, même dans ces cas, mais, ayant constaté à quel point son nœud était différent du mien, j'étais persuadé qu'elle trouvait plus satisfaisant, plus agréable, d'utiliser le sien du fait qu'il était plus féminin, plus personnel. En outre, comme s'étant soumise à la Maison de Cernus, elle était, en regard de la loi, une esclave, la moindre petite chose qu'elle possédait ou était capable de faire représentait sans doute à ses yeux un bien précieux. Je savais que certains esclaves étaient extrêmement attachés à des objets tels qu'une assiette ou une tasse qu'ils considéraient, peut-être parce qu'ils s'en servaient souvent, comme leur propriété. De plus, le fait qu'elle ait son propre nœud pouvait se révéler utile, même dans les circonstances présentes. Par exemple, passant devant la porte et y voyant son nœud, je saurais qu'elle n'était pas dans la pièce. Cela peut paraître bien terre à terre, mais des choses aussi terre à terre se révèlent parfois extrêmement importantes. Tout bien considéré et bien que cela fût une complication supplémentaire, il me semblait bon qu'Élisabeth, finalement, eût son propre nœud. De plus, et c'est peut-être ce qui importe au premier chef, elle l'avait voulu.

— Chaque femme, avait-elle affirmé d'un air dégagé, devrait avoir son nœud. En outre, si tu as un nœud, il faut que j'en aie un aussi.

Confronté à une telle logique, produit des contaminations de la Terre, je ne pus que capituler, malgré les complications.

— Eh bien, Kuurus, dit-elle sans quitter son coin, il semble que tu aies reproduit correctement mon nœud, bien qu'un peu maladroitement.

— L'important, dis-je, c'est qu'il soit correct.

Elle haussa les épaules.

— Sans doute, fit-elle.

— Si je devais émettre une critique, dis-je un peu contrarié, ta propre reproduction de mon nœud est un peu trop coquette à mon goût.

— Mes nœuds ne sont pas coquets, déclara Élisabeth. Ce que tu prends pour de la coquetterie n'est que du soin, simplement du soin sans la moindre fioriture.

— Ah ! fis-je.

— Si mes nœuds sont plus soignés que les tiens, dit-elle, je n'y peux rien.

— Tu sembles aimer les nœuds, remarquai-je.

Elle haussa les épaules.

— Veux-tu que je t'en montre d'autres ?

— Des nœuds-signatures ?

— Non, répondis-je, des nœuds goréens ordinaires sans la moindre fioriture.

— Oui, fit-elle, ravie.

— Apporte-moi des lacets, dis-je.

Elle obéit, s'agenouilla devant moi tandis que je m'asseyais en tailleur, puis je pris un lacet.

— Voici un nœud, expliquai-je en lui faisant signe de tendre la main, qui sert à attacher une nacelle aux crochets de certaines selles de tarn.

Je réalisai ensuite, avec son aide, plusieurs nœuds bien connus, parmi lesquels le nœud d'ancre de Karian, le nœud à barre, le double nœud à barre, la boucle du Constructeur et le nœud plat du Constructeur.

— Maintenant, croise les poignets, demandai-je.

Elle obéit.

— Alors, tu trouves que tes nœuds sont plus soignés que les miens ? fis-je.

— Oui, répondit-elle, mais tu n'es qu'un homme.

Je lui passai un lacet autour des poignets. Fis un deuxième tour puis un double nœud plat avec une torsion après le premier.

— Eh bien, fit-elle en essayant de se libérer, ça n'a pas traîné !

Je ne le lui dis pas, naturellement, mais on enseigne ce nœud aux Guerriers et presque tous sont capables de le réaliser en moins de trois ihns.

— À ta place, dis-je, je ne me débattrais pas.
— Ah ! fit-elle, s'immobilisant, embarrassée.
— Tu le serrerais, expliquai-je.
— Très intéressant, releva-t-elle en examinant ses poignets. Comment s'appelle-t-il ?
— C'est un Nœud de Capture, répondis-je.
— Ah ! répéta-t-elle.
— On s'en sert pour attacher les esclaves et les prisonniers, expliquai-je.
— Je vois.
Je pris le deuxième lacet, le lui passai autour des chevilles et les attachai.
— Tarl ! s'écria-t-elle.
— Kuurus, rappelai-je.
Elle s'immobilisa.
— Tu t'es moqué de moi, constata-t-elle.
— Il existe un nœud beaucoup plus sûr, dis-je en lui déliant les poignets.
Puis je la retournai sur le ventre, lui croisai les poignets dans le dos et, utilisant le même nœud avec un tour supplémentaire, je les lui attachai de nouveau.
Elle s'assit péniblement.
— Oui, admit-elle, je conçois que cette méthode soit plus efficace.
— Et, poursuivis-je, il y a plus efficace encore.
Je la portai au pied du lit, la posai par terre puis lui passai au cou le collier dont la lourde chaîne était fixée à l'anneau scellé dans le mur.
— Oui, reconnut Élisabeth, je suis d'accord. (Elle me regarda.) Maintenant, s'il te plaît, détache-moi.
— Il faudra que j'y réfléchisse, répondis-je.
— Je t'en prie, supplia-t-elle, se tortillant un peu.
— Lorsque tu es revenue ici, demandai-je, et que tu as raconté au Maître Gardien ce qu'il t'était théoriquement arrivé, comme je te l'avais expliqué, que s'est-il passé ?
Élisabeth sourit.
— J'ai reçu quelques bonnes claques, répondit-elle. Ça faisait partie de ton plan ?
— Non, mais je ne suis pas surpris.

— Eh bien, tant mieux, fit-elle. J'aurais été déçue que tu le sois. (Elle me regarda.) Maintenant, enchaîna-t-elle, s'il te plaît, détache-moi.

— Je n'y ai pas encore réfléchi, répondis-je.

— Je t'en prie implora-t-elle. Maître.

— Maintenant, affirmai-je, j'y réfléchis plus sérieusement.

— Bien.

— Alors, tu crois que tes nœuds sont plus soignés que les miens ? m'enquis-je.

— Ce n'est que la simple vérité, répondit-elle. Maintenant, détache-moi, ajouta-t-elle.

— Peut-être demain matin, dis-je.

Elle se débattit furieusement.

— À ta place je ne me tortillerais pas, lui rappelai-je.

— Oh ! s'écria-t-elle impuissante. Oh ! Oh ! (Puis elle s'immobilisa et me foudroya du regard.) D'accord, dit-elle, d'accord, tes nœuds sont très soignés, Maître.

— Davantage que les tiens ? m'enquis-je.

Son regard lança des éclairs.

— Naturellement, répondit-elle. Peut-on comparer le nœud d'une pauvre fille, esclave de surcroît, à celui d'un homme libre et appartenant, en plus, à la Caste des Guerriers ?

— Alors, tu reconnais que mes nœuds sont supérieurs aux tiens ?

— Oh, oui, s'écria-t-elle, oui, Maître !

— Bon, dis-je satisfait, je vais te détacher.

— Tarl Cabot, fit-elle en riant, tu es un sale animal !

— Kuurus, corrigeai-je.

— Kuurus, Kuurus ! répéta-t-elle.

Je me penchais sur Élisabeth dans l'intention de la détacher lorsqu'on frappa à la porte de la chambre. Nous échangeâmes un bref regard.

On frappa à nouveau.

— Qui est là ? criai-je.

— Ho-Tu, le Maître Gardien, répondit-on.

La lourde porte de bois étouffa la voix.

J'embrassai rapidement Élisabeth, lui remontai sa robe jusqu'à la ceinture puis la retournai, la couchant sur le flanc au pied du lit, dos à la porte. À demi nue, le dos, les poignets et les chevilles liés, attachée à l'anneau par la lourde chaîne et le collier, elle s'immobilisa. Relevant les genoux contre la poitrine si bien qu'ils lui touchaient presque le menton, elle paraissait aussi mal en point et désespérée que possible. Satisfait, je gagnai la porte et ouvris.

Ho-Tu était un petit homme corpulent, aux larges épaules et torse nu. Il avait des yeux vifs et noirs, le crâne rasé et une longue moustache encadrait sa bouche ; il portait au cou un bijou grossier composé d'une chaîne d'acier à laquelle était suspendue une médaille, également en acier, portant le sceau de la Maison de Cernus. Il avait une large ceinture de cuir à quatre boucles. À cette ceinture pendait le fourreau d'un couteau courbe immobilisé dans sa gaine par une lanière de cuir passée autour de la garde. Il avait également, fixé à la ceinture, un sifflet qui sert à donner des signaux, à appeler les esclaves et ainsi de suite. De l'autre côté pendait un aiguillon à esclave, assez semblable à l'aiguillon à tarn sauf qu'il est conçu pour être utilisé sur des êtres humains et non sur des tarns. Tout comme l'aiguillon à tarn, cet appareil avait été réalisé conjointement par la Caste des Médecins et celle des Constructeurs, les premiers ayant apporté leur connaissance des mécanismes de la douleur et des terminaisons nerveuses des êtres humains, les seconds ayant appliqué les principes et les techniques mis au point dans la fabrication des ampoules à énergie. Contrairement à l'aiguillon à tarn, qui ne comporte qu'un interrupteur marche-arrêt, l'aiguillon à esclave est équipé d'un modulateur permettant de varier l'intensité de la décharge, de sorte que le coup peut être soit particulièrement désagréable, soit immédiatement mortel. L'aiguillon à esclave, inconnu dans la majorité des cités goréennes, n'est jamais utilisé, sauf par les Marchands d'Esclaves, peut-être parce que son emploi revient cher ; l'aiguillon à tarn, quant à lui, est un appareil simple. Les deux aiguillons incidemment projettent une gerbe d'étincelles jaunes qui, associée à la douleur, joue certainement un rôle dans l'aversion que l'aiguillon inspire aux hommes et aux tarns.

Ho-Tu jeta un coup d'œil dans la pièce, vit Élisabeth et sourit, un sourire de Marchand d'Esclaves.

— Je constate que tu sais traiter les esclaves, releva-t-il.

Je haussai les épaules.

— Si tu n'en es pas satisfait, reprit-il, envoie-la aux cages de fer, nous la rendrons docile.

— Je dresse moi-même mes esclaves, répondis-je.

— Naturellement, fit Ho-Tu, baissant la tête. (Puis il me regarda.) Mais, avec ta permission, insista-t-il, nous sommes des professionnels.

— Je ne l'oublierai pas, assurai-je.

— En un quart d'ahn, affirma Ho-Tu en caressant l'aiguillon qu'il portait à la ceinture, je peux m'arranger pour qu'elle te mange dans la main.

Je ris et fis claquer mes doigts. Élisabeth se mit péniblement à genoux, rejeta la tête en arrière, fit tourner le collier autour de son cou, puis nous fit face. Elle leva des yeux fixes et vides vers moi.

— Maître, fit-elle d'une voix presque inaudible, fais manger Vella, s'il te plaît.

Ho-Tu siffla.

— Qu'est-ce qui t'amène ici ? demandai-je à Ho-Tu.

Au même instant, dans les profondeurs de la maison, une barre frappée suivant un rythme prédéterminé résonna, et l'appel fut repris par d'autres barres dans toute la Maison de Cernus. J'avais constaté que de tels signaux divisaient la journée. Les Marchands d'Esclaves sont des gens organisés.

Ho-Tu sourit.

— Cernus, dit-il, souhaite que tu sois présent à sa table.

6

À LA TABLE DE CERNUS

Je regardai les deux hommes, esclaves portant collier, qui s'affrontaient sur le sable. Tous deux étaient torse nu. Ils avaient les cheveux attachés sur la nuque avec une bande de tissu. Chacun était armé d'un couteau courbe dans son fourreau. Les bords des fourreaux étaient recouverts d'une pâte bleue.

— Ces hommes sont les champions des esclaves avec le couteau courbe, dit Cernus.

C'est à peine s'il quitta des yeux les pièces de la partie qui l'opposait à Caprus, membre de la Caste des Scribes, Chef Comptable de la Maison.

J'entendis le claquement d'un fouet et un ordre :

— Combattez !

Les deux esclaves s'approchèrent l'un de l'autre.

Je regardai les pièces. Cernus n'avait guère fait attention à moi car il était absorbé par le jeu. Je n'avais pas vu le début de la partie. À en juger par la position des pièces, ils devaient en être à la deuxième moitié de la partie. Cernus avait la situation en main. Je supposai que c'était un joueur plein d'expérience.

Une ligne bleue apparut sur la poitrine d'un des esclaves qui combattaient entre les tables, sur un carré de sable d'environ quatre mètres de côté. La ligne valait un point. Les deux hommes regagnèrent leur coin et s'accroupirent en attendant l'ordre de combattre de nouveau.

Sans y avoir été invité, je m'étais assis à la table de Cernus. Personne ne s'y était opposé, du moins explicitement, mais je sentis que cela ne plaisait pas à tout le monde. On s'attendait, me sembla-t-il, à me voir prendre place à l'une des longues tables latérales, peut-être même sous les bols de sel rouges et jaunes qui divisaient ces tables. On considérait, naturellement, que la table de Cernus était au-dessus des bols. Ho-Tu prit place à ma gauche.

Les hommes d'armes et les convives poussèrent un cri lorsque le second esclave, celui qui avait marqué le premier point, traça une longue ligne bleue sur l'intérieur du bras de son adversaire.

— Point ! cria l'homme d'armes, celui qui avait le fouet, et les deux esclaves regagnèrent leur coin où ils s'accroupirent à nouveau, essoufflés.

Le combattant marqué dut prendre le couteau courbe dans la main gauche. Un murmure s'éleva autour des tables, tandis que les hommes de la Maison de Cernus révisaient rapidement leurs paris.

Cernus annonça :

— Je capture la Pierre du Foyer.

Je me retournai : Caprus, vaincu, s'appuya contre le dossier de son siège, les yeux fixés sur les pièces. Cernus disposa les pièces en vue d'une nouvelle partie.

— Tu aurais pu être Joueur, releva Caprus.

Cernus rit, flatté, puis retourna le jeu.

— Prends les jaunes, proposa-t-il.

Caprus haussa les épaules et poussa le Lancier de l'Ubar à la Quatrième de l'Ubar.

Cernus me lança un regard avide.

— Tu joues ? demanda-t-il.

— Non, répondis-je.

Il reporta son attention sur le jeu. Il poussa le Lancier de l'initié de l'Ubara à la Quatrième du Lancier de l'Initié de l'Ubara. La Défense Torienne.

Une clameur s'éleva et je regardai à nouveau le carré de sable où l'esclave qui tenait le couteau courbe dans la main gauche avait plongé et tracé une ligne bleue sur la poitrine de son adversaire, mais étant lui-même touché par une ligne bleue.

— Un point chacun ! annonça l'homme d'armes.

La nourriture était bonne à la table de Cernus mais elle était simple, presque sévère, à l'image du Maître de la Maison. Je mangeai de la viande de tarsk, du pain jaune avec du miel, des pois goréens et bus un gobelet de vin de Ka-la-na dilué dans de l'eau. Je remarquai, mais ne lui en parlai pas, que Ho-Tu ne buvait que de l'eau et ne mangeait, avec une cuiller de corne, que de la bouillie de céréales mélangée au lait de bosk.

Quinze anneaux d'esclave étaient scellés dans le mur qui se trouvait à ma droite. À chacun d'eux, sur des fourrures, une fille à la poitrine nue, portant à la taille une mince ceinture pourpre retenant un long rectangle de soie rouge, était enchaînée par la cheville gauche. Elles portaient au cou des colliers d'émail rouge. Leurs lèvres et leurs paupières étaient maquillées. Leurs cheveux étaient saupoudrés d'une substance rouge et brillante. Je compris que, dans la Maison de Cernus, le plaisir et le divertissement des hommes succédaient au repas. Les jeux, les sports, les paris et les chansons sont alors autorisés. Après le départ de Cernus, on apporte du vin de Ka-la-na et du Paga.

— Il est mort ! s'écria l'homme d'armes au fouet.

Je constatai que le second esclave, qui était probablement le plus fort, s'était glissé derrière le premier et, lui maintenant la tête en arrière d'un bras puissant, avait passé la lame gainée de son couteau courbe sur la gorge de son adversaire.

L'autre, qui avait une large ligne bleue sur la gorge, resta apparemment sans réaction et tomba à genoux. Deux hommes d'armes se jetèrent sur lui et lui mirent les fers. Sans raison apparente, l'homme au fouet s'empara du couteau courbe de l'esclave, le sortit de son fourreau et le passa sur la poitrine du vaincu, où il laissa une marque sanglante. La blessure n'était pas grave, mais le geste me parut injustifié. On emmena ensuite le vaincu. Le vainqueur, pour sa part, tourna sur lui-même en levant les bras. On l'applaudit puis on le fit asseoir au bout de la table qui se trouvait à ma gauche, devant une assiette pleine de viande sur laquelle il se jeta littéralement, mangeant avec les mains, les yeux exorbités, rendu presque fou par la nourriture, pour la plus grande joie des spectateurs. Je supposai que le régime alimentaire des esclaves mâles laissait à désirer.

Après le combat, les Musiciens entrèrent et s'installèrent dans le coin gauche de la pièce. Il y avait un joueur de czehar, deux joueurs de kalila, quatre flûtistes et deux joueurs de tambour kaska.

Des esclaves en tunique blanche, portant un collier d'émail blanc, servaient à table. Il s'agissait probablement de jeunes élèves, sans doute, pour certaines d'entre elles, des Filles de Soie Blanche, connaissant les règles et les techniques du service.

L'une d'elles, chargée d'une grande cruche de vin de Ka-la-na dilué, s'arrêta derrière nous après avoir gravi les deux marches de l'estrade de bois supportant nos tables. Elle se pencha maladroitement sur mon épaule gauche, crispée.

— Du vin, Maître ? demanda-t-elle.

— Sleen ! siffla Ho-Tu. Comment oses-tu, à la table de ton maître, servir un étranger en premier ?

— Pardonne Lena, dit-elle, les larmes aux yeux.

— Ta place est dans les cages de fer ! menaça Ho-Tu.

— Il me fait peur, pleurnicha-t-elle. Il appartient à la Caste Noire.

— Sers-lui du vin, ordonna-t-il, ou bien on te déshabillera et on te jettera dans une cage pleine d'hommes !

La jeune femme fit demi-tour et s'éloigna puis revint, gravissant lentement les marches, presque timidement, les yeux baissés. Puis elle se pencha, fléchissant légèrement les genoux, gracieuse, et me parla, dans un souffle, à l'oreille :

— Du vin, Maître ?

C'était une invitation. On aurait dit qu'elle n'offrait pas du vin, mais elle-même. Dans les grandes Maisons, où il y a de nombreuses esclaves, l'hôte, s'il veut se montrer courtois, offre une de ses femmes à l'invité pour la durée de la soirée. Toutes les jeunes femmes susceptibles de lui plaire, à un moment ou à un autre, viennent proposer du vin à l'invité. Il accepte le vin de celle qu'il choisit.

Je regardai la jeune femme. Nos regards se rencontrèrent. Ses lèvres étaient légèrement entrouvertes.

— Du vin, Maître ? répéta-t-elle.

— Oui, répondis-je, volontiers.

Elle emplit ma coupe de vin dilué, baissa la tête puis, avec un sourire timide, recula gracieusement jusqu'aux marches, fit demi-tour et s'éloigna en hâte.

— Naturellement, fit remarquer Ho-Tu, tu ne peux pas l'avoir ce soir car elle est Soie Blanche.

— Je comprends, dis-je.

Les Musiciens jouaient. J'ai toujours aimé les mélodies de Gor, bien qu'elles soient, dans l'ensemble, plutôt sauvages et barbares. Je savais qu'Élisabeth les aimait également. Je souris intérieurement. Pauvre Élisabeth, me dis-je. Elle aurait faim toute la nuit et au matin, il lui faudrait aller au réfectoire des esclaves où elle ne recevrait qu'une bouillie de céréales et de légumes avec un peu d'eau. Avant de quitter ma chambre à la suite de Ho-Tu, je m'étais retourné et lui avais envoyé un baiser. Agenouillée dans son coin, pieds et poings liés, attachée à l'anneau par le collier et la chaîne, elle ne tenait plus de colère tandis que j'allais allègrement partager le repas du maître. Elle serait sûrement de fort méchante humeur au matin, quand je regagnerais probablement mon logement, car il n'est pas agréable de passer la nuit attaché. En réalité, ce mode de punition, quoique sévère, est fréquent sur Gor. Il est rare que l'on attache les esclaves pendant la journée car il y a alors beaucoup à faire. Je réfléchis que je pourrais échapper à ces difficultés en refusant de détacher Élisabeth aussi longtemps qu'elle n'aurait pas donné sa parole, qu'elle respecte généralement, de se montrer polie et réservée.

Mais, à tort ou à raison, Élisabeth fut provisoirement chassée de mes pensées car j'entendis, derrière une porte latérale, un tintement de clochettes et vis, avec satisfaction, sept jeunes femmes entrer dans la salle, de la démarche aux courts pas rapides des esclaves, bras contre le corps, paumes en avant, tête tournée vers la gauche, yeux baissés. Elles s'agenouillèrent entre les tables, devant les hommes, dans la position des Esclaves de Plaisir.

— Je capture la Pierre du Foyer, annonça Cernus en poussant son Premier Tarnier à la Première du Constructeur de l'Ubara où Caprus, à ce tournant de la partie, avait essayé de protéger sa Pierre du Foyer.

À ce propos, cette dernière n'est pas véritablement une pièce, du fait qu'elle ne peut pas prendre, mais elle peut se déplacer d'une case à la fois; en outre, il est bon de signaler qu'elle n'est pas sur le plateau au début de la partie, on doit l'y mettre avant le septième coup, ou bien à ce moment-là, et cette opération est considérée comme un tour.

Cernus se leva et s'étira, laissant Caprus ranger les pièces.

— Que l'on serve du Paga et du vin de Ka-la-na, dit-il, parmi les applaudissements, avant de quitter la table et de disparaître par la porte latérale que l'on avait fait franchir un peu plus tôt à l'esclave enchaînée.

Peu après, portant le plateau et les pièces, Caprus sortit à son tour, mais par une porte différente de celle qu'avaient utilisée l'esclave, ses gardiens et Cernus.

Les jeunes femmes en tunique blanche servirent alors les boissons fortes de Gor et les festivités commencèrent. Les Musiciens se mirent à jouer et les jeunes femmes vêtues des Soies de Plaisir, les mains au-dessus de la tête, se levèrent lentement au rythme de la mélodie, leur corps réagissant à la musique comme à la caresse d'un homme.

— Ces filles ne sont pas encore au point, dit Ho-Tu; leur instruction a débuté il y a seulement quatre mois. Il est nécessaire qu'elles passent à la pratique de temps en temps, qu'elles entendent et voient comment les hommes réagissent. C'est ainsi qu'elles apprennent ce qui nous fait réellement plaisir. En fin de compte, selon moi, ce sont les hommes qui apprennent à danser aux femmes.

Pour ma part, j'aurais été moins sévère que Ho-Tu, dont le jugement était peut-être exagérément négatif, mais il était vrai qu'il y avait une différence entre ces jeunes femmes et des danseuses expérimentées. Une véritable danseuse, qui a en général des dispositions et des années d'expérience, présente un spectacle extraordinaire, car elle semble chaque fois différente, subtile et imprévisible. Toutes, curieusement, ne sont pas merveilleusement belles mais, lorsqu'elles dansent, elles semblent l'être. Je suppose que c'est, dans une large mesure, lié à la faculté de sentir le public, de jouer et de dialoguer avec lui, de l'agacer et de le ravir, de lui faire croire qu'il sera déçu, que le spectacle n'en vaut pas la peine puis, soudain, par contraste, de l'émerveiller, de le stupéfier, de le rendre fou de désir; il arrive que de telles danseuses, lorsqu'elles ont terminé, ramassent dans le sable des dizaines de pièces d'or qu'elles cachent dans la soie de leurs vêtements et apportent ensuite à leur maître.

Soudain, les jeunes femmes s'immobilisèrent, les Musiciens cessèrent de jouer, les convives eux-mêmes s'arrêtèrent de parler et de rire. Un long hurlement incroyablement sauvage et horrible s'éleva et, quoiqu'il vînt des profondeurs de la maison, il parut faire frémir les murs de la salle où nous nous trouvions.

— Jouez ! ordonna Ho-Tu aux Musiciens.

Aussitôt, la musique recommença et les jeunes femmes se remirent à danser, mais sans entrain car elles étaient effrayées.

Quelques hommes rirent. L'esclave vainqueur du combat, assis loin du sel, avait pâli.

— Qu'est-ce que c'était ? demandai-je à Ho-Tu.

— Le vaincu, répondit Ho-Tu avant de se mettre une imposante cuillerée de bouillie dans la bouche.

— Que lui est-il arrivé ? demandai-je à nouveau.

— On l'a donné à la Bête, dit-il.

— Quelle bête ? m'enquis-je.

— Je ne sais pas, répondit Ho-Tu, je ne l'ai jamais vue.

7

Le vaisseau

Je distinguai le disque noir qui se déplaçait rapidement, mais à faible altitude, parmi les nuages nocturnes, sous les trois lunes de Gor.

En compagnie de Cernus, de Ho-Tu et d'autres, je me trouvais dans l'obscurité solitaire d'un promontoire isolé des Voltaï, à quelques pasangs au nord-est d'Ar. On ne pouvait accéder au promontoire qu'à dos de tarn. Il n'y avait ni feu ni lumière. Nous étions peut-être une douzaine.

Environ une ahn après que le terrifiant hurlement eut retenti dans la salle, Ho-Tu s'était levé et m'avait fait signe de le suivre. J'avais obéi et, par un long escalier en spirale, nous avions gagné le toit de la Maison de Cernus.

Sur le toit, nous attendaient Cernus et d'autres. Il y avait des tarniers et des employés de la Maison. Il y avait également huit tarns, dont cinq avec une nacelle.

Cernus m'avait regardé.

— Nous n'avons pas abordé la question de ton salaire, avait-il fait remarquer.

— Ce n'est pas nécessaire, avais-je répondu, tout le monde sait que la Maison de Cernus est généreuse.

Cernus avait souri.

— Tu me plais, Tueur, avait-il dit, car tu ne marchandes pas et restes silencieux ; tu réfléchis, puis tu frappes.

Je n'avais pas répondu.

— Je suis pareil, avait repris Cernus. (Il avait hoché la tête.) Tu as eu raison de t'asseoir à ma table.

— Qui pourrait m'en empêcher ? avais-je répondu.

Cernus avait ri.

— Mais pas à ma place, avait-il souligné.

— Tu es le Maître de la Maison, avais-je relevé.

— Tu verras, avait repris Cernus, que la Maison de Cernus est généreuse, plus généreuse que tu ne le crois. Tu vas nous accompagner, cette nuit, et tu comprendras à quel point ma Maison est puissante. Tu te rendras compte que tu as été sage de me louer ton épée.

— Que vas-tu me montrer ? avais-je demandé.

— Sers-moi bien, avait dit Cernus, et un jour viendra où je te ferai Ubar d'une Cité.

Je l'avais regardé avec stupéfaction.

— Ha ! avait ri Cernus, ainsi il est possible d'ébranler l'impassibilité d'un Assassin ! Oui, Ubar d'une Cité, et tu pourras choisir laquelle, à l'exception d'Ar sur le trône de laquelle moi, Cernus, je prendrai place.

Je n'avais pas répondu.

— Tu me crois fou, avait-il repris. Naturellement. À ta place, je le croirais aussi. Mais sache que je ne suis pas fou.

— Je ne te crois pas fou, avais-je affirmé.

— Bien, avait conclu Cernus en me montrant une nacelle.

J'avais sauté dans la nacelle que je partageai avec deux hommes d'armes.

Cernus et Ho-Tu avaient pris place dans une autre nacelle. La nacelle est parfois équipée de guides permettant de contrôler le tarn. Si tel est le cas, le tarn est rarement sellé ; il ne porte que le harnais supportant la nacelle. Si la nacelle est seulement transportée et s'il est impossible de guider l'animal depuis l'intérieur, alors le tarn est sellé et conduit par un tarnier. La nacelle de Cernus et la mienne étaient équipées de guides semblables à celles de la selle, l'anneau principal de la nacelle correspondant à l'anneau principal de la selle, et six rênes de cuir reliées aux six anneaux du cou. Les trois autres nacelles, cependant, n'étaient pas pourvues de guides et ces animaux, sellés, étaient conduits par des tarniers. Les nacelles, dans lesquelles je n'étais jamais entré auparavant, diffèrent par leur taille et leur forme en fonction de l'usage auquel elles sont destinées. Certaines, par exemple, ne sont que des plates-formes destinées au transport de planches ou de matériaux similaires ; d'autres, longues, cylindriques et tapissées de peau de verr, servent au transport des liquides; les matériaux lourds, naturellement, sont transportés par chariots; le type de nacelle le plus fréquent, celui dans lequel j'avais pris place, est la nacelle de transport ordinaire, cube à fond plat faisant environ un mètre cinquante de profondeur, un mètre cinquante de large et presque deux mètres de long. Sur un geste de Cernus, les oiseaux avaient pris leur envol; les lourds patins de cuir de ma nacelle avaient glissé de quelques dizaines de centimètres sur le toit du cylindre, puis elle était tombée vertigineusement, aussitôt retenue par les cordes, se balançant un instant tandis que le tarn prenait la mesure de son poids, puis glissant sans heurt à la suite de l'oiseau qui, ayant assuré son équilibre, abattait sans effort l'air de ses ailes puissantes.

En général, lorsque le temps le permet, on voit nettement les spires d'Ar depuis les premières chaînes des Voltaï, ou Montagnes Rouges, la chaîne la plus élevée de Gor, plus haute que celle de Thentis et les Sardar eux-mêmes. Au terme d'environ une ahn de vol, suivant le tarnier de tête, nous nous étions posés un par un, tandis que les autres décrivaient des cercles, sur un promontoire rocheux situé au flanc d'une pente abrupte, apparemment semblable aux dizaines de promontoires similaires que nous avions dépassés, sauf que ce promontoire, en raison d'un surplomb de la pente, était peut-être mieux protégé que les autres. Tarns et nacelles furent cachés sous le surplomb où nous prîmes également place. Personne ne parla. Nous restâmes immobiles dans la nuit et le froid pendant plus de deux ahns. Puis un homme d'armes s'écria:

— Le voilà!

Le disque noir approcha, plus lentement, comme s'il cherchait son chemin. Il plongea parmi les pics et, avançant prudemment au milieu des rochers, se dirigea vers notre promontoire.

— Je me demande, souffla un homme d'armes, ce qui oblige les Prêtres-Rois à agir secrètement.

— Il ne faut pas poser de telles questions, répondit son voisin. Ils ont certainement leurs raisons.

Cela me stupéfia.

Le vaisseau s'immobilisa à une centaine de mètres du promontoire, plus de cinq cents mètres au-dessus du fond du précipice.

Ho-Tu regardait le vaisseau avec émerveillement.

— Je l'ai déjà vu cent fois, dit-il, pourtant il me paraît chaque fois plus étrange. C'est un bateau. Mais il ne flotte pas sur l'eau. Il flotte dans le ciel. Comment est-ce possible ?

— Grâce au pouvoir des Prêtres-Rois, murmura un homme d'armes.

Cernus sortit de sous son manteau une petite boîte pourvue d'un bouton sur lequel il appuya. La boîte émit deux éclairs rouges, puis verts, puis rouges à nouveau. Un instant plus tard, le vaisseau émit un signal semblable mais se terminant par deux éclairs verts.

La nervosité s'empara des hommes.

Le vaisseau se dirigea alors vers le promontoire, se déplaçant à peu près aussi vite qu'un homme peut marcher. Puis il s'immobilisa quelques centimètres au-dessus du promontoire, ne touchant pas la roche. Le vaisseau avait la forme d'un disque, comme ceux des Prêtres-Rois, mais il avait des hublots dont les autres sont dépourvus. Il faisait environ dix mètres de diamètre et deux mètres cinquante de hauteur. Il n'y avait pas le moindre indice de décharge d'énergie.

Cernus me regarda.

— Parler de ce que tu vois, dit-il, signifie naturellement la mort.

Un panneau du vaisseau noir glissa et une tête d'homme apparut.

J'ignore ce que je m'attendais à découvrir, mais je fus soulagé. Ma main, moite de sueur, serrait la poignée de mon épée.

— J'espère que le voyage s'est bien passé, dit Cernus en remettant sa boîte dans son manteau.

L'homme, uniquement vêtu d'une combinaison noire et de sandales, sauta à terre. Il avait les cheveux bruns et coupés court ; son visage était intelligent mais dur. Il avait, sur la pommette droite, la marque de la Caste des Voleurs de Port Kar ; cette marque est un signe de reconnaissance.

— Regarde, dit l'homme à Cernus.

Il montra, au flanc du vaisseau, un cercle de métal fondu.

— Un patrouilleur, expliqua-t-il.

— Vous avez eu de la chance, dit Cernus.

L'homme rit.

— As-tu apporté les appareils ? demanda Cernus.

— Oui, répondit l'homme.

La scène ne paraissait pas étonner les hommes présents sur le promontoire. Je supposai qu'ils avaient souvent vu ce vaisseau, ou d'autres en tout point semblables, et ne comprenaient rien à ce qui se passait. En réalité, j'étais prêt à parier que seul Cernus connaissait la nature et la mission du vaisseau, et peut-être même pas complètement. Quant à moi, du fait que je m'étais longuement entretenu avec Misk, j'étais probablement beaucoup mieux informé que tous les hommes présents sur le promontoire, à l'exception, naturellement, de Cernus.

— Qu'en dis-tu ? demanda Cernus, se tournant vers moi, satisfait.

— La Maison de Cernus est, en vérité, très puissante, dis-je. Beaucoup plus que je ne le croyais.

Cernus rit.

L'homme en combinaison noire, apparemment pressé de s'en aller, avait regagné l'intérieur du vaisseau. J'aperçus quatre ou cinq individus vêtus comme lui à l'intérieur, tous humains. Ils semblaient inquiets, nerveux.

Presque aussitôt, le premier homme, celui qui portait la marque des Voleurs, réapparut à l'entrée du vaisseau et, se baissant, tendit une petite boîte, manifestement très lourde, à Cernus, qui, en dépit du fait qu'il était le Maître de la Maison de Cernus en personne, s'en saisit.

Cernus, portant la petite boîte, regagna sa nacelle. Il fit signe à Ho-Tu d'y entrer et le Maître Gardien obéit. Puis, prenant la boîte des mains de Cernus, il la posa précautionneusement dans la nacelle, où Cernus monta à son tour.

— Déchargez la cargaison ! ordonna-t-il, s'adressant à un homme d'armes.

Tirant la première rêne de l'anneau de la nacelle, Cernus fit décoller son tarn. L'oiseau quitta l'abri du surplomb, prit position sur le bord du promontoire puis, bondissant en battant des ailes, entra dans son élément.

Je regardai la nacelle contenant Cernus et Ho-Tu disparaître en direction d'Ar. Je me dis que l'essentiel de la cargaison, quoi que ce fût, était déjà déchargé, qu'il se trouvait dans une petite boîte très lourde et qu'il était en route pour la Maison de Cernus.

— Dépêchons ! cria l'homme à la marque.

Les employés de la Maison de Cernus, y compris les tarniers, s'alignèrent devant le panneau et reçurent des marchandises diverses qu'ils chargèrent dans les nacelles. Pour ma part, je ne participai pas au déchargement. Toutefois, j'observai attentivement. Je constatai avec surprise que certaines caisses portaient des inscriptions en diverses langues terrestres. Je reconnus du français, de l'anglais, de l'allemand, des caractères probablement arabes, tandis que certaines caisses portaient des signes chinois ou japonais. Je supposai, néanmoins, que le contenu des caisses ne provenait pas entièrement de la Terre, que certaines d'entre elles contenaient des marchandises provenant des Vaisseaux des Autres après avoir transité par la Terre dans des appareils pilotés par des hommes. D'autres marchandises, toutefois, provenaient manifestement de la Terre. Il y avait, par exemple, un fusil à lunette extrêmement puissant. Posséder une telle arme constituait naturellement, sur Gor, un crime puni de mort, car cela transgressait les lois sur les armes édictées par les Prêtres-Rois.

— Qu'est-ce que c'est ? demanda un homme d'armes.

— C'est une arbalète, expliqua l'homme à la marque, qui tire un minuscule carreau de plomb.

L'autre lui jeta un regard sceptique.

— Où sont l'arc et la corde ? demanda-t-il.

— Dans le carreau, répondit l'homme avec impatience. Dans une poudre. Une étincelle touche le carreau, la poudre explose et jaillit, poussant le carreau devant elle, dans ce tube.

— Ah ! fit l'homme d'armes.

L'homme à la cicatrice rit, puis se retourna et prit la caisse que lui tendait un de ses compagnons resté dans le vaisseau.

— C'est certainement une arme interdite, fit remarquer l'homme d'armes.

— Pas aux Prêtres-Rois, répliqua l'autre.

L'homme d'armes haussa les épaules, prit le fusil – ce qu'il prenait pour une arbalète et dont la crosse ressemblait effectivement –, puis le mit dans une nacelle.

— Ah ! s'écria un tarnier lorsque l'homme du vaisseau lui tendit le premier d'un grand nombre de lingots d'or.

Je souris intérieurement. C'était là une marchandise que les hommes pouvaient comprendre. Il y avait beaucoup d'or, peut-être quarante lingots, qui furent répartis dans les quatre nacelles restées sur le promontoire. Je supposai que cet or provenait de la Terre. C'était manifestement ce même or qui avait permis à la Maison de Cernus de prendre une telle importance au sein de la Cité et lui fournissait des moyens de vendre moins cher que les autres Marchands lorsqu'elle en avait envie.

— Combien y a-t-il d'esclaves ? demanda un homme d'armes.

— Dix, répondit l'homme à la marque.

Sous mes yeux, on sortit du vaisseau dix tubes cylindriques, apparemment en plastique transparent. Ils étaient marqués et fermés mais, en deux endroits, il y avait des valves dans lesquelles, supposai-je, en vol, on introduisait deux tubes, un pour l'oxygène et un gaz destiné à endormir l'occupant, un autre pour évacuer l'oxyde de carbone. Les valves étaient ouvertes, ce qui permettait à un filet d'air de circuler dans le cylindre. Chaque cylindre contenait une magnifique jeune femme nue et inconsciente. Toutes portaient à la cheville gauche un bracelet d'identification en acier. Il s'agissait probablement de jeunes femmes capturées sur Terre dans l'intention d'en faire des esclaves sur Gor.

On ouvrit les cylindres à l'aide d'un levier, puis on en sortit les jeunes femmes en les tirant par les cheveux et on les allongea à même la roche. Ensuite, on remit les cylindres dans le vaisseau. Une jeune femme bougea faiblement, peut-être sensible à la différence de température.

L'homme à la marque sortit une nouvelle fois du vaisseau, armé d'une seringue. Il injecta une petite quantité de liquide à chaque jeune femme, enfonçant l'aiguille dans le dos, entre la hanche gauche et la colonne vertébrale, plongeant chaque fois l'aiguille dans une petite fiole qu'il tenait dans la main gauche.

La jeune femme qui avait bougé roula sur elle-même, secouant la tête de droite à gauche, comme sous l'effet de la fièvre, puis ses gestes se firent gourds et elle s'immobilisa, inconsciente.

— Maintenant, affirma l'homme à la marque, elles vont dormir pendant plus d'une ahn.

Un homme d'armes se mit à rire.

— Quand elles s'éveilleront, dit-il, elles seront dans les cages de fer des esclaves !

Plusieurs autres rirent également.

L'homme à la marque regagna alors le vaisseau et le panneau reprit sa place. On n'avait échangé ni facture ni reçu. J'en déduisis qu'aucun document de ce genre, habituel dans les échanges légaux, n'était désirable ou nécessaire. Je supposai que la garantie de ces hommes était leur vie.

On avait retourné les jeunes femmes sur le ventre et deux tarniers, armés de courtes cordes, leur attachèrent les chevilles et leur lièrent les mains derrière le dos. Puis, comme les nacelles dans lesquelles elles seraient transportées n'avaient pas de couvercle, on les installa par deux, tête-bêche. On attachait le cou de l'une aux chevilles de l'autre. On agit ainsi, lorsqu'on transporte des esclaves dans des nacelles ouvertes, afin d'éviter qu'ils ne puissent se mettre debout et se jeter dans le vide. Cette précaution, toutefois, du fait que les jeunes femmes étaient droguées, paraissait inutile. D'un autre côté, ces hommes étaient des Marchands d'Esclaves et ne prenaient pas de risques avec la marchandise. Je supposai qu'une jeune femme pouvait s'éveiller, dans le courant d'air glacé, et tenter de se balancer dans le vide. J'avais appris qu'Élisabeth avait quitté la Maison de Clark dans une nacelle fermée. Cette technique est plus répandue. On avait mis trois filles dans le sens de la longueur et une dans la largeur, à chaque extrémité. On leur avait attaché les poignets dans le dos en passant une boucle au travers de l'osier tressé afin de les maintenir en place. On leur avait attaché les chevilles au centre de la nacelle. Une longue bande de cuir enroulée plusieurs fois autour du cou de chaque femme et attachée sur la face extérieure de l'osier tressé constituait une précaution supplémentaire et indépendante. Même si une jeune femme parvenait à se libérer – ce qui est parfaitement improbable du fait que les nœuds importants se trouvent à l'extérieur –, la lanière de cuir qui lui enserre le cou l'empêcherait de se lever. Les Marchands d'Esclaves de Gor, cela vaut la peine d'être souligné, perdent rarement leurs prisonniers. Une jeune femme réduite en esclavage sur Gor n'a pratiquement aucune chance de s'évader. Elle est véritablement esclave et le restera probablement à moins que, comme cela se produit parfois, elle donne de si nombreuses satisfactions à son maître que, peut-être à tort, il consente à la libérer. J'eus pitié des jeunes femmes de la Terre. La vie ne leur serait pas facile. Je me souvins qu'Élisabeth Cardwell était originaire de la Terre. Peut-être, autrefois, avait-elle été amenée sur Gor dans le vaisseau noir d'un Marchand d'Esclaves.

Je me retournai et regardai le disque noir qui avait quitté en silence le promontoire rocheux et s'éloignait à l'horizontale parmi les pics des Voltaï.

— Nous regagnons la Maison de Cernus ! dit un homme d'armes.

En silence, nous montâmes dans nos nacelles ou sur nos tarns.

Un instant plus tard, les tarns quittèrent le promontoire et, au loin, j'aperçus les lumières d'Ar.

8

LE PETIT-DÉJEUNER

Élisabeth était, naturellement, furieuse, engourdie et courbatue lorsque je la libérai, à la huitième heure goréenne, au moment où je regagnai la chambre qui m'avait été affectée. Elle se trouvait, naturellement, à l'endroit même où je l'avais laissée, mais elle était parvenue à s'allonger, sur le flanc, à même les pierres, et à dormir une ou deux ahns au cours de la nuit.

— Il ne m'a pas semblé indiqué, fis-je d'un air narquois, de faire preuve d'une sollicitude particulière en présence de Ho-Tu, le Maître Gardien.

— Tu as sans doute eu raison, grogna-t-elle, remontant sa robe, attachant son agrafe d'épaule puis, avec une grimace, se frottant les poignets et les chevilles. À l'avenir, je te recommande, lorsque tu voudras impressionner quelqu'un, de le contenter de quelques coups de fouet.

— C'est une idée, reconnus-je.

Elle me regarda avec sévérité.

— Mes nœuds sont beaucoup plus soignés que les tiens, dit-elle.

Je ris et la pris dans mes bras.

— Petite garce ! fis-je.

— C'est vrai ! s'écria-t-elle en essayant de se dégager.

Je l'embrassai.

— Oui, dis-je, c'est vrai – tes nœuds sont beaucoup plus soignés que les miens.

Elle leva les yeux vers moi et sourit, un peu radoucie.

— Mais, fit-elle, soudain, à nouveau irritée, tu n'étais pas obligé de claquer des doigts. Te manger dans la main, enfin !

— C'était vraiment un trait de génie, soulignai-je. Ça a visiblement impressionné Ho-Tu.

— Essaie quand nous serons seuls, conseilla Élisabeth. Je te couperai la main d'un coup de dents !

— Hah ! m'écriai-je, et Élisabeth recula d'un bond. Tu sembles avoir besoin de passer une autre nuit attachée à l'anneau, affirmai-je.

— Si tu l'oses ! s'écria-t-elle.

Je lui saisis les poignets et elle me donna des coups de pied, m'atteignant avec force sous le genou. Je passai derrière elle et l'immobilisai. Elle se débattit furieusement, donnant de nouveaux coups de pied, essayant de me frapper de ses petits poings. Je riais. Incidemment, j'avais mal au genou.

Elle s'immobilisa mais elle était furieuse. Je tripotai l'agrafe de sa robe d'esclave.

— Ne te débats pas, Esclave ! lui intimai-je.

— Sais-tu quelle heure il est ? demanda-t-elle.

— Non, reconnus-je.

— Si tu avais écouté les barres, dit-elle, tu le saurais.

— Quelle heure est-il ? m'enquis-je.

— Il est plus de huit heures, répondit-elle.

— Et alors ? demandai-je.

— Eh bien, fit-elle, je n'ai rien mangé depuis hier matin et si je ne suis pas au quartier des esclaves à la sonnerie qui suit la huitième heure je manquerai le petit-déjeuner. Contrairement à toi, je ne peux pas aller aux cuisines et demander cinq œufs de vulo !

Je ris.

— Mais j'avais l'intention de t'apprendre un peu la discipline, lui rappelai-je.

Elle résista, remontant sa robe car j'en avais détaché l'agrafe avec les dents.

— Ça peut attendre que j'aie pris mon petit-déjeuner.

— Je crois que tu fais ça par vengeance, déclarai-je.

Elle rit.

— Après le petit-déjeuner, promit-elle en m'envoyant un baiser, exactement comme j'avais fait la veille, tu pourras m'apprendre la discipline.

Puis elle fit demi-tour et s'enfuit dans le couloir.

Je rejetai les fourrures au milieu de la pièce et m'assis au bord de la couche de pierre.

Ce fut une Élisabeth Cardwell ragaillardie et rassasiée qui regagna mon logement en fredonnant joyeusement.

— Tu ne t'es pas trop ennuyé ? demanda-t-elle.

— Il me semble, dis-je, que tu ne t'es guère dépêchée.

— Ce matin, répondit-elle, la bouillie était tout simplement extraordinaire.

Je fermai la porte et mis les deux barres en place.

— Maintenant, enchaîna-t-elle, on dirait que j'ai quelques problèmes.

— Aucun doute là-dessus, reconnus-je.

— Je me suis renseignée, expliqua-t-elle, mais personne n'a pu me dire exactement quand commencerait mon instruction.

— Ah, fis-je.

— Apparemment, il y aura également d'autres filles.

— C'est probable, estimai-je. Je suppose qu'il ne serait pas rentable d'éduquer une fille à la fois.

Je ne mentionnai pas les jeunes femmes que j'avais vues au cours de la nuit. Je supposai que, du fait qu'elles ne parlaient pas goréen, on ne leur dispenserait pas d'éducation. Je savais que les Filles de la Terre étaient généralement vendues comme barbares incultes à bas prix. D'un autre côté, il n'était pas impossible que les jeunes femmes amenées pendant la nuit soient éduquées en même temps qu'Élisabeth ou, tout au moins, certaines, et qu'on leur enseigne le goréen en même temps. Le fait que l'éducation d'Élisabeth fût retardée indiquait que ce serait peut-être le cas.

— Ce soir, annonça Élisabeth, après la seizième heure, je dois me présenter au forgeron des cages de fer.

— Alors, dis-je, la petite esclave Tuchuk va à nouveau porter un anneau ?

— Ça te plaisait ? demanda Élisabeth.

— Beaucoup, affirmai-je.

— Ça avait aussi fini par me plaire au bout d'un certain temps, reconnut-elle.

— Cette fois, dis-je, la pose sera certainement moins douloureuse.

— Oui, fit-elle, je suppose. (Elle s'agenouilla avec autant d'aisance et de naturel qu'une Goréenne.) Qu'as-tu appris, pendant cette nuit, sur la Maison de Cernus ? demanda-t-elle.

— Je vais te le dire, répondis-je en m'asseyant en tailleur devant elle.

— En ce qui me concerne, glissa-t-elle avec à-propos, je n'ai pas appris grand-chose. (Elle me regarda.) Je n'étais pas vraiment libre de mes mouvements.

— Pas vraiment, reconnus-je. Mais, poursuivis-je, j'en ai appris assez pour deux.

Puis je racontai en détail à Élisabeth ce que j'avais vu pendant la nuit. Cela eut pour effet de l'intriguer mais elle eut peur lorsque je parlai de la bête et fut triste lorsque je mentionnai les jeunes femmes de la Terre que la Maison de Cernus avait l'intention de vendre comme esclaves.

— Que vas-tu faire maintenant ? demanda-t-elle.

— Essayer d'en apprendre davantage, répondis-je. Est-ce que tu connais bien la Maison ?

— J'en connais très bien certaines parties, répondit-elle. Par ailleurs, Caprus peut me donner un passe qui me permettra d'entrer pratiquement partout.

— Mais certains endroits sont interdits.

— Oui, dit-elle.

— Je suppose, dis-je, que je ferais bien d'explorer un peu.

— Visite d'abord les zones autorisées, conseilla-t-elle. Je présume que de nombreux endroits te sont ouverts alors qu'ils me sont interdits. D'un autre côté, j'ai accès aux documents des bureaux de Caprus, ce qui n'est pas ton cas. Je suis persuadée que Ho-Tu se fera un plaisir de te guider. Ainsi, tu te familiariseras avec la Maison et tu te feras, du même coup, une idée précise des zones interdites.

Je réfléchis un instant.

— Oui, acquiesçai-je, c'est un bon plan. Il est simple, naturel, rusé et a des chances de réussir.

— Après un bon petit-déjeuner, fit Élisabeth, je suis plutôt futée.

— C'est vrai, reconnus-je. Mais tu n'es pas mauvaise avant non plus.

— Peut-être, insista-t-elle, mais après, je suis extraordinaire.

— Le petit-déjeuner est passé, déclarai-je.

— Eh bien, dit-elle avec un sourire, je crois que tu vas maintenant pouvoir constater à quel point je suis extraordinaire.

Elle se pencha vers moi, souriante ; ses doigts effleurèrent mon épaule.

— Mais moi je n'ai pas encore pris mon petit-déjeuner, lui rappelai-je.

— Ah ! fit-elle.

— Montre-moi où les personnes importantes prennent leurs repas, demandai-je.

— Tu ne penses qu'à manger, releva-t-elle.

— Il m'arrive aussi de penser à autre chose, répliquai-je.

— C'est vrai, reconnut-elle.

Élisabeth me conduisit dans une pièce proche de la cuisine du troisième étage du cylindre. Il y avait là quelques hommes, surtout des hommes d'armes mais également des employés, un Métallurgiste, deux Boulangers et deux Scribes. Les tables étaient petites et isolées. Je m'assis et Élisabeth s'agenouilla à ma gauche, légèrement en retrait.

Elle leva la tête et renifla. Je fis de même, en croyant à peine mon nez. Elle me regarda et je la regardai.

Une esclave en tunique et colliers blancs s'agenouilla devant la table.

— Quel est ce parfum ? demandai-je.

— Celui du vin noir des Montagnes de Thentis, répondit-elle.

J'avais entendu parler du vin noir mais je n'en avais jamais bu. On en boit à Thentis, mais j'ignorais qu'il y en eût dans les autres cités.

— Apportes-en deux bols ! ordonnai-je.

— Deux ? demanda la fille.

— L'esclave, dis-je en montrant Élisabeth, va d'abord goûter.

— Bien sûr, Maître, dit la fille.

— Apporte aussi du pain grillé, poursuivis-je, du miel, des œufs de vulvo, de la viande de tarsk grillée et des larmas toriens.

La jeune femme acquiesça, se leva avec grâce, recula de deux pas, les yeux baissés, puis fit demi-tour et se dirigea vers la cuisine.

— J'ai entendu dire, fis-je à l'intention d'Élisabeth, que le vin noir se boit chaud.

— Incroyable, sourit-elle.

Peu après, on nous apporta deux bols fumants qu'on posa sur la table.

Immobile, je les regardai fixement et Élisabeth fit de même.

Puis je pris un des lourds bols de céramique. Comme personne ne nous regardait, nous trinquâmes sans bruit avant de les porter à nos lèvres.

C'était très fort et amer, mais c'était chaud et il s'agissait manifestement de café.

Je partageai mon petit-déjeuner avec Élisabeth qui m'informa qu'il était meilleur que la bouillie du réfectoire des esclaves, bien que celle-ci fût extraordinaire.

— J'envie les hommes libres, releva Élisabeth. La prochaine fois, tu seras l'esclave et je serai l'Assassin.

— En fait, expliquai-je à Élisabeth, c'est extrêmement rare. Thentis ne vend pratiquement pas de vin noir. Il y a quelques années, à Ar, j'ai entendu dire qu'une tasse de vin noir valait une pièce d'argent. À Thentis même, on ne boit le vin noir que dans les Hautes Castes.

— Peut-être vient-il de la Terre, suggéra Élisabeth.

— Il est probable que le plant vient, à l'origine, de la Terre, dis-je, tout comme d'autres plantes, les vers à soie et le reste, mais je suis persuadé que le vaisseau que j'ai vu cette nuit ne transportait rien d'aussi commun que les grains nécessaires à la fabrication du vin noir.

— Tu as probablement raison, estima Élisabeth en avalant, les yeux fermés, une nouvelle gorgée.

Je fus un instant troublé mais cela passa lorsque je me souvins que le Guerrier tué à ma place près du Cylindre des Guerriers de Ko-ro-ba était originaire de Thentis.

— Il est très bon, fit remarquer Élisabeth.

Après le petit-déjeuner, nous regagnâmes mon logement où je défis mon nœud, avec lequel j'avais fermé la porte. Nous entrâmes, je refermai la porte et mis les barres en place, puis je détachai ma ceinture.

Élisabeth avait ramassé les fourrures que j'avais jetées au milieu de la pièce et elle les étendit au pied du lit. Puis, comme si elle était fatiguée, elle s'allongea dessus, me regarda et bâilla.

— Quand dois-tu te présenter à Caprus ? demandai-je.

— Il est dans notre camp, dit-elle. Je n'ai pas d'horaire précis et je peux sortir quand j'en ai envie. Néanmoins, il faut que j'aille le voir de temps en temps.

— A-t-il d'autres employés ? demandai-je.

— Il dirige plusieurs Scribes, répondit-elle, mais leur bureau est ailleurs. Il y a également d'autres filles mais Caprus est libéral et nous faisons à peu près ce que nous voulons. (Elle me regarda.) Si je ne me présente pas régulièrement, il supposera que j'ai été capturée.

— Je vois, fis-je.

— Tu n'as pas dormi de la nuit, rappela-t-elle, tu dois être fatigué.

— Oui, concédai-je en m'allongeant sur les fourrures.

— Pauvre maître, fit-elle en me caressant le cou.

Je roulai sur moi-même et la pris dans mes bras mais elle tourna la tête, apparemment décidée à ne pas me laisser l'embrasser. Elle riait.

— Qui fait les nœuds les plus soignés ? demanda-t-elle.

— Toi, toi, toi, grommelai-je, toi, toi.

— Très bien, fit-elle, tu peux m'embrasser.

C'est ce que je fis en grognant tandis qu'elle riait. Une ahn plus tard, néanmoins, je me vengeai.

— Me mangeras-tu dans la main ? demandai-je.

— Oui, oui ! s'écria-t-elle.

— Même lorsque nous serons seuls ? m'enquis-je.

— Oh, oui, oui, oui ! s'écria-t-elle.

— Es-tu prête à me supplier ? demandai-je.

— Oui, fit-elle. Oui !

— Supplie ! ordonnai-je.

— Vella supplie son maître de la laisser manger dans sa main ! s'écria-t-elle. Vella supplie son maître de la laisser manger dans sa main !

Je ris.

— Animal ! fit-elle en riant elle aussi.

Nous nous embrassâmes un bon moment.

— Tu as toujours su me faire manger dans ta main, Tarl Cabot, dit-elle, sale animal !

Je l'embrassai à nouveau.

— Mais mes nœuds, poursuivit-elle, sont néanmoins plus soignés.

— C'est vrai, reconnus-je.

Elle rit encore.

— Rien ne vaut du café et une jolie petite femme après le petit-déjeuner, affirmai-je.

— Je t'avais bien dit, fit-elle, que je suis extraordinaire après le petit-déjeuner.

— Tu avais raison, reconnus-je, tu avais raison.

Après l'avoir embrassée, je me retournai et m'endormis. Élisabeth mit de l'ordre dans la pièce, puis partit pour le bureau de Caprus aux environs de la douzième heure. Elle fit son nœud à l'extérieur de la porte. À l'intérieur, nous avions coupé la lanière que nous avions attachée avec un nœud simple de sorte que, lorsque nous le souhaitions, nous pouvions quitter le logement sans couper à nouveau la lanière. Je dormis longtemps et elle entra plus d'une fois dans la pièce. Enfin, aux environs de la dix-septième heure, elle revint, mit les barres en place et s'allongea près de moi, posant la tête sur mon épaule.

Je constatai que sa narine portait le petit anneau d'or des femmes Tuchuks.

9

Je visite la Maison de Cernus

Ho-Tu, comme l'avait prévu Élisabeth, était tout disposé à me faire visiter la Maison de Cernus.

Il était fier de sa taille et de la complexité de son fonctionnement, qui étaient effectivement impressionnantes. C'était, naturellement, la plus importante et la plus opulente Maison d'Ar, et elle existait depuis plus de trente générations. On y élevait et on y vendait des esclaves depuis vingt-cinq générations. Les lignes de descendance de la Maison de Cernus, tout comme celles de la Maison de Portus et de quelques autres grandes Maisons, étaient connues dans tout Gor. Un spécialiste peut déceler au premier coup d'œil que certaines filles appartiennent à certaines variétés spécifiques de certaines Maisons. Les objectifs essentiels du programme de sélection sont, naturellement, la beauté et la sensibilité. D'un autre côté, du fait que les esclaves sont très nombreux sur Gor, la reproduction d'une minorité seulement est étroitement surveillée; la reproduction du reste des esclaves s'effectue sans réel critère de sélection, comme lorsqu'on accouple, moyennant finance, un mâle appartenant à une Maison à une femelle d'une autre Maison. Généralement, dans ce cas, l'accouplement étant supervisé, les deux esclaves portent une cagoule afin qu'ils ne puissent découvrir avec qui on les force à s'accoupler, de peur que, pendant leur moment d'union, leur humiliation commune, ils ne se plaisent et tombent amoureux. La majorité des esclaves, cependant, dépassant de très loin le groupe des esclaves produits par les Maisons, est constituée d'individus libres à l'origine et réduits en esclavage, destin assez fréquent sur ce monde cruel et belliqueux, surtout pour les femmes. Les raids sont une activité importante et, de temps en temps, une cité est envahie. Cela explique d'ailleurs que la chute d'une cité déplaît aux Marchands d'Esclaves car le marché peut alors être saturé pendant plusieurs mois, en raison de l'afflux de nouveaux esclaves, qui sont parfois des milliers. Les Marchands d'Esclaves se livrent à la spéculation et aux manipulations, essayant d'anticiper l'évolution de la mode ou de la contrôler. Je présumai que la Maison de Cernus tentait de créer un besoin de jeunes barbares dans la clientèle, surtout celle des Jardins de Plaisirs des riches – et elle semblait en mesure d'en mettre beaucoup plus sur le marché que les Maisons concurrentes. L'inconvénient majeur de ce plan, naturellement, était que les jeunes barbares sont généralement ignorantes et incultes. D'un autre côté, il était certainement possible de les éduquer et j'étais persuadé que Cernus avait en tête de réaliser une telle expérience avec Élisabeth.

La Maison de Cernus, qui est un grand cylindre comportant de nombreux étages, dispose de tous les aménagements nécessaires aux grandes Maisons d'Esclaves. La seule différence avec ceux d'autres Maisons était la taille, le nombre d'employés et la générosité des salaires. J'ai déjà parlé des bains de la Maison de Cernus, qui pouvaient rivaliser avec certaines piscines des gigantesques Bains Capaciens, les plus beaux de Gor. Moins impressionnants, mais beaucoup plus essentiels au fonctionnement de la Maison, il y avait des cuisines, des laveries, des dépôts de vivres et des entrepôts, des services médicaux qui prodiguaient également des soins dentaires ; de nombreuses chambres réservées aux employés, qui habitent tous la maison, une bibliothèque, des archives, des échoppes de Forgeron, de Boulanger, de Coiffeur, de Blanchisseur, de Teinturier, de Tisserand, de Bourrelier, des salles pleines de robes et de bijoux, des perchoirs à tarns logés aux flancs du cylindre et s'ouvrant par d'immenses portails, des salles d'exercices pour les esclaves, les hommes d'armes et ceux qui voulaient s'initier au commerce des esclaves, des salles de jeu destinées aux employés, des réfectoires, et, naturellement, au plus profond du cylindre, des cages de fer, des cellules et des cachots. Il y avait également une salle où les esclaves étaient marquées et recevaient leur collier. Les livraisons, qu'il s'agisse de nourriture, de matériel ou d'esclaves, étaient fréquentes ; on recevait souvent jusqu'à cent esclaves par jour ; il y a, en général – ce nombre peut bien sûr varier –, entre quatre mille et six mille esclaves dans la Maison. L'immense majorité, naturellement, est simplement détenue dans les cages en attendant d'être vendue ; certains lots sont vendus en gros à des Marchands de cités éloignées venus s'approvisionner, car la marchandise, à Ar, est abondante et bon marché. Ar est la capitale du trafic d'esclaves. Bien que la Maison de Cernus dispose de salles d'exposition et de vente, qu'on y organise des présentations et des ventes privées dans l'intention d'intéresser d'éventuels clients, la plupart des esclaves de la Maison de Cernus sont vendues dans une des cinq salles des ventes publiques autorisées et taxées par l'Administrateur d'Ar. La salle des ventes principale, la Curuléenne, est réservée à la marchandise de choix. Les jeunes femmes sélectionnées pour l'estrade principale de cette salle jouissent d'un grand prestige, et elles luttent âprement pour avoir cet honneur. Être vendue sur l'estrade principale de la Curuléenne apporte la garantie d'un maître riche ainsi que d'une existence luxueuse et agréable, bien qu'il ne s'agisse, naturellement, que d'une existence d'esclave. Dans presque tous les grands marchés, il y a des Musiciens près de l'estrade et on laisse à la jeune fille le temps de se présenter à son avantage. Aux estrades mineures des autres salles des ventes, et même aux estrades mineures de la Curuléenne, la vente se déroule avec une rapidité telle que les jeunes femmes n'ont guère le temps d'intéresser ou d'impressionner les acheteurs, ce qui fait qu'une belle fille elle-même, honteuse et indignée, est parfois vendue un prix moyen à un acheteur moyen qui ne se servira d'elle, comme on dit, que pour la bouilloire et le matelas. Ce type de situation se produit lorsque l'offre est importante comme, par exemple, lorsqu'une cité est tombée. Dans ce cas, nues, enchaînées par le cou en une longue file, séparées les unes des autres par environ trois mètres, s'étant vu refuser la dignité du collier et n'étant attachées que par une boucle de la chaîne commune fixée par un cadenas, on fait gravir aux jeunes femmes les marches d'une estrade mineure, les offres jaillissent tandis qu'on retourne un sablier d'une ehn, on les adjuge à celui qui a fait, pendant ce temps, l'offre la plus importante, puis on leur fait descendre les marches et on passe à la file suivante.

— Voici notre plus belle salle des ventes privée, annonça Ho-Tu.

Je regardai une des salles des ventes de la Maison de Cernus. Il n'y avait qu'une centaine de places assises. Les gradins étaient en marbre. La salle elle-même était tendue de tissu pourpre. L'estrade, curieusement, conformément à la tradition, était ronde et en bois. Le dessus était saupoudré, toujours conformément aux conventions de la tradition goréenne, de sciure de bois. Les esclaves, incidemment, sont toujours vendues nu-pieds. On dit qu'il est bon qu'elles sentent le bois et la sciure sous leurs pieds.

Je regardai l'estrade avec une certaine tristesse. Je savais que, dans de tels endroits, on organisait parfois des ventes privées, discrètement, à l'intention d'une clientèle favorisée souvent composée de Marchands d'Esclaves. Lors de telles ventes privées, le plus souvent secrètes, les Marchands d'Esclaves goréens se débarrassent souvent de femmes de Haute Caste sans laisser de trace, parfois de femmes d'Ar, de femmes qui avaient vécu orgueilleusement et luxueusement à moins d'un pasang de l'estrade de bois sur laquelle on les expose, horrifiées, à la convoitise des acheteurs. Qui sait quelles femmes, fraîchement marquées, encagoulées et chargées de fer, enchaînées dans un chariot, entrent à Ar et en sortent ?

Je suivis Ho-Tu dans un couloir et nous nous arrêtâmes brièvement pour regarder dans une grande pièce. Deux jeunes femmes en robe jaune et portant un collier jaune, tout comme Élisabeth, étaient agenouillées face à face. L'une d'elles dictait le contenu d'un document qu'elle tenait à la main, l'autre copiait rapidement. Je supposai, étant donné la rapidité avec laquelle elle écrivait, qu'elle utilisait un genre de sténo. Il y avait également des hommes libres dans la pièce – probablement des Scribes, bien qu'ils fussent torse nu –, qui imprimaient, suivant un procédé à base de soie, de grandes feuilles de papier encollé. L'un d'eux examinait une feuille et je constatai qu'il s'agissait d'une liste de prix qui serait affichée sur les murs des bâtiments publics ou sur les tableaux proches du marché. Elle annonçait une vente. D'autres affiches, suspendues à des fils, se rapportaient aux jeux et aux courses de tarns. Ces divers événements avaient en commun la participation de la Maison de Cernus qui organisait la vente ou finançait les jeux et les courses.

— Voilà qui devrait t'intéresser, dit Ho-Tu en s'engageant dans un couloir latéral.

Au fond, il y avait une porte gardée par deux sentinelles. Elles reconnurent immédiatement Ho-Tu, naturellement, et ouvrirent la porte. Je constatai avec stupéfaction que, environ un mètre derrière cette porte, se trouvait une deuxième porte. Celle-ci comportait un judas dont le panneau glissa. Une femme nous regarda, reconnut Ho-Tu et hocha la tête. Elle fit glisser deux barres métalliques et nous pénétrâmes dans un autre couloir. Là, nous croisâmes une autre femme. Toutes deux, curieusement, portaient d'élégantes robes blanches et leurs cheveux étaient attachés sur la nuque avec des bandes de soie blanche. Elles ne portaient pas de collier.

— Est-ce que ce sont des esclaves ? demandai-je à Ho-Tu.

— Naturellement, répondit-il.

Nous rencontrâmes encore une autre femme. Nous n'avions pas encore vu un seul homme dans le couloir.

Ho-Tu s'engagea dans un autre couloir latéral et, stupéfait, je me trouvai face à un immense rectangle de verre d'environ quatre mètres de haut sur cinq de large ; il y avait, dans le couloir, une douzaine de panneaux semblables.

Derrière, je découvris ce qui semblait être un Jardin de Plaisirs éclairé par des ampoules à énergie fixées au plafond. Le plafond lui-même était très haut. Il y avait diverses nuances d'herbe, quelques piscines isolées, de petits arbres, de nombreuses fontaines et des chemins sinueux. On entendait la musique d'un luth. Puis je reculai en voyant deux jolies jeunes femmes vêtues de blanc, les cheveux attachés avec des bandes de soie blanche, approcher sur un chemin : elles étaient très jeunes, peut-être moins de dix-huit ans.

— Ne crains rien, dit Ho-Tu. Elles ne peuvent pas te voir.

J'examinai le verre qui nous séparait d'elles. Les deux jeunes femmes passèrent près de la vitre et l'une d'elles, posant les mains sur la nuque, examina gravement son reflet dans le miroir et redressa la bande de soie qui retenait ses cheveux.

— De leur côté, précisa Ho-Tu, c'est un miroir.

Je manifestai mon admiration bien que, originaire de la Terre, le principe de ces choses me fût familier.

— C'est une invention des Constructeurs, expliqua Ho-Tu. Elle est très répandue chez les Marchands d'Esclaves où on souhaite souvent regarder sans être vu.

— Peuvent-elles nous entendre ? soufflai-je.

— Non, répondit Ho-Tu.

Une jeune femme rit, poussa l'autre puis s'enfuit, poursuivie par la première qui riait également.

Je jetai un bref regard à Ho-Tu.

— Il y a un système de transmission des bruits, précisa-t-il. Nous pouvons les entendre, mais, elles, non.

Je regardai les deux jeunes femmes qui s'éloignaient en courant. Plus loin, il y en avait d'autres. Deux d'entre elles jouaient à la balle.

Ces jeunes femmes avaient, me sembla-t-il, quelque chose d'étrange, malgré leur beauté. Elles paraissaient, en quelque sorte, simples, presque enfantines.

— Est-ce que ce sont des esclaves ? demandai-je à Ho-Tu.

— Naturellement, répondit Ho-Tu. (Puis il ajouta :) Mais elles ne le savent pas.

— Je ne comprends pas, dis-je.

Je découvris alors celle qui jouait du luth. Elle était jolie, tout comme les autres. Elle se promenait au bord d'une piscine. Je vis alors que les autres étaient allongées au bord de la piscine, trempaient leurs doigts dans l'eau, y dessinaient des cercles.

— Ce sont des esclaves exotiques, déclara Ho-Tu.

Cette expression s'appliquait aux esclaves hors du commun. Les esclaves exotiques sont, en général, très rares.

— Dans quel sens ? demandai-je.

Je ne m'étais jamais intéressé aux esclaves exotiques, tout comme je ne m'intéressais guère aux races de chiens et de poissons rouges que certains éleveurs terrestres considèrent comme des réussites triomphales. En général, on élève les esclaves exotiques en raison d'une malformation que l'on trouve divertissante. Mais l'objectif est parfois plus subtil et sinistre. On peut, par exemple, élever une femme dont la salive est empoisonnée ; introduite dans le Jardin des Plaisirs d'un ennemi, cette femme est souvent plus dangereuse que le couteau d'un Assassin.

Ho-Tu suivit peut-être le cours de mes pensées car il se mit à rire :

— Non, non, dit-il. Ce sont des filles ordinaires, bien qu'elles soient particulièrement belles.

— Alors, en quoi sont-elles exotiques ? demandai-je.

Ho-Tu me regarda avec un sourire mauvais.

— Elles ignorent tout des hommes, répondit-il.

— Tu veux dire qu'elles sont Soie Blanche ? m'enquis-je.

Il rit.

— Je veux dire qu'elles vivent dans ce jardin depuis qu'elles y sont nées. Elles n'ont jamais vu d'homme. Elles ne savent pas qu'il en existe.

Je compris alors pourquoi je n'avais rencontré que des femmes.

Je regardai à nouveau les belles jeunes filles qui jouaient et se promenaient près de la piscine.

— Elles sont élevées dans l'ignorance totale, précisa Ho-Tu. Elles ne savent même pas qu'elles sont des femmes.

J'écoutai la musique du luth. J'étais troublé.

— Leur existence est très agréable et très facile, expliqua Ho-Tu. Leur unique devoir est de s'amuser.

— Et ensuite ? demandai-je.

— Elles valent très cher, exposa Ho-Tu. Parfois, l'agent d'un Ubar victorieux en achète une pour le festin de victoire des officiers de sa garde personnelle. (Ho-Tu me regarda.) Cette nuit-là on ajoute un somnifère dans la nourriture de la fille qu'il a achetée, puis on la fait sortir du jardin. On s'arrange pour qu'elle reste inconsciente. On la ramène à la vie au plus fort du festin de victoire de l'Ubar, en général complètement nue dans une cage pleine d'esclaves mâles, au beau milieu des convives.

Une fois de plus je regardai les jeunes femmes.

— Assez souvent, poursuivit Ho-Tu, elles deviennent folles et on les tue au matin.

— Et si ce n'est pas le cas ?

— Souvent, répondit Ho-Tu, elles recherchent l'amitié d'une esclave qui leur rappelle les femmes du jardin et leur explique ce qu'elles sont, qu'elles sont femmes, qu'elles sont esclaves, qu'il leur faut porter un collier et servir les hommes.

— Y a-t-il autre chose dans la Maison de Cernus ? demandai-je en faisant demi-tour.

— Naturellement, fit Ho-Tu en s'éloignant.

Une jeune femme me regarda, tandis que je partais, et sourit. Je ne répondis pas à son sourire.

10

SUR LE CHEMIN DES CAGES

Nous eûmes bientôt franchi les deux portes, la première étant fermée derrière nous par une femme en robe blanche, l'autre par les deux sentinelles.

Dans le couloir, nous dépassâmes quatre esclaves nues qui, armées d'éponges, de serpillières et de seaux, lavaient les carreaux du sol. Un esclave portant au cou un lourd collier de fer et tenant un fouet dans la main droite les surveillait.

— Voici encore une pièce intéressante, dit Ho-Tu en ouvrant une porte et me faisant entrer. Elle est parfois gardée, mais elle est vide pour le moment.

Je me trouvai à nouveau devant un large panneau vitré mais, cette fois, il n'y en avait qu'un.

— Oui, confirma Ho-Tu, de l'autre côté, c'est un miroir.

De notre côté de la vitre, se trouvait un treillage métallique dont les ouvertures faisaient environ quinze centimètres de long sur cinq de large. Je supposai qu'il était là au cas où on aurait brisé le miroir de l'intérieur. Dans la pièce, qui était vide, je vis une penderie ouverte, quelques coffres remplis de soieries, un immense divan recouvert de soie, de magnifiques couvertures et des coussins, une baignoire encastrée sur l'un des côtés. Cela faisait penser aux appartements privés d'une dame de Haute Caste mais il s'agissait, naturellement, d'une cellule.

— Cette pièce sert aux Captures Spéciales, expliqua Ho-Tu. Parfois, ajouta-t-il, Cernus s'amuse avec les femmes qui y sont détenues, il leur fait croire qu'elles seront bien traitées si elles le servent bien. (Ho-Tu rit.) Lorsqu'elles lui ont cédé, il les envoie aux cages de fer.

— Et si elles ne cèdent pas ? demandai-je.

— Alors, il les étrangle avec la chaîne qui porte le sceau de la Maison de Cernus.

Je regardai la pièce.

— Cernus, ajouta Ho-Tu, n'aime pas perdre.

— Je comprends, fis-je.

— Lorsqu'il prend une femme, précisa Ho-Tu, il lui passe toujours sa chaîne au cou.

Je le regardai.

— Ça la rend docile et coopérative, expliqua Ho-Tu.

— Je m'en doute, dis-je.

— La Maison de Cernus ne semble pas te plaire beaucoup, fit observer Ho-Tu.

— Elle te plaît, à toi, Ho-Tu ? demandai-je.

Il me regarda avec surprise.

— Je suis bien payé, répondit-il. (Puis il haussa les épaules.) Tu as visité pratiquement toute la Maison, reprit-il, à l'exception des salles d'éducation, des cages de fer et des salles de marquage.

— Où sont les jeunes femmes que le vaisseau noir a livrées la nuit dernière dans les Voltaï ?

— En cellule, répondit-il. Suis-moi.

Dans l'escalier, tandis que nous gagnions les parties basses du cylindre dont plusieurs étages sont situés sous le niveau du sol, nous passâmes devant le bureau de Caprus. Élisabeth se trouvait dans l'entrée, les bras chargés de rouleaux.

Lorsqu'elle me vit, elle tomba à genoux et baissa la tête sans pour autant les lâcher.

— Je vois que ton éducation n'a pas encore commencé, dis-je sévèrement.

Elle ne répondit pas.

— Son éducation, intervint Ho-Tu, commencera bientôt.

— Qu'est-ce qu'on attend ? demandai-je.

— C'est une idée de Cernus, expliqua Ho-Tu. Il veut essayer d'éduquer quelques esclaves barbares. Elle fera partie du premier groupe.

— Les filles qui sont arrivées la nuit dernière ? demandai-je.

— Deux seulement dans ce groupe, précisa Ho-Tu. Les huit autres seront divisées en deux groupes et éduquées séparément.

— J'ai entendu dire, fis-je remarquer, qu'il n'est pas facile d'éduquer les barbares.

— C'est bien possible, répondit Ho-Tu. Il reste, naturellement, à le prouver.

— Mais il est probable qu'elles ne se vendront pas cher, relevai-je.

— Qui sait ce qui se passera d'ici En'Var ? supputa Ho-Tu, ou même d'ici En'Kara ?

— Si cette expérience se révélait fructueuse, estimai-je, il me semble que la Maison de Cernus n'aurait aucune difficulté à se procurer de telles filles.

Ho-Tu sourit.

— Naturellement, convint-il.

— Vous en avez déjà beaucoup ? m'enquis-je.

— Oui, répondit Ho-Tu. Et on nous en apporte d'autres à chaque rendez-vous.

Élisabeth leva la tête, apparemment étonnée, comme si elle ne comprenait pas de quoi nous parlions, puis baissa à nouveau les yeux.

— Quand allez-vous commencer l'éducation ? demandai-je.

— Quand les deux filles qui doivent faire partie du premier groupe en auront assez des cellules, du gruau et des cages de fer.

— Les filles qui reçoivent une éducation ne mangent-elles donc pas de gruau ? demandai-je.

— Non, expliqua Ho-Tu, elles ont droit aux meilleures céréales. Elles dorment sur des nattes et, plus tard, sur leurs fourrures. Elles sont rarement enchaînées. On leur permet de temps en temps de quitter la maison, sous bonne escorte, afin que le spectacle d'Ar les stimule et les rende joyeuses.

— As-tu entendu, petite Vella ? demandai-je.

— Oui, Maître, fit-elle sans lever la tête.

— En outre, reprit Ho-Tu, après quelques semaines, on leur permet de manger autre chose que de la bouillie de céréales.

Élisabeth releva joyeusement la tête.

— On peut même dire, ajouta-t-il, qu'elles sont bien nourries.

Élisabeth sourit.

— Afin, naturellement, conclut-il en la regardant, qu'elles se vendent plus cher.

Élisabeth baissa la tête.

C'est alors que sonna la quinzième heure. Élisabeth me regarda.

— Tu peux disposer, dis-je.

Elle se leva d'un bond et regagna la pièce où travaillait Caprus qui, à ce moment, était en train de fermer le plateau du bureau devant lequel il se tenait. Elle remit les rouleaux dans les logements du meuble. Caprus tira le rideau de bois qu'il ferma à clé puis, après l'avoir salué, Élisabeth passa en courant devant nous et disparut dans le couloir.

— À cette vitesse, fit remarquer Ho-Tu, elle n'arrivera pas la dernière au réfectoire.

Je regardai Ho-Tu et souris.

Il leva sa tête rasée et son regard noir rencontra le mien. Il resta quelques instants immobile, puis eut un sourire crispé.

— Tu es bizarre pour un Assassin, releva-t-il.

— Est-ce que nous allons aux cellules ? demandai-je.

— La quinzième ahn a sonné, rappela Ho-Tu. Allons à table. Lorsque nous aurons mangé, je te conduirai aux cellules.

Ici et là, dans le couloir, des esclaves couraient, dans l'une ou l'autre direction, vers leur réfectoire. Il y avait également des employés, on entendait le claquement de portes que l'on fermait à clé.

— Très bien, dis-je, allons manger.

Il y eut diverses compétitions, ce soir-là, dans le carré de sable. Il y eut un combat au couteau gainé, un combat au fouet et un combat au gant hérissé de pointes. Une jeune esclave, qui avait renversé du vin, fut déshabillée, attachée à l'anneau et fouettée. Plus tard, les Musiciens jouèrent et une fille que je n'avais jamais vue, originaire, me dit-on, de Cos, dansa la Danse du Collier, et ce, honorablement. Cernus, fidèle à son habitude, joua avec Caprus et resta même après qu'on eut servi le Paga et le vin de Ka-la-na, purs cette fois-ci.

— Comment se fait-il, demandai-je à Ho-Tu, avec qui j'avais fait plus ample connaissance pendant la journée, que les autres mangent de la viande, du miel et du pain alors que tu te contentes d'une bouillie de céréales ?

Ho-Tu repoussa son bol.

— C'est sans importance, fit-il.

La cuiller de corne se brisa entre ses mains et il en jeta furieusement les morceaux dans le bol.

— Excuse-moi, dis-je.

Il me jeta un regard incertain. Ses yeux noirs brillaient.

— C'est sans importance, répéta-t-il.

Je hochai la tête.

— Je vais te conduire aux cellules, reprit-il.

Je montrai la porte par laquelle, la veille au soir, étaient sortis l'esclave enchaîné et Cernus lui-même. J'avais constaté avec satisfaction, ce soir-là, que personne, pas même les esclaves vaincus dans les combats, n'en avait franchi le seuil. Je remarquai que le vainqueur de la veille mangeait encore au pied de la table. On lui avait retiré son collier. Je supposai qu'il avait été libéré. Il portait un fouet à la ceinture et, glissé dessous, un couteau courbe dans son fourreau, maintenu en place par une lanière de cuir passée autour de la garde, comme c'était le cas pour celui de Ho-Tu.

— La chose que tu appelles la Bête, dis-je, se trouve derrière cette porte ?

Ho-Tu me regarda, les paupières plissées.

— Oui, fit-il.

— J'aimerais la voir, fis-je.

Ho-Tu pâlit. Puis il sourit.

— Dans tes prières, déclara-t-il, demande aux Prêtres-Rois de ne jamais la voir.

— Tu ignores tout d'elle ? demandai-je.

— Cernus et quelques autres peuvent poser les yeux sur elle, répondit-il. Eux seuls. (Il me regarda attentivement.) Ne sois pas curieux, Tueur, conseilla-t-il, car en général, ceux qui voient la Bête voient leur mort.

— Je présume, avançai-je, que sa cage est solide.

Ho-Tu sourit.

— Je l'espère, dit-il.

— Lui donne-t-on souvent à manger ?

— Elle peut manger plusieurs fois par jour, répondit Ho-Tu, mais elle peut également rester longtemps sans nourriture. Normalement, nous lui donnons un esclave tous les dix jours.

— Un esclave vivant ? m'enquis-je.

— Elle aime tuer elle-même, indiqua Ho-Tu.

— Du moment que sa cage est solide, relevai-je, il n'y a pas de danger.

— La crainte de la Bête fait régner l'ordre dans la Maison de Cernus, affirma Ho-Tu.

— Je n'en doute pas, admis-je.

— Viens, conclut Ho-Tu, je vais te montrer les cellules.

11

DEUX JEUNES FEMMES

Après avoir franchi plusieurs portes métalliques pourvues de judas et descendu un escalier en spirale s'enfonçant toujours plus profondément sous terre, je perçus enfin la puanteur caractéristique des cages.

Le cylindre dispose de plusieurs types de zones de détention qui vont du luxe de la cellule que Ho-Tu m'avait montrée plus tôt, dans laquelle Cernus enfermait les captures spéciales, aux cages de fer. Certaines étaient simplement constituées d'un alignement de cellules raisonnablement propres, parfois avec une fenêtre, une cuvette de toilettes et une natte pour dormir. D'autres étaient plus élaborées : un lourd grillage au motif complexe remplaçait les barreaux, il y avait des tentures de soie rouge aux murs, des fourrures par terre et, parfois, une lampe à huile de tharlarion dans un trou du plafond. Mais les cages, dont il existe divers types, ne disposaient pas de tels luxes. Incidemment, l'expression « les Cages de Fer » s'applique à tous les lieux de détention souterrains de la maison d'un Marchand d'Esclaves, non seulement les cages, mais aussi les oubliettes, les cylindres d'acier, les chaînes fixées aux murs et le reste ; elle définit une zone plutôt que la nature d'une des formes de détention qu'on y trouve. On parle parfois de « cellules » mais, dans ce cas, il s'agit le plus souvent d'un genre de cube de ciment d'environ un mètre de côté et pourvu d'une porte métallique qu'il est possible de lever ou d'abaisser ; on trouve également le même type de cellule, mais uniquement constitué de barreaux, dans les maisons des Marchands d'Esclaves ; ces petites cellules peuvent être utilisées séparément, pour le transport des esclaves notamment, mais il est également possible de les assembler et de les poser les unes sur les autres, généralement en les fixant à un mur, ce qui permet de gagner de la place.

Ho-Tu me montra le chemin, allant d'une passerelle à l'autre, au-dessus des alignements de cages. Dans ces cages, derrière les barreaux, des esclaves mâles, nus et portant au cou de lourds colliers métalliques, nous regardèrent, les yeux vides.

— Fais attention de ne pas tomber, conseilla Ho-Tu.

Je supposai que l'origine de l'expression « les Cages de Fer » reposait dans ce type d'équipement. Sur toutes les cages au-dessus desquelles je passai, je vis une mince plaque métallique couverte de chiffres. Certains chiffres faisaient référence aux occupants, mais d'autres étaient des codes destinés aux gardiens et indiquaient le régime alimentaire, les précautions particulières, la date d'acquisition et la destination probable. Certains chiffres avaient été effacés et d'autres gravés sur les plaques métalliques que l'on changeait de temps à autre. Les cages semblaient humides et, bien que nous fussions sous terre, chaudes en raison de l'accumulation des corps. Il n'y avait, pour tout sanitaire, qu'un grillage métallique soutenu par deux barreaux, à même le plancher de la cage, et donnant sur une dalle de ciment, située un mètre cinquante plus bas, que les esclaves ne lavaient qu'une fois par jour. Il y avait un récipient contenant de l'eau d'un côté de la cage et un guichet à nourriture de l'autre, tous deux approvisionnés au moyen de tubes donnant sur les passerelles. Les cages des femmes étaient mélangées à celles des hommes, probablement du simple fait qu'elles s'étaient trouvées vides à un moment donné. Tout comme les hommes, les femmes étaient nues et portaient un collier ; leur collier, cependant, n'était pas le collier à serrure ordinaire mais, du fait qu'elles séjournaient dans les cages de fer, une mince bande métallique numérotée.

Je remarquai que les femmes avaient tendance à rester au milieu de la cage. La nourriture et l'eau étaient séparées des barreaux de la cage voisine, éventuellement occupée par un homme, par un épais grillage métallique semblable à celui du sol et rivé aux barreaux. Je supposai que, de temps en temps, une fille venait trop près de la séparation et se faisait attraper mais, en raison des barreaux, on ne pouvait pas lui faire grand-chose. L'accouplement des esclaves est sérieusement supervisé. Je remarquai une ou deux jeunes femmes allongées sur le grillage du sol, la tête près de la paroi qui les séparait d'un homme, les cheveux cruellement attachés aux barreaux. Elles s'étaient montrées imprudentes.

Je ne tentai pas de compter les cages au-dessus desquelles je passai, et nous traversâmes deux étages semblablement aménagés. Nous nous arrêtâmes au quatrième étage souterrain et on m'apprit qu'il y en avait, au-dessous, encore trois, exactement semblables à ceux que nous venions de traverser. Le quatrième étage, bien que pourvu de nombreux aménagements destinés à la détention, sert au marquage, à la répartition, à l'interrogatoire et à l'examen des esclaves ; on peut y accéder directement, grâce à une rampe en spirale et un tunnel, sans traverser la zone des cages de fer. C'est à cet étage que se trouvent les cuisines, l'infirmerie et le matériel nécessaire aux forgerons ; c'est également là que se trouvait le bureau de Ho-Tu ; en outre, en découvrant des anneaux et des chaînes, des tables en pierre, des rangées d'instruments destinés à provoquer la douleur, des fers et des brasiers à haute température dans des vasques métalliques perforées, je supposai que c'est ici qu'on torturait les esclaves récalcitrants.

— Je vais te montrer les femmes qu'on nous a livrées dans les Voltaï, m'annonça Ho-Tu.

Je le suivis dans une grande salle défendue par une lourde porte métallique.

Un feu brûlait dans une vasque, à peu près au milieu de la salle. La pièce semblait en désordre, il y avait des morceaux de chaîne ici et là. Deux forgerons s'y trouvaient. Un gardien parlait avec eux. Un homme vêtu du vert de la Caste des Médecins, debout dans un coin, prenait des notes sur un morceau de papier. Il était grand et rasé de près. Je remarquai une rangée de fers à marquer, constatai que plusieurs d'entre eux chauffaient dans le feu. Il y avait également une enclume sur un large socle de bois. Contre le mur du fond, il y avait trente cellules, cinq rangées de six, empilées les unes sur les autres, auxquelles on accédait par des escaliers métalliques et des passerelles. Il y en avait jusqu'au plafond. Il y avait d'autres cages dans la salle, mais elles étaient vides. Des anneaux étaient scellés dans un mur. Une chaîne terminée par une paire de bracelets métalliques et reliée à un treuil pendait du plafond. Contre un mur, je remarquai des fouets de poids et de cuirs différents.

Le Médecin leva la tête.

— Bonjour, Ho-Tu, dit-il.

— Bonjour, Flaminius. Puis-je te présenter Kuurus, membre de la Caste Noire mais également du personnel de notre Maison ?

Flaminius hocha sèchement la tête et je fis de même.

Puis le Médecin regarda Ho-Tu.

— C'est un bon lot, affirma-t-il.

— Ce n'est pas étonnant, répondit Ho-Tu, elles ont été sélectionnées avec le plus grand soin.

Je compris alors que les Marchands d'Esclaves goréens ne capturent pas n'importe quelle jeune femme, mais qu'ils prévoient probablement leur acquisition avec la diligence et le soin qu'ils apportent à l'organisation de leurs raids sur Gor. Il est probable qu'on les a étudiées et surveillées pendant des mois sans qu'elles le sachent, qu'on a enregistré leurs habitudes, leurs déplacements et leur emploi du temps avant de les capturer à un endroit et un moment déterminés à l'avance. Je supposai qu'elles devaient satisfaire à de nombreux critères. Je présumai qu'elles étaient débordantes d'énergie et de vitalité. Je savais qu'elles étaient belles. Toutes étaient certainement intelligentes car les Goréens, contrairement aux hommes de la Terre, aiment les femmes à l'esprit vif et alerte. Et elles étaient en cage.

— Allons les voir, proposa Ho-Tu en prenant une petite torche métallique à mèche de paille enduite de goudron qu'il plongea dans le feu.

En compagnie du Médecin et du gardien, je gravis à sa suite l'étroit escalier métallique.

Une jeune femme blonde, qui portait un anneau de fer à la cheville gauche, s'accroupit près des barreaux de la porte et tendit les bras à l'extérieur.

— Meine Herren ! s'écria-t-elle.

Le gardien, avec le gros bâton qu'il tenait à la main, frappa violemment les barreaux juste devant son visage ; elle poussa un cri, recula d'un bond et s'immobilisa au fond de la cage.

— Les deux suivantes, dit Flaminius en montrant deux cages séparées de la précédente par une cage vide, refusent de manger.

Ho-Tu tendit la torche devant une cage, puis devant l'autre. Les deux jeunes femmes étaient orientales – japonaises à mon avis.

— Qu'on fasse manger celle-ci ! ordonna Ho-Tu en montrant la cage de gauche.

On fit sortir la jeune femme et on lui attacha les mains derrière le dos. On appela un forgeron qui apporta un bol de bouillie allongée d'eau et soigneusement mélangée de sorte qu'il soit possible de la boire. On donne aux esclaves divers types de bouillie. Celle des cages de fer, néanmoins, est aussi infâme et inodore qu'il est possible de l'imaginer, et ce délibérément. On fit s'agenouiller la jeune femme, puis le gardien lui tira la tête en arrière et lui pinça le nez tandis que le forgeron lui ouvrait la bouche avec le pouce et l'index avant d'y verser la moitié du bol de bouillie diluée, en répandant sur son menton et son corps. La jeune femme tenta de retenir sa respiration mais, lorsqu'il lui fallut reprendre son souffle, elle fut bien obligée d'avaler la mixture ; le forgeron répéta deux fois l'opération et la jeune femme, vaincue, avala le liquide épais qu'il lui versa dans la bouche, suffoquant à chaque gorgée.

— Remettez-la dans la cage ! ordonna Ho-Tu.

— Vous ne la détachez donc pas ? demandai-je.

— Non, répliqua Ho-Tu, elle ne pourra ainsi pas se forcer à vomir.

L'autre jeune femme avait regardé ce qui venait de se passer. Ho-Tu, du pied, poussa une écuelle dans sa direction. Elle la porta à ses lèvres et, tremblante, se mit à manger.

La dernière fille de la rangée était sans doute grecque. Elle était très belle. Assise, le menton sur les genoux, elle nous regardait.

Nous nous dirigeâmes vers le troisième niveau.

— Elles semblent tout à fait calmes, observai-je.

— Nous leur accordons, dit Flaminius, daignant donner quelques explications, cinq ahns de réactions diverses à partir du moment où les effets de l'injection de forbicaïne cessent. Le plus souvent, ça se manifeste sous forme de larmes hystériques, de menaces, de demandes d'explications, de hurlements, etc. Elles seront également autorisées à exprimer leur désespoir pendant certaines périodes fixées à l'avance, plus tard.

— Il est nécessaire, ajouta Ho-Tu, qu'elles puissent pleurer et hurler de temps en temps.

— Pour le moment, dis-je, elles sont apparemment en période de silence.

— Oui, répondit Ho-Tu, jusqu'à la cinquième sonnerie, demain matin.

— Mais qu'arrive-t-il si elles ne se taisent pas? demandai-je.

— On les fouette, répondit Ho-Tu.

— Il a suffi de lever le fouet, précisa le gardien. Elles ne parlent pas notre langue mais elles ne sont pas folles. Elles comprennent.

— Pendant les examens, expliqua Ho-Tu, après l'enregistrement des empreintes digitales, chaque fille reçoit cinq coups de fouet qui lui font comprendre ce que ça signifie. Par la suite, il suffit en général d'approcher la main du fouet pour être aussitôt obéi.

— J'imagine, dis-je, qu'elles ne comprennent pas ce qui leur arrive.

— Naturellement, répondit Flaminius. Pour le moment, il est probable que certaines d'entre elles se croient devenues folles.

— Y en a-t-il beaucoup, demandai-je, qui perdent effectivement l'esprit?

— Curieusement, répondit Flaminius, non.

— Pourquoi? m'enquis-je.

— Cela tient probablement à la sélection des jeunes femmes qui sont en général fortes, intelligentes et imaginatives. L'imagination est importante car il leur faut être en mesure d'appréhender l'énormité de ce qui vient de leur arriver.

— Comment parvenez-vous à les convaincre qu'elles ne sont pas folles ? demandai-je.

Flaminius rit.

— Nous leur expliquons ce qui leur est arrivé. Elles sont intelligentes, elles ont de l'imagination, elles ont le plus souvent déjà envisagé cette éventualité, sans toutefois la prendre au sérieux mais, au bout d'un certain temps, elles acceptent la réalité.

— Comment le leur expliquez-vous ? demandai-je. Elles ne parlent pas goréen.

— Il n'y a pas une fille, expliqua Flaminius, dont au moins un membre de notre personnel ne parle pas la langue.

Je le regardai avec stupéfaction.

— Tu ne pensais certainement pas, exposa Flaminius, que nous ignorons tout du monde d'origine de ces esclaves. Il y a des habitants de leur planète dans notre Maison et des habitants de notre monde sur leur planète.

Je ne répondis pas.

— J'ai moi-même visité leur monde, reprit Flaminius, et je parle une de ses langues.

Je le regardai.

— On l'appelle anglais, dit-il.

— Ah ! fis-je.

Nous nous étions arrêtés devant les deux premières cages du troisième niveau. Elles contenaient deux jeunes Noires, toutes deux très belles. La première était prostrée et silencieuse, accroupie au fond de la cage ; l'autre était allongée sur le sol et pleurait doucement. Nous poursuivîmes notre chemin et nous nous arrêtâmes devant la troisième cage de la partie gauche du niveau.

— Pourquoi cette fille a-t-elle les mains attachées à l'extérieur des barreaux ? demanda Ho-Tu.

— Le gardien, répondit Flaminius, la trouve jolie. Il voulait pouvoir la regarder en face.

Approchant sa torche, Ho-Tu obligea la jeune femme à lever la tête. Elle le regarda fixement, les yeux vides. Elle était très belle. Italienne à mon avis.

Il la lâcha.

— Effectivement, reconnut-il, elle est magnifique.

Nous gagnâmes ensuite le quatrième niveau.

Lorsque Ho-Tu approcha sa torche de la troisième cage en partant du bout, juste au-dessus de celle de la jeune Italienne, la jeune femme qui l'occupait s'enfuit au fond, en larmes, se tassant contre la paroi et la griffant. Son dos portait des marques de fouet. Elle était petite et avait les cheveux noirs. À mon avis, elle était belge ou française.

— Celle-ci, expliqua Flaminius, est en état de choc. Cela peut être très grave. Nous l'avons fouettée afin de la rendre sensible, qu'elle reprenne ses esprits grâce à la douleur, que la douleur lui fasse reprendre conscience.

Je regardai dans la cage. La jeune femme était terrifiée et avait certainement mal, mais elle n'était manifestement pas en état de choc.

— Parfois, reprit Flaminius, il n'est pas aisé de prévenir le choc. En fait, il arrive que ce soit le fouet qui plonge les filles en état de choc. On a ensuite recours aux sédatifs et aux drogues. Ce lot, toutefois, est excellent.

— As-tu préparé les documents les concernant ? s'enquit Ho-Tu.

— Oui, répondit Flaminius.

— Combien sont encore Soie Blanche ? demanda-t-il.

— Six, répondit Flaminius.

— Tant que ça ? s'étonna Ho-Tu.

— Oui, confirma Flaminius.

— Bon, fit le Maître Gardien. (Puis il se tourna vers moi.) Les deux dernières filles, reprit-il en tendant le menton vers les deux dernières cages du quatrième niveau, t'intéresseront tout particulièrement.

— Pourquoi ? demandai-je.

— Elles seront éduquées en même temps que cette Vella qui est attachée à ton compartiment.

Nous nous arrêtâmes devant les deux dernières cages. Flaminius se tourna vers nous.

— Je peux communiquer avec elles, affirma-t-il.

Ho-Tu approcha sa torche des cages.

— Esclaves, dit Flaminius en anglais.

Les deux jeunes femmes le regardèrent avec stupéfaction.

— Vous parlez anglais, dit l'une d'elles, lentement, les yeux fixés sur lui, ébahie.

L'autre approcha des barreaux et passa le bras à l'extérieur.

— Au secours ! s'écria-t-elle. Au secours !

Puis la première s'agenouilla également près des barreaux et passa les bras au travers.

— Je vous en prie ! sanglota-t-elle, je vous en prie, je vous en prie !

Flaminius n'approcha pas, accueillant leurs supplications avec impassibilité.

Elles restèrent à genoux, les mains serrées autour des barreaux, le visage couvert de larmes.

— Je vous en prie, murmurait celle de gauche, je vous en prie.

— Vous êtes des esclaves, reprit Flaminius à nouveau en anglais.

Elles firent non de la tête. Je remarquai qu'elles étaient brunes, comme Élisabeth. Je supposai qu'on avait décidé de les éduquer ensemble afin qu'elles forment un groupe cohérent. La jeune femme de gauche avait les cheveux courts ; les Marchands d'Esclaves, très probablement, ne lui permettraient pas de conserver ce type de coiffure ; son visage était délicat, fragile, plutôt fin et réfléchi ; son corps était mince ; je présumai que ses nouveaux maîtres lui feraient prendre du poids ; elle avait les yeux gris ; son délicat visage était parsemé de taches de rousseur. L'autre était légèrement plus grande mais on ne pouvait en être sûr ; son corps était plus épanoui que celui de la première, mais pas excessivement ; elle avait de belles épaules élégantes, son ventre était plat, ses hanches larges, douces et arrondies ; elle avait les cheveux aux épaules ; ses yeux, comme ceux d'Élisabeth, étaient marron ; si on les vendait séparément, la seconde, à mon avis, rapporterait davantage que la première. Toutefois, elles étaient toutes deux extrêmement séduisantes.

Flaminius se tourna vers Ho-Tu et nous.

— Je viens de leur dire, expliqua-t-il en goréen, qu'elles sont esclaves.

La jeune femme de gauche, la plus mince, déclara :

— Je ne suis pas esclave.

Flaminius se tourna à nouveau vers nous.

— Elle vient de nier qu'elle est esclave, précisa-t-il.

Le gardien rit avec nous.

Les yeux de la jeune femme s'emplirent de larmes.

— Je vous en prie ! fit-elle.

— Vous êtes fous ! s'écria la seconde jeune femme. Vous êtes complètement fous !

— Comment t'appelles-tu ? demanda Flaminius à la première.

— Virginia, répondit-elle, Virginia Kent.

— Où sommes-nous ? demanda la seconde. J'exige d'être libérée ! J'exige des explications ! Faites-nous sortir immédiatement ! Et vite, vous avez intérêt !

Flaminius ne fit pas attention à la deuxième jeune femme.

— Mange ta bouillie, Virginia, fit-il à l'autre, sur un ton rassurant.

— Qu'allez-vous nous faire ? demanda la première.

— Mange, dit Flaminius avec gentillesse.

— Faites-nous sortir ! cria la seconde en secouant les barreaux. Faites-nous sortir !

Virginia Kent ramassa l'écuelle de bouillie, la porta à ses lèvres, en absorba un peu.

— Faites-nous sortir ! cria la seconde.

— Maintenant, bois ! dit Flaminius.

Virginia prit l'écuelle d'eau, but une gorgée. L'écuelle était bosselée et rouillée.

— Faites-nous sortir ! cria une fois de plus la seconde.

— Comment t'appelles-tu ? demanda Flaminius avec beaucoup de douceur.

— Vous êtes fou ! hurla la jeune femme. Faites-nous sortir !

Elle secoua les barreaux.

— Comment t'appelles-tu ? répéta Flaminius.

— Phyllis Robertson, répondit-elle de mauvaise grâce.

— Mange ta bouillie, Phyllis, dit Flaminius. Ça te fera du bien.

— Faites-moi sortir ! cria-t-elle.

Flaminius fit signe au gardien qui frappa les barreaux avec son bâton juste devant le visage de la fille ; celle-ci hurla et se réfugia au fond de la cage où elle s'immobilisa, accroupie, les larmes aux yeux.

— Mange ton gruau, insista Flaminius.
— Non, fit-elle, non !
— Phyllis se souvient-elle du fouet ? demanda Flaminius.
La peur agrandit les yeux de la jeune femme.
— Oui, souffla-t-elle.
— Alors, dis-le, demanda Flaminius.
Je murmurai, en goréen, à Ho-Tu, comme si je ne comprenais pas ce qui se passait :
— Que fait-il ?
Ho-Tu haussa les épaules.
— Il leur apprend qu'elles sont esclaves, répondit-il.
— Je me souviens du fouet, dit Phyllis d'une voix sourde.
— Phyllis se souvient du fouet, corrigea Flaminius.
— Je ne suis pas une enfant ! s'écria-t-elle.
— Tu es une esclave, affirma Flaminius.
— Non, cria-t-elle. Non !
— Je vois, annonça tristement Flaminius, qu'il va être nécessaire de te battre.
— Phyllis se souvient du fouet, capitula-t-elle.
— Excellent, dit Flaminius. Phyllis va être sage. Phyllis va manger son gruau. Phyllis va boire son eau.
Elle lui jeta un regard empli de haine.
Flaminius affronta son regard et lui fit baisser les yeux. Elle inclina la tête et se tourna légèrement.
— Phyllis va être sage, répéta-t-elle, Phyllis va manger son gruau. Phyllis va boire son eau.
— Excellent, commenta Flaminius.
La jeune femme porta d'abord l'écuelle de gruau à ses lèvres, puis l'écuelle d'eau, goûtant l'un et avalant une gorgée de l'autre.
Elle nous regarda, les larmes aux yeux.
— Qu'allez-vous faire de nous ? demanda la première jeune femme.
— Comme vous l'avez sans doute deviné du fait que la pesanteur est différente, expliqua Flaminius, vous n'êtes plus sur Terre. (Il les observa tranquillement.) Vous êtes sur l'Anti-Terre, ajouta-t-il, cette planète s'appelle Gor.
— Un tel endroit n'existe pas ! s'écria Phyllis.
Flaminius sourit.
— Tu en as entendu parler ? demanda-t-il.

— Ça n'existe que dans les livres ! cria Phyllis. C'est une invention !

— Nous sommes sur Gor ! affirma Flaminius.

Phyllis retint son souffle et recula.

— Comme beaucoup d'autres, demanda-t-il, tu as entendu parler de l'Anti-Terre ?

— Ça n'existe que dans les romans, répéta-t-elle.

Flaminius rit.

— J'ai lu des livres sur Gor, intervint Virginia. Ils m'ont semblé tout à fait réels.

Flaminius sourit.

— Tu as connu ce monde par les livres de Tarl Cabot.

— Ce ne sont que des romans, maintint Phyllis d'une voix sourde.

— Il n'y aura plus de romans, leur apprit Flaminius.

Virginia le regarda, les yeux dilatés.

— Tarl Cabot, poursuivit-il, a été tué à Ko-ro-ba. (Flaminius me montra.) Voici Kuurus, qui a accepté de l'or pour le venger.

— Il est vêtu de noir, releva Virginia.

— Naturellement, fit Flaminius.

— Vous êtes complètement fous ! s'écria Phyllis.

— Il appartient à la Caste des Assassins, précisa Flaminius.

Phyllis hurla et se prit la tête entre les mains.

— Nous sommes sur Gor, souffla Virginia, Gor !

— Pourquoi sommes-nous ici ? demanda Phyllis.

— De tout temps, expliqua Flaminius, même sur votre planète, les forts ont volé les femmes des faibles et les ont réduites en esclavage.

— Nous ne sommes pas des esclaves, fit Virginia d'une voix sourde.

— Vous êtes les femelles des faibles, affirma Flaminius, les habitants de la Terre. (Il les regarda intensément.) Nous sommes les plus forts, déclara-t-il. Nous sommes puissants. Nous avons des vaisseaux capables de voyager dans l'espace. Nous allons conquérir la Terre. Elle nous appartient. Lorsque nous le souhaitons, nous amenons des Terriens sur Gor et nous en faisons des esclaves ; c'est ce qui vous est arrivé. La Terre est une planète d'esclaves. Vous êtes tous des esclaves-nés. Il faut absolument que vous compreniez que vous, vous êtes des esclaves-nés, que vous êtes des êtres inférieurs, que les habitants de Gor ont le droit de vous réduire en esclavage.

— Nous ne sommes pas des esclaves ! affirma Phyllis.

— Virginia, s'enquit Flaminius, n'ai-je pas raison ? N'est-il pas vrai que les femmes des faibles, des vaincus, lorsqu'on leur permet de vivre, deviennent les esclaves des vainqueurs et ne servent qu'aux plaisirs de leurs maîtres victorieux ?

— J'enseigne l'histoire antique et classique, répondit Virginia dans un souffle. Il est vrai que c'était fréquent autrefois.

— Ça ne te semble pas naturel ? insista Flaminius.

— Je vous en prie, murmura-t-elle, laissez-nous partir.

— Tu es désemparée, releva Flaminius, parce que tu te croyais supérieure. Tu te trouves maintenant dans la situation de la femelle d'un faible que le fort a réduite en esclavage. (Il rit.) Quelle impression ça fait, demanda-t-il, de comprendre soudain qu'on est née esclave ?

— Je vous en prie, fit Virginia.

— Ne la torturez pas ! s'écria Phyllis.

Flaminius se tourna vers Phyllis.

— Comment s'appelle le bracelet que tu portes à la cheville ? demanda-t-il.

— Je ne sais pas ! lança Phyllis.

— C'est un bracelet d'esclave, déclara Flaminius.

Puis il se tourna vers Virginia, approcha le visage des barreaux et s'adressa à elle comme en aparté.

— Tu es intelligente, dit-il. Tu connais deux langues antiques de la Terre. Tu es cultivée. Tu as étudié l'histoire de ta planète. Tu as fréquenté de grandes universités. Peut-être même es-tu brillante.

Virginia le regardait avec désespoir.

— As-tu bien regardé, poursuivit Flaminius, les hommes de cette planète ? À ton avis, ressemblent-ils à ceux de la Terre ? (Il montra le gardien, grand gaillard puissant au visage dur.) À ton avis, ressemble-t-il à un homme de la Terre ?

— Non, souffla-t-elle.

— Que te suggère la féminité à la vue des hommes de cette planète ? demanda Flaminius.

— Ce sont des hommes, répondit-elle dans un souffle.

— Différents de ceux de la Terre ? s'enquit Flaminius.

— Oui, murmura Virginia, différents.

— Ce sont de vrais hommes, n'est-ce pas ? suggéra Flaminius.

— Oui, fit-elle, les yeux baissés, confuse, ce sont de vrais hommes.

Je constatai avec intérêt que Virginia Kent, en tant que femme, avait apparemment une conscience aiguë des différences existant entre les hommes de Gor et ceux de la Terre. J'étais persuadé que ces différences existaient mais je n'en déduisais pas, comme Flaminius semblait le souhaiter, que la population terrestre était, pour autant, inférieure. En tout état de cause, les mâles de Gor avaient certainement appartenu, à un moment donné, à notre population. À mon sens, les différences étaient essentiellement culturelles et non physiques ou psychologiques. Je considère, bien sûr, que la population de Gor est en général plus puissante physiquement et plus vive d'esprit, mais elle est, dans ces domaines, provisoirement supérieure, non intrinsèquement ; par exemple, les Goréens vivent beaucoup dehors et célèbrent la beauté d'un corps sain et séduisant ; en outre, les Goréens proviennent de populations intelligentes et saines, car ce sont de tels individus que les Prêtres-Rois ont amenés sur cette planète au fil des générations, lors des Voyages d'Acquisition, abolis, à ma connaissance, depuis la Guerre du Nid. Les différences principales, auxquelles Virginia, à mon avis, était sensible, étaient subtiles et psychologiques. En raison de son éducation, le mâle de la Terre est plus timide, plus indécis, plus réservé que celui de Gor ; il est sujet, en raison des contraintes sociales, à des sentiments de culpabilité et d'anxiété qui sembleraient tout aussi injustifiés à un mâle de Gor que si un Terrien, par exemple, se sentait coupable pour avoir adressé la parole à la sœur de son beau-père. De plus, à tort ou à raison, la culture goréenne est déterminée et dominée par les hommes, de sorte que, dans une telle culture, les hommes ne regardent pas les femmes comme le font ceux qui appartiennent à une culture orientée vers la consommation, dominée par les femmes et dont l'éthos repose sur des valeurs essentiellement féminines ; en conséquence, à leur arrivée sur Gor, les femmes sentent tout naturellement qu'on les regarde différemment et il n'est pas interdit de supposer que leurs instincts refoulés et primitifs réagissent à ce regard.

— En présence d'un homme tel que celui-ci, dit Flaminius en montrant le gardien, comment te sens-tu ?

— Femme, souffla-t-elle, les yeux baissés et la tête tournée.

Flaminius passa le bras au travers des barreaux puis lui caressa doucement le menton et le cou. Elle ne se retourna pas. Son corps était crispé mais elle ne bougea pas. Sa joue était appuyée contre les barreaux.

— Tu portes un anneau métallique à la cheville gauche, reprit Flaminius.

La jeune femme tenta de bouger la tête mais en fut empêchée. Une larme coula sur sa joue, puis sur le barreau.

— Comment l'appelle-t-on ? demanda Flaminius.

— C'est un anneau d'esclave, répondit-elle sans le regarder.

Il la força à se tourner vers lui. Ses yeux pleins de larmes rencontrèrent ceux du Médecin. Elle soutint son regard sans pouvoir bouger.

— Jolie petite esclave, dit-il.

— Oui, souffla-t-elle.

— Oui qui ? demanda-t-il avec douceur.

— Oui, répéta-t-elle… Maître.

Puis elle cria, se dégagea et se réfugia au fond de la cage où, à genoux, elle se cacha le visage dans les mains et pleura.

Flaminius rit.

— Salauds ! hurla la seconde jeune femme, salauds !

Soudain, Flaminius passa le bras dans la cage, la saisit par les poignets et l'attira brutalement contre les barreaux, l'immobilisant dans cette position.

— Je vous en prie, sanglota-t-elle.

— À partir du moment où on t'a anesthésiée et mis une cagoule, déclara Flaminius, ton existence n'a plus qu'un unique objectif : servir les plaisirs des hommes.

— Je vous en prie, sanglota-t-elle, je vous en prie.

— Les menottes ! ordonna Flaminius, en goréen, au gardien qui lui en tendit une paire.

Flaminius en referma une sur le poignet droit de la jeune femme puis, lui ayant passé les bras au travers des barreaux, les lui replia, glissa la chaîne des menottes autour d'un barreau, au-dessus de la barre horizontale située dans la partie supérieure de la porte, et referma le second bracelet sur son poignet gauche, toujours à l'extérieur de la porte, de sorte que ses mains étaient immobilisées en dehors de la cage, ce qui la maintenait douloureusement contre les barreaux.

— Je vous en prie, sanglota-t-elle, je vous en prie.

— Il serait amusant de te dresser, fit remarquer Flaminius.

— Libérez-moi, je vous en prie, supplia-t-elle.

— Mais nous avons d'autres projets en ce qui te concerne, jolie esclave.

La jeune femme le regarda, les yeux pleins de larmes.

— Tu vas recevoir une éducation d'esclave, poursuivit Flaminius, tu vas apprendre à t'agenouiller, à te tenir debout, à marcher, à danser, à chanter, à servir les mille plaisirs des hommes. (Il rit.) Et quand tu sauras tout ça, on te fera monter sur l'estrade et on te vendra.

La jeune femme poussa un cri déchirant, la tête appuyée contre les barreaux.

Flaminius regarda Virginia dans les yeux.

— Tu recevras également, affirma-t-il, une éducation d'esclave.

Elle avait les yeux rouges.

— Es-tu disposée à apprendre ? demanda Flaminius.

— Nous devons nous plier à votre volonté, répondit Virginia. Nous sommes esclaves.

— Es-tu disposée à apprendre ? demanda Flaminius à Phyllis.

— Qu'arrivera-t-il si je refuse ? s'enquit-elle.

— Tu mourras, répliqua Flaminius.

La jeune femme ferma les yeux.

— Es-tu disposée à apprendre ? répéta Flaminius.

— Oui, souffla-t-elle. Je le suis.

— Bien, fit Flaminius. (Puis il passa le bras dans la cage, la prit par les cheveux et tira.) Me supplies-tu de te faire donner une éducation d'esclave ? s'enquit-il.

— Oui, dit-elle, oui !

— Oui qui ? demanda le Médecin.

— Oui, sanglota-t-elle... Maître !

Flaminius se redressa et se tourna vers nous. Il était redevenu un Médecin froid et compétent. Il s'adressa rapidement, en goréen, à Ho-Tu.

— Ce sont des filles intéressantes, dit-il. Elles se ressemblent sur certains points mais elles sont pourtant différentes. Le résultat de l'expérience que je viens de mener à bien est plus que satisfaisant, il est vraiment encourageant.

— L'éducation leur sera-t-elle profitable ? demanda Ho-Tu.

— Il est encore impossible de le dire, répondit Flaminius, mais je pense qu'elles réussiront, chacune à sa manière. Je ne crois pas qu'il sera nécessaire de les droguer et je suis persuadé que le fouet et l'aiguillon, utilisés à bon escient, suffiront. Mon pronostic est, dans l'ensemble, extrêmement favorable. De l'excellente marchandise, quelques risques, mais toutes les chances d'atteindre un statut élevé. En résumé, elles me semblent dignes d'être améliorées et devraient constituer un investissement profitable.

— Néanmoins, fit remarquer Ho-Tu, ce sont des barbares.

— C'est exact, répondit Flaminius, et il est probable qu'elles le resteront toujours – mais cette caractéristique éveillera sans doute la convoitise de certains acheteurs.

— C'est ce qu'espère Cernus, fit Ho-Tu.

Flaminius sourit.

— Les espoirs de Cernus sont rarement déçus, affirma-t-il.

Ho-Tu fit une grimace.

— C'est exact, reconnut-il.

— S'il existe un marché pour de telles filles, reprit Flaminius, notre Maison fera d'excellentes affaires.

Ho-Tu se donna une claque sur les cuisses.

— Cernus s'arrangera pour qu'il y ait un marché.

— Je n'en doute pas, renchérit Flaminius.

Je regardai les jeunes femmes enfermées dans les cages.

Virginia, les joues couvertes de larmes, était agenouillée près des barreaux et nous regardait. Phyllis, les bras attachés à l'extérieur de la cage, serrée contre les barreaux, nous regarda elle aussi un instant, puis détourna la tête.

— Je te promets, affirma Flaminius à Ho-Tu, que, une fois éduquées, ces deux filles seront capables de procurer à leur maître les délices les plus exquises.

Heureusement, les jeunes femmes ne comprenaient pas le goréen. J'étais persuadé que Flaminius disait vrai. Les Marchands d'Esclaves de Gor connaissent leur affaire. Les deux jeunes femmes deviendraient des esclaves exceptionnelles.

Puis, à la suite de Ho-Tu, nous longeâmes la passerelle métallique, descendîmes l'escalier et, passant entre les rangées de fers à marquer et la vasque perforée où brillait le feu, sortîmes de la pièce. Au moment de franchir le seuil, j'entendis les sanglots d'une jeune femme. Naturellement, je ne cherchai pas à savoir qui c'était.

12

Le paysan

Le cri de douleur strident du tarn couvrit le grondement de la foule frénétique.

— Bleu ! Bleu ! cria mon voisin qui portait un rectangle de tissu bleu sur l'épaule gauche et tenait à la main deux tablettes de faïence bleue.

Le tarn, sans cesser de pousser des cris, une aile cassée, culbuta par-dessus le bord du grand anneau suspendu au-dessus du filet de la piste, tomba tandis que son cavalier coupait les sangles de sécurité et sautait afin de ne pas être coincé sous l'oiseau et tué lorsque celui-ci se débattrait dans le filet.

L'autre oiseau, qui avait poussé le premier contre le bord de l'anneau, passa maladroitement, tournoya puis, sous l'action cruelle des rênes, réagissant à l'éclair jaune de l'aiguillon, reprit son équilibre et fila vers l'anneau suivant.

— Rouge ! Rouge ! Rouge ! s'écria-t-on autour de moi.

Les sept tarns restants se mirent sur une file, franchirent l'anneau à toute vitesse puis tournèrent en vol en direction du suivant. Le tarn de tête était un oiseau brun dont le cavalier était vêtu de soie rouge ; sa petite selle et les rênes étaient de cuir rouge.

On n'en était qu'au troisième tour d'une course qui en comportait dix et, déjà, deux tarns étaient tombés dans le filet. Adroitement, les préposés au filet s'approchèrent d'eux en suivant les passerelles latérales, armés de cordes avec lesquelles ils attacheraient le bec et les serres courbes, dangereuses, de l'oiseau. L'un d'eux avait apparemment une aile cassée car les hommes, après l'avoir attaché, lui tranchèrent rapidement la gorge ; le sang coula sur le filet, le tachant, puis tomba par terre où il se répandit sur le sable en une mare brun-rouge. Le cavalier récupéra sa selle et ses rênes sur le corps encore frémissant de l'oiseau puis les jeta, deux mètres plus bas, sur le sable. L'autre oiseau n'était apparemment qu'assommé et on le roula jusqu'au bord du filet où on le chargea sur une toile tendue sur une armature de bois montée sur roues et tirée par deux tharlarions à cornes, avant de l'attacher avec de larges bandes de toile.

— Or ! Or ! cria-t-on devant moi.

Les oiseaux avaient déjà franchi les douze anneaux de la piste et approchaient à nouveau. Le tarn des Jaunes était en tête, suivi par celui des Rouges, celui des Bleus, celui des Or, celui des Orange, celui des Verts et celui des Argent.

Dans la foule, les cris aigus des femmes libres se confondaient à ceux des esclaves, l'intensité de l'instant aplanissant les différences. Pendant la course, les vendeurs de sucreries, de bonbons, de Kal-da, de pâtisseries et de Paga, debout dans les allées avec leur marchandise, se taisaient et regardaient. Nombre d'entre eux, naturellement, avaient des intérêts dans la course car ils cachaient certainement sur eux ou dans leur plateau les petites tablettes de faïence achetées aux Preneurs de paris, et susceptibles de rapporter plusieurs fois leur valeur initiale si leur favori se classait dans les quatre premiers.

Les oiseaux passèrent une nouvelle fois devant nous.

— Oh, Prêtres-Rois ! s'écria un de mes voisins, un Bourrelier. Que les ailes du Rouge soient rapides !

La foule tout entière semblait debout, même les spectateurs des gradins de marbre sous leurs tentures de soie pourpre. Je me levai également pour mieux voir. Les places réservées à l'Administrateur, au Grand Initié et aux membres du Grand Conseil de la Cité se trouvaient près des perchoirs de l'arrivée, neuf pour cette course. Il s'agissait, pratiquement, de portiques plus larges que les gradins ordinaires et recouverts de dais rouges sur lesquels étaient installées, à différents niveaux, des chaises curules. Flanqué de deux gardiens, drapé dans le Rouge des Guerriers, je vis le trône de l'Administrateur sur lequel, penché vers la piste, se tenait un membre de la famille des Hinrabiens, qui régnait sur Ar.

Non loin de lui, hautain, comme indifférent, sur un trône de marbre blanc mais également flanqué de deux gardes, se trouvait le Grand Initié. Devant lui étaient assis deux rangées d'Initiés qui psalmodiaient des louanges aux Prêtres-Rois sans regarder la course.

Une bannière verte était suspendue au mur devant les trônes de l'Administrateur et du Grand Initié, ce qui indiquait qu'ils soutenaient les Verts.

Les Guerriers chargés de la protection de l'Administration et du Grand Initié, incidemment, étaient des Taurentiens, membres de la garde du palais, corps d'élite composé d'hommes d'épée et d'archers soigneusement sélectionnés, spécialement entraînés et ne dépendant pas de l'autorité militaire de la cité. Leur chef, ou Capitaine, s'appelait Saphronicus ; c'était un mercenaire originaire de Tyros. Il se tenait derrière le trône, enveloppé dans un manteau écarlate ; c'était un homme mince et de grande taille, aux longs bras et au visage étroit, dont la tête bougeait continuellement, examinant attentivement la foule.

Il y avait d'autres tribunes d'honneur, près des stands, toutes recouvertes de dais et occupées par les nombreuses familles influentes de la cité ; je remarquai que quelques tribunes avaient été attribuées aux Marchands ; je n'y étais pas opposé car j'ai toujours tenu ces derniers en plus haute estime que de nombreux membres de ma caste, mais cela me surprit ; à l'époque de Marlenus, lorsque celui-ci était Ubar d'Ar, son ami Mintar lui-même, commerçant brillant et sans scrupule, membre de la Caste des Marchands, n'aurait pas bénéficié d'une aussi bonne place.

De l'autre côté de la piste, un arbitre donna un coup de gong, indiquant qu'un oiseau avait manqué un anneau, et on hissa un disque d'argent au sommet d'un mât. Des spectateurs exprimèrent leur déception, d'autres leur joie. Le cavalier faisait tourner l'oiseau, s'efforçant de le contrôler et de le ramener vers l'anneau. Pendant ce temps, les autres l'avaient franchi à toute vitesse.

Non loin de moi, un vendeur de bonbons jeta avec colère quatre tablettes de faïence argentée.

Le Jaune était en tête, suivi par le Rouge. Le Vert était troisième.

— Vert ! Vert ! cria une femme, non loin de moi, le voile en bataille, les poings serrés.

L'Administrateur se pencha davantage sur son trône. On disait qu'il jouait gros.

Sur le mur du bas – d'environ deux mètres de haut sur dix de large –, qui divisait la piste, il n'y avait plus que trois grosses têtes de tarn au sommet de leurs mâts, ce qui signifiait qu'il ne restait plus que trois tours.

Un peu plus tard, avec un cri de victoire, le cavalier des Jaunes posa son oiseau sur le premier perchoir, talonné par le Rouge et le Vert. Les autres, successivement, l'Or, le Bleu, l'Orange et l'Argent se posèrent. Deux perchoirs restèrent vides.

Me tournant vers la tribune de l'Administrateur, je vis l'Hinrabien se détourner d'un air dégoûté et dicter quelque chose au Scribe assis en tailleur près du trône, une liasse de papiers à la main. Le Grand Initié s'était levé et tenait un gobelet qu'un autre Initié lui avait donné, probablement de la glace pilée et aromatisée car il faisait chaud.

La foule se mit à aller et venir car rien ne monopolisait plus son attention. La plupart partaient à la recherche des Preneurs de Paris, dont certains allaient et venaient dans les tribunes tandis que d'autres se tenaient au pied des stands, sur la piste elle-même, presque sous le filet et les anneaux. Les vendeurs de bonbons et de pâtisseries vantaient leur marchandise. J'entendis une esclave demander des sucreries à son maître. Des femmes libres, ici et là, passaient avec élégance de petits morceaux de sucrerie sous leur voile. D'autres allaient même jusqu'à soulever légèrement leur voile afin de boire les glaces parfumées. Des femmes de Basse Caste buvaient directement au travers de leur voile, taché de jaune et de rouge.

Le gong de l'arbitre résonna deux fois, ce qui indiquait que la course suivante commencerait dans dix ehns.

On se précipita vers les Preneurs de Paris.

Presque tous les spectateurs portaient une indication de la faction qu'ils soutenaient. C'était, le plus souvent, un petit carré de tissu cousu sur l'épaule gauche ; les femmes des Hautes Castes portaient, en général, un morceau de soie élégamment décoré ; les femmes des Basses Castes n'avaient, d'ordinaire, qu'un morceau de tissu assez grossier fabriqué à partir de la plante Rep, et teint ; quelques esclaves, sur l'ordre de leur maître, portaient une tunique de la couleur de la faction que ce dernier soutenait ; d'autres avaient passé un ruban de couleur dans leurs cheveux ou leur collier.

— Les courses étaient meilleures au temps de Marlenus, fit remarquer mon voisin en se penchant vers moi.

Je haussai les épaules. Il n'était pas étonnant qu'il m'eût parlé. Avant de sortir de la Maison de Cernus, j'avais quitté mes vêtements noirs et effacé la marque de la dague que je portais au front. J'avais revêtu une tunique usagée du Rouge des Guerriers. Je pouvais ainsi me déplacer plus aisément en ville. Personne ne me remarquerait ou n'aurait peur de moi. On n'hésiterait pas à me parler.

— Mais, ajouta mon voisin d'une voix maussade, que peut-on espérer avec un Hinrabien sur le trône de l'Ubar ?

— Sur le trône de l'Administrateur, rectifiai-je sans me tourner vers lui.

— Ar n'appartient qu'à un seul, reprit l'homme. À Marlenus, qui était Ubar d'Ar, l'Ubar des Ubars.

— Je ne parlerais pas ainsi, relevai-je. Ça pourrait ne pas plaire à tout le monde.

L'homme eut un rire étouffé et se tut.

Marlenus, qui avait été Ubar d'Ar de nombreuses années plus tôt, avait fondé l'Empire d'Ar et avait étendu l'hégémonie d'Ar la Glorieuse sur plusieurs cités du Nord. Il avait perdu son trône lorsque j'avais volé la Pierre du Foyer de la Cité. Plus tard, j'avais participé à la libération d'Ar lorsqu'elle avait été envahie par les hordes de Pa-Kur, Maître Assassin, qui souhaitait devenir Ubar de la Cité, héritier de son sceau et poser sur ses épaules le manteau pourpre de l'Empire. Marlenus, du fait qu'il avait perdu la Pierre du Foyer et que son ambition déplaisait aux habitants d'Ar, s'était vu refuser publiquement le pain, le sel et le feu, puis avait été chassé de la cité avec interdiction d'y revenir sous peine de mort. Il s'était réfugié dans les Voltaï, d'où il pouvait voir, avec une poignée de partisans loyaux, les spires d'Ar la Glorieuse où il avait autrefois régné en Ubar. Je savais que de nombreux habitants d'Ar n'avaient pas souhaité l'exil de Marlenus, notamment les Basses Castes qu'il avait toujours défendues. Kazrak, qui avait été Administrateur de la Cité après lui pendant plusieurs années, avait été populaire, mais l'intérêt qu'il prit, lorsqu'il eut abandonné le Rouge du Guerrier pour le Brun de l'Administrateur, aux nombreux problèmes politiques et économiques, tous extrêmement complexes, tels que la réforme des tribunaux et des lois ou la réglementation du commerce, n'avait pas soulevé l'enthousiasme des citoyens d'Ar, notamment de ceux qui se souvenaient avec nostalgie des victoires et des splendeurs du règne de Marlenus, ce larl d'homme, ce Guerrier magnifique, orgueilleux et égoïste, puissant, rusé, rêvant pourtant d'un pays uni et sûr, même si cela devait s'obtenir à la pointe des épées d'Ar. Je me souvenais de Marlenus. Il était tel, que, lorsqu'il se dressait devant ses hommes, mille épées jaillissaient des fourreaux et brillaient au soleil, mille gorges criaient son nom, mille soldats se mettaient en marche ou mille tarns prenaient leur essor. Il était nécessaire de le chasser. Un tel homme ne supportait pas de ne pas être le premier.

Le gong de l'arbitre résonna trois fois et les tarns firent leur apparition. La foule poussa un cri d'enthousiasme. On fit les derniers paris. On arrangea les coussins.

Huit tarns participaient à cette course et, la tête couverte d'une cagoule, ils firent leur entrée sur des plates-formes basses, dépourvues de côtés, montées sur roues et tirées par des tharlarions à cornes. Les chariots étaient aux couleurs des factions. Le cavalier, vêtu de la soie de sa faction, se tenait près de son oiseau.

Les tarns étaient, naturellement, des tarns de course, animal sur certains points très différent du tarn ordinaire de Gor, ou tarn de guerre. Les différences résident non seulement dans le dressage, qui est effectivement autre, mais également dans la taille, la puissance, la constitution et les tendances de l'oiseau. Certaines races de tarns sont élevées principalement pour leur puissance et servent au transport de marchandises au moyen de nacelles. En général, ces oiseaux sont moins rapides et moins féroces que les tarns de guerre ou les tarns de course. On réserve à la guerre les races qui allient puissance et rapidité, mais ces oiseaux doivent également faire preuve de souplesse, de vivacité, de réflexes et posséder des instincts belliqueux. Les tarns de guerre, dont les serres sont chaussées d'acier, sont des animaux extrêmement dangereux, beaucoup plus que les autres tarns qu'on ne peut cependant pas considérer comme complètement domestiqués. Le tarn de course, pour sa part, est un oiseau extrêmement léger : deux hommes suffisent à le soulever, son bec lui-même est plus mince que celui du tarn de guerre ; ses ailes sont généralement plus larges et plus courtes que celles des autres tarns, ce qui lui permet de décoller plus rapidement et autorise, en vol, des changements de direction plus soudains ; ils ne peuvent porter des poids importants et leurs cavaliers, en conséquence, sont des hommes de petite taille, venant généralement des Basses Castes, combatifs et agressifs. On n'utilise pas les tarns de course pour la guerre parce qu'ils ne sont ni assez lourds ni assez puissants ; opposé, en vol, à un tarn de guerre, le tarn de course serait déchiqueté en un instant ; en outre, bien qu'extraordinaires dans leur spécialité, les tarns de course n'ont pas la résistance des tarns de guerre ; leurs courtes ailes les abandonneraient au bout d'environ cinquante pasangs ; en revanche, sur une faible distance, le tarn de course est naturellement supérieur au tarn de guerre.

On retira les cagoules des tarns et les oiseaux, avec un battement d'ailes, sautèrent sur leurs perchoirs numérotés et tirés au sort. Se voir attribuer le perchoir intérieur est bien sûr considéré comme un avantage. Je remarquai que le Vert occupait le perchoir intérieur. Cela attirerait probablement l'argent sur son camp car, bien que chacun soutienne une faction, les hommes parient sur l'oiseau qui a les meilleures chances de gagner. Des perchoirs qui servent au départ de la course, incidemment, sont également ceux qui servent à l'arrivée. Le perchoir du gagnant, ou le premier perchoir, est celui qui se trouve du côté des tribunes, non celui qui se dresse près du mur central, le perchoir intérieur, qui est le premier seulement au début de la course, plus désirable au début, moins désirable à la fin.

Je remarquai que deux tarns n'appartenaient pas à des factions mais à des propriétaires privés indépendants de la corporation des factions ; leurs cavaliers, de même, n'étaient pas des cavaliers de faction ; le rôle du cavalier est finalement tout aussi important que celui de l'oiseau, car un cavalier expérimenté parvient souvent à amener un oiseau débutant au premier perchoir tandis qu'un tarn déjà formé, mal ou timidement monté, a de fortes chances d'être distancé.

— Bonbons ! pleurnicha une petite voix un peu au-dessous de moi. Bonbons !

Je regardai dans cette direction et découvris, quatre rangées plus bas, Hup le Fou, pathétique, bossu, difforme, boitillant et sautant de-ci, de-là, dans l'allée, sa grosse tête se balançant de droite à gauche sur son petit corps gras, la langue sortant de temps en temps, incontrôlable, de la bouche. Ses mains noueuses tenaient un plateau de bonbons retenu autour de son cou par une bande de tissu.

— Bonbons ! criait-il d'une voix plaintive, bonbons !

Presque tout le monde se détournait à son approche. Les femmes libres rabattaient leur capuche sur le visage. Des hommes, furieux, faisaient signe au petit fou de s'en aller de peur qu'il ne gâche le plaisir de leur épouse. Je remarquai, néanmoins, qu'une jeune esclave d'une quinzaine d'années, avec une pièce que lui avait donnée son maître, acheta un petit bonbon au pauvre Hup. J'aurais pu en acheter moi-même, mais je ne voulais pas qu'il me reconnaisse, supposant que son esprit simple devait conserver le souvenir de notre première rencontre, à la taverne de Spindius, où je lui avais sauvé la vie.

— Bonbons ! criait-il. Bonbons !

Je supposais que Hup, qui devait passer le plus clair de son temps à mendier, profitait des courses pour vendre des bonbons, ce qui l'aidait sans doute à survivre. Je me demandais s'il s'était servi du tarnet d'or de Pontus que je lui avais donné pour acheter une patente de colporteur.

— Je crois que je vais acheter un bonbon, dit mon voisin.

Je me levai et tournai le dos, quittant ma place afin que Hup ne puisse me voir s'il approchait. Sans regarder à droite ou à gauche, je m'éloignai.

— Bonbons ! cria mon voisin.

— Oui, Maître, répondit Hup en se dirigeant vers lui.

Je trouvai une place quelques mètres plus loin et, un instant plus tard, vis Hup se diriger vers une autre allée.

— À quelle faction appartiens-tu ? me demanda mon nouveau voisin, un Métallurgiste.

— Je soutiens les Verts, répondis-je, disant la première chose qui me vint à l'esprit.

— Moi, je suis pour les Or, déclara-t-il.

Il avait un morceau de tissu or sur l'épaule gauche.

Le gong de l'arbitre résonna, la foule se mit à crier et tout le monde se leva tandis que, dans un battement d'ailes, au moment où la corde blanche fut brutalement retirée de devant eux, les tarns prirent leur envol.

Le Vert, qui occupait le perchoir intérieur, partit en tête.

La piste fait un pasang de long. En unités terrestres, les deux longueurs de la piste mesurent environ cinq cents mètres chacune, tandis que les virages font environ une cinquantaine de mètres. La piste elle-même, naturellement, ressemble un peu à un rectangle aérien aux extrémités arrondies. Le parcours est matérialisé par douze anneaux suspendus à des tours par des chaînes ; six « anneaux » sont rectangulaires, six sont ronds ; il y a trois « anneaux » rectangulaires par Longueur ; les anneaux ronds, plus petits, se trouvent aux coins du mur de séparation, l'un d'eux occupant la largeur de ce mur. Ainsi, lorsqu'ils quittent leurs perchoirs, au début de la course, les tarns franchissent trois « anneaux » rectangulaires, parviennent au premier virage où ils négocient trois anneaux ronds, dont deux se trouvent aux coins ; puis ils rencontrent trois nouveaux « anneaux » rectangulaires et abordent le deuxième virage où il leur faut franchir encore trois anneaux ronds, deux aux coins et un au centre ; il faut beaucoup d'adresse pour participer à une telle course, surtout dans les virages et le franchissement des petits anneaux ronds. Quatre tarns parfaitement maîtrisés volant un dessus, un dessous et un de chaque côté passeraient tout juste dans un anneau rond ; l'un des objectifs de la course est de guider le tarn de telle sorte qu'il passe au centre de l'anneau, contraignant ses poursuivants à heurter les bords ou bien à le manquer complètement ; je suis persuadé que ce type de compétition ne serait pas réalisable si les tarns aux ailes courtes n'étaient pas aussi extraordinairement agiles.

La course était brève, cinq pasangs seulement, et un oiseau indépendant gagna, ce qui mécontenta le public, sauf ceux qui avaient pris le risque de parier sur cet oiseau.

Mon voisin faisait manifestement partie de ces élus de la chance car il sautait sur place en poussant des cris de joie. Puis, trébuchant et bousculant les spectateurs, qui ne partageaient guère sa satisfaction, il se dirigea vers les tables des Preneurs de paris.

Je remarquai que Minus Tentius Hinrabius avait décidé de s'en aller. Il quitta la tribune, manifestement irrité, encadré de ses gardes avec à leur tête Saphronicus, Capitaine de la Garde, et accompagné du reste de sa suite. Je constatai avec surprise que son départ passait pratiquement inaperçu.

D'autres courses étaient prévues, mais le soleil était maintenant caché derrière le Cylindre Central et je décidai de m'en aller.

En chemin, je passai près de quelques esclaves enchaînées, à genoux sur la pierre d'un gradin. Il s'agissait sans aucun doute de jeunes élèves dont l'éducation était manifestement avancée. On les avait autorisées à assister aux courses afin de les distraire et de les stimuler de sorte qu'elles reprendraient le travail avec une ardeur nouvelle. Elles avaient l'air de s'amuser, quelques-unes faisaient des paris, l'enjeu étant les perles de verroterie et les bijoux des boîtes à maquillage allouées à chacune d'entre elles et qu'elles conservaient en général dans leur cellule. Elles étaient enchaînées par des menottes. Il y avait un gardien à chaque extrémité de la file. Les esclaves portaient de légers manteaux à capuche un peu plus courts que leurs déjà bien courtes livrées d'esclaves. Ces vêtements avaient de larges manches et s'attachaient avec une lanière sous le menton. Ils les protégeaient, dans une certaine mesure, du soleil, mais davantage encore des regards des curieux. À en juger par les bandes des capuches et des manteaux, certaines étaient Soie Blanche tandis que d'autres étaient Soie Rouge. Les jeunes Soie Blanche, naturellement, portaient une ceinture de chasteté. Les jeunes femmes n'appartenaient ni à la Maison de Cernus ni à la

Maison de Portus, mais à une Maison moins importante de la Rue des Marques.

Le gong de l'arbitre résonna deux fois, indiquant que la course suivante allait commencer dans dix ehns.

Je quittai ma place et me dirigeai vers la sortie. Quelques spectateurs me jetèrent des regards de reproche à peine dissimulé, et même de mépris. L'amateur de courses d'Ar reste généralement jusqu'à la dernière course et même, parfois, plus tard, à commenter la tactique de tel ou tel cavalier dans telle ou telle course. Je ne portais même pas de carré de faction.

J'avais l'intention de passer aux Bains Capaciens, de dîner dans une taverne, puis de regagner la Maison de Cernus. Il y avait, à la Piscine des Fleurs Bleues, une jeune Nela avec laquelle j'aimais me mesurer. À mon retour, Élisabeth aurait dîné, m'attendrait dans la chambre qui m'était attribuée, me détaillerait sa journée et je lui raconterais la majeure partie de la mienne. Lorsqu'il lui serait possible – quand son éducation aurait fait des progrès – de quitter plus souvent la maison, je me ferais une joie de la conduire aux courses ou aux bains, mais peut-être pas à la Piscine des Fleurs Bleues.

Il y avait alors vingt jours que les jeunes femmes avaient été amenées des Voltaï. Pourtant, l'éducation d'Élisabeth et des deux autres, Virginia et Phyllis, n'était commencée que depuis cinq jours. C'était la conséquence de certaines décisions de Flaminius et de Ho-Tu concernant Virginia et Phyllis. J'étais là le soir où, interrogées par Flaminius, elles avaient accepté de recevoir une éducation d'esclave. J'avais supposé que les cours commenceraient immédiatement, mais cela n'avait pas été le cas.

Alors que les autres jeunes Terriennes avaient été enfermées dans des cages de fer ordinaires, Phyllis et Virginia avaient passé quinze jours dans les minuscules cellules de ciment munies seulement de portes à barreaux de métal et conçues de telle sorte que l'occupant ne peut jamais s'étendre complètement ; au bout d'un certain temps, cela provoque de nombreuses douleurs ; et Phyllis, sur les instructions de Flaminius, fut, en outre, attachée aux barreaux, comme elle l'avait été le premier soir, plusieurs ahns par jour ; on la faisait manger à la cuiller et boire au goulot d'une gourde métallique glissée entre ses lèvres. Finalement, Phyllis elle-même en était venue à demander continuellement au gardien, sans le moindre résultat, celui-ci ne parlant pas anglais, s'il était vrai qu'elles allaient recevoir une éducation. Cette question, posée avec insistance et dans une langue étrangère, ne reçut pas de réponse. Le garde, respectueux des instructions, ne leur adressa pas la parole, pas même en goréen. Dans la mesure du possible, il les ignora. On les nourrit comme des animaux, ce qu'elles étaient d'ailleurs, aux yeux des Goréens. Flaminius ne leur rendit pas visite. Pendant des jours et des jours, elles restèrent dans leur cellule, courbatues et pitoyables, seules, négligées, apparemment oubliées. Elles se mirent à guetter le bruit du verrou de la porte. Enfin, Flaminius vint les voir, leur apprit qu'elles ne recevraient pas d'éducation, puis s'en alla. Toutes deux éclatèrent en sanglots hystériques. Le lendemain, Flaminius revint mais uniquement, sembla-t-il, pour reprendre des documents oubliés la veille. Désespérées, hystériques, elles le supplièrent de les faire sortir des cellules et de recevoir une éducation. Flaminius, apparemment ému par leurs supplications, leur dit qu'il allait parler à Cernus, Maître de la Maison, et à Ho-Tu, Maître Gardien. Il ne revint que dans la soirée du lendemain et apprit aux jeunes femmes en larmes que Cernus, dans sa magnanimité, avait accepté de leur donner une éducation ; toutefois elles ne devaient pas ignorer que, au cas où leurs progrès ne seraient pas satisfaisants, elles regagneraient sans délai les cages de fer. Elles le remercièrent en sanglotant d'être intervenu en leur faveur et Flaminius accepta leurs remerciements.

Comme Élisabeth devait appartenir au même groupe, elle fut convoquée le jour de la libération de Phyllis et de Virginia. Je l'accompagnai. Lorsqu'on eut ouvert les petites portes métalliques, au-dessus desquelles se tenait un gardien armé d'un fouet, Virginia et Phyllis sortirent en rampant sur la passerelle de fer. Elles étaient incapables de se lever. Avec une paire de menottes, le gardien attacha Phyllis par le poignet à la rampe puis, passant à Virginia, lui attacha les mains derrière le dos ; il porta alors Virginia en bas et la força à s'agenouiller devant Flaminius et Ho-Tu. Il regagna ensuite la passerelle, libéra Phyllis pour lui attacher aussitôt les mains derrière le dos, puis la porta également en bas et la posa près de Virginia. Il les força à toucher du front les pierres du sol.

— Le fer est-il prêt ? demanda Ho-Tu au gardien.

L'homme acquiesça en silence.

Sur un signe de Ho-Tu, le gardien se saisit de Virginia, la plaça sur le chevalet et abaissa le levier qui l'immobilisa. Elle ne dit rien ; immobile, les mains attachées dans le dos, elle regarda le fer, observant l'élégant caractère chauffé à blanc à l'extrémité du fer ; elle hurla, incapable de se contrôler, lorsque le fer la marqua, avec vigueur et fermeté, pendant environ trois ihns ; elle sanglotait désespérément tandis que le gardien manœuvrait le levier, la libérant. Il la prit dans ses bras et la posa sur les pierres, devant Flaminius et Ho-Tu. Les yeux de Phyllis exprimaient la terreur mais elle ne protesta pas lorsque le gardien s'empara d'elle et l'immobilisa à son tour sur le chevalet.

— Nous marquons à la main, m'expliqua Ho-Tu. Les marques des machines sont trop uniformes. Les filles marquées à la main plaisent davantage. En outre, il est préférable que les esclaves soient marquées par un homme : ça les rend plus dociles. Le chevalet, néanmoins, est un instrument très utile ; on obtient, grâce à lui, une marque extrêmement nette. (Il montra le gardien.) Strius, ajouta-t-il, est un des meilleurs fers d'Ar. Ses marques sont presque toujours exactes et nettes.

Phyllis Robertson rejeta la tête en arrière et hurla désespérément puis, à son tour, se mit à sangloter, tremblante, lorsque le gardien, Strius, la libéra puis la porta auprès de Virginia.

Les deux jeunes femmes pleuraient.

Flaminius, avec douceur, leur étendit les jambes et les leur massa. Je suis certain que, dans la douleur du marquage, elles sentirent à peine les douleurs consécutives au massage qui avait pour but de rétablir la circulation dans leurs membres courbatus.

Une femme vint vers nous dans un tintement de clochettes d'esclave.

Je tournai la tête et fus ébahi. Une femme d'une extraordinaire beauté, vêtue des Soies de Plaisir, nous regardait. Son attitude avait quelque chose de subtilement dur et méprisant. Elle portait un collier jaune, celui de la Maison de Cernus, et sa robe était de la même couleur. Les clochettes d'esclave, une double rangée, étaient fixées à sa cheville gauche. Elle avait un sifflet au cou, suspendu à une chaîne. Dans la main droite, elle tenait un aiguillon attaché au poignet par une lanière. Elle avait la peau très pâle mais les cheveux et les yeux extrêmement noirs ; ses lèvres, cependant, étaient très rouges ; suivre les mouvements de son corps magnifique était une véritable torture ; elle me regarda avec un demi-sourire, remarquant le noir de ma tunique, la marque de la dague ; elle avait les lèvres pleines et magnifiquement galbées, probablement en raison de son ascendance ; j'étais certain que cette femme aux cheveux noirs, cruellement belle, provenait de l'élevage d'Esclaves de Passion de la Maison. J'avais rarement vu une sensualité aussi exacerbée chez une femme.

— Je m'appelle Sura, dit-elle en me regardant, j'enseigne aux filles à donner du plaisir aux hommes.

— Ce sont ces trois-là, rit Ho-Tu en montrant les deux jeunes femmes marquées et Élisabeth.

Flaminius se leva, abandonnant les deux jeunes femmes couchées, en larmes, sur les pierres.

— À genoux ! ordonna Sura en goréen.

— À genoux ! traduisit Flaminius.

Les deux jeunes femmes nouvellement marquées, les larmes aux yeux, se mirent péniblement à genoux.

Sura les examina, puis se tourna vers Élisabeth.

— Déshabille-toi ! ordonna-t-elle.

Élisabeth obéit, détachant l'agrafe de l'épaule gauche de sa robe.

— Rejoins-les ! dit Sura, et Élisabeth s'agenouilla entre Virginia et Phyllis. Mettez-lui les menottes ! ajouta-t-elle, et le gardien lui attacha les mains dans le dos, comme il l'avait fait pour les deux autres. Tu es la Première Fille ?

— Oui, répondit Élisabeth.

Du bout du doigt, Sura alluma l'aiguillon. Elle tourna le sélecteur. L'extrémité se mit à briller, jaune clair.

— Oui, Maîtresse, dit Élisabeth.

— Tu es une barbare ? demanda Sura.

— Oui, Maîtresse, répondit Élisabeth.

— Ce sont toutes des barbares, précisa Ho-Tu.

Sura pivota sur elle-même et le regarda d'un air dégoûté.

— Comment Cernus veut-il que je m'y prenne pour éduquer des barbares ? demanda-t-elle.

Ho-Tu haussa les épaules.

— Fais de ton mieux, intervint Flaminius. Elles sont intelligentes. Elles promettent beaucoup.

— Tu n'y connais rien ! affirma Sura.

Flaminius, mécontent, baissa la tête.

Sura se dirigea vers les jeunes femmes, força Virginia à lever la tête, la regarda dans les yeux, puis recula.

— Elle a le visage trop étroit, déclara-t-elle, et couvert de taches ; en outre, elle est mince, trop mince.

Ho-Tu haussa les épaules.

Sura examina Élisabeth.

— Celle-ci, reprit-elle, était Tuchuk. Elle ne sait rien en dehors des bosks et du nettoyage du cuir.

Élisabeth, sagement, s'abstint de répondre.

— Quant à celle-là, poursuivit Sura en examinant Phyllis, elle a un corps d'esclave, mais comment se tient-elle ? Je connais les barbares. Elles ne savent même pas se tenir droit. Elles ne savent même pas marcher.

— Fais de ton mieux, répéta Flaminius.

— C'est impossible ! affirma Sura en nous rejoignant. On n'en tirera rien. Vendez-les à bas prix. Elles sont bonnes pour la bouilloire, un point c'est tout.

Sura fit tourner le sélecteur de l'aiguillon, qu'elle éteignit.

— Sura… commença Flaminius.

— La bouilloire ! jeta-t-elle.

Ho-Tu secoua la tête.

— Sura a raison, dit-il d'une voix trop conciliante, elles ne sont bonnes que pour la bouilloire.

— Mais… protesta Flaminius.

— La bouilloire ! insista Ho-Tu.

Sura eut un rire victorieux.

— Personne ne peut tirer quoi que ce soit des barbares, expliqua Ho-Tu à Flaminius. Pas même Sura.

Un frémissement du dos de Sura m'apprit qu'elle avait entendu les paroles de Ho-Tu, sans prendre garde au ton.

Ho-Tu fit une grimace à l'intention de Flaminius. Un sourire éclaira le visage du Médecin.

— Tu as raison, dit-il, personne ne peut tirer quoi que ce soit des barbares. Personne ne pourra leur apprendre quoi que ce soit sauf, peut-être, Tethrite de la Maison de Portus.

— Je l'avais oubliée, reconnut Ho-Tu.

— Tethrite est une tharlarionne ignare ! déclara Sura avec colère.

— C'est la meilleure éducatrice d'Ar, affirma Ho-Tu.

— C'est moi, Sura, la meilleure éducatrice d'Ar ! répliqua la jeune femme d'une voix mauvaise.

— Naturellement, concéda Ho-Tu.

— En outre, dit Flaminius à Ho-Tu, Tethrite de la Maison de Portus elle-même n'en tirerait sans doute rien.

Sura examina plus attentivement les jeunes femmes. Elle força Virginia à lever la tête.

— N'aie pas peur, petit oiseau, dit-elle tendrement en goréen.

Sura lâcha Virginia et la jeune femme garda la tête levée.

— Peut-être, reprit Sura, certains hommes aiment-ils les visages fins et couverts de taches rousses. Et le gris de ses yeux est très joli.

Sura examina Élisabeth.

— C'est probablement toi la plus bête, fit-elle remarquer.

— Je ne pense pas, Maîtresse, répliqua Élisabeth d'une voix aigre.

— Bien, murmura Sura pour elle-même, bien. Quant à toi, reprit-elle en s'adressant à Phyllis, toi qui as un corps d'Esclave de Passion, qu'allons-nous faire de toi ?

Sura leva son aiguillon, qui n'était pas allumé, et le passa sur le flanc gauche de Phyllis. Le métal était froid. Instinctivement, malgré les douleurs consécutives au marquage et aux courbatures, Phyllis poussa un petit cri et s'éloigna du métal froid. Sura nota les mouvements de ses épaules et de son ventre. Elle se releva, l'aiguillon se balançant à son poignet droit.

Elle montra Virginia et Phyllis.

— Voulez-vous que j'éduque des esclaves sans collier ? demanda-t-elle.

Ho-Tu sourit.

— Appelle le forgeron, dit-il au gardien. Des colliers plats.

Le gardien libéra alors les deux jeunes femmes ainsi qu'Élisabeth.

Flaminius fit signe aux deux jeunes femmes qu'elles pouvaient essayer de se lever et de faire quelques pas.

Maladroitement, péniblement, elles gagnèrent en trébuchant l'extrémité de la salle, puis s'appuyèrent contre le mur et le suivirent pas à pas. Élisabeth, qui était également libre, les rejoignit et essaya de les aider. Toutefois, elle ne leur adressa pas la parole. Pour autant qu'elles le sachent, elle ne parlait que goréen.

Lorsque le forgeron arriva, il prit, sur une étagère spéciale, deux étroites tiges de fer d'environ un centimètre de large sur une trentaine de long.

On fit signe aux jeunes femmes d'approcher de l'enclume. Virginia puis Phyllis posèrent tour à tour la tête sur l'enclume, le cou reposant au milieu, la tête sur le côté, puis le forgeron, adroitement, avec son lourd marteau et dans le tintement du métal, donna au collier la forme de leur cou. Les deux extrémités du collier étaient séparées par environ un demi-centimètre, exactement face à face. Virginia et Phyllis s'éloignèrent de l'enclume, le cou cerclé de fer, désormais esclaves portant le collier.

— Si vous faites des progrès, dit Flaminius aux jeunes femmes, on vous donnera un joli collier. (Il montra le collier jaune d'Élisabeth.) Il aura même un fermoir, ajouta-t-il.

Virginia le regarda fixement.

— Un joli collier te ferait plaisir, n'est-ce pas ? demanda Flaminius.

— Oui, Maître, répondit Virginia d'une voix lasse.

— À toi aussi, Phyllis ? demanda Flaminius.

— Oui, Maître, répondit-elle dans un souffle.

— Je déciderai moi-même du moment où elles auront droit au collier à fermoir, intervint Sura.

— Naturellement, répondit Flaminius en reculant d'un pas, les yeux baissés.

— À genoux ! ordonna Sura en montrant le sol devant ses pieds.

Cette fois, Virginia et Phyllis n'eurent pas besoin de traduction. Elles s'agenouillèrent, comme Élisabeth, devant Sura.

Celle-ci se tourna vers Ho-Tu.

— La Tuchuk vit avec l'Assassin, dit-elle. Je ne m'y oppose pas. Conduis les autres aux cellules des Soie Rouge.

— Elles sont Soie Blanche, précisa Ho-Tu.

Sura rit.

— Très bien, dit-elle. Alors, aux cellules des Soie Blanche. Nourris-les bien. Tu les as presque estropiées. On ne peut rien apprendre à une barbare estropiée ; me suis-je bien fait comprendre ?

— Tu réussiras magnifiquement, affirma Flaminius avec chaleur.

Sura le regarda froidement et le Médecin baissa la tête.

— Pendant les premières semaines, ajouta-t-elle, j'aurai également besoin de quelqu'un qui parle leur langue. En outre, en dehors des cours, il faudra qu'elles apprennent rapidement le goréen.

— Je t'enverrai quelqu'un qui parle leur langue, promit Flaminius. Je vais également leur faire enseigner le goréen.

— Maintenant, traduis, dit Sura en se tournant vers les trois jeunes femmes agenouillées.

Puis elle leur parla en phrases courtes, s'arrêtant pour laisser à Flaminius le temps de traduire.

— Je m'appelle Sura, dit-elle. Je vais vous éduquer. Pendant les cours, vous êtes mes esclaves. Vous ferez ce que je souhaite. Vous travaillerez. Vous travaillerez et vous apprendrez. Je vous dispenserai mon enseignement. Vous travaillerez et vous apprendrez.

Puis elle les regarda attentivement.

— Craignez-moi, conclut-elle.

Flaminius traduisit également cette dernière injonction.

Puis, sans un mot, elle alluma l'aiguillon et tourna le

sélecteur. L'extrémité se mit à briller. Et, soudain, elle frappa les trois jeunes femmes agenouillées. La charge devait être élevée, à en juger par le déluge d'étincelles d'un jaune aveuglant et les hurlements de douleur des trois jeunes femmes. Sura frappa sans relâche et les jeunes femmes, à demi inconscientes, rendues pratiquement folles par la douleur, paraissaient incapables de bouger. Elles ne pouvaient que hurler et pleurer. Élisabeth elle-même, qui était agile et courageuse, semblait complètement paralysée. Puis Sura tourna à nouveau le sélecteur et éteignit l'aiguillon. Couchées sur les pierres, les jeunes femmes la regardèrent avec terreur, tremblantes et les pupilles dilatées. Je lus dans leurs yeux, même dans ceux d'Élisabeth, que l'aiguillon les terrifiait.

— Craignez-moi, répéta Sura d'une voix douce. (Flaminius traduisit. Puis elle se tourna vers Flaminius.) Qu'elles soient chez moi à la sixième ahn, ajouta-t-elle avant de tourner les talons et de s'en aller dans un tintement de clochettes.

*

* *

Je quittai les gradins du stade et descendis la longue rampe inclinée, un niveau après l'autre. Rares étaient ceux qui quittaient les courses, mais je croisai quelques retardataires montant la rampe, qui avaient été retenus, peut-être, ou bien s'étaient vus obligés de ne fermer leur boutique qu'en fin de journée. Dans un coin, un groupe de jeunes gens – des Tisserands d'après leurs vêtements – jouaient avec des phalanges de verr marquées à l'encre, les agitant dans un petit gobelet de cuir puis les jetant sur la pierre. Au niveau du sol, sous les tribunes, il y avait beaucoup plus d'agitation. On découvrait, sous une arcade, un alignement de cabanes où l'on pouvait acheter divers produits, généralement bon marché et de mauvaise qualité. On y trouvait de petites tapisseries grossières, des amulettes et des talismans, des cordes nouées pour la prière, des papiers contenant des prières aux Prêtres-Rois, que l'on pouvait porter sur soi, d'innombrables bijoux de verre et de métal bon marché, des colliers de perles provenant du sorp de Vosk, des broches d'acier poli, des épingles à tête sculptée, taillées dans les cornes du kailiauk trident, des dents de sleen pour porter chance, des robes de tissu Rep, des voiles et des tuniques de toutes les castes et de toutes les couleurs, des couteaux bon marché, des ceintures et des bourses, des flacons de parfum prétendument rares, de petites statues de terre cuite représentant le stade et des tarns de course. Je vis également une cabane spécialisée dans la sandale bon marché et grossièrement assemblée; d'après le vendeur, Menicius de Port Kar, qui avait gagné, pour les Jaunes, une course à laquelle j'avais assisté, portait les mêmes. Il prétendait qu'il avait remporté plus de six mille victoires et était, à Ar et dans d'autres cités du Nord, extrêmement populaire; on le disait vénal et dissolu, cruel et mesquin dans sa vie privée mais, lorsqu'il prenait place sur la selle d'un tarn, rares étaient ceux qui ne frémissaient pas de plaisir; on disait que personne ne pouvait monter comme Menicius de Port Kar. Je remarquai que les sandales se vendaient bien.

Je fus abordé deux fois par des individus désireux de vendre de petits rouleaux de papiers contenant des informations sur les courses à venir, les tarns qui y participeraient, leurs cavaliers, leurs temps lors de courses précédentes et ainsi de suite; je supposai qu'il s'agissait de celles que tout le monde pouvait lire sur les tableaux d'affichage, d'où elles provenaient certainement; toutefois, ces individus prétendaient toujours disposer d'informations que les tableaux d'affichage ne communiquaient pas. Je savais que, si de telles informations existaient réellement, ces individus n'en étaient certainement pas informés.

— Je me sens seule, dit une jeune esclave agenouillée devant une baraque, levant les mains vers moi.

Je la regardai; c'était une jeune femme agréable, vêtue de Soies de Plaisir pas très nettes. Elle était attachée et son maître, qui la louait au quart d'ahn, avait noué l'extrémité de la laisse à son poignet droit.

— Sers-toi d'elle, proposa-t-il, elle se sent seule, la pauvre; un seul tarnet de cuivre.

Je fis demi-tour et, me frayant un chemin dans la foule, m'éloignai.

Tandis que je franchissais le porche principal du stade, me dirigeant vers la grande rue sur laquelle il donnait, appelée la Rue des Tarns parce qu'elle longe le stade, une voix derrière moi dit :

— Vous n'êtes sans doute pas amateur de courses ?

C'était la voix de l'homme assis près de moi avant que je ne change de place pour éviter le petit Hup, et qui avait dit du mal de l'Hinrabien occupant le trône d'Ar avant d'acheter quelques sucreries au fou.

Je constatai maintenant avec surprise que cette voix me semblait familière.

Je me retournai.

Devant moi, rasé de près mais avec un visage massif et hautain dissimulé sous une capuche de paysan, son corps gigantesque et puissant revêtu des vêtements de tissu Rep grossier de ce qui est considéré comme la plus basse caste d'Ar, se tenait un homme que je ne pouvais manquer de reconnaître, bien que je n'eusse pas posé les yeux sur lui depuis de nombreuses années, bien que sa longue barbe eût disparu, bien qu'il fût vêtu comme un paysan. Il tenait à la main droite un lourd bâton de paysan, très long et très épais.

Il me sourit et s'éloigna.

Je tendis le bras et voulus le suivre, mais je trébuchai contre Hup le Fou qui en renversa son plateau de bonbons.

— Oh, oh, oh ! s'écria-t-il, désespéré.

Furieux, j'essayai de le contourner mais il y avait des spectateurs entre moi et l'homme aux vêtements de paysan, et il disparut. Je tentai de le rejoindre mais ne pus le retrouver dans la foule.

Hup, mécontent, trottinait derrière moi, tirant sur ma tunique.

— Paie ! pleurnichait-il. Paie !

Je le regardai et ne décelai dans ses grands yeux innocents et inégaux pas le moindre indice qu'il me reconnût. Son esprit simple était incapable de se souvenir de l'homme qui lui avait sauvé la vie. Irrité, je lui donnai une pièce d'argent, beaucoup plus que le prix des bonbons renversés, et m'éloignai à grands pas.

— Merci, Maître, pleurnicha le fou en dansant d'un pied sur l'autre. Merci, Maître.

Je réfléchissais intensément. Pour quelle raison, me demandai-je, est-il à Ar ?

Je quittai le stade en hâte, confus, dérouté, respirant profondément, sauvagement.

Je n'avais pas pu me tromper sur l'homme vêtu en paysan, avec son grand bâton.

J'avais rencontré Marlenus d'Ar.

13

Mip

— Je ne vois pas comment ça a pu se produire, disait Nela, penchée sur moi.

J'étais paresseusement allongé à plat ventre sur une grande serviette à larges rayures, à peu près de la taille d'une couverture, et ses mains fortes faisaient consciencieusement pénétrer les huiles du bain dans ma peau.

— Plus que tout autre, poursuivit-elle, la fille de Tentius Hinrabius devrait être à l'abri de ce genre de désagrément.

Je grognai, assez peu intéressé.

Nela, comme presque tout le monde aux Bains, n'avait envie de parler que de la disparition stupéfiante, et l'enlèvement présumé, de Claudia Tentia Hinrabia, fille orgueilleuse et capricieuse de l'Administrateur de la Cité. Elle semblait s'être évaporée dans le Cylindre Central, dans les étages réservés à l'Administrateur, à sa famille et à ses proches, au nez et à la barbe des gardes Taurentiens. Saphronicus, Capitaine des gardes Taurentiens, était, disait-on, et cela se comprend, fou de frustration et de rage. Il organisait des battues dans la ville et la campagne environnante, et contrôlait toutes les informations susceptibles de l'éclairer sur cette disparition. L'Administrateur, son épouse et la majeure partie de la famille régnante s'étaient retirés dans leurs appartements, outragés et désespérés. La nouvelle courait dans toute la cité, des centaines de rumeurs incontrôlées circulaient dans les rues, les impasses et sur les ponts d'Ar la Glorieuse. Sur le toit du Cylindre des Initiés, Complicius Serenus, Grand Initié, fit des prières et des sacrifices pour le prompt retour de la jeune fille puis, cela ayant échoué, pour qu'on la retrouve morte afin que ne lui soit pas imposé le déshonneur de l'esclave.

— Pas si fort, murmurai-je à l'intention de Nela.

— Oui, Maître, répondit-elle.

À mon avis, il était tout à fait possible que Claudia Hinrabia eût été enlevée, mais il me semblait que son absence pouvait avoir d'autres causes. À ma connaissance, l'institution de la capture est universelle sur Gor; toutes les cités la pratiquent pourvu que les femmes capturées soient celles de l'ennemi, qu'il s'agisse de femmes libres ou d'esclaves; la première mission du jeune tarnier est souvent la capture d'une femme, libre de préférence, dans une cité ennemie, ce qui dispense ses sœurs de le servir; en fait, ses sœurs l'encouragent à capturer rapidement une fille à l'ennemi car leur tâche devient, du même coup, plus légère; lorsque le jeune tarnier revient, une fille nue attachée en travers de la selle, ses sœurs l'accueillent avec des cris de joie et préparent avec enthousiasme la Fête du Collier.

Mais j'étais persuadé que l'orgueilleuse Claudia Hinrabia, de la famille des Hinrabiens, ne danserait pas, vêtue des Soies de Plaisir, à la Fête du Collier. On la rendrait moyennant rançon. Ce qui m'étonnait surtout était le fait qu'elle eût été enlevée. C'est une chose de capturer une fille sur un pont puis de s'enfuir à tire-d'aile, c'en est une autre d'enlever la fille de l'Administrateur dans ses appartements. Les Taurentiens sont des Guerriers adroits, méfiants et vifs, de sorte que les femmes de la famille des Hinrabiens étaient, à mon avis, certainement les mieux protégées de la cité.

— Il est probable que demain matin on demandera une rançon, dit Nela.

— Sans doute, grognai-je.

Bien que le bain et le massage m'eussent engourdi, j'étais davantage préoccupé par Marlenus d'Ar, que j'avais rencontré aux courses dans le courant de l'après-midi. Il n'ignorait certainement pas qu'il courait un grand danger en franchissant les remparts de la cité. Si on le reconnaissait, on le tuerait. Je me demandais ce qui l'avait amené à Ar.

Je ne croyais pas que sa présence ici eût un rapport quelconque avec l'enlèvement de la fille d'Hinrabius parce qu'elle avait disparu à peu près à l'heure où je l'avais rencontré. En outre, enlever la fille d'Hinrabius, si cela constituait un acte spectaculaire, ne rapprochait en rien Marlenus du trône d'Ar et ne mettait pas la cité en difficulté. Si Marlenus avait voulu s'attaquer aux Hinrabiens, il est probable qu'il aurait posé son tarn sur le Cylindre Central et se serait frayé un chemin, au fil de l'épée, jusqu'au trône de l'Administrateur. J'étais certain que Marlenus n'était pas responsable de la disparition de Claudia Hinrabia. Je me demandais néanmoins ce qui l'amenait en ville.

— À ton avis, demanda Nela, quel sera le montant de la rançon ?

— Je ne sais pas, reconnus-je. Peut-être les fours à briques des Hinrabiens.

Nela rit.

Ses mains se crispèrent sur ma colonne vertébrale et je perçus ses pensées.

— Ce serait amusant, dit-elle, si celui qui l'a enlevée lui mettait un collier et en faisait une esclave.

Je me retournai, regardai Nela et souris.

— Excuse-moi, Maître, fit-elle en baissant la tête.

Nela était une jeune femme solide, un peu petite. Elle s'était enroulé une serviette autour du corps. Elle avait les yeux bleus. C'était une excellente nageuse, puissante et énergique. Ses cheveux blonds étaient coupés très court afin de ne pas souffrir de l'eau ; néanmoins, lorsqu'elles nagent, ces jeunes femmes enroulent souvent une longue bande de cuir verni autour de leur tête, un peu comme un turban. Sous la serviette, Nela ne portait rien ; au cou, à la place du collier, comme les autres jeunes femmes des Bains, elle portait une chaîne avec une plaque sur laquelle on pouvait lire : « Je m'appelle Nela. J'appartiens aux Bains Capaciens. Piscine des Fleurs Bleues. Je coûte un tarsk. »

Nela était chère, mais il existe des piscines où les filles coûtent un disque d'argent. Le tarsk est une pièce d'argent qui vaut quarante tarnets de cuivre. Toutes les jeunes femmes de la Piscine des Fleurs Bleues coûtent le même prix, excepté les apprenties qui ne valent que dix ou quinze tarnets de cuivre. Les immenses Bains Capaciens comprennent des dizaines de piscines. Dans les plus grandes, les jeunes femmes ne valent qu'un tarnet. L'homme libre a le droit de faire ce qu'il veut de la fille, aussi longtemps qu'il le désire, mais seulement jusqu'à l'heure de fermeture de la piscine.

Lorsque j'avais rencontré Nela, quelques jours plus tôt, elle s'amusait seule dans la piscine. Je ne lui jetai qu'un regard puis plongeai, nageai jusqu'à elle, la pris par la cheville et l'attirai sous l'eau, l'embrassai, la tournai et la retournai. Ses lèvres et ses réactions me plurent de sorte que, lorsque nous émergeâmes, riant, à la surface, je lui demandai combien elle coûtait.

— Un tarsk, répondit-elle sans cesser de rire avant de faire demi-tour, mais il faudra d'abord m'attraper.

Je connaissais ce jeu propre aux filles des bains, comme si, simples esclaves, elles osaient véritablement fuir leur poursuivant, et je ris ; elle, voyant que j'avais compris, rit également. En général, la jeune femme feint de fuir à la nage mais est rattrapée et capturée. Je savais que peu d'hommes sont capables d'approcher, dans l'eau, une fille des bains, si elle ne le souhaite pas. Elles passent le plus clair de leur temps dans cet élément et y sont, comme on dit, plus à l'aise que le poisson chantant de Cos.

— Écoute, dis-je en montrant l'autre extrémité de la piscine à environ cent cinquante mètres, si tu peux arriver là-bas avant que je t'aie attrapée, tu seras libre pour toute la journée.

Elle me regarda, étonnée, sans cesser de bouger les bras et les jambes.

— Je paierai le tarsk, précisai-je, mais je ne me servirai pas de toi et tu n'auras pas à me servir.

Elle regarda le bord de la piscine où un homme de petite taille, vêtu d'une tunique de tissu-éponge, allait et venait, une boîte métallique pourvue d'une fente accrochée à l'épaule.

— Le Maître est-il sérieux ? s'enquit-elle.

— Oui, répondis-je.

— Tu ne peux pas m'attraper si je ne le veux pas, affirma-t-elle.

— Eh bien, dis-je, tu seras libre pour toute la journée.

— D'accord, accepta-t-elle.

— Pars ! dis-je.

Elle me regarda, rit puis, sur le dos, se dirigea gracieusement vers l'extrémité opposée de la piscine. Elle s'arrêta, constatant que je ne la suivais pas. Je remarquai qu'elle ne s'était pas pressée. Je savais que, si elle le désirait, elle pouvait nager comme un lézard d'eau sur le point de frapper. Mais elle préférait jouer avec moi, me provoquer en restant juste un peu trop loin, pour que je ne puisse pas l'atteindre. Elle s'étonnait que je ne me sois pas encore lancé à sa poursuite.

Elle avait parcouru à peu près la moitié de la distance lorsqu'elle se redressa dans l'eau et regarda ce que je faisais.

C'est là que je partis.

Je suppose, en raison de l'exclamation que laissa échapper un client qui nous regardait, qu'elle se remit à nager au moment où je me lançai à sa poursuite. Apparemment, d'après ce que j'appris plus tard, elle nagea tranquillement sur le dos jusqu'au moment où elle se rendit compte que je gagnais du terrain. Puis elle se retourna et fila avec facilité vers le bord, se retournant de temps en temps. Environ dix ihns plus tard, toutefois, constatant que j'approchais toujours, elle accéléra la cadence. Mais je gagnais encore du terrain. Je nageai comme jamais, fendant l'eau. Je me dis, tandis que l'eau rugissait à mes oreilles, que je serais incapable de faire le moindre mouvement le lendemain ; à chaque inspiration, j'avais l'impression que mes poumons allaient éclater. C'est alors que, se retournant une fois de plus et constatant que je me rapprochais régulièrement, peu désireuse de perdre l'occasion d'un jour de liberté, avec élégance et une puissance consécutive à un long entraînement, elle accéléra une nouvelle fois la cadence. Pourtant, je continuais à gagner du terrain. Elle nageait alors aussi rapidement que possible, déterminée, furie de beauté dans l'eau. Pourtant je ne relâchai pas ma pression, gagnant du terrain, les muscles soudain revigorés par la chaleur de la lutte. Elle n'était plus qu'à quelques brasses de moi, nageant désespérément, et le bord se trouvait encore à plusieurs mètres. J'accélérai encore. Je compris alors que je la rattraperais. Soudain, comprenant cela à son tour, elle se mua en animal terrifié et déchaîné. Elle poussa un cri de désespoir. Elle jeta ses dernières ressources dans une fuite éperdue ; mais la beauté de la cadence, cette cadence puissante et régulière, avait disparu ; ses mouvements devinrent heurtés ; elle déplaçait trop d'eau ;

elle manqua une respiration, mais ça ne l'empêcha pas de fuir éperdument, battant follement des pieds, essayant de s'échapper. Puis mes mains se refermèrent sur sa taille; elle poussa un cri de rage et essaya de se dégager. Je la retournai et passai la main dans la chaîne qu'elle portait au cou, restant toutefois derrière elle. Elle tenta de tendre les mains vers moi mais elle ne put retirer ma main de la chaîne. Puis, lentement, victorieux, la main passée dans la chaîne, je la tirai sur le dos, impuissante, jusqu'au bord de la piscine.

Dans un endroit isolé, parmi les hautes herbes et les fougères, à l'abri des regards, j'avais sorti Nela de l'eau puis l'avais allongée sur une grande serviette orange près de laquelle j'avais laissé mes vêtements et ma bourse.

— Tu ne seras pas libre aujourd'hui, dis-je.

J'aimais toucher son corps mouillé. Elle avait les larmes aux yeux.

— Ce sera un tarsk d'argent pour celle-là, fit une voix derrière moi.

Je fis signe à l'homme de prendre une pièce dans ma bourse et il obéit. J'entendis la pièce tomber dans la boîte métallique, puis l'homme s'éloigna.

— Comment t'appelles-tu ? demandai-je.

— Nela, répondit-elle, si cela convient au Maître.

— Ça me convient, répondis-je.

Je la pris dans mes bras, posai mes lèvres sur les siennes tandis qu'elle me passait les bras autour du cou.

Après nous être embrassés, nous nous baignâmes, puis nous recommençâmes. Ensuite, Nela me fit le premier massage, avec des huiles épaisses, grattant la poussière et la sueur avec un mince strigile de bronze flexible; puis elle me fit le second massage, vigoureux et stimulant, avec une serviette rugueuse; enfin, elle me fit le troisième massage, avec des huiles douces et parfumées qu'elle fit longuement pénétrer dans la peau. Ensuite, nous restâmes longtemps allongés côte à côte, regardant le dôme bleuâtre et translucide de la Piscine des Fleurs Bleues. Comme je l'ai déjà mentionné, les Bains Capaciens comportent de nombreuses piscines qui diffèrent par leur forme, leur taille, leur décor, la température et le parfum de l'eau. La Piscine des Fleurs Bleues était fraîche et agréable. En outre, il y flottait un parfum de Veminium, fleur sauvage bleuâtre que l'on trouve sur les pentes inférieures de la Chaîne de Thentis ; les murs, les colonnes, le fond de la piscine lui-même étaient décorés de représentations de Veminium et on trouvait également la plante elle-même dans la salle. Bien que la piscine et le chemin qui en faisait le tour fussent en marbre, le reste était couvert d'herbe, de fougères et de toutes sortes de fleurs. Il y avait beaucoup de recoins et de clairières, certains à plus de quarante mètres de la piscine, où il était possible de se reposer. J'avais entendu dire que la Piscine des Tropiques comptait parmi les plus belles des Bains Capaciens, de même que la Piscine des Forêts Septentrionales ; on venait même d'ouvrir la Piscine de la Splendeur des Hinrabiens ; pour ma part, un bras passé autour de Nela qui se serrait contre moi, la Piscine des Fleurs Bleues me convenait parfaitement.

— Je t'aime bien, dit-elle.

Je l'embrassai, puis me tournai à nouveau vers le plafond.

Je me souvins d'Harold, que j'avais rencontré chez les Tuchuks. Les piscines étaient magnifiques et pourtant je savais que, quelque part, enchaînés dans l'obscurité, se trouvaient des esclaves chargés de les nettoyer chaque nuit ; il y avait, naturellement, les Esclaves des Bains d'Ar, dont Nela faisait partie, et que l'on considérait comme les plus belles de Gor. Harold, dans son enfance, avait été esclave aux Bains de Turia avant de parvenir à s'échapper. Il m'avait raconté qu'on jette parfois les jeunes esclaves désobéissantes aux hommes enchaînés dans le noir. Je serrai Nela un peu plus étroitement contre moi et elle me regarda, étonnée.

Nela était esclave depuis l'âge de quatorze ans. Curieusement, elle était née à Ar. Elle y vivait seule avec son père qui jouait aux courses. À sa mort, afin de rembourser ses dettes, personne n'ayant manifesté le désir de les payer, sa fille, conformément à la loi goréenne, était devenue propriété de l'État ; elle fut ensuite, en accord avec la réglementation, vendue aux enchères publiques ; le produit de sa vente fut alors, toujours selon les prescriptions légales, réparti aussi équitablement que possible entre les divers créanciers. Elle avait d'abord été vendue huit tarsks d'argent au patron des cuisines publiques d'un cylindre, ancien créancier de son père, qui avait dans l'idée de faire du bénéfice grâce à elle ; elle avait travaillé un an à la cuisine, dormant sur la paille, enchaînée pendant la nuit, puis, lorsque son corps prit plus nettement les formes de la féminité, son maître lui passa les menottes et la conduisit aux Bains Capaciens où, à force de marchandage, il en obtint quatre pièces d'or et un tarsk d'argent ; elle avait débuté comme fille à un tarn de cuivre dans une des immenses piscines cimentées avant de devenir, quatre ans plus tard, fille à une pièce d'argent à la Piscine des Fleurs Bleues.

Il y avait plusieurs jours que je connaissais Nela tandis que, allongé sur une grande serviette rayée, je la laissais faire pénétrer dans ma peau les dernières huiles du bain.

— J'espère, dit Nela, appuyant un peu plus fort que nécessaire, que Claudia Tentia Hinrabia deviendra esclave.

Je levai la tête, me dressai sur les coudes et la regardai.

— Es-tu sérieuse ? demandai-je.

— Oui, répondit Nela avec amertume, qu'elle soit marquée et qu'on lui mette un collier ! Qu'on la force à plaire aux hommes.

— Pourquoi la hais-tu ? demandai-je.

— Elle est libre, dit Nela, bien née et riche. Il faut que de telles femmes éprouvent la caresse du fer, qu'elles gémissent sous le fouet.

— Tu devrais avoir pitié d'elle, lui remontrai-je.

Nela rejeta la tête en arrière et rit.

— C'est probablement une jeune fille innocente, insistai-je.

— Un jour, elle a fait couper le nez et les oreilles d'une de ses servantes parce qu'elle avait fait tomber un miroir, affirma Nela.

— Comment le sais-tu ? demandai-je.

La jeune fille rit.

— Aux Bains Capaciens, m'apprit-elle, on entend parler de tout ce qui se passe à Ar. (Puis elle me regarda avec amertume.) J'espère qu'elle deviendra esclave, ajouta-t-elle, j'espère qu'on la vendra à Port Kar.

J'en déduisis que Nela haïssait vraiment beaucoup Claudia Tentia Hinrabia.

— Les Hinrabiens sont-ils populaires à Ar ? m'enquis-je.

Nela cessa ses massages.

— Ne réponds que si tu le désires, ajoutai-je.

— Non, répondit-elle. (Je sentis qu'elle regardait tout autour d'elle.) Ils ne le sont pas.

— Et Kazrak ? demandai-je.

— C'était un bon Administrateur, répondit-elle. Mais il a disparu.

Elle se remit à me masser le dos. L'huile sentait bon. Je perçus la chaleur de ses mains.

— Lorsque j'étais petite, reprit-elle, et que j'étais libre, j'ai vu, un jour, Marlenus d'Ar.

— Ah ? fis-je.

— C'était, poursuivit-elle, l'Ubar des Ubars.

L'admiration perçait dans sa voix.

— Peut-être Marlenus reviendra-t-il, dis-je.

— Ne dis pas ça, souffla-t-elle, des hommes ont été empalés pour moins que ça.

— Je me suis laissé dire qu'il est dans les Voltaï, fis-je.

— Minus Tentius Hinrabius, dit-elle, a envoyé une dizaine de fois dans les Voltaï une troupe de cent Guerriers chargés de le tuer, mais ils ne l'ont jamais trouvé.

— Pourquoi veut-il sa mort ? demandai-je.

— Ils ont peur de lui, répondit-elle. Ils ont peur qu'il ne revienne à Ar.

— C'est impossible, dis-je.

— En ce moment, fit-elle, tout est possible.

— Aimerais-tu qu'il revienne ? demandai-je.

— C'était, répondit la jeune femme d'une voix empreinte de fierté, l'Ubar des Ubars. (Ses mains étaient assurées et je perçus son enthousiasme.) Lorsqu'on lui a publiquement refusé le pain, le sel et le feu sur le toit du Cylindre Central et qu'on lui a interdit l'accès d'Ar sous peine de mort, sais-tu ce qu'il a dit ?

— Non, répondis-je, je l'ignore.

— Il a dit : « Je reviendrai. » Voilà.

— Tu ne crois certainement pas ça, relevai-je.

— Je pourrais te répéter ce que j'ai entendu, reprit-elle, mais il est préférable que tu ne saches rien.

— Comme tu veux, fis-je.

Sa voix me parvint à nouveau, toujours empreinte d'admiration.

— Il a dit : « Je reviendrai. » C'est ça, répéta-t-elle.

— Aimerais-tu qu'il monte de nouveau sur le trône ? m'enquis-je.

Elle rit.

— Je suis née à Ar, dit-elle. C'était Marlenus. C'était l'Ubar des Ubars !

Je roulai sur moi-même, pris Nela par les poignets, l'attirai à moi et l'embrassai. Je ne voyais pas la moindre raison de lui dire que, l'après-midi même, au stade, j'avais rencontré Marlenus d'Ar.

En sortant des Bains, je rencontrai par hasard le Gardien de Tarns que j'avais brièvement aperçu en regardant, non loin de la taverne de Spindius, la partie qui avait opposé le Joueur au Négociant en Vins. Il était petit, mince et ses cheveux bruns étaient coupés court. Son visage était plutôt lourd, carré, trop large pour son corps. Il portait sur l'épaule gauche un carré de tissu indiquant qu'il soutenait les Verts.

— Je vois, dit-il, que tu portes le Rouge des Guerriers de préférence au Noir des Assassins.

Je ne répondis pas.

— Je sais, poursuivit-il, que les déguisements sont utiles lorsqu'on chasse. (Il me sourit.) Ton geste m'a plu lorsque tu as donné un tarnet double au Joueur.

— Il ne l'a pas accepté, répondis-je. C'était, à ses yeux, de l'or rouge.

— C'était le cas, fit remarquer le Gardien de Tarns, c'était le cas.

— Il a autant de valeur que l'or jaune, dis-je.

— C'est vrai, répondit le Gardien de Tarns, c'est ce qu'il ne faut pas oublier.

Je fis mine de m'éloigner.

— Si tu as l'intention de boire quelque chose dans le quartier, dit-il, puis-je t'accompagner ?

— Naturellement, répondis-je.

— Je connais une bonne taverne, reprit-il, favorable aux Verts. C'est là que les partisans de cette faction mangent et boivent après les courses.

— D'accord, fis-je. J'ai faim et je boirais bien quelque chose. Je te suis.

La taverne, comme les Bains Capaciens, était assez loin du stade. Elle s'appelait, ce qui n'avait rien de surprenant, le

Tarn Vert et le propriétaire, homme avenant, chauve et rougeaud, se nommait Kliimus. Les Esclaves de Plaisir y étaient vêtues de robes de soie verte, les murs et les plateaux des tables étaient verts, les rideaux des alcôves eux-mêmes étaient verts. Aux murs, ici et là, étaient suspendus des listes et des classements, à l'encre noire sur des planches étroites : il y avait également des souvenirs, des anneaux de selle, un harnais, dont une étiquette indiquait l'origine ; il y avait aussi des dessins représentant les tarns ou les cavaliers qui avaient apporté la victoire aux Verts.

Ce soir-là, toutefois, il n'y avait pas beaucoup d'ambiance car la journée n'avait guère été favorable à leur couleur. Et, au lieu de parler des courses, les clients discutaient de la disparition de la fille de l'Administrateur, tentant de déterminer ses déplacements, se demandant comment il avait été possible de l'enlever, si elle avait effectivement été enlevée, au nez et à la barbe d'une douzaine de gardes Taurentiens. Apparemment, on n'avait vu aucun tarn dans les environs du Cylindre Central à ce moment-là et, selon les soldats en faction, aucun étranger n'y avait pénétré. C'était un mystère qui ne manquerait pas de faire marcher toutes les langues d'Ar.

Le Gardien de Tarns, que les clients de la taverne appelaient Mip, commanda la nourriture : steak de bosk et pain jaune, pois et olives toriennes, deux suls grillés et croquants, fendus en deux et emplis de fromage de bosk fondu. Je commandai le Paga et on emplit plusieurs fois nos gobelets. Mip était volubile et un peu coquet si on voulait bien considérer sa caste et ses cheveux courts, car le cuir marron de ses vêtements était orné de rayures vertes et sa casquette de Gardien de Tarns d'une aigrette de la même couleur ; tous les Gardiens de Tarns, incidemment, ont les cheveux courts, comme la majorité des Métallurgistes ; le travail est souvent dur dans les Perchoirs et pendant l'entraînement des tarns.

Mip, pour une raison inconnue, semblait apprécier ma compagnie et alors que nous buvions, il parla beaucoup, pendant cette soirée, de l'entraînement des tarns et des cavaliers, des espoirs des Verts et des autres factions, de certains cavaliers et de certains oiseaux. Mip était manifestement un excellent spécialiste des courses.

Lorsque nous eûmes mangé et bu, me donnant une claque sur l'épaule, Mip m'invita à visiter le Perchoir où il travaillait, un des plus grands des Verts.

Je l'accompagnai volontiers car je n'avais jamais visité de Perchoir de faction.

Nous parcourûmes les rues obscures d'Ar et, bien que cela aurait pu être dangereux, personne ne nous approcha ; néanmoins, ceux qui nous croisèrent le firent avec circonspection, portant la main à leurs armes. Je suppose que mon costume de Guerrier et l'épée que je portais au côté firent réfléchir ceux qui auraient voulu essayer de couper ma bourse, leur indiquant qu'ils ne seraient pas accueillis avec indulgence. Rares sont les individus qui se risquent à attaquer un Guerrier goréen.

Les Perchoirs, six en tout, se trouvaient dans un haut cylindre abritant les bureaux et les dortoirs des gens liés professionnellement aux Verts. Leurs archives, leurs entrepôts et leurs trésors se trouvent dans ce cylindre, bien qu'il ne soit qu'un des quatre qu'ils possèdent dans la cité. Le Perchoir où Mip travaillait était le plus grand et je constatai avec satisfaction qu'il en avait la responsabilité, et qu'il avait, de ce fait, bien d'autres employés sous ses ordres. Le Perchoir était une salle immense située au sommet du cylindre et occupant l'espace de quatre étages normaux. Les perchoirs eux-mêmes étaient, en fait, de gigantesques échafaudages de bois mesurant quatre étages de haut et courant le long des murs circulaires du cylindre. De nombreux perchoirs étaient vides mais il y avait plus de cent oiseaux dans la pièce ; ils étaient tous enchaînés mais je savais qu'on les sortait au moins une fois tous les deux jours ; parfois, lorsque la salle est vide et que les portails, qui donnent sur le toit, sont fermés, on laisse les oiseaux voler en liberté à l'intérieur ; l'eau leur est fournie au moyen de tubes débouchant dans des abreuvoirs fixés à des plates-formes triangulaires proches des perchoirs mais il y a également, au centre de la salle, par terre, une citerne qui est utilisée lorsque les oiseaux sont en liberté. La nourriture des tarns, de la viande car tel est leur régime alimentaire, est fixée à des crochets qu'on monte, grâce à un système de chaînes et de poulies, jusqu'aux perchoirs ; il faut préciser que, lorsque les oiseaux sont en liberté, on ne laisse jamais de viande sur les crochets ou par terre ; les tarns de course coûtent cher et le Gardien de Tarns ne souhaite pas qu'ils s'entre-tuent pour une cuisse de verr.

En entrant dans la salle, Mip décrocha un aiguillon à tarn suspendu au-dessus d'une petite table sur laquelle se trouvaient une lampe et quelques feuilles de papier. Puis il en décrocha un second qu'il me tendit. Je le pris. Rares sont ceux qui se risquent dans un Perchoir sans aiguillon. En fait, il faut être inconscient pour le faire. Mip, répondant aux signes de ses subordonnés, fit sa tournée d'inspection. Avec une agilité consécutive à de longues années de travail au milieu des perchoirs, il parcourut les poutres, situées parfois plus de dix mètres au-dessus du sol, examinant quelques oiseaux ; peut-être parce que j'étais légèrement ivre, je le suivis ; nous atteignîmes enfin un des quatre grands portails ronds qui donnent sur l'extérieur. Je pouvais voir la longue poutre qui, partant du portail, surplombe la rue. Les lumières d'Ar étaient magnifiques. Je montai sur la poutre. Le toit n'était qu'à quelque trois mètres au-dessus. Je remarquai qu'il était possible, pour un individu suffisamment hardi ou inconscient, de sauter du toit sur la poutre et de pénétrer dans le Perchoir. La grandeur nocturne d'Ar m'a toujours stupéfié, les ponts, les lampes, les lanternes, les signaux, les fenêtres éclairées de milliers de cylindres. Je fis un pas sur la poutre. Mip se tenait derrière moi, dans l'ombre, pourtant il se trouvait également sur la poutre. Je regardai le sol et secouai la tête. La rue semblait serpenter, tout en bas. Mip s'approcha.

Je me retournai et lui souris. Il recula.

— Ne reste pas ici, dit-il, c'est dangereux.

Je levai la tête et découvris les trois lunes de Gor, la grosse et les deux petites dont une avait été baptisée « la Lune de la Prison », pour des raisons que j'ignorais.

Je revins sur mes pas, puis repris pied sur les poutres épaisses de l'échafaudage qui supportait les oiseaux.

Mip caressait le bec d'un oiseau, un vieil oiseau me sembla-t-il. Il était brun-roux ; sa crête était plate ; son bec jaune pâle était veiné de blanc.

— Je te présente Ubar Vert, dit-il en caressant le cou de l'oiseau.

J'avais entendu parler de lui. Il était célèbre à Ar une douzaine d'années plus tôt. Il avait gagné plus de mille courses. Son tarnier, homme de très grande valeur dans la tradition des Verts, s'appelait Melipolus de Cos.

— Connais-tu les tarns ? demanda Mip.

Je réfléchis un instant. Certains Assassins sont, en fait, d'excellents tarniers.

— Oui, répondis-je.

— Je suis ivre, reprit Mip sans cesser de caresser le bec de l'oiseau – celui-ci avança la tête.

Je me demandai pourquoi cet oiseau, comme cela se fait couramment lorsqu'ils vieillissent, n'avait pas été abattu. Peut-être l'avait-on épargné par affection, car il arrive que des factions agissent ainsi. D'un autre côté, les dirigeants des factions ne font pas de sentiment et un tarn qui ne rapporte rien, comme un esclave inutile, est en général vendu ou détruit.

— C'est, dis-je, une bien belle nuit.

Mip me sourit.

— Bon ! se décida-t-il.

Il suivit une poutre et s'arrêta près de deux selles de course avec leur harnais, puis m'en lança une et m'indiqua un tarn brun et vif perché un peu plus loin. Le harnais de course, comme le harnais ordinaire, comporte deux anneaux : l'anneau du cou et l'anneau principal de la selle, ainsi que six rênes. La différence principale réside dans la tension des rênes entre les deux anneaux ; la selle de course, en revanche, n'est qu'une bande de cuir comparée à la selle ordinaire qui est plus grosse et comporte des fontes, des fourreaux pour les armes ainsi que des anneaux d'esclave. Je sellai l'oiseau puis, avec quelques difficultés car il perçut de l'hésitation dans mes gestes, lui passai le harnais. Imitant Mip, je basculai le levier de fermeture, retirai la chaîne et l'entrave de l'oiseau, puis me mis en selle.

Mip montait Ubar Vert ; il avait fière allure sur sa selle usagée ; il montait court.

Nous attachâmes les sangles de sécurité.

Les selles de course sont équipées de deux petites sangles, contrairement aux selles ordinaires qui n'en comportent qu'une grosse ; les deux sangles s'enroulent autour du cavalier et sont fixées à la selle de sorte que chacune reproduise la fonction de l'autre; en théorie, bien que de petites sangles puissent rompre plus aisément que les grosses, il y a très peu de risques pour que les deux cassent exactement au même moment; en outre, l'effort est également réparti sur les deux sangles, ce qui réduit les possibilités de rupture; les deux petites sangles permettent, naturellement, de gagner un peu de poids; en outre, il serait assez difficile de fixer une grosse sangle à une petite selle; de plus, naturellement, comme les courses se déroulent le plus souvent au-dessus d'un filet, le danger est beaucoup moins grand que pendant un vol ordinaire; les sangles sont surtout destinées à maintenir le cavalier sur sa selle et non à le protéger d'une chute.

— Ne tente pas de diriger le tarn avant d'être dehors, conseilla Mip. Il faut d'abord que tu t'habitues au harnais. (Il sourit:) Ces tarns ne sont pas des oiseaux de guerre.

Mip parut à peine effleurer la première rêne et son oiseau bondit de son perchoir puis, dans un battement d'ailes, gagna le perchoir extérieur et s'y immobilisa, tournant rapidement sa tête aux yeux brillants et rusés de droite à gauche. Mon oiseau, avec une brusquerie qui me stupéfia, rejoignit le premier.

Nous restâmes quelques instants sur le perchoir extérieur. J'étais plein d'entrain, comme toujours lorsque je suis à dos de tarn. Mip semblait également plein d'énergie et d'enthousiasme.

Je regardai les cylindres, les lumières et les ponts. C'était un soir d'été frais et vivifiant. Les étoiles étaient claires et brillantes; les lunes, splendides et argentées, tranchaient sur le noir intense de la nuit goréenne.

Mip lança son tarn parmi les cylindres et je le suivis.

Lorsque je voulus me servir du harnais, bien que je fusse averti du danger, je tirai trop fort et la brusquerie avec laquelle l'oiseau vira me projeta contre les sangles de sécurité; les petites ailes larges et rapides du tarn de course lui permettent des changements de direction et des virages qu'un oiseau plus gros, plus lourd et aux ailes plus longues est incapable de réaliser. Une légère pression sur la deuxième rêne lança l'oiseau dans un vertigineux virage à droite qui me permit de rejoindre Mip.

Les lumières d'Ar et les lanternes des ponts défilèrent sous moi, les toits des cylindres se découpant sur l'obscurité des rues.

Puis Mip fit tourner son oiseau qui parut glisser dans l'air, laissant les cylindres sur sa droite, et le posa sur le rail surplombant le dernier rang de gradins du Stade des Tarns d'Ar où, l'après-midi même, j'avais regardé les courses.

Le stade était vide. Les spectateurs étaient partis. Les longues rangées courbes de gradins blancs luisaient sous les trois lunes de Gor. Il y avait, dans les rangées, des papiers gras que l'on retirerait avant les courses du lendemain. Le long filet qui se trouvait sous les anneaux avait été retiré, roulé et rangé, avec ses mâts, près du mur central. Les grosses têtes de tarn en bois peint servant à indiquer le nombre de tours restant à courir se dressaient, solitaires, au sommet de leurs poteaux. La clarté des lunes blanchissait le sable ainsi que le large mur central. Je regardai Mip. Assis sur son tarn, il demeurait silencieux.

— Reste ici, dit-il enfin.

Je restai au sommet des gradins, fixant l'immense enceinte blanche et vide.

Mip et son tarn, Ubar Vert, semblèrent se muer en mouvement noir sur le blanc du sable et des gradins, poursuivis par leur ombre qui parut se briser géométriquement sur les gradins.

L'oiseau se posa sur le premier perchoir.

Ils restèrent un instant immobiles. Le gong de l'arbitre, suspendu par une chaîne à un poteau fiché dans le mur central, resta silencieux.

Soudain, dans un claquement d'ailes que j'entendis nettement bien que je fusse à plus de deux cents mètres, le tarn jaillit de son perchoir, Mip couché sur son dos, et fila vers le premier « anneau », premier des trois grands rectangles métalliques précédant les anneaux ronds fixés aux extrémités du mur central. Stupéfait, je vis l'oiseau franchir à toute vitesse les trois premiers « anneaux », virer et passer le premier anneau rond puis, dans le même mouvement, sans cesser de tourner, passer le deuxième et le troisième anneau rond ; ensuite, les ailes battant à une vitesse incroyable, le bec tendu, Mip couché sur son dos, il franchit à toute vitesse les trois « anneaux » rectangulaires de la ligne droite opposée, battit des ailes à l'extrémité du mur central, négociant les trois anneaux ronds sur son élan, puis se posa, ailes fouettant l'air et pattes tendues, sur le dernier perchoir de la rangée, celui du vainqueur.

Mip et l'oiseau y restèrent quelques instants, puis l'oiseau s'éleva et se dirigea vers moi. Un moment plus tard, Mip se posait près de moi.

Il resta quelques instants immobile, les yeux fixés sur le stade. Puis il fit décoller son oiseau et je le suivis. Quelques ehns plus tard nous avions regagné le perchoir extérieur du cylindre.

Nous ramenâmes les tarns à leurs perchoirs puis les entravâmes. Nous leur retirâmes leurs selles et leurs harnais que nous posâmes sur les poutres.

Lorsque nous eûmes terminé, je montai à nouveau sur le perchoir extérieur, cette poutre surplombant la rue. J'avais envie de respirer une fois de plus l'air pur, de me pénétrer de la beauté de la nuit.

Mip se tenait derrière moi, et je gagnai l'extrémité du perchoir.

— Cette promenade m'a fait grand plaisir, dis-je.

— J'en suis heureux, répondit Mip.

Je ne me retournai pas.

— Je voudrais te poser une question, repris-je, mais ne réponds pas si tu ne le souhaites pas.

— Très bien, acquiesça Mip.

— Tu sais que je chasse, dis-je.

— Les membres de la Caste Noire chassent souvent, fit remarquer Mip.

— Sais-tu si un sympathisant des Verts s'est rendu à Ko-ro-ba en En'Var ?

— Oui, répondit Mip.

Je me tournai vers lui.

— Un seul, à ma connaissance, reprit-il.

— De qui s'agit-il ? demandai-je.

— Je suis allé à Ko-ro-ba en En'Var, répondit Mip.

Je vis que Mip tenait à la main une petite dague, un couteau de jet fabriqué à Ar; il était plus petit que le quiva méridional; il n'était aiguisé que d'un côté.

— C'est un joli couteau, remarquai-je.

— Tous les Gardiens de Tarns ont un couteau, dit Mip en passant la main sur la lame.

— Cet après-midi, dis-je, aux courses, j'ai vu un cavalier couper les sangles de sécurité afin de ne pas se trouver coincé sous son oiseau.

— Il avait probablement le même couteau, fit Mip.

Il le tenait alors par l'extrémité de la lame. La brise se leva, me caressa, fraîche et vivifiante dans la nuit d'été.

— Sais-tu bien t'en servir ? m'enquis-je.

— Oui, répondit Mip. Je crois. Je peux toucher l'œil d'un tarn à trente pas.

— Tu es très adroit, relevai-je.

— Connais-tu ce type de couteau ? demanda Mip.

— Pas très bien, reconnus-je.

J'étais apparemment serein mais tous les nerfs de mon corps étaient tendus et prêts. Je savais qu'il pourrait lancer son couteau avant qu'il ne me soit possible de l'atteindre, avant même que je n'aie eu le temps de tirer l'épée que je portais au côté. J'avais une conscience aiguë de la hauteur à laquelle je me trouvais de la rue, tout en bas. Deux hommes s'appelèrent dans la rue. Leurs voix me parvinrent, affaiblies.

— Veux-tu examiner ce couteau ? proposa Mip.

— Oui, dis-je.

Je me crispai.

Mip me le lança, le dissimulant dans sa main, mais le manche en avant. Je l'attrapai. Mon cœur avait presque cessé de battre.

J'examinai le couteau, son équilibre, la garde, la lame aiguisée.

— Ne reste pas sur ce perchoir, rappela Mip. C'est dangereux.

Je parcourus en sens inverse l'étroite poutre. Quelques ehns plus tard, j'avais quitté le cylindre et regagnais la Maison de Cernus.

14

La prisonnière

Une fois arrivé à la Maison de Cernus, je franchis la lourde porte donnant dans la grande salle où se trouvait l'autre porte, celle permettant d'accéder à la cellule luxueuse où Cernus avait l'habitude de détenir les captures spéciales et que Ho-Tu m'avait fait visiter plus tôt. Je constatai avec surprise que quatre sentinelles gardaient la porte.

Lorsque je regagnai notre chambre, Élisabeth, enveloppée dans une couverture de tissu Rep rouge, dormait sur une natte sous l'anneau d'esclave. On lui avait passé autour du cou le collier dont la lourde chaîne était fixée à l'anneau scellé dans le mur. Dans la Maison de Cernus, il est de règle que tous les esclaves, sauf ceux qui ont des tâches domestiques à accomplir, soient attachés à la dix-huitième sonnerie. Afin d'assurer l'application de cette mesure, des gardiens font une ronde peu avant. Lorsque je me trouvais dans la pièce, toutefois, comme c'était en général le cas à cette heure-là, on ne l'attachait pas, ma présence étant considérée comme une garantie suffisante. Ces soirs-là, nous barricadions la porte et dormions dans les bras l'un de l'autre.

J'entrai dans la chambre, fermai la porte et mis les barres en place.

Élisabeth, dans un tintement de chaînes, s'assit et se frotta les yeux.

Elle portait la courte robe des Soies de Plaisir, rouge du fait qu'elle était Soie Rouge et en cours d'apprentissage. Virginia et Phyllis, dans leurs cellules, portaient certainement des robes semblables, mais blanches.

Élisabeth avait également changé de collier. Elle portait un collier recouvert d'émail rouge. Virginia et Phyllis, en revanche, selon Élisabeth, portaient toujours le collier de métal brut que le forgeron leur avait cadenassé au cou.

Je montai la flamme de la lampe et remarquai que le plancher de la chambre avait été lavé à l'éponge et à la serpillière, que les coffres et le bahut avaient été époussetés et rangés, que des fourrures propres étaient pliées sur le lit de pierre. J'avais insisté pour que la pièce soit d'une propreté exemplaire. Je n'étais pas vraiment opposé au fait qu'un morceau de soie traîne par terre de temps en temps, mais je prenais plaisir à regarder la jolie Élisabeth Cardwell, esclave de la Maison de Cernus, s'occuper de mon intérieur. J'adorais la voir récurer et faire le ménage, un foulard sur la tête, mener à bien ces petites tâches domestiques. Elle eut la témérité de suggérer qu'il serait juste de partager ces tâches mais, lorsque je l'avais menacée du fouet et de l'anneau, elle avait compris, non sans rechigner, qu'il lui fallait se conformer à mes désirs. Curieusement, le soir où elle avait appris qu'il lui faudrait se charger de ces tâches, et seule, elle s'était montrée plus soumise, plus coopérative et plus passionnée que de coutume. Les femmes, à mon sens, même les femmes fières, belles et intelligentes comme Élisabeth Cardwell, souhaitent en secret que leurs hommes soient forts et qu'ils le prouvent de temps en temps, qu'ils les traitent en simples femelles et les contraignent à faire exactement ce qu'ils souhaitent.

Je libérai Élisabeth.

Elle renifla d'un air soupçonneux.

— Tu es encore allé aux bains, déclara-t-elle.

— C'est vrai, dis-je.

— À la Piscine des Fleurs Bleues ? s'enquit-elle.

— Oui, répondis-je.

— Les filles y sont jolies ? demanda-t-elle.

— Pas aussi jolies que toi, répondis-je.

— Tu es une gentille bête, fit-elle. (Puis elle leva les yeux vers moi.) M'emmèneras-tu à la Piscine des Fleurs Bleues, un jour ?

— Il y a beaucoup de jolies piscines aux Capaciens, éludai-je.

— Mais tu m'emmèneras à la Piscine des Fleurs Bleues, n'est-ce pas ? demanda-t-elle.

— Peut-être, fis-je.

— Sale bête ! fit-elle en m'embrassant. (Puis elle s'agenouilla sur la natte et je m'assis en tailleur, face à elle.) Pendant que tu prenais du bon temps là-bas, reprit-elle, je me suis entretenue avec Caprus.

Je dressai aussitôt l'oreille. Le Grand Scribe anguleux et sévère ne nous avait pas encore transmis la moindre information.

— Il m'a dit, poursuivit-elle, qu'il était parvenu à soudoyer les esclaves des appartements de Cernus, et qu'il lui serait possible d'y entrer à certains moments. Les documents que tu recherches ne se trouvent naturellement pas dans le bureau de Caprus.

— Ce sera extrêmement dangereux, fis-je remarquer.

— Selon lui, cela peut prendre du temps, dit-elle. Il a découvert de nombreux documents, ainsi que des cartes, mais il lui faudra sans doute des mois pour les recopier. Il ne peut pas s'absenter trop souvent de son travail.

— Les cartes sont-elles claires ? demandai-je. Les documents sont-ils en goréen ?

— D'après lui, oui, répondit-elle.

— Voilà qui est intéressant, fis-je.

Je ne dis rien à Élisabeth, mais j'avais supposé que l'orientation des cartes reposerait sur une clé et que les documents seraient rédigés sous forme codée.

— Le plus difficile, reprit Élisabeth, sera de faire parvenir les documents aux Sardar.

— Ça ne devrait pas présenter de difficulté, estimai-je, car je peux sortir quand je veux et il te sera possible de sortir toi aussi, dans le cadre de tes activités dans le service de Caprus, après tes cours.

— Je ne pensais pas que ça serait aussi facile, releva-t-elle.

— Moi non plus, assurai-je.

Élisabeth et moi avions été introduits dans la Maison de Cernus parce que Caprus, selon les rapports, ne pouvait se procurer les documents qui, logiquement, devaient se trouver dans la maison. Nous pensions que ma qualité de mercenaire de la Maison et le fait qu'Élisabeth y fût esclave nous permettraient de localiser les documents en question et de nous en emparer. Cela se passait avant l'assassinat du Guerrier de Thentis qui, du fait qu'il me ressemblait, m'avait fourni une raison indépendante de me rendre à Ar déguisé en Assassin.

— Tout de même, soulignai-je, ça me paraît être une très longue attente – des mois.

— Oui, reconnut-elle, effectivement.

— Pendant ce temps, poursuivis-je, il est probable que les Autres élargiront leur champ d'action, établiront de nouvelles bases, de nouveaux relais, constitueront des dépôts d'armes.

Elle hocha la tête.

— Le mieux, présumai-je, serait sans doute d'envoyer les documents dans les Sardar à mesure que Caprus nous les transmettra. Nous pourrons arranger ça lorsqu'il y en aura assez. Je peux me déplacer comme je veux. Je peux demander à Tarl l'Aîné de venir à Ar et de porter nos messages aux montagnes des Prêtres-Rois. Il connaît Al-Ka qui t'a conduite à Thentis et livrée à la Maison de Clark.

— Malheureusement, précisa Élisabeth, Caprus ne transmettra les documents que lorsqu'il aura terminé.

— Pourquoi ? demandai-je avec colère.

— Il craint qu'il n'y ait une fuite lorsqu'ils quitteront la Maison. Il craint également que les Autres n'aient des espions dans les Sardar qui, s'ils découvrent que des informations ont été transmises depuis la Maison de Cernus, feront une enquête et nous démasqueront probablement.

— Ça ne me semble guère fondé, relevai-je.

— Mais ce n'est pas l'avis de Caprus.

Je haussai les épaules.

— Nous devons donc nous en tenir aux décisions de Caprus.

— Nous n'avons pas le choix, souligna-t-elle.

— Lorsqu'il aura réuni tous les documents, dis-je, je suppose que nous partirons ensemble pour les Sardar.

Elle rit.

— Caprus ne voudra certainement pas rester en arrière. En fait, je suis persuadée qu'il transportera lui-même les documents.

Je souris.

— Je présume que Caprus a raison de ne faire confiance à personne.

— Il joue un jeu dangereux, Tarl.

J'acquiesçai.

— En conséquence, conclut-elle, il nous faut attendre.

— En outre, appuyai-je, j'aimerais trouver celui qui a tué le Guerrier de Thentis, sur le pont de Ko-ro-ba, près du Cylindre des Guerriers.

— Tu ne sais même pas qui c'est, dit-elle. (Puis, comme je la regardais sévèrement, elle baissa la tête.) Je m'excuse, fit-elle. (Elle leva les yeux.) C'est seulement que j'ai peur pour toi.

Je pris tendrement ses mains dans les miennes.

— Je sais, dis-je.

— Cette nuit, fit-elle, serre-moi fort. J'ai peur.

Je la pris dans mes bras et l'embrassai. Elle posa la tête sur mon épaule.

*

* *

Aux environs de la troisième sonnerie, incapable de dormir, je me levai et enfilai ma tunique d'Assassin. L'apparition de Marlenus d'Ar me tracassait. Je savais que l'ancien Ubar, qui était resté, pour ses partisans, de nombreuses années après l'époque de sa gloire, l'Ubar des Ubars, n'était pas venu à Ar pour assister aux courses. En outre, aux Bains, Nela, qui entendait certainement beaucoup de choses, était restée évasive à propos de l'Ubar. Cela laissait supposer qu'il se préparait quelque chose dont j'ignorais tout. Je ne savais pas, par exemple, que plusieurs expéditions s'étaient rendues dans les Voltaï en vue de débusquer et de tuer Marlenus, expéditions qui avaient toutes échoué. Je présumai que les détenteurs actuels du pouvoir avaient de bonnes raisons de tenter aussi désespérément de localiser et de tuer l'ancien Ubar.

Perdu dans mes pensées, je quittai la chambre et errai dans les couloirs de la Maison de Cernus. Je croisai quelques sentinelles mais aucune ne me posa de questions. J'étais libre d'aller et venir à ma guise dans la maison.

J'étais mécontent et frustré du fait que Caprus eût refusé de transmettre les documents avant d'avoir terminé de les copier, mais je pouvais comprendre son raisonnement, ses craintes ; et, d'un autre côté, le fait qu'il eût localisé les documents que nous souhaitions et les copiait me satisfaisait pleinement car cela voulait dire que notre tâche se résumerait, dans quelques mois, à convoyer Caprus et les documents aux Monts Sardar. À mon avis, cette partie du plan ne présentait aucune difficulté. Je pourrais acheter un tarn avec une nacelle et, en cinq jours, accompagné de Caprus et d'Élisabeth, gagner les Sardar et y retrouver Misk, Kusk, Al-Ka, Ba-Ta et mes autres amis. Je me demandai pourquoi les documents que Caprus avait entrepris de copier n'étaient pas codés. Je supposai que les Autres jugeaient qu'ils ne risquaient rien sous la garde de Cernus. Tout en marchant, j'entendis le cri sauvage, le hurlement terrifiant d'un animal apparemment gros et féroce ; je supposai qu'il s'agissait de la Bête que Ho-Tu et les autres avaient l'air de craindre ; comme moi, ils semblaient aussi tout ignorer d'elle ; lorsque j'entendis son cri, un frisson involontaire me parcourut le dos ; les poils de ma nuque et de mes avant-bras se hérissèrent ; puis le silence se fit et je poursuivis ma promenade. Je n'en avais pas peur mais, comme Ho-Tu, j'étais heureux de la savoir enfermée dans une cage ; je n'aurais pas aimé la rencontrer dans les couloirs déserts de la maison.

Je me rendis compte que, sans y prêter attention, j'avais suivi le couloir conduisant à la lourde porte donnant sur la grande salle à côté de laquelle se trouvait la cellule réservée aux Captures Spéciales, que Ho-Tu m'avait fait visiter plus tôt. Les quatre sentinelles se tenaient toujours devant la porte. Près de cette porte, j'eus la surprise de rencontrer Cernus, Maître de la Maison de Cernus, en personne. Il portait sa longue robe de laine rude et noire, celle qui avait trois bandes de soie, une jaune entourée de deux bleues, sur la manche gauche. À son cou, était suspendu le sceau de la Maison de Cernus, un tarn maintenant des chaînes d'esclave dans ses serres. Ses yeux gris m'examinèrent. Mais ses grosses lèvres esquissèrent un sourire.

— Tu veilles tard, Tueur, dit-il.

— Je n'arrivais pas à dormir, répondis-je.

— Je me suis laissé dire que les membres de la Caste Noire ont le sommeil profond, fit-il remarquer.

— C'est quelque chose que j'ai mangé, avançai-je.

— Naturellement, fit Cernus. Ta chasse est-elle terminée ?

— Je n'ai pas encore découvert l'assassin, répondis-je.

— Ah, lâcha Cernus.

— Et j'ai bu du mauvais Paga, précisai-je.

Cernus rit.

— Tu tombes à pic. Je voudrais te montrer quelque chose.

— Quoi ? m'enquis-je.

— La chute de la Maison de Portus, répondit-il.

Je savais que la Maison de Portus était la dernière grande rivale de la Maison de Cernus et qu'elle lui disputait le contrôle du trafic d'esclaves à Ar. À elles deux, elles monopolisaient soixante pour cent de la chair qui se vendait, s'échangeait et s'achetait dans la cité. Plusieurs Maisons moins importantes avaient fermé ; d'autres Maisons, de taille réduite, se disputaient âprement les quarante pour cent restants.

— Suis-moi ! commanda Cernus en franchissant la porte que les sentinelles avaient ouverte à son intention.

Nous entrâmes dans le couloir conduisant au grand miroir sans tain protégé par un grillage.

Je ne savais guère quel sens donner à la réponse de Cernus.

Pour la seconde fois, par la vitre qui, de l'autre côté, était un miroir, je découvris le luxueux compartiment avec sa penderie, ses coffres pleins de soieries, son divan recouvert de soie, de couvertures et de coussins, et sa baignoire encastrée.

Mais cette fois, dans cette vaste pièce aux riches tentures qu'éclairaient des lampes protégées par des grilles ouvragées, se trouvait une prisonnière.

C'était une jeune femme dont l'extraordinaire beauté avait quelque chose de cruel. Elle marchait de long en large, furieuse, comme un jeune larl en cage. On lui avait pris la capuche des magnifiques Robes de Dissimulation qu'elle portait, ainsi que le voile. Étant donné la splendeur de ses vêtements, elle devait résider sur les plus hauts ponts et toutes les femmes d'Ar devaient être jalouses d'elle.

— Contemple la chute de la Maison de Portus, dit Cernus.

Je regardai dans la pièce. La jeune femme avait des cheveux noirs, longs et ondulés, qui n'avaient jamais été coupés, des yeux noirs et brillants, les pommettes hautes.

Ses minces poignets étaient enfermés dans des bracelets de métal brut. Les deux anneaux étaient reliés par une chaîne brillante d'environ un mètre de long. Cela n'entravait pratiquement pas ses mouvements.

— Je veux, dit Cernus, qu'elle connaisse la caresse de l'acier sur ses poignets, qu'elle sente le poids de la chaîne.

La jeune fille rejeta la tête en arrière, regardant fixement le plafond, puis leva la chaîne au-dessus de sa tête. Sanglotant de fureur, elle baissa violemment les bras, frappant inlassablement la chaîne contre les coffres et le divan. Puis, se ramassant sur elle-même, d'une main puis de l'autre, elle tenta de faire glisser l'anneau d'acier sur l'autre main. Elle courut même jusqu'à la baignoire où elle s'enduisit les poignets d'huile, mais elle ne put se débarrasser des bracelets. Puis, en larmes, elle regagna le centre de la pièce et frappa à nouveau, inlassablement, la chaîne sur le divan. Enfin, toujours enchaînée, elle tomba à genoux près du divan et le frappa des poings, sans relâche.

Je perçus un mouvement près de nous. Je me retournai et vis une esclave vêtue d'une tunique de cuisine rouge tachée de graisse et portant un plateau de fruits ainsi qu'une carafe de vin. Un gardien la suivait.

L'esclave frappa timidement à la porte de la cellule.

La jeune femme se leva d'un bond, essuya avec une serviette l'huile qu'elle s'était passée sur les poignets, rejeta ses cheveux en arrière puis s'immobilisa fièrement au milieu de la pièce.

— Entrez ! dit-elle.

Le gardien ouvrit la porte et l'esclave entra avec déférence, les yeux baissés, puis posa son plateau de fruits et de vin sur une petite table proche du divan. Ensuite, sans lever les yeux, elle recula.

— Attends, Esclave ! ordonna la jeune femme.

L'esclave tomba à genoux, baissant la tête.

— Où est ton maître ? demanda la jeune fille enchaînée.

— Je ne sais pas, Maîtresse, répondit l'esclave.

— À qui appartiens-tu ? demanda la jeune fille enchaînée.

— Je n'ai pas le droit de le dire, Maîtresse, gémit l'esclave.

La jeune fille enchaînée se jeta sur elle et la prit par le collier ; l'esclave se mit alors à pleurnicher puis à sangloter, essayant de se dégager et de tourner la tête. La jeune fille enchaînée, à demi accroupie, examina attentivement le collier et rit puis, dédaigneusement, sans lâcher le collier, jeta l'esclave sur le côté où celle-ci s'immobilisa, terrifiée, n'osant pas se lever. La jeune fille enchaînée la gratifia d'un violent coup de pied au flanc.

— Tu peux disposer, Esclave ! cracha-t-elle.

L'esclave se leva d'un bond et franchit en courant la porte que le gardien referma à clé derrière elle.

Cernus fit signe à l'esclave de ne pas s'en aller. Aussitôt, sans un mot, l'esclave s'agenouilla dans le couloir. Elle avait les larmes aux yeux.

Cernus me demanda de regarder à nouveau l'intérieur de la pièce.

La prisonnière semblait de meilleure humeur. Ses mouvements avaient retrouvé leur dignité hautaine. Elle regarda le plateau de fruits et de vin, rit, choisit un fruit dans lequel elle mordit en souriant.

— Je sais ce que je vais faire d'elle, annonça Cernus, les yeux fixés sur la prisonnière. J'avais l'intention de la jeter aux esclaves mâles avant qu'elle ne quitte la Maison, mais je ne le ferai pas. Cet après-midi, après sa capture, des esclaves sans collier l'ont lavée et parfumée. Je l'ai regardée et elle m'intéresse. En conséquence, je m'en servirai moi-même avant qu'elle ne quitte la Maison, mais elle ne saura pas qui se sert d'elle car, lorsque je lui rendrai visite, elle portera une cagoule d'esclave.

— Qu'as-tu l'intention de faire d'elle après ça ? demandai-je.

— Elle a de très beaux cheveux, n'est-ce pas ? demanda Cernus.

— Oui, répondis-je, effectivement.

— Je présume qu'elle en est très fière, supputa-t-il.

— Probablement, dis-je.

— Je vais la faire raser, déclara Cernus. Ensuite, enchaînée et encagoulée, je l'enverrai dans une autre cité, Tor, peut-être, où elle sera vendue aux enchères publiques.

— Peut-être pourrait-elle être vendue en privé ? dis-je.

— Non, répondit Cernus, la vente doit être publique.

— En quoi cela concerne-t-il la Maison de Portus ? demandai-je.

Cernus se mit à rire.

— Tueur, fit-il, tu ne ferais pas un bon Joueur.

Je haussai les épaules.

— La fille, expliqua-t-il, reviendra à Ar. J'y veillerai si nécessaire.

— Je ne comprends pas, dis-je.

Cernus fit signe à l'esclave d'approcher, et elle obéit aussitôt.

— Regarde son collier, indiqua Cernus.

Je lus le collier à haute voix :

— « J'appartiens à la Maison de Portus. »

— Elle reviendra à Ar, affirma Cernus. Et elle provoquera la chute de la Maison de Portus.

Je le regardai.

— Il s'agit, naturellement, reprit-il, de Claudia Tentia Hinrabia.

15

Portus dans la Maison de Cernus

Je regardais Phyllis Robertson exécuter la Danse de la Ceinture sur des fourrures d'amour étendues entre les tables, devant les Guerriers de Cernus et ses employés. Près de moi, Ho-Tu mangeait sa bouillie de céréales avec une cuiller de corne. La musique était sauvage, une mélodie du delta du Vosk, la Danse de la Ceinture a été inventée et popularisée par les danseuses de Port Kar. Cernus, fidèle à son habitude, jouait avec Caprus et n'avait d'yeux que pour les pièces.

Au fil des semaines et des mois, j'étais devenu de plus en plus inquiet et impatient. Plus d'une fois, j'avais personnellement rendu visite à Caprus, quoique cela ne fût peut-être pas prudent, pour lui demander de travailler plus vite ou de me permettre de transmettre une partie des documents aux Sardar. Il avait toujours refusé. Ces retards m'avaient rendu amer, mécontent et nerveux, mais je n'avais rien pu faire. Il refusa de m'indiquer où se trouvaient les documents et les cartes et, de toute manière, tenter de les voler et de les emporter ne semblait pas constituer une solution raisonnable ; en outre, si je les volais, les Autres ne manqueraient pas d'en être avertis par Cernus et mettraient probablement en place des plans de remplacement. Je me répétai inlassablement, au fil des mois, que Caprus avait la confiance des Prêtres-Rois, que Misk lui-même m'avait fait son éloge. Il me fallait faire confiance à Caprus. Je lui ferais donc confiance. Pourtant, je ne pouvais empêcher la colère de bouillonner en moi.

Ho-Tu tendit sa cuiller en direction de Phyllis.

— Elle n'est pas mauvaise, dit-il.

La Danse de la Ceinture exige la présence d'un Guerrier. Phyllis se tordait à ses pieds sur les fourrures, comme s'il lui donnait des coups de fouet. Une ceinture de soie blanche était nouée à sa taille; sous cette ceinture était glissée une étroite bande de soie blanche d'environ soixante centimètres de long. Au cou, elle portait un collier d'émail blanc, ajusté et élégant, un collier à serrure. Elle ne portait plus d'anneau métallique à la cheville gauche.

— Excellent! fit Ho-Tu en posant sa cuiller.

Phyllis Robertson s'allongea sur le dos, puis sur le flanc, roula sur elle-même, replia les jambes, se cacha la figure derrière les mains comme pour éviter les coups, son visage se muant en masque de douleur et de terreur.

La musique se fit plus sauvage.

La danse doit son nom au fait que la tête de la danseuse ne doit jamais dépasser la ceinture du Guerrier, mais seuls les puristes se préoccupent de ces subtilités; partout, toutefois, il est impératif que la fille ne se lève jamais.

La musique devint un gémissement de soumission et la jeune femme, à genoux, la tête baissée, les mains sur la cheville du Guerrier, la sandale de celui-ci perdue dans l'obscurité de ses cheveux défaits, posa les lèvres sur son pied.

— Sura fait du bon travail, souligna Ho-Tu.

Je le reconnus.

Dans la seconde partie de la danse, la jeune femme sait qu'elle appartient au Guerrier et cherche à lui plaire, mais il est difficile de l'émouvoir et ses efforts, au rythme de la musique, se font de plus en plus frénétiques et désespérés.

Une jeune femme en tunique blanche, gracieuse, portant un lourd pichet de vin de Ka-la-na dilué, approcha de notre table par-derrière, avec élégance, presque timidement, gravissant les marches en baissant la tête. Elle se pencha gracieusement vers moi, les genoux légèrement fléchis. Sa voix, à mon oreille, fut un murmure, une invitation. Je la regardai. Ses yeux magnifiques, profonds et gris, rencontrèrent les miens. Ses lèvres étaient légèrement entrouvertes.

— Du vin, Maître? proposa Virginia Kent.

— Oui, répondis-je, volontiers.

Virginia me servit, baissa la tête puis descendit l'escalier à reculons, fit demi-tour et s'éloigna en hâte.

— Elle est Soie Blanche, naturellement, précisa Ho-Tu.

— Je sais, fis-je.

Une autre jeune femme se présenta, mais vêtue d'une tunique rouge.

— Du vin, Maître ? proposa Élisabeth Cardwell.

— Recommence ! ordonna Ho-Tu d'une voix sèche.

Déconcertée, Élisabeth recula, puis approcha à nouveau. Elle ne put satisfaire Ho-Tu qu'à la troisième tentative, lorsque ses yeux, ses lèvres, la position de son corps et les mots qu'elle murmura parurent corrects.

— Elle est idiote, grogna Ho-Tu.

Élisabeth, furieuse, descendit les marches à reculons et s'enfuit en courant.

Je regardai Virginia Kent qui passait entre les tables vêtue de sa courte tunique d'esclave, le pichet sur le bras gauche, gracieusement tenu de la main gauche. Elle avait les cheveux un peu plus longs que lors de son arrivée à la Maison de Cernus. Elle se déplaçait avec une élégance insolente et ses mouvements enflammaient mon sang. Ses chevilles étaient minces, magnifiques. La gauche, comme c'était également le cas de Phyllis, ne portait plus d'anneau métallique, anneau d'identification. Au cou, toutefois, comme Phyllis, elle avait un collier à serrure, ajusté et élégant, recouvert d'émail blanc. Les deux jeunes femmes, marquées et portant collier, étaient devenues de véritables esclaves.

La Danse de la Ceinture atteignait son point culminant et je me tournai à nouveau vers Phyllis Robertson.

— Capture de la Pierre du Foyer, annonça Cernus à Caprus qui écarta les bras en signe d'impuissance, acceptant la défaite.

Dans la lumière des torches, Phyllis Robertson était à genoux ; le Guerrier, près d'elle, la tenait sous les reins. Elle tendit la tête en arrière, de plus en plus loin, tandis que ses mains glissaient sur les bras du Guerrier, comme pour le repousser puis l'attirer à elle, et sa tête toucha la fourrure, son corps n'étant plus qu'une arche douloureuse et impuissante entre les mains de son partenaire ; puis, la tête toujours dans la même position, elle parut se débattre, son corps se tendit et elle se retrouva allongée, soutenue uniquement par les mains de son partenaire, ne touchant plus le sol que par la tête et les talons. Il y eut un coup de cymbales et les deux danseurs s'immobilisèrent. Puis, après un instant de silence, dans la lumière des torches, l'orchestre lança le dernier accord, soutenu par un coup de cymbales assourdissant, et le Guerrier la posa sur les fourrures, les lèvres de la jeune femme, qui lui passa les bras autour du cou, cherchant avec impatience celles de son partenaire. Puis les deux danseurs se séparèrent et l'homme recula. Phyllis se leva et s'immobilisa sur les fourrures, en sueur, essoufflée, la tête baissée.

Je remarquai que Sura se tenait un peu à l'écart, derrière les tables. Elle ne pouvait naturellement pas dîner avec les employés puisqu'elle était esclave. J'ignorais depuis combien de temps elle était là.

Cernus avait suivi la fin de la danse, sa partie étant terminée. Il regarda Ho-Tu qui lui adressa un signe d'assentiment.

— Qu'on lui donne une pâtisserie, dit Cernus.

Un homme lança un gâteau à Phyllis qui l'attrapa. Elle resta un instant immobile, le gâteau à la main, les yeux soudain pleins de larmes, puis elle pivota sur elle-même et s'enfuit.

Ho-Tu se tourna vers Sura.

— Elle fait des progrès, la complimenta-t-il.

Sura leva la tête.

— Demain, dit-elle seulement, nous travaillerons encore cette danse.

Puis elle tourna les talons et sortit.

Je bus une gorgée du vin de Ka-la-na dilué qu'on m'avait servi.

Au cours des mois précédents, j'avais occupé le temps de diverses manières. Pendant la saison des courses, j'y avais souvent assisté et, ensuite, j'avais souvent rencontré Mip, le Gardien de Tarns, avec qui j'avais souvent dîné. Nous avions plusieurs fois sorti des tarns de course du Perchoir. Il m'avait même montré, la nuit, alors que le Stade des Tarns était vide, des trucs de courses, dont il paraissait connaître quantité, probablement parce qu'il était associé depuis longtemps aux Verts. J'appris des choses telles que l'entraînement des oiseaux, les trajectoires propices au franchissement des anneaux, les techniques permettant d'éviter les adversaires ou de les bloquer en les contraignant à heurter l'anneau ou à le manquer ; les courses étaient parfois, souvent même, aussi dangereuses et cruelles que les jeux du Stade des Lames où les hommes combattaient des animaux ou se battaient entre eux, souvent jusqu'à la mort. Parfois, au moment de franchir les anneaux, afin de se frayer un chemin, les cavaliers se servaient de l'aiguillon ou bien tentaient de couper les sangles de sécurité de l'adversaire ; plus d'un cavalier avait trouvé la mort, jeté contre un anneau, en cherchant à se frayer un chemin. En outre, j'étais allé de temps en temps aux Bains Capaciens, après les courses, voir si Nela était libre. J'appréciais beaucoup la petite nageuse vigoureuse et je crois que c'était réciproque. De plus, elle savait apparemment tout ce qui se passait à Ar. La saison des jeux du Stade des Lames se termina à la fin de Se'Kara, un mois après la saison des courses. Je n'allai aux jeux qu'une seule fois et constatai que je ne m'y intéressais guère. Au crédit des habitants d'Ar, il faut souligner que les courses sont davantage suivies.

Je n'ai guère envie de m'étendre sur la nature des jeux, sauf en ce qui concerne quelques détails d'intérêt général. À mon avis, ils se résument à peu de spectacle et beaucoup de sang. Il s'agit de combats singuliers ou de combats en équipe. En général, les Guerriers ne participent pas à ces combats, qui opposent des membres des Basses Castes, des esclaves ou des criminels condamnés. Certains d'entre eux, toutefois, ont une expérience approfondie des armes qu'ils utilisent et sont aussi adroits que des Guerriers. Le public aime que s'opposent divers types d'armes ou des techniques de combat différentes. Le bouclier rond et le glaive sont les armes les plus répandues mais, sur une période de trois ou quatre jours, on peut voir pratiquement toutes les armes utilisées sur Gor. Le filet et le trident, semblables à ceux des Jeux de la Rome antique, sont également très répandus. En général, les plus adroits avec ces armes sont des individus originaires des rivages ou des îles de Thassa, la mer, où elles sont probablement apparues. Il arrive que les hommes combattent avec des casques de fer – les casques aveugles – conçus de telle sorte qu'ils les empêchent de voir leur adversaire. Parfois, ils combattent jusqu'à la mort à mains nues, ou bien avec des gants hérissés de pointes métalliques. Parfois, on contraint de jeunes filles esclaves à affronter d'autres jeunes filles esclaves, souvent en leur fixant des griffes métalliques au bout des doigts, ou bien plusieurs jeunes femmes, diversement armées, sont opposées à un seul homme ou à un petit nombre d'hommes. Les survivantes deviennent, naturellement, la propriété de celui qu'elles ont combattu; les hommes qui perdent sont, évidemment, tués. Les animaux sont également très prisés au Stade des Lames, et les combats opposant divers animaux, affamés et rendus fous de douleur à coups de fouet et de fer rouge, sont fréquents; les combats opposent soit des animaux de la même espèce, soit des animaux d'espèces différentes; il arrive que les animaux soient opposés à des hommes diversement armés ou à des filles esclaves également armées; parfois, pour la plus grande joie du public, on livre des esclaves ou des criminels aux animaux. Leur préparation à ces combats, ainsi que l'acquisition et le dressage des animaux constituent une activité importante à Ar, où il existe des centres de formation destinés aux hommes et des enclos où l'on enseigne aux animaux, capturés au cours d'expéditions aux quatre coins de Gor puis transportés à Ar, à tuer dans l'ambiance artificielle du Stade des Lames. De temps en temps, comme cela s'était produit, cette année-là, au début de Se'Kara, on remplit l'arène d'eau et on met en scène un combat, les eaux grouillant, pour l'occasion, de toutes sortes d'animaux aquatiques particulièrement féroces tels que le tharlarion de mer, la tortue du Vosk ou le requin goréen à neuf nageoires, celui-ci étant transporté en container par voie fluviale jusqu'au cours supérieur du Vosk, puis par chariot dans les étendues arides entourant Ar.

Les jeux et les courses sont populaires à Ar mais, comme je l'ai indiqué, le citoyen moyen suit les courses de plus près. Il n'est pas inutile de mentionner qu'il n'existe pas de faction concernant les jeux. En outre, on s'en doute, les fidèles des jeux ne vont pas souvent aux courses et réciproquement. Les adeptes de ces deux spectacles, quoique peut-être égaux en nombre, ne sont pas les mêmes. Le jour où j'assistai aux jeux, j'eus la chance, pour m'exprimer ainsi, de voir Murmillius. C'était un homme extrêmement puissant qui maniait l'épée avec une adresse et une efficacité véritablement extraordinaires. Murmillius combattait toujours seul, jamais en équipe et, en plus de cent quinze combats, combattant parfois trois ou quatre fois dans le même après-midi, n'avait jamais été vaincu. On ignorait s'il avait été esclave mais, si tel avait été le cas, il aurait été en mesure de gagner dix fois sa liberté ; inlassablement, même après avoir gagné sa liberté s'il avait effectivement été esclave, il retournait sur le sable de l'arène, l'acier à la main ; je supposai que l'or de la victoire ou les applaudissements et les hurlements de la foule poussaient Murmillius à revenir, casqué sous le soleil, sur le sable blanc. Pourtant, Murmillius était une énigme et on ne savait pratiquement rien de lui. Sa conduite paraissait étrange à ceux qui venaient l'admirer. En premier lieu, il ne tuait jamais son adversaire, quoique celui-ci fût rarement en état de combattre à nouveau ; l'après-midi où je le vis, le public réclama la mort de son adversaire vaincu qui gisait, ensanglanté, sur le sable, le suppliant de l'épargner ; Murmillius avait levé son épée comme pour le tuer, le public avait hurlé, puis Murmillius, rejetant la tête en arrière, s'était mis à rire, avait glissé brutalement l'épée dans son fourreau puis avait quitté l'arène ; le public, stupéfait, avait donné libre cours à sa fureur mais, lorsque Murmillius, s'arrêtant près de la porte métallique, s'était tourné vers lui, il s'était levé en criant son nom, l'acclamant frénétiquement, car il l'avait dompté ; il n'avait pas tenu compte de la volonté de la multitude massée dans l'immense stade et celle-ci, malgré cet affront, le portait aux nues et l'adorait ; puis il pivota sur lui-même et disparut dans l'obscurité des caves situées sous le stade ; on ne connaissait même pas le visage de Murmillius car jamais, même lorsque le public hurlait à en perdre haleine, il ne retirait le gros casque orné d'une crête de métal courbe qui dissimulait ses traits ; Murmillius, au moins jusqu'au jour où il tomberait lui-même, ensanglanté, sur le sable blanc, tenait les adeptes des jeux, et peut-être la cité elle-même, dans la paume de sa main droite gantée, au bout de son épée.

Claudia Tentia Hinrabia, bien quelle eût quitté la maison de Cernus depuis plusieurs mois, était restée plus de deux mois dans la cellule réservée aux Captures Spéciales. Pendant cette période, on lui avait plusieurs fois rasé la tête. En général, elle avait le droit de porter de luxueuses Robes de Dissimulation, mais sans capuche ni voile. Les bracelets de métal et la chaîne, pendant cette période, sauf lorsqu'on l'habillait et la baignait, ne lui étaient pas retirés. Et, dans ces moments-là, avant de les lui retirer, on lui passait un anneau métallique à la cheville gauche de sorte que son corps soit continuellement soumis au fer des esclaves ; elle portait cet anneau même dans son bain ; on ne le lui retirait qu'après lui avoir remis les bracelets et la chaîne. Tous les soirs, cinq jolies esclaves aux cheveux longs et sans collier pénétraient dans sa cellule, la baignaient, la parfumaient, la préparaient à l'amour. Ces jeunes femmes, suivant les instructions de Cernus, se montraient extrêmement respectueuses mais plaisantaient continuellement aux dépens de la prisonnière, se moquant de sa tête rasée, riant et plaisantant à ce propos entre elles. Quatre fois, Claudia Tentia Hinrabia avait tenté de tuer une d'entre elles, mais les autres n'avaient eu aucun mal à l'en empêcher, et la jeune femme avait dû se laisser faire. Lorsqu'elles avaient terminé, les jeunes esclaves rangeaient ses vêtements dans un placard fermé à clé puis lui mettaient sur la tête une cagoule d'esclave qu'elles fermaient à clé ; ainsi, nue, parfumée, portant une cagoule et enchaînée, Claudia Hinrabia devait attendre celui pour qui on l'avait préparée. Après deux mois d'un tel traitement, Cernus, peut-être parce qu'il s'était lassé de son corps ou bien parce qu'elle lui semblait prête, au plus fort de sa haine et de ses tourments, l'envoya à Tor où, selon les renseignements que je pus obtenir, elle fut marquée et vendue aux enchères publiques pendant la Neuvième Main Transitoire, celle qui précède le solstice d'hiver. On croyait qu'elle reviendrait à Ar quelques mois plus tard. Sa vente n'avait rien eu de clandestin et il était probable qu'elle parviendrait à convaincre son maître, en fin de compte, qu'elle appartenait à une grande famille d'Ar et pouvait lui rapporter une rançon considérable. Si elle ne réussissait pas à le convaincre, un agent de Cernus, se prétendant convaincu de son identité, offrirait de l'acheter très cher et la conduirait en hâte à Ar. Il serait naturellement préférable que son maître, qui ignorait tout de la machination, s'en charge lui-même.

Il me sembla, pendant toute cette période, que le temps passait avec une lenteur incroyable. Ar se trouve dans l'hémisphère nord de Gor ; elle est dans les basses latitudes tempérées ; les interminables pluies froides de l'hiver, les journées sombres, la neige qui se transformait en boue noire dans les rues, me déprimaient. Le temps que nous perdions me rendait chaque jour plus furieux. Je m'entretins à nouveau avec Caprus mais, irrité, il resta sur ses positions et refusa de me voir.

Parfois, pour passer le temps, j'allais assister aux cours des jeunes femmes.

La salle où Sura dispensait son enseignement se trouvait à côté de son compartiment, lequel aurait pu passer pour la chambre d'une femme libre si la lourde porte ne se fermait pas uniquement de l'extérieur, de sorte qu'il devenait sa cellule après la dix-huitième sonnerie.

La salle avait un plancher de lattes fixées en diagonale sur des poutres pour en accroître la résistance ; elle comportait un carré de sable de trois mètres cinquante de côté, encastré dans le plancher ; des placards de vêtements, de produits de beauté et d'entraves, car les jeunes femmes devaient apprendre à porter les chaînes avec grâce, occupaient un mur ; certaines danses sont exécutées avec des chaînes. Dans un coin, il y avait des nattes destinées aux Musiciens qui assistaient presque systématiquement aux cours car les exercices eux-mêmes, soigneusement choisis et fréquemment répétés, sont exécutés en musique ; contre un mur, il y avait plusieurs barres, servant également aux exercices, assez semblables à celles que l'on trouve dans les salles de danse, sauf qu'il y avait quatre barres parallèles fixées au mur et utilisées pour divers exercices. Près des placards de vêtements, par terre, se trouvaient des nattes pliées et des fourrures d'amour. Un mur entier, celui de gauche lorsqu'on entrait, était occupé par un miroir. Ce miroir, évidemment, était un miroir sans tain. Divers membres de la Maison pouvaient assister aux cours, sans être vus, derrière le miroir. Je le fis quelquefois mais d'autres fois, seul ou avec des compagnons, j'entrais dans la salle et m'asseyais dans un coin. Sura encourageait les hommes à venir car elle voulait que les jeunes femmes sentent leur présence et leurs réactions. Et, quoique je ne me sois pas risqué à le dire à Élisabeth, elle était bien meilleure en présence de quelques hommes que lorsqu'elle ne se savait pas observée.

Plusieurs hommes, outre moi-même, venaient assez fréquemment assister aux cours. Durant les deux derniers mois, en particulier, je remarquai deux jeunes Guerriers, gardiens récemment engagés par la Maison. Ils s'appelaient Relius et Ho-Sort. Ils semblaient sympathiques et compétents, un peu meilleurs que la moyenne des recrues de Cernus, le Marchand d'Esclaves. Je supposai qu'ils avaient succombé à l'or car les Marchands d'Esclaves paient bien. Le personnel, incidemment, avait été renforcé pendant le dernier mois, principalement en raison de l'augmentation du stock d'esclaves mais aussi, peut-être, en prévision du printemps, qui est la saison la plus active pour la Rue des Marques car, après l'hiver, les raids sont plus fréquents et les acheteurs ont envie de fêter la nouvelle année, qui commence à l'équinoxe vernal, en ajoutant une ou deux filles à leur domesticité. Toutefois, la période la plus propice au commerce des esclaves est la Cinquième Main Transitoire, à la fin de l'été, que l'on appelle également la Fête de l'Amour. Je me souvins d'une fille que j'avais connue autrefois, Sana, qui avait été vendue à Ar durant cette période puis était devenue la compagne de Kazrak, ancien Administrateur d'Ar. Je savais que Cernus avait l'intention de mettre Élisabeth et les deux autres jeunes femmes en vente à cette période. Acheter une fille pendant cette fête est censé porter chance, les prix ont donc tendance à être élevés. Toutefois, j'espérais qu'à cette époque j'aurais quitté la Maison depuis longtemps en compagnie d'Élisabeth et de Caprus.

L'éducation d'une esclave, comme le dressage d'un animal, est en général une tâche difficile exigeant de la patience, du temps, de la perspicacité et de la sévérité. Sura possédait en abondance ces nombreuses qualités. Très souvent, surtout au début, Élisabeth regagna ma chambre, et Virginia et Phyllis leur cellule, en larmes, la peau irritée par l'aiguillon, découragées, convaincues qu'elles ne parviendraient jamais à satisfaire aux exigences de leur intraitable maîtresse. Puis elles faisaient quelques progrès et étaient récompensées par une parole gentille qu'elles ne pouvaient s'empêcher d'accueillir avec joie. Les techniques utilisées étaient relativement simples, tout comme celle qui avait été employée avec Virginia et Phyllis dans les cages, et les jeunes femmes comprenaient objectivement, rationnellement, la structure des méthodes appliquées; néanmoins, frustrées et furieuses, elles ne pouvaient s'empêcher, sur le moment, de réagir conformément à ce qu'on attendait d'elles.

— Je crains l'aiguillon, me dit un soir Élisabeth. J'en ai peur. Je sais que c'est idiot mais j'ai peur. Je ferais tout ce que Sura m'ordonne de faire pourvu qu'elle ne me fasse pas subir l'aiguillon. Je la hais. Je sais ce qu'ils font. Mais je ne peux m'en défendre. J'ai désespérément envie de la satisfaire.

— Il n'est pas irrationnel de craindre l'aiguillon, assurai-je.

J'avais, autrefois, reçu une décharge d'aiguillon à tarn et j'étais parfaitement en mesure d'apprécier l'intensité de la douleur; en outre, le déluge d'étincelles jaunes, bien que peut-être inoffensif en lui-même, était, associé à la douleur, terrifiant.

— On me dresse comme un animal, conclut Élisabeth en posant la tête sur mon épaule.

Je la serrai contre moi. C'était vrai dans une large mesure car on la conditionnait à certaines réactions par un système de punitions et de récompenses. En fait, on contraignait parfois les jeunes femmes à se mesurer les unes aux autres, de petits bonbons constituant le prix, et, bien que cela leur fît horreur rétrospectivement, chacune luttait âprement pour surpasser les autres et recevoir la petite sucrerie des mains de Sura. Parfois, Sura demandait aux hommes présents de décider qui devait être récompensée afin que les filles apprennent ce qui plaisait aux hommes.

Le conditionnement était subtil autant que grossier car il ne se limitait pas à la combinaison d'un système de punitions et de récompenses ; on inculquait également aux jeunes femmes une image et une conception d'elles-mêmes. Cela commença, sous une forme rudimentaire, dans les deux premières semaines de leur éducation. Pendant la première, curieusement, les élèves ne faisaient que rester à genoux, dans la position de l'Esclave de Plaisir, pendant plusieurs ahns par jour, devant un grand miroir. Pendant cette période, elles ne portaient que leur collier et, dans le cas de Phyllis et de Virginia, l'anneau qu'elles avaient à la cheville gauche. Le but de cet exercice, c'est du moins ce qu'Élisabeth et moi supposions, était d'accoutumer les jeunes femmes à se considérer comme des esclaves. Pendant la seconde semaine, agenouillées de la même manière, elles avaient dû répéter la phrase rituelle suivante : « Je suis une esclave. Je suis une esclave. Je suis une esclave. » Virginia et Phyllis, par la force des choses, le faisaient en anglais, et Élisabeth en goréen. Au cours de la troisième semaine, l'enseignement devint un peu plus subtil ; Flaminius rendit visite aux jeunes femmes pendant les cours et leur exposa, d'abord en anglais puis, par la suite, en goréen, certains points d'histoire, les droits naturels, les catégories d'êtres humains et les relations entre les sexes. L'objectif de ces discours était, naturellement, de les convaincre que ce qui leur était arrivé était conforme à certaines lois de la compétition entre les espèces, des conflits et de la domination, de l'ordre justifié de la nature. Elles étaient les femmes d'hommes inférieurs qui s'étaient montrés incapables de les protéger ; on pouvait vaincre de tels hommes lorsqu'on le souhaitait ; leurs femmes appartenaient à ceux qui pouvaient s'en emparer, aux vainqueurs ; en conséquence, elles étaient esclaves par nature ; ce type d'asservissement avait toujours existé et existerait toujours ; il était juste et bon ; en tant qu'esclaves par nature, elles devaient consacrer toute leur énergie et toute leur intelligence à procurer du plaisir à leurs maîtres ; il y apparaissait également une forte dose de supériorité masculine et une conception goréenne très répandue, justifiée par de nombreux arguments, selon laquelle les femmes sont, par nature, des esclaves, méritent leur sort et ne sont pleinement satisfaites, heureuses, que lorsqu'on les considère comme telles. Flaminius, pendant quelque temps, accepta et encouragea les contre-arguments, patiemment, comme s'il attendait le moment où l'esprit simple des jeunes femmes leur permettrait de comprendre le bien-fondé de ce qu'il disait. Phyllis, d'après Élisabeth, se montra particulièrement agressive, lorsqu'elle en eut l'occasion, vis-à-vis de Flaminius. Phyllis, semblait-il, avait été sur Terre une féministe ardente et convaincue, ce qui amusait beaucoup Élisabeth. En fait, elle haïssait et jalousait les hommes. Virginia, pour sa part, était timide et les craignait. Il va sans dire qu'elles posaient toutes deux à Sura des problèmes différents, auxquels on se trouve rarement confronté avec les jeunes Goréennes.

Parfois, au cours de ces semaines, en regagnant la chambre, Élisabeth racontait, avec amusement, les échanges subtils qui opposaient Flaminius et Phyllis. À son avis, et sans doute à juste titre, leurs deux conceptions étaient un mélange subtil de vérité et de demi-vérités; Phyllis semblait considérer les hommes et les femmes comme les éléments pratiquement asexués d'un ensemble neutre, tandis que Flaminius soutenait que les femmes, en réalité, appartenaient tout juste à l'espèce humaine. Je suppose que tous deux, et j'en suis certain en ce qui concerne Flaminius, avaient conscience des erreurs et des exagérations de la théorie qu'ils défendaient, mais ils ne s'intéressaient ni l'un ni l'autre à la vérité; seules la victoire et leurs certitudes leur importaient. De toute manière, Flaminius prenait généralement le meilleur dans ces discussions grâce à une argumentation extrêmement complexe et subtile, citant des recherches prétendument objectives effectuées par la Caste des Médecins, des statistiques, des résultats d'expériences, n'importe quoi, ce qui me satisfaisait mais mettait Élisabeth hors d'elle. Phyllis ne s'avouait jamais vaincue mais en était souvent réduite aux larmes et à une incohérence bredouillante. Flaminius, naturellement, possédait l'expérience et la compétence nécessaires, si bien qu'il lui était aisé de prendre et d'emmêler Phyllis dans ses filets tissés de logique et de faits prétendument établis. Pendant ce temps, Virginia restait le plus souvent silencieuse mais il lui arrivait d'apporter un fait, un précédent ou un cas, à l'appui de la position de Flaminius, ce qui mettait Phyllis en colère. Élisabeth décida, sagement, de ne pas discuter avec Flaminius. Elle avait ses idées et ses convictions propres. Elle avait appris, sur Gor, que les femmes sont merveilleuses mais qu'elles ne sont pas des hommes et qu'elles n'ont pas intérêt à en être; qu'elles sont ce qu'elles sont; que ce sont des créatures magnifiques et indépendantes; que les deux sexes sont nécessaires à l'intégrité de la race humaine; et qu'ils sont tous deux splendides.

Au terme d'environ deux semaines de discussions, qui m'apparurent, sur le moment, de toute manière, comme une perte de temps, Virginia Kent, qui avait peur des hommes, en était venue à considérer avec sérieux, sinon à accepter, les théories de Flaminius, Phyllis à les combattre et à les rejeter, les considérant comme d'infâmes perversions, et Élisabeth à y voir un enchevêtrement à la fois amusant et ridicule de sophismes, de vérité, d'absurdités et de propagande. Au cours de la troisième semaine, on enseigna aux jeunes femmes les réponses stéréotypées aux questions que posait Flaminius, que cela leur plaise ou non. Ces questions, auxquelles il fallait donner sur-le-champ des réponses simples et mémorisées, leur furent inlassablement posées jusqu'à ce que Phyllis elle-même y réponde sans réfléchir. Certaines questions, faisant référence à leur nature, étaient:

Q: Qu'es-tu?
R: Je suis une esclave.
Q: Qu'est-ce qu'une esclave?
R: Une femme achetée.
Q: Pourquoi es-tu marquée?
R: Pour que l'on sache que j'ai été achetée.
Q: Quel est le plus grand désir d'une esclave?
R: Plaire aux hommes.
Q: Qu'es-tu?
R: Je suis une esclave.
Q: Quel est ton plus grand désir?
R: Plaire aux hommes.

Il existe, après celles-ci, tout un ensemble de questions et de réponses, dont certaines sont beaucoup plus précises, appelant des réponses à des questions relatives à l'histoire et à la psychologie.

L'aspect réellement sinistre de cette partie de l'éducation des jeunes femmes devint évident à mes yeux, ainsi qu'à ceux d'Élisabeth, à la fin d'une semaine entière passée devant le miroir à se regarder dans leur condition d'esclaves et à répéter, à voix basse, ces questions et ces réponses, comme pour les contraindre à s'en persuader elles-mêmes; comme si, Flaminius parti, elles devaient se poser ces questions à elles-mêmes et y répondre avec un automatisme quasi hypnotique; cela fut probablement plus facile pour Élisabeth car elle savait qu'elle jouait un rôle et que, tôt ou tard, elle serait libre, mais Élisabeth elle-même, plus d'une fois, s'éveilla dans un cri au milieu de la nuit, se serrant contre moi, gémissant:

— Non, non, non...

La sixième semaine s'écoula, comme presque toutes les précédentes, devant le miroir, et les jeunes femmes durent répéter:

— Je suis une esclave et cela me plaît. Je suis une esclave et cela me plaît.

Finalement, après cette répétition cruelle et presque interminable, basée sur des principes psychologiques simples et destinés à persuader les jeunes femmes qu'elles étaient des Esclaves de Plaisir, commença une série d'exercices qui seraient répétés, à certaines heures de la journée, pendant plusieurs mois. Pendant les semaines et les mois qui suivirent, on ne revint pas sur les leçons de Flaminius, sauf de temps en temps, presque en manière de jeu, Sura demandant à une jeune femme, tout en brandissant l'aiguillon:

— Quel est ton plus grand désir?

Honteuse et stupéfaite, la jeune femme constatait qu'elle répondait, terrifiée:

— Plaire aux hommes!

Puis Sura disait:

— Alors, retiens ce que je t'enseigne!

Et la jeune femme, par peur de l'aiguillon, répondait:

— Oui, Maîtresse!

Pendant leurs heures de liberté, l'éducation ne durant que cinq ahns par jour, Phyllis et Virginia, surtout au début, apprirent le goréen. Élisabeth, pour sa part, travailla dans les services de Caprus. Par la suite, lorsqu'elles surent parler goréen, on permit aux jeunes femmes de se rendre aux bains de la Maison, ce qui leur plut, puis on les autorisa à se promener à leur convenance dans la maison, à condition qu'elles soient enfermées dans leur cellule à la dix-huitième sonnerie. Leur nourriture changea également avec les progrès de leur éducation et la perspective de mets variés, savoureux, ainsi que, parfois, d'un petit bol de vin de Ka-la-na au souper les poussait à s'appliquer. En outre, elles mangeaient toutes la même chose, ce qui les encourageait à atteindre un niveau donné car la nourriture restait la même jusqu'au moment où elles étaient toutes parvenues au stade suivant. À la fin de la douzième semaine, elles mangeaient bien et, à la fin de la quinzième, très bien, en général des aliments pauvres en calories, nourrissants et comportant une bonne quantité de protéines, leur régime alimentaire étant supervisé avec autant de soin que celui des tarns de course ou des sleens de chasse ; seule Élisabeth avait, pour ainsi dire, une chambre personnelle, avec une porte qu'il était possible de fermer, non de simples barreaux, et les jeunes femmes se réunissaient dans la chambre, dès que possible, lorsqu'elles voulaient s'isoler. Durant ces réunions, autant que possible, elles parlaient goréen ; Élisabeth leur fut très utile sur ce plan ; elle les laissa ignorer qu'elle parlait anglais ; souvent, dans ces moments-là, je quittais la pièce, mais il m'arrivait de rester. Élisabeth les engagea, dans une certaine mesure, à ne pas avoir peur de moi, leur faisant croire qu'elle m'avait si bien servi qu'elle s'était, jusqu'à un certain point, fait aimer de moi. Je crois qu'elle ne comprenait pas à quel point c'était vrai.

Au début, lors de leurs déplacements dans la maison, les jeunes femmes n'étaient autorisées à porter que le costume traditionnel des cours : un rectangle de soie d'une trentaine de centimètres de long passé dans une ceinture de même matière nouée autour de la taille ; Virginia et Phyllis refusèrent de quitter leur cellule ainsi vêtues jusqu'au moment où Élisabeth, pareillement habillée, les y força ; Phyllis pleurait de rage à l'idée d'être vue dans cette tenue, Virginia était terrifiée; mais, sur l'ordre d'Élisabeth, qui parlait avec autorité, elles la suivirent, effrayées mais la tête haute et les épaules droites, bientôt émerveillées par la maison dont elles ne connaissaient que les cages de fer, la salle de cours et leur cellule; cette journée avait été agréable; elles s'étaient senties femmes et Élisabeth leur avait montré qu'elles pouvaient l'être.

— Ces hommes sont des Marchands d'Esclaves, leur avait-elle confié. Ils ont vu beaucoup de femmes.

Plus tard, au terme de la dix-huitième semaine de cours, on leur avait donné une courte robe de soie dépourvue de manches et attachée par une agrafe sur l'épaule gauche. Virginia et Phyllis eurent une robe blanche, Élisabeth une robe rouge. C'est également à cette époque que Virginia et Phyllis avaient reçu leur collier à serrure, couvert d'émail blanc, et qu'on leur avait retiré les anneaux d'identification qu'elles portaient à la cheville gauche. Élisabeth, au début des cours, avait simplement troqué son collier jaune pour un rouge. Elle avait déjà droit au collier à serrure.

À la vingtième semaine, les jeunes femmes étaient capables de tenir une conversation en goréen et s'amélioraient continuellement. Élisabeth, naturellement, parlait parfaitement la langue. Son accent était curieux car il était, en fait, tuchuk; les deux autres jeunes femmes avaient l'accent d'Ar. Je remarquai toutefois que Sura leur avait demandé avec insistance de ne pas trop travailler leur accent car leur qualité de barbares devait rester perceptible; en outre, elle encouragea Virginia et Phyllis à traîner sur certains sons car c'était censé rendre les esclaves plus séduisantes; toutefois, Sura, qui ne traînait pas elle-même sur ces sons, n'insista guère sans expliquer pourquoi; en conséquence, Élisabeth, Phyllis et Virginia, n'y étant pas contraintes, n'adoptèrent pas cette affectation. J'appris d'ailleurs par Ho-Tu que ça ne se faisait plus guère; peut-être, dans le cas contraire, Sura aurait-elle été plus ferme.

Un jour que nous étions dans la chambre en compagnie d'Élisabeth et de Phyllis, Virginia me demanda timidement si je connaissais le nom du garde blond aux yeux bleus qui venait de temps en temps assister aux cours.

— Il s'appelle Relius, répondis-je.
— Ah, fit-elle en baissant les yeux.
— Son compagnon, ajoutai-je, s'appelle Ho-Sorl.
— L'affreux ? s'écria Phyllis. Celui qui a les cheveux noirs et une cicatrice sur la joue ?
— Je ne le trouve pas affreux, répliquai-je, mais c'est bien lui. Il a effectivement les cheveux noirs et une cicatrice sur la joue.
— Je le connais, dit Phyllis. Il ne me quitte pas des yeux. Je le déteste !
— Il me semble, intervint Élisabeth, que, ce matin, tu dansais pour lui.
— Ce n'est pas vrai ! trancha Phyllis.
— Et hier, reprit Élisabeth en riant, se laissant aller en arrière et battant des mains, quand Sura lui a demandé d'approcher afin qu'une de nous puisse lui donner le Premier Baiser de l'Esclave Captive, tu as été la première debout.
— Je n'ai pratiquement jamais vu quelqu'un se lever aussi vite, renchérit Virginia.
— Peut-être t'achètera-t-il, suggéra Élisabeth.
— Non ! cria Phyllis.
— Crois-tu que nous serons vendues à la Curuléenne ? me demanda Virginia.
— C'est apparemment l'intention de Cernus, répondis-je.
— Je me demande, fit Virginia, si un homme tel que Relius m'achèterait.
— Peut-être, dit Élisabeth.
— J'en doute, intervint Phyllis, tu es trop maigre et tu as des taches de rousseur.
— Je ne suis pas laide, se défendit Virginia. Et tout le monde ne peut pas avoir un corps comme le tien.
Phyllis leva bien haut la tête, méprisante.
— J'avais peur des hommes, poursuivit Virginia, les yeux baissés. Mais maintenant j'ai envie de les connaître. Je ne savais pas quoi faire, comment m'y prendre avec eux. Mais maintenant je suis esclave et on me l'a enseigné. On m'a montré comment s'y prendre. Je n'ai plus tellement peur des hommes. (Elle regarda Phyllis.) J'ai envie d'un homme, déclara-t-elle.

— Esclave ! railla Phyllis.

— N'as-tu pas envie d'un homme, toi ? demanda Virginia, les larmes aux yeux.

— Je n'aurai aucune relation avec eux ! affirma Phyllis.

— Ne crois pas ça, Esclave de Plaisir, intervint Élisabeth. Surtout pas.

Phyllis lui lança un regard assassin.

— Je me demande ce que l'on ressent dans les bras d'un homme, rêva Virginia.

— Dans les bras de Relius, par exemple ? insinua Élisabeth.

— Oui, avoua-t-elle.

Phyllis se mit à rire.

Virginia baissa la tête.

— C'est vrai que je suis laide, dit-elle, je n'ai pas la moindre chance d'être vendue à la Curuléenne.

— Tu es une esclave ! persifla Phyllis. Rien qu'une esclave ! Virginia, la petite esclave !

— Je suis une esclave, reconnut Virginia. (Puis elle ajouta :) Et toi aussi.

— Je ne suis pas une esclave ! protesta Phyllis.

— Jolie petite esclave, railla Virginia en la montrant du doigt.

— Ne me dis plus jamais ça ! cria Phyllis en se levant d'un bond.

— Jolie petite esclave ! répéta Virginia.

Phyllis se jeta sur elle et, un instant plus tard, les deux jeunes femmes roulaient l'une sur l'autre, s'égratignant sur les pierres et hurlant.

— Sépare-les ! cria Élisabeth. Sépare-les !

Je répondis avec le plus grand calme :

— Les hommes libres ne se mêlent pas des querelles d'esclaves.

Les deux jeunes femmes cessèrent de se battre. Phyllis se leva, le souffle court. Virginia se redressa à son tour et recula. Elle remit de l'ordre dans sa chevelure noire. Les deux jeunes femmes me regardèrent.

— Merci, dit Virginia.

— Il est temps de regagner vos cellules, Esclaves, dis-je.

Virginia sourit, Phyllis, sans un mot, tourna les talons et gagna la porte, mais elle s'arrêta, se retourna, les yeux fixés sur moi, attendant Virginia.

Virginia me regarda.

— Tu es un homme, dit-elle. Le Maître trouve-t-il que Virginia est laide ?

— Non, répondis-je. Virginia n'est pas laide. Elle est même plutôt jolie.

Elle avait les larmes aux yeux.

— À ton avis, demanda-t-elle encore, un homme tel que Relius pourrait-il désirer une esclave telle que Virginia ?

— Sans aucun doute, répliquai-je sur un ton faussement impatient, si Virginia n'était pas Soie Blanche, il y a longtemps que Relius l'aurait réclamée.

Elle me regarda avec gratitude.

Cela constitue, incidemment, un des avantages des Maisons d'Esclaves : tout membre du personnel, garde ou employé, peut réclamer et, en général, obtenir, n'importe quelle esclave de Soie Rouge à sa convenance. Élisabeth n'avait pas souffert de cette situation parce que tout le monde savait que j'en avais la jouissance exclusive aussi longtemps que je resterais attaché à la Maison.

— Et, ajoutai-je d'une voix forte en regardant Phyllis, si Phyllis n'était pas Soie Blanche, elle aurait été fréquemment réclamée par le nommé Ho-Sorl.

Phyllis me lança un regard furieux puis tourna les talons et sortit. Sa démarche était magnifique, souple malgré la colère.

— Phyllis, repris-je sans baisser le ton, a bien profité de l'enseignement de Sura, sa Maîtresse.

Phyllis laissa échapper un cri puis s'engagea dans le couloir, les poings serrés. Ensuite, elle pivota sur elle-même avec une exclamation de colère et s'enfuit en larmes.

Élisabeth battit des mains en riant.

Je regardai sévèrement Virginia, qui n'avait pas quitté la pièce.

— Regagne ta cellule, Esclave ! ordonnai-je.

Virginia, avec un sourire, baissa la tête.

— Oui, Maître, dit-elle.

Puis elle fit demi-tour et sortit. Sa démarche était également magnifique.

— On ne croirait jamais, fit remarquer Élisabeth, qu'elle a enseigné l'histoire antique et classique dans une université.

— Non, répondis-je, effectivement.

— Sur Terre, reprit Élisabeth, je ne crois pas qu'une femme oserait marcher de la sorte.

— C'est vrai, opinai-je.

L'éducation des esclaves se poursuivit. Elle en arriva, après une période entièrement consacrée aux exercices, à des éléments tels que l'attitude, la démarche, la manière de s'agenouiller, de s'allonger, de manger, de boire. La grâce et la beauté, d'après Sura, et je ne mettrai pas en doute sa compétence dans ce domaine, sont avant tout une question d'expression du corps aussi bien que du visage. Je suivis, au fil des semaines, la transformation des jeunes femmes, même chez Élisabeth. Ce qu'on leur enseignait me paraissait parfois un peu bête mais, dans le même temps, je n'avais pas la moindre raison de m'y opposer.

Un des exercices dont je me souviens, par exemple, est celui où l'esclave fait manger au maître une grappe qu'elle tient entre les dents. On peut, à cette occasion, si l'on veut, lui attacher les mains derrière le dos. Elle a une jambe repliée sous elle et l'autre tendue en arrière, orteils pointés, et elle amène délicatement la grappe jusqu'à la bouche du maître. Élisabeth et moi avions l'habitude de rire de bon cœur grâce à cet exercice, mais il devait être efficace car je dépassais rarement la troisième grappe.

— Regarde, m'avait dit un jour Élisabeth, afin de me distraire, dans le secret de notre chambre, voici la douzième manière d'entrer dans une pièce.

J'avais regardé. Ce n'était pas désagréable. Mais je crois que je préférais la dixième : le dos contre le côté de la porte, les paumes sur le chambranle, la tête levée, les lèvres légèrement ouvertes, les yeux fixés à droite et brillant juste ce qu'il faut.

— Combien de manières y a-t-il d'entrer dans une pièce ? m'enquis-je, assis en tailleur sur la couche de pierre.

— Ça dépend des cités, répondit Élisabeth. Ar est la meilleure, c'est ici qu'il y en a le plus : cent quatre.

Je sifflai.

— Que dirais-tu, demandai-je, d'entrer normalement ?

Elle me regarda.

— Ah, fit-elle, cent cinq manières !

Une part importante de l'éducation d'une esclave, seul un naïf tel que moi pouvait s'en étonner, portait sur les questions domestiques. Par exemple, une Esclave de Plaisir, si elle est éduquée dans une bonne Maison, doit également maîtriser les tâches généralement confiées aux Esclaves de Tour. En conséquence, elle doit savoir couper et coudre des vêtements, laver les habits, nettoyer divers types de matériaux et de surfaces, confectionner une quantité inimaginable de plats différents allant du repas frugal du Guerrier à des spécialités tellement exotiques qu'elles en deviennent pratiquement immangeables. Élisabeth rapportait fréquemment le fruit de ses efforts dans notre chambre et nombreux furent les soirs où j'aurais préféré le menu simple de la table de Cernus, ou même la bouillie de Ho-Tu. Je me souviens d'un plat composé de langues d'anguilles saupoudrées d'aphrodisiaques parfumés qui restèrent sans effet sur moi du fait que je passai la majeure partie de la nuit, à la grande consternation d'Élisabeth, avec d'insupportables crampes d'estomac. Je constatai toutefois avec satisfaction qu'elle apprenait de nombreuses choses qui, de mon point de vue, étaient beaucoup plus nécessaires à une esclave, notamment de nombreuses danses, des douzaines de chansons et une incroyable quantité de caresses et de baisers différents. Les diverses techniques de son répertoire, qui la rendait théoriquement capable de procurer des plaisirs délectables à n'importe qui, de l'Ubar au Paysan, sont beaucoup trop complexes et élaborées pour qu'il me soit possible de les exposer ici. Toutefois, je ne crois pas en avoir oublié une seule. Je trouvai qu'Élisabeth avait été bien inspirée de demander à Sura de lui enseigner la danse qu'elle avait commencé d'exécuter, sans pouvoir la terminer, lorsque nous étions arrivés à la Maison de Cernus, celle qu'accompagnait un chant tuchuk. Sura, qui semblait tout savoir, enseigna la danse et le chant aux trois jeunes femmes. Pour faire bonne mesure, elle leur enseigna également une autre danse, que l'on appelle parfois la Danse de l'Esclave Tuchuk, que j'avais vue lors d'un banquet, à Turia.

— Sachez que vous êtes belles, leur avait dit un jour Sura. Ensuite, je vous apprendrai à danser.

En ce qui me concerne, pendant ces mois, mes obligations ne furent guère prenantes et se résumèrent à accompagner Cernus, qui sortait rarement, en tant que membre de sa garde personnelle ; Cernus se déplaçait en ville dans un palanquin porté par huit serviteurs. Le palanquin était fermé et, derrière les rideaux de soie bleue et jaune, se trouvaient des volets métalliques.

Le jour où Phyllis Robertson exécuta, dans la grande salle de la Maison de Cernus, à la lumière des torches, pendant le souper, la Danse de la Ceinture, était le dernier jour de la Onzième Main Transitoire, environ un mois avant le jour de l'an goréen, qui tombe à l'équinoxe vernal, le premier jour d'En'Kara. L'éducation des jeunes femmes avait, au fil des mois, progressé de manière satisfaisante et serait terminée, pour l'essentiel, à la fin de la Douzième Main Transitoire. Toute autre Maison les aurait mises en vente au début d'En'Kara mais j'avais entendu dire que Cernus les réservait pour la Fête de l'Amour, qui occupe les cinq jours de la Cinquième Main Transitoire, à la fin de l'été. Il avait diverses raisons de retarder cette vente. La première était que les prix montent pendant la Fête de l'Amour. Mais, surtout, il avait fait courir en ville des rumeurs vantant les qualités des esclaves barbares éduquées par ses soins ; plusieurs d'entre elles suivaient déjà des cours, notamment celles qui étaient arrivées sur Gor en compagnie de Phyllis et de Virginia, mais également d'autres, arrivées plus tôt et qu'il n'avait pas vendues, ainsi que les nombreuses jeunes femmes livrées ensuite à l'occasion des voyages du vaisseau noir dans les Voltaï ; j'avais parfois accompagné Cernus au rendez-vous, mais pas toujours ; à ma connaissance, le vaisseau noir des trafiquants d'esclaves était venu sept fois depuis la nuit où je l'avais vu pour la première fois ; en gros, plus de cent cinquante jeunes barbares suivaient des cours, dans la Maison de

Cernus, sous la tutelle de nombreuses Esclaves de Passion; j'en déduisis que les rapports de Sura et de Ho-Tu concernant le comportement du premier groupe, celui d'Élisabeth, de Virginia et de Phyllis, avaient été extrêmement favorables. Le report de la vente à la Fête de l'Amour permettrait, naturellement, de parfaire l'éducation d'un grand nombre de jeunes barbares. En outre, comme l'espérait sans doute Cernus, ce report laisserait aux rumeurs qu'il faisait courir le temps de grossir, de stimuler l'imagination des acheteurs potentiels et d'enflammer leur curiosité. Je présume qu'il avait raison car, en général, à Ar, les prix baissent sensiblement pendant les deux premiers mois de l'année, comme si les habitants gardaient leur or en prévision de la Fête de l'Amour.

Le soir où Phyllis exécuta la Danse de la Ceinture, il se produisit un incident digne d'être mentionné.

Il était tard mais Cernus était toujours là et jouait avec Caprus, le Scribe.

À un moment donné, il leva la tête et parut écouter. Au-dessus de nous, dehors, nous entendîmes un puissant battement d'ailes semblable à celui d'un vol de tarns. Il sourit, puis revint à sa partie. Plus tard nous entendîmes des pas dans la rue et des cliquetis d'armes. Cernus écouta, puis revint une nouvelle fois à sa partie. Quelques minutes plus tard, nous entendîmes des cris et un bruit de course. À nouveau, Cernus écouta, sourit, puis se remit à examiner les pièces.

J'avais envie de savoir ce qui se passait mais je ne quittai pas la table. J'avais pris l'habitude de dîner près de Ho-Tu, d'arriver et de partir avec lui, et Ho-Tu n'était pas prêt à partir. Il avait mangé sa bouillie mais, immobile, il écoutait la jeune esclave qui, assise sur des fourrures entre les tables, jouait du kalika. Quelques hommes d'armes et employés avaient quitté les tables et s'étaient retirés. Les filles enchaînées au mur elles-mêmes, après le spectacle de la soirée, avaient été détachées et reconduites à leur cellule. Phyllis, Virginia et Élisabeth étaient parties depuis longtemps. Ho-Tu aimait la musique du kalika, instrument à six cordes comportant une caisse de résonance hémisphérique et un long manche. Je savais que Sura en jouait. On en avait enseigné les rudiments à Élisabeth, Virginia et

Phyllis, de même que ceux de la lyre, mais on n'avait pas essayé d'en faire des spécialistes; en outre, elles n'en avaient pas le temps. Si leur maître, par la suite, après leur achat, souhaitait que ses esclaves possèdent de telles aptitudes spéciales, il aurait toujours la possibilité de payer leur apprentissage; les jeunes femmes étaient, à mon sens, trop occupées pour avoir le temps de se consacrer à la musique. La jeune esclave assise sur les fourrures, car on peut jouer du kalika assis ou debout, était penchée sur son instrument, ses longs cheveux tombant sur le manche, perdue dans sa musique, une mélodie lente et douce, plutôt triste. Deux ans plus tôt, j'avais entendu des bateliers du Cartius, affluent du Vosk, au sud-ouest d'Ar, la chanter. Ho-Tu avait les yeux fermés. Il avait posé sa cuiller de corne près de son bol vide. La jeune femme se mit à fredonner la mélodie et Ho-Tu, très bas mais assez fort pour que je puisse l'entendre, l'accompagna.

La porte de la salle s'ouvrit brutalement et deux hommes d'armes entrèrent, suivis par deux autres. Les deux premiers encadraient un gros homme aux yeux exorbités dont la panse frémissait sous sa robe, qui tendit les bras vers Cernus. Bien qu'il fût vêtu d'une robe de Métallurgiste, sans capuche toutefois, il n'appartenait pas à cette caste.

— Portus ! souffla Ho-Tu.

Je l'avais, évidemment, reconnu.

— Solidarité de Caste ! cria Portus qui échappa à ses gardiens, trébucha et tomba à genoux au pied de l'estrade supportant la table de Cernus.

Cernus ne leva pas les yeux.

— Solidarité de Caste ! hurla Portus.

Les Marchands d'Esclaves, incidemment, appartiennent à la Caste des Marchands quoique, en raison de la marchandise qu'ils vendent et de leurs traditions, ils aient des robes distinctes. Toutefois, si l'un d'entre eux doit faire appel à la Solidarité de Caste, il choisira de préférence un Marchand d'Esclaves, non un Marchand ordinaire. De nombreux Marchands d'Esclaves estiment qu'ils appartiennent à une caste distincte. Ce n'est cependant pas le cas aux yeux de la loi goréenne. Le Goréen moyen voit en eux des Marchands d'Esclaves mais, si on lui demande de préciser, il les classera sans hésitation dans la catégorie des Marchands. De nombreuses castes, incidemment, ont des subdivisions. Les Avocats, par exemple, les Érudits, les Archivistes, les Professeurs, les Clercs, les Historiens et les Comptables sont tous des Scribes.

— Solidarité de Caste ! supplia Portus, à genoux devant la table de Cernus.

La jeune joueuse de kalika s'enfuit silencieusement entre les tables.

— Laisse-nous jouer ! ordonna Caprus à Portus.

Il me parut incroyable que Portus fût venu se réfugier chez Cernus car les deux Maisons n'étaient pas en bons termes. Entrer dans la maison de son ennemi en lui demandant d'appliquer la Solidarité de Caste devait être son dernier recours face à une terrifiante succession d'événements.

— On m'a pris tous mes biens ! cria Portus. Tu n'as rien à craindre. Je n'ai plus d'hommes d'armes ! Je n'ai plus d'or ! Je n'ai plus que les vêtements que je porte. Des tarniers ! Des soldats ! Des passants ! Armés de torches et de cordes ! J'ai failli y perdre la vie ! L'État a confisqué ma Maison. Je ne suis plus rien ! Je ne suis plus rien !

Cernus réfléchissait, le menton dans les mains, les yeux fixés sur les pièces.

— Solidarité de Caste ! gémit Portus. Solidarité de Caste, je t'en supplie. Je t'en supplie !

Cernus bougea la main comme pour déplacer son Ubar, mais se ravisa. Caprus se pencha sur les pièces, attentif.

— Toi seul es en mesure de me protéger ! s'écria Portus. Je te laisse le monopole d'Ar ! Je veux seulement la vie sauve ! Solidarité de Caste ! Solidarité de Caste !

Cernus sourit à Caprus puis, contre toute attente, comme pour le narguer, mit son second Tarnier à la Deuxième du Scribe et de l'Ubara.

Caprus examina un instant les pièces puis, avec un rire nerveux, coucha son Ubar, admettant sa défaite.

Cernus, tandis que Caprus installait à nouveau les pièces, se tourna vers Portus.

— J'étais ton ennemi, dit Portus. Mais je ne suis plus rien. Seulement un Frère de Caste, plus rien. Je te supplie de m'accorder la Solidarité de Caste.

Caprus leva la tête, regarda Portus et demanda :
— De quel crime es-tu accusé ?
Portus se tordit les mains, agitant convulsivement la tête.
— Je l'ignore ! s'écria-t-il, je l'ignore ! (Puis, pitoyable, Portas tendit les mains vers Cernus, Maître de la Maison de Cernus.) Solidarité de Caste ! gémit-il.
— Enchaînez-le ! ordonna Cernus, et conduisez-le au cylindre de Minus Tentius Hinrabius.
Portus le suppliait encore d'avoir pitié tandis que deux hommes d'armes le traînaient, suivis par les deux autres.
Cernus se leva dans l'intention de se retirer. Il me regarda et sourit.
— À la fin d'En'Var, déclara-t-il, Tueur, je serai Ubar d'Ar.
Puis il s'en alla.
Je regardai Ho-Tu qui me rendit mon regard. Nous étions aussi stupéfaits l'un que l'autre.

16

LE TARN

Moins d'un mois après la chute de la Maison de Portus, Cernus était devenu le maître incontesté du trafic d'esclaves à Ar. Il avait acheté à l'État, pour un prix relativement modique, les biens meubles et immeubles de la Maison de Portus. Les employés de la Maison de Portus, Marchands d'Esclaves et mercenaires au même titre que ceux de la Maison de Cernus, avaient été licenciés ; certains quittèrent la ville, d'autres acceptèrent l'or de nouveaux maîtres, d'autres encore louèrent leur épée à la Maison de Cernus.

J'avais cru que le prix des esclaves monterait à Ar, mais Cernus ne le permit pas et continua de vendre moins cher que les petites Maisons afin de maintenir les prix au niveau qu'il souhaitait. Les habitants d'Ar, qui, depuis le départ de Kazrak, connaissaient bien les monopoles et en avaient subi les conséquences désastreuses, surtout en ce qui concernait le sel et l'huile de tharlarion, voyaient là un effet de sa générosité.

En outre, en raison des services rendus à l'État, en particulier le financement des Jeux, Cernus reçut, avec le soutien de Saphronicus, Capitaine des Taurentiens, le Rouge des Guerriers, ce qui lui permit d'entrer dans les Hautes Castes. Naturellement, il n'abandonna ni la Maison de Cernus ni les diverses entreprises qu'il contrôlait à Ar et ailleurs. Je suppose que ce changement de caste ne plut guère à l'Administrateur, mais il n'eut pas le courage de s'opposer au désir des Taurentiens en particulier et de la Cité en général. Le Grand Conseil adopta cette mesure sans l'ombre d'une protestation. Le fait d'appartenir à la Caste des Guerriers ne changea guère Cernus, naturellement, mais une bande de soie rouge s'ajouta aux bandes bleues et jaune qui ornaient sa manche gauche. Je savais que Cernus s'entraînait depuis de nombreuses années au maniement des armes. En fait, on disait qu'il était, et je n'avais pas la moindre raison d'en douter, la première épée de la Maison. Il avait manifestement loué les services de Maîtres d'Armes chargés de l'entraîner et je crois qu'il avait depuis longtemps l'intention de devenir membre de la Caste des Guerriers. Il va sans dire que, étant devenu Guerrier et appartenant, de ce fait, à une Haute Caste, il pouvait se faire élire au Grand Conseil de la Cité et même occuper le trône, que ce soit celui de l'Administrateur ou celui de l'Ubar. Cernus célébra son investiture en finançant les premières courses de la saison, celles qui débutent en En'Kara.

L'hiver m'avait paru long et rude. Je crois que, comme la majorité des habitants d'Ar, je me suis réjoui de la venue d'En'Kara. L'éducation des jeunes femmes avait pris fin pendant la Douzième Main Transitoire. Il ne leur restait plus qu'à réviser leurs leçons, bien manger et dormir afin d'être fin prêtes pour leur vente, à la fin de l'été, pendant la Cinquième Main Transitoire, à la Fête de l'Amour. Le premier jour de la Main Patiente, cinq jours avant la fin de l'année, les portails d'Ar, y compris ceux de la Maison de Cernus, avaient été peints en blanc et, dans de nombreuses maisons des Basses Castes, scellés à la résine pour n'être ouverts à nouveau que le premier jour d'En'Kara. Sur presque toutes les portes, y compris celles de la Maison de Cernus, on avait cloué des branches de Brak, arbuste dont les feuilles, lorsqu'on les mâche, constituent un purgatif. On croit que la résine et les branches de Brak empêchent le malheur d'entrer dans les maisons. Pendant la Main Patiente, les rues sont désertes et, dans les maisons, on jeûne, on ne parle guère et on ne chante pas. Les rations, dans la Maison de Cernus, furent réduites de moitié pendant cette période. On ne servit ni Paga ni vin de Ka-la-na. Les esclaves des cages de fer ne mangèrent pratiquement rien. Puis, à l'aube du premier jour d'En'Kara, au nom de la Cité, l'Administrateur d'Ar, ou bien l'Ubar s'il y en a un, souhaite la bienvenue au soleil en ce premier jour de la nouvelle année. Les grands gongs placés près des remparts de la cité résonnèrent alors pendant plus d'une ahn dans un vacarme assourdissant, toutes les portes s'ouvrirent et les habitants envahirent rues et ponts, vêtus de leurs plus beaux atours, chantant et riant. On peignit alors les portes en vert, on lava la résine et on fit traditionnellement brûler les branches de Brak sur le seuil. Ce jour-là, la cité n'est plus que processions, concours de chant, tournois de Jeu, déclamations de poèmes, compétitions et expositions. Lorsqu'il devient nécessaire d'allumer les lanternes des ponts, les gens rentrent chez eux avec de petites lampes, puis consacrent la nuit aux festins et à l'amour. Ce jour-là, les esclaves de la Maison de Cernus eux-mêmes eurent droit à un gâteau et à du Paga coupé d'eau. Ce fut également en ce jour que Cernus de la Maison de Cernus, devant le Grand Conseil et l'Administrateur, reçut le Rouge des Guerriers des mains de Saphronicus, Capitaine des Taurentiens.

Le lendemain, les courses financées par la Maison de Cernus commencèrent.

Le premier jour d'En'Kara, tout le monde oublie l'année écoulée, mais trois personnes se trouvaient dans l'incapacité de l'oublier : Portus, enchaîné dans les cachots du Cylindre Central, Claudia Tentia Hinrabia, libre mais marquée par l'humiliation de l'esclavage et qui n'oserait peut-être plus jamais sortir sur les Ponts Supérieurs ; et Tarl Cabot qui semblait aussi loin de son objectif que le jour de son arrivée dans la Maison de Cernus.

Pendant la Main Patiente, j'avais rendu visite à Caprus et, furieux, avais exigé qu'il me remette les documents dont il disposait afin que nous puissions fuir dans le courant d'En'Kara. Mais il avait affirmé que Cernus venait de recevoir une quantité importante de documents et de cartes qui étaient peut-être d'un intérêt capital et que les Prêtres-Rois seraient sans doute fort mécontents de ne pas en posséder des copies ; en outre, il me rappela qu'aucun document ne quitterait la Maison s'ils ne la quittaient pas tous, lui-même disparaissant en même temps. J'étais furieux mais je ne pouvais apparemment rien faire. En rage, je lui tournai le dos et m'en allai.

Les courses et les jeux débutèrent dans l'agitation et l'enthousiasme. Murmillius réapparut et, plus brillant que jamais, le deuxième jour d'En'Kara, maniant superbement l'épée, vainquit deux adversaires, les blessant inlassablement jusqu'à ce que le public lui-même considère qu'il était inutile de les tuer ; à ce moment-là, Murmillius remit son épée au fourreau, tourna les talons, abandonnant, debout sur le sable, deux hommes ensanglantés qui s'effondrèrent un instant plus tard tant ils avaient perdu de sang. Le premier jour des courses revint aux Jaunes, grâce à Menicius de Port Kar qui, prétendant avoir remporté plus de six mille victoires, était peut-être le cavalier le plus célèbre depuis Melipolus de Cos, qui était une légende à l'époque où il courait encore et avait remporté, disait-on, plus de huit mille courses. Les Verts prirent la deuxième place en en remportant trois. Les Jaunes en avaient remporté sept, Menicius s'en adjugeant cinq.

Je me souviens bien de cette journée.

Les jeunes femmes eurent, comme moi, toutes les raisons de s'en souvenir. Ce jour-là, elles furent, pour la première fois depuis le début de leur éducation, autorisées à sortir. Normalement, dans la deuxième moitié de l'éducation, on permet aux jeunes femmes de se promener en ville car le spectacle des rues les détend et les stimule, mais tel n'avait pas été le cas pour Élisabeth, Virginia et Phyllis. Selon Ho-Tu, à qui j'avais demandé pourquoi, il y avait là deux raisons principales : en premier lieu, leurs cours étaient particulièrement denses et intensifs ; en second lieu, la perspective de sortir de la maison, qui séduisait surtout Virginia et Phyllis, lesquelles ne connaissaient de Gor que la Maison de Cernus, incitait les jeunes femmes à se montrer d'autant plus studieuses. En outre, comme le fit remarquer Ho-Tu, elles ne seraient pas vendues avant la fin de l'été de sorte qu'elles auraient tout le temps de visiter Ar, ces promenades étant judicieusement mêlées à un programme de révision et d'entraînement, assorti d'un régime alimentaire strict et de repos qui les amèneraient au meilleur de leur vitalité, de leur vivacité et de leur enthousiasme au moment où elles monteraient sur l'estrade. Dans ce type d'entreprise, selon Ho-Tu, le temps est un élément capital. Une jeune femme blasée, fatiguée ou nerveuse ne donne pas les résultats d'une esclave dont les appétits, stimulés, sont à leur apogée.

Quoi qu'il en soit, indépendamment de ce raisonnement, ou des stratagèmes des Marchands d'Esclaves, Élisabeth, Virginia et Phyllis furent autorisées à assister au premier jour des courses, sous bonne garde, naturellement.

Nous nous réunîmes dans le compartiment de Sura où Ho-Tu me donna une bourse de pièces d'argent et de cuivre destinées à couvrir les dépenses de la journée, car j'étais responsable de l'expédition du fait que je n'avais pas l'intention de laisser quelqu'un d'autre accompagner Élisabeth. Les trois jeunes femmes portaient une courte robe sans manches, attachée sur l'épaule gauche par une agrafe. Celle d'Élisabeth était rouge, celles de Virginia et de Phyllis étaient blanches. On leur donna également un manteau légèrement plus court que la robe et pourvu d'une capuche. Celui d'Élisabeth était rouge à rayures blanches, ceux de Virginia et Phyllis étaient blancs à rayures rouges. Avant de les laisser partir, Sura posa des ceintures de chasteté à Virginia et Phyllis, ce qui ne leur plut guère. Les deux gardiens qui se présentèrent, munis de menottes et d'une laisse – une chaîne brillante – étaient Relius et Ho-Sorl. Virginia, en voyant Relius, se contenta de baisser la tête ; Phyllis, en voyant Ho-Sorl, devint rouge de colère.

— Je t'en prie, dit-elle à Sura, pas lui !

— Tais-toi, Esclave ! répliqua Sura.

— Approche, Esclave ! ordonna Ho-Sorl à Phyllis.

Elle lui jeta un regard furieux, puis obéit.

Relius, qui s'était approché de Virginia, posa ses grosses mains sur ses hanches. Elle ne leva pas la tête.

— Elle porte une ceinture de chasteté, dit Sura.

Relius hocha la tête.

— Et je garde la clé, ajouta Sura.

— Naturellement, fit Relius.

Virginia ne leva pas la tête.

— Celle-ci également, remarqua Ho-Sorl, légèrement irrité.

— Naturellement ! s'écria Phyllis avec fureur. Qu'est-ce que tu croyais ?

— Je garde également la clé de sa ceinture, déclara Sura.

— Confie-la-moi, proposa Ho-Sorl.

Phyllis blêmit. Sura rit.

— Non, dit-elle, je la garde.

— Menottes ! cria soudain Ho-Sorl, et Phyllis mit les mains dans le dos, rejeta la tête en arrière et la tourna, réaction automatique de l'esclave éduquée.

Ho-Sorl rit.

Les yeux de Phyllis s'emplirent de larmes. Sa réaction immédiate, inconsciente, avait été celle d'un animal dressé. Avant qu'elle n'ait pu se reprendre, Ho-Sorl lui avait passé les menottes.

— La laisse ! dit-il ensuite, et le regardant avec colère, elle leva le menton.

Il attacha la chaîne au collier.

Pendant ce temps, Virginia avait tourné le dos à Relius, lui avait tendu les poignets et il lui avait passé les menottes ; puis, elle s'était retournée, sans lever la tête.

— La laisse, répéta-t-il d'une voix posée.

Elle leva la tête, tendant gracieusement le menton. Il y eut un claquement métallique et Relius, homme d'armes de la Maison de Cernus, passa la laisse à Virginia Kent, esclave.

— Veux-tu lui passer les menottes et la laisse ? me demanda Sura en désignant Élisabeth.

— Oui, répondis-je, naturellement.

Elle me les donna. Élisabeth me lança des regards assassins tandis que je lui passais les menottes et la laisse. Puis nous sortîmes tous ensemble de la Maison de Cernus.

Dehors, lorsque nous eûmes franchi le premier coin de rue, je détachai Élisabeth.

— Pourquoi fais-tu ça ? s'enquit Ho-Sorl.

— Elle sera plus à l'aise, expliquai-je ; en outre, elle n'est que Soie Rouge.

— Il n'a probablement pas peur d'elle, déclara Phyllis.

— Je ne comprends pas, dit Ho-Sorl.

— Tu peux me retirer les menottes, affirma Phyllis. Je ne vais pas t'attaquer.

Phyllis tourna sur elle-même et tendit ses poignets entravés à Ho-Sorl, levant la tête d'un air mécontent.

— Eh bien, fit Ho-Sorl, je n'aimerais pas être attaqué.

Phyllis tapa du pied.

Relius regardait Virginia; du bout des doigts, il lui leva le menton et, pour la première fois, ses grands yeux gris et timides croisèrent son regard.

— Si je te retire tes menottes, dit Relius, tu ne tenteras pas de t'échapper, n'est-ce pas?

— Non, répondit-elle à voix basse, Maître.

Il lui retira aussitôt ses menottes.

— Merci, Maître.

Relius la regarda dans les yeux et elle baissa la tête.

— Jolie petite esclave, fit-il.

Sans lever les yeux, elle sourit.

— Beau Maître, souffla-t-elle.

Je fus ébahi. Cela me parut particulièrement hardi, connaissant la timidité de Virginia Kent.

Relius rit et se mit en marche, tirant si brusquement sur la chaîne que Virginia faillit tomber; elle trébucha et le rattrapa, puis se reprit et le suivit, baissant la tête, à deux pas, mais il tira de nouveau sur la laisse et la raccourcit de sorte qu'elle puisse marcher à côté de lui, nu-pieds, magnifique et, je crois, heureuse.

Ho-Sorl dit à Phyllis:

— Je vais te retirer les menottes afin que tu puisses m'attaquer si tu le souhaites. Ça pourrait être divertissant.

Phyllis fut débarrassée des menottes. Elle se frotta les poignets et tira sur la laisse.

— Je crois que je vais lui arracher sa ceinture de chasteté, commenta Ho-Sorl.

Phyllis s'immobilisa. Elle fixa sur Ho-Sorl un regard furieux.

— Tu veux peut-être que je promette que je ne tenterai pas de fuir? s'enquit-elle.

— Ça n'est pas nécessaire, affirma Ho-Sorl. Tu ne t'enfuiras pas.

Il se mit en marche derrière Relius.

— Oh! s'écria Phyllis qui faillit tomber.

Puis, mécontente, elle marcha au côté de Ho-Sorl. Mais il s'arrêta, se retourna et la regarda fixement. Sans un mot, se mordant la lèvre, elle recula de deux pas et, furieuse, en laisse, le suivit.

— Nous allons être en retard aux courses, fit remarquer Élisabeth.

Je tendis le bras et nous suivîmes les hommes d'armes accompagnés de leurs captives.

Après notre arrivée, Relius et Ho-Sorl détachèrent les laisses et, bien que perdues parmi des milliers de spectateurs, Virginia et Phyllis furent libres. Virginia parut plutôt reconnaissante et s'agenouilla tout près de Relius qui s'assit sur le gradin; un instant plus tard, il lui passa le bras autour des épaules et, ainsi enlacés, ils regardèrent les courses, ou parurent les regarder car je les surpris souvent les yeux dans les yeux. Ho-Sorl, après quelques courses, donna une pièce à Phyllis et lui ordonna d'aller acheter un peu de pain de Sa-Tarna et de miel. Son visage prit une expression rusée et, après avoir murmuré: « Oui, Maître », elle disparut. Je regardai Ho-Sorl.

— Elle va tenter de s'échapper, dis-je.

Le jeune Guerrier brun et balafré me regarda puis sourit.

— Bien sûr, dit-il.

— Si elle s'enfuit, repris-je, Cernus te fera probablement empaler.

— Très certainement, reconnut Ho-Sorl. Mais elle ne s'échappera pas.

Feignant de ne pas être particulièrement attentifs mais ne quittant pas Phyllis des yeux, nous la vîmes dépasser deux marchands de pain et de miel. Il me sourit.

— Tu vois, fit-il.

— Oui, répondis-je, je vois.

Phyllis, après avoir jeté un regard circulaire, s'engagea en courant dans une rampe obscure.

Ho-Sorl se leva prestement et se lança à sa poursuite. J'attendis un moment, puis me levai à mon tour.

— Attends-moi ici, ordonnai-je à Élisabeth.

— Empêche-le de la frapper, dit Élisabeth.

— C'est une captive, rappelai-je.

— Je t'en prie, plaida-t-elle.

— Écoute, expliquai-je, Cernus serait pour le moins très contrarié si elle venait à être tuée ou défigurée. Le pire que Ho-Sorl puisse faire, c'est lui donner une bonne fessée.

— On dirait qu'elle n'a pas compris, fit Élisabeth.

— Ça lui fera donc certainement le plus grand bien.

Je laissai alors Élisabeth, Relius et Virginia pour me lancer à la poursuite de Phyllis et de Ho-Sorl, me frayant un chemin dans la foule compacte. Le gong de l'arbitre résonna trois fois, annonçant la course suivante.

Je n'avais pas parcouru plus d'une cinquantaine de mètres lorsque j'entendis un hurlement de terreur, un hurlement de femme, provenant de la rampe obscure où Phyllis s'était engagée. Je jouai des coudes, écartant les spectateurs, renversai le plateau d'un marchand ambulant puis m'engageai en courant dans le passage. Je perçus alors des cris de colère et les bruits sourds d'un échange de coups.

Je descendis la rampe au pas de course, trois tournants et je parvins à saisir au collet puis à jeter quelques mètres plus bas, sur le palier suivant, un individu qui s'apprêtait à attaquer Ho-Sorl par-derrière. Ho-Sorl, pendant ce temps, brandit un autre homme au-dessus de sa tête et le jeta plus bas. À droite et à gauche, gisaient des hommes meurtris, inconscients. Phyllis, les yeux fixes, les vêtements à demi déchirés, révélant la ceinture de chasteté, tremblait près de la rambarde de la rampe, agenouillée et frissonnante, le poignet gauche attaché par des menottes à la rambarde, respirant spasmodiquement. L'individu dont Ho-Sorl s'était débarrassé roula sur quelques mètres, heurta le mur au niveau d'un tournant, se releva péniblement puis sortit un couteau. Ho-Sorl avança aussitôt sur lui et l'individu cria, abaissa sa lame et s'enfuit.

Ho-Sorl se dirigea vers Phyllis. Les menottes qui l'attachaient à la rambarde étaient les siennes. J'en déduisis qu'il était arrivé au moment où les individus s'étaient emparés de Phyllis, les avait chassés, l'avait attachée pour l'empêcher de s'enfuir puis s'était retourné pour affronter les individus regroupés pour l'attaquer.

Il posa un regard furieux sur Phyllis qui ne leva pas la tête, fixant les pierres de la rampe sur lesquelles elle était agenouillée.

— Alors, fit Ho-Sorl, la jolie petite esclave voulait s'enfuir ?

Phyllis avala sa salive, et ne répondit pas.

— Où la petite esclave croyait-elle pouvoir aller ? s'enquit Ho-Sorl.

— Je ne sais pas, répondit-elle d'une voix sourde.

— Les jolies petites esclaves sont stupides, n'est-ce pas ? dit Ho-Sorl.

— Je ne sais pas, répéta-t-elle, je ne sais pas.

— Il n'y a nulle part où aller, déclara Ho-Sorl.

Phyllis leva alors les yeux vers lui, comprenant, me sembla-t-il, que sa condition était réellement sans espoir.

— C'est vrai, fit-elle d'une voix sourde, il n'y a nulle part où aller.

Ho-Sorl ne la battit pas. Il ouvrit la menotte qui l'attachait à la rambarde de la rampe, puis celle qui lui enserrait le poignet, et accrocha l'objet à sa ceinture ; ensuite, il l'aida à se relever. Il alla chercher le manteau à capuche qui lui avait été arraché puis l'aida à remettre de l'ordre dans sa robe déchirée. Lorsqu'elle fut prête à regagner les gradins, elle lui tourna le dos et lui tendit les poignets. Mais il ne lui passa ni les menottes ni la chaîne. Il chercha la pièce qu'il lui avait donnée en lui demandant d'acheter du pain et du miel et qu'elle avait laissée tomber lorsque les individus l'avaient attaquée. Elle le regarda avec stupéfaction lorsqu'il lui rendit la pièce.

— Achète du pain et du miel ! ordonna-t-il. (Puis il se tourna vers moi :) Nous avons manqué la sixième course.

Puis, côte à côte, nous fîmes demi-tour et regagnâmes nos places. Quelques instants plus tard, Phyllis nous rejoignit avec le pain et le miel de Ho-Sorl, ainsi que deux tarnets de cuivre de monnaie. Il se concentra sur le spectacle. Peut-être remarqua-t-il que Phyllis s'agenouillait sur le gradin inférieur et sanglotait, la tête baissée, le visage dans les mains. Virginia et Élisabeth s'agenouillèrent près d'elle, une de chaque côté, et la prirent par les épaules.

— Je regrette seulement, me confia Ho-Sorl, de n'avoir jamais vu Melipolus de Cos.

Les courses se succédèrent et, finalement, les trois coups de gong de l'arbitre annoncèrent la onzième et dernière course.

— Que penses-tu des Acier ? demanda Relius en se penchant vers moi.

Les Acier étaient une nouvelle faction d'Ar, reconnaissable à un morceau de tissu bleu-gris. En réalité, les Acier n'avaient jamais couru à Ar. J'avais néanmoins entendu dire que le premier tarn des Acier courrait ce jour-là, dans la course qui n'allait pas tarder à commencer. Je savais en outre qu'ils avaient loué un Perchoir et engagé des cavaliers en Se'Var. On ignorait qui était derrière les Acier. L'origine de l'or qui leur permettait d'exister était inconnue, de même que la quantité dont ils disposaient. Il faut savoir que la création d'une faction nécessite un investissement important. Il y a souvent des tentatives qui se révèlent, en général, infructueuses. Si la nouvelle faction ne gagne pas une part importante des courses durant les deux premières années suivant sa création, le règlement du Stade des Tarns d'Ar cesse de l'autoriser à participer aux courses. En outre, lancer une nouvelle faction dans la compétition coûte cher, et le capital investi court des risques considérables. Non seulement il faut acheter ou louer des Perchoirs, acquérir des tarns, engager des cavaliers, des Gardiens de Tarns et le personnel nécessaire à l'administration de la faction, mais, en outre, la nouvelle faction doit payer très cher le droit de participer aux courses pendant les deux années probatoires. Incidemment, les factions établies doivent payer la même somme lorsqu'elles ont fait une mauvaise saison ; en outre, une série de mauvaises saisons signifie, même pour une faction établie, la remise en cause, définitive ou pour dix ans, de son droit de participer aux courses. De plus, l'apparition d'une nouvelle faction constitue une menace pour les anciennes car toute victoire de la nouvelle équivaut à une défaite pour les autres. Toutes les factions ont intérêt à ce que le nombre total de factions soit réduit de sorte que les cavaliers d'une ancienne faction, s'ils sont incapables de remporter une course donnée, tentent souvent d'empêcher ceux de la nouvelle faction de courir. De plus, les factions établies refusent communément d'engager les cavaliers qui ont couru pour de nouvelles factions, mais cette règle n'est que très rarement appliquée lorsqu'il s'agit d'excellents cavaliers.

— Que penses-tu des Acier ? répéta Relius.

— Je ne sais pas, répondis-je. J'en ignore tout.

Quelque chose, dans sa voix, me troubla. En outre, Ho-Sorl me regarda bizarrement. Ni l'un ni l'autre, incidemment, ne semblaient prendre ombrage du fait que je portais le Noir des Assassins. Ce jour-là, naturellement, comme presque à chaque fois que je quittais la Maison, je portais le Rouge des Guerriers. Ils n'avaient pas exactement cherché à se lier d'amitié avec moi, mais ils n'avaient rien fait pour m'éviter ; et, où que j'aille, il m'arrivait souvent de les rencontrer.

— Ça, c'est un oiseau ! s'écria Ho-Sorl lorsque les plates-formes basses et équipées de roues apparurent sur la piste.

Quelques spectateurs poussèrent des cris de stupéfaction.

Je regardai la piste et restai sans voix. Je me figeai sur le gradin. J'eus le souffle coupé.

Dans les stands, stupéfiant le public, inquiétant les autres oiseaux que tiraient les tharlarions à cornes, résonna soudain le cri de défi, aigu et puissant, d'un tarn sans cagoule, un tarn géant, noir, le cri sauvage d'un des plus beaux et des plus féroces prédateurs de Gor, qui avait dû retentir parmi les escarpements acérés des Montagnes de Thentis, propices aux vols de tarns, ou même parmi les pics rouges des Voltaï elles-mêmes, ou peut-être au cours d'un combat aérien qui ne se termine qu'à la mort d'un des deux tarniers.

— Ce n'est même pas un tarn de course ! dit un spectateur proche de moi.

Je me levai, stupéfait, les yeux fixés sur les plates-formes qui conduisaient les oiseaux aux perchoirs.

— Je me suis laissé dire, déclara Relius, que l'oiseau est originaire de Ko-ro-ba.

Je restai immobile, silencieux, les jambes en coton. Derrière moi, Virginia et Phyllis poussèrent des cris de douleur. Je me retournai et constatai que Ho-Sorl les avait saisies par les cheveux et leur rejetait cruellement la tête en arrière.

— Les esclaves, ordonna-t-il, ne parleront pas de ce qu'elles ont vu aujourd'hui !

— Non, Maître, s'écria Virginia.

— Non, non ! gémit Phyllis. (Ho-Sorl lui tordit violemment les cheveux.) Non, Maître ! cria Phyllis. Non, Maître, Phyllis ne dira rien !

Je pivotai sur ma gauche et suivis le gradin jusqu'à un escalier étroit, conduisant aux parties inférieures des stands, que j'empruntai.

Relius me rattrapa.

— Prends ceci ! dit-il.

Il me mit quelque chose dans la main, un objet qui ressemblait à un morceau de cuir plié. C'est à peine si je m'en rendis compte. Il ne me suivit pas et je descendis, seul. Je m'arrêtai près du parapet du premier gradin.

J'étais alors à une quarantaine de mètres des oiseaux. Je m'immobilisai.

Puis, comme s'ils m'avaient cherché parmi cette multitude, ce tourbillon de visages et de vêtements, de bruits et de cris, les yeux brillants du tarn s'arrêtèrent soudain sur moi. Les yeux noirs, rusés, ronds et étincelants ne me quittèrent pas. La crête de l'oiseau parut se dresser, tous les muscles de son corps puissant semblèrent frémir. Les immenses ailes noires, larges et puissantes, s'étendirent et battirent l'air, soulevant un nuage de poussière et de sable, déséquilibrant le petit Gardien de Tarns masqué qui se tenait sur la plate-forme. Puis le tarn rejeta la tête en arrière et poussa une nouvelle fois son cri sauvage, étrange, féroce, cruel, un cri capable de terrifier un larl mais qui ne me fit pas peur. Les serres du tarn étaient chaussées d'acier. C'était, naturellement, un tarn de guerre.

Je regardai le morceau de cuir que j'avais à la main. Je le dépliai et passai la cagoule, dissimulant mes traits. Je sautai par-dessus le parapet et me dirigeai vers l'oiseau.

— Bonjour, Mip, fis-je en rejoignant le petit Gardien de Tarns sur la plate-forme.

— Tu t'appelles Gladius de Cos, dit-il.

J'acquiesçai.

— Qu'est-ce que tout ça signifie ? demandai-je.

— Tu cours pour les Acier, déclara-t-il.

Je levai le bras et touchai le bec courbe du puissant oiseau. Puis je le retins et posai la joue sur sa surface rugueuse. Le tarn, ce prédateur, baissa doucement la tête et je posai le front sous son œil rond, brillant, puis, sous la cagoule de cuir, je pleurai.

— Je t'ai attendu, Ubar des Cieux, dis-je. Je t'ai attendu.

J'eus vaguement conscience des bruits qui m'entouraient, des mots tendus, brefs, des cavaliers montant en selle.

Mip me tira de ma rêverie.

— N'oublie pas ce que je t'ai enseigné, dit-il, les soirs où nous avons volé ensemble au Stade des Tarns.

— Je n'oublierai pas, affirmai-je.

— En selle ! lança Mip.

Je pris place sur le tarn et, lorsque Mip eut retiré l'entrave de sa patte droite, lui fis gagner le perchoir de départ.

17

KAJURALIA

— Kajuralia, cria la jeune esclave en me jetant un panier de farine de Sa-Tarna à la tête, avant de faire demi-tour et de s'enfuir.

— Kajuralia ! criai-je en riant tandis que, riant également, elle s'éloignait.

Au même moment, un déluge d'eau chaude s'abattit sur moi. Trempé, furieux, je levai la tête.

Une jeune femme, une esclave, penchée à une fenêtre, m'envoya un baiser.

— Kajuralia ! cria-t-elle, puis elle se mit à rire.

Je lui montrai le poing et la tête disparut.

Un Constructeur, dont la robe était couverte de taches de fruits, me dépassa en hâte.

— Il ne fait pas bon être dehors le jour de Kajuralia, dit-il.

Trois hommes, des esclaves domestiques, portant sur la tête des couronnes parfumées de branches de Brak tressées, approchèrent d'une démarche incertaine. Ils se passaient une bouteille de Paga, dansaient, se soutenaient l'un l'autre, à peine capables de marcher. L'un d'eux me regarda – et je devinai, à l'expression de ses yeux, qu'il devait voir au moins trois Tarl Cabot – puis me proposa une gorgée de Paga, que j'acceptai.

— Kajuralia ! éructa-t-il, vacillant dangereusement mais sauvé par un de ses compagnons qui, heureusement, penchait au même moment dans le sens opposé.

Je leur donnai une pièce d'argent en leur recommandant d'acheter quelques bouteilles supplémentaires.

— Kajuralia ! ajoutai-je avant de tourner les talons tandis qu'ils tombaient les uns sur les autres.

À ce moment, une jeune esclave blonde passa en courant près des trois ivrognes et, trébuchants, les yeux vitreux, s'empêtrant les uns dans les autres, ils se lancèrent à sa poursuite. Elle fit demi-tour, les narguant, s'éloigna un peu, s'immobilisa puis, alors qu'ils étaient sur le point de la rejoindre, leur échappa de nouveau. Mais un autre mâle, caché derrière elle, se jeta sur elle par surprise et la prit par la taille. Elle se mit à hurler, feignant d'avoir peur. Mais on découvrit un instant plus tard, ce qui contraria tout le monde sauf la jeune esclave, qu'elle portait une ceinture de chasteté.

— Kajuralia ! cria-t-elle en riant avant de se dégager et de s'enfuir.

J'esquivai un fruit qui s'écrasa contre le mur d'un cylindre tout proche.

Le mur lui-même était couvert d'inscriptions et de dessins où les maîtres du quartier n'avaient pas le beau rôle.

Un pot vola en éclats dans une rue adjacente, quelqu'un poussa un cri furieux, des jeunes femmes éclatèrent de rire.

Je résolus qu'il était préférable de regagner la Maison de Cernus.

Je pris une autre rue. Je tombai inopinément sur un groupe d'une quinzaine ou d'une vingtaine de jeunes femmes qui, poussant des cris aigus et riant, m'entourèrent aussitôt. Je me demandai pourquoi les maîtres ne mettaient pas de clochettes à leurs esclaves le jour de Kajuralia, au moins, ainsi, les aurait-on entendues approcher. Comme la rue était silencieuse au moment où j'y étais entré, je compris qu'elles m'avaient tendu un piège. Il était même probable qu'elles avaient des espionnes et des éclaireuses. Elles se pressèrent autour de moi, joyeuses, et me saisirent les bras.

— Prisonnier ! Prisonnier ! crièrent-elles.

On me passa une corde autour du cou, et on la serra, trop à mon goût.

Une jeune femme aux cheveux noirs, portant, naturellement, un collier, aux longues jambes et vêtue d'une courte robe, en tenait l'extrémité.

— Salut, fit-elle, Guerrier ! (Elle secoua la corde d'un air menaçant.) Tu es maintenant l'esclave des filles de la Rue des Pots ! affirma-t-elle.

Cinq ou six cordes supplémentaires s'enroulèrent autour de moi et furent étroitement serrées. Deux jeunes femmes que je n'avais pas vues allèrent même jusqu'à me passer deux cordes aux chevilles. Il suffisait de tirer dessus pour me faire tomber si je tentais de fuir ou de me défendre.

— Qu'allons-nous faire de ce prisonnier ? demanda la fille aux cheveux noirs à ses camarades.

Les suggestions ne manquèrent pas :

— Déshabillons-le !

— Marquons-le !

— Fouettons-le !

— Mettons-lui un collier !

— Écoutez... tentai-je de dire.

Mais elles s'étaient mises en route, m'entraînant.

Lorsque nous nous arrêtâmes, je fus poussé sans ménagement dans une grande pièce où étaient suspendus de nombreux paniers et harnais, apparemment l'entrepôt d'un cylindre sans importance. Le centre de la pièce avait été dégagé et des couvertures de tissu Rep avaient été étendues sur de la paille. Contre un mur, se tenaient deux hommes, pieds et poings liés. Le premier était un Guerrier, le second un jeune Gardien de Tarns très séduisant.

— Kajuralia ! fit ironiquement le Guerrier.

— Kajuralia ! répondis-je.

La jeune femme aux cheveux noirs fit les cent pas devant moi, les mains sur les hanches. Puis elle s'approcha des deux autres et revint à moi.

— La chasse a été bonne ! déclara-t-elle.

Ses compagnes rirent et crièrent. Quelques-unes sautèrent sur place, d'autres battirent des mains.

— Maintenant, Esclaves, annonça la fille aux cheveux noirs, vous allez nous servir !

On nous détacha en prenant soin de nous laisser deux cordes au cou et une à chaque cheville, chacune étant confiée à une fille.

On nous donna des tasses de fer-blanc pleines de vin de Ka-la-na dilué que les jeunes femmes avaient sans doute volé.

— Lorsqu'ils nous auront servi du vin, annonça la fille, nous nous servirons des esclaves pour notre plaisir !

Avant de nous laisser servir le vin, on nous passa au cou des guirlandes de fleurs de talender tressées.

Puis nous servîmes les filles, demandant à chacune :

— Du vin, Maîtresse ?

Ce à quoi elles répondaient en riant :

— Oui, volontiers !

— Donne-moi du vin, Esclave ! ordonna la jeune femme aux cheveux noirs et aux longues jambes.

Elle était magnifique dans sa courte robe.

— Oui, Maîtresse, fis-je, aussi humblement que possible.

Je lui tendis la petite tasse de fer-blanc.

— À genoux ! ordonna-t-elle. Et sers-moi comme une Esclave de Plaisir !

Les autres jeunes femmes retinrent leur souffle. Les deux hommes laissèrent échapper une exclamation de colère.

— Certainement pas, déclarai-je.

Les deux cordes resserrèrent leur étreinte autour de mon cou. Soudain, les deux filles chargées des cordes de mes chevilles tirèrent et je tombai lourdement sur le ventre, renversant le vin sur les pierres.

— Maladroit ! persifla la fille aux longues jambes.

Les autres rirent.

— Donnez-lui encore du vin ! ordonna la fille aux longues jambes.

On me mit une autre tasse de fer-blanc dans les mains. Leur petit jeu ne m'amusait plus. La fille aux longues jambes, probablement une esclave misérable tout au long de l'année, paraissait bien décidée à m'humilier, vraisemblablement pour se venger de son maître que je représentais.

— Sers-moi du vin ! ordonna-t-elle sèchement.

— Kajuralia ! fis-je avec humilité.

Elle rit et les autres filles également. Je repérai une pièce adjacente à l'entrepôt où je vis des caisses et beaucoup de poussière.

Puis le silence se fit.

Je baissai la tête, à genoux, et tendis la petite tasse à la fille.

Les autres parurent retenir leur souffle.

Avec un rire, la fille aux longues jambes tendit la main vers la tasse. Je lui saisis les poignets et me levai d'un bond, lui faisant perdre l'équilibre, puis, sans la lâcher, pivotai sur moi-même, la projetant dans les cordes, ce qui empêcha ses camarades de tirer dessus. Puis, tandis que les jeunes femmes poussaient des cris aigus et que la fille aux longues jambes hurlait de rage, je la pris dans mes bras et courus vers la petite pièce où je la posai par terre, fis demi-tour, fermai la porte et la verrouillai. Les autres jeunes femmes crièrent furieusement et tambourinèrent à la porte pendant un moment, puis elles se mirent à pousser des hurlements stridents et des cris de terreur comme si des Marchands d'Esclaves venaient de les attaquer. Je regardai la pièce. Au sommet d'un mur, il y avait une étroite fenêtre munie de barreaux. La fille enfermée avec moi ne pourrait pas s'échapper. Je me débarrassai des cordes, les enroulai soigneusement et les posai par terre. L'oreille collée à la porte, j'écoutai. Environ cinq ehns plus tard, je n'entendais plus que des sanglots, expression de l'impuissance des filles enchaînées.

J'ouvris la porte et constatai sans surprise que le Guerrier et le Gardien de Tarns, empêchant les filles de s'échapper et s'étant libérés, en profitant du tumulte et de la confusion, au moment où je m'étais saisi de la fille aux longues jambes, avaient, probablement une par une, sous le regard désespéré des autres, ayant certainement passé les menottes à celles qui tentaient de s'interposer, attaché les filles de la Rue des Pots. Une longue corde, ou plusieurs cordes attachées les unes aux autres, courait derrière les filles agenouillées, leur immobilisant les poignets ; une autre corde, ou plusieurs cordes attachées les unes aux autres, les reliait par le cou suivant le principe de la chaîne d'esclaves. La fille aux longues jambes, que je poussai dans la pièce, regarda la misérable troupe.

Elle se mit à sangloter.

Plusieurs filles avaient les larmes aux yeux.

— Kajuralia ! fit joyeusement le Guerrier en se relevant après avoir vérifié le nœud immobilisant la fille qu'il venait d'attacher.

— Kajuralia ! répondis-je avec un signe de la main. (Je pris la fille aux cheveux noirs par le bras et la poussai vers la file de jeunes femmes attachées.) Contemple les filles de la Rue des Pots ! dis-je.

Elle ne répondit pas et tenta de se dégager. Je la laissai gagner le centre de la pièce où elle s'immobilisa et me fit face, les larmes aux yeux, près des couvertures de tissu Rep étendues sur la paille.

Puis elle baissa la tête, vaincue.

— Je vais te servir du vin, dit-elle, Maître.

— Non, fis-je.

Elle me regarda avec stupéfaction. Puis elle hocha la tête et porta la main à l'agrafe de son épaule gauche.

— Non, fis-je d'une voix douce.

Elle me regarda sans comprendre.

— C'est moi, dis-je, qui vais te servir du vin.

Incrédule, elle me regarda remplir une tasse de fer-blanc de vin de Ka-la-na dilué, puis la lui tendre.

Sa main tremblait lorsqu'elle prit la tasse. Elle la porta à ses lèvres sans me quitter des yeux.

— Bois, dis-je.

Elle but.

Puis je pris la tasse, la jetai dans un coin de la pièce et pris dans mes bras cette magnifique créature aux longues jambes et aux cheveux noirs, provocante avec sa courte robe, puis l'embrassai, bien et longtemps.

Puis, couchée sous moi, sur les couvertures étendues sur la paille, elle m'embrassa désespérément.

— Ne me laisse pas partir ! supplia-t-elle.

— Je n'en ai pas l'intention, répondis-je en tendant la main vers l'agrafe de son épaule gauche.

Deux filles attachées murmurèrent au Guerrier et au Gardien de Tarns :

— Ne me laisse pas partir, Maître.

Ils les détachèrent et, plus tard, les attachèrent de nouveau.

En compagnie du Guerrier et du Gardien de Tarns, je passai la majeure partie de la journée avec les filles de la Rue des Pots. Après en avoir fini avec elle, j'avais attaché les poignets et les chevilles de la fille aux longues jambes puis l'avais laissée dans un coin. Tandis que nous nous préparions à partir, elle me supplia de me servir une nouvelle fois d'elle et j'y consentis.

Cette fois, lorsque j'eus terminé, je ne l'attachai pas, je l'aidai à se relever et lui posai les mains sur les bras, juste au-dessus des coudes. Je ne l'attacherais pas afin qu'elle puisse libérer ses compagnes.

Le Guerrier et le Gardien de Tarns suivaient la file de jeunes femmes attachées, levaient la tête de chacune et prélevaient un ultime tribut en disant : « Kajuralia ! », avant de passer à la suivante.

J'embrassai une dernière fois la fille aux longues jambes.

— Kajuralia, dis-je avec douceur.

Puis je fis demi-tour et, en compagnie du Guerrier et du Gardien de Tarns, bras dessus bras dessous, avec nos guirlandes de talender qui avaient été plusieurs fois remplacées, je quittai la Rue des Pots.

— Kajuralia ! crièrent les jeunes femmes.

— Kajuralia !

— Kajuralia ! me cria la fille aux longues jambes. Kajuralia, Guerrier !

— Kajuralia ! répondis-je, satisfait de ma journée.

Le Kajuralia, Congé des Esclaves ou Fête des Esclaves, a lieu une fois l'an dans presque toutes les cités civilisées du nord de Gor. La seule exception est, à ma connaissance, Port Kar, dans le delta du Vosk. La date du Kajuralia, toutefois, diffère. Dans de nombreuses cités, il a lieu le dernier jour de la Douzième Main Transitoire, jour précédant le début de la Main Patiente ; à Ar, toutefois, ainsi que dans quelques autres cités, il est fixé au dernier jour du cinquième mois, veille de la Fête de l'Amour.

L'été avait été étrange et fertile en événements, extraordinaire sous de nombreux aspects. Au fil des semaines, Ar devint de plus en plus dangereuse et l'anarchie s'installa. Des bandes armées rôdaient dans les rues et sur les ponts sans que les Guerriers les en empêchent, sans qu'on les contraigne à réparer les déprédations qu'elles commettaient ; en outre, curieusement, lorsqu'on les capturait et les jugeait au Cylindre Central ou au Cylindre de Justice, on les libérait sous un prétexte ou sous un autre, généralement grâce à des artifices judiciaires ou en raison d'une prétendue absence de preuves. Mais, tandis que l'anarchie s'installait – et elle devint telle que personne ne se risquait plus à sortir sans armes –, l'enthousiasme pour les courses et les jeux se fit plus frénétique ; dans les rues ou sur les ponts, ceux qui ne portaient pas d'insigne de faction, pour eux-mêmes ou pour un ami, se firent rares, même les jours où le Stade des Tarns était vide. Les gens ne semblaient plus se préoccuper que des courses et des jeux. Même lorsque des ruffians mettaient à sac le logement de leur voisin, s'ils n'en souffraient pas eux-mêmes, ils ne s'en souciaient pas et se rendaient en hâte à leur spectacle favori, craignant seulement d'arriver en retard.

Trois factions se disputaient la domination des courses : les Verts, les Jaunes et les Acier, la nouvelle faction. La progression et la montée en flèche de la faction des Acier dataient du premier jour des courses, lorsque, dans la onzième course, monté sur un grand tarn noir, Gladius de Cos avait établi leur réputation grâce à sa victoire, inattendue mais brillante, face à des adversaires extrêmement forts. Le grand oiseau qu'il montait n'était pas un tarn de course mais sa taille, sa rapidité, sa sûreté, son incroyable puissance et sa férocité en faisaient un adversaire terrifiant dans les guerres des anneaux suspendus ; en réalité, il n'avait jamais été vaincu ; presque tous les tarns des Acier, comme lui, n'étaient pas des tarns de course mais des tarns de guerre montés par des tarniers inconnus, individus mystérieux qu'on supposait originaires de cités lointaines ; le fait qu'une nouvelle faction non seulement résiste aux factions établies mais, en plus, menace dangereusement leur suprématie, constituait un spectacle capable d'enflammer l'imagination des hommes et des femmes d'Ar ; des milliers de supporters, pour une raison ou pour une autre, las de leur faction, friands de nouveauté ou désireux de jouer un rôle dans la grande bataille des courses, portèrent sur leurs vêtements un carré de tissu bleu-gris, insigne des Acier.

En ce qui me concerne, le visage dissimulé sous une cagoule de cuir et vêtu de soie bleu-gris, j'avais très souvent monté le grand tarn noir des Acier. Tout le monde connaissait le nom de Gladius de Cos, mais rares étaient ceux qui n'ignoraient pas son identité réelle. Je courais pour les Acier parce que mon tarn était là et que Mip, que j'avais appris à connaître et à aimer, le voulait. Je savais que je m'étais engagé dans une partie dangereuse, mais j'avais accepté de jouer sans comprendre véritablement l'enjeu et les objectifs de ce que je faisais ; Relius et Ho-Sorl m'assistèrent souvent. J'en déduisis que ce n'était pas le hasard qui les avait amenés à la Maison de Cernus. Après chaque course, Mip analysait en profondeur ma manière de monter et faisait des suggestions ; avant chaque course, il me communiquait ce qu'il savait des habitudes des cavaliers et des oiseaux que j'allais affronter, ce qui constituait invariablement une grande quantité de renseignements ; il m'apprit à déceler par moi-même les faiblesses des autres cavaliers, certaines particularités exploitables du vol des oiseaux qu'ils montaient ; un cavalier, notamment, avait tendance à prendre le troisième anneau du coin en manœuvrant la troisième rêne, ce qui lui permettait de boucher le passage sans ralentir avant de franchir l'anneau ; un oiseau, petit tarn rougeâtre et rapide qui courait pour les Bleus au moins deux fois tous les dix jours, avait l'habitude d'étendre les ailes, afin de freiner, un peu trop tôt, avant d'arriver au perchoir, ce qui permettait, si on le suivait de près, de s'emparer du perchoir qu'il visait et non du suivant, comme cela aurait dû se produire normalement.

La renommée de Murmillius, héros des jeux cruels du Stade des Lames, égalait et dépassait même celle de Gladius de Cos. Depuis le début d'En'Kara, il avait combattu plus de cent vingt fois et cent vingt adversaires avaient capitulé sous ses coups, adversaires que, fidèle à son habitude, il n'avait jamais tués quelle que fût la volonté du public. Quelques hommes comptant parmi les meilleurs combattants d'Ar, même des Guerriers de Haute Caste, désireux d'être celui qui prendrait le meilleur sur le mystérieux Murmillius, avaient pris le risque de l'affronter dans l'arène, mais il semblait combattre tous ces nobles courageux avec beaucoup plus de hargne que ses adversaires ordinaires, se jouant d'eux puis, apparemment lorsqu'il en avait envie, blessant le bras qui tenait l'épée, parfois si cruellement qu'ils avaient tous les risques de rester infirmes à vie. Il combattait les criminels et les hommes des Basses Castes qui luttaient pour l'or ou la liberté avec la courtoisie rude qui prévaut entre frères d'armes. Le public, chaque fois qu'il combattait, ne se tenait plus de joie, frémissant aux tintements de l'acier, et je crois que l'homme le plus adulé d'Ar était le mystérieux Murmillius, superbe et magnanime, dont on ignorait jusqu'à la cité d'origine.

Pendant ce temps, les manigances de Cernus, Maître de la Maison de Cernus, se développèrent au fil des jours et des événements du printemps et de l'été. Un jour, dans une taverne, j'entendis un homme, en qui je reconnus un gardien des cages de fer quoiqu'il fût vêtu d'une tunique de Bourrelier, affirmer que la Cité ne devait pas être administrée par un Constructeur mais par un Guerrier pour que l'ordre fût rétabli.

— Mais quel Guerrier ? demanda un de ses voisins, un Orfèvre.

— Cernus de la Maison de Cernus, déclara le gardien déguisé, est un Guerrier.

— C'est un Marchand d'Esclaves, dit un autre.

— Il connaît l'économie et les besoins d'Ar, reprit le gardien, aussi bien qu'un Marchand ; néanmoins il appartient à la Caste des Guerriers.

— Il a financé les jeux, fit remarquer un Éleveur de Tharlarions.

— Il serait plus compétent qu'un Hinrabien, fit un autre individu.

— La Maison de Cernus, dit un troisième, un Meunier, a payé une douzaine de fois mon entrée aux courses.

Il faisait allusion aux sceaux datés, portant la marque de la Maison de Cernus, dont on distribuait un millier devant la Maison du Marchand d'Esclaves chaque fois qu'il y avait des courses. Certaines personnes passaient la nuit devant la porte afin de retirer leur sceau à l'aube, car les premiers arrivés étaient les premiers servis.

— J'affirme, déclara le gardien déguisé, qu'Ar se porterait mieux si Cernus montait sur le trône !

Je constatai avec stupéfaction que ses voisins, manifestement des citoyens ordinaires, acquiesçaient.

— Oui, reconnut l'Orfèvre, il faudrait à Ar un Administrateur tel que Cernus.

— Ou un Ubar tel que Cernus, insista le gardien.

L'Orfèvre haussa les épaules.

— Oui, admit-il, ou un Ubar tel que Cernus.

— Ar est en guerre contre elle-même, intervint un Scribe qui n'avait encore rien dit. Dans ces conditions, c'est peut-être un Ubar qu'il nous faut.

— J'affirme, reprit le gardien, que Cernus doit être Ubar de notre Cité !

Ses voisins émirent des grognements d'approbation.

— Apporte du Paga ! cria le gardien déguisé en faisant signe à une esclave chargée d'une grande cruche de Paga et lui ordonnant de remplir les gobelets.

Je savais que l'argent que le gardien dépensait ainsi sans compter provenait des bureaux de Caprus car Élisabeth me l'avait rapporté. Je tournai les talons et m'en allai au moment où les clients, sous l'impulsion du gardien, portaient un toast à Cernus, Maître de la Maison de Cernus.

— Que Cernus de la Maison de Cernus devienne Ubar d'Ar ! crièrent-ils.

Un homme se leva en même temps que moi et sortit de la taverne.

Dehors, je m'arrêtai, me retournai et regardai Ho-Tu.

— Je croyais que tu ne buvais pas de Paga, dis-je.

— Je n'en bois pas, répliqua-t-il.

— Alors, comment se fait-il que tu sois dans une taverne ? demandai-je.

— J'ai vu Falarius sortir, déguisé en Bourrelier, expliqua-t-il. Ça a éveillé ma curiosité.

— Il semble obéir aux ordres de Cernus, fis-je.

— Oui, dit Ho-Tu.

— Les as-tu entendus, m'enquis-je, parler de Maître Cernus comme d'un Ubar possible ?

Ho-Tu me jeta un bref regard.

— Cernus, dit-il, ne devrait pas être Ubar.

Je haussai les épaules.

Ho-Tu tourna les talons et s'éloigna en hâte.

Tandis que les hommes de Cernus faisaient sa publicité dans les tavernes, dans les rues, sur les places de marché, sur les rampes et dans les gradins des jeux et des courses, l'or et l'acier de Cernus travaillaient apparemment ailleurs. Ses prêts aux Hinrabiens, famille riche mais incapable de porter à elle seule le fardeau incessant du financement des jeux et des courses, se firent plus rares, puis cessèrent. Puis, à contrecœur, prétendant qu'il avait besoin d'argent, Cernus demanda le remboursement de dettes mineures mais néanmoins importantes. À mesure que les Hinrabiens remboursaient en puisant dans leur fortune personnelle, il exigea des sommes de plus en plus importantes. En outre, les jeux et les courses qu'il avait financés au nom des Hinrabiens disparurent, et ceux qu'ils avaient financés en commun cessèrent de porter le nom de l'Administrateur. Seul le nom de Cernus, mécène et bienfaiteur, apparut sur les affiches et les tableaux. Puis, comme par hasard, le Grand Initié rendit publics des présages défavorables à la dynastie des Hinrabiens. Deux membres du Grand Conseil, qui avaient déploré l'influence croissante des Marchands dans la politique d'Ar, allusion voilée à Cernus, furent assassinés, le premier d'un coup de couteau, le second pendu à un pont proche de son domicile. Première épée des forces armées d'Ar, Maximus Hegesius Quintilius, deuxième homme du régime derrière Minus Tentius Hinrabius, fut démis de ses fonctions. Quelque temps auparavant, il avait exprimé des réserves concernant l'accession de Cernus à la Caste des Guerriers. Il fut remplacé par un membre de la garde taurentienne, Seremides de Tyros, nommé, par Saphronicus de Tyros, Capitaine des Taurentiens. Peu après, Maximus Hegesius Quintilius succomba à la morsure empoisonnée d'une esclave de son Jardin de Plaisirs, laquelle fut étranglée par les Taurentiens furieux auxquels elle avait été confiée, avant même d'avoir pu être présentée aux Scribes du Tribunal ; personne n'ignorait que les Taurentiens admiraient beaucoup Maximus Hegesius Quintilius, et que sa disparition les avait aussi profondément affectés que les Guerriers ordinaires d'Ar. J'avais brièvement rencontré Maximus Hegesius Quintilius quelques années plus tôt, en l'an 10110 de la fondation d'Ar, alors qu'il était capitaine, à l'époque de Pa-Kur et de ses hordes. Il m'avait fait l'effet d'un bon soldat. Sa disparition m'attrista. On lui fit des funérailles militaires ; ses cendres furent éparpillées, à dos de tarn, sur le champ de bataille où, quelques années plus tôt, avec le grade de Général, il avait conduit les armées d'Ar à la victoire.

Les exigences de Cernus, concernant le remboursement de l'argent que les Hinrabiens lui devaient, se firent de plus en plus insistantes et précises. Prétendant qu'il en avait besoin, il se montra bientôt implacable. Dans l'ensemble, les citoyens d'Ar trouvaient regrettable que la chance des Hinrabiens eût tourné ainsi. Par conséquent, comme il fallait s'y attendre, un mois plus tard, on parla de malversations et une commission d'experts-comptables fut nommée, officiellement pour laver de tout soupçon le nom des Hinrabiens, sur la proposition d'un membre du Grand Conseil, un Médecin que j'avais parfois rencontré chez Cernus. Les Scribes du Cylindre Central examinèrent les livres de comptes et découvrirent avec horreur de nombreuses incohérences, notamment des sommes versées à certains membres de la famille des Hinrabiens en rétribution de services qu'ils ne semblaient pas avoir rendus ; en outre, une somme considérable avait été débloquée en vue de construire des places fortes et des Perchoirs destinés à la cavalerie aérienne d'Ar, ses tarniers ; les militaires attendaient patiemment ces bâtiments et apprirent avec indignation que les crédits avaient effectivement été débloqués, mais avaient apparemment disparu ; on établit que les sociétés auxquelles les versements avaient été effectués étaient fictives. En outre, à la même époque, les Preneurs de Paris du Stade des Tarns firent savoir que l'Administrateur leur devait beaucoup d'argent et, pour ne pas être en reste, réclamèrent eux aussi leur dû.

Il ne paraissait plus douteux que Minus Tentius Hinrabius serait obligé de rendre les Robes Brunes de sa charge. Il s'y résigna à la fin du printemps, le seizième jour du troisième mois, ce mois que l'on appelle Camerius à Ar et Selnar à Ko-ro-ba. La veille du jour où il démissionna, dans le foie d'un bosk sacrifié, le Grand Initié avait trouvé la confirmation de ce que tout le monde présumait : les présages étaient extrêmement défavorables à la dynastie des Hinrabiens.

Le Grand Conseil, Minus Tentius Hinrabius lui ayant promis de quitter la cité, ne le condamna pas officiellement à l'exil. Accompagné de sa famille et de ses gens, il quitta la ville le dix-septième jour de Camerius. À la fin du mois, confrontés à la colère populaire, les autres Hinrabiens liquidèrent leurs biens à perte et quittèrent Ar, rejoignant Minus Tentius Hinrabius à quelques pasangs de la ville. Puis, tous ensemble, accompagnés par une escorte armée, les Hinrabiens prirent en caravane la direction de Tor, des messagers les ayant assurés que cette cité était prête à les accueillir. Malheureusement, la caravane fut attaquée, à moins de deux cents pasangs de la Grande Porte d'Ar, par une puissante bande armée d'origine inconnue. Curieusement, avec peut-être une exception, tous les Hinrabiens avaient été égorgés, même les femmes; cela était étrange car les femmes d'une caravane capturée, étant considérées comme partie intégrante du butin, sont presque toujours réduites en esclavage; le corps que l'on ne retrouva pas parmi les cadavres éparpillés dans la plaine et les restes calcinés des chariots était, naturellement, celui de Claudia Tentia Hinrabia.

Le vingtième jour de Camerius, les énormes gongs suspendus aux remparts de la cité annoncèrent le couronnement d'un Ubar. Cernus avait été investi Ubar d'Ar: les Taurentiens avaient levé leur épée pour le saluer et les membres du Grand Conseil s'étaient levés, dans la Salle du Conseil, pour l'applaudir. Il y eut des processions sur les ponts; on organisa des tournois de Jeu; poètes et historiens célébrèrent ce jour, tous plus éloquents les uns que les autres; mais, surtout, la journée fut déclarée fériée et on organisa des jeux et des courses qui durèrent dix jours, débordant même sur la Troisième Main Transitoire.

Naturellement, je ne voyais pas là uniquement l'œuvre de Cernus. Son couronnement dévoilait, à mon avis, une partie du plan des Autres; la possession du trône d'Ar par un des leurs faisait de la cité une base tout à fait propice à la réalisation de leurs projets, surtout en ce qui concernait la propagande et le recrutement de nouveaux partisans; comme l'avait fait remarquer Misk, l'être humain, s'il dispose d'une arme puissante, peut être très dangereux, même pour un Prêtre-Roi.

Toutefois, au cours de cet étrange été, un élément me fournit de bonnes raisons d'être optimiste. Élisabeth, Phyllis et Virginia seraient arrachées à la Maison et conduites en sécurité. Caprus, qui s'était montré plus coopératif et, apparemment, un peu plus hardi peu après le couronnement de Cernus, peut-être parce que Cernus était plus souvent absent, m'avait appris qu'il était entré en contact avec un agent des Prêtres-Rois. Les jeunes femmes, bien que les documents ne m'eussent pas encore été communiqués, seraient sauvées.

Son plan était simple mais ingénieux. Il s'agissait de faire acheter les jeunes femmes par un agent des Prêtres-Rois, pendant la Fête de l'Amour qui commencerait le lendemain, un agent qui serait en mesure de renchérir sur tous les prix proposés. Elles quitteraient la Maison aussi naturellement et logiquement qu'Élisabeth y avait été introduite. Il était vrai qu'Élisabeth n'était plus d'aucune utilité, et ce depuis longtemps ; Caprus avait localisé les documents importants et les copiait ; ma présence, en revanche, était toujours nécessaire puisque je devais faire sortir Caprus et les documents de la Maison. Élisabeth ne voulait évidemment pas partir sans moi, mais elle fut obligée d'admettre que le plan était bon ; s'il était possible de lui faire quitter la Maison, ma tâche et celle de Caprus seraient facilitées d'autant ; en outre, elle souhaitait, naturellement, que Virginia et Phyllis puissent bénéficier en même temps qu'elle de cette chance de recouvrer leur liberté, chance qui ne se représenterait probablement pas ; de plus, elle était prête à reconnaître qu'il serait probablement compliqué et malaisé pour moi d'organiser tout à la fois l'évasion des documents, de Caprus, d'elle, de moi et des deux jeunes femmes.

Tout bien considéré, le plan de Caprus paraissait non seulement approprié, mais, somme toute, idéal. Virginia et Phyllis ne furent évidemment mises au courant ni par Élisabeth ni par moi. Il était préférable que le plan reste secret. Leur comportement serait certainement plus naturel si elles demeuraient dans l'ignorance. Il fallait leur laisser croire qu'elles seraient vendues sur l'estrade. Elles auraient plus tard la bonne surprise de constater qu'elles allaient, en fait, vers la sécurité et la liberté. Je ris intérieurement. En outre, Caprus m'avait assuré que son travail avançait et que les documents seraient prêts au début de Se'Kara, ce qui me réjouit ; j'en déduisis que, du fait que Cernus passait le plus clair de son temps au Cylindre Central depuis qu'il était Ubar, Caprus avait plus fréquemment l'occasion de travailler. Se'Kara était loin, bien sûr. Toutefois, c'était mieux que rien. Je me souvins qu'il avait fixé d'autres dates qu'il n'avait pas respectées. Néanmoins, j'étais satisfait. Élisabeth, Virginia et Phyllis seraient sauvées. Et Caprus semblait de bonne humeur ; c'était peut-être un signe présageant la fin de ma mission. À cette pensée, je compris à quel point Caprus était courageux et me rendis compte que j'avais eu trop peu de respect pour sa bravoure et son travail. Il avait pris beaucoup de risques, peut-être davantage que moi. J'eus honte. Ce n'était qu'un Scribe et ce qu'il faisait exigeait beaucoup de courage, probablement plus que n'en possédaient de nombreux Guerriers.

Je me rendis compte que je sifflotais. Les choses s'arrangeaient. Je regrettais seulement de ne pas avoir découvert l'assassin du Guerrier de Thentis.

*

* *

De temps en temps, bien qu'il fût Ubar d'Ar, Cernus venait dîner chez lui, comme il le faisait tous les jours auparavant, et jouait avec Caprus, se concentrant entièrement sur les mouvements des pièces jaunes et rouges disposées sur les cases rouges et jaunes du plateau.

C'était le soir de Kajuralia.

Les rires fusaient dans la grande salle de la Maison de Cernus et, bien qu'on fût encore au début de la soirée, le Paga et le vin de Ka-la-na purs coulaient à flots.

Ho-Tu posa brutalement sa cuiller de corne, avec une grimace, puis me jeta un regard ironique.

Sa bouillie était si salée qu'il n'était pas possible de la manger ; il fixa d'un air dégoûté la purée de céréales et de sel.

— Kajuralia, Maître, dit Élisabeth Cardwell à Ho-Tu, avec un sourire sucré, en passant près de lui, chargée d'une cruche de vin de Ka-la-na.

Ho-Tu lui saisit le poignet.

— Qu'est-ce qui ne va pas, Maître ? s'enquit Élisabeth d'un air innocent.

— Si je pensais que c'est toi qui as salé mon porridge, gronda Ho-Tu, tu passerais la nuit assise sur un aiguillon !

— Je n'oserais jamais faire une chose pareille, protesta Élisabeth en ouvrant de grands yeux.

Ho-Tu grogna. Puis il eut un sourire mauvais.

— Kajuralia, Petite Esclave, fit-il.

Élisabeth sourit.

— Kajuralia, Maître, répondit-elle.

Puis elle fit vivement demi-tour, sans cesser de sourire, et reprit ses occupations.

— Visage-Grêlé ! cria Relius. À boire !

Virginia Kent, portant une cruche de vin de Ka-la-na, se dirigea avec légèreté vers Relius, Homme d'Armes de la Maison de Cernus.

— Autorise Lana à te servir, proposa une autre fille, vêtue de soie rouge, en se penchant sur lui, les lèvres entrouvertes.

Relius tendit son gobelet mais, avant que la jeune femme n'ait pu verser le vin, elle parut perdre l'équilibre et tomber de l'estrade, Virginia Kent ayant violemment tiré sur l'arrière de sa robe. Lana atterrit, avec un bruit sourd, sur les pierres du sol, renversant le vin.

— Relius surveille Virginia, déclara la jeune esclave terrienne à Lana.

Lana se releva péniblement après avoir posé sa cruche de vin sur les pierres mouillées et rouges. Les deux jeunes femmes s'immobilisèrent face à face.

— Je porte la laisse de Relius, affirma Virginia, et ses menottes !

Lana se tourna vers Relius.

— Passe ta laisse à Lana, proposa-t-elle. Elle est Soie Rouge. (Elle tendit ses poignets à Relius.) Passe tes menottes à Lana. Elle est Soie Rouge. Elle te servira mieux qu'une pauvre petite esclave Soie Blanche.

— Non ! cria Virginia.

Lana se retourna et la regarda avec mépris.

— De quel droit, demanda-t-elle, portes-tu la laisse d'un homme tel que Relius ?

— Il a décidé de me surveiller ! répliqua Virginia.

Lana se tourna à nouveau vers Relius.

— Surveille Lana, offrit-elle.

À ce moment-là, Virginia Kent posa elle aussi sa cruche de vin, prit Lana par une épaule, la fit pivoter et lui donna un violent coup de poing sous l'œil gauche. Les convives de la table et des tables voisines, hommes et femmes, regardèrent d'un air satisfait les deux jeunes femmes rouler par terre en se mordant et se griffant. Soie Blanche dessus, puis Soie Rouge, puis Soie Blanche à nouveau. Enfin, sous les acclamations des spectateurs, Virginia Kent prit le dessus et, assise sur son adversaire, la bourra de coups de poing jusqu'à ce que Lana, levant les bras et poussant des cris stridents, la supplie de cesser.

— Qui porte la laisse de Relius ? demanda Virginia.

— Ginia ! cria Lana.

— Et qui porte ses menottes ?

— Ginia !

— Qui Relius surveille-t-il ?

— Ginia ! Ginia ! sanglota Lana en essayant de se protéger le visage. Ginia !

Puis Virginia Kent, le souffle court, se releva.

Lana se redressa péniblement et s'immobilisa à un mètre d'elle, les larmes aux yeux.

— Tu seras vendue demain ! déclara-t-elle. Alors, Relius en surveillera une autre ! (Puis elle se tourna vers Relius.) J'espère que Lana portera la laisse de Relius, dit-elle.

Puis, comme Virginia Kent se jetait sur elle en hurlant, Lana pivota sur elle-même et s'enfuit en courant.

— Se décidera-t-on enfin à me servir ? fit Relius sur un ton las, comme si l'incident ne l'intéressait pas.

Virginia remit de l'ordre dans ses vêtements, ramassa la cruche de vin de Ka-la-na et, avec un sourire timide, se dirigea vers lui.

Il tendit son gobelet mais soudain, contre toute attente, elle recula la cruche.

— Qu'est-ce que ça veut dire ? s'écria-t-il.

— Kajuralia ! fit-elle en riant.

— Refuses-tu de me servir ? s'enquit Relius avec colère.

Stupéfait, je vis Virginia Kent poser sa cruche.

— Je vais te servir, dit-elle.

Puis elle lui passa les bras autour du cou et posa soudain, pour la plus grande joie des spectateurs, ses lèvres sur celles de Relius.

— Kajuralia, souffla-t-elle.

— Kajuralia, grommela-t-il, refermant les bras sur elle et l'attirant contre lui.

Quand il la laissa se dégager, elle avait les larmes aux yeux.

— Qu'est-ce qui ne va pas, Visage-Grêlé ? demanda-t-il.

— Demain, dit-elle, je serai vendue.

— Peut-être tomberas-tu sur un bon maître, Petite Esclave, lui remontra Relius.

La jeune femme posa la tête sur son épaule et se mit à pleurer.

— Je ne veux pas que Virginia soit vendue, sanglota-t-elle, sauf si c'est Relius qui l'achète.

— Tu souhaites réellement être mon esclave, Visage-Grêlé ? demanda Relius.

— Oui, sanglota Virginia, oui.

— Je n'ai pas les moyens de t'acheter, dit Relius en lui caressant les cheveux.

Je me détournai.

Près du carré de sable, des esclaves, danseuses en Soies de Plaisir, étaient assises sur les talons et battaient joyeusement des mains. Dans le carré, un homme d'armes complètement ivre exécutait une danse de marins, le mouvement de ses jambes évoquant à la perfection le tangage et le roulis d'un bateau, ses mains suggérant qu'il grimpait à la corde, puis qu'il la halait, enfin qu'il la nouait. Je savais qu'il venait de Port Kar. C'était un individu peu recommandable mais il y avait des larmes d'ivrogne dans ses yeux tandis qu'il sautait de-ci, de-là, mimant le travail de l'équipage d'une galère rapide. On dit que ceux qui ont vu Thassa souhaitent ne jamais la quitter, que ceux qui l'ont quittée ne sont jamais pleinement heureux. Un peu plus tard, un autre homme d'armes bondit dans le carré de sable et exécuta la danse des chasseurs de larl, bientôt rejoint par deux autres qui, en file indienne, mimèrent l'approche, la confrontation, la mort.

Celui qui avait exécuté la danse de marins avait quitté le carré de sable et, contre un mur, dans l'ombre, sans se faire remarquer, dansait seul, dansait pour lui-même, en souvenir de Thassa la Luisante et des rapides vaisseaux noirs – les Tarns de la Mer comme on disait – de Port Kar.

— Sers-moi à boire ! cria Ho-Sorl à Phyllis Robertson, bien qu'elle fût de l'autre côté de la salle et qu'il y eût plusieurs jeunes femmes non loin de lui.

Cela n'avait toutefois rien de surprenant car Ho-Sorl exigeait invariablement que l'orgueilleuse Phyllis, qui prétendait le délester, le serve à table, service qu'elle se voyait contrainte en fin de compte, de mauvaise grâce et la tête haute, de lui rendre, qu'il s'agisse de lui servir du vin ou de lui offrir une grappe de raisin délicatement serrée entre les dents.

Caprus annonça, apparemment très satisfait :

— Je vais capturer la Pierre du Foyer dans trois tours !

Cernus eut un sourire ironique et donna une claque sur l'épaule du Scribe.

— Kajuralia, fit-il en riant, Kajuralia !

— Kajuralia, grommela Caprus, plutôt déprimé, en avançant une pièce essentielle, mais sans entrain.

— Qu'est-ce que c'est ? s'écria Ho-Sorl.

— Du lait de bosk, répliqua Phyllis. Ça te fera du bien.

Ho-Sorl poussa un cri de colère.

— Kajuralia ! lança Phyllis.

Puis elle fit demi-tour et s'éloigna d'une démarche si provocante qu'elle aurait choqué Sura elle-même.

Ho-Sorl bondit par-dessus la table, renversant le lait, et la rattrapa à quatre pas de l'estrade. Il la jeta sur son épaule sans se soucier des coups de poing dont elle lui bourrait le dos, et la porta jusqu'à Ho-Tu.

— Je paierai la différence, déclara Ho-Sorl, entre son prix de Soie Blanche et son prix de Soie Rouge.

Phyllis poussa un cri de terreur, se tortillant sur son épaule, le martelant de ses coups de poing.

Ho-Tu feignit de considérer sérieusement le problème.

— N'as-tu pas envie de devenir Soie Rouge ? demanda-t-il à Phyllis qui, étant donné sa position, ne pouvait pas le voir.

— Non, non, non, non ! cria-t-elle.

— De toute manière, elle sera probablement Soie Rouge demain soir, fit remarquer Ho-Sorl, à juste titre.

— Non, non ! cria Phyllis.

— Et où ferais-tu ça ? s'enquit Ho-Tu.

— Le carré de sable fera l'affaire, répondit Ho-Sorl.

Phyllis poussa un gémissement désespéré.

— Ne voudrais-tu pas que Ho-Sorl te fasse Soie Rouge ? demanda Ho-Tu à Phyllis.

— Je le déteste ! hurla-t-elle. Je le hais ! Je le hais ! Je le hais !

— Je parie, dit Ho-Sorl, que je peux la faire hurler de plaisir en moins d'un quart d'ahn.

— C'est un pari intéressant, reconnut Ho-Tu.

Cela me parut, néanmoins, un peu court.

Phyllis implora sa pitié.

— Pose-la sur le sable ! décida Ho-Tu.

Ho-Sorl porta Phyllis Robertson jusqu'au carré de sable et la jeta à ses pieds. Puis il s'immobilisa au-dessus d'elle, les mains sur les hanches. Elle ne pouvait rouler ni à droite ni à gauche. Elle était allongée sur le dos entre ses sandales, un genou légèrement levé, comme si elle allait s'enfuir, puis elle se dressa sur les coudes, terrifiée, les yeux fixés sur lui. Il riait ; elle hurla et tenta de lui échapper mais il la prit par les cheveux, s'accroupit et, sans tenir compte de ses larmes, la contraignit à se recoucher sur le sable.

Il tendit la main vers l'agrafe de son épaule gauche et elle frémit puis tourna la tête.

Mais, au lieu de détacher l'agrafe, il la prit sous les bras, la souleva puis la laissa retomber sur les fesses dans le sable où elle resta immobile, ébahie, les yeux levés vers lui.

— Kajuralia ! fit Ho-Sorl en riant avant de faire demi-tour et, parmi les rires, de regagner sa place.

Ho-Tu riait également, peut-être plus fort que les autres, en donnant des coups de poing sur la table. Cernus lui-même leva la tête et sourit.

Phyllis s'était péniblement relevée, très rouge de confusion, et, instable sur ses jambes tremblantes, tentait d'épousseter le sable qu'elle avait dans les cheveux, sur les jambes et dans ses vêtements.

— Ne regrette rien, dit une esclave de Soie Rouge en passant près d'elle chargée d'une cruche de vin de Ka-la-na.

Phyllis lui fit une grimace.

— Pauvre petite esclave de Soie Blanche, fit une autre esclave de Soie Rouge avant de s'éloigner entre les tables.

Phyllis serra les poings et laissa échapper une exclamation rageuse.

Ho-Sorl l'examina.

— Tu es plutôt grasse, remarqua-t-il.

Je ne pouvais pas être d'accord avec lui sur ce point.

— Je suis heureuse d'être vendue ! cria Phyllis. Ainsi, je ne te verrai plus : Espèce de... tarsk noir et balafré ! (Elle avait les larmes aux yeux.) Je te hais ! hurla-t-elle, je te hais !

— Vous êtes cruels ! s'écria Virginia Kent, debout derrière Ho-Tu.

Le silence se fit dans la salle.

Puis, avec colère, Virginia Kent ramassa le bol de bouillie de Ho-Tu et, le retournant, le lui renversa sur la tête.

— Kajuralia ! fit-elle.

Relius, dont le visage exprimait l'horreur, faillit se lever d'un bond.

Ho-Tu resta immobile, le bol sur la tête, la bouillie lui coulant sur le visage.

Il y eut un long moment de silence.

Soudain, je sentis qu'on me versait une grande quantité de liquide, du vin probablement, au moins une demi-cruche, sur la tête. Je clignai des yeux et suffoquai.

— Kajuralia, Maître ! fit Élisabeth Cardwell en s'éloignant avec dignité.

Ho-Tu rit si fort que ses yeux s'emplirent de larmes. Il ôta le bol posé sur son crâne chauve et s'essuya le visage avec l'avant-bras. Puis il donna à nouveau des coups de poing sur la table. Puis tous les convives, stupéfaits par l'audace de l'esclave qui avait ainsi osé se moquer d'un membre de la Caste Noire, éclatèrent d'un rire tonitruant, et les esclaves elles-mêmes ne s'en privèrent pas. Elles n'avaient certainement jamais osé espérer que Kajuralia leur apporterait une telle joie. Je réussis à ne pas perdre contenance et tentai de froncer les sourcils de manière convaincante, me retrouvant en butte à l'hilarité générale. Je constatai que Cernus lui-même avait levé la tête et riait à gorge déployée. Je n'avais jamais vu le Maître de la Maison de Cernus rire d'aussi bon cœur. Puis, horrifié, je vis Élisabeth, le dos bien droit et la démarche assurée, se diriger vers Cernus puis, lentement, tandis qu'il ouvrait la bouche sans vraiment comprendre ce qui arrivait, lui verser le reste de la cruche de vin de Ka-la-na sur la tête.

— Kajuralia ! fit Élisabeth avant de s'éloigner.

Avec soulagement, je vis Ho-Tu se dresser et lever les deux bras en criant :

— Kajuralia, Ubar !

Puis tout le monde – même les esclaves qui servaient – se dressa, leva les bras et, sans cesser de rire, acclama Cernus :

— Kajuralia, Ubar !

Et, bien que les mots eussent bien du mal à franchir mes lèvres, je criai également :

— Kajuralia, Ubar !

Le visage de Cernus se détendit et il s'appuya contre le dossier de sa chaise. Puis, avec soulagement, je le vis sourire et, quelques instants plus tard, rire.

Alors, les esclaves furent prises de folie, lancèrent les objets, en déversant, lorsque cela était possible, des liquides sur la tête des hommes d'armes et des employés qui, bondissant, se saisirent d'elles à la première occasion, les embrassèrent, les serrèrent dans leurs bras, les firent crier de plaisir. Et plus d'une se retrouva sur les fourrures de l'amour étendues sous les anneaux. Un tumulte assourdissant emplit la grande salle de la Maison de Cernus. Je finis par mettre la main sur Élisabeth Cardwell, bien qu'elle fût adroite et eût tenté de m'échapper, et, l'ayant prise dans mes bras, la portai à l'écart. Elle me regarda.

— Tu as bien fait, dis-je.

— Ça n'est pas passé loin, fit-elle remarquer.

— Trop près à mon goût, reconnus-je.

— Tu m'as capturée...

Je l'embrassai.

— Demain soir, dis-je, tu seras libre.

— Je suis heureuse.

— Est-ce que c'est toi qui as salé la bouillie de Ho-Tu ?

— Peut-être bien, reconnut-elle.

— Ce soir, dis-je, ce sera notre dernière nuit dans notre chambre.

Elle rit.

— C'était la nuit dernière, releva-t-elle. Ce soir, je dois aller aux Cellules de Transit, où les filles qui seront vendues demain devront passer la nuit.

Je grognai.

— Il sera ainsi plus facile de les rassembler, demain matin, fit-elle remarquer.

— Sans doute, accordai-je.

— Entre la dixième et la quatorzième ahn, indiqua-t-elle, on pourra venir nous voir, nues, dans nos cages.

— Ah ? fis-je.

— Il est parfois difficile de se faire une idée lorsqu'on est en haut des gradins, expliqua-t-elle.

Derrière nous, comme dans un autre monde, retentissaient les rires et les cris stridents des hommes et des femmes qui fêtaient le Kajuralia.

— Est-ce que tu as peur ? demandai-je.

— Non, répondit-elle. Je suis impatiente.

— Pourquoi donc ?

— Ce doit être très excitant, répondit-elle, les lumières, la sciure de bois, être si complètement nue, les enchères des hommes.

— Tu es un peu folle, fis-je remarquer.

— Toute jeune femme, affirma-t-elle, devrait être vendue au moins une fois dans sa vie.

— Tu es complètement folle ! dis-je en l'embrassant de nouveau.

— Je me demande combien on paiera pour moi, fit-elle d'une voix rêveuse.

— Probablement deux tarnets de cuivre, estimai-je.

— J'espère que je vais être achetée par un maître séduisant, me confia-t-elle.

Furieux, je lui coupai la parole en l'embrassant.

La voix de Ho-Tu résonna dans la salle:

— La dix-huitième sonnerie est passée, cria-t-il, les esclaves doivent regagner leurs cellules!

Les hommes et les femmes manifestèrent bruyamment leur déception.

Je ne cessai pas d'embrasser Élisabeth.

— Les esclaves doivent regagner leurs cellules, murmura-t-elle. (Lorsque je la lâchai, elle leva les yeux vers moi et, s'étant dressée sur la pointe des pieds, m'embrassa sur le nez.) Peut-être, dit-elle, nous verrons-nous demain soir.

J'en doutais mais c'était possible. Je supposai que l'agent des Prêtres-Rois qui achèterait les jeunes femmes les conduirait immédiatement dans les Sardar ou bien à Ko-ro-ba. Mais il attendrait peut-être un peu et je pourrais alors savoir où elle se trouvait, puis lui rendre visite avant son départ. Lorsque Caprus et moi-même aurions rempli notre mission, je pourrais la rejoindre provisoirement, peut-être à Ko-ro-ba, avant qu'elle ne reparte pour la Terre; je présumais, naturellement, qu'elle aurait envie de regagner sa planète d'origine, Gor est rude et cruelle. Aucune jeune femme accoutumée à la civilisation et à la courtoisie de la Terre n'aurait envie de rester dans un monde aussi barbare, un monde magnifique, sans doute, mais terrifiant et dangereux, un monde où la femme a rarement l'occasion d'être autre chose qu'une femme, un monde où la Libre Compagne elle-même dort sur une couche au pied de laquelle se trouve un anneau d'esclave.

Elle m'embrassa une dernière fois puis s'en alla en courant. Elle passerait la nuit dans les Cellules de Transit et, au matin, avec des centaines d'autres, elle gagnerait les cages de fer de la Curuléenne.

— Esclaves, cria de nouveau Ho-Tu, dans vos cellules!

Il s'adressait à Virginia Kent et Lana qui s'étaient attardées auprès de Relius, lequel terminait son gobelet de vin.

— Toi, petite Soie Blanche, reprit Ho-Tu, qui manies si bien le bol de porridge, file aux Cellules de Transit! Il faut que tu dormes. Tu dois monter sur l'estrade demain. Il faut que tu fasses honneur à la Maison de Cernus.

Virginia lutta contre les larmes.

— Oui, Maître, dit-elle.

Lana rit et s'approcha de Relius, le prit par le bras et regarda Virginia.

— Demain, Soie Blanche, fit-elle, tu seras vendue, mais Lana n'aura pas quitté la Maison de Cernus. (Elle regarda Relius, se blottit contre lui, l'embrassa dans le cou.) Si Lana est autorisée à sortir demain, dit-elle, Lana veut porter la laisse de Relius.

Virginia resta immobile, les poings serrés, luttant contre les larmes.

— Comment t'appelles-tu ? demanda Ho-Tu à la jeune Soie Rouge.

— Lana, répondit-elle, si cela plaît au Maître.

— Lana, reprit Ho-Tu, tu sortiras effectivement demain.

— Merci, Maître, dit Lana en regardant Relius.

— Maintenant, Lana, ajouta Ho-Tu, file aux Cellules de Transit.

Elle pivota vivement sur elle-même.

— Aux Cellules de Transit ! s'écria-t-elle.

— Oui, répondit Ho-Tu. Tu seras vendue demain, pendant la Fête de l'Amour.

— Non ! cria-t-elle. Non !

Virginia se mit à rire et battit joyeusement des mains.

— Non ! cria à nouveau Lana.

— File aux Cellules de Transit, Esclave ! ordonna Ho-Tu.

Il posa la main sur l'aiguillon qu'il portait à la ceinture.

Les yeux de la jeune femme s'emplirent de terreur. Elle jeta un regard désespéré à Relius puis, lorsque Ho-Tu décrocha son aiguillon, s'enfuit en courant.

Virginia tomba à genoux devant Ho-Tu, dans la position de l'Esclave de Plaisir, et baissa la tête.

— Merci, Maître, dit-elle.

— Tu es une brave petite, dit-il. Et tu es très dangereuse avec un bol de porridge.

Elle baissa davantage la tête.

— Dépêche-toi, Esclave ! ordonna Ho-Tu. File aux Cellules de Transit.

Virginia Kent, qui avait enseigné l'histoire antique et classique dans une université de la Terre, se leva d'un bond et, nu-pieds, simple esclave, sortit en courant, se hâtant de gagner les Cellules de Transit d'où, au matin, avec d'autres, elle serait envoyée à la Curuléenne où, avec Élisabeth et Phyllis, elle monterait sur l'estrade pour être vendue, le prix de sa chair venant grossir le trésor de la Maison de Cernus.

Ho-Tu la regarda partir et sourit.

— Brave petite, grommela-t-il.

— Mais très dangereuse avec un bol de porridge, lui rappelai-je.

— Oui, fit-il, effectivement.

Je regardai la salle. Il ne restait plus que des hommes d'armes et des employés de la Maison. J'en déduisis que je ferais aussi bien de regagner ma chambre. Élisabeth allait me manquer.

Soudain, deux hommes d'armes entrèrent dans la salle, poussant une femme devant eux.

Ho-Tu leva la tête et blêmit. Sa main glissa vers le couteau courbe qu'il portait à la ceinture.

La femme se dirigea en trébuchant vers la table de Cernus devant laquelle elle s'immobilisa. Elle portait à la taille une lanière rouge dans laquelle avait été glissé un rectangle de soie rouge ; ses cheveux étaient défaits ; elle avait les poignets attachés dans le dos ; elle portait toujours ses clochettes à la cheville gauche mais ses magnifiques vêtements lui avaient été retirés ; l'aiguillon ne se balançait plus à son poignet.

— Kajuralia, Sura ! lui dit Cernus.

— Kajuralia, Maître, répondit-elle avec amertume.

Ho-Tu prit la parole.

— Laisse-la regagner son compartiment, dit-il, Sura nous a bien servis. C'est la meilleure éducatrice d'Ar.

— Nous allons lui rappeler, déclara Cernus, qu'elle n'est qu'une esclave.

— Je te supplie d'être magnanime ! s'écria Ho-Tu.

— Je n'en ai aucune envie ! répliqua Cernus. Que le jeu commence !

Les hommes se rassemblèrent entre les tables et bientôt les dés, phalanges de verr marquées à l'encre, tintèrent dans un gobelet métallique. Sura s'agenouilla devant la table de Cernus, la tête baissée. Un homme d'armes fixa une laisse à son collier. L'attache de la laisse était une petite boucle métallique. L'homme d'armes enroula la boucle autour du collier d'acier recouvert d'émail rouge. Derrière elle, les hommes poussaient des exclamations en regardant les dés rouler sur les pierres du sol. Je compris alors, dans une certaine mesure, ce qui se passait. Ce n'était qu'un renversement de situation caractéristique de Kajuralia, mais c'était peut-être plus ; de nombreux hommes d'armes et employés étaient jaloux de la position que Sura occupait dans la Maison, bien qu'elle fût esclave, et lui reprochaient son orgueil ; peut-être Cernus lui-même avait-il le sentiment qu'elle se croyait trop importante ; il parut satisfait de la voir humiliée, utilisée comme une esclave de Soie Rouge ordinaire.

— Je vais m'en servir le premier ! s'écria un homme.

Puis il y eut d'autres cris et la partie de dés se poursuivit. Je compris alors que la belle et orgueilleuse Sura servirait tous les hommes, dans l'ordre des points.

Je me tournai vers Ho-Tu. Je constatai avec stupéfaction que ses yeux noirs et féroces étaient pleins de larmes. Sa main n'avait pas quitté la poignée de son couteau courbe.

Je regardai Sura. Elle était agenouillée sur les pierres, les épaules basses, la tête baissée, les cheveux pendants, uniquement vêtue d'un rectangle de soie rouge, les poignets attachés dans le dos. Ses épaules étaient secouées et je compris avec stupéfaction qu'elle pleurait.

Je me dirigeai alors vers le centre de la salle et sans un mot, sans tenir compte des regards courroucés des joueurs qui voyaient mon intrusion d'un mauvais œil, pris le gobelet métallique contenant les dés à celui qui le tenait.

Mécontent mais n'osant pas résister, il me céda.

Je regardai les visages, secouai le gobelet et jetai les dés, tous les quatre, à mes pieds.

Je ne fis pas un bon score. Plusieurs hommes eurent un sourire de soulagement. Mais mon épée jaillit de son fourreau et, retournant chaque dé du bout de la lame, je fis apparaître la face portant le plus grand nombre.

Les hommes me fixèrent avec colère. Quelques-uns grognèrent des injures. Comme ils étaient à genoux, du fait qu'ils jouaient, ils levèrent vers moi des yeux pleins de fureur.

— Je vais me servir d'elle, déclarai-je. Et personne d'autre ne l'aura.

— Non ! cria un homme d'armes en se levant d'un bond.

Je le regardai et il recula, fit demi-tour puis sortit.

— J'attends ceux qui veulent me la disputer, dis-je calmement.

Furieux, les hommes se levèrent, puis se dispersèrent en marmonnant.

Je me tournai vers Cernus. Il sourit et leva une main magnanime.

— Si personne ne te la dispute, déclara-t-il, elle est à toi. (Il rit, puis adressa un sourire ironique à Sura.) Kajuralia, Esclave, fit-il.

— Kajuralia, Maître, souffla Sura.

Je parlai à Sura d'une voix dure.

— Conduis-moi chez toi, Esclave !

Elle se leva péniblement, la laisse attachée à son collier se balança. Je ne pris pas la laisse et elle passa devant moi, les larmes aux yeux, se dirigeant vers la sortie, le tintement des clochettes rythmant ses pas. Mais elle ne marchait pas comme une Esclave de Plaisir. Elle marchait avec raideur, la tête basse, vaincue. J'entendis le rire de Cernus.

— J'ai entendu dire, persifla-t-il, que le Tueur sait comment s'y prendre avec les esclaves !

Sura s'immobilisa, rejeta la tête en arrière sans pourtant se tourner vers lui, puis franchit le seuil en hâte.

— Tueur ! entendis-je alors.

Je me tournai vers Ho-Tu. Sa main reposait toujours sur le pommeau de son couteau courbe.

— Ce n'est pas une esclave ordinaire, dit-il.

— Eh bien, fis-je, j'espère qu'elle me procurera des plaisirs extraordinaires.

Puis je tournai les talons et sortis.

Sura me précéda dans les couloirs de la Maison de Cernus, puis nous traversâmes la salle de cours et entrâmes dans son compartiment où nous nous immobilisâmes. Je pris la clé attachée à son collier et lui retirai les menottes. Je les jetai, avec la clé, dans un coin de la pièce ; puis je détachai la laisse et l'envoyai rejoindre les menottes et la clé.

Elle resta immobile, se frottant les poignets. Ils portaient des marques rouges. Il n'était pas utile de serrer autant les menottes. Elle posa sur moi un regard chargé de haine, je me retournai et regardai la pièce. Il y avait plusieurs placards probablement pleins de soieries, de produits de beauté, de bijoux; il y avait aussi de magnifiques fourrures sur lesquelles je supposai qu'elle dormait; dans un coin, se trouvait un kalika au long manche et à la caisse de résonance hémisphérique; je savais qu'elle en jouait; un peu plus loin, un aiguillon était pendu au mur.

Je la regardai. Elle n'avait pas bougé mais elle ne se frottait plus les poignets. Ils étaient toujours cerclés de rouge. Ses cheveux noirs étaient magnifiques, longs et défaits, tombant sur ses épaules; ses yeux étaient noirs, profonds et beaux: son corps, conformément au désir des Marchands d'Esclaves, était extraordinairement épanoui; les traits de son visage et la courbe de ses lèvres reflétaient, à mes yeux, car j'étais devenu plus perspicace au fil des mois, les éléments distinctifs de l'élevage de la Maison de Cernus.

Je me détournai à nouveau, me demandant s'il y avait du vin de Ka-la-na ou du Paga, bien qu'il n'y eût probablement pas de ce dernier, caché quelque part. Je fouillai un placard, puis un autre. Elle n'avait toujours pas bougé.

Je m'arrêtai devant un autre placard.

— S'il te plaît, n'ouvre pas celui-ci, dit-elle.

— Il n'y a pas de raison, répondis-je, et persuadé que le vin s'y trouvait, j'ouvris les portes.

— Je t'en prie! cria-t-elle.

Ce doit être ici, me dis-je. Je fouillai le placard mais n'y trouvai que des colliers emmêlés, des soieries. Sura n'en manquait pas, j'étais bien obligé de le reconnaître. Si tout cela lui avait appartenu, toutes les femmes libres d'Ar auraient été jalouses d'elle.

— Cesse de fouiller! cria-t-elle.

— Tais-toi, Esclave! fis-je sans lever la tête, puis, tout au fond du placard, presque décolorée, déchirée, ne mesurant pas plus de trente centimètres et très légère, je trouvai une petite poupée usée et en haillons, vêtue de Robes de Dissimulation passées, semblable à celles qui font la joie des petites filles sur les ponts et dans les couloirs des cylindres, qu'elles habillent et auxquelles elles chantent des berceuses.

— Qu'est-ce que c'est? demandai-je, amusé, en montrant la poupée à Sura.

Avec un cri de rage, l'Esclave de Plaisir se jeta vers le mur, décrocha l'aiguillon et l'alluma. Le sélecteur tourna jusqu'à l'extrémité de la zone rouge, ce qui en fit une arme capable de tuer. Presque aussitôt, l'extrémité de l'aiguillon devint incandescente. Il devint même impossible de la regarder.

— Meurs! hurla-t-elle en se jetant sur moi, frappant avec l'aiguillon.

Je laissai tomber la poupée, pivotai sur moi-même, parvins à lui saisir le poignet tandis qu'elle frappait avec l'aiguillon brûlant. Elle poussa un cri de déception tout en sanglotant. Ma main se referma sur son poignet et elle hurla de douleur. L'aiguillon tomba par terre et roula. Je la projetai de l'autre côté de la pièce et ramassai l'aiguillon; il s'était immobilisé et, brûlant, s'enfonçait doucement dans la pierre. Je ramenai le sélecteur sur la charge minimale, puis l'éteignis.

Ayant passé la lanière de l'aiguillon autour de mon poignet, je ramassai la poupée. Puis je me dirigeai vers Sura qui recula jusqu'au mur, ferma les yeux et tourna la tête.

— Tiens! dis-je en lui tendant la poupée.

Elle s'en empara.

— Excuse-moi, dis-je.

Elle me regarda, immobile, serrant la poupée contre elle.

Je m'éloignai et remis l'aiguillon au mur où elle pourrait le reprendre si elle le souhaitait.

— Excuse-moi, Sura, repris-je. (Je la regardai.) Je cherchais du vin de Ka-la-na.

Elle me fixa avec stupéfaction.

— Dans le dernier placard, souffla-t-elle.

J'allai jusqu'au placard, l'ouvris, y trouvai une bouteille et quelques gobelets.

— Rares sont les esclaves, fis-je remarquer, qui ont du vin de Ka-la-na dans leur compartiment.

— Je vais te servir, souffla-t-elle.

— N'est-ce pas Kajuralia? demandai-je.

— Si, Maître, fit-elle.

— Alors, dis-je, si Sura le permet, c'est moi qui vais la servir.

Elle me fixa avec ébahissement puis, sans lâcher la poupée, avança une main tremblante et prit le gobelet que je lui tendais. Elle renversa du vin, je lui pris la main et l'aidai à porter le gobelet à ses lèvres.

Elle but, comme l'avait fait la jeune fille aux cheveux noirs qui commandait la troupe de la Rue des Pots.

Puis, lorsqu'elle posa son gobelet, je pris alors le mien, de sorte que ce fut elle qui avait bu la première.

— Kajuralia, dis-je.

— Kajuralia, répéta-t-elle, Maître…

— Kuurus, corrigeai-je.

— Kajuralia, Kuurus, souffla-t-elle.

Je fis demi-tour et gagnai le centre de la pièce où je m'assis en tailleur. J'avais, naturellement, emporté la bouteille.

Elle posa son gobelet près de moi puis se dirigea vers le placard où j'avais trouvé la poupée.

— Comment se fait-il, demandai-je, que tu as une poupée ?

Elle ne répondit pas, remit la poupée dans le placard, tout au fond, sous des soieries et des bijoux.

— Ne réponds pas si tu ne le souhaites pas, repris-je.

Elle revint s'agenouiller devant moi. Elle porta à nouveau le gobelet à ses lèvres et but. Puis elle me regarda.

— Ma mère me l'a donnée, dit-elle.

— J'ignorais que les Esclaves de Plaisir avaient une mère, fis-je.

Je regrettai aussitôt mes paroles car elle ne sourit pas.

— J'avais cinq ans lorsqu'on l'a vendue, poursuivit-elle. C'est tout ce qu'il me reste d'elle.

— Excuse-moi, dis-je.

Elle baissa la tête.

— Je n'ai jamais connu mon père, reprit-elle, mais je suppose que c'était un bel esclave. Ma mère ne savait pratiquement rien de lui car ils portaient tous les deux des cagoules lorsqu'on les a accouplés.

— Je vois, fis-je.

Elle porta une nouvelle fois le gobelet à ses lèvres.

— Ho-Tu t'aime, dis-je.
Elle me regarda.
— Oui, répondit-elle simplement.
— Es-tu souvent humiliée à Kajuralia ? demandai-je.
— Lorsque Cernus y pense, répondit-elle. Puis-je m'habiller ?
— Bien sûr, lui dis-je.
Elle se dirigea vers un placard et sortit une longue robe de soie rouge qu'elle passa. Elle attacha les lacets du cou, fermant le haut col.
— Merci, dit-elle.
Je remplis son gobelet.
— Une fois, il y a longtemps, j'ai été accouplée le jour de Kajuralia.
— Sais-tu avec qui ? demandai-je.
— Non, répondit-elle. Je portais aussi une cagoule. (Elle frémit.) Il venait de la rue, poursuivit-elle. Je me souviens de lui. Un corps minuscule et enflé. De petites mains maladroites. Il gémissait et ricanait. Les spectateurs riaient très fort. C'était certainement très amusant.
— Et l'enfant ? m'enquis-je.
— Je l'ai mis au monde, répondit-elle, mais je portais là encore une cagoule et je ne l'ai pas vu. Connaissant son père, c'était certainement un monstre.
Elle frissonna.
— Peut-être pas, fis-je remarquer.
Elle eut un sourire triste.
— Ho-Tu te rend-il souvent visite ? demandai-je.
— Oui, je lui joue du kalika. Il aime la musique.
— Tu es Soie Rouge...
— Il y a longtemps, raconta-t-elle, Ho-Tu a été mutilé. Et on l'a forcé à boire de l'acide.
— Je l'ignorais, dis-je.
— Il était esclave autrefois, continua Sura, mais il a gagné sa liberté en combattant au couteau courbe. Il était très dévoué au père de Cernus. Lorsque le père de Cernus a été empoisonné et que Cernus, qui n'avait alors guère de pouvoir, a passé autour de son cou le sceau de la Maison, Ho-Tu a protesté. C'est pour cette raison qu'on l'a mutilé et contraint à boire de l'acide. Pourtant, il n'a pas quitté la Maison.

— Pourquoi est-il resté ? demandai-je.

— Peut-être, dit-elle, parce que c'est ici que Sura est esclave.

— J'en suis persuadé, fis-je.

Elle baissa les yeux et sourit.

Je regardai autour de moi.

— Je n'ai guère envie de regagner tout de suite mon compartiment, dis-je. En outre, je pense que tout le monde serait très surpris si je m'en allais maintenant.

— Je vais servir ton plaisir, dit-elle.

— Est-ce que tu aimes Ho-Tu ? demandai-je.

Elle me regarda d'un air pensif.

— Oui, répondit-elle.

— Alors, faisons autre chose, dis-je.

Elle rit.

— Ta chambre ne semble guère offrir d'alternative.

Elle se laissa aller en arrière et sourit.

— Seulement Sura, reconnut-elle.

Jetant un nouveau regard circulaire, je vis le kalika dans un coin.

— Veux-tu que je joue pour toi ? demanda-t-elle.

— Que voudrais-tu faire ? m'enquis-je.

— Moi ? fit-elle, amusée.

— Oui, répondis-je, toi… Sura.

— Kuurus est-il sérieux ? demanda-t-elle d'un air sceptique.

— Oui, affirmai-je.

— Je sais ce qui me plairait, dit-elle, mais c'est très bête.

— Eh bien, après tout, c'est Kajuralia.

Troublée, elle me regarda fixement.

— Non, dit-elle, c'est trop absurde.

— Qu'est-ce que c'est ? demandai-je. Tu veux que je marche sur les mains ou quoi ? Je t'avertis que je ne suis pas très doué.

— Non, répondit-elle. (Puis elle me regarda très timidement.) Voudrais-tu, demanda-t-elle, m'enseigner les règles du Jeu ?

Je restai sans voix.

Elle baissa aussitôt la tête.

— Je sais, reprit-elle. Je m'excuse. Je suis une femme. Je suis une esclave.

— As-tu un plateau et des pièces ? demandai-je.
Elle releva la tête, joyeuse.
— Vas-tu m'apprendre ? demanda-t-elle, ravie.
— As-tu un plateau et des pièces ? répétai-je.
— Non, répondit-elle tristement.
— As-tu du papier ? demandai-je. Une plume, de l'encre ?
— J'ai de la soie, dit-elle, du rouge et des bouteilles de produits de beauté.

Nous eûmes bientôt étendu un grand morceau de soie par terre, entre nous, et, trempant le doigt dans un pot de rouge, je dessinai des cases. Je mis un point au milieu de celles qui auraient normalement dû être rouges et rien dans celles qui auraient normalement dû être jaunes. Puis nous trouvâmes de petits flacons, des broches et des perles qui nous servirent de pièces. En moins d'une heure, nous disposions d'un plateau et de pièces, j'avais expliqué à Sura la disposition des pièces et leurs mouvements, puis lui avais exposé quelques techniques élémentaires ; pendant la deuxième ahn, elle se servit adroitement de ses pièces, agissant toujours avec une idée en tête ; ses coups furent rarement les meilleurs mais ils étaient toujours intelligents ; je lui montrai quelques techniques, les expliquant, et elle s'écriait souvent :
— Je vois !
Il n'était jamais nécessaire de répéter la leçon.
— Il est rare, fis-je remarquer, que les femmes s'intéressent au Jeu.
— C'est pourtant magnifique ! s'écria-t-elle.

Nous jouâmes encore une ahn et ses coups devinrent plus précis, plus subtils, plus dangereux. Je ne cherchais plus à améliorer sa technique et tentais plutôt de protéger ma Pierre du Foyer.
— Es-tu sûre que tu n'as jamais joué ? demandai-je.
Elle me regarda, parfaitement ravie.
— Est-ce que je m'en tire bien ? demanda-t-elle.
— Oui, grognai-je.

Puis je me mis à l'admirer. En outre, j'étais persuadé qu'elle n'avait jamais joué. Je me rendis compte que je me trouvais confronté à une personne douée d'une aptitude remarquable pour le Jeu. Ses coups étaient bruts, manquaient de poli, mais j'eus l'impression d'être en présence d'une personne pour qui le Jeu avait dû être créé.

Ses yeux étincelaient.

— Capture de la Pierre du Foyer ! s'écria-t-elle.

— Je présume que tu n'as pas envie de jouer du kalika, dis-je.

— Non ! Non ! s'écria-t-elle. Le Jeu ! Le Jeu !

— Tu n'es qu'une femme, lui rappelai-je.

— S'il te plaît, Kuurus, fit-elle, jouons, jouons !

À contrecœur, je remis les pièces en place.

Elle avait les jaunes.

Je constatai avec stupéfaction qu'elle développait l'ouverture Centienne, inventée de nombreuses années plus tôt par Centius de Cos, une des ouvertures les plus dangereuses, qui pose aux rouges des problèmes de déploiement presque insolubles, surtout en ce qui concerne le Scribe et l'Ubar.

— Es-tu certaine que tu n'as jamais joué ? demandai-je une fois de plus.

— Oui, répondit-elle, examinant les pièces comme une enfant confrontée à un jouet nouveau, un jouet extraordinaire, mystérieux et passionnant.

Au quatorzième coup des rouges, ma couleur, je la regardai.

— À ton avis, que faut-il que je fasse maintenant ?

Je remarquai que ses magnifiques sourcils étaient froncés, ce qui indiquait qu'elle réfléchissait.

— Selon certaines autorités, expliquai-je, il faut, à ce stade, mettre l'Initié de l'Ubar à la Troisième du Scribe, d'autres recommandent le retrait du Lancier de l'Ubara afin de protéger la Deuxième de l'Ubar.

Elle examina attentivement les pièces pendant quelques ihns.

— L'Initié de l'Ubar à la Troisième du Scribe est préférable, conclut-elle.

— Je suis d'accord, dis-je.

Je plaçai l'Initié de mon Ubar – un flacon de parfum – à la Troisième du Scribe.

— Oui, fit-elle, c'est bien mieux.

C'était effectivement le meilleur coup, mais cela ne m'avança guère.

Six coups plus tard, comme je l'avais craint, Sura plaça son Ubar – un petit pot de rouge – à la Cinquième de l'Ubar.

— Maintenant, déclara-t-elle, il te sera difficile de sortir le Scribe de l'Ubar. (Elle fronça les sourcils.) Oui, fit-elle, très difficile.

— Je sais, grognai-je, je sais.

— À ce stade, expliqua-t-elle, la meilleure solution serait de tenter de te dégager en procédant à quelques échanges, n'est-ce pas ?

Je lui lançai un regard furieux.

— Oui, fis-je, certainement.

Elle rit.

Je ris également.

— Tu es extraordinaire ! m'écriai-je. (Je jouais souvent et étais considéré comme un joueur honorable ; pourtant, j'étais acculé par mon adversaire séduisante et enthousiaste.) Tu es tout simplement incroyable, dis-je.

— J'ai toujours eu envie de jouer, me confia-t-elle. J'avais l'impression que je réussirais.

— Tu es magnifique, reconnus-je.

Je savais, naturellement, que c'était une jeune femme extrêmement intelligente et compétente. Je m'en étais rendu compte dès notre première rencontre. En outre, même sans la connaître, j'aurais deviné que c'était une femme remarquable car on disait qu'elle était la meilleure éducatrice d'Ar et cet honneur, quoique douteux, n'aurait pu lui échoir sans talents considérables, en particulier une intelligence hors du commun. Néanmoins, l'intelligence ne suffisait pas à expliquer sa réussite au Jeu ; je perçus en elle des dons extraordinaires.

— Ne fais pas ça, dit-elle, ou bien tu perdras la Pierre du Foyer en sept.

J'examinai les pièces.

— Oui, reconnus-je, tu as raison.

— Le mieux, reprit-elle, serait de mettre le Premier Tarnier à la Première de l'Ubar.

J'examinai à nouveau le jeu.

— Oui, fis-je, tu as raison.

— Mais alors, reprit-elle, je mettrai le Scribe de l'Ubara à la Troisième de l'Initié de l'Ubar.

Je couchai mon Ubar, vaincu.

Ravie, elle battit des mains.

— Voudrais-tu jouer du kalika ? demandai-je, plein d'espoir.

— Oh, Kuurus ! s'écria-t-elle.

— Très bien, fis-je en remettant les pièces en place.

Tout en disposant les pièces, je crus bon de changer de sujet dans l'espoir de l'intéresser à une activité moins austère, convenant davantage à une femme.

— Tu as dit, commençai-je, que Ho-Tu vient souvent.

— Oui, répondit-elle en levant la tête. Il est très gentil.

Je me représentais Ho-Tu, puissant, trapu, avec son couteau courbe et son aiguillon.

— Il a gagné sa liberté en combattant au couteau courbe, lui rappelai-je.

— Mais c'était à l'époque du père de Cernus, précisa-t-elle. Les couteaux courbes restaient dans les gaines.

— Les combats auxquels j'ai assisté, fis-je remarquer, se sont tous déroulés ainsi.

— Seulement depuis l'arrivée de la Bête, expliqua-t-elle, les yeux baissés. Les couteaux restent dans leur fourreau afin que le vaincu survive et soit dévoré par la Bête.

— De quel genre de bête s'agit-il ? demandai-je.

— Je ne sais pas, répondit-elle.

Je l'avais entendue rugir et je savais que ce n'était ni un sleen ni un larl. Le rugissement ne me disait rien.

— J'ai vu les restes de son repas, dit-elle en frissonnant. Il ne reste pas grand-chose. Les os eux-mêmes sont brisés afin de pouvoir sucer la moelle.

— Ne livre-t-on à la Bête que les vaincus des combats au couteau courbe ? m'enquis-je.

— Non, répondit-elle. Tous ceux qui déplaisent à Cernus peuvent être livrés à la Bête. Il arrive même que ce soit un gardien mais, le plus souvent, c'est un esclave. En général, c'est un esclave mâle des cages de fer. Mais, parfois, c'est une femme que l'on blesse et qu'on livre à la Bête.

Je me souvins qu'on avait légèrement coupé l'esclave qui avait perdu le combat au couteau courbe avant de le livrer à la Bête.

— Pourquoi le blesse-t-on ? demandai-je.

— Je ne sais pas, répondit-elle. (Puis elle regarda à nouveau le damier, carré de soie marqué au rouge.) Mais oublions la Bête, dit-elle. (Elle sourit, les yeux fixés sur la soie, les flacons et les perles.) Le Jeu est tellement beau ! s'écria-t-elle.

— Ho-Tu, fis-je observer, quitte rarement la Maison.

— L'année dernière, répondit Sura, il n'est resté longtemps absent qu'une fois.

— Quand ?

— En En'Var, dit-elle. Il est parti en voyage d'affaires.

— Quel genre d'affaires ? m'enquis-je.

— Acheter des esclaves, répondit-elle.

— Où est-il allé ?

— À Ko-ro-ba, fit-elle.

Je me crispai.

Elle leva les yeux.

— Qu'est-ce qui ne va pas, Kuurus ? demanda-t-elle.

Puis, soudain, ses yeux se dilatèrent et elle tendit les bras.

— Ho-Tu ! hurla-t-elle. Non !

18

La fin de Kajuralia

Je bondis par-dessus le carré de soie rougi, éparpillant les flacons et les perles qui étaient les pièces de notre jeu, jetai Sura par terre et me couchai sur elle afin de la protéger. Au même instant, un poignard se ficha dans un des placards qui se trouvaient derrière nous et je roulai sur moi-même, ramenant mes jambes sous moi, tentant de tirer mon épée tandis que Ho-Tu, son couteau courbe à la main, bondissait, dirigeant la lame vers ma gorge; j'interposai la main gauche entre le couteau et ma gorge, ressentis un éclair chaud de douleur au bras, vis le sang jaillir, mais j'avais alors saisi le poignet de Ho-Tu, essayant de repousser le couteau et lui, à deux mains, pesant de tout son poids, les pieds glissant sur le sol, marchant sur le carré de soie, tenta à nouveau d'atteindre ma gorge.

— Arrête! cria Sura. Ho-Tu, arrête!

Je tentai de le repousser puis, sachant qu'il pesait de tout son poids sur le couteau, je cessai toute résistance, renonçant à exercer une pression contraire, et roulai sur moi-même. Ho-Tu tomba lourdement, je me dégageai, roulai encore sur moi-même, tirai mon épée puis me relevai, chassant du pied le couteau courbe resté à terre.

Il se redressa, le visage plein de haine, regarda autour de lui, vit l'aiguillon, courut jusqu'à lui et le décrocha brutalement.

Je ne le poursuivis pas. Je ne voulais pas le tuer.

Il se retourna et, presque dans le même mouvement, son doigt alluma l'aiguillon et fit tourner le sélecteur jusqu'à la puissance maximale. Puis, ramassé sur lui-même, l'aiguillon aveuglant à la main, il se dirigea vers moi d'un air menaçant.

Sura s'interposa.

— Ne lui fais pas de mal ! dit-elle.

— Écarte-toi ! ordonna Ho-Tu.

— Non ! cria Sura.

Il positionna le sélecteur sur une puissance moyenne puis, furieux, dirigea l'aiguillon vers elle. Il y eut une intense éruption d'étincelles en forme d'aiguilles, Sura hurla sous la douleur puis tomba sur le flanc, en larmes, gémissant sur les pierres du sol.

Pendant un instant, Ho-Tu parut complètement désemparé, puis il se tourna de nouveau vers moi. Le sélecteur tourna de nouveau et l'aiguillon devint luisant comme des braises.

Pendant ce temps, j'avais remis mon épée au fourreau, reculé jusqu'au placard et arraché le poignard qui s'y était fiché. C'était un couteau de jet, court, bien équilibré, aiguisé d'un seul côté.

Il se retourna dans ma main.

Avec un cri de rage, Ho-Tu lança l'aiguillon dans ma direction. Il passa à gauche de ma tête, heurta le mur dans un déluge d'étincelles et s'immobilisa, brûlant, sur les pierres.

— Lance ! ordonna Ho-Tu.

J'examinai le couteau, puis l'homme.

— C'est avec un couteau semblable à celui-ci, dis-je, que tu as tué le Guerrier de Thentis sur un pont de Ko-ro-ba, en En'Var, près du Cylindre des Guerriers.

Ho-Tu parut stupéfait.

— Tu l'as frappé par-derrière, poursuivis-je, le coup d'un lâche.

— Je n'ai tué personne, dit Ho-Tu. Tu es fou.

Une fureur froide s'empara de moi.

— Fais demi-tour ! ordonnai-je. Tourne-moi le dos.

Crispé, Ho-Tu obéit.

Je le laissai quelques instants dans cette position. Sura, éprouvée, encore sous le choc de la douleur provoquée par l'aiguillon, était à quatre pattes.

— Ne le tue pas, souffla-t-elle.

— Quand frappera-t-il, Ho-Tu ? demandai-je.

Il ne répondit pas.

— Et où ? poursuivis-je. Où ?

— Je t'en prie, s'écria Sura, ne le tue pas !

— Lance ! fit Ho-Tu.

Sura s'interposa et s'immobilisa dans le dos de Ho-Tu.

— Tue d'abord Sura ! hurla-t-elle.

— Écarte-toi ! ordonna Ho-Tu sans se retourner, les poings serrés. Écarte-toi, Esclave !

— Non ! cria Sura. Non !

— Ne crains rien, dis-je, je ne te frapperai pas dans le dos.

Ho-Tu se retourna, écarta Sura du bras.

— Ramasse ton couteau courbe ! lui intimai-je.

Ho-Tu, sans me quitter des yeux, s'exécuta.

— Ne vous battez pas ! hurla Sura.

Je me mis en garde, serrant le manche du couteau dans la main.

Nous nous observâmes, tournant l'un autour de l'autre.

— Arrêtez ! cria Sura. (Puis elle courut jusqu'à l'aiguillon et s'en empara ; il était toujours incandescent, étincelant ; on ne pouvait le regarder sans avoir mal aux yeux.) L'aiguillon, dit-elle, est à sa puissance maximale. Jetez vos armes !

Elle avait les yeux fermés et sanglotait. Serrant l'aiguillon dans ses deux mains, elle le dirigea vers sa gorge.

— Arrête ! criai-je.

Ho-Tu jeta son couteau courbe, courut vers Sura et lui arracha l'aiguillon. Il ramena le sélecteur sur la charge minimale, puis l'éteignit et le jeta dans un coin. Les larmes aux yeux, il prit Sura dans ses bras. Puis il se tourna vers moi.

— Tue-moi ! dit-il.

Je n'avais pas l'intention de tuer un homme désarmé.

— Mais, reprit Ho-Tu, je n'ai tué personne… Ni à Ko-ro-ba ni ailleurs.

— Tue-nous tous les deux, dit Sura, serrée contre Ho-Tu malgré sa petite taille et sa laideur, mais il est innocent.

— Il a tué, déclarai-je.

— Ce n'est pas moi, affirma Ho-Tu. Je ne suis pas celui que tu cherches.

— C'est bien toi ! dis-je.

— Non, ce n'est pas moi ! répliqua-t-il.

— Il y a un instant, déclarai-je, tu as essayé de me tuer.

— Oui, reconnut Ho-Tu. C'est vrai. Et je suis prêt à recommencer.

— Pauvre fou, fit Sura entre deux sanglots, embrassant Ho-Tu. Tu es prêt à tuer pour une simple esclave ?

— Je t'aime, s'écria Ho-Tu, je t'aime !

— Moi aussi je t'aime, Ho-Tu.

Il resta parfaitement immobile, comme ébahi. Il parut complètement désemparé. Ses mains se mirent à trembler. Je vis des larmes dans ses yeux noirs.

— Tu aimes Ho-Tu qui est moins qu'un homme ? fit-il.

— Je t'aime, dit Sura, depuis de nombreuses années.

Il la regarda, osant à peine bouger.

— C'est vrai, reprit-elle.

— Je ne suis même pas un homme, fit-il.

— Chez toi, Ho-Tu, dit-elle, j'ai trouvé le cœur d'un larl et la douceur des fleurs. Tu m'as apporté la gentillesse, la tendresse et la force, tu m'as aimée. (Elle leva les yeux vers lui.) Il n'y a sur Gor, ajouta-t-elle, aucun homme plus viril que toi.

— Je n'ai tué personne, lui dit-il.

— Je sais, répondit Sura. Tu en serais incapable.

— Mais à l'idée qu'il était avec toi, sanglota le Maître Gardien, j'ai eu envie de tuer… de tuer.

— Il ne m'a pas touchée, dit Sura. Ne comprends-tu pas ? Il voulait me protéger, il m'a conduite ici et m'a détachée.

— C'est vrai ? s'enquit Ho-Tu.

Je ne répondis pas.

— Tueur, dit Ho-Tu, pardonne-moi.

— Il porte une tunique noire, dit Sura, et j'ignore qui il est, mais il n'est pas de la Caste Noire.

— Ne parlons pas de ça, dis-je avec gravité.

Ho-Tu me regarda.

— Sache, déclara-t-il, qui que tu sois, que je n'ai tué personne.

— Je crois que je vais regagner ma chambre, dis-je, jugeant qu'il était temps de partir.

— J'ai voulu te faire du mal, regretta Ho-Tu sans me quitter des yeux.

— Mais, intervint Sura, c'est moi que tu as fait souffrir, Ho-Tu.

La douleur transparaissait encore dans sa voix, ses nerfs conservaient le souvenir de l'aiguillon.

— Pardonne-moi, sanglota Ho-Tu, pardonne-moi !

Elle rit.

— Un Maître Gardien demandant à une esclave de lui pardonner parce qu'il lui a infligé l'aiguillon !

Ho-Tu regarda le carré de soie, les flacons et les perles en désordre.

— Que faisiez-vous ? s'enquit-il.

— Il m'enseignait le Jeu, répondit-elle.

Ho-Tu eut un sourire ironique.

— Ça t'a plu ? demanda-t-il.

— Non, Ho-Tu, fit Sura en riant. C'est trop difficile.

— Je jouerai avec toi, si tu veux, proposa-t-il.

— Non, Ho-Tu, dit-elle, je n'en ai pas envie.

Puis elle se dégagea, alla chercher le kalika dans un coin. Souriante, elle regagna le centre de la pièce et s'assit en tailleur, car c'est en général ainsi que l'on joue, puis se pencha sur l'instrument. Ses doigts effleurèrent les six cordes, une note à la fois, puis produisirent une mélodie des caravanes de Tor, un chant d'amour.

Ils ne me virent pas quitter le compartiment.

*
* *

Je trouvai Flaminius, le Médecin, dans ses quartiers et, bien que ivre, il eut la gentillesse de soigner l'entaille que Hotu m'avait faite au bras avec son couteau courbe. La blessure n'était pas grave.

— Les jeux de Kajuralia sont parfois dangereux, fit remarquer Flaminius, en bandant la blessure, avant d'attacher le pansement avec de petites agrafes métalliques.

— C'est vrai, reconnus-je.

Même dans le logement du Médecin, nous entendions, dans toute la Maison, les rires et les exclamations des esclaves ivres dans leurs cellules, des gardiens ivres qui se poursuivaient dans les couloirs en se jouant des tours.

— C'est la sixième blessure due au couteau courbe que je panse aujourd'hui, indiqua Flaminius.

— Ah ? fis-je.

— Je suppose, reprit Flaminius, que ton adversaire est mort.

— Non, répondis-je.

— Ah ? s'étonna-t-il.

— J'ai été blessé dans le compartiment de Sura.

— Eh bien ! s'écria Flaminius. Quelle femme ! (Puis il me regarda avec un sourire ironique.) Je présume que Sura a retiré quelque enseignement de cette soirée.

Je me souvins que je lui avais enseigné les règles du Jeu.

— Oui, dis-je. Ce soir, Sura a beaucoup appris.

Flaminius eut un rire ravi.

— C'est une esclave arrogante, déclara-t-il. J'aimerais bien lui mettre la main dessus, mais Ho-Tu ne le permettrait pas. Il est follement jaloux pour elle, pourtant ce n'est qu'une esclave. À propos, Ho-Tu te cherchait, ce soir.

— Je sais, répondis-je.

— Méfie-toi de lui, glissa Flaminius.

— Je ne crois pas qu'il tentera de nuire à Kuurus, membre de la Caste Noire, déclarai-je en me levant.

Flaminius me regarda avec une stupéfaction d'ivrogne. Puis il se leva à son tour, vêtu d'une ample robe d'intérieur verte, et ouvrit un placard d'où il sortit une grande bouteille de Paga. Il la déboucha et, ce qui me surprit, emplit deux coupes. Il prit une gorgée de vin, la garda un instant dans la bouche puis l'avala d'un coup et poussa un soupir de satisfaction.

— D'après ce que j'ai vu et entendu, dis-je, tu es apparemment un bon Médecin.

Il me tendit la deuxième coupe, bien que j'eusse revêtu la tunique noire.

— Pendant la quatrième et la cinquième année du règne de Marlenus, dit-il en me regardant dans les yeux, j'ai été le plus grand Médecin d'Ar.

Je bus une gorgée.

— Ensuite, fis-je, tu as découvert le Paga.

— Non, répondit-il.

— Une femme ? m'enquis-je.

— Non, répondit Flaminius avec un sourire. Non. (Il prit une nouvelle gorgée de Paga.) J'ai cru découvrir un vaccin contre la Dar-Kosis.

— La Dar-Kosis est incurable, dis-je.

— Autrefois, reprit-il, il y a des siècles, les membres de ma caste prétendaient qu'elle était incurable. D'autres refusèrent de le croire et poursuivirent leurs recherches. Le résultat fut les Sérums de Stabilisation.

La Dar-Kosis, « Sainte Maladie » ou « Affliction Sacrée », fait des ravages sur Gor. Ceux qui en sont atteints, que l'on appelle, en général, simplement les Affligés, ne sont pas autorisés à jouer un rôle dans la société. Ils errent dans la campagne, vêtus de haillons jaunes et agitant une sorte de crécelle pour avertir les passants de ne pas rester dans leur chemin ; certains d'entre eux acceptent de vivre dans des Puits de Dar-Kosis – il en existe plusieurs dans les environs d'Ar – où on leur donne à manger et à boire et où ils sont, naturellement, isolés ; la maladie est extrêmement contagieuse. Ceux qui la contractent sont, vis-à-vis de la loi, considérés comme morts.

— On croit, rappelai-je, que la Dar-Kosis est sacrée aux yeux des Prêtres-Rois et que ceux qui en sont affligés leur sont consacrés.

— C'est ce que prétendent les Initiés, répondit Flaminius avec amertume. La maladie, la souffrance et la mort n'ont rien de sacré.

Il but une autre gorgée de vin.

— La Dar-Kosis, repris-je, est considérée comme l'instrument des Prêtres-Rois qui en frappent ceux qui leur déplaisent.

— Encore un mythe des Initiés, fit ironiquement Flaminius.

— Mais comment le sais-tu ? m'enquis-je.

— Peu m'importe finalement si cela est vrai ou non. Je suis Médecin.

— Que s'est-il passé ?

— Pendant de nombreuses années, commença Flaminius, cela se déroula avant 10110, année de Pa-Kur et de ses hordes, avec quelques amis, j'ai travaillé secrètement dans le Cylindre des Médecins. Nous consacrions les ahns de la journée pendant lesquelles il nous était possible de travailler à l'étude, à la recherche et à l'expérimentation. Malheureusement, en dépit de l'or – et à cause de lui –, un Médecin de second ordre que nous avions renvoyé en raison de son incompétence mit le Grand Initié au courant de nos travaux. Le Cylindre des Initiés exigea que le Grand Conseil de la Caste des Médecins mette un terme à notre entreprise, nous ordonnant non seulement d'interrompre nos travaux mais également de détruire les résultats que nous avions obtenus. Je suis heureux de pouvoir dire que les Médecins nous ont défendus. La Caste des Médecins, tout comme celle des Scribes, n'est pas en bons termes avec la Caste des Initiés. Le Cylindre des Initiés porta donc l'affaire devant le Grand Conseil de la Cité mais, suivant la recommandation de Marlenus, qui était alors Ubar, celui-là nous autorisa à poursuivre nos recherches. (Flaminius rit.) Je me souviens de l'entrevue entre Marlenus et le Grand Initié. Marlenus lui dit que, ou bien les Prêtres-Rois approuvaient nos travaux, ou bien ils ne les approuvaient pas ; dans le premier cas, il fallait qu'ils se poursuivent ; dans le cas contraire, en tant que Maîtres de Gor, ils étaient assez puissants pour y mettre un terme eux-mêmes.

Je ris. Flaminius me regarda avec curiosité.

— Les membres de la Caste Noire, fit-il remarquer, rient rarement.

— Que s'est-il passé ensuite ? demandai-je.

Flaminius but à nouveau, puis me regarda avec amertume.

— Avant même la Main Transitoire suivante, reprit-il, des hommes armés pénétrèrent dans le Cylindre des Médecins ; l'étage où nous travaillions fut incendié ; le cylindre lui-même fut gravement endommagé ; notre travail, nos dossiers, les animaux que nous utilisions, tout fut détruit ; plusieurs membres de mon équipe furent massacrés, d'autres furent chassés. (Il ouvrit sa robe. Je vis que son torse était couvert de cicatrices.) J'ai été brûlé, expliqua-t-il, en essayant de sauver ce qui pouvait l'être, mais on m'a battu et les rouleaux ont été détruits.

Il referma sa robe.

— Je suis désolé, dis-je.

Il me regarda. Il était ivre et peut-être qu'il souhaitait me parler à moi, membre de la Caste Noire. Il avait les larmes aux yeux.

— J'avais, poursuivit-il, avant l'incendie, obtenu une lignée d'urts résistant au microbe de la Dar-Kosis ; la culture de leur sang m'avait permis d'obtenir un sérum que j'avais injecté à d'autres animaux que nous n'étions pas parvenus, ensuite, à contaminer. Ce n'était qu'une tentative, un début, mais j'espérais… J'en espérais beaucoup.

— Les individus qui ont attaqué le Cylindre, demandai-je, qui étaient-ils ?

— Probablement des hommes de main des Initiés, répondit Flaminius.

Les Initiés, incidemment, en raison du code de leur caste, n'ont pas le droit de porter les armes ; en outre, il ne leur est pas permis de tuer ; c'est pourquoi ils engagent des hommes de main dans ce but.

— Les individus n'ont-ils pas été capturés ? demandai-je.

— Ils se sont pratiquement tous échappés, répondit Flaminius. Nous en avons arrêté deux. Conformément aux lois de la Cité, ils ont été conduits au tribunal du Grand Initié pour leur premier interrogatoire. (Flaminius eut un sourire amer.) Mais ils ont réussi à s'échapper, eux aussi, conclut-il.

— As-tu essayé de reprendre tes travaux ? demandai-je.

— Tout avait disparu, dit Flaminius, les dossiers, les appareils, les animaux ; plusieurs membres de mon équipe avaient été massacrés ; ceux qui s'en étaient tirés, dans leur majorité, ne souhaitaient pas recommencer. (Il but une nouvelle gorgée de Paga.) En outre, ajouta-t-il, si nous avions repris nos travaux, les hommes des Initiés n'auraient pas hésité à revenir avec des torches et de l'acier.

— Alors, qu'as-tu fait ? demandai-je.

Flaminius rit.

— J'ai compris à quel point Flaminius avait été fou, répondit-il. Une nuit, je suis retourné dans notre laboratoire. Au milieu des appareils détruits, devant les murs brûlés, je me suis mis à rire. Je me suis rendu compte que je ne pourrais vaincre les Initiés, qu'ils l'emporteraient en fin de compte.

— Je ne suis pas d'accord, dis-je.

— La superstition, déclara-t-il, présentée comme une vérité, l'emportera toujours sur la vérité, décrite comme une superstition ridicule.

— Je ne pense pas, insistai-je.

— Et j'ai ri, poursuivit Flaminius, en comprenant que ce sont la convoitise, le plaisir, le pouvoir et l'or qui mènent les hommes et que, moi qui, tout au long de ma vie, avais tenté sans résultat de vaincre une maladie, j'étais un imbécile.

— Tu n'es pas un imbécile ! affirmai-je.

— Je n'en suis plus un, précisa-t-il. J'ai quitté le Cylindre des Médecins et suis entré le lendemain même au service de Cernus. Il y a des années que je travaille ici. Je suis heureux. Je suis bien payé. J'ai de l'or, un peu de pouvoir et toutes les filles que je désire. Que pourrais-je souhaiter de plus ?

— Flaminius ! m'écriai-je.

Il me regarda, ébahi. Puis il rit et secoua la tête.

— Non, reprit-il. J'ai appris à mépriser les hommes. C'est pourquoi cette Maison me convient. (Il posa sur moi un regard vague et chargé de haine.) Je méprise les hommes ! déclara-t-il. (Puis il se mit à rire.) C'est pourquoi je bois en ta compagnie.

Je fis un bref signe de tête et tournai les talons.

— Ma petite histoire n'est pas tout à fait terminée, reprit Flaminius.

Il me tendit la bouteille.

— Comment ça ?

— Pendant les jeux d'En'Kara, poursuivit-il, j'ai vu le Grand Initié, Complicius Serenus, au Stade des Tarns.

— Et alors ?

— Il n'en sait encore rien, poursuivit Flaminius, mais il sera bientôt au courant, cette année peut-être.

— Au courant de quoi ? m'enquis-je.

Flaminius se mit à rire et se versa une autre coupe de Paga.

— Il a la Dar-Kosis, dit-il.

*
* *

J'errai dans la Maison. Il était plus de minuit mais, ici et là, je percevais encore le tumulte des réjouissances de Kajuralia, qui durent souvent jusqu'à l'aube.

Mes pas, tandis que je réfléchissais, me ramenèrent dans la grande salle où nous avions dîné en présence de Cernus. Curieux, j'ouvris la porte par laquelle on avait fait sortir l'esclave destiné à la Bête. Je découvris un long escalier que je gravis. Je parvins sur un palier où débouchait un long couloir. Au bout du couloir, se tenaient deux sentinelles. Les deux hommes se levèrent d'un bond en me voyant. Ils n'étaient pas ivres. Ils étaient apparemment parfaitement sobres, reposés et vigilants.

— Kajuralia ! dis-je.

Ils tirèrent leurs armes.

— N'approche pas, Tueur ! dirent-ils.

— Très bien, répondis-je.

Je regardai la porte massive qui se trouvait derrière eux. Elle n'était pas fermée de ce côté, ce que je trouvai intéressant. À mon avis, elle aurait dû être soigneusement verrouillée de peur que la Bête ne s'échappe. Toutefois, il était possible de la fermer au moyen de deux barres de bois venant se loger dans des crochets métalliques.

Soudain, un rugissement féroce s'éleva derrière la porte.

— J'ai été blessé, expliquai-je, pendant un combat au couteau courbe.

Je relevai la manche de ma tunique, révélant le pansement. Le sang l'avait traversé.

— Va-t'en ! cria un des deux hommes.

— Je vais vous montrer, repris-je en défaisant le pansement, exposant la blessure.

Soudain, un rugissement sauvage s'éleva derrière la porte, d'une intensité presque démente, et je crus entendre des griffes crisser sur les pierres du sol.

— Va-t'en ! cria l'autre sentinelle. Va-t'en !

— Mais ce n'est pas grave, dis-je, la pinçant légèrement, faisant jaillir un peu de sang qui coula sur mon avant-bras.

Horrifié, j'entendis quelque chose tripoter le verrou, de l'autre côté de la porte. Il parut s'ouvrir puis, soudain, furieusement, fut remis en place et fermé ; ensuite, j'entendis le grincement d'une barre qu'on fait glisser dans son logement. Je compris alors que la porte avait été fermée de l'intérieur et qu'il était donc possible de l'ouvrir.

Il y eut un autre rugissement sauvage, un grondement inquiétant, presque dément, et le verrou, de l'autre côté, fut violemment ouvert ; les deux sentinelles, avec une exclamation terrifiée, précipitèrent les barres dans leurs logements, immobilisant la porte, ce qui la tira vers l'extérieur et la ferma hermétiquement. Les deux sentinelles s'appuyèrent contre le vantail. Derrière, retentit un rugissement enragé et frustré, sauvage et terrifiant ; des griffes lacérèrent le bois ; la lourde porte, comme frappée avec force, vint heurter les barres.

— Va-t'en ! hurla la première sentinelle. Va-t'en !

— Très bien, fis-je.

Puis je tournai les talons et m'éloignai.

J'entendis encore les jurons des sentinelles et les coups de boutoir de la Bête contre la porte. Puis, lorsque je fus assez loin, je remis le pansement en place, baissai la manche de ma tunique et me retournai. La chose tapie derrière la porte s'était tue, elle avait cessé de frapper le bois ; d'où je me tenais, j'entendis le bruit du verrou intérieur que l'on remet en place. Puis, une ou deux minutes plus tard, les sentinelles retirèrent les barres. Ce qui se trouvait à l'intérieur était apparemment calmé.

*

* *

J'errai encore dans la Maison, rencontrant de temps en temps des hommes d'armes ivres qui criaient invariablement « Kajuralia ! » et à qui je répondais par le même mot.

Une idée me trottait inlassablement dans la tête sans que je puisse déterminer exactement pourquoi. Elle semblait sans rapport avec le reste. C'était Cernus me disant, devant la Cellule des Captures Spéciales :

— Tueur, tu ne ferais pas un bon Joueur.

Cette remarque me tracassait sans répit.

Mais, tout en allant de salle en salle, il me semblait que, dans l'ensemble, les choses ne se présentaient pas trop mal, même si je regrettais le temps perdu, apparemment à bon escient, dans la Maison de Cernus. Le lendemain, Élisabeth, Virginia et Phyllis seraient libres. Et Caprus, du fait que

Cernus passait le plus clair de son temps au Cylindre Central où il remplissait les devoirs de sa charge d'Ubar, pouvait consacrer davantage de temps à son travail. Il espérait terminer en Se'Var. Caprus, me dis-je, est un homme de bien. Caprus. Les Prêtres-Rois lui font confiance. Il avait organisé lui-même l'achat des jeunes femmes par un agent des Prêtres-Rois. Caprus sortait rarement de la Maison. Brave Caprus. « Tueur, tu ne ferais pas un bon Joueur. » Brave Caprus.

J'entrai brusquement dans la cuisine où l'on préparait les repas servis dans la grande salle. Quelques esclaves, stupéfaites, se levèrent d'un bond, attachées par la cheville à leur anneau ; mais la plupart dormaient, ivres ; deux autres, trop ivres même pour prêter attention à moi, étaient assises contre un mur, attachées par la cheville à un anneau, une bouteille de vin de Ka-la-na à portée de la main, les cheveux sur le visage.

— Où est le Paga ? demandai-je à une esclave.

Je constatai avec stupéfaction, lorsqu'elle sortit de l'ombre, qu'elle n'avait pas de nez.

— Ici, Maître, répondit-elle en tendant le bras vers un panier de bouteilles qui se trouvait sous une table.

J'allai jusqu'au panier et pris une bouteille, une grande.

Je regardai autour de moi.

La cuisine sentait la nourriture et le vin renversé. Des mètres de saucisses étaient suspendus à des crochets ; il y avait de nombreuses boîtes de farine, de sucre et de sel ; les condiments se trouvaient dans de plus petites boîtes. Deux grandes jarres de vin occupaient un coin de la pièce. Il y avait de nombreuses armoires fermées le long des murs, ainsi que des pompes et des éviers. Des boîtes et des paniers de fruits secs y étaient entreposés. Les fours à pain occupaient un mur, non loin de la cheminée, avec sa broche et sa crémaillère ; le feu était presque éteint mais, ici et là, il y avait quelques braises rougeoyantes ; en dehors de ça, la pièce n'était éclairée que par une petite lampe à huile de tharlarion pendue au plafond, près de l'endroit où les esclaves étaient enchaînées, probablement pour faciliter la tâche du gardien de nuit qui faisait sa ronde toutes les deux ahns ; les autres lampes étaient éteintes.

Je pris une autre bouteille de Paga et la donnai à la fille qui m'avait indiqué où elles se trouvaient.

— Merci, Maître, dit-elle avec un sourire avant de retourner auprès de son anneau.

Elle poussa du coude ses voisines de droite et de gauche.

— Du Paga, souffla-t-elle.

— Kajuralia, dis-je.

— Kajuralia, répondit-elle.

Puis la même pensée me revint à l'esprit.

« Tueur, tu ne ferais pas un bon Joueur. Tueur, tu ne ferais pas un bon Joueur. »

Préoccupé, la bouteille de Paga à la main, je regagnai le couloir, allai jusqu'à l'escalier, puis descendis dans les étages inférieurs du cylindre et, finalement, dans les caves.

Je descendis de plus en plus bas, sans que jamais la réflexion de Cernus quitte mes pensées.

« Tueur, tu ne ferais pas un bon Joueur. »

La peur et la colère me donnèrent soudain envie de vomir. Une idée à laquelle je n'avais pas pensé auparavant parut me griffer cruellement l'arrière du cerveau, comme la Bête avait griffé la porte, invisible, au bout du couloir.

« Tueur, tu ne ferais pas un bon Joueur. »

La bouteille à la main, je dépassai des gardiens et m'engageai sur les étroites passerelles métalliques surplombant les cages pleines d'esclaves ivres, endormis, assis, hébétés, au milieu de leur cage, chantant à mi-voix, essayant d'atteindre encore une fois l'abreuvoir plein de Paga coupé d'eau. Une jeune femme, visiblement ivre, tendait les bras au travers des barreaux qui séparaient la cage qu'elle partageait avec d'autres femelles et la cage voisine, pleine de mâles.

— Touchez-moi, suppliait-elle, touchez-moi.

Mais les hommes, ivres, dormaient comme des souches.

Je traversai l'étage où se déroulaient les interrogatoires, l'étage des cellules, puis descendis encore, traversant d'autres étages de cages de fer. Lorsque je rencontrais un gardien, je lui faisais signe avec la bouteille et criais :

— Kajuralia !

Et la pensée ne quittait pas mon esprit.

« Tueur, tu ne ferais pas un bon Joueur. »

Et j'avais l'impression d'être poussé par la peur noire qui ne disait pas son nom mais dont je percevais nettement la présence.

Ayant descendu la dernière spirale de marches métalliques, je parvins au dernier sous-sol du cylindre.

— Qui va là ? cria un gardien ébahi.

— C'est Kuurus, membre de la Caste Noire, répondis-je. Suivant les instructions de Cernus, j'apporte du Paga aux prisonniers à l'occasion de Kajuralia.

— Mais il n'y a qu'un seul prisonnier ici, fit-il, troublé.

— Eh bien, il en restera davantage pour nous ! lançai-je.

Il sourit, tendit la main et je sortis le bouchon de la bouteille avec les dents. C'était une très grande bouteille et je la lui tendis.

— J'ai passé Kajuralia tout seul ici, sans Paga..., grommela-t-il entre les lampées. On ne m'a même pas envoyé une femme !

J'en déduisis que le gardien était censé rester sobre et que, par conséquent, ce qu'il surveillait avait de la valeur ; je déduisis également de sa contrariété qu'il en ignorait la valeur. Il était naturellement possible qu'on l'ait oublié, que l'on ne se soit pas souvenu de lui dans le feu des réjouissances de Kajuralia.

Puis le gardien s'assit, peu désireux de rester debout plus longtemps.

— C'est du bon Paga, déclara-t-il.

Il but deux ou trois lampées supplémentaires, puis posa la bouteille et la couva des yeux.

Je m'éloignai et visitai. Il y avait plusieurs couloirs bordés de petites cellules à portes métalliques pourvues d'un judas. Les couloirs étaient humides. Par endroits, il y avait des flaques d'eau par terre. Ils étaient obscurs, éclairés seulement par une petite lampe à huile de tharlarion tous les trente mètres environ. Je pris une torche que j'allumai à la lampe située près de l'escalier métallique.

Le gardien but une autre lampée de Paga puis s'immobilisa, la bouteille entre les jambes.

Je visitai un ou deux couloirs. Les cellules étaient fermées à clé mais, en ouvrant le judas et en tenant la torche derrière moi, je distinguais l'intérieur. Elles semblaient toutes pleines de caisses; il s'agissait de caisses du type de celles que le vaisseau noir avait déchargées dans les Voltaï. J'en déduisis que la majorité des cellules de l'étage devait contenir ce type de marchandise, mais j'ignorais de quoi il s'agissait. Toutes les cellules étaient fermées à clé.

Le gardien, qui était resté au pied de l'escalier, cria:

— Le prisonnier est dans le neuvième couloir!

Je le rejoignis, évitant un urt mouillé et soyeux, aux yeux étincelants, qui courait au pied d'un mur.

— Merci bien, dis-je au gardien.

Je tendis la main vers la bouteille mais il prit le temps de boire une lampée supplémentaire, puis deux autres, avant de me la céder.

— Je vais la rapporter, affirmai-je.

— Il y a beaucoup trop de Paga pour un seul prisonnier, grommela-t-il d'une voix pâteuse.

— C'est vrai, convins-je. Je te laisserai la bouteille.

Il ferma les yeux et s'appuya contre le mur.

— Cellule quarante, marmonna-t-il.

— Où est la clé? demandai-je. Toutes les autres cellules étaient fermées à clé.

— Près de la porte, répondit-il.

— Les autres clés, fis-je remarquer, ne sont pas près des portes.

— Les autres clés, éructa-t-il, sont ailleurs. Je ne sais pas où.

— Merci bien, fis-je.

Je m'engageai dans le couloir numéro neuf. Bientôt, dans la lumière vacillante de ma torche, je lus le nombre quarante sur une petite plaque métallique fixée au-dessus d'une porte.

J'ouvris le judas. Comme les autres, il faisait environ quinze centimètres de long sur trois centimètres de haut. On pouvait tout juste y glisser un doigt. À l'intérieur, je distinguai vaguement une forme sombre, couchée, enchaînée.

La clé se trouvait dans une boîte, à un petit mètre sur la gauche du trou de la serrure et à environ un mètre vingt du judas; il s'agissait d'une petite boîte trapue et solide, scellée dans le mur; elle s'ouvrait et se fermait au moyen d'une petite vis à tête ronde qu'il faut tourner plusieurs fois avant de faire pivoter la petite porte métallique. Je tournai la vis et ouvris la boîte, puis je pris la clé. Je l'introduisis dans la serrure et tirai la porte. Levant ma torche, j'entrai.

Surpris par la lumière, un urt s'enfuit et disparut dans une fissure du mur. Je l'avais dérangé tandis qu'il mangeait des restes de bouillie sèche dans une écuelle proche du pied du prisonnier.

La cellule sentait la paille humide, les excréments des urts et ceux de l'homme.

La silhouette couchée, celle d'un homme de petite taille, nu, aux cheveux blancs, nauséabond, squelettique, hagard, couvert de plaies, s'éveilla, cria de douleur puis gémit. Il se mit péniblement à genoux, plissant les paupières dans la lueur de la torche, essayant de protéger ses yeux avec des mains en forme de serres et entravées par des menottes, contre la lumière brutale, cruelle et douloureuse de la flamme.

— Qui es-tu ? souffla-t-il.

Je constatai qu'en fait il n'était pas âgé, bien que ses cheveux fussent blancs. Une de ses oreilles avait été partiellement arrachée. Ses cheveux blancs étaient longs et jaunâtres.

— Je m'appelle Kuurus, répondis-je sans quitter la lueur de la torche.

Chaque membre et le cou étaient enfermés dans un anneau distinct, reliés chacun au mur par une chaîne différente, fixée à un anneau séparé ; chacune des chaînes aurait suffi à elle seule pour immobiliser un homme ; j'en déduisis que le prisonnier était vraiment un cas particulier ; je notai, en outre, que les chaînes lui permettaient de se déplacer, mais très peu, juste assez pour qu'il puisse se nourrir, se gratter et se défendre, dans une certaine mesure, contre les urts ; je supposai qu'il était nécessaire que le prisonnier reste en vie, du moins provisoirement. En réalité, il me parut probable qu'il vivait dans ces atroces conditions depuis longtemps.

Je me levai, repérai un anneau et y glissai la torche. Ce faisant, je vis plusieurs urts disparaître dans les fissures du mur.

Je retournai auprès du prisonnier.

— Tu appartiens à la Caste Noire, murmura-t-il. Ils vont enfin se débarrasser de moi.

— Peut-être pas, dis-je.

— Va-t-on me torturer à nouveau ? demanda-t-il craintivement.

— Je ne sais pas, répondis-je.

— Tue-moi, souffla-t-il.

— Non, fis-je.

Il gémit.

Je regardai le petit corps tremblant, squelettique, les cheveux clairsemés, les plaies, l'oreille mutilée ; furieux, je me levai et me mis en quête de cailloux que j'introduisis dans les trous d'où sortaient les urts.

Incrédule, le prisonnier, dont les yeux profondément enfoncés s'étaient accoutumés à la lumière de la torche, me regarda.

Je retournai auprès de lui ; sous les fers de ses chevilles, de ses poignets et de son cou, il y avait des cicatrices, comme des bandes blanches, ombres pâles du métal sombre ; il avait fallu des mois pour que se forment de telles marques, remplaçant les plaies terrifiantes qui avaient dû être infligées au début.

— Pourquoi es-tu venu ? demanda-t-il.

— C'est Kajuralia, répondis-je simplement.

Je lui tendis la bouteille.

— Kajuralia ? fit-il.

— Oui, confirmai-je.

Il laissa échapper un rire faible et rauque.

— J'avais raison, dit-il, j'avais raison.

— Je ne comprends pas, fis-je.

Il porta la bouteille à ses lèvres. Il n'avait presque plus de dents : presque toutes avaient pourri et, apparemment, cassé, ou bien il les avait cassées et jetées lui-même.

Je lui arrachai la bouteille. Je ne voulais pas qu'il succombe à l'abus de Paga. J'ignorais comment son organisme le supporterait après des mois de torture, d'isolement, de peur, de mauvaise nourriture, d'humidité, sans parler des urts.

— J'avais raison, répéta-t-il en hochant la tête.

— À quel sujet ? demandai-je.

— Kajuralia était bien aujourd'hui, répondit-il.

Puis il me montra, derrière lui, sur le mur, un grand nombre de minuscules traits tracés régulièrement dans la pierre, peut-être avec un caillou ou avec le bord de l'écuelle de fer-blanc. Il montra le dernier trait :

— Voilà Kajuralia, dit-il.

— Ah, fis-je, les yeux fixés sur son calendrier grossier – il y avait de nombreux traits.

— Un jour comme les autres, ajouta-t-il avec un rire.

Je l'autorisai à boire une nouvelle gorgée de Paga.

— Parfois, reprit-il, je ne suis pas certain d'avoir fait un trait sur le mur, puis j'oublie ; parfois, j'ai peur d'en avoir fait deux.

— Tu ne t'es pas trompé, affirmai-je sans quitter des yeux les traits soigneusement tracés, méthodiquement alignés, les mois, les semaines de cinq jours, les Mains Transitoires.

Je comptai les rangées. Puis, montrant le premier trait, je dis :

— C'est le premier jour d'En'Kara précédant celui de cette année.

La bouche édentée se tordit en un sourire, les yeux profondément enfoncés brillèrent de joie.

— Oui, dit-il, le premier jour d'En'Kara 10118, il y a plus d'un an.

— Je n'étais pas encore arrivé dans la Maison de Cernus, dis-je d'une voix tremblante.

Je lui fis boire un peu de Paga.

— Ton calendrier est juste, repris-je, il est digne d'un Scribe.

— Je suis Scribe, dit l'homme.

Il glissa la main sous son corps et me tendit un lambeau de tissu bleu et humide, dernier vestige de sa robe.

— Je sais, dis-je.

— Je m'appelle Caprus, fit-il.

— Je sais, répétai-je.

Un rire retentit derrière moi et je fis brusquement demi-tour. Sur le seuil, entouré de quatre hommes armés d'arbalètes, se tenait Cernus, Maître de la Maison de Cernus. Près de lui, se trouvait également le gardien à qui j'avais fait boire du Paga. Derrière, j'aperçus le mince Scribe que, pendant tous ces mois, j'avais pris pour Caprus. Il arborait un sourire ironique.

Les hommes entrèrent dans la cellule.

— Ne tire pas ton épée, prévint Cernus.

Je souris. Il aurait fallu que je sois fou. Les quatre arbalétriers levèrent leurs armes. À cette distance, les carreaux me traverseraient le corps et s'écraseraient contre les pierres.

Le gardien à qui j'avais donné du Paga s'approcha de Caprus et lui arracha la bouteille. Puis, d'un air dégoûté, il en essuya le goulot sur la manche de sa tunique.

— Tu devais me rapporter la bouteille, me dit-il, pas vrai ?

— Elle est à toi, répondis-je. Tu l'as bien méritée.

Il se mit à rire puis but.

— Tueur, fit Cernus d'une voix moqueuse, tu ne ferais pas un bon Joueur.

— Effectivement, répondis-je.

— Enchaînez-le ! ordonna Cernus.

Un gardien, après avoir posé son arbalète dans le couloir, apporta de lourdes menottes métalliques. On m'immobilisa les mains dans le dos. Les épais anneaux métalliques se refermèrent sur mes poignets.

— Caprus, reprit Cernus, les yeux fixés sur la misérable silhouette allongée au pied du mur, puis-je te présenter Tarl Cabot de Ko-ro-ba ?

Je jouai la stupéfaction.

— Tarl Cabot, fis-je, a été assassiné à Ko-ro-ba.

— Non, répliqua Cernus, un Guerrier de Thentis nommé Sandros a été assassiné à Ko-ro-ba.

Je le regardai.

— Sandros croyait qu'il serait ton Assassin, reprit Cernus. Il a cru qu'on l'envoyait à Ko-ro-ba dans ce but. En fait, c'est pour mourir par le poignard d'un tueur à gages qu'on l'y a envoyé. Sa ressemblance avec un Guerrier de Ko-ro-ba, Tarl Cabot peut-être, indiquerait clairement, dans l'obscurité de la nuit, que le poignard était destiné à ce Guerrier et un indice fort à propos laissé près de lui, un morceau de tissu vert, conduirait à Ar et, probablement, à la Maison de Cernus.

Je restai sans voix.

— Sandros était un imbécile, poursuivit Cernus. On l'a envoyé à Ko-ro-ba pour qu'il y soit assassiné afin de t'attirer dans cette Maison où, en réalité, tu es mon prisonnier depuis plus d'un an.

— Ce n'est pas sans raison que tu me voulais ici ? dis-je.

— Ne plaisantons pas, Tarl Cabot, déclara Cernus. Nous savions que les Prêtres-Rois soupçonneraient notre Maison, et nous nous y attendions ; la ruse simple, et profitable, consistant à vendre des jeunes femmes originaires de la Terre ne manquerait pas d'éveiller leur curiosité. Pour mener l'enquête, il leur faudrait des hommes. Et ils souhaiteraient certainement, si possible, la confier à un homme tel que Tarl Cabot.

— Tu joues bien, relevai-je.

Cernus sourit.

— Et, afin de nous assurer que ce serait bien Tarl Cabot, que nous connaissons et avec qui, pour ainsi dire, nous avons un vieux compte à régler, l'affaire de l'œuf des Prêtres-Rois, nous avons envoyé Sandros de Thentis à Ko-ro-ba où, pauvre imbécile, il serait assassiné à ta place afin de t'attirer ici.

— Tu es un Joueur brillant, commentai-je.

Cernus rit.

— Nous nous sommes donc arrangés pour que tu pénètres dans notre Maison, agent et espion fidèle aux Prêtres-Rois, qui croiraient ainsi agir secrètement contre nous. Ainsi, tandis que, au fil des mois, nous mettions notre plan en œuvre, tu n'as rien fait, patient et coopératif, dupe et trompé, nous garantissant que les Prêtres-Rois n'enverraient personne d'autre.

Cernus rejeta la tête en arrière et rit à gorge déployée.

— Tu parles de « nous » et de « notre plan » tout le temps, relevai-je. Qui est ce « nous » que tu mets en avant ?

Cernus me jeta un regard mauvais.

— Ne te moque pas de moi, Guerrier, dit-il. (Il me dévisagea puis sourit.) Je suis au service de ceux qui ne sont pas Prêtres-Rois.

Je hochai la tête.

— C'est la guerre, Tarl Cabot, reprit-il. Et il n'y aura pas de quartier. Ni maintenant, ni plus tard.

Je hochai à nouveau la tête, reconnaissant le bien-fondé de ses paroles. J'avais combattu. J'avais perdu.

— Vas-tu me tuer ? demandai-je.

— Je te réserve un sort plaisant, répondit Cernus, auquel je pense depuis des mois.

— Lequel ? m'enquis-je.

— Mais avant, reprit Cernus, il nous faut penser à la petite esclave.

Je me crispai.

— Selon Sura, elle a extrêmement bien profité des cours, ce qui signifie qu'elle est en mesure de procurer les plaisirs les plus exquis à son maître.

Je tirai sur les menottes.

— Je crois savoir qu'elle s'attend à être achetée, ainsi que deux autres barbares, par un agent des Prêtres-Rois chargé de les conduire en lieu sûr et de leur rendre la liberté.

Je le regardai avec fureur.

— Je présume, reprit Cernus, qu'elle a l'intention de faire une brillante démonstration.

J'aurais voulu briser l'acier qui m'emprisonnait les poignets et le prendre à la gorge.

— Cela devrait valoir le déplacement, poursuivit Cernus. Je vais donc m'assurer de ta présence au spectacle.

Je bouillais de rage.

— Que t'arrive-t-il ? s'enquit Cernus, inquiet. Tu ne veux pas voir comment la petite esclave se comportera sur l'estrade ? J'espère que, comme les autres, elle rapportera beaucoup d'or à la Maison de Cernus, afin que nous puissions financer nos projets. (Il rit.) Elle se rendra compte ensuite, conclut-il, qu'elle a été réellement vendue.

— Sleen ! criai-je.

Je me jetai sur Cernus mais deux gardiens me retinrent, me forcèrent à reculer et m'immobilisèrent.

— Tarl Cabot, tu ne feras jamais un bon Joueur, déclara Cernus.

— Sleen ! Sleen ! criai-je.

— Kajuralia, fit Cernus avec un sourire.

Puis il tourna les talons et sortit.

Je regardai fixement la porte. Je tentai de libérer mes poignets. Deux des gardiens se mirent à rire.

— Kajuralia, répondis-je avec amertume, Kajuralia.

19

La Curuléenne

La vente d'Élisabeth Cardwell, de Virginia Kent et de Phyllis Robertson, ainsi que celle des autres barbares éduquées par Cernus, n'eut pas lieu le premier soir de la Fête de l'Amour, bien qu'elles eussent été conduites dans les cages de la Curuléenne au matin du premier jour. La Fête de l'Amour, incidemment, comme je l'ai peut-être déjà mentionné, se déroule pendant la Cinquième Main Transitoire, laquelle tombe à la fin de l'été. En même temps, se déroulent des réjouissances, des courses et des jeux. Cernus, conscient du tempérament et de la curiosité des foules, avait décidé de ne pas dévoiler immédiatement ses délicieuses surprises, une centaine en tout, dont la beauté présumée et l'adresse, renforcées par l'aura mystérieuse de leur origine barbare, avaient fait pendant des mois l'objet de rumeurs impatientes et de rêveries passionnantes. Nombreuses furent les esclaves goréennes qui, furieuses, furent contraintes de monter sur l'estrade au début de la Fête de l'Amour, devant des acheteurs impatients, avant que l'or ne se mette à couler à flots, pour être vendues moins cher qu'elles n'étaient en droit de l'espérer dans des conditions normales. Du point de vue de la vente des esclaves, le point culminant de la Fête de l'Amour est le soir du quatrième jour. Le cinquième jour, se déroulent des courses et des jeux d'une ampleur particulière que les Goréens considèrent comme la conclusion logique des vacances. Ces jeux comptent parmi les plus fastueux et les plus suivis. C'est le quatrième soir de la Fête de l'Amour que Cernus avait décidé de présenter Élisabeth Cardwell, Virginia Kent, Phyllis

Robertson ainsi que les autres jeunes femmes enlevées sur Terre aux acheteurs venus non seulement d'Ar, mais aussi de toutes les cités des régions connues et civilisées de Gor.

Le quatrième jour de la Fête de l'Amour était arrivé. Un capuchon d'esclave bouclé sous le menton, une chaîne au cou, les poignets enchaînés derrière le dos, je trébuchai, derrière un chariot tiré par un tharlarion, à l'arrière duquel la chaîne que je portais au cou avait été fixée, dans les rues d'Ar. Il y avait huit hommes d'armes dans le chariot. Derrière moi, me frappant de temps en temps avec le manche de leur javelot, marchaient deux autres hommes d'armes. Sur le siège du chariot, se tenaient le cocher et le Scribe que j'avais pris pour Caprus mais qui s'appelait, en réalité, Philemon de Tyros, île située quelques centaines de pasangs à l'ouest de Port Kar. Dans la Maison, toutefois, tout le monde le connaissait sous le nom de Caprus car c'est ainsi que Cernus l'avait présenté au personnel et aux hommes d'armes. Il avait appartenu au personnel de Caprus, agent des Prêtres-Rois, jusqu'à la disparition de celui-ci qui avait sans doute déplu à Cernus ; Philemon de Tyros avait ensuite pris la place de Caprus et assumé ses responsabilités.

J'étais nu-pieds et peu habitué à marcher ainsi dans les rues d'Ar. Comme je portais un capuchon d'esclave, il m'était d'autant plus difficile de me diriger. J'étais particulièrement gêné par les larges pierres plates disposées en travers des rues, assez basses pour que les chariots puissent passer par-dessus et assez étroites pour laisser aux roues des chariots la place de passer, mais extrêmement dangereuses pour un individu enchaîné, aveuglé n'ayant pas l'usage de ses mains, tiré par un chariot de surcroît. Ces plaques, que l'on trouve dans les rues pourvues de trottoirs, servent à traverser sans se mouiller lorsqu'il a beaucoup plu.

De temps en temps, alors que je ne m'y attendais pas, je recevais une pierre ou un coup de lanière, j'entendais une injure ou une exclamation moqueuse.

J'avais chaud sous le capuchon constitué de plusieurs couches de cuir épais, étouffant, attaché sous le menton et autour du cou ; en outre, ce capuchon, comme presque tous les capuchons d'esclave, était conçu pour réduire le prisonnier au silence; je ne pouvais me débarrasser du gros tampon de cuir introduit dans ma bouche et, en raison des liens qui le maintenaient en place, il m'était impossible de le faire bouger.

Je pris un nouveau coup de lanière sur les mollets.

— Esclave ! cria-t-on.

La voix était féminine, peut-être celle d'une esclave elle-même.

À Ar, comme dans le reste de Gor, un esclave condamné à la torture ou au pal doit supporter tous les tourments que quiconque aurait envie de lui faire subir.

Dans la situation où je me trouvais, enchaîné et encapuchonné, n'importe qui pouvait me frapper en toute impunité, même les esclaves.

Ceux qui m'injuriaient, me donnaient des coups de lanière ou me jetaient des pierres n'avaient aucune raison de ne pas me considérer comme un esclave. J'étais nu-pieds, je ne portais qu'une courte tunique de laine dépourvue de manches ; sur la poitrine et dans le dos, cousue sur la tunique, je portais une grande lettre d'imprimerie, la première lettre du mot goréen : « Kajirus », qui signifie esclave mâle.

Je tombai plusieurs fois mais le chariot ne s'arrêta pas ; je parvins chaque fois à me relever mais je fus parfois tiré sur plusieurs mètres, presque étranglé, avant de pouvoir me relever. Par deux fois, des enfants me firent tomber, par deux fois également un homme d'armes me frappa avec la hampe de son javelot. Il riait.

Je savais qu'on me conduisait à la Curuléenne.

Je supposai qu'Élisabeth Cardwell était heureuse et enthousiaste à ce moment même.

J'eus un rire amer et silencieux.

« Esclave ! » cria-t-on avant de me donner un coup de lanière. Puis on me frappa encore par deux fois. « Esclave ! Esclave ! »

Lorsque les jeunes femmes arrivent à la Curuléenne, une étiquette attachée à leur collier indique le numéro de leur lot. Élisabeth, Virginia et Phyllis seraient dans le même lot. Les papiers de presque toutes les jeunes femmes, y compris ceux d'Élisabeth, de Virginia et de Phyllis, avaient été transmis plusieurs jours plus tôt aux services de la Curuléenne où on en avait vérifié l'authenticité avant de mettre à jour certains endos. Les papiers portent le numéro du lot et on prend les empreintes digitales des jeunes femmes que l'on confronte à celles des papiers. Certaines esclaves, que les Maisons ont pris, à la dernière minute, la décision de vendre, arrivent à la Curuléenne avec, fixé au collier, un petit cylindre de cuir contenant leurs papiers ; dans ce cas, c'est à ce moment-là que le personnel de la Curuléenne leur attribue un numéro de lot. Lana, que Ho-Tu, qui disposait d'un pouvoir considérable au sein de la Maison de Cernus, avait décidé de vendre à la Fête de l'Amour, arriva dans ces conditions à la Curuléenne. Virginia, grâce à Ho-Tu, ne craignait plus que Lana porte la laisse de son cher Relius. Lorsque les services de la Curuléenne ont constaté que les papiers des jeunes femmes sont en ordre, on tamponne les étiquettes de leur collier.

Je butai à nouveau contre une large pierre plate, tombai, fus tiré par la chaîne qui me déchira la nuque, me relevai péniblement ; atténué, le rire des hommes d'armes me parvint au travers des nombreuses couches de cuir du capuchon.

Les jeunes femmes sont nues et portent des menottes lorsqu'on les conduit à la Curuléenne ; on les enchaîne dans des chariots ; on les mène jusqu'à un lourd portail muni de barreaux, situé sur l'arrière du bâtiment, qu'on leur fait franchir ; on leur passe les menottes pour qu'elles ne puissent pas s'enfuir ; l'absence de vêtements évite simplement de rapporter d'innombrables robes à la Maison ; lorsque les jeunes femmes arrivent à la Curuléenne, il est probable que leur robe a déjà été lavée et séchée, prête à être attribuée à une autre esclave.

— Voilà la Curuléenne, annonça Philemon de Tyros.

Les mots parurent venir de loin, étouffés par le capuchon.

Le chariot s'arrêta et la lourde chaîne tira sur mon collier.

C'était le quatrième soir de la Fête de l'Amour, le point culminant de la fête en ce qui concernait la vente des esclaves ; ce soir-là, Cernus allait faire monter ses beautés barbares sur l'estrade; le lendemain se dérouleraient les courses et les jeux, heures sauvages, étourdissantes au Stade des Tarns et au Stade des Lames, qui conduiraient la Fête de l'Amour à sa conclusion frénétique; Cernus m'avait appris que je mourrais le lendemain, au Stade des Lames.

J'entendis deux rires féminins, je sentis qu'on me saisissait les chevilles puis qu'on me poussait dans le dos et, surpris, je tombai lourdement; je me cognai l'épaule contre l'arrière du chariot, le pied botté d'un Guerrier me repoussa et je tombai à genoux sur les pierres; lorsque je voulus me lever, un Guerrier me posa la main sur l'épaule pour m'en empêcher. Puis un autre Guerrier, à deux mains, m'obligea à poser la tête sur la sandale d'une des deux jeunes femmes; j'entendis un rire; puis on me releva brutalement la tête avant de l'abaisser jusqu'à la sandale de l'autre jeune femme; j'entendis un autre rire.

— Vous avez bien ri, dit Philemon. Maintenant, filez, Esclaves!

Les deux jeunes femmes s'enfuirent en riant.

Je pris conscience de la foule qui m'entourait. Je n'en étais pas le centre mais de nombreux hommes et quelques femmes allaient et venaient autour de moi, se rendant probablement à la Curuléenne; il y avait beaucoup d'agitation, quelques cris, de nombreuses conversations. Il est probable que tous ces gens se dirigeaient vers les guichets, car il faut payer pour entrer à la Curuléenne; le prix de l'entrée, bien que minime, contribue au financement du marché, l'essentiel de celui-ci provenant des commissions perçues sur les ventes réalisées dans son enceinte; ce droit d'entrée est également destiné, à mon avis, à décourager les curieux et les indigents, mais, dans ce domaine, il n'est pas très efficace.

On détacha la chaîne de l'arrière du chariot. Lorsque cela fut fait, on me fit lever puis, trébuchant entre les gardiens, on me conduisit derrière le bâtiment dans lequel nous entrâmes par une petite porte privée. À l'intérieur, on me retira le capuchon; lorsqu'on retira le gros tampon de cuir amer de ma bouche, je vomis contre un mur; les gardiens rirent et me frappèrent; les lampes, bien que la lumière fût faible, me parurent aveuglantes et entourées de cercles colorés ; sous le capuchon étouffant, j'étais dans le noir et j'avais chaud ; l'air confiné et humide de la Curuléenne me parut frais et agréable. Je tirai inutilement sur les anneaux métalliques de mes poignets ; la pointe d'une courte épée me toucha le dos.

— Par ici, dit Philemon.

Nous nous engageâmes dans un long couloir légèrement en pente. J'avais vu la Curuléenne de l'extérieur, mais je n'y étais jamais entré. De l'extérieur, c'est plusieurs rangées de disques entourées d'un portique soutenu par de minces colonnes élancées ; les couleurs dominantes sont le jaune et le bleu, couleurs traditionnelles des Marchands d'Esclaves goréens ; de belles mosaïques ornent les murs extérieurs ainsi que le sol du portique ; elles représentent des scènes, des légendes et des événements relatifs, comme on doit s'y attendre, au commerce du Marchand d'Esclaves et à sa marchandise ; il y a, notamment, des scènes de traque et de capture, d'asservissement, d'éducation, de danse, de soumission et ainsi de suite. Une mosaïque particulièrement remarquable décrit un raid de la phase initiale au retour victorieux des Marchands d'Esclaves d'Ar, qui rentrent à dos de tarn avec leurs magnifiques victimes ; une autre dépeint l'enregistrement et l'éducation des prises puis la présentation sur l'estrade de la Curuléenne ; une autre raconte l'histoire légendaire de jeunes femmes qui eurent la chance d'être vendues à des maîtres d'Ar dans les bras desquels elles firent l'expérience de l'extase. Une autre série de mosaïques montre des jeunes femmes de diverses cités à genoux devant un Guerrier d'Ar.

Les hommes d'Ar, comme ceux de toutes les cités goréennes, se considèrent comme les meilleurs et les plus beaux de Gor, et sont convaincus que les femmes des autres cités sont tout juste dignes de leur servir d'esclaves. Je suppose que les Marchands d'Esclaves, qui sont souvent des hommes intelligents et habitués aux voyages, venus parfois de cités lointaines, trouvent ces mosaïques amusantes ; je suis certain qu'ils ont vu les mêmes dans leur cité d'origine, à ceci près que c'est sans doute une fille d'Ar qui est agenouillée, terrifiée et obéissante, devant un Guerrier de chez eux. Il n'est pas certain que tous les habitants d'Ar eux-mêmes prennent ces mosaïques au sérieux ; mais, à la réflexion, j'ai cru remarquer que ceux-là mêmes qui s'en moquent n'ont pas la même attitude vis-à-vis des femmes d'Ar et de celles des autres cités, les considérant presque automatiquement, surtout s'il s'agit d'une cité hostile, comme des esclaves potentielles ; sur Gor, comme l'or et les armes, les femmes font, en général, partie du butin. En outre, les jours de vente, des esclaves sont exposées devant la Curuléenne, soit dans des cages suspendues au plafond du portique, soit dans des cages alignées contre le mur intérieur du portique ; toutefois, ces cages sont différentes des cages d'exposition qui se trouvent à l'intérieur ; ce sont seulement, pour ainsi dire, des attractions, de la publicité destinée à attirer les clients ; néanmoins, comme les autres, les jeunes femmes ainsi exposées sont à vendre.

Derrière Philemon et entouré de gardiens, l'un d'eux tenant ma lourde laisse, je franchis la solide porte munie de barreaux située à l'arrière de la Curuléenne et qui sert aux livraisons ; quelques jours plus tôt, Élisabeth, Virginia et Phyllis avaient franchi cette porte. Nous dépassâmes des rangées de tables et des pièces réservées aux examens médicaux ; il y avait également des installations permettant de laver les prisonnières ; ici et là, je vis le bureau d'un responsable du marché ; dans certaines pièces, se trouvaient des soieries, des produits de beauté, des flacons de parfums, des chaînes. À la Curuléenne, les ventes sont soigneusement organisées et les lots sont préparés et présentés avec le plus grand soin, en tenant compte de la variété et de l'attention des acheteurs ; il est rare, par exemple, que deux lots consécutifs montent sur l'estrade avec des soieries semblables ; néanmoins, étant donné sa peau et la couleur de ses cheveux, chaque jeune femme doit porter des vêtements qui l'avantagent ; de même, il faut que les bijoux soient adaptés et différents ; en outre, naturellement, la marchandise elle-même doit être variée ; il est rare, par exemple, que des jeunes femmes du même type ou de la même couleur de cheveux se succèdent sur l'estrade. Les produits de beauté et leur emploi posent d'autres problèmes. Le commerce des femmes, comme celui de toute marchandise, est parfois un travail difficile et prenant, exigeant du bon sens, de l'expérience et de l'imagination.

Je ne croisai aucune esclave en traversant les salles intérieures de la Curuléenne ; en général, avant la vente, les jeunes femmes sont enfermées dans des cellules éclairées par des ampoules à énergie et situées en sous-sol ; bientôt, cependant, je passai devant les cages d'exposition, qui sont accessibles au public ; ces cages étaient vides ; elles servent, de la dixième à la quatorzième ahn, à l'exposition de la marchandise qui sera mise en vente le soir ; le public peut pénétrer librement dans la salle d'exposition avant la vente mais, après la quatorzième ahn, on ferme la Curuléenne afin de préparer la vente du soir ; après cette ahn, il faut payer pour entrer dans le marché ; les cellules elles-mêmes, et les allées qui les séparent, sont recouvertes d'épais tapis ; les barreaux sont assez espacés : dans les cellules, il y a des coussins et des soieries ; sur chaque cellule sont indiqués le numéro du lot et la date de vente ; les jeunes femmes sont exposées nues dans les cellules ; en outre, elles doivent se présenter exactement telles qu'elles sont, sans aucun maquillage ; les parfums, toutefois, sont autorisés ; on leur enlève jusqu'au collier, de peur qu'il ne dissimule une cicatrice ou un défaut ; la jeune femme est simplement lavée, brossée, peignée et parfumée avant d'entrer dans la cage où, suivant la volonté de l'acheteur potentiel, elle peut être examinée ; elle doit également, si on le lui demande, marcher, prendre des poses et exposer les qualités de sa beauté afin que l'acheteur puisse se rendre compte et faire des comparaisons ; comme me l'avait dit un jour Élisabeth, il est parfois difficile de juger depuis les derniers gradins ; sur l'estrade, la jeune femme est sous les ordres du commissaire-priseur ; en outre, elle est généralement maquillée ; si l'acheteur ne se souvient pas qu'une femme particulièrement éblouissante sur l'estrade l'était beaucoup moins dans la cage d'exposition, ce n'est pas la Maison qui est responsable, mais lui-même ; je suppose que, dans le feu des enchères, en raison de la présentation impeccable de la marchandise des Marchands d'Esclaves, on oublie souvent les décisions prudentes et réfléchies que l'on a prises devant les cages d'exposition.

Je supposai qu'Élisabeth, Virginia et Phyllis se trouvaient alors dans les cellules du sous-sol, qu'elles mangeaient peut-être, deux ou trois ahns avant la vente ; plus tard, elles seraient transférées, avec d'autres, dans le couloir des cellules de préparation, lequel conduit à l'estrade ; elles seraient alors habillées et maquillées ; toutes les cellules communiquent : lorsque la vente débute, les lots passent d'une cellule à l'autre jusqu'à la dernière, qui donne directement sur l'estrade ; à mesure que les lots avancent, on fait venir d'autres lots du sous-sol, on les prépare et on les fait passer d'une cellule à l'autre comme les lots précédents.

Dans la salle d'exposition, des citoyens d'Ar allaient et venaient, conversaient avec leurs amis avant de rejoindre leur place ; certaines places, les meilleures, sont numérotées mais les autres, la majorité, appartiennent au premier arrivé ; je supposai que les citoyens qui se promenaient ainsi avaient réservé leur place.

Sous la surveillance de Philemon et des gardiens, je sortis de la salle d'exposition et pénétrai dans l'amphithéâtre ; l'ensemble de la salle était éclairé par des ampoules à énergie ; par la suite, seule l'estrade serait illuminée ; les gradins s'élevaient tout autour de l'estrade, laissant toutefois un passage derrière celle-ci ; on pouvait sortir de l'amphithéâtre à plusieurs niveaux ; certaines parties particulièrement favorisées des gradins étaient séparées du reste ; il s'agissait de places réservées aux clients importants de la Curuléenne, souvent de gros Marchands d'Esclaves originaires de cités lointaines ; le bleu et jaune des Marchands d'Esclaves était partout dans l'amphithéâtre, en motifs complexes et magnifiques, mais la couleur dominante était un rouge riche et intense ; l'estrade elle-même, au centre de l'amphithéâtre, était ronde et faisait environ deux mètres de haut sur six mètres de diamètre ; elle était manifestement très lourde car elle était constituée de poutres massives fixées les unes aux autres par des chevilles de bois ; elle était en bois tout simple et brut ; l'escalier aux grandes marches massives, dépourvu de rampe, qui y conduisait, était luisant et concave, poli, déformé et usé par les pieds nus des innombrables jeunes femmes qui l'avaient gravi ; le dessus de l'estrade était également lisse et légèrement concave ; on y avait répandu, conformément à la tradition, de la sciure de bois ; suivant la coutume goréenne, la jeune femme qui monte sur l'estrade, même si elle porte les soieries les plus luxueuses, doit sentir la sciure de bois sous ses pieds.

— Par ici, intima Philemon.

Philemon me conduisit à la loge de Cernus, la plus grande et la plus imposante de l'amphithéâtre, complètement isolée des autres loges et des gradins par des cloisons de bois ; sur un piédestal de marbre se dressait un fauteuil lui aussi de marbre, assez semblable à un trône, devant lequel il me fallut m'agenouiller. On fixa ensuite ma chaîne à un anneau scellé dans le socle du fauteuil.

J'avais constaté que de nombreuses places non réservées étaient déjà occupées par des citoyens qui étaient probablement, en même temps, des acheteurs potentiels. C'était étonnant car il était encore tôt ; je supposai que le public serait particulièrement nombreux, même pour un quatrième soir de la Fête de l'Amour ; personne n'avait fait attention à moi tandis qu'on me conduisait à la loge de Cernus ; il était Ubar ; sur Gor, le vainqueur oblige souvent son ennemi à assister à la vente de ses femmes avant de le vendre lui-même ou de le faire tuer.

Philemon posa sur moi son regard sournois. Ses lèvres minces esquissèrent un sourire sarcastique.

— Cernus n'arrivera qu'au début de la vente, dit-il. Il nous faut attendre.

Je ne répondis pas.

— Remettez-lui le capuchon ! ordonna-t-il.

Je résistai mais on me fourra une nouvelle fois le tampon de cuir amer dans la bouche puis on me posa le lourd capuchon avec ses nombreuses couches de cuir sur la tête, avant de le fermer. Encapuchonné, les menottes aux poignets, enchaîné au fauteuil de mon ennemi, je restai à genoux pendant environ deux ahns. Pendant ce temps, je perçus du bruit, du mouvement : l'arrivée du public. Je me demandai si Élisabeth, Virginia et Phyllis se trouvaient déjà dans les cellules de préparation ; j'en doutais car elles seraient probablement vendues tard et ne se prépareraient pas avant que la vente n'ait débuté ; les dernières touches de leur maquillage ne seraient certainement posées que quelques minutes avant qu'elles ne montent sur l'estrade. J'étais furieux et triste, furieux en raison du tour qu'avaient pris les événements, triste pour Élisabeth et les autres jeunes femmes ; pour Élisabeth, surtout, mon cœur saignait, car ses espoirs seraient cruellement déçus ; elle ne comprendrait peut-être qu'on ne la conduisait pas en lieu sûr, que nous avions été pris au piège et qu'on s'était servi de nous, qu'au moment où elle se trouverait, terrifiée, confrontée à un maître qui ne verrait en elle qu'une esclave de plus.

Il y eut un mouvement près de moi et je compris que Cernus était arrivé.

Quelques instants plus tard, j'entendis sa voix.

— Retirez-lui le capuchon.

On m'enleva le capuchon, je secouai la tête et les cheveux, respirai profondément.

Cernus, assis dans son fauteuil, me sourit. Derrière moi, se tenait un homme armé d'une pince et d'un couteau courbe.

— Si tu parles pendant la vente, me prévint Cernus, je te fais couper la langue.

Sans répondre, je me tournai vers l'estrade.

Cernus sourit puis se tourna vers Philemon et s'entretint avec lui.

Pour autant que cela me fût possible en raison des cloisons de bois de la loge de Cernus, j'examinai l'intérieur de l'amphithéâtre. Il était plein à craquer de toutes les couleurs des castes de Gor. Les allées et les passages eux-mêmes avaient été envahis par la foule. Il y avait surtout des hommes, et quelques femmes libres. Il était impossible de distinguer les conversations car elles formaient un murmure indistinct, grave et atténué. Le murmure, toutefois, exprimait une tension consécutive, je suppose, à l'impatience. J'ignore quelle était, théoriquement, la capacité de l'amphithéâtre ; à mon avis, elle devait se situer aux environs de six mille places ; en comptant le public entassé sur les gradins et debout dans les allées, il devait bien y avoir deux fois plus de spectateurs ; il faisait chaud ; les visages étaient luisants de sueur.

Les Musiciens entrèrent par une porte située sous l'estrade et s'installèrent tout autour, assis en tailleur par terre. Ceux qui avaient des instruments à cordes les accordèrent ; il y avait un joueur de czehar, chef de la formation, quelques joueurs de kalika, quelques flûtistes, des petits tambours kaska et d'autres. Tous préparaient la soirée, répétant les mélodies et les accords, indifférents au public.

D'autres spectateurs s'entassèrent encore dans l'amphithéâtre. Des esclaves, montés sur des passerelles, ouvrirent les bouches d'aération du plafond, qui est en forme de dôme, et du sommet des murs, je respirai l'air frais ; dehors, j'aperçus les étoiles du ciel goréen ; je ne vis aucune lune.

— La vente va commencer, dit Cernus, sur le ton de la conversation, en se tournant vers moi.

Je ne daignai pas répondre.

Il ricana.

Il y avait de nombreux marchands ambulants. Le plus difficile, pour eux, était de passer parmi les spectateurs. Toutefois, étant donné le nombre de ceux-ci, ils n'avaient aucun mal à écouler leur marchandise ; ils disparaissaient alors derrière une porte et revenaient avec de nouveaux produits.

Parmi les spectateurs, surtout des hommes, il y avait, comme je l'ai peut-être déjà mentionné, quelques femmes, une sur dix ou quinze environ ; beaucoup d'entre elles étaient manifestement riches et de Haute Caste ; certaines avaient probablement l'intention d'acheter une servante ; les esclaves de cuisine, comme on dit, sont achetées sur les petits marchés ; elles feraient des offres par l'intermédiaire d'un homme ; d'autres femmes étaient peut-être simplement curieuses de la beauté des jeunes esclaves originaires d'autres cités, se demandant si elle égalait la leur ; peut-être aimaient-elles, tout simplement, l'ambiance passionnée et colorée de la vente, tremblantes au spectacle de leurs consœurs vendues nues ; peut-être quelques-unes imaginaient-elles qu'elles montaient elles-mêmes sur l'estrade, effrontées et magnifiques, aguichant les hommes, les poussant à faire des offres de plus en plus élevées, jeunes femmes merveilleuses, esclaves vendues aux enchères.

Enfin le public se tut, les Musiciens firent également silence, puis les ampoules à énergie de l'amphithéâtre faiblirent, s'éteignirent et d'autres illuminèrent soudainement l'estrade pour la plus grande joie du public qui manifesta son plaisir par un vacarme assourdissant.

L'estrade, dans la lumière, semblait nue et massive. Elle était vide.

Je me demandai ce que les jeunes femmes verraient à partir de l'estrade. Je distinguais, dans la demi-obscurité, les visages de mes voisins et, au fil des minutes, parvins à voir de plus en plus loin. Les jeunes femmes auraient naturellement une conscience aiguë du public, de ses humeurs, de ses réactions, car c'est une condition nécessaire pour pouvoir le stimuler, le tenter, le manipuler afin d'augmenter la fréquence et la qualité des offres. Dès le début, Sura avait enseigné à Élisabeth, Phyllis et Virginia, devant des hommes, qu'elles pouvaient se servir des réactions des mâles pour progresser plus rapidement dans l'art des esclaves. Un jour, Élisabeth m'avait dit que, selon Sura, au bout d'un certain temps, elles pourraient distinguer les visages depuis l'estrade. Il était apparemment important d'être en mesure de voir les yeux des hommes, la position de leur corps, les mouvements de leurs épaules.

Il y eut un claquement de fouet, fort et bref ; la foule se leva, la vente commençait.

Une jeune femme, affolée, uniquement vêtue d'une courte tunique de tissu gris, paraissant fuir, entra en courant sur l'estrade, les larmes aux yeux, puis en fit le tour, les mains tendues vers le public ; les Musiciens s'étaient mis à jouer ; elle courut de-ci, de-là, jouant le rôle de l'esclave terrifiée qui cherche à fuir. Un instant plus tard, derrière elle, entra un homme de haute taille, vêtu d'une courte tunique jaune et bleue, le commissaire-priseur, et armé d'un aiguillon très fin, presque une baguette ; en le voyant, la jeune femme voulut fuir mais, comme elle n'avait nulle part où aller, elle tomba à genoux, en larmes, au centre de l'estrade où, lorsqu'on lui eut arraché son vêtement, elle se releva d'un bond en riant, tendant les bras vers le public, vers ses cris de joie et d'encouragement.

Concis et compétent, le commissaire-priseur présenta la jeune femme, la caressant adroitement avec le mince aiguillon, tout en enregistrant les premières offres.

— Voici Verbina, cria-t-il, qui a si peur des hommes qu'elle est prête à fuir au risque d'être tuée ou torturée ! Soie Blanche et jamais possédée auparavant, elle est cependant prête pour la chaîne d'un maître capable de se servir d'elle comme elle le mérite !

Le public rugit de plaisir, sensible au style du commissaire-priseur. La première offre fut de quatre pièces d'or, ce qui était énorme et augurait bien de la soirée. C'était manifestement dû au fait que la Curuléenne refuse de prendre la responsabilité de vendre les jeunes femmes qui ne sont pas réellement séduisantes. Les prix varient dans des proportions considérables en fonction de la caste, l'abondance du type et des fluctuations du marché. À la Curuléenne, il est rare qu'une jeune femme soit vendue moins de deux pièces d'or. Verbina fut rapidement adjugée à un jeune Guerrier pour sept pièces d'or. Un très bon prix, dans les conditions normales du marché, car une femme véritablement belle et de Haute Caste en vaut environ trente, quoique certaines se fussent vendues jusqu'à quarante ou cinquante pièces d'or ; en ce qui concerne les femmes de Basse Caste, les prix sont à peu près de moitié moindres.

Le lot suivant était intéressant car il se composait de deux jeunes femmes vêtues de peaux de panthère des forêts, originaires des forêts septentrionales de Gor et enchaînées l'une à l'autre par le cou. Un esclave armé d'un fouet les contraignit à gravir l'escalier et à s'agenouiller au centre de l'estrade. Les forêts septentrionales, domaine des bandits et d'animaux extraordinaires, situées au nord et à l'est de Ko-ro-ba, ma Cité, sont magnifiques, profondes et couvrent des milliers de pasangs carrés. Les esclaves qui échappent à leur maître et les femmes libres qui n'acceptent pas le mariage arrangé par leurs parents ou rejettent la culture de Gor se réfugient parfois dans ces forêts où elles vivent en bandes, construisant des abris, chassant pour se nourrir et haïssant les hommes ; ces bandes de femmes, qui sont souvent d'excellents archers, s'opposent parfois aux bandes de hors-la-loi qui habitent également les forêts; il arrive que des Marchands d'Esclaves téméraires pénètrent dans les forêts afin de capturer ces jeunes femmes, mais il est rare qu'ils en reviennent; parfois, les Marchands d'Esclaves se contentent de rencontrer les hors-la-loi à la lisière de la forêt afin de leur acheter leurs captives; curieusement, à la lisière de la forêt, les Marchands d'Esclaves de Port Kar contactent les bandes de femmes et leur achètent les hommes qu'elles ont capturés afin d'en faire des galériens; il n'est pas rare que le Guerrier qui est entré dans la forêt soit capturé par sa proie, réduit en esclavage puis, lorsque les jeunes femmes en ont assez de lui, vendu, généralement en échange de pointes de flèche ou de bijoux, aux Marchands de Port Kar qui l'enchaîneront au banc de nage d'une galère.

Pour la plus grande joie du public, il fallut trois esclaves pour dévêtir les beautés de la forêt qui mordaient et griffaient. La paire fut finalement vendue à un collectionneur pour dix pièces d'or; je présume que son Jardin de Plaisirs est particulièrement bien surveillé car, dans le cas contraire, il risque de s'éveiller avec un couteau sur la gorge et l'exigence d'un tarn pour peut-être, finalement, vêtu de haillons, se retrouver enchaîné au banc de nage d'une galère.

Le troisième lot fut une jeune femme de Haute Caste, originaire de Cos, présentée vêtue de Robes de Dissimulation qui lui furent lentement retirées une à une. Elle était belle et avait été libre; elle n'était pas éduquée; elle appartenait à la Caste des Scribes et avait été capturée par les pirates de Port Kar. Elle ne tenta pas d'émouvoir les acheteurs, elle resta immobile, la tête baissée, sur l'estrade, jusqu'à ce qu'on ait terminé de la dévêtir. Ses gestes étaient raides. Le public fut mécontent. On n'en offrit que deux pièces d'or. Alors, s'emparant du fouet d'un esclave, le commissaire-priseur s'approcha de la jeune femme désespérée; sans avertissement, il lui administra la caresse du Marchand d'Esclaves, la Caresse du Fouet, et sa réaction fut immédiate, sauvage, totalement incontrôlable. Elle lui jeta un regard horrifié. Le public hurla de joie. Soudain, elle se jeta sur le commissaire-priseur en poussant des cris hystériques mais il lui passa les menottes et, en larmes, elle tomba à genoux. Elle fut finalement vendue à vingt-cinq pièces d'or.

— Les ventes marchent bien, fit remarquer Cernus.

À nouveau, je refusai de répondre.

Par la suite, je reconnus des jeunes femmes de la Maison de Cernus, dont Lana, qui fut vendue quatre pièces d'or. Les lots se succédèrent et les enchères, dans l'ensemble, augmentèrent. En général, on réserve la meilleure marchandise pour la fin de la soirée, et de nombreux acheteurs attendaient. Je présumai qu'ils attendaient surtout les cent barbares promises par Cernus, jeunes femmes enlevées sur Terre afin d'en faire des Esclaves de Plaisir goréennes.

De temps à autre, dans le courant de la soirée, le commissaire-priseur avait fait quelques remarques désobligeantes à propos des barbares, les comparant aux jeunes femmes qui montaient sur l'estrade, et ainsi de suite. Ces remarques avaient déplu au public et Cernus avait souri. Je suppose que le commissaire-priseur avait reçu des instructions de la Maison de Cernus. Le commissaire-priseur jouait le scepticisme et le cynisme.

En ce qui me concerne, malgré la situation dans laquelle je me trouvais, la beauté, le spectacle et les danses des jeunes femmes qui se succédèrent sur l'estrade m'émerveillèrent : comme les femmes sont belles, comme elles sont extraordinaires, comme elles sont tentantes, magnifiques, délicieuses, douloureusement désirables, comme elles sont belles et merveilleuses !

Enfin, très tard, le commissaire-priseur annonça sur un ton légèrement ironique qu'il allait présenter la première barbare et rappela au public qu'il ne fallait rien en attendre.

Les spectateurs, mécontents, crièrent :

— La barbare ! La barbare !

Je fus stupéfait lorsque la jeune femme entra. C'était probablement la moins belle de toutes ; je savais qu'elle comptait parmi les plus intelligentes et, également, parmi les plus sensuelles. C'était une jeune femme à l'esprit extrêmement vif, énergique, quoique pas très belle. Pourtant, lorsqu'on la poussa sur l'estrade, raide, vêtue d'une couverture sombre et usée, elle parut terne, stupide. Elle semblait incapable de fixer son regard et, de temps en temps, comme par inadvertance, tirait la langue. Elle se gratta, regarda autour d'elle, apparemment idiote et maussade. Le public fut ébahi car on aurait à peine osé présenter une telle jeune femme sur la plus petite estrade du marché le plus minable. Pour ma part, j'étais stupéfait car j'avais déjà vu la jeune femme et la connaissais un peu ; elle n'était pas ainsi ; le public, naturellement, l'ignorait. Le commissaire-priseur, comme désemparé, fit de son mieux pour mettre la jeune femme en valeur mais les spectateurs se mirent à crier et à siffler ; lorsque le commissaire-priseur lui eut retiré sa couverture, avec élégance, comme on prendrait le manteau luxueux d'une dame de qualité, elle se voûta de telle sorte que son dos parut constitué de pièces dépareillées ; le public manifesta bruyamment sa colère. Le commissaire-priseur, qui feignit de perdre son calme, répondit sur un ton acerbe aux critiques des spectateurs des premiers rangs, puis fut à son tour sifflé et hué. La jeune femme paraissait ne rien comprendre. Puis, lorsqu'on l'eut poussée avec l'aiguillon, elle cria d'une voix nasale qui n'était pas la sienne, dans un goréen hésitant et apparemment appris par cœur :

— Achetez-moi, Maîtres !

Le public éclata de rire. Le commissaire-priseur semblait hors de lui. Ensuite, subtilement, ou bien feignant la subtilité, il lui administra la Caresse du Fouet, mais c'est à peine si elle s'en rendit compte. Je compris alors ce qui se passait, peut-être à retardement, car je savais que la jeune femme, Soie Rouge avant les vaisseaux noirs, était extrêmement sensuelle et avait servi, dans la grande salle de la Maison de Cernus, le plaisir des Guerriers et des hommes d'armes ; elle savait qu'on lui administrerait la Caresse et y était préparée ; peut-être même, de ce fait, avait-elle été anesthésiée. Le public la hua, exigea qu'on la fasse descendre et elle le regarda avec effarement, comme une femelle de bosk, sans comprendre et sans chercher à comprendre. Je ne pouvais qu'admirer la ruse de Cernus. Le lot suivant serait certainement le plus beau et serait tellement extraordinaire, comparativement à cette jeune femme, que les hommes oublieraient les beautés qui l'avaient précédée; après elle, actrice stupéfiante, la fille la plus quelconque paraîtrait extraordinairement séduisante; et une jeune femme véritablement belle ferait l'effet d'une déesse.

— Que m'offre-t-on de cette esclave? cria le commissaire-priseur.

Des quolibets et des cris lui répondirent.

Pourtant, comme il insistait, il y eut quelques offres dérisoires, peut-être d'hommes désireux d'acquérir une esclave de cuisine pour presque rien; je constatai sans étonnement que, chaque fois qu'une offre était faite, un individu vêtu en Métallurgiste et appartenant à la garde de la Maison de Cernus faisait légèrement monter les enchères; finalement, elle lui fut adjugée pour dix-sept tarnets de cuivre. Je savais que plus tard, peut-être dans une autre cité, elle serait présentée à son avantage et vendue un bon prix.

Le commissaire-priseur, apparemment désespéré, poussa violemment la jeune femme dans l'escalier puis, furieux, lui renvoya sa couverture d'un coup de pied.

Puis il se tourna vers le public.

— Je vous l'avais dit! cria-t-il. Les barbares ne valent rien!

Le commissaire-priseur s'entretint avec un responsable du marché qui tenait la liste des lots, confirmait les offres et enregistrait les ventes avec les acheteurs ou leurs agents, au pied de l'estrade. Le commissaire-priseur semblait dégoûté lorsqu'il regagna le centre de l'estrade.

— Pardonnez-moi, Frères et Sœurs de ma Cité, Ar la Glorieuse, dit-il, mais il me faut vous présenter d'autres barbares.

Le public, dans son immense majorité, tapa des pieds. Certains spectateurs allèrent même jusqu'à donner des coups de poing contre les cloisons de la loge de Cernus. Mais Cernus se contenta de sourire. On injuria le commissaire-priseur, qui se tenait sur l'estrade, et les plus braves, anonymes dans la foule, conspuèrent la Maison de Cernus.

— Regarde attentivement, me dit Cernus.

Une nouvelle fois, je ne daignai pas répondre au Marchand d'Esclaves devenu Ubar d'Ar.

Soudain, les lumières s'éteignirent, plongeant l'amphithéâtre prêt à craquer dans le noir. Il y eut des exclamations de surprise et des hurlements de femmes. Puis, un peu plus tard, l'estrade, et elle seule, fut brillamment illuminée. Le public manifesta sa joie.

On aurait dit que la vente commençait vraiment.

Au pied de l'estrade, dans l'obscurité, non loin de l'escalier, quelqu'un jeta une chaîne près du commissaire-priseur, puis deux autres. Il les ramassa, resta un instant immobile, les maintenant tendues, puis recula. Il rencontra une résistance. En bas dans l'obscurité, trois violents claquements de fouet retentirent.

Puis, fièrement, vêtues de manteaux noirs et la tête couverte d'une capuche, trois jeunes femmes gravirent l'escalier et montèrent sur l'estrade, le dos droit, la tête haute, les traits dissimulés par leur capuche. Elles avaient des menottes auxquelles étaient fixées les chaînes ; la chaîne de la première, probablement Élisabeth, était légèrement plus courte que celles des deux jeunes femmes qui l'entouraient, légèrement en retrait, sans doute Virginia et Phyllis. Leurs manteaux ressemblaient à des ponchos à capuche, sauf que les bras sortaient par des fentes. Les manteaux, amples et élégants, leur cachaient les chevilles. Elles étaient, naturellement, nu-pieds. Elles s'immobilisèrent près du centre de l'estrade, le commissaire-priseur tenant les laisses.

— Voici trois barbares ! cria le commissaire-priseur, une Soie Rouge et deux Soie Blanche, toutes de la Maison de Cernus et dont nous espérons que vous serez satisfaits !

— Sont-elles éduquées ? demanda quelqu'un.

— On nous certifie que oui, répondit le commissaire-priseur.

Puis il fit monter les trois esclaves armés de fouets sur l'estrade et leur confia les laisses des jeunes femmes.

Sur un signe du commissaire-priseur, les esclaves leur firent effectuer un tour d'estrade puis les ramenèrent en son centre luisant et légèrement concave.

— Que m'offre-t-on ? cria le commissaire-priseur.

Personne ne répondit.

— Allons, allons. Frères et Sœurs d'Ar la Glorieuse, citoyens et acheteurs d'Ar la Glorieuse, amis d'Ar, combien m'offre-t-on pour ces trois barbares ?

Quelqu'un offrit trois pièces d'or, probablement dans l'unique intention de lancer les enchères.

— J'ai entendu trois ! cria le commissaire-priseur. Ai-je entendu quatre ?

Tout en posant la question, il s'était approché d'une jeune femme et avait découvert son visage. C'était Virginia. Elle levait la tête et avait une expression hautaine. Elle était magnifiquement maquillée en Esclave de Plaisir. Ses cheveux brillants lui tombaient sur les épaules. Ses lèvres étaient peintes en rouge.

— Huit pièces d'or ! cria quelqu'un.

— Qui dira dix ? demanda le commissaire-priseur.

— Dix ! cria-t-on.

Le commissaire-priseur découvrit le visage de la seconde jeune femme, Phyllis.

Elle semblait habitée d'une fureur glacée. Le public retint son souffle. Le maquillage augmentait et intensifiait le côté spectaculaire de sa beauté naturelle, mais avec une rudesse insolente et délibérée qui fit bouillir le sang des hommes.

— Vingt pièces d'or ! cria quelqu'un.

— Vingt-cinq ! cria-t-on dans un autre coin de la salle.

Phyllis leva la tête et détourna les yeux, ne daignant pas regarder le public, son visage n'exprimant que le mépris.

— Qui dira trente ? demanda le commissaire-priseur.

— Quarante ! cria quelqu'un.

Le commissaire-priseur rit et s'approcha de la troisième jeune femme.

Cernus se pencha vers moi.

— Je me demande ce qu'elle pensera, dit-il, quand elle se rendra compte qu'elle a été réellement vendue.

— Donne-moi mon épée ! fis-je, et battons-nous !

Cernus rit puis se tourna à nouveau vers l'estrade.

Alors que le commissaire-priseur allait rabattre la capuche de la troisième jeune femme, celle-ci, bien qu'elle eût les poignets enchaînés, s'enfuit en direction de l'escalier ; la chaîne se tendit et, alors qu'elle atteignait la troisième marche, elle fut arrêtée et tomba, moitié sur les marches, moitié sur l'estrade. L'esclave chargé de sa chaîne la tira alors cruellement, d'abord sur le ventre, puis sur le dos, jusqu'au centre de l'estrade. Ensuite, l'esclave posa le pied sur la chaîne, tout près des menottes, l'immobilisant. Le commissaire-priseur lui posa le pied sur le ventre pour l'empêcher de se débattre.

— Faut-il jeter un coup d'œil sur celle-ci ? demanda le commissaire-priseur.

Le public manifesta son impatience.

J'étais furieux. Je savais que tout ça n'était qu'un spectacle dont tous les détails avaient été soigneusement chorégraphiés et répétés dans la Maison de Cernus.

Cernus ricanait.

Le public hurla son impatience de découvrir la rebelle.

Le commissaire-priseur glissa la main sous la capuche et, prenant la jeune femme par les cheveux, l'obligea à s'agenouiller devant les acheteurs. Puis il rabattit la capuche.

Les lumières de l'estrade firent étinceler le petit anneau d'or qu'Élisabeth Cardwell avait à la narine.

Le public retint son souffle.

Comme elle était extraordinaire, magnifique !

Elle paraissait mince et sauvage, aussi vigoureuse et dangereuse que la femelle du larl. Elle avait sa place parmi les plus belles femmes de Gor.

Elle était maquillée en esclave.

Le silence se fit.

C'était, ce silence stupéfait, en quelque sorte un hommage que le public rendait à la magnifique captive.

Une offre rompit le silence.

— Cent pièces d'or ! cria un Marchand d'Esclaves qui portait le blason de Tor et se tenait à quelques mètres de la loge de Cernus.

— Cent vingt ! cria un autre, sans passion, simplement, un autre Marchand d'Esclaves qui portait à l'épaule gauche le blason de Tyros.

Les trois jeunes femmes étaient assez proches l'une de l'autre, Élisabeth au milieu et légèrement devant, les deux autres de chaque côté d'elle et un peu en retrait ; puis on leur fit une nouvelle fois exécuter un tour d'estrade.

Les enchères montèrent jusqu'à cent quarante pièces d'or. Puis les trois jeunes femmes furent réparties sur l'estrade, Élisabeth devant et au milieu, Virginia et Phyllis sur les côtés. On détacha les chaînes fixées à leurs menottes et les trois esclaves armés de fouets se retirèrent. Ensuite, avec sa clé, le commissaire-priseur ouvrit l'anneau de leur poignet gauche.

Il retira le manteau de Virginia qui apparut vêtue d'une courte robe jaune et sans manches, fendue jusqu'à la ceinture.

Il y eut des cris d'approbation.

Ensuite, il retira le manteau de Phyllis, qui était vêtue comme Virginia.

Le public manifesta son enthousiasme.

Enfin, il se dirigea vers Élisabeth et lui retira son manteau.

Le public hurla de joie.

Élisabeth portait la courte robe de cuir des Tuchuks, simple, rugueuse, sans manches, la courte jupe fendue jusqu'à la ceinture, à gauche, ce qui permettait de monter le kaiila, monture des Peuples des Chariots.

— Deux cents pièces d'or! cria un Marchand de Cos.

— Deux cent quinze! renchérit un officier de cavalerie d'Ar.

On demanda à nouveau aux jeunes femmes de faire le tour de l'estrade et elles obéirent, orgueilleuses, irritées, comme si elles voulaient manifester leur mépris à la populace déchaînée. Lorsqu'elles eurent terminé, Virginia se tenait au milieu, Phyllis à sa gauche et légèrement en retrait, Élisabeth à sa droite et légèrement en retrait. Les trois esclaves armés de fouets revinrent à nouveau sur l'estrade. Les enchères étaient alors montées à deux cent quarante. Quelques cris de protestation s'élevèrent, peut-être de la part de clients pas assez riches, car les jeunes femmes n'étaient pas de Haute Caste.

Le commissaire-priseur fit alors signe à l'esclave qui se tenait derrière Virginia. Il lui passa le poignet gauche derrière le dos et referma l'anneau dessus, lui attachant ainsi les deux mains dans le dos. Ensuite, tirant sur les épaulettes de la robe, il la dénuda jusqu'à la ceinture. Cela plut au public. Quelqu'un offrit deux cent cinquante pièces d'or. Le commissaire-priseur fit signe aux esclaves et les jeunes femmes changèrent de position de sorte que Phyllis occupa le devant de l'estrade. Comme Virginia, elle fut attachée et dénudée. On offrit alors deux cent soixante-quinze pièces d'or. Puis les jeunes femmes changèrent une nouvelle fois de position et Élisabeth s'immobilisa au milieu de l'estrade.

— Apparemment, dit le commissaire-priseur, celle-ci était Tuchuk.

Le public exprima son approbation. Les Tuchuks, qui appartiennent aux Peuples des Chariots, dont le territoire se trouve au sud, sont, aux yeux des habitants du nord de Gor, des gens mystérieux et étranges ; pour les habitants du Sud, ils ne sont que des ennemis efficaces, féroces et craints.

— Pouvez-vous deviner, demanda le commissaire-priseur, laquelle des trois est Soie Rouge ?

Le public rit tumultueusement.

— Il est probable, cria le commissaire-priseur, que son maître Tuchuk s'est beaucoup servi d'elle !

Le public rit.

À ce moment-là, sauvagement, Élisabeth cracha au visage du commissaire-priseur.

Le public hurla de joie mais le commissaire-priseur ne parut nullement amusé. Furieux, il fit signe à l'esclave, qui prit position derrière la jeune femme, puis il lui attacha lui-même les mains derrière le dos.

— Tu plaisais aux bergers ignorants, dit-il, voyons maintenant si tu plais aux citoyens d'Ar !

Tout en prononçant ces paroles, il la dénuda jusqu'à la ceinture.

Élisabeth était belle. La position de ses poignets, naturellement, comme c'était le cas pour les autres jeunes femmes, n'était pas due au hasard. Elle est destinée à mettre leurs charmes en valeur.

Je me rendis compte que j'avais envie de la prendre dans mes bras et d'embrasser ses lèvres peintes en rouge. Je suppose que ma réaction n'était pas différente de celle des autres spectateurs.

— Trois cents pièces d'or ! cria un notable d'Ar.

Le public manifesta qu'il approuvait l'offre.

— Trois cent cinq ! renchérit le Marchand d'Esclaves de Tor.

— Trois cent dix ! annonça le Marchand d'Esclaves qui portait à l'épaule l'emblème de Tyros.

Le commissaire-priseur regarda le public.

— Samos, demanda-t-il, Premier Marchand d'Esclaves de Port Kar, est-il des nôtres ce soir ?

Tous les yeux se tournèrent vers une loge proche de l'estrade.

À l'intérieur, une silhouette indolente était affalée dans un fauteuil de marbre ; son indolence, cependant, était celle de l'animal repu. À l'épaule gauche, il partait les cordes nouées de Port Kar ; son vêtement était simple, sombre et tissé serré ; la capuche était rabattue en arrière, révélant une grosse tête aux courts cheveux blancs ; le visage était rougi par le vent et le sel ; il était plissé et ridé, craquelé comme du cuir ; en lui, je perçus le pouvoir, l'expérience, l'intelligence et la cruauté ; il avait deux petits anneaux d'or aux oreilles ; il me fit penser à un carnivore peu enclin, pour le moment, à chasser ou à tuer.

— Ici, dit-il.

Il n'avait encore fait aucune offre.

— Sans doute Samos de Port Kar, Premier Marchand d'Esclaves de la Capitale Maritime de Gor, Port Kar la Noble, daignera-t-il s'intéresser à ces indignes jeunes femmes.

Le silence se fit.

— Montre-moi les femmes, dit Samos.

Le public rugit de joie.

Le commissaire-priseur s'inclina devant Samos, Premier Marchand d'Esclaves de Port Kar.

Presque aussitôt, les esclaves armés de fouets dévêtirent complètement les trois magnifiques barbares de la Maison de Cernus devant les acheteurs d'Ar.

Le public se leva, hurlant et tapant des pieds, et, s'il y eut des offres, le vacarme était tel que personne ne les entendit.

— Enlève les menottes.

Cela fut fait et les esclaves armés de fouets se retirèrent, emportant les menottes qui avaient immobilisé les gracieuses plantes qui faisaient l'orgueil de l'estrade d'Ar.

Le public hurla, rugit, tapa des pieds.

Les jeunes femmes restèrent immobiles dans la lumière, affrontant le public du regard, nues et fières ; sous les cris et les hurlements frénétiques, elles comprirent qu'elles étaient belles et qu'elles plaisaient. Comme elles étaient merveilleuses, et féminines, les trois esclaves, à ce moment-là !

On cria une douzaine d'offres qui se perdirent dans les acclamations du public. J'entendis une offre de quatre cents pièces d'or. Finalement, le public se tut.

Le commissaire-priseur se tourna à nouveau vers la loge de Samos, Premier Marchand d'Esclaves de Port Kar.

— Le Noble Samos consent-il à manifester son intérêt ? demanda-t-il.

— Fais-les danser, dit Samos.

Le commissaire-priseur s'inclina une nouvelle fois devant lui. Le public hurla de plaisir.

— Faut-il apporter les soies de Plaisir ? demanda-t-il.

— Non, répondit Samos.

La foule manifesta sa joie.

Les Musiciens prirent leurs instruments et, toutes ensemble, comme trois esclaves, femmes qui deviendraient la propriété des hommes, les jeunes femmes dansèrent.

Dans le public, des hommes poussèrent des exclamations de plaisir ; j'entendis même des femmes, stupéfaites de constater que leur sexe pouvait être aussi magnifique ; les yeux de quelques femmes brillaient d'admiration et d'enthousiasme mal dissimulés ; je mesurai la rapidité de leur respiration aux mouvements de leur voile ; les yeux de quelques autres exprimaient la terreur et, reculant, elles regardaient autour d'elles, ayant soudain peur des hommes qui les entouraient ; un voile se déchira, une jeune femme cria et, me retournant, je vis un Guerrier l'embrasser violemment sur les lèvres ; finalement, elle accepta son baiser ; le public devint fou ; ici et là, des femmes hurlèrent au milieu de groupes d'hommes ; une jeune femme essaya de s'enfuir mais fut traînée par la cheville jusqu'au pied des gradins ; une autre déchira elle-même son voile, prit la tête de son voisin entre ses mains, l'embrassa sur les lèvres et, un instant plus tard, se retrouva couchée par terre dans ses bras, les robes déchirées, pleurant, hurlant de plaisir.

Les jeunes femmes exécutèrent quatre danses parmi les hurlements et les rugissements du public, puis s'immobilisèrent soudain, splendides, animales, aguichantes.

Ensuite, reprenant leur souffle, couvertes de sueur, elles regagnèrent l'estrade et le commissaire-priseur s'avança.

Les offres jaillirent d'elles-mêmes.

— Cinq cents pièces d'or ! cria le notable d'Ar.

— Cinq cent vingt ! renchérit le Marchand d'Esclaves de Tor.

— Cinq cent trente ! cria quelqu'un d'autre.

— Cinq cent trente-cinq ! proposa le Marchand d'Esclaves de Tyros.

Le commissaire-priseur se tourna vers la loge de Samos, Premier Marchand d'Esclaves de Port Kar.

— Le Noble Samos, Premier Marchand d'Esclaves de Port Kar, Porte et Maîtresse de la Mer, souhaite-t-il manifester de l'intérêt pour ces indignes jeunes femmes ? Ne réchaufferaient-elles pas le cœur des marins au retour d'un long voyage ?

Le public rit.

— N'aimeraient-ils pas que de telles esclaves leur servent le Paga ? N'aimeraient-ils pas qu'elles dansent pour eux ? Les rencontrer dans l'alcôve d'une taverne, impatientes et les lèvres ouvertes, soulagerait leurs yeux irrités par le soleil et le sel de Thassa la Luisante.

Le public rit à nouveau. Mais Samos ne dit rien. Son visage resta impassible.

— Ne sont-elles pas dignes d'être offertes à l'Ubar de Port Kar, Porte et Maîtresse de Thassa la Luisante ?

Le public se tut.

Intérieurement, je bouillais de rage mais j'étais également en proie à l'horreur car je ne pouvais supporter, même dans mon imagination, que les jeunes femmes puissent être vendues à un marchand de Port Kar. Aucune esclave ne s'est jamais échappée de Port Kar, protégée d'un côté par les interminables marais du delta du Vosk, de l'autre par les puissantes marées du Golfe de Tamber et, au-delà, par les étendues immenses, bleues, luisantes et dangereuses de Thassa. On dit que les chaînes des esclaves sont plus lourdes à Port Kar. Dans aucune cité de Gor l'esclavage n'est plus abject, plus total qu'à Port Kar la Sordide, Port Kar la Malsaine. Je ne voulais pas admettre, même en pensée, qu'un tel sort pourrait frapper les jeunes femmes sans défense qui se tenaient sur l'estrade d'Ar, des années de servitude misérable et sans espoir, à faire les quatre volontés de maîtres qui comptent parmi les plus cruels de Gor, à n'exister que pour procurer du plaisir à des individus qui ne verraient jamais en elles que des esclaves.

— Je n'ai pas l'intention d'enchérir, déclara Samos, Premier Marchand d'Esclaves de Port Kar.

Le commissaire-priseur sourit et s'inclina.

— Cinq cent quarante pièces d'or ! cria le notable d'Ar.

Le public applaudit. Puis le silence se fit.

— On me propose cinq cent quarante pièces d'or pour ces barbares au sang chaud ! cria le commissaire-priseur, cinq cent quarante pièces d'or seulement pour ce magnifique lot de femelles, en excellente santé et magnifiquement éduquées pour vous tenter, vous tourmenter, vous rendre fous de plaisir ! Va-t-on m'offrir davantage ? Allons, Frères et Sœurs d'Ar, quand l'occasion d'acquérir d'aussi splendides créatures pour une poignée de pièces d'or se représentera-t-elle ?

Le public rit.

— Cinq cent quarante-cinq ! grogna le Marchand d'Esclaves de Tyros.

Le public accueillit l'offre avec joie mais, ensuite, il se tut.

Le commissaire-priseur regarda les visages ; personne ne renchérit.

Il tendit la main ouverte, la paume en haut, vers le public. S'il fermait la main, cela signifiait qu'il acceptait l'offre.

Le silence se fit.

Soudain, horrifié, je vis Élisabeth gagner le devant de l'estrade.

Elle s'immobilisa, les mains sur les hanches, la tête haute.

— Les hommes d'Ar sont avares ! déclara-t-elle.

Le public rit et elle rit également.

— Oui, reprit-elle, avares ! (Elle rit encore. Puis elle se tourna vers Virginia.) Voici, poursuivit-elle, insinuante, une jeune femme mince, souple, vive, Soie Blanche, intelligente, impatiente d'être caressée par un homme, qui, pour l'homme qui lui plaira, sera aussi abjecte et servile qu'on peut le souhaiter. Imaginez-la, nobles habitants d'Ar, enchaînée à votre anneau ! Elle vaut à elle seule cinq cents pièces d'or !

Le public hurla son approbation et le commissaire-priseur baissa le bras puis recula, peut-être aussi surpris que les spectateurs.

— Et celle-ci, reprit Élisabeth en se dirigeant vers Phyllis. Qu'en pensez-vous ?

Phyllis lui jeta un regard ébahi.

— Mets les mains sur la nuque, Esclave, ordonna Élisabeth, et tourne-toi vers les acheteurs d'Ar !

Stupéfaite, Phyllis obéit.

— Or, Maîtres, railla Élisabeth, ne voudriez-vous pas que celle-ci porte votre collier ?

Il y eut des cris d'approbation.

— Mais je vous préviens, reprit Élisabeth, elle déteste les hommes !

Le public rit.

Phyllis la regarda avec colère.

— Ne baisse pas les bras. Esclave ! cria Élisabeth.

Phyllis s'immobilisa, la tête en arrière, les reins cambrés. Elle avait les larmes aux yeux.

— Elle croit qu'aucun homme ne peut la dompter, poursuivit Élisabeth. Elle croit qu'aucun homme ne peut véritablement faire d'elle une esclave !

Il y eut des exclamations incrédules et des rires.

— Elle a peut-être raison ! cria Élisabeth. Il est certain qu'à Ar personne ne pourrait la faire hurler de plaisir !

Il y eut quelques manifestations de colère dans le public, mais également beaucoup de rires.

— N'êtes-vous pas prêts à payer cinq cents pièces d'or, continua-t-elle, pour l'attacher à votre laisse et la conduire chez vous afin de lui apprendre ce que valent les hommes d'Ar, s'ils valent quelque chose, avant de l'envoyer aux cuisines, laver les marmites jusqu'à ce qu'elle vous supplie de la laisser dormir enchaînée au pied de votre couche ?

Le public manifesta bruyamment sa joie et son plaisir.

Phyllis pleurait.

— Baisse les bras, Esclave ! ordonna Élisabeth.

Phyllis obéit, recula et s'immobilisa près de Virginia.

Puis Élisabeth gagna le devant de l'estrade.

— Et moi ? demanda-t-elle. Aimeriez-vous me passer les menottes ?

Le public hurla et tapa des pieds, les hommes se levèrent, crièrent, se frappèrent l'épaule gauche avec le poing droit, l'applaudissement goréen.

— Je crois, cria Élisabeth en riant, que je ne suis pas trop mal !

Il y eut des cris d'assentiment.

Elle tendit le bras vers un bel homme souriant, un Bourrelier.

— N'aimerais-tu pas me posséder ? demanda-t-elle.

Il se donna de grandes claques sur les genoux.

— Sûr ! cria-t-il.

— Et toi ? dit Élisabeth en montrant un Marchand richement vêtu du cinquième rang. Aimerais-tu que je me soumette à toi ?

— Certainement ! répondit-il.

— Y a-t-il un homme, dans cette salle, qui n'ait pas envie de me prendre dans ses bras ?

Un « Non ! » assourdissant fit trembler l'amphithéâtre.

— Qui a envie de moi ?

— Moi ! hurlèrent des milliers de voix.

— Mais, gémit Élisabeth, je ne suis qu'une pauvre esclave sans maître. (Elle tendit les poignets vers la foule, comme si elle avait des menottes.) Qui m'achètera ? gémit-elle.

Le tonnerre d'offres fut assourdissant.

Élisabeth rejoignit les deux autres jeunes femmes, les prit par le bras et, ensemble, elles gagnèrent le devant de l'estrade.

— Qui nous achètera ? répéta Élisabeth.

— Huit cents pièces d'or ! cria quelqu'un.

— Huit cent cinquante ! cria un autre acheteur.

Puis on proposa neuf cents et, ce qui était incroyable, mille puis la somme stupéfiante de mille quatre cents pièces d'or.

Le commissaire-priseur fit signe aux Musiciens et une fois de plus, parmi les hurlements du public, tandis qu'il tendait la main ouverte, acceptant les offres, les jeunes femmes exécutèrent les derniers moments de la danse de l'esclave nouvellement achetée et qui danse sa joie à l'idée qu'elle va bientôt être dans les bras de son maître. Lorsqu'elles eurent terminé, les jeunes femmes s'agenouillèrent dans une attitude de soumission, assises sur les talons, les bras tendus, la tête baissée, les poignets croisés; Élisabeth faisait face au public, Virginia et Phyllis étaient agenouillées perpendiculairement à elle, à droite et à gauche; elles formaient une fleur soumise et vulnérable d'esclaves.

Le commissaire-priseur attendit que les acclamations du public aient enfin cessé. La dernière offre se montait à la somme stupéfiante de mille cinq cents pièces d'or. À ma connaissance, jamais trois jeunes femmes ne s'étaient vendues à un tel prix à la Curuléenne. Cernus avait manifestement fait un bon investissement.

Le commissaire-priseur cria à la foule qui s'était tue:

— Je vais fermer la main!

— Ne ferme pas ta main! intervint Samos, Premier Marchand d'Esclaves de Port Kar.

Le commissaire-priseur se tourna avec déférence vers le Marchand de Port Kar la Sordide et la Malsaine, Maîtresse et Fléau de Thassa la Luisante.

— Samos, Premier Marchand d'Esclaves de Port Kar, Maîtresse et Port de Thassa, daigne maintenant manifester son intérêt?

— Effectivement, répondit Samos d'une voix plate.

— Quelle est l'offre? s'enquit le commissaire-priseur.

— C'est une offre, répondit l'homme, de Samos, Premier Marchand d'Esclaves de Port Kar. Je propose trois mille pièces d'or pour les trois esclaves actuellement sur l'estrade.

Le public retint son souffle d'un bout à l'autre de l'amphithéâtre.

Le commissaire-priseur recula, stupéfait. Les jeunes femmes elles-mêmes levèrent la tête, ébahies, rompant la discipline de la fleur soumise. Puis, avec un sourire, Élisabeth baissa à nouveau la tête et les deux autres l'imitèrent.

J'avais envie de vomir. Élisabeth croyait certainement que Samos était l'agent des Prêtres-Rois chargé de les acheter, de les conduire en lieu sûr et de leur rendre la liberté.

Cernus ricanait.

Le commissaire-priseur ferma la main, comme pour saisir une poignée de pièces d'or.

— Les femmes sont vendues ! annonça-t-il.

Le public manifesta sa joie, son ravissement.

Les jeunes femmes s'étaient levées ; des esclaves leur passèrent les menottes auxquelles ils fixèrent des chaînes, se préparant à faire descendre la marchandise vendue de l'estrade.

— Des barbares ! cria le public. D'autres barbares !

— Bientôt ! cria le commissaire-priseur. Bientôt ! Nous allons présenter de nombreux lots de barbares ! Ne soyez pas déçus ! Il y en a d'autres ! Il y a beaucoup de barbares à vendre, des lots extraordinaires, superbes et magnifiquement éduquées !

Le public frémit d'impatience.

Élisabeth et les deux autres jeunes femmes avaient été attachées. L'épreuve de la vente étant terminée, Virginia et Phyllis pleuraient. Élisabeth, en revanche, paraissait parfaitement détendue et satisfaite. Lorsqu'elles eurent fait demi-tour et que les esclaves armés de fouets les conduisirent vers l'escalier, Cernus s'adressa aux gardiens qui se tenaient derrière moi.

— Faites lever le fou, dit-il. Il faut qu'elle le voie !

Je luttai mais cela n'empêcha pas les deux hommes de me soulever.

— Contemple un ennemi de Cernus ! cria Philemon.

Les jeunes femmes se retournèrent et Élisabeth, examinant attentivement la foule, me vit, vêtu des haillons d'un esclave, les poignets attachés derrière le dos, prisonnier impuissant de Cernus, Marchand d'Esclaves, Ubar d'Ar.

Ses yeux s'agrandirent. Elle resta immobile, comme frappée par la foudre. Elle mit ses mains enchaînées devant la bouche. Incrédule, elle secoua la tête. Puis, au moyen de la chaîne et des menottes, on l'obligea rudement à faire demi-tour. Elle regarda alors par-dessus son épaule, les yeux agrandis par l'horreur. Puis, luttant contre la chaîne et les menottes, elle descendit l'escalier en trébuchant. C'est à ce moment-là qu'elle comprit qu'elle avait été réellement vendue. Elle cria désespérément, un long gémissement de douleur et d'impuissance. J'entendis le claquement d'un fouet, puis les hurlements et les sanglots hystériques d'une esclave. Ensuite, on l'emmena, les claquements du fouet et ses cris s'éloignèrent, puis je n'entendis plus rien.

— Avant de la livrer à Samos, disait Cernus, je crois que je vais la faire conduire à la Maison et me servir d'elle. Elle m'a séduit ce soir. Comme elle est Soie Rouge, Samos n'y verra pas d'inconvénient.

Je ne répondis pas.

— Emmenez-le ! ordonna Cernus.

Aussitôt, deux gardiens me firent sortir de l'amphithéâtre.

Les lumières s'éteignirent un instant, puis s'allumèrent à nouveau.

J'entendis les cris du public.

Le commissaire-priseur demanda les premières offres. Je compris qu'un nouveau lot d'esclaves à vendre venait de monter sur l'estrade, pour le plaisir des acheteurs d'Ar.

20

UNE PARTIE

— Cette nuit, cria Cernus en levant sa coupe, nous allons nous réjouir et nous amuser !

Jamais je n'avais vu le Marchand d'Esclaves, généralement impassible, aussi transporté de joie que pendant la nuit qui suivit la vente à la Curuléenne. Le festin se prolongea très tard dans la grande salle de la Maison de Cernus, le vin et le Paga coulèrent à flots. Les esclaves enchaînées au mur et destinées au plaisir des Guerriers s'accrochaient, ivres et extatiques, à ceux qui se servaient d'elles. Les hommes d'armes, un gobelet à la main, vacillaient. Les guerriers de Cernus chantaient. Des jeunes femmes nues servirent des tarsks rôtis sur de longues broches. Des esclaves en cours d'éducation, nues également, servaient le vin. Les Musiciens, ivres et déchaînés, jouaient inlassablement.

Encapuchonné, enchaîné, nu jusqu'à la ceinture, j'avais été pourchassé d'une pièce à l'autre et battu à coups de bâton.

Sans capuchon maintenant, mais toujours enchaîné et sanglant, je m'agenouillai devant le piédestal de Cernus.

Non loin de moi, misérable, prostrée, enchaînée comme moi au piédestal de notre maître, était agenouillée Élisabeth Cardwell, uniquement vêtue de la chaîne de Cernus, avec son médaillon orné du tarn maintenant des chaînes d'esclave entre ses serres, qu'elle portait au cou.

Je constatai, consterné, que Relius et Ho-Sorl étaient également enchaînés dans un coin. Près d'eux, à genoux, les poignets et les chevilles attachés par de minces cordelettes de soie, se trouvait Sura, la tête baissée, les cheveux touchant le sol.

La poupée qu'elle aimait tant, qui lui venait de sa mère et qu'elle gardait si jalousement dans son compartiment qu'elle avait essayé de me tuer avec un aiguillon, gisait sur le sol devant elle, déchiquetée, détruite.

— Qu'ont-ils fait ? demandai-je à Cernus.

— Ils t'auraient libéré, répondit Cernus en riant. Nous avons appréhendé les hommes après un dur combat, tandis qu'ils tentaient de se frayer un chemin jusqu'à toi pendant que tu étais enfermé. La femme a essayé de corrompre les gardiens avec du Paga et des bijoux.

Je secouai la tête. Je ne comprenais pas pourquoi Relius et Ho-Sorl avaient embrassé ma cause et pourquoi Sura, bien qu'elle eût de l'affection pour moi, avait risqué sa vie, qui était maintenant perdue. Je n'avais rien fait pour mériter de tels amis, une telle loyauté. Je compris, dans la situation désespérée où je me trouvais, que j'avais trahi non seulement Élisabeth, les autres jeunes femmes et les Prêtres-Rois, mais aussi des alliés inconnus dont faisaient peut-être partie Relius, Ho-Sorl, Sura et d'autres. La fureur, la rage et le désespoir m'étouffèrent. Je regardai Élisabeth qui, la chaîne de Cernus au cou, contemplait le sol fixement, presque en état de choc.

Je les avais tous trahis.

— Faites entrer Portus ! ordonna Cernus.

Le Marchand d'Esclaves, qui avait été le principal concurrent de la Maison de Cernus, fut amené, sans doute directement des cachots du Cylindre Central d'Ar, sur ordre de son Ubar, Cernus, autrefois de la Caste des Marchands mais appartenant maintenant à la Caste des Guerriers.

Portus, terriblement amaigri, la peau flasque et pendante, fut conduit, entravé et nu jusqu'à la ceinture, dans le carré de sable.

On lui retira ses menottes et on mit un couteau courbe dans sa main tremblante.

— Je t'en prie, ô puissant Cernus, gémit-il, prends pitié !

L'esclave que j'avais vu gagner un combat bondit dans le carré et se dirigea vers Portus.

— Je t'en prie, Cernus ! s'écria Portus alors qu'une longue ligne sanglante apparaissait sur sa poitrine. Je t'en prie ! Je t'en prie ! Frère de Caste ! cria-t-il tandis que l'esclave, vif, impatient, riait et le frappait en toute impunité.

Puis Portus tenta de résister mais, affaibli, incompétent, maladroit, il trébucha, de plus en plus souvent blessé sans que, pour autant, aucune coupure fût mortelle. Finalement, couvert de sang, tremblant, gémissant, incapable de bouger, il tomba aux pieds de l'esclave ricanant.

— Qu'on le livre à la Bête ! ordonna Cernus.

Portus, malgré ses protestations, fut emporté, laissant une traînée sanglante sur les dalles de la salle.

— Qu'on fasse entrer l'Hinrabienne ! cria Cernus.

Je fus ébahi. Les Hinrabiens étaient tombés dans une embuscade, quelques mois plus tôt, peu après avoir quitté Ar pour Tor, la Cité du Désert. On supposait que toute la famille avait été massacrée. Le seul corps que l'on n'avait pas retrouvé était celui de Claudia Tentia Hinrabia, qui avait été la victime malheureuse des machinations de Cernus, lequel s'était servi d'elle pour précipiter la chute de la Maison de Portus.

J'entendis, très loin, un cri de terreur – celui de Portus –, puis un rugissement sauvage.

Tout le monde frémit.

— La Bête a mangé ! annonça Cernus en ricanant.

Puis il but et un peu de vin coula sur son menton.

On fit entrer une esclave, une jeune femme mince, vêtue de Soies de Plaisir jaunes, aux courts cheveux noirs, aux yeux sombres et aux pommettes hautes.

Elle courut timidement et s'agenouilla devant le piédestal.

Je retins mon souffle car c'était Claudia Tentia Hinrabia, fille gâtée d'un Ubar d'Ar devenue une esclave dépourvue de tout droit, semblable à des milliers d'autres à Ar la Glorieuse.

Elle regarda autour d'elle avec étonnement. Elle n'était sans doute jamais entrée dans cette salle.

— Esclave, tu t'appelles bien Claudia, n'est-ce pas ? demanda Cernus.

— Oui, Maître, répondit-elle.

— Sais-tu dans quelle cité tu te trouves ? demanda Cernus.

— Non, Maître. Je portais une cagoule lorsqu'on m'a conduite ici.

— Qui t'a amené ? s'enquit Cernus.

— Je ne sais pas, Maître, souffla la jeune femme.

— On dit que tu prétends que tu es Claudia Tentia Hinrabia, dit Cernus.

La jeune femme leva brusquement la tête.

— C'est vrai ! s'écria-t-elle. C'est vrai, Maître !

— Je sais, fit Cernus.

Elle le regarda avec horreur.

— Dans quelle Cité sommes-nous ? demanda-t-elle.

— À Ar, répondit Cernus.

— Ar ? souffla-t-elle.

— Oui, confirma Cernus, Ar la Glorieuse.

Ses yeux s'emplirent d'espoir. Je crus qu'elle allait se lever. Puis ses yeux s'emplirent de larmes.

— Ar ! s'écria-t-elle. Oh ! libère-moi ! Libère-moi ! (Elle tendit les mains vers Cernus.) Je suis d'Ar ! Je suis d'Ar ! Je suis Claudia Tentia Hinrabia d'Ar ! Libère-moi, Maître !

— Sais-tu qui je suis ? s'enquit Cernus.

— Non, Maître, répondit-elle.

— Je suis Cernus, dit-il, Ubar d'Ar.

Elle le regarda avec stupéfaction.

— Noble Cernus, souffla-t-elle, si tu es mon Maître, libère-moi, libère-moi !

— Pourquoi ? fit Cernus.

— Je suis Claudia Tentia Hinrabia, dit-elle, d'Ar.

— Tu es une esclave, répliqua Cernus.

Elle le regarda avec horreur.

— Je t'en prie, Ubar, sanglota-t-elle. Je t'en prie, Noble Cernus, Ubar de Ma Cité, libère-moi !

— Ton père me devait de l'argent, déclara Cernus, tu resteras mon esclave.

— Je t'en prie ! sanglota-t-elle.

— Tu es seule, dit Cernus. Ta famille n'est plus. Personne ne peut te protéger. Tu resteras mon esclave.

Elle se cacha le visage dans les mains et pleura.

— Je ne connais que le désespoir, gémit-elle, depuis que les hommes de la Maison de Portus m'ont enlevée et réduite en esclavage.

Cernus rit.

La jeune femme le regarda sans comprendre.

— Comment les hommes de Portus ont-ils pu entrer dans le Cylindre Central et t'enlever ? s'enquit-il.

— Je l'ignore, reconnut-elle.

— Ce sont les Taurentiens de la garde du palais eux-mêmes qui t'ont mis une cagoule et emportée.

Elle retint son souffle.

— J'ai soudoyé Saphronicus, leur Capitaine, expliqua Cernus.

Elle secoua faiblement la tête.

— Mais, la Maison de Portus... fit-elle. J'ai vu le collier d'une esclave...

Cernus rit.

Il descendit du piédestal et s'immobilisa près d'elle.

— Lève-toi, Esclave ! ordonna-t-il.

L'Hinrabienne obéit.

Elle le fixa avec terreur. Il ouvrit sa robe et la lui arracha.

Puis il retira la lourde chaîne et son sceau du cou d'Élisabeth Cardwell et la passa à celui de la jeune Hinrabienne.

— Non ! Non ! s'écria-t-elle, se prenant la tête entre les mains et tombant à genoux aux pieds de Cernus.

Il rit.

Elle leva vers lui des yeux pleins d'horreur.

— C'était toi ! souffla-t-elle. C'était toi !

— Naturellement, fit Cernus.

Puis il lui retira la chaîne et la mit autour de son propre cou. Ensuite, il regagna sa place.

Les spectateurs éclatèrent de rire.

— Qu'on lui attache solidement les bras et les poignets ! ordonna Cernus à un homme d'armes.

Celui-ci obéit. La jeune Hinrabienne, horrifiée, resta sans réaction.

— Nous avons une autre surprise pour toi, ma chère Claudia, annonça Cernus.

Elle le regarda sans comprendre.

— Va chercher l'esclave de cuisine ! ordonna Cernus à un de ses hommes.

Celui-ci, avec un sourire mauvais, sortit en hâte.

— Claudia Tentia Hinrabia, expliqua Cernus en se servant un nouveau gobelet de vin de Ka-la-na, était une maîtresse extrêmement stricte et exigeante. On raconte qu'elle a fait couper le nez et les oreilles d'une pauvre fille qui avait fait tomber un miroir, puis qu'elle l'a vendue.

Les auditeurs manifestèrent leur désapprobation.

Deux hommes d'armes contraignirent Claudia à s'agenouiller, solidement liée. Son visage blêmit.

— J'ai fouillé toutes les cuisines d'Ar jusqu'au jour où j'ai retrouvé cette fille, reprit Cernus.

Je me souvins que j'avais vu l'esclave mutilée. J'eus l'impression que cela faisait des mois alors que c'était, en fait, quelques jours plus tôt.

— Et je l'ai achetée, conclut Cernus.

Des cris de joie retentirent.

Claudia Tentia Hinrabia, maintenue à genoux par ses deux gardes, attachée, semblait abattue, horrifiée, incapable de réagir.

Une jeune femme entra dans la salle suivie par l'homme qui était allé la chercher. C'était celle que j'avais vue quelques jours plus tôt, le soir de ma capture, et à qui j'avais donné une bouteille de Paga. On lui avait coupé le nez et les oreilles. Sans cela, elle aurait été belle.

Lorsque la jeune femme entra dans la salle, les gardiens de Claudia la tournèrent vers elle.

Ébahie, la jeune femme s'immobilisa. Claudia la regarda, les yeux dilatés par l'horreur.

— Comment t'appelles-tu ? lui demanda Cernus avec douceur.

— Mélanie, répondit-elle sans quitter l'Hinrabienne des yeux, surprise, stupéfaite de retrouver sa maîtresse dans de telles circonstances.

— Mélanie, reprit Cernus, connais-tu cette esclave ?

— C'est Claudia Tentia Hinrabia, souffla la jeune femme.

— Te souviens-tu d'elle ? demanda Cernus.

— Oui, répondit-elle. C'était ma maîtresse.

— Qu'on lui donne un couteau courbe ! ordonna Cernus à ses hommes.

On mit un couteau courbe dans la main de la jeune femme défigurée.

Elle regarda l'arme puis l'Hinrabienne qui secouait doucement la tête, les yeux pleins de larmes.

— Je t'en supplie, Mélanie, souffla Claudia, ne me fais pas de mal.

La jeune femme ne répondit pas. Son regard allait du couteau courbe à l'Hinrabienne attachée.

— Tu peux couper le nez et les oreilles de cette esclave, dit Cernus.

— Je t'en supplie, Mélanie ! cria Claudia. Ne me fais pas de mal ! Ne me fais pas de mal !

La jeune femme fit un pas vers elle.

— Tu m'aimais, souffla Claudia, tu m'aimais !

— Je te hais, dit la jeune femme.

Elle prit les cheveux de Claudia dans la main gauche et approcha la lame acérée de son visage. L'Hinrabienne éclata en sanglots, hystérique, implorant sa pitié.

Mais l'esclave des cuisines ne toucha pas le visage de l'Hinrabienne. À la stupéfaction générale, elle baissa le bras.

— Coupe-lui le nez et les oreilles ! ordonna Cernus.

La jeune femme regarda l'Hinrabienne désemparée.

— Ne crains rien, dit-elle, je ne ferai pas de mal à une pauvre esclave.

La jeune femme jeta le couteau courbe qui glissa sur le dallage.

Claudia Tentia Hinrabia s'effondra en pleurant aux pieds de ses gardiens.

Cernus se leva sur son piédestal.

Quelqu'un demanda :

— Était-elle de Haute Caste ?

— Mon père était tailleur, dit Mélanie.

Cernus était furieux.

— Emmenez-les ! ordonna-t-il. Dans dix jours, ensanglantez-les, attachez-les dos à dos et livrez-les à la Bête !

On passa les menottes à Mélanie qui, accompagnée de son ancienne maîtresse en larmes et désemparée, Claudia Tentia Hinrabia, fut conduite dehors.

Cernus, mécontent, s'assit.

— Ne soyez pas déçus, grinça-t-il, les réjouissances ne sont pas terminées !

Il y eut quelques grognements incertains autour de la table, quelques tentatives de restaurer l'enthousiasme.

— Noble fille ! criai-je à l'intention de Mélanie au moment où elle allait sortir.

Elle se retourna et sourit puis, avec Claudia et leur gardien, disparut.

Un des Guerriers de Cernus me frappa sur la bouche.

Je ris.

— Comme je suis Ubar d'Ar, commença Cernus, et membre de la Caste des Guerriers…

Quelques hommes s'agitèrent à une table mais Cernus les regarda et le silence se fit.

— … je tiens, poursuivit-il, à me conduire équitablement et propose, par conséquent, que nous jouions ta liberté.

Je le regardai avec surprise.

— Va chercher le plateau et les pièces, dit Cernus. (Philemon sortit. Cernus me regarda avec un sourire mauvais.) Si mes souvenirs sont bons, tu as dit que tu ne savais pas jouer.

J'acquiesçai.

— D'un autre côté, reprit-il, je ne te crois pas.

— Je sais jouer, reconnus-je.

Cernus ricana.

— Veux-tu jouer ta liberté ?

— Bien sûr, répondis-je.

— Je suis très fort, tu sais, dit Cernus.

Je ne répondis pas. J'avais constaté, au fil des mois passés dans la Maison, que Cernus était véritablement un excellent joueur. Il ne serait pas facile de le battre.

— Mais, reprit Cernus, comme tu es probablement beaucoup moins fort que moi, je crois qu'il serait juste de t'adjoindre un champion susceptible de jouer à ta place et de te donner la victoire.

— Je jouerai seul, dis-je.

— Je crois que ça ne serait pas juste, affirma Cernus.

— Je vois, fis-je.

Je compris alors que Cernus allait désigner mon champion. La partie ne serait qu'une mascarade dépourvue de sens.

— Peut-être une esclave connaissant à peine la marche des pièces, proposai-je, pourrait-elle jouer pour moi – si cela ne constitue pas pour toi un adversaire trop dangereux ?

Cernus me regarda d'un air surpris. Puis il sourit.

— Peut-être, fit-il.

Sura leva la tête.

— Oseras-tu affronter une simple esclave, poursuivis-je, qui ne connaît les règles que depuis un jour ou deux et n'a joué en tout qu'une ahn ?

— De qui veux-tu parler ? s'enquit Cernus.

— De moi, Maître, dit humblement Sura.

Puis elle baissa la tête.

Je retins mon souffle.

— Les femmes ne jouent pas, déclara Cernus d'une voix irritée. Les esclaves ne jouent pas !

Sura ne répondit pas.

Cernus se leva et se dirigea vers Sura. Il ramassa les restes déchirés de sa poupée et s'acharna dessus. Le tissu usé ne résista pas. Il piétina rageusement les morceaux.

Sura se mit à pleurer et ses larmes tombèrent sur le dallage. Ses épaules étaient secouées de sanglots.

— As-tu osé apprendre le Jeu, Esclave ? s'enquit Cernus.

— Pardonne-moi, Maître, fit Sura sans lever la tête.

Cernus se tourna vers moi.

— Choisis un champion plus digne de confiance, dit-il.

Je haussai les épaules.

— Je choisis Sura, déclarai-je.

Cernus ignorait certainement qu'elle possédait des aptitudes naturelles absolument hors du commun. Dès le début, son Jeu avait été l'égal de celui des Joueurs. Ses capacités, brutes et brillantes, étaient tout simplement phénoménales ; elles comptaient parmi les dons exceptionnels que l'on découvre quelquefois, avec délices et effarement, et j'avais éprouvé les deux.

— Je choisis Sura, répétai-je.

Les hommes rirent.

À ce moment, sans raison apparente, Cernus frappa Sura avec le dos de la main, la faisant basculer.

Un homme d'armes murmura à son voisin :

— Où est Ho-Tu ?

J'aurais bien voulu le savoir.

L'autre répondit :

— Ho-Tu est à Tor. Il est allé chercher des esclaves.

Le premier se mit à rire.

Je me dis qu'il valait peut-être mieux que Cernus, probablement à dessein, ait éloigné Ho-Tu. À mon avis, ce dernier ne serait certainement pas resté les bras croisés tandis que Sura, qu'il aimait, était ainsi maltraitée, même par le Maître de la Maison de Cernus. Le couteau courbe à la main, à douze lames contre une, Ho-Tu se serait probablement jeté sur Cernus. J'étais, somme toute, comme je l'ai laissé entendre, assez content de l'absence de Ho-Tu. Au moins, lui ne mourrait pas. S'il permettait à Sura de vivre, je supposai que Ho-Tu vivrait aussi, ne serait-ce que pour rester auprès d'elle, la protéger de son mieux.

— Je ne jouerai pas avec une femme, railla Cernus en s'éloignant de Sura.

Elle me regarda, désemparée, désespérée. Je lui souris, Mais j'avais le cœur gros. Mon dernier espoir s'était envolé.

Cernus avait regagné sa place. Philemon avait apporté le plateau et les pièces.

— Ça ne fait rien, reprit Cernus, car j'ai déjà choisi ton champion.

— Je vois, fis-je. Qui est-ce ?

Cernus partit d'un rire tonitruant.

— Hup le Fou ! cria-t-il.

Tout le monde éclata de rire, les convives donnèrent des coups de poing sur la table tant ils appréciaient la plaisanterie.

À ce moment, deux hommes entrèrent par la porte principale, suivis par des gardiens. Le premier avait une certaine dignité, bien qu'il tendît les bras devant lui. Il portait une robe de Joueur. L'autre se roulait sur le dallage, sautait, bondissait, faisait des glissades pour la plus grande joie des convives. Les esclaves elles-mêmes applaudirent en poussant des cris de plaisir.

Hup recula, lorgnant les esclaves, puis tomba à la renverse car un Guerrier lui fit un croche-pied. Il se releva d'un bond puis se mit à sauter sur place en couinant comme un urt mécontent. Les jeunes femmes rirent et les hommes firent de même.

Je constatai avec stupéfaction que le compagnon de Hup était le Joueur aveugle que j'avais rencontré, le jour de mon arrivée, près de la taverne proche de la Grande Porte d'Ar, celui qui avait brillamment battu le Négociant en Vins au cours de ce qui avait été, jusqu'à un certain point, une partie inégale et frauduleuse que le Joueur avait l'intention de laisser son adversaire gagner, celui qui, en apprenant que je portais le Noir des Assassins, avait refusé, malgré sa pauvreté, la pièce d'or qu'il avait si justement et si merveilleusement gagnée. Je trouvai étrange qu'un tel homme pût avoir été trouvé en compagnie de Hup, un pauvre fou, Hup dont la tête bulbeuse et difforme atteignait à peine la ceinture d'un homme normal, Hup aux jambes arquées et au corps enflé, aux mains brisées et noueuses, Hup le Fou.

Sura regarda Hup avec une expression horrifiée, comme si elle le haïssait. Elle parut frémir de dégoût. Je me demandai pourquoi elle réagissait ainsi.

— Qualius le Joueur, cria Cernus, tu es une nouvelle fois dans la Maison de Cernus, qui est maintenant Ubar d'Ar !

— Je suis honoré, répondit le Joueur.

— Aimerais-tu jouer avec moi ? s'enquit Cernus.

— Non, répondit sèchement le Joueur. Je t'ai battu autrefois.

— C'était une erreur, pas vrai ? fit plaisamment Cernus.

— Certainement, répondit Qualius. Pour avoir été meilleur que toi, j'ai été rendu aveugle et marqué dans la chambre de torture.

— Ainsi, en fin de compte, fit Cernus sur le ton de la plaisanterie, je t'ai battu.

— Effectivement, Ubar, répondit Qualius.

Cernus rit.

— Comment se fait-il, s'enquit-il ensuite, que mes hommes, chargés de ramener Hup, t'ont trouvé en sa compagnie ?

— Je partage le logement du fou, expliqua Qualius. Beaucoup de portes restent closes pour un Joueur destitué.

Cernus rit.

— Les Joueurs et les fous, dit-il, se ressemblent beaucoup.

— C'est vrai, reconnut Qualius.

Nous nous tournâmes vers Hup. Il se faufilait entre les tables. Il but le contenu d'un gobelet et esquiva de justesse le coup de poing amusé que lui adressa le propriétaire du gobelet. Hup s'enfuit en toute hâte, puis s'accroupit et fit des grimaces à l'homme qui se mit à rire. Puis, feignant d'agir en tapinois, Hup retourna vers la table et se glissa dessous.

Soudain, sa tête apparut de l'autre côté, puis disparut. Il se cacha à nouveau sous la table, sa main sortit puis se retira et il entreprit de manger son butin : une épluchure de larma volée dans une assiette à déchets. Il souriait et parlait tout seul en mâchonnant l'épluchure.

— Contemple ton champion ! s'écria Cernus.

Je ne pris pas la peine de répondre à cette moquerie.

— Pourquoi ne pas me tuer et en finir ? demandai-je.

— Ne ferais-tu pas confiance à ton champion ? s'enquit Cernus.

Puis il rejeta la tête en arrière et rit. Les convives rirent également, Hup lui-même, les larmes aux yeux, assis sur le dallage, se donnait des claques sur les genoux et riait avec les autres. Quand les autres se turent, il les imita et regarda autour de lui, gloussant et poussant de petits cris.

— Comme tu as un champion, poursuivit Cernus, il me semble juste que j'en aie également un.

Je le regardai avec surprise.

— Contemple le champion, dit Cernus, qui va jouer pour moi !

Il tendit majestueusement le bras vers la porte. Tout le monde se retourna.

Il y eut des cris de stupéfaction.

Un jeune homme de dix-huit ou dix-neuf ans, aux yeux perçants et aux traits extraordinairement beaux, franchit le seuil d'un air contrarié ; il portait une robe de Joueur, mais son vêtement était luxueux car les carrés étaient de soie rouge et jaune ; le sac qu'il portait sur l'épaule était en magnifique cuir de verr ; les lacets de ses sandales étaient des fils d'or ; curieusememt, ce jeune homme qui ressemblait à un dieu dans sa splendeur était boiteux et traînait la jambe gauche sur le dallage ; j'avais vu peu de visages aussi beaux, aussi séduisants, pourtant le sien exprimait l'irritation, le mépris ; son visage trahissait un esprit aussi brillant qu'une lame goréenne.

Il s'immobilisa devant la table de Cernus et, bien que Cernus fût Ubar de la Cité, se contenta de lever la main, la paume vers l'intérieur, en un salut goréen ordinaire.

— Tal, dit-il.

— Tal, répondit Cernus, apparemment intimidé par le jeune homme.

— Pourquoi m'a-t-on conduit ici ? demanda le jeune Joueur.

J'examinai son visage. Il avait quelque chose de légèrement familier. J'eus presque l'impression de l'avoir déjà vu. Il me sembla que je connaissais son visage alors que ce n'était pas possible.

Par hasard, je tournai la tête vers Sura et demeurai stupéfait. Elle regardait fixement le jeune homme. On aurait dit que, comme moi, elle le reconnaissait.

— On t'a conduit ici pour jouer, dit Cernus.

— Je ne comprends pas, fit le jeune homme.

— Tu seras mon champion, expliqua Cernus.

Le jeune homme le regarda avec curiosité.

— Si tu gagnes, poursuivit Cernus, tu recevras cent pièces d'or.

— Je vais gagner, affirma le jeune homme.

Le ton de sa voix n'exprimait pas la témérité, simplement, peut-être, l'impatience.

Il regarda autour de lui et vit Qualius, le Joueur aveugle.

— La partie sera intéressante, fit-il remarquer.

— Qualius d'Ar, précisa Cernus, ne sera pas ton adversaire.

— Ah ? fit le jeune homme.

Hup se roulait par terre dans un coin de la salle, allant du mur à une table puis de la table au mur.

Le jeune homme le regarda avec dégoût.

— Ce sera lui, ton adversaire, dit Cernus en montrant le fou.

La colère déforma les traits du jeune homme.

— Je ne jouerai pas, déclara-t-il.

Il pivota sur lui-même dans un froissement de robe mais se trouva confronté à deux gardiens armés de javelots.

— Ubar ! cria-t-il.

— Tu vas jouer contre Hup le Fou, railla Cernus.

— Tu m'offenses et tu offenses le Jeu, dit le jeune homme. Je ne jouerai pas !

Hup chantonnait dans son coin, se balançant d'avant en arrière.

— Si tu ne joues pas, menaça Cernus, tu ne quitteras pas cette maison vivant !

Le jeune homme tremblait de colère.

— Qu'est-ce que ça signifie ? s'enquit-il.

— Je donne à ce prisonnier la possibilité de vivre, expliqua Cernus en me montrant. Si son champion gagne, il vivra ; si son champion perd, il mourra.

— Je n'ai jamais perdu, affirma le jeune homme. Jamais.

— Je sais, souligna Cernus.

Le jeune homme me regarda.

— Son sang, dit-il à Cernus, souillera tes mains, pas les miennes.

Cernus rit.

— Vas-tu jouer ?

— Je vais jouer, capitula le jeune homme.

Cernus se détendit et sourit.

— Mais autorise Qualius à jouer pour lui, insista le jeune homme.

Qualius, qui connaissait apparemment la voix du jeune homme, dit :

— Tu n'as rien à craindre, Ubar, je ne suis pas aussi fort que lui.

Je me demandai qui était le jeune homme pour que Qualius, qui était un Joueur émérite, se considère comme inférieur à lui.

Je regardai à nouveau Sura et fus à nouveau frappé par l'intensité, l'émerveillement avec lesquels elle fixait le jeune homme incroyablement beau et boiteux qui se tenait devant nous. Je me concentrai, essayant de comprendre quelque chose qui semblait tout proche, fugace, incroyablement proche mais insaisissable.

— Non, déclara Cernus. Tu joueras contre le Fou.

— Qu'on en finisse avec cette mascarade ! lança le jeune homme. En outre, je ne veux pas que le récit de cette farce sorte de cette maison.

Cernus eut un sourire ironique.

Philemon montra le jeu. Le jeune homme prit la place de Cernus qui la lui céda impatiemment. Il retourna brusquement le jeu, prenant les rouges. Philemon le retourna à son tour afin d'avoir les jaunes et, par conséquent, joue le premier, ce qui lui permettrait de choisir l'ouverture.

Le jeune homme le regarda d'un air dégoûté mais ne protesta pas.

— Viens ici, Fou ! cria Cernus à Hup.

Hup, apparemment surpris, se leva d'un bond, fit un saut périlleux, se dirigea en boitillant vers une table où, ayant posé le menton sur le plateau, il essaya de mordre dans un morceau de pain qui se trouvait là.

Tout le monde rit à l'exception de Relius, de Ho-Sorl, du jeune homme, de moi-même et de Sura. Sura n'avait pas quitté le jeune homme des yeux. Elle pleurait. J'essayai d'identifier le jeune homme, de reconnaître ses traits.

— Daigneras-tu, dit Cernus au jeune homme, dire ton nom au prisonnier ?

Le beau jeune homme, sans quitter la chaise de Cernus, me regarda.

— Je m'appelle Scormus d'Ar, dit-il.

Je fermai les yeux et fus tout secoué de rire car je me rendis compte à quel point on s'était moqué de moi. Et les autres, les amis de Cernus, rirent si fort que les murs de la salle tremblèrent.

Mon champion était Hup, un fou, celui de Cernus était Scormus d'Ar, Joueur brillant, ardent, courageux, Scormus, jeune Joueur phénoménal, champion d'Ar, dont les Ponts Supérieurs étaient le domaine, maître non seulement des Joueurs d'Ar mais probablement aussi de tous les Joueurs de Gor ; il avait remporté quatre fois la coupe annuelle des Foires des Sardar ; il avait gagné tous les tournois auxquels il avait participé ; il n'y avait pas, sur Gor, un seul Joueur qui ne le considérât comme son maître ; dans toutes les cités de Gor, on s'arrachait les notes de ses parties ; sa stratégie reposait sur une subtilité innée et dévastatrice, une profondeur et un éclat qui avaient fait de lui, malgré son jeune âge, une véritable légende dans les cruelles cités de Gor ; il n'était pas étonnant que Cernus lui-même fût intimidé devant ce jeune homme impérieux.

— C'est lui ! s'écria soudain Sura.

Au même moment, je compris avec une soudaineté et une puissance telles que la salle me parut un instant plongée dans l'obscurité et que j'en eus le souffle coupé.

Contrarié, Scormus leva la tête et regarda Sura, toujours agenouillée, attachée, sur le dallage.

— Ton esclave est-elle folle ? demanda-t-il à Cernus.

— Oui, Esclave Stupide, c'est bien Scormus d'Ar, dit Cernus à Sura. Maintenant, tais-toi !

Elle avait les yeux pleins de larmes. Elle baissa la tête et pleura, tremblante d'émotion.

Je tremblais également.

El il me sembla que Cernus avait fait un mauvais calcul.

Hup s'approcha maladroitement de Sura et posa sa grosse tête bulbeuse contre la sienne. Les convives se mirent à rire. Sura ne recula pas devant le personnage effrayant et grotesque qui se tenait près d'elle. Puis, à la surprise générale, le nain difforme et laid embrassa tendrement – très tendrement – Sura sur le front. Elle avait les yeux pleins de larmes. Ses épaules tremblaient. Elle sourit à travers ses larmes et baissa la tête.

— Que se passe-t-il ? cria Cernus.

Hup poussa un cri sauvage, fit un saut périlleux arrière et se lança, glapissant comme un urt, à la poursuite d'une esclave nue, une de celles qui servaient le Paga. Elle cria et s'enfuit : Hup s'immobilisa, tourna plusieurs fois sur lui-même, très rapidement, au milieu de la salle puis, pris de vertige, tomba sur les fesses et se mit à pleurer.

Scormus d'Ar prit la parole.

— Jouons !

— Joue, Fou, ordonna Cernus à Hup.

Le petit fou approcha de la table.

— Joue ! Joue ! Joue ! geignit-il. Hup joue !

Il avança une pièce.

— Ce n'est pas à toi de jouer ! s'emporta Cernus. Les jaunes jouent d'abord.

Mécontent, furieux et méprisant, Scormus avança un Tarnier.

Hup prit une pièce rouge et l'examina très attentivement.

— Beau, beau bois, glousa-t-il.

— Le fou connaît-il la marche des pièces ? s'enquit ironiquement Scormus.

Quelques rires fusèrent parmi les convives, mais Cernus ne riait pas.

— Beau ! Beau ! chantonnait Hup.

Puis il la posa à l'envers à l'intersection de quatre cases.

— Non, intervint Philemon avec irritation, sur la couleur, comme ça !

Hup concentra alors son attention sur un coin de la table où se trouvait un gâteau sucré auquel il jeta des regards avides.

Je constatai avec satisfaction que Scormus d'Ar, après avoir regardé le jeu, posait sur Hup un regard hostile. Puis il haussa les épaules, secoua la tête et avança une autre pièce.

— À toi, dit Philemon.

Sans regarder le jeu, Hup poussa une pièce, le Scribe de l'Ubar je crois, du bout d'un doigt enflé.

— Hup a faim, pleurnicha-t-il.

Un homme d'armes de Cernus lui lança le gâteau qui lui faisait manifestement envie et Hup, avec un glapissement de joie, s'assit sur l'estrade, posant le menton sur les genoux, et se le fourra dans la bouche.

Je regardai Sura. Ses yeux étincelaient. Elle me vit et me sourit au travers de ses larmes. Je répondis à son sourire. Elle regarda les restes de la poupée, gisant sur le dallage, puis, bien qu'attachée, elle rejeta la tête en arrière et rit.

Elle avait un fils. Son nom, naturellement, était Scormus d'Ar ; il avait été conçu de nombreuses années plus tôt pendant les débordements de Kajuralia et son père s'appelait Hup. Je reconnaissais nettement le jeune homme bien que je ne l'eusse jamais rencontré. Ses traits étaient ceux de Sura, bien qu'ils fussent empreints d'une lourdeur typiquement masculine, et trahissaient son appartenance aux lignées de la Maison de Cernus. Cernus lui-même n'avait rien vu ; les convives non plus ; la claudication était sans doute un legs de son père difforme ; mais le jeune homme était beau et il était brillant ; c'était l'extraordinaire Scormus, jeune Maître Joueur d'Ar.

Je regardai Sura avec des larmes dans les yeux car j'étais heureux pour elle.

Hup l'avait embrassée. Il savait. Était-il, dans ces conditions, aussi fou qu'il feignait de l'être ? Et Scormus d'Ar, Maître Joueur brillant, brillant de naissance, était leur fils.

J'avais pressenti les extraordinaires dispositions de Sura, sa compréhension intuitive, stupéfiante, du Jeu ; et je me posai des questions sur Hup qui avait pu engendrer un jeune homme aussi brillant que Scormus d'Ar ; peut-être que Hup, le Fou, n'était pas étranger au Jeu. Je regardai Qualius d'Ar, le Joueur aveugle ; il souriait.

Après que Hup eut avancé sa deuxième pièce, Scormus examina longtemps le jeu, puis Hup qui dévorait son gâteau.

Cernus parut impatient, Philemon suggéra deux ou trois répliques liées à la position des pièces.

— C'est impossible, dit Scormus, davantage pour lui-même que pour les autres.

Puis il haussa les épaules et avança une troisième pièce.

Hup n'avait pas terminé son gâteau.

— À toi ! cria Cernus.

Hup se leva d'un bond et, des miettes sur les lèvres, s'empara d'une pièce jaune qu'il poussa de côté.

— Non ! dit Cernus. Tu as les rouges.

Obéissant, Hup se mit à déplacer les pièces rouges d'un bout à l'autre du plateau.

— Une par une ! hurla Cernus.

Hup se tassa sur lui-même puis, levant timidement la tête à la hauteur du plateau, poussa une pièce et s'enfuit en courant.

— Il fait n'importe quoi, dit Philemon à Scormus.

Scormus regardait le jeu.

— Peut-être, émit-il.

Philemon eut un ricanement ironique.

Scormus joua sa quatrième pièce.

Hup, qui s'était réfugié près d'un mur, fut rappelé et laissa tomber une pièce sur une case avant de s'enfuir à nouveau en toute hâte.

— Il fait n'importe quoi, répéta Philemon. Sors les Tarniers. Quand il mettra sa Pierre du Foyer, tu la lui prendras en cinq coups.

Scormus d'Ar regarda Philemon. Ses yeux brillaient de colère.

— Prétends-tu apprendre à Scormus d'Ar comment il faut jouer ? s'enquit-il.

— Non, se récria Philemon.

— Alors, tais-toi ! ordonna Scormus.

J'eus l'impression que Philemon allait répliquer, mais il y renonça et fixa le jeu d'un air contrarié.

— Regarde bien, dit Scormus en avançant une autre pièce.

Hup, fredonnant un air de sa composition, revint à la table, fit un saut périlleux, se hissa sur l'estrade où, ayant saisi une pièce dans sa petite main noueuse, il l'avança d'une case.

— Je te donnerai deux cents pièces d'or si tu le bats en dix coups, déclara Cernus.

— Mon Ubar plaisante, dit Scormus d'Ar, les yeux fixés sur le jeu.

— Je ne comprends pas, fit Cernus.

— J'aurais dû savoir que mon Ubar ne s'abaisserait pas à la mascarade qu'il prétendait avoir mise en scène, reprit Scormus sans lever les yeux. (Il sourit.) Il est rare que l'on puisse ainsi tromper Scormus d'Ar. Tu mérites des félicitations, Ubar. Dans mille ans, Ar n'aura pas oublié cette plaisanterie.

— Je ne comprends pas, répéta Cernus.

— Tu as certainement reconnu, poursuivit Scormus en levant les yeux vers lui, la défense du Scribe de l'Ubar, dans la Variation des deux Lanciers, telle qu'elle a été mise au point par Miles de Cos et jouée pour la première fois au tournoi de Tor pendant la Deuxième Main Transitoire de la Troisième Année de l'Administration d'Heraklites.

Cernus et Philemon restèrent sans voix. Le silence se fit.

— Mon adversaire, conclut Scormus d'Ar, est assurément un Maître.

Je criai de joie ainsi que Sura, Relius et Ho-Sorl.

— C'est impossible ! fit Cernus.

Assis au pied de l'estrade, Hup battit des paupières.

Scormus d'Ar examina attentivement le jeu.

— Mon ami Hup, intervint Qualius, le Joueur aveugle, pourrait jouer contre les Prêtres-Rois.

— Bats-le ! ordonna Cernus.

— Tais-toi ! répondit Scormus. Je joue.

Il y eut peu de bruit dans la salle, en dehors des quelques exclamations de Hup, tandis que la partie continuait. Scormus étudiait le jeu puis avançait une pièce. Hup revenait de l'endroit où il se trouvait, se roulant par terre, faisant des glissades, reniflant, gloussant, jetait un coup d'œil sur le jeu, poussait un cri, puis déplaçait une pièce. Ensuite, immobile, la tête entre les mains, Scormus examinait à nouveau le jeu.

Enfin, moins d'une demi-ahn plus tard, Scormus se leva. Son visage était indéchiffrable. Il exprimait l'irritation mais aussi la stupéfaction et le respect. Crispé, à la surprise générale, il tendit la main à Hup.

— Que fais-tu ? demanda Cernus.

— Je te remercie de cette partie, dit Scormus.

Les deux hommes, le jeune et séduisant Scormus d'Ar et le petit nain difforme, se serrèrent la main.

— Je ne comprends pas, dit Cernus.

— Tu as abandonné la Variation des deux Lanciers au seizième coup et tu as eu raison, dit Scormus à Hup sans prêter attention à l'Ubar. Je n'ai compris que trop tard sa position dans ton plan, la feinte de la combinaison qui couvrait le passage à la Variation Hogar de la Centième, et l'attaque de la ligne du Scribe de l'Ubara. C'était brillant.

Hup inclina la tête.

— Je ne comprends pas, répéta Cernus.

— J'ai perdu, dit Scormus.

Cernus regarda le jeu. Il suait. Ses mains tremblaient.

— C'est impossible ! s'écria-t-il. Tu es en position de force !

Scormus coucha son Ubar, abandonnant la partie.

Cernus s'empara de la pièce et la redressa.

— La partie n'est pas terminée ! cria-t-il. (Il saisit Scormus par la robe). Aurais-tu trahi ton Ubar ?

— Non, Ubar, fit Scormus avec étonnement.

Cernus le tâcha. L'Ubar tremblait de fureur. Il examina le jeu. Philemon fit de même. Hup regardait ailleurs en se grattant le nez.

— Joue ! ordonna Cernus. Tu es en position de force !

Scormus le considéra avec étonnement.

— Il y a capture de la Pierre du Foyer en vingt-deux, expliqua-t-il.

— C'est impossible, souffla Cernus, tremblant, les yeux rivés sur les petites pièces de bois, leur position, les carreaux rouges et jaunes.

— Avec ta permission, Ubar, dit Scormus d'Ar, je vais me retirer.

— Va-t'en ! cria Cernus sans quitter le plateau des yeux.

— Peut-être jouerons-nous à nouveau, dit Scormus à Hup en s'inclinant légèrement devant lui.

Hup dansa sur un pied, tournant sur lui-même.

Ensuite, Scormus se tourna vers Qualius, le Joueur aveugle.

— Je m'en vais, dit-il. Je te souhaite bonne chance, Qualius d'Ar.

— Je te souhaite bonne chance, Scormus d'Ar, répondit Qualius, radieux.

Scormus se tourna vers Hup et le regarda. Le petit homme était assis au bord de l'estrade et balançait les pieds. Lorsqu'il vit que Scormus le regardait, toutefois, il se leva et se redressa autant que lui permettaient sa jambe plus courte et sa bosse dans le dos ; il lutta pour se tenir droit et cela dut lui faire mal.

— Je te souhaite bonne chance, Petit Maître, dit Scormus.

Hup fut incapable de répondre. Il resta immobile au pied de l'estrade, se tenant aussi droit que possible, les larmes aux yeux.

— Je vais jouer à ta place et gagner ! hurla Cernus.

— Que vas-tu faire ? demanda Scormus, décontenancé.

Cernus déplaça une pièce avec brusquerie.

— Le Tarnier de l'Ubar à la Quatrième du Scribe de l'Ubara !

Avant de sortir, personne n'osant l'en empêcher, Scormus s'arrêta devant Sura qui baissa la tête car elle avait honte de se présenter ainsi devant lui. Il la regarda un moment, parut réfléchir, puis se tourna à nouveau vers Cernus.

— C'est une belle esclave, commenta-t-il.

Cernus, les yeux rivés au plateau, ne répondit pas.

Scormus sortit en boitant.

Hup s'approcha une nouvelle fois de Sura et l'embrassa sur le front.

— Petit Fou ! cria Cernus, j'ai mis le Tarnier de l'Ubar à la Quatrième du Scribe de l'Ubara ! Que vas-tu faire maintenant ?

Hup regarda la table et, presque sans un regard sur le jeu, prit une pièce et la posa sur une case.

— Le Tarnier de l'Ubar à la Sixième du Tarnier de l'Ubara, fit Cernus, décontenancé.

— À quoi cela sert-il ? demanda Philemon.

— Ça ne sert à rien, dit Cernus. C'est un fou, rien qu'un fou.

Je comptai les coups, j'en comptai onze et, au onzième, Cernus poussa un cri de fureur et fit rageusement tomber le plateau, éparpillant les pièces. Hup, apparemment étonné, allait et venait dans la salle, se grattant le nez et chantonnant à mi-voix. Il tenait dans la main un petit morceau de bois jaune : la Pierre du Foyer de Cernus.

Je poussai un cri de joie ; Relius, Ho-Sorl et Sura y firent écho.

— Maintenant, je suis libre, rappelai-je à Cernus.

Il me regarda avec fureur.

— Tu seras libre demain, hurla-t-il, tu mourras au Stade des Lames !

Je rejetai la tête en arrière et ris. J'aurais pu mourir immédiatement, mais la vengeance était douce. Je savais, naturellement, que Cernus ne me libérerait pas, mais j'avais pris plaisir au retournement de situation, à son humiliation, à le voir contraint d'admettre publiquement qu'il n'était pas fidèle à sa parole.

Relius et Ho-Sorl riaient aussi tandis que, enchaînés, on les faisait sortir.

Cernus regarda Élisabeth enchaînée au pied de l'estrade. Il ne se connaissait plus.

— Conduisez-la aux enclos de Samos de Port Kar ! hurla-t-il.

Les gardiens bondirent sur elle et l'attachèrent brutalement.

Je ne pouvais m'arrêter de rire, malgré les coups, et je riais encore lorsque, enchaîné, on me fit sortir de la grande salle de Cernus, Noble Ubar d'Ar.

21

Le Stade des Lames

Dehors, comme étouffé, j'entendais le rugissement de la foule entassée sur les gradins du Stade des Lames.

— Murmillius a encore gagné, dit Vancius de la Maison de Cernus en me posant un casque aveugle sur la tête.

Vancius, membre de la garde de Cernus, tourna la clé dans la serrure qui fixait le casque sur ma tête.

Sous le lourd casque métallique, je ne voyais rien.

— Ce sera amusant, poursuivit-il, de te regarder trébucher sur le sable, l'épée à la main, frappant ici et là sans voir les adversaires. Ça plaira au public et ça fera un entracte comique entre les combats sérieux et les batailles d'animaux. Ça permettra également aux spectateurs de se détendre, d'acheter des gâteaux, de se soulager et ainsi de suite.

Je ne répondis pas.

— Le célèbre Tarl Cabot, reprit Vancius, maître escrimeur de Gor, préfère certainement mourir l'épée à la main.

— Retire-moi mes menottes, dis-je, et, avec ou sans épée, permets-moi de te répondre comme le ferait un Guerrier !

— On te retirera tes menottes dans l'arène, affirma Vancius.

— Et si je refuse de combattre ? m'enquis-je.

— Les fouets et le fer rouge t'y forceront, répliqua-t-il.

— Peut-être pas, fis-je.

— Alors ceci t'encouragera peut-être, dit-il en riant : tes adversaires seront les meilleurs Taurentiens.

— Avec des casques aveugles ? m'enquis-je.

Il rit.

— En apparence seulement, expliqua-t-il. À cause du public. En fait, leurs casques auront des trous. Eux te verront, mais toi tu ne les verras pas.

— Effectivement, dis-je, ce sera très amusant.

— Effectivement, confirma Vancius en riant.

— Cernus sera certainement là pour apprécier le spectacle, dis-je.

— Non, répondit-il.

— Pourquoi donc ? demandai-je.

— Aujourd'hui, il est aux courses, dans la loge de l'Ubar, expliqua Vancius. Les Courses étant plus populaires que les Jeux, il est juste que Cernus les préside.

— Naturellement, reconnus-je. (Je souris sous mon casque.) Cernus, dis-je, bien que très favorable aux Verts, doit être très ennuyé de voir les Jaunes prendre l'ascendant sur eux.

— Tout le monde croit que Cernus est favorable aux Verts, releva Vancius.

— Je ne comprends pas.

— En réalité, expliqua Vancius, il soutient les Jaunes.

— Comment est-ce possible ? demandai-je.

— Idiot ! fit Vancius. Le fait même que Cernus soit en apparence du côté des Verts influence des milliers de citoyens ; combiné aux fréquentes victoires des Verts, cela suffit à attirer de nombreux paris sur eux. Mais si tu étudiais les courses sur une longue période, tu te rendrais compte que non seulement les Jaunes en ont gagné davantage, mais aussi qu'ils ont remporté celles qui rapportaient le plus.

Je tirai involontairement sur mes menottes.

Vancius rit.

— En pariant secrètement sur les Jaunes, qui lui sont dévoués, expliqua Vancius, Cernus, par l'intermédiaire d'agents, a accumulé une immense fortune aux courses. (Vancius rit à nouveau.) Menicius de Port Kar, le plus grand Tarnier des courses, monte pour Cernus.

— Cernus est adroit, reconnus-je. Mais qu'arriverait-il si tes fidèles des courses apprenaient qu'il soutient en réalité les Jaunes ?

— Ça n'arrivera pas, affirma Vancius.

— Les Acier, dis-je, talonnent les Jaunes.

— Ils ne gagneront pas la grande course, déclara Vancius, la Course de l'Ubar.

La Course de l'Ubar est la dernière de la saison, et la plus importante.

— Pourquoi ? demandai-je.

— Menicius de Port Kar court pour les Jaunes, répondit Vancius.

— Tu l'admires beaucoup, relevai-je.

— Tout comme j'admire beaucoup l'ost marqué ! souligna Vancius.

Je souris. L'ost marqué est une variété d'ost, petit reptile goréen généralement orange vif. Il est extrêmement venimeux. L'ost marqué est généralement jaunâtre et a des anneaux noirs.

— Menicius a reçu l'ordre de gagner la course, reprit Vancius, et il le fera. Même s'il lui faut tuer pour y parvenir.

Je ne répondis pas immédiatement, puis, curieux, je demandai :

— Et Gladius de Cos ?

— On lui a conseillé de ne pas courir, répondit Vancius.

— Et s'il court tout de même ?

— Il mourra, déclara Vancius.

— Qui est Gladius de Cos ? demandai-je.

— Je l'ignore, répondit Vancius.

Je souris sous mon casque. Ce secret, au moins, avait été bien gardé.

— Nous avons fait répandre, dans les tavernes d'Ar, le bruit que Gladius de Cos mourrait s'il se risquait à monter. Je crois qu'on ne le verra pas au Stade des Tarns.

Cela me mit en colère. Si je ne prenais pas ma selle dans l'après-midi, rares seraient les citoyens d'Ar qui ne croiraient pas que j'aie succombé à la peur.

— Qu'est-ce qui ne va pas ? s'enquit Vancius.

— Rien, fis-je.

Affaibli, le tumulte du public nous parvint à nouveau.

— Encore Murmillius ! s'écria Vancius. Quel homme ! C'est son cinquième adversaire de l'après-midi.

— Que sont devenues les jeunes femmes vendues à la Curuléenne ? m'enquis-je. Celles qui ont été achetées très cher ?

— En ce moment, dit Vancius, elles sont probablement en route vers les Plaisirs de Port Kar.

Au loin, j'entendis une trompette.

— Il n'y en a plus pour longtemps, fit Vancius.

Il y eut du remue-ménage non loin de moi, une voix de femme, puis une autre.

— Vous ne pouvez pas entrer ! cria le gardien.

— Il faut que je voie Vancius, dit une voix féminine.

— Qui est-ce ? s'enquit Vancius, troublé et irrité.

La voix m'avait semblé familière, comme si je l'avais déjà entendue.

— Vancius, mon bien-aimé !

— Qui es-tu ? demanda-t-il.

Je ne voyais rien à cause du casque. Je tirai sur les menottes.

Je perçus un léger glissement de pieds nus.

— Vancius ! s'écria une jeune femme.

Je ne reconnus pas la voix.

Puis, sans erreur possible, j'entendis la jeune femme courir vers Vancius qui, surpris, troublé mais pas mécontent, la reçut dans ses bras. J'entendis nettement leur conversation, sa question, ses protestations d'amour, mêlées à leurs baisers. Je supposai qu'il s'agissait d'une esclave, lesquelles sont souvent très passionnées, qui l'avait suivi et avait désespérément envie, bien que le moment fût mal choisi, de se donner à lui.

— Vancius, prends-moi ! entendis-je.

— Oui, oui, s'empressa-t-il.

Puis il y eut un bruit sourd, comme si on venait de frapper quelqu'un violemment par-derrière.

— Maintenant, Vancius, entendis-je, tu es à moi !

De mes mains entravées, je tentai de me débarrasser du casque. Je tirai sur la lourde chaîne qui m'immobilisait sur la table de pierre où j'étais assis.

— Qui est là ? soufflai-je.

J'entendis à nouveau la voix de la jeune femme.

— Emporte ce cher Vancius, dit-elle, attache-lui les poignets et les chevilles, puis mets-lui un capuchon d'esclave muni d'un bâillon. Plus tard, je l'obligerai peut-être à servir mon plaisir.

— Qui est là ? demandai-je.
— Et l'autre gardien ? s'enquit une autre voix féminine.
— Attache-le également, répondit la première jeune femme.
— Pourrais-je l'avoir ?
— Oui, répondit la première. Attache-le avec Vancius.
Des mains d'homme tripotèrent mon casque.
— Qui est là ? demandai-je à nouveau.
La clé tourna dans la serrure et l'air me caressa le visage lorsqu'on souleva le casque.
— Ho-Tu ! m'écriai-je.
— Moins fort ! me mit-il en garde. Cernus a posté des hommes alentour.
— On m'a dit que tu étais allé acheter des esclaves à Tor, m'étonnai-je.
— L'époque ne s'y prête guère, sourit-il.
— Tu n'y es pas allé ?
— Bien sûr que non !
— Que fais-tu ici ? m'enquis-je.
Ho-Tu sourit.
— Ta vie est en danger, repris-je.
— Nous sommes tous en danger, souligna Ho-Tu. En grand danger.
Je regardai derrière lui. La jeune femme aux longues jambes et aux cheveux noirs me fixait, les mains sur les hanches.
— C'est toi ! fit-elle.
— Et c'est toi ! répliquai-je.
C'était la meneuse des jeunes femmes de la Rue des Pots. Deux autres jeunes femmes se tenaient derrière elle.
— Que fais-tu ici ? demandai-je.
— C'est aujourd'hui, répondit-elle, qu'Ar sera libre ou asservie.
— Je ne comprends pas, déclarai-je.
La trompette retentit pour la seconde fois.
— Il n'y a pas de temps à perdre, intervint Ho-Tu. Apportez l'autre casque !
Une jeune femme donna un autre casque à Ho-Tu. Il semblait identique au précédent. Puis je vis qu'il comportait des trous.

— C'est ce type de casque que tes adversaires – les meilleurs Taurentiens – porteront, expliqua Ho-Tu.

Il me le passa.

— Je le préfère au précédent, fis-je avec un sourire.

Une jeune femme avait trouvé la clé de la chaîne qui m'immobilisait sur la table de pierre. Elle ouvrit le cadenas. Une autre avait découvert sur Vancius, alors encapuchonné et attaché, la clé de mes menottes. Elle la donna à Ho-Tu, qui portait l'uniforme des gardes de la Maison de Cernus. Il s'empara du casque de Vancius et le mit. Il détacha la ceinture de son épée et me l'attacha à la taille. Il tira l'épée. Je souris. C'était la mienne, celle que j'avais depuis si longtemps et que j'avais portée au siège d'Ar.

— Merci, Ho-Tu, dis-je.

Je remis la lame au fourreau.

Il boucla à sa taille la ceinture et l'épée de Vancius.

Il sourit.

La trompette retentit une troisième fois, annonçant la reprise des combats.

— Ils t'attendent, Guerrier ! dit Ho-Tu.

— Ne ferme pas le casque tout de suite, demanda la meneuse de la Rue des Pots.

— On l'attend, protesta Ho-Tu.

— Qu'on l'attende ! répliqua-t-elle.

Elle souleva le casque et m'embrassa.

— Dépêchez ! fit Ho-Tu.

Je lui rendis son baiser.

— Comment t'appelles-tu ? demandai-je.

— Phaïs, répondit-elle.

— C'est un joli nom, relevai-je.

Elle sourit.

— Vraiment beau, insistai-je.

— Si tu le souhaites, dit-elle, repasse par la Rue des Pots.

— Si j'y retourne, je me ferai accompagner par une armée !

Elle sourit.

— Ça nous plairait, affirma-t-elle.

— Dépêchons ! intervint Ho-Tu. Dépêchons !

Il me remit le casque, Phaïs le ferma et glissa la clé dans ma ceinture.

Le public manifestait bruyamment son impatience.

Un fouet claqua. C'était Ho-Tu.

— Dépêchons ! Dépêchons ! répéta-t-il.

Alors, tendant devant moi mes mains entravées, trébuchant et me cognant délibérément aux murs, mais souriant, je sortis. Ho-Tu me suivit, faisant sauvagement claquer son fouet, criant :

— Dépêche-toi, Esclave paresseux, dépêche-toi !

Des hommes rirent dans le tunnel.

À l'entrée du Stade des Lames, le reflet du soleil sur le sable blanc m'aveugla un instant. Ho-Tu ouvrit mes menottes avec la clé prise à Vancius.

— Dépêche-toi ! cria un responsable du Stade.

Je ne me tournai pas dans sa direction de peur qu'il ne remarque que mon casque comportait des trous. C'était un des esclaves qui, vêtus de noir et armés d'un crochet de métal, sortent les morts, hommes ou bêtes, de l'arène.

La trompette annonçant le début du combat retentit de nouveau.

Le public sifflait et criait frénétiquement.

Ho-Tu me poussa avec le fouet, le faisant claquer de temps en temps. Je feignis de me laisser conduire devant la loge de l'Ubar. Ce dernier, naturellement, n'était pas là, mais son représentant était Philemon, membre de la Caste des Scribes. On poussa d'autres hommes, apparemment de misérables épaves coiffées de casques aveugles, vers la loge. Je ne les regardai pas attentivement. Je savais qu'il s'agissait de Taurentiens. Je savais que leurs casques leur permettaient de voir.

Un ou deux, jouant leur rôle, pleurnichaient misérablement. Un autre tomba à genoux et implora la pitié du public, qui l'injuria.

Finalement, on nous aligna face à face devant la loge de l'Ubar.

— Levez vos épées ! cria quelqu'un.

Soumis, nous tirâmes nos lames. Le public partit d'un immense éclat de rire.

— Saluez ! ordonna-t-on.

Le public rugit à nouveau de rire. Tout se passait comme si nous étions des combattants aguerris et non de pauvres fous criminels dont la présence était censée amuser le public des jeux cruels d'Ar.

Le salut était très ancien et je suis persuadé qu'il a été introduit sur Gor il y a des siècles peut-être par des familiers des jeux de l'arène qui les ont apportés à Ar, des hommes probablement venus d'autres temps et d'autres lieux. Je me souvins que les Voyages d'Acquisition, supervisés par les Prêtres-Rois, existaient depuis des temps immémoriaux.

Salut, Cernus, Ubar d'Ar !
Ceux qui vont mourir te saluent !

Quatre trompettes retentirent et nous nous préparâmes au combat.

Je regardai mon adversaire qui tournait sur lui-même comme s'il ne pouvait voir, trébuchait, poussé dans ma direction par un esclave muni d'un fouet. Non loin de là, armé d'un fer rouge, un autre criait des ordres à d'autres combattants. Je savais qu'ils ne se blesseraient pas même s'ils se battaient entre eux. Au cours de ces combats, les protagonistes réellement aveugles, sans s'en rendre compte, échangent souvent les adversaires ; parfois, plusieurs se lancent en même temps dans la mêlée sanglante.

— Il est juste devant toi ! cria l'esclave à celui qui se dirigeait vers moi.

L'homme agita sauvagement son épée dans toutes les directions. Pour rire, je fis également quelques mouvements désordonnés et le public fut ravi. Je remarquai toutefois que mon adversaire se dirigeait lentement, mais sans erreur possible, vers moi. Il criait comme s'il était furieux et terrifié. Je ne pouvais qu'admirer son jeu. Cela ne durerait qu'autant que je le voudrais. Je ne suis guère digne d'éloges. Il y a des gens plus cultivés que moi, plus intelligents et plus subtils, des gens que je respecte en raison de leurs nombreux talents. Moi, Tarl Cabot, je suis un homme simple, aux facultés limitées, et nombreux sont ceux qui font mieux que moi. Rares sont les choses que je sais faire mieux que les autres. En tant qu'homme, je ne suis presque rien, rien ne me distingue. Pourtant, je crois que je possède un talent, quoiqu'il soit sans importance et sans valeur, un don vis-à-vis duquel j'ai des sentiments mêlés, un don qui est à la fois un bienfait et une malédiction, qui m'a fait éprouver des sentiments d'horreur et de culpabilité, auquel néanmoins je dois la vie et celle des gens que j'aime. J'ai un don duquel j'ai hésité à me servir, un don qui m'a fait peur, que j'ai voulu rejeter sans y parvenir. Le Chanteur doit chanter ; celui qui sait tisser les magnifiques tapisseries d'Ar ou de Tor doit tisser ; le Médecin doit guérir ; le Marchand doit acheter ou vendre ; et le Guerrier doit combattre.

L'acier toucha le mien, je parai le coup et détournai aisément la lame.

Le Taurentien recula ; je perçus son étonnement.

Je soupesai l'épée que Ho-Tu m'avait apportée, l'épée que je portais au siège d'Ar, de nombreuses années plus tôt, que j'avais emportée à Tharna, dans le Nid même des Prêtres-Rois, dans les immenses plaines méridionales de Gor et que, quelques mois plus tôt, j'avais apportée à Ar la Glorieuse.

Puis le Taurentien frappa de nouveau et, de nouveau, je détournai sa lame.

Alors il recula, stupéfait, et se mit en garde.

Le public cria, décontenancé, incrédule, puis furieux.

Je ris. Le tintement cristallin de l'acier résonnait encore à mes oreilles.

Le plaisir pénétra mon corps tout entier. Une sorte d'exaltation semblable à celle que donne le vin de Ka-la-na prit possession de tous les muscles et de tous les vaisseaux de mon corps. La culpabilité s'était évanouie. J'avais entendu le tintement de l'acier. Le Médecin doit soigner ; le Constructeur doit construire ; le Marchand doit acheter et vendre.

— Je m'appelle Tarl Cabot, dis-je. Sache-le. Et sache également que j'ai compris que tu vois. Sache également que je vois. Sors de l'arène immédiatement, sinon je te tuerai !

Avec un cri de rage, il se jeta sur moi et son cri mourut dans sa gorge. Il s'abattit, stupéfait, dans sa mort et dans son sang, en travers sur le sable.

Je me dirigeai vers le suivant et le forçai à faire demi-tour.

— Je ne plaisante pas, dis-je. Tu es un Taurentien. Je suis Tarl Cabot. Je suis ton ennemi. Quitte l'arène ou bien tu y mourras !

Il m'attaqua et les vibrations de l'acier, le cercle étincelant qui est l'enclume du Guerrier, me firent rire.

Il cria et tomba, se tordant sur le sable, le griffant.

— Il voit ! cria un Taurentien.

Le public, stupéfait, se tut. Puis, pressentant la machination, il manifesta bruyamment sa désapprobation.

Les Taurentiens et les esclaves, un par paire, se tournèrent vers moi. Deux esclaves s'enfuirent. J'en déduisis qu'ils ne voulaient pas se mêler à une querelle de Guerriers.

— Quittez l'arène, dis-je aux Taurentiens. On meurt, ici !

— Tous ensemble ! cria leur chef. À l'attaque !

Il mourut d'abord puisqu'il m'atteignit le premier.

Un instant plus tard, je fus entouré de Taurentiens qui comptaient parmi les meilleurs de la garde.

Le public hurla de fureur en constatant qu'ils étaient si nombreux pour un seul. Les fidèles des Jeux d'Ar avaient été trompés. Ils n'appréciaient pas d'assister à un règlement de comptes privé dans lequel était impliquée une personnalité importante, probablement l'Ubar lui-même. La tromperie leur déplaisait au plus haut point ; en outre, l'inégalité du combat provoquait leur fureur.

Mon univers était réduit, étincelant, mouvementé, uniquement constitué de tintements et d'éclairs rapides, devant, sur le côté, puis devant à nouveau. Je me déplaçais rapidement, attirant un Guerrier dans mon sillage, et le plus vif mourait le premier ; je me retournais et pivotais sur moi-même, acceptant l'attaque ou la refusant, toujours vers l'homme isolé ; indistinctement, comme si tout cela se passait très loin, j'entendais les hurlements de Philemon dans la loge de l'Ubar, les cris des Taurentiens ; pendant un instant de répit, je vis un Taurentien tuer un citoyen qui tentait de sauter dans l'arène afin de me venir en aide ; les autres Taurentiens, armés de javelots, retenaient le public déchaîné.

— Tuez-le ! Tuez-le ! hurlait Philemon.

Un autre Taurentien tomba.

Un esclave me donna un coup de fouet tandis que je combattais, et je me tournai vers lui. Il jeta son fouet sur le sable et s'enfuit en courant, hurlant de terreur. Un autre, menaçant, se dirigea vers moi avec un fer rouge.

— Va-t'en ! grondai-je.

Il regarda autour de lui, laissa tomber son morceau de fer et s'enfuit. Les autres esclaves le suivirent.

Il restait six Taurentiens qui se déployèrent en tirailleurs, trois hommes en avant et, entre eux, trois hommes en retrait. Cela permet aux hommes de réserve de disposer d'une base de progression solide ou bien, si la première ligne se retire, de la remplacer sans être gênés. Cela autorise un maximum de mobilité et, du point de vue de la tactique des patrouilles, rappelle le Carré Torien ; l'espace permet, naturellement, aux hommes de manipuler aisément leur épée, que ce soit pour l'attaque ou la défense ; dans ce cas, je supposai que l'homme du milieu allait m'engager, restant sur la défensive, tandis que les deux autres tenteraient de frapper ; si l'un d'eux tombait, il serait évidemment aussitôt remplacé par un homme de réserve.

Lentement, l'épée levée, les Taurentiens se dirigèrent vers moi. Je reculai, enjambant les cadavres. Il est difficile de briser une telle formation. Je feignis de trébucher et l'homme du milieu, se croyant avantagé, bondit sur moi.

— Attends ! cria le chef du rang de réserve.

Mais, à ce moment-là, mon agresseur était déjà mort.

Je fis comme si ma lame était coincée entre ses côtes.

Un autre Taurentien, instinctivement mais mal inspiré, se jeta sur moi et mourut.

Les quatre Taurentiens restants tentèrent de conserver la formation. Reculant, je restai aussi près que possible, me maintenant toutefois hors d'atteinte, dans l'espoir de pousser un autre Guerrier à attaquer prématurément. Mais ils restèrent ensemble. En tant que Guerrier, bien que cela ne fût pas à mon avantage, je trouvai cela satisfaisant.

Il est difficile de conserver une formation serrée en terrain accidenté. En réalité, le Carré Torien, que j'ai mentionné, fréquent dans les infanteries goréennes, avec son immense mobilité et ses possibilités de regroupement, avait depuis longtemps supplanté la phalange de cités telles qu'Ar ou bien, au sud, Turia. La Phalange Goréenne, comme son homologue terrestre, se compose de lignes de lanciers, armés de javelots de longueurs différentes, formant un mur de pointes ; elle attaque au pas de course, de préférence en descente, telle une avalanche de soldats, pratiquement invincible sur son terrain et dans d'excellentes conditions ; le Carré Torien avait eu raison de la phalange en combattant sur un terrain où une telle formation se disloquait en avançant. L'invention et le perfectionnement du Carré Torien, ainsi que les vaines tentatives destinées à améliorer l'efficacité de la phalange, précédèrent l'utilisation du tharlarion et du tarn qui transformèrent radicalement la stratégie. Pourtant, malgré le tharlarion et le tarn, les infanteries goréennes utilisent toujours le Carré Torien ; la phalange, dont l'impact est presque aussi puissant que celui d'une ligne de tharlarion, est tombée en désuétude, sauf dans une tactique défensive archaïque que l'on appelle le Mur, où l'infanterie reste immobile, attendant héroïquement, lorsqu'il est impossible de fuir, la charge des tharlarions. Il me parut évident que mes adversaires allaient tenter de m'attaquer en groupe ; j'étais parvenu à en attirer deux et ils étaient morts ; je ne pensais pas que l'un d'eux prendrait le risque de se ruer seul sur moi. Je reculai parmi les cadavres des Taurentiens. Irrégulièrement, avec difficulté, la formation me suivit sans me quitter des yeux. Puis elle chargea mais, comme je m'y attendais, parmi les cadavres. Je bondis sur le côté. Celui qui se trouvait à l'extrémité trébucha en se tournant vers moi, je lui passai le côté de la lame sous le casque et me retrouvai derrière eux. Tentant de ne pas rompre la formation, ils pivotèrent. L'un d'eux plongea vers moi mais trébucha sur le corps d'un de ses camarades et celui qui le suivait tomba sur lui ; au lieu d'attaquer les hommes à terre, que mon geste n'aurait pas surpris, je frappai le troisième, celui qui était encore debout, et l'abattis. Les deux autres, qui s'étaient péniblement relevés, reculèrent en traînant les pieds.

Le plus âgé dit à son compagnon :

— Recule !

Ils n'avaient plus envie de se battre. Ils n'étaient plus aussi sûrs de leur supériorité que quelques instants plus tôt.

Les deux hommes rompirent.

Le public hurlait de joie, satisfait du spectacle auquel il avait assisté.

Puis il cria de colère. Des Taurentiens, deux cents environ, entrèrent dans l'arène, pointant leurs armes.

C'est donc ainsi que je vais mourir, me dis-je.

Le chef des hommes que j'avais attaqués se mit à rire.

— Comment te sens-tu, demanda-t-il, toi qui vas mourir ?

Le rire mourut dans sa gorge car un lourd javelot goréen lui transperça la poitrine.

Je pivotai et découvris à mon côté, l'épée à la main, coiffé du lourd casque des combattants de l'arène, avec son petit bouclier rond et l'armure qui lui couvrait le bras et l'épaule, Murmillius.

Mon cœur bondit dans ma poitrine.

— Chargez ! hurla le chef des nouveaux Taurentiens, ceux qui venaient de pénétrer dans l'arène.

La foule se pressa contre les javelots des Taurentiens des gradins qui, debout au sommet du mur entourant l'arène, la tenaient résolument en respect.

Les Taurentiens se jetèrent sur nous et, le magnifique et gigantesque Murmillius à mes côtés, je combattis.

L'acier rencontra l'acier et nous nous mîmes dos à dos, donnant des coups de taille et d'estoc. Les ennemis tombèrent sous nos lames impitoyables.

Puis un troisième homme vêtu en combattant de l'arène prit place à nos côtés.

— Ho-Sorl ! m'écriai-je.

— Tu as pris ton temps, commenta Murmillius, parant un coup et tuant un ennemi.

Ho-Sorl rit, se fendant d'un côté et de l'autre, repoussant un Taurentien.

— Cernus voulait que je porte aussi un casque aveugle, expliqua-t-il, mais Ho-Tu, bien qu'appartenant à sa Maison, ne l'entendait pas ainsi.

Un autre homme prit place à nos côtés et nous fûmes quatre.

— Relius ! m'exclamai-je.

— J'étais également destiné aux réjouissances du casque aveugle, dit-il. Heureusement, j'ai moi aussi rencontré Ho-Tu.

— Et, grogna Murmillius en repoussant une attaque, aussi les filles de la Rue des Pots, je parie.

— Puisque tout le monde le sait..., admit Relius en enfonçant sa lame entre les côtes d'un Taurentien.

Murmillius, dans une poussée magnifique, comme lassé de l'attaque de son adversaire, le tua.

— Elles sont plutôt agréables, fit-il remarquer.

— Peut-être pourrions-nous leur faire cadeau des Taurentiens qui resteront, proposa Ho-Sorl.

Je détournai une lame destinée à ma poitrine et quelques Taurentiens concentrèrent leur attaque sur moi.

— Excellente idée, approuva Murmillius.

— S'il en reste, précisa Ho-Sorl.

D'autres Taurentiens approchèrent.

Je remarquai que les Taurentiens, l'un après l'autre, tombaient sur le sable.

Ho-Tu, le couteau courbe couvert de sang, un bouclier au bras gauche, nous rejoignit.

Je détournai une lame destinée à son cœur.

— À mon avis, releva Murmillius, une épée serait plus utile que ton petit poignard.

Ho-Tu tira sa lame et se mit au travail.

— Tuez-les ! hurla Philemon.

D'autres Taurentiens, une centaine environ, sautèrent sur le sable et chargèrent.

Nous nous frayâmes un chemin entre les corps épuisés, ensanglantés, qui nous entouraient, nous dirigeant vers nos nouveaux ennemis stupéfaits.

Relius cria à Ho-Sorl :

— J'en ai tué dix-sept !

— Il y a longtemps que j'en ai perdu le compte, répliqua Ho-Sorl.

Relius eut un rire exaspéré et en ajouta un autre à sa liste.

— Il doit bien y en avoir deux cents ou trois cents, estima Ho-Sorl, le souffle court.

Heureusement, seuls quelques Taurentiens pouvaient approcher en même temps.

— Sleen vantard ! cria Relius. (Puis il annonça :) Dix-neuf !

— Silence ! Gardez votre souffle ! rugit Murmillius, et, lui obéissant, nous combattîmes en silence, sauf en ce qui concernait les cris des hommes, notre respiration, le tintement des lames qui s'entrechoquaient.

— Ils sont trop nombreux ! criai-je.

Murmillius ne répondit pas. Il combattait.

Pendant un instant de répit, je me tournai vers lui. Je ne pouvais voir les traits du magnifique combattant qui se tenait près de moi.

— Qui es-tu ? demandai-je.

— Je suis Murmillius, répondit-il en riant.

— Pourquoi Murmillius combat-il aux côtés de Tarl Cabot ? m'enquis-je.

— Il est aussi vrai de dire, répondit-il, que Tarl Cabot combat aux côtés de Murmillius.

— Je ne comprends pas, fis-je.

— Murmillius, déclara-t-il fièrement, est en guerre.

— Moi aussi, je suis en guerre, répondis-je.

Les Taurentiens se lancèrent une nouvelle fois à l'attaque et nous les repoussâmes.

— Mais, ajoutai-je, ma guerre n'est pas celle de Murmillius.

— Tu participes à des guerres, affirma Murmillius, dont tu ignores tout.

— À quelle guerre participes-tu ? demandai-je.

— À la mienne ! répliqua Murmillius, contrant un adversaire et l'abattant avec insolence.

Puis je constatai avec étonnement qu'un Guerrier ordinaire, pas un Taurentien car son casque n'était pas orné de fils d'or, son bouclier de fils d'argent et qu'il ne portait pas le Pourpre de la Garde de l'Ubar, se joignait à nous.

Je ne lui posai pas de question mais acceptai avec reconnaissance sa présence à nos côtés.

D'autres Taurentiens, encore une centaine peut-être, bondirent dans l'arène.

Je vis qu'on se battait, sur les gradins, entre citoyens et contre les Taurentiens. Ailleurs, des Guerriers armés, soldats ordinaires, s'attaquaient aux Taurentiens vêtus de pourpre.

Puis les Taurentiens des gradins furent incapables de contenir la foule ; des milliers de spectateurs sautèrent dans l'arène tandis que d'autres submergeaient la loge de l'Ubar. Hup courait en criant sur les gradins ; des hommes, écartant leur manteau, découvrirent des lames et se jetèrent sur les Taurentiens.

Philemon, livide, les yeux dilatés, fit demi-tour et entra en toute hâte dans le passage privé qui permet d'accéder à la loge de l'Ubar. Sept ou huit Taurentiens le suivirent.

— Le peuple se soulève ! s'écria Ho-Sorl.

— Maintenant, dit Murmillius en me regardant, tu ne diras plus qu'ils sont trop nombreux !

Les survivants des Taurentiens qui nous avaient attaqués se dispersèrent et s'enfuirent vers les sorties. Le public, des milliers de personnes, envahit l'arène en hurlant. Parmi elles, il y avait des dizaines d'hommes, appartenant à toutes les castes et portant au bras gauche un brassard de soie pourpre.

Murmillius, Relius, Ho-Sorl, Ho-Tu et moi-même reculâmes. Nous nous arrêtâmes au milieu des cadavres et nous nous regardâmes.

Murmillius ne fit pas un geste.

Je donnai à Ho-Tu la clé de mon casque, que Phaïs avait glissée dans ma ceinture. Ho-Tu me retira le casque.

L'air me fit du bien. La foule nous entoura. Je ne comprenais pas ce que les gens disaient.

— Maintenant, puis-je voir le visage de Murmillius ? demandai-je.

— Plus tard, répondit Murmillius en me regardant.

— Dans la guerre, m'enquis-je, quelle est la prochaine étape ?

— La tienne, répliqua-t-il, Tarl Cabot, Guerrier de Ko-ro-ba !

Je le regardai sans comprendre.

Il tendit le bras vers le sommet des gradins. Un tarn marron, dont un homme tenait les rênes, y était posé.

— Gladius de Cos ne court-il pas, cet après-midi, au Stade des Tarns ? fit-il.

— Tu le connais ? m'écriai-je.

— Dépêche-toi ! ordonna Murmillius. Il faut que les Acier remportent la victoire !

— Et toi ? demandai-je.

Murmillius, d'un geste large, montra la foule.

— Par les rues, répondit-il, nous allons marcher sur le Stade des Tarns.

Je courus vers le mur puis, saisissant le pan d'un manteau que me tendit un homme portant un brassard pourpre, me hissai sur les gradins. Puis je courus vers le sommet. J'y rejoignis un autre homme portant le brassard de soie pourpre indiquant qu'il appartenait au parti impérial. Il tenait les rênes d'une selle ordinaire. Je regardai l'arène et y reconnus, malgré la distance, Murmillius, Ho-Sorl, Relius et Ho-Tu au milieu d'une foule innombrable. Murmillius leva sa lame dans ma direction. C'était le salut au Guerrier. Un Guerrier, me dis-je, qui appartient à la Caste des Guerriers. Je lui rendis son salut.

— Dépêche-toi ! dit l'homme qui tenait les rênes du tarn.

Je saisis les rênes et bondis en selle. Je tirai la première rêne et le tarn quitta le Stade des Lames, filant parmi les cylindres d'Ar. Je laissais derrière moi les hommes avec qui j'avais combattu, du sable souillé et ce que nous avions entrepris ensemble.

22

LE STADE DES TARNS

Je fis atterrir le tarn derrière les gradins, dans l'enclos réservé aux Acier.

J'entendis le gong annonçant le début d'une course.

Lorsque mon oiseau, dans un battement d'ailes, toucha le sable de l'enclos, quatre hommes armés d'arbalètes se précipitèrent vers moi.

— Ne tirez pas ! criai-je. J'appartiens aux Acier !

Tous portaient à l'épaule gauche le carré de tissu gris-bleu de leur faction.

J'étais sous la menace de leurs armes.

— Qui es-tu ? cria l'un d'eux.

— Gladius de Cos ! répliquai-je.

— C'est possible, dit un autre, il a la même taille et la même carrure.

Ils n'abaissèrent cependant pas leurs armes.

— Le tarn me reconnaîtra, assurai-je.

Je mis pied à terre et courus vers le perchoir du grand tarn noir.

Je m'arrêtai à mi-chemin. Près d'un autre perchoir, gisait un tarn mort, un petit tarn de course, la gorge tranchée. Près de lui, un homme, pansant ses blessures, était allongé, son tarnier. Il gémissait. Je le connaissais. Il s'appelait Callius.

— Que s'est-il passé ? demandai-je.

— Les Jaunes nous ont rendu une petite visite, répondit tristement un homme. Ils ont tué ce tarn et gravement blessé son cavalier. Nous les avons repoussés.

Un de ses compagnons agita son arbalète d'un air menaçant :

— Si tu n'es pas Gladius de Cos, répondit-il, tu mourras !

— Ne crains rien, répondis-je d'une voix sourde en me dirigeant vers le perchoir du grand tarn noir, le tarn majestueux de Ko-ro-ba, mon Ubar des Cieux.

Tandis que nous approchions, nous entendîmes un sauvage cri de tarn, manifestation de haine et de défi. Nous nous arrêtâmes.

Je découvris, autour de lui, éparpillés au pied de son perchoir, plus de cinq hommes, ou du moins ce qu'il en restait.

— Des Jaunes, commenta un des arbalétriers, qui ont essayé de tuer l'oiseau.

— C'est un tarn de guerre, rappela un autre.

Il y avait du sang sur le bec de l'oiseau ; ses yeux ronds et noirs brillaient, féroces.

— Méfie-toi, m'avertit un des hommes, même si tu es Gladius de Cos ; le tarn a goûté le sang !

Je constatai que les serres ferrées de l'oiseau elles-mêmes étaient couvertes de sang.

Nous fixant avec hostilité, il tenait dans ses serres le corps d'un Jaune. Puis, sans nous quitter des yeux, il baissa la tête et, ayant saisi un bras dans son bec, l'arracha.

— N'approche pas ! s'écria un des hommes.

Je m'arrêtai. Il ne faut pas déranger un tarn pendant qu'il mange.

Le gong de l'arbitre retentit trois fois, indiquant aux tarns qu'il fallait gagner les perchoirs de départ. Le public applaudit.

— De quelle course s'agit-il ? demandai-je, craignant soudain qu'il ne soit trop tard.

— La huitième, répondit un des hommes, celle qui précède la Course de l'Ubar.

— Callius aurait dû courir, relevai-je.

Mais Callius était blessé et son tarn était mort.

— Nous avons une course de retard au début de la huitième, indiqua un des hommes.

Mon cœur se serra. Callius étant blessé et les tarns se trouvant sur les perchoirs de départ, les Acier n'auraient pas de représentant dans cette course. Il ne serait possible de conduire mon tarn aux perchoirs qu'avant la neuvième course, celle de l'Ubar, et même cela n'était pas certain. Par conséquent, même s'ils remportaient la Course de l'Ubar, les Acier ne seraient pas les vainqueurs de la journée.

— Les Acier sont fichus, soupirai-je.

— Mais quelqu'un court pour les Acier, dit un arbalétrier.

Je le regardai sans comprendre.

— Mip, précisa-t-il.

— Le petit Gardien de Tarns ? m'enquis-je d'un air sceptique.

— Oui, répondit l'homme.

— Mais sur quel oiseau ? demandai-je.

— Le sien, dit l'homme, Ubar Vert.

Je fus ébahi.

— Mais c'est un vieil oiseau, soulignai-je. Il ne court plus depuis des années. (Je les regardai.) Et Mip, poursuivis-je, bien que parfaitement au courant des courses, n'est qu'un Gardien de Tarns.

Un des deux hommes me regarda en souriant.

Un autre leva son arbalète à la hauteur de ma poitrine.

— C'est peut-être un espion des Jaunes, émit-il.

— Peut-être, admit le chef des arbalétriers.

— Comment pouvons-nous être sûrs que c'est bien Gladius de Cos ? demanda un autre.

Je souris à mon tour.

— Le tarn me reconnaîtra, affirmai-je de nouveau.

— Le tarn a goûté le sang, rappela le chef. Il a tué. Il mange. Si tu approches, il te tuera aussi.

— Nous n'avons pas de temps à perdre ! décidai-je.

— Attends ! cria le chef des arbalétriers.

Je me dirigeai vers le grand tarn noir. Il était au pied de son perchoir. Il était enchaîné par une patte. La chaîne faisait environ sept mètres de long. J'avançai lentement, tendant les mains ouvertes, sans rien dire. Il me regarda.

— L'oiseau ne le connaît pas, dit l'homme qui avait suggéré que je pouvais être un espion des Jaunes.

— Tais-toi ! fit le chef.

— C'est un fou, souffla un autre homme.

— Un fou, reconnut le chef, ou bien Gladius de Cos.

Le tarn, puissant et sauvage oiseau de selle de Gor, est un animal féroce, un prédateur monstrueux des immenses étendues bleues du ciel de ce monde rude; dans le meilleur des cas, il est à moitié domestiqué; les tarniers eux-mêmes s'en approchent rarement sans armes et sans aiguillons; on considère qu'il est parfaitement déraisonnable d'approcher un tarn qui mange; instinctivement, comme de nombreux prédateurs, le tarn défend sa proie jusqu'à la mort; des Gardiens de Tarns, malgré leurs aiguillons et leurs filets, se font tuer en essayant de changer ou de corriger cette mauvaise habitude; le majestueux carnivore ailé de Gor, le tarn, n'aime pas partager, sauf, peut-être, lorsque, repu, il porte les restes de son repas dans les nids des montagnes de Thentis ou des Voltaï où il introduit la viande dans le gosier de ses petits, de la taille d'un poney, au plumage blanc.

— N'approche pas! cria le chef.

J'avançai jusqu'à la limite de la portée de la chaîne du tarn. Je parlai d'une voix douce.

— Mon Ubar des Cieux, dis-je, tu me connais.

Je fis encore quelques pas, les mains tendues, sans hâte.

L'oiseau me regarda. Il serrait le corps d'un Jaune dans son bec.

— Reviens! cria un arbalétrier.

Je constatai avec satisfaction que c'était celui qui m'avait pris pour un espion des Jaunes. Malgré tout, il appréhendait ce qui risquait de se passer.

— Nous devons courir, Ubar des Cieux, dis-je en approchant de l'oiseau.

Je pris le corps de l'homme qu'il serrait dans son bec et le posai par terre.

L'oiseau n'essaya pas de frapper.

Les hommes, émerveillés, retenaient leur souffle.

— Tu as bien combattu, dis-je à l'oiseau. (Je caressai son bec couvert de sang.) Et je suis heureux de voir que tu es en vie.

Il me toucha tendrement du bec.

— Préparez la plate-forme, dis-je calmement, pour la course suivante.

— Oui, répondit le chef. Oui, Gladius de Cos!

Ses trois compagnons, posant leurs arbalètes, coururent préparer la plate-forme.

Je me retournai vers l'homme et il me lança un masque de cuir, celui que portait Gladius de Cos, celui qui avait, à l'occasion de nombreuses courses pendant cet été extraordinaire, dissimulé ses traits.

— Mip, reprit l'homme, m'a chargé de te le donner.

— Je te remercie, dis-je en mettant le masque.

J'entendis le gong de l'arbitre, un puissant battement d'ailes et les acclamations du public.

— La huitième course est commencée, annonça le chef des arbalétriers.

Je donnai une claque affectueuse sur le bec de l'oiseau.

— À bientôt, Ubar des Cieux !

Je m'éloignai de l'oiseau, traversai l'enclos des Acier, gravis l'escalier se trouvant à l'intérieur du mur bas qui le séparait du large chemin conduisant aux perchoirs de départ ; je sautai par-dessus un mur et me dirigeai vers le mur central séparant les deux côtés de la piste. Je gravis un nouvel escalier et me retrouvai, comme d'autres, sur le mur central d'où il était possible de regarder la course. Le chef des arbalétriers m'avait accompagné.

J'entendis les exclamations de surprise des spectateurs près desquels je passai.

— C'est Gladius de Cos !

— Oui, c'est bien lui !

— J'ai cru qu'il renoncerait à venir !

— Non, idiot, pas Gladius de Cos !

— Les assassins guettent !

— Fuis, tarnier, fuis !

— Fuis, Gladius de Cos !

— Taisez-vous ! ordonna mon compagnon avec une conviction telle que nos voisins se turent.

Les oiseaux, neuf en tout, les ailes claquant comme des fouets, le bec tendu, les cavaliers couchés sur leur selle, passèrent en un éclair quelques mètres au-dessus de nous. Les spectateurs installés sur le mur reculèrent.

J'aperçus Ubar Vert, monté par Mip, dans un tourbillon d'ailes.

Six têtes de tarn fixées sur des mâts, aux extrémités du mur central, indiquaient le nombre de tours restants.

À soixante-dix ou quatre-vingts mètres, se trouvait la loge de l'Ubar et, sur le trône de l'Ubar, Cernus, Maître de la Maison de Cernus, vêtu de la pourpre de l'Ubar.

Il se désintéressa un instant de la course tandis qu'un messager, un individu que j'avais vu un instant plus tôt sur le mur central, s'approchait de lui et lui parlait à l'oreille.

Soudain, je le vis se tourner vers le mur central.

Masqué, immobile, je le fixai.

Il se retourna alors brusquement vers l'homme et lui donna un ordre.

Une nouvelle fois, le passage tumultueux des tarns fut marqué par le claquement des ailes, les cris des cavaliers, les éclairs des aiguillons, les tourbillons de l'air mis en mouvement par leur passage.

Cette fois, à la hauteur de l'anneau central, Menicius de Port Kar fit faire un écart à son tarn et poussa un adversaire contre le bord de l'anneau. Je l'avais souvent vu utiliser cette technique. Mip suivait Menicius et, au moment où Menicius avait fait un écart, Mip avait profité de l'ouverture qui s'était, de ce fait, présentée, pour, comme une lame, plonger vers le centre de l'anneau. L'oiseau qui avait heurté l'anneau tomba, étourdi, dans le filet. Le lourd anneau oscillait sur ses chaînes. Menicius ramena sauvagement son oiseau vers le centre de la piste, furieux, comprenant que Mip avait attendu le moment où il perdrait provisoirement le contrôle du centre.

Le public, sans tenir compte des couleurs qu'ils défendaient, les acclama.

Le tarn des Rouges, oiseau aux grandes ailes, que son cavalier, un petit homme barbu portant au cou un porte-bonheur en os, rendait fou à force de coups d'aiguillon, était en tête. Il était suivi par deux tarns marron dont les cavaliers portaient la chemise de soie des Bleus et des Argent. Ensuite, venait Ubar Vert, avec qui Mip ne faisait qu'un, montant court, presque couché sur la selle, contrôlant parfaitement sa monture. J'admirais l'oiseau. Je savais qu'il était âgé, que ses forces déclinaient et qu'il ne courait plus depuis de nombreuses années. Ses plumes n'avaient plus le brillant ardent de celles des jeunes tarns ; son bec n'était pas jaune vif, comme celui des autres oiseaux, mais blanchâtre ; mais ses yeux, sauvages, noirs, féroces, étaient ceux d'un tarn indomptable ; ils luisaient d'orgueil et de fureur ; il était décidé à ne pas se laisser battre.

Je craignis que l'effort n'endommage son cœur affaibli mais pourtant redoutable et vaillant.

— Attention ! cria mon compagnon.

Je pivotai sur moi-même et saisis le poignet d'un homme prêt à plonger sa dague dans mon dos. Je lui brisai la nuque et le jetai dans le sable, au pied du mur central.

C'était l'individu qui avait rapporté ma présence à Cernus, celui à qui Cernus avait donné un ordre.

Je me retournai et regardai la loge de l'Ubar. Saphronicus, Capitaine des Taurentiens, se tenait près de lui.

La main de Saphronicus reposait sur le pommeau de son épée. Les mains de Cernus, blanches, serraient les bras de son trône.

Je reportai mon attention sur la course.

Mon compagnon, au lieu de regarder la course, appuya son dos contre le mien, l'arbalète prête.

Les tarns, semblables à un torrent d'ailes et de serres, passèrent une nouvelle fois.

Le tarn aux grandes ailes avait cédé et le cavalier des Bleus, petit homme rusé, très expérimenté mais trop impatient, prit la tête. Je connaissais son oiseau. Il avait agi trop tôt.

Je souris.

Mip, monté sur Ubar Vert, passa le tarn aux grandes ailes. Le cavalier des Argent était en deuxième position. Il avait lâché les rênes de son oiseau. Il restait deux têtes de tarn au sommet des mâts. J'ignorais quelle était la puissance de l'oiseau. Toutefois, après avoir franchi facilement le premier anneau de l'extrémité, le cavalier ayant soudain tiré sur les rênes, il dévia de sa trajectoire.

Mip en profita et se retrouva derrière le cavalier des Bleus.

Menicius de Port Kar, qui montait pour les Jaunes, tirant furieusement sur les rênes de son oiseau, l'aiguillon projetant des déluges d'étincelles sur le sable, son tarn hurlant, dépassa, dans un battement d'ailes, l'oiseau des Argent qui tentait de se remettre en ligne.

Le Bleu, en tête, bloqua habilement Mip à chaque anneau. Je remarquai que l'oiseau des Bleus s'épuisait. Toutefois, il lui était toujours possible de gagner en bloquant son adversaire. Menicius de Port Kar avait perdu du temps en dépassant le tarn des Argent.

Inlassablement, Mip tenta de passer au-dessus de l'oiseau des Bleus puis, faisant une nouvelle fois monter Ubar Vert, il plongea soudain sur la gauche, exécutant la dangereuse passe des serres. L'oiseau des Bleus plongea à son tour et les serres auraient pu déchiqueter Mip, mais celui-ci avait magnifiquement estimé la distance. Le cavalier des Bleus jura et les supporters des Acier se levèrent en hurlant.

— Regarde ! dit mon compagnon.

Il tendit le bras vers un petit mur, construit lui-même sur le mur central, non loin des mâts soutenant les têtes de tarn, à une centaine de mètres de nous.

Je poussai une exclamation de rage.

Puis je vis un Taurentien lever son arbalète et se préparer à tirer sur Mip au moment où il franchirait le troisième anneau de l'extrémité opposée. Le Taurentien, la crosse de l'arbalète contre l'épaule, attendait.

— Ne crains rien, assura mon compagnon.

Il épaula son arme. Mip franchissait l'anneau central lorsque le lourd câble gainé de cuir de l'arbalète se détendit, projetant le carreau avec un sifflement.

Je suivis des yeux la trajectoire rapide du carreau, semblable à une aiguille noire, et le vis s'enfoncer dans le dos du Taurentien qui se crispa, parut grandir de quelques centimètres, l'empennage métallique du carreau formant un triangle noir sur le pourpre de son vêtement, puis tomba.

Mip franchit le troisième anneau et poursuivit son chemin.

— Excellent coup ! commentai-je.

L'arbalétrier haussa les épaules et tendit à nouveau le câble de son arme.

Il ne restait plus qu'une tête de tarn sur les mâts. L'arbalétrier arma un nouveau carreau et, debout, surveilla la foule.

Le public hurla.

Mip gardait la tête.

Puis les Jaunes se dressèrent sur les gradins.

Menicius de Port Kar, monté sur son tarn jeune, rapide et courageux, gagnait rapidement du terrain. Mip lâcha les rênes. Il ne se servait pas de l'aiguillon. Il cria pour encourager Ubar Vert :

— Vole, vieux Guerrier !

Ubar Vert défendit alors sa position, ses ailes battant sur le rythme effréné des tarns de course, chaque mouvement paraissant augmenter sa vitesse et son avance. Puis, consterné, je vis ses ailes perdre le rythme, l'oiseau poussa un cri de douleur et parut vouloir tourner sur lui-même. Mip tenta de le contrôler.

Menicius de Port Kar le dépassa et, en même temps, fit un mouvement du bras droit ; Mip perdit aussitôt le contrôle des rênes et se griffa spasmodiquement le dos, comme pour s'emparer de quelque chose. Les deux sangles de sécurité de la selle de course l'empêchèrent de basculer en arrière, puis il s'affaissa, penché sur le côté.

Je saisis le bras de l'arbalétrier.

Le tarn des Bleus, puis celui des Argent et celui des Rouges dépassèrent le tarn tournoyant et son cavalier. L'arbalétrier leva son arme.

— Menicius ne verra pas la fin de cette course, dit-il sombrement.

— Il m'appartient ! intervins-je.

Soudain, dans un puissant battement d'ailes et parmi les cris des cavaliers, Ubar Vert se redressa et, hurlant de rage et de douleur, fonça vers les anneaux, Mip affaissé sur la selle.

Puis l'oiseau, qui, dans sa jeunesse, avait gagné plus de huit mille courses, se lança sur la piste sauvage et familière du Stade des Tarns.

— Regarde ! m'écriai-je. Mip est vivant.

Mip s'était accroché au cou de l'oiseau, le corps parallèle à la selle, se tenant à l'oiseau, la tête appuyée contre lui, lui parlant à voix basse.

Il m'est difficile de raconter ce qui arriva ensuite.

Le public cria, les tarns hurlèrent et Ubar Vert, monté par Mip, vola, les yeux étincelants, retrouvant pour ses derniers instants la vigueur et la combativité de sa jeunesse, comme un oiseau sorti des rêves des vieillards, tel que ceux-ci l'avaient connu, autrefois, dans leur jeunesse. Ubar Vert vola. Il vola. Et j'eus l'impression de regarder un jeune oiseau en pleine possession de sa puissance, au mieux de sa forme et de sa fierté, de sa clairvoyance et de sa rapidité, de sa fureur et de son énergie. Ce fut Ubar Vert tel qu'on m'en avait parlé, Ubar Vert des légendes, Ubar Vert tel que dans les histoires ceux qui l'avaient connu racontaient, Ubar Vert, le plus grand tarn de course, couvert de récompenses, victorieux, triomphant.

Lorsque l'oiseau se posa sur le perchoir de la victoire, le public ne fit pas un bruit. Les milliers de spectateurs restèrent silencieux.

Stupéfait, privé *in extremis* de la victoire, Menicius de Port Kar arriva deuxième.

Puis tout le monde, sauf, peut-être, les proches du Noble Ubar de la Cité, se mit à crier et à applaudir en se frappant l'épaule gauche avec le poing.

L'oiseau resta sur le perchoir et Mip se redressa péniblement sur sa selle.

L'oiseau leva la tête, radieux, magnifique, et poussa le cri de victoire des tarns.

Puis il tomba et s'immobilisa sur le sable.

En compagnie de l'arbalétrier et d'autres spectateurs, je courus vers le perchoir.

Avec mon épée, je coupai les sangles qui immobilisaient Mip et le dégageai.

J'arrachai le petit couteau planté dans son dos. C'était un poignard de tueur sur la garde duquel je lus : « Je l'ai cherché, je l'ai trouvé. »

Je pris Mip dans mes bras. Il ouvrit les yeux.

— Le tarn ? demanda-t-il.

— Ubar Vert est mort, répondis-je.

Mip ferma les yeux et des larmes gonflèrent ses paupières.

Il tendit le bras vers l'oiseau et je le portai près de l'animal inanimé. Il passa les bras autour du cou de l'oiseau mort, posant la tête contre le bec cruel et blanchâtre, puis pleura. Nous restâmes en arrière.

Un peu plus tard, l'arbalétrier s'adressa à Mip.

— C'était une belle victoire, dit-il.

Mais Mip pleurait en répétant :

— Ubar Vert, Ubar Vert.

— Allez chercher un Médecin ! cria un spectateur.

L'arbalétrier fit non de la tête.

Mip avait expiré près de l'oiseau qu'il avait conduit à la victoire.

— Il a bien couru, dis-je. On n'aurait pas cru qu'il n'était qu'un simple Gardien de Tarns.

— Il y a longtemps, commença l'arbalétrier, il y avait un cavalier de tarns de course. Pendant une course, en voulant dépasser un concurrent, il calcula mal la distance et heurta si violemment la partie supérieure du premier anneau de la ligne droite qu'il fut arraché de sa selle. Blessé, il tomba dans la trajectoire des autres tarns, fut déchiqueté, rebondit sur la partie inférieure de l'anneau, puis dans le filet. Il courut encore une ou deux fois lorsqu'il fut rétabli, mais pas davantage. Son rythme et son coup d'œil n'étaient plus sûrs. Il avait peur des anneaux et des oiseaux. Il avait perdu son assurance, son adresse, son courage. Il avait peur, peur à en mourir, et cela se comprenait. Il renonça à la course.

— Mip ? demandai-je.

— Oui, répondit l'arbalétrier. Il faudrait que tu comprennes, reprit-il, qu'il lui a fallu énormément de courage pour faire ce qu'il a réalisé aujourd'hui.

— Il a bien couru, répétai-je.

— Je le regardais, intervint un supporter des Acier qui se trouvait là. Il n'avait pas peur. Il a monté sans peur, avec assurance, adresse et courage.

— Et fierté, ajouta un autre spectateur.

— Oui, aussi, dit le premier.

— Je me souviens de lui autrefois, dit un troisième homme. C'était le Mip d'avant. Il a monté comme autrefois. C'est sa plus belle course.

Un murmure d'approbation courut parmi les spectateurs.

— C'était alors un cavalier connu ? m'enquis-je.

Les hommes me regardèrent.

— C'était le plus grand cavalier, répondit l'arbalétrier, les yeux fixés sur la petite silhouette immobile de Mip qui tenait toujours le tarn par le cou. Le plus grand cavalier.

— Tu ne le connaissais donc pas ? me demanda un spectateur.

— C'était Mip, répondis-je. Pour moi, il n'était que Mip.

— Alors, intervint l'arbalétrier, apprends son véritable nom.

Je regardai l'arbalétrier.

— Il s'appelait Melipolus de Cos, termina-t-il.

Je restai sans voix car Melipolus de Cos était effectivement une légende à Ar et dans une centaine de cités ferventes de courses.

— Melipolus de Cos, répéta l'arbalétrier.

— Ubar Vert et lui sont morts en remportant la victoire, dit un spectateur.

L'arbalétrier lui jeta un regard dur.

— Je ne me souviens, déclara-t-il, que du perchoir de la victoire, de Mip levant les bras, du cri de victoire du tarn.

— Moi aussi, souligna le spectateur.

Le gong de l'arbitre retentit deux fois, signalant la préparation de la dernière course, celle de l'Ubar.

Je ramassai le petit couteau qui, lancé par Menicius de Port Kar, avait tué Mip. Je le glissai dans ma ceinture.

Les plates-formes sur lesquelles se tenaient les tarns de la neuvième course se dirigeaient vers les perchoirs de départ.

Les garçons de piste se précipitèrent vers eux.

Je pris Mip dans mes bras et le confiai à un fidèle des Acier. On chargea le cadavre d'Ubar Vert sur une plateforme et on l'emporta.

Le public s'agitait dans les stands. Les spectateurs des gradins semblaient impatients. Des hommes couraient deci, de-là, serrant les tablettes de faïence justifiant leurs paris dans leurs mains. Les vendeurs proposaient leur marchandise. Des enfants couraient. Le ciel était bleu avec quelques nuages. Le soleil brillait. La journée se prêtait aux courses.

Sur le grand tableau du mur central, sur lequel on affichait les résultats et les cotes des concurrents de la course suivante, les noms d'Ubar Vert et de son cavalier, Melipolus de Cos, apparurent à la place du vainqueur. Je supposai que cela n'était pas arrivé depuis de nombreuses années.

Menicius de Port Kar, naturellement, monterait pour les Jaunes dans la Course de l'Ubar. Il disposerait de la plus belle monture de leur Perchoir, Carreau, baptisée ainsi à cause du projectile de l'arbalète, oiseau puissant, très rapide, roux, qui avait une aile partiellement décolorée parce que, disait-on, le cavalier des Argent lui avait, autrefois, lancé une bouteille d'acide. À mon avis, c'était un bon oiseau. Je le respectais. Mais j'étais pratiquement certain qu'Ubar des Cieux, dont le nom fut affiché sur le tableau, le dominerait.

Les Jaunes et les Acier étaient à égalité. La Course de l'Ubar désignerait le vainqueur de la journée, de la Fête de l'Amour et, en résumé, de la saison.

Je regardai la loge de l'Ubar, puis celle du Grand Initié, Complicius Serenus. Les deux loges portaient les couleurs des Verts. Je me demandai si Cernus savait ce qui s'était passé au Stade des Lames. Au même moment, des hommes étaient en marche dans les rues.

J'allai jusqu'à l'estrade du tableau d'affichage. Il n'y avait pas de nom près de celui d'Ubar des Cieux.

— Ajoutez le nom de Gladius de Cos, dis-je aux préposés.

— Il est ici ! s'écria l'un d'eux.

Les autres se hâtèrent d'inscrire le nom, lettre par lettre. Le public hurla de joie. Les Preneurs de Paris conférèrent, quelques-uns approchèrent du tableau. Les cotes changèrent.

Le gong de l'arbitre retentit trois fois, signalant que les oiseaux devaient gagner les perchoirs.

Sous le soleil, je me dirigeai vers les perchoirs.

Menicius de Port Kar se tenait sur la plate-forme où, portant cagoule, frémissant d'impatience, se tenait Carreau, merveilleux tarn roux, prince des Perchoirs des Jaunes.

Devant Menicius de Port Kar et tout autour de la plate-forme, se tenaient des Taurentiens.

Je m'approchai mais ne tentai pas de franchir leur barrage.

Menicius de Port Kar, blême, se mit en selle.

— Gladius de Cos, lui criai-je, aimerait s'entretenir avec Menicius de Port Kar après la course !

Il ne répondit pas.

— Éloigne-toi ! ordonna le chef des Taurentiens.

— Menicius de Port Kar, repris-je, était à Ko-ro-ba l'année dernière, en En'Var !

Les poings de Menicius de Port Kar blanchirent sur les rênes.

Je tirai le poignard de ma ceinture, le pris par la lame.

— Il se souvient du Guerrier de Thentis, fis-je remarquer.

— Je ne comprends pas ce que tu veux dire ! gronda Menicius.

— Peut-être ne se souvient-il pas de lui, supputai-je, car il me semble qu'il n'a véritablement vu que son dos.

— Chassez-le ! cria Menicius.

— Il était facile de laisser un morceau de tissu vert sur le pont la veille ou bien une ahn avant. Menicius de Port Kar sait se servir d'un poignard. Il a probablement frappé depuis le dos d'un tarn de course, un petit tarn rapide, maniable, capable de se faufiler entre les ponts.

— Tu es fou ! hurla Menicius de Port Kar. Tuez-le !

— Le premier qui bouge, avertit l'arbalétrier qui se tenait derrière moi, prendra un carreau d'arbalète !

Les Taurentiens ne bougèrent pas.

On retira la cagoule de Carreau, tarn des Jaunes. Sa crête rougeâtre se dressa et il secoua la tête, lissant ses plumes. Puis il leva le bec vers le soleil et poussa son cri.

Une fois débarrassé de sa cagoule, il sauta sur son perchoir, le premier, celui de l'intérieur. Il s'y immobilisa, le bec tendu, battant des ailes.

Mon tarn se tenait, sans cagoule, sur la plate-forme, devant le quatrième perchoir.

Le public cria, comme il le faisait toujours, lorsque apparaissaient sa tête monstrueuse, son bec acéré, sa crête noire et mobile, ses yeux ronds, noirs et luisants. Un garçon de piste des Acier ouvrit l'anneau qui emprisonnait la patte droite de l'oiseau et s'éloigna d'un bond. Les serres chaussées d'acier du tarn de guerre griffèrent un instant les épaisses planches de la plate-forme sur laquelle il se tenait, y creusant des sillons. Puis l'oiseau rejeta la tête en arrière, ouvrit les ailes et, les yeux brillants, comme s'il se trouvait sur les pentes escarpées des montagnes de Thentis ou des Voltaï, poussa le cri de défi du Tarn de Montagne, strident, sauvage, provocant, perçant. Je reste persuadé que rares furent les spectateurs qui, pendant un instant, malgré le soleil de l'été, ne frissonnèrent pas, craignant soudain d'être en danger, se considérant brusquement comme des intrus, des promeneurs égarés s'étant aventurés accidentellement, sans y prendre garde, dans le domaine de ce majestueux carnivore, le tarn noir, mon Ubar des Cieux.

— En selle ! dit l'arbalétrier.

J'obéis. Mip allait me manquer, son sourire, son conseil, son ultime indication, ses paroles encourageantes, sa dernière tape sur mon étrier. Mais je me souvins seulement alors de son dernier geste tandis qu'il mourait sur la selle d'Ubar Vert : il avait levé les bras en signe de victoire.

Je regardai Menicius de Port Kar. Il détourna les yeux. Il se pencha sur le cou de Carreau.

Je constatai qu'on lui avait donné un nouveau poignard, un poignard à tarn comme ceux qu'utilisent les cavaliers. Dans la main droite, il tenait un aiguillon. Surpris, je remarquai, enroulé sur le côté de la selle, en quatre boucles, un fouet à lames, arme très répandue à Port Kar et constituée d'un fouet sur les cinquante derniers centimètres duquel sont fixées, par groupes de quatre, vingt lames minces et étroites ; l'extrémité du fouet à lames n'est pas toujours la même ; certaines ont une lame à double tranchant de douze ou quinze centimètres de long ; d'autres ont un poids qui étourdit la victime et permet de la découper tout à loisir ; le fouet à lames de Menicius était équipé d'une lame à double tranchant capable de couper une gorge à trois mètres.

Des Taurentiens firent le tour des concurrents en leur transmettant des messages. Certains cavaliers protestèrent et leur tendirent le poing.

— Il ne faudrait pas, dit l'arbalétrier, que nous perdions cette course.

Je vis un Taurentien apporter une boîte enveloppée dans un morceau de soie à Menicius de Port Kar qui la glissa dans sa ceinture.

— Regarde ! dis-je à mon compagnon en lui montrant des Taurentiens armés d'arbalètes qui se mêlaient au public.

— Contente-toi de courir, répondit-il. Les nôtres sont également sur les gradins.

Sur mon ordre, dans un battement d'ailes, mon tarn gagna le quatrième perchoir de départ.

Menicius de Port Kar n'était plus ni blême ni effrayé. Son visage mince avait retrouvé son calme ; son sourire avait quelque chose de cruel ainsi que son regard. Il se tourna vers moi et rit.

J'attendis le gong de l'arbitre. On tendit la corde blanche de départ devant nous.

Je constatai avec étonnement qu'on avait remplacé le rembourrage des anneaux par des arêtes en forme de lame qui ne servent en général pas pour les courses, et que l'on utilise pour des démonstrations, des acrobaties en fait, au cours desquelles le tarnier semble défier la mort à chaque anneau.

Le public, toutes factions confondues, manifesta sa désapprobation.

Les cavaliers, à l'exception de Menicius de Port Kar et de moi-même, se regardèrent avec inquiétude et étonnement.

— Apporte-moi, dis-je à l'arbalétrier qui se tenait au pied du perchoir, la bola des Tuchuks, la corde de kaiila et le quiva qui se trouvent dans les affaires de Gladius de Cos, dans l'enclos des Acier.

Il rit.

— Je me demandais, fit-il remarquer, quand tu comprendrais que tu pars pour la guerre.

Sous mon masque, je lui souris.

Un garçon de piste des Acier me lança un paquet. Je ris.

— Nous les avions apportés, dit l'arbalétrier.

Un autre homme, cavalier des Acier qui avait remporté une course dans le courant de l'après-midi, vint en courant jusqu'au pied du perchoir.

— Il y a des tarniers, annonça-t-il, des Taurentiens en uniforme, à l'extérieur du stade.

Je m'y attendais. Il s'agissait sans doute de ceux qui avaient attaqué la caravane des Hinrabiens.

— Apportez-moi, dis-je, le petit arc de corne des Tuchuks, les flèches de guerre à pointe dentelée du Peuple des Chariots.

— Nous avions également prévu ça, souligna l'arbalétrier.

— Comment se fait-il, demandai-je, que tout soit déjà prêt ?

— Mip savait que la course serait difficile.

Un garçon de piste, après les avoir sortis de son manteau, me lança le petit arc rapide des Tuchuks et l'étroit carquois rectangulaire avec ses quarante flèches.

Sans me presser, je tendis l'arc. Il est petit, composé de deux courbes, mesure environ un mètre de long et est constitué de couches de corne de bosk renforcées avec du métal et du cuir ; il est cerclé de métal en sept points, y compris la poignée, métal acheté à Turia en petits rouleaux ; le cuir est appliqué en diagonale par bandes de cinq centimètres, sauf sur la poignée où il est fixé horizontalement ; sa portée est plus réduite que celle de l'arc ordinaire ou de l'arbalète mais, en combat rapproché, du fait qu'on peut tirer rapidement, c'est une arme dévastatrice ; sa petite taille, comme dans le cas de l'arbalète, le rend très maniable sur la selle et permet de passer sans la moindre difficulté de gauche à droite, ou même en arrière, avantage dont sont dépourvus les arcs ordinaires, plus puissants mais moins maniables ; de plus, comme l'arc ordinaire et contrairement à l'arbalète, qui est longue et difficile à bander, sa puissance de tir est, quantitativement, considérable ; un guerrier Tuchuk peut, dans un combat acharné, sur la selle de son kaiila, tirer quarante flèches, qui atteignent leur but, en moins d'une demi-ehn.

Curieusement, les tarniers n'utilisent pas l'arc tuchuk ; peut-être parce que le kaiila est pratiquement inconnu au-dessus de l'équateur et que les techniques de combat à dos de kaiila ne sont pas parvenues jusqu'à eux ; peut-être est-ce à cause de la tradition, qui pèse lourdement sur la vie goréenne et même sur les questions militaires ; à titre d'exemple, on n'abandonna la phalange qu'après avoir tenté pendant plus d'un siècle de l'améliorer et de la conserver ; peut-être est-ce tout simplement parce que les tarniers considèrent que la portée de l'arc prime sur la manœuvrabilité. Toutefois, à mon avis, la véritable raison est que, les tarniers n'ayant jamais appris à respecter le petit arc, ils ont tendance à le mépriser, le considérant comme une arme indigne de la main d'un Guerrier, trop faible et inefficace pour mériter l'approbation d'un véritable combattant goréen. Je me souviens que les tarniers des Acier, l'ayant vu parmi les affaires de Gladius de Cos, m'avaient taquiné à son sujet, demandant si c'était un jouet ou un arc d'enfant; ces hommes n'avaient jamais rencontré des Tuchuks à dos de kaiila, et c'était d'ailleurs aussi bien. Il me semblait que le combat à dos de tarn et le combat à dos de kaiila avaient beaucoup de points communs; je croyais que le petit arc, bien qu'il n'eût pas fait ses preuves à dos de tarn, pouvait être aussi digne des cieux goréens que des plaines poussiéreuses du Sud; en outre, pendant de nombreux vols d'entraînement, j'avais appris à mon tarn à répondre au son de ma voix, ce qui me laissait les mains libres pour utiliser mes armes. En général, les tarns ne répondent qu'à un seul ordre: «Tabuk!» qui signifie en gros: «Chasse et tue!»; en outre, j'aurais aimé pouvoir utiliser la lance tuchuk à dos de tarn. En général, le tarnier dispose, attachée à la selle, d'une lance goréenne, arme terrifiante mais destinée au jet et plus adaptée à l'infanterie. Les tarniers, naturellement, avaient été équipés sur le modèle des forces terrestres; je pensais depuis longtemps qu'il était possible d'augmenter l'efficacité des tarniers goréens en modifiant légèrement leur armement et leurs techniques de combat; toutefois, je n'avais jamais commandé une escadrille de tarniers et mes idées étaient pratiquement dépourvues d'intérêt, même pour les tarniers de ma Cité, Ko-ro-ba.

L'arc de corne tuchuk était tendu, le carquois fixé à la selle avec la corde et la bola. J'avais mon épée; j'avais le poignard arraché du dos de Mip; enfin, glissé dans ma ceinture, j'avais le quiva à double tranchant, poignard de selle tuchuk.

Le gong de l'arbitre retentit et la corde blanche tendue devant les tarns fut rabattue d'un seul mouvement.

Les tarns, à l'exception du mien, bondirent en hurlant, dans un puissant battement d'ailes, et filèrent vers le premier anneau.

— Attends! avais-je crié au puissant animal que je montais.

Impatient, les yeux brillants, il n'avait pas quitté le perchoir.

Ceux qui se tenaient au pied de mon perchoir poussèrent des exclamations consternées. Un grondement de surprise et d'effarement s'éleva sur les gradins.

Je me tournai vers la loge de Cernus, Ubar d'Ar, et, levant le bras, le saluai ironiquement.

Les mains crispées sur les bras du trône, il me regardait fixement, pétrifié.

— Pars ! cria l'arbalétrier.

— Pars ! crièrent les Acier.

Les autres oiseaux, neuf en tout, arrivaient déjà au premier virage.

Je regardai les mâts surmontés de vingt têtes de tarn, ce qui indiquait que la course comportait vingt tours de piste. La Course de l'Ubar est la plus longue et la plus âprement disputée. Le vainqueur reçoit mille doubles tarnets d'or.

— Pars ! crièrent les spectateurs.

Je ris, puis me penchai sur le cou du tarn noir.

— Volons, dis-je, Ubar des Cieux !

Avec un cri et dans un claquement d'ailes, le tarn de guerre de Ko-ro-ba décolla. Je me penchai sur le cou de l'animal, le vent fouettait mon masque et mes vêtements. Les gradins, semblables à des lignes horizontales et colorées, défilèrent à toute vitesse. J'exultais.

Je voulais que les tarns de devant s'éloignent les uns des autres afin de pouvoir les dépasser un par un. J'étais certain que Cernus avait ordonné aux cavaliers de ne pas gagner ; un tarn seul pouvait difficilement bloquer un anneau, mais deux pouvaient y parvenir ; en outre, en ne prenant pas la tête immédiatement, ce que j'aurais probablement pu faire, je retardais l'entrée en scène des tarniers ennemis qui n'interviendraient probablement qu'au cas où la victoire risquerait d'échapper à Menicius ; enfin, je voulais rester aussi longtemps que possible derrière Menicius de Port Kar ; comme il avait un poignard, je ne voulais pas qu'il me suive.

Peu avant la fin du premier tour, je dépassai le premier oiseau, un tarn indépendant dont le cavalier, pris au dépourvu, me jeta un regard affolé au moment où, ombre montée sur une ombre, je filai au-dessus de lui.

Le public cria.

Cela avertit le cavalier du huitième oiseau, un Or qui, couché sur sa selle, se retourna et vit, franchissant les anneaux à toute vitesse, les yeux étincelants, battant des ailes, le grand tarn noir.

À la stupéfaction du public, mais pas à la mienne, il fit tourner son oiseau, un tarn au plumage multicolore des jungles tropicales du Cartius, afin de me barrer le passage. L'oiseau, magnifique, féroce, les serres tendues et battant des ailes, restait pratiquement immobile devant l'anneau, nous faisant face.

Mon tarn le heurta tel un sabre hurlant d'éclair noir, puis franchit l'anneau.

Je ne me retournai pas.

Le public resta sans voix.

Le septième oiseau était monté par un cavalier indépendant, tarnier expérimenté qui, ordres de Cernus ou pas, n'avait pas l'intention de retourner son tarn contre moi, se gâchant ainsi la possibilité de remporter la course.

Anneau après anneau, il parvint à nous bloquer.

J'admirai son adresse et tentai, pendant les tours suivants, de comprendre son système tout comme, manifestement, il cherchait à deviner le mien. Mon oiseau était plus rapide. Nous dépassâmes le tarn des Argent et un autre oiseau indépendant. Il était alors cinquième et j'étais sixième. Devant nous, volaient le Bleu, le Rouge, le Vert et Menicius de Port Kar, montant pour les Jaunes. Un hurlement de terreur retentit derrière moi lorsqu'un concurrent en poussa un autre contre le bord tranchant d'un anneau. Fouetté par le vent, je frémis car, à cette vitesse, le bord acéré de l'anneau pouvait très bien couper un homme ou un tarn en deux.

Je regardai les têtes de tarn fixées au sommet des mâts et constatai avec effarement qu'il n'en restait plus que neuf.

J'aurais pu dépasser en force le coureur indépendant qui me précédait mais, du fait que les anneaux étaient tranchants, cela aurait comporté de grands risques pour nous et pour nos tarns. Je suis certain que, tout comme moi, il n'avait envie de tuer ni son oiseau ni son adversaire. C'est une chose de pousser un tarn contre un anneau rembourré, c'en est une autre de le projeter contre les immenses lames qu'étaient devenus les anneaux.

Tout en le suivant, je compris que, comme beaucoup d'autres, il avait regardé attentivement les courses de Gladius de Cos, de même que Gladius de Cos avait étudié les courses des autres. Pourtant, malheureusement, bien qu'expérimenté, il n'avait guère couru au Stade des Tarns du fait qu'il était originaire de la lointaine Cité de Tor. Je ne l'avais jamais vu courir et Mip ne m'avait pas parlé de lui. S'il avait étudié les courses de Gladius de Cos, son système de blocage était probablement basé sur la technique que j'utilisais pour dépasser. Par conséquent, bien que cela fût contraire à mon instinct, bien que cela fût véritablement douloureux, alors que j'avais envie de faire passer le tarn en haut à droite, je le fis plonger en bas à gauche. Mais il me contra une fois de plus et je franchis l'anneau derrière lui. Je suis persuadé qu'il ne raisonnait pas consciemment, mais son anticipation, presque instinctive, basée sur l'étude de mes courses et de nombreuses années d'expérience, l'avait amené à prévoir jusqu'aux altérations de mon système. Je savais que Mip possédait ce don et je ne supposai pas que d'autres cavaliers adroits et expérimentés en fussent dépourvus. Je regrettais d'avoir renoncé à prendre la tête au début de la course. Menicius, monté sur Carreau, augmentait son avance à chaque tour.

Puis je me souvins d'une conversation que j'avais eue avec Mip à ce propos ; ce souvenir me fit l'effet d'un éclair de métal chauffé au blanc.

— Et si l'adversaire, par hasard ou parce qu'il est habile, devine ton système jusque dans ses variations ? avais-je demandé pour plaisanter.

Nous étions dans la taverne des Verts. Il avait posé son gobelet de Paga, avait ri puis avait tendu les mains :

— Alors, avait-il dit, tu dois renoncer à tout système.

Sa réponse m'avait fait rire.

Mais il m'avait regardé avec gravité.

— C'est vrai, avait-il insisté.

Puis il avait souri à nouveau.

Il y a quatre mâts à chaque extrémité du mur central. Ces mâts indiquent le nombre de tours. Au début de la course, chaque groupe supportait vingt têtes de tarn, cinq sur chaque mât. Maintenant, dans chaque groupe, deux mâts étaient vides. À chaque extrémité, il ne restait plus que cinq têtes sur un mât et quatre sur un autre. Il y avait encore neuf tours à couvrir. Je décidai de tenter de passer, même si je n'en avais pas envie, à l'endroit où le chiffre goréen neuf apparaît sur les marqueurs.

J'entendis un juron en dépassant le cavalier stupéfait qui parut soudain décontenancé et regarda autour de lui. Son tarn perdit le rythme. L'oiseau qui le suivait le heurta, j'entendis les cris furieux des tarns et des hommes.

Lorsqu'il ne resta plus que sept têtes sur les mâts, je rattrapai le tarn des Bleus qui occupait la quatrième place.

Son oiseau était plus rapide que celui du concurrent de Tor, mais le cavalier ne le valait pas. Je le dépassai en bas à gauche après avoir feinté en haut à droite. En essayant de me bloquer dans une mauvaise position, il faillit heurter le sommet acéré de l'anneau ; surpris, l'oiseau dévia de sa trajectoire, et il lui fallut virer pour regagner la piste.

Les hurlements du public étaient assourdissants mais complètement incompréhensibles ; la perception de cette clameur constituait, comme je l'avais fréquemment constaté, un phénomène fascinant, son amplitude variant dans des proportions considérables en fonction de ma vitesse et de ma position, surtout, ce qui n'a rien de surprenant, dans les virages.

Je perçus un sifflement et me couchai sur la selle. Je n'avais rien vu mais je reconnus le bruit d'un carreau d'arbalète. Il y eut encore deux sifflements.

— Allez ! criai-je, Ubar des Cieux !

L'oiseau, sans se préoccuper des projectiles, accéléra.

Du coin de l'œil je vis une cinquantaine de tarniers perchés au sommet des gradins. Immobiles, ils attendaient.

— Allez ! criai-je. Allez ! (L'oiseau parut se jeter en avant.) Allez, Ubar des Cieux ! hurlai-je.

Puis, horrifié, je vis que les cavaliers des Verts et des Rouges avaient fait tourner leurs oiseaux et m'empêchaient de franchir l'anneau central.

Le public, furieux, hurlait. Je ne m'en rendis pas compte sur le moment, mais le fait que le cavalier des Verts eût agi de la sorte mettait clairement en évidence les préférences de l'Ubar. Alors qu'il était censé soutenir les Verts, il leur avait apparemment donné, comme aux autres, l'ordre de ne pas me laisser gagner. Pendant ce temps, Menicius, sur Carreau, augmentait toujours son avance.

Mon tarn heurta les deux autres et aussitôt les aiguillons étincelèrent, les serres griffèrent, les oiseaux hurlèrent et mordirent, si bien que nous nous trouvâmes dans une sphère de fureur d'ailes qui tournoya devant l'anneau. Puis un autre oiseau nous heurta, celui des Bleus, je crois, celui du Torien ensuite et, enfin, un troisième.

La monture des Verts tomba, saignant à la gorge, incontrôlable, en hurlant. Le cavalier des Rouges se dégagea et reprit la course. Comme Menicius de Port Kar et deux autres concurrents, il avait couru la huitième. C'était le petit homme barbu et torse nu ; il portait au cou un talisman en os.

L'oiseau des Argent nous dépassa.

Les serres de mon tarn étaient accrochées à celles d'un oiseau indépendant ; son cavalier me frappa avec l'aiguillon et la douleur m'aveugla ; pendant un bref instant, j'eus uniquement conscience du déluge éblouissant des minces aiguilles jaunes ; son tarn tenta de me mordre mais j'écartai son bec d'un coup d'aiguillon, jurant à en perdre haleine ; nous nous retournâmes et, maintenus en selle par les sangles de sécurité, nous nous battîmes, utilisant les aiguillons comme des épées, dans un tourbillon d'étincelles jaunes ; c'est ainsi que nous franchîmes l'anneau et nous séparâmes ; mon oiseau aurait voulu rester pour tuer mais je l'en empêchai.

— Allez ! Ubar des Cieux ! criai-je. Allez !

Il y avait trois oiseaux devant nous : le Rouge, l'Argent et le Jaune.

L'oiseau au plumage coloré, qui avait tenté, au début, de m'empêcher de franchir un anneau, était dans le filet, vivant mais terrifié.

Un cri s'éleva derrière moi puis le gong de l'arbitre, indiquant qu'on avait manqué un anneau, retentit. J'accélérai.

Un carreau passa en sifflant.

— Allez ! criai-je. Allez !

Ubar des Cieux franchit les anneaux comme un éclair noir.

Il y avait encore cinq têtes au sommet des mâts lorsqu'il rejoignit puis dépassa l'oiseau des Argent. Au tour suivant, il dépassa celui des Rouges. Le cavalier frappait impitoyablement l'animal, de son aiguillon, son talisman d'os flottait derrière lui. Je le rejoignis puis me portai à sa hauteur ; ses yeux exprimaient la démence et la fureur. Il tenta, au moment où nous franchîmes l'anneau, de nous pousser contre le bord tranchant mais il était trop tard et il n'y parvint pas.

Je hurlai de joie. Il n'y avait plus qu'un tarn devant nous : celui de Menicius de Port Kar.

— Maintenant, dis-je, volons, Ubar des Cieux !

L'oiseau poussa un grand cri et ses ailes se mirent à battre l'air avec une fureur victorieuse.

Couché sur le cou de l'oiseau, je regardai, devant moi, grossir la silhouette penchée de Menicius de Port Kar, monté sur Carreau. Il restait quatre têtes au sommet des mâts.

Je ris.

Le grand tarn noir accéléra.

— La victoire est à nous ! criai-je.

Il vola plus vite encore.

Soudain, j'entendis des cris, de tumultueux battements d'ailes, et des tarniers nous encerclèrent, nous suivirent, se ruèrent sur nous.

J'eus l'impression que les protestations furieuses du public allaient déchirer la voûte bleue du ciel.

Je saisis l'arc tuchuk et me trouvai aussitôt au milieu d'une mêlée comprenant une douzaine de tarniers tandis que d'autres tentaient d'approcher. Ubar des Cieux poussa soudain un cri terrifiant qui fit se dresser mes poils sur la nuque et les bras ; ce n'était pas simplement le cri de défi de sa race ; c'était un hurlement de joie, d'horrible impatience, exprimant l'amour des tarns pour le sang et la guerre. Déchirant de ses serres chaussées de métal, poussant des cris, déchiquetant de son bec, Ubar des Cieux, les yeux étincelants de plaisir, se jeta dans un combat inégal qui le stimula car ce carnivore majestueux se sentait de taille à vaincre.

Le petit arc rapide et cruel tira inlassablement ses flèches dentelées, vingt en une demi-ehn, les tarniers tentèrent de me frapper avec leurs épées, lancèrent leurs lourds javelots tandis qu'Ubar des Cieux déchirait et éventrait, son bec et ses serres chaussées de métal semblables à des instruments de carnage impitoyables ; le sang jaillit sur le côté de mon cou au moment où un javelot à pointe de bronze fila devant mon visage puis, horrifié, je vis le bec de mon tarn se refermer sur le bras qui venait de le lancer et l'arracher du corps disloqué qu'il avait désarçonné, les sangles de sécurité de la selle n'ayant pas résisté.

Les tarniers, groupés, se gênant les uns les autres, étaient faciles à tuer avec l'arc tuchuk. Enfin, avec des cris de frayeur, ils prirent la fuite.

— La course ! criai-je. La course !

Je ne saurai jamais pourquoi le tarn renonça au carnage, se fraya un chemin parmi les oiseaux en perdition, et se dirigea droit sur les anneaux.

Menicius de Port Kar avait beaucoup d'avance, mais mon tarn, silencieux en dehors du battement de ses grandes ailes, les yeux brillants, le bec couvert de sang, se lança à sa poursuite.

Pendant la bataille, quatre concurrents nous avaient dépassés, les autres étant restés derrière, soit qu'ils avaient abandonné, soit qu'il leur eût été impossible de franchir les anneaux parmi les tarns en déroute. Le gong de l'arbitre retentit deux fois, indiquant que deux d'entre eux avaient manqué un anneau.

Nous dépassâmes rapidement un tarn, un oiseau indépendant.

L'Argent, le Rouge et le Bleu étaient toujours devant moi, ainsi que le Jaune, celui de Menicius de Port Kar. Il n'y avait plus que deux têtes au sommet des mâts.

Un nouveau carreau fila rapidement devant moi, ligne de lumière indistincte, douce.

Parvenu aux anneaux du centre de la ligne droite, je tombai à nouveau sur les tarniers regroupés. L'arc tuchuk tira inlassablement et, à nouveau, les tarniers reçurent le baiser fulgurant de l'acier dentelé. Puis je tirai ma dernière flèche.

Un cri de joie s'éleva derrière moi et le chef des tarniers fit signe à ses hommes de franchir le mur central et de m'attendre de l'autre côté.

Entre les anneaux, je dépassai l'Argent, puis le Bleu.

Je remarquai que le Rouge gagnait rapidement sur Menicius qui le bloquait à chaque anneau. L'os porte-bonheur du cavalier barbu des Rouges flottait derrière lui. J'avais vu les yeux déments de l'homme, son acharnement à aiguillonner sa monture ; il avait manifestement, Ubar ou pas Ubar, l'intention de gagner la course. Je souris.

Puis, soudain, une douzaine de tarniers s'interposèrent entre l'anneau et moi. Ubar des Cieux n'hésita pas : il se jeta sur eux, les déchiquetant du bec, et passa ; quatre d'entre eux se lancèrent à notre poursuite mais furent pris dans la grande boucle de la corde tuchuk, jurant et essayant de la couper, tandis que les tarns, constatant avec stupéfaction qu'ils n'étaient plus libres de leurs mouvements, rompaient la formation ; tarns et hommes, cherchant à se débarrasser de la grosse corde de cuir de bosk, tombèrent dans le filet ; les autres traversèrent le mur central afin de m'attendre une fois de plus de l'autre côté.

Il n'y avait plus qu'une tête de tarn au sommet du mât lorsque je parvins à nouveau à l'anneau central.

La bola des Tuchuks tournoyait déjà dans le vrombissement du cuir et du plomb.

Le tarn fonça et deux tarniers se mirent à hurler en essayant d'éviter les lanières lestées qui tournaient autour d'eux ; la bola des Tuchuks peut fracasser un crâne, la lanière de cuir peut étrangler.

Un tarnier armé d'une épée se jeta sur nous mais je le repoussai avec la gerbe d'étincelles jaunes de l'aiguillon ; son tarn vira et je projetai une nouvelle gerbe d'étincelles sur un oiseau qui plongeait sur moi, serres ouvertes ; l'aiguillon l'atteignit en un éclair aveuglant et il vira à son tour ; puis je tirai mon épée, parai deux fois puis plongeai ma lame dans la poitrine d'un cinquième tarnier ; le sixième, le chef des tarniers, s'enfuit en jurant.

La dernière tête avait disparu au sommet du mât.

— Ubar des Cieux, criai-je, vole ! Vole comme tu n'as jamais volé !

En un éclair, nous franchîmes les anneaux de l'extrémité et je vis, devant moi, que le Jaune et le Rouge approchaient des anneaux de la ligne droite. Telle une flèche noire, un torrent noir, Ubar des Cieux se lança à leur poursuite. Je crois que, sur tout Gor, aucun tarn ne le valait.

— Har-ta, criai-je. Plus vite ! Har-ta ! Plus vite ! Plus vite !

Puis, peu avant le dernier anneau de la ligne droite, Ubar des Cieux, plongeant vers le centre de l'anneau, se fraya un chemin entre le Rouge stupéfait et Menicius qui avait environ quatre mètres d'avance. Une haine sauvage transforma les traits de Menicius et, brusquement, il sortit quelque chose de sa ceinture. Le Rouge, jurant, tenta de nous contraindre à monter pour nous pousser contre le bord tranchant ; à la vitesse où nous volions, nous aurions pu être coupés en deux ; mon tarn parvint à éviter le bord et, sans chercher à combattre, poursuivit la course ; au dernier moment, je vis Menicius balancer le bras et, instinctivement, m'aplatis contre le cou de mon tarn ; il y eut un tintement de verre brisé et le cavalier barbu poussa un cri horrible tout en se lacérant le torse et le visage avec les ongles ; son tarn, surpris, vira, montant et déviant sur la gauche, incontrôlable, l'épaule de l'homme toucha l'arête, les sangles de sécurité cédèrent et, hurlant, sanglant, gémissant, il tomba dans le filet.

J'entendis un claquement terrifiant et deux profondes lignes sanglantes apparurent sur mon bras ; je levai mon épée et, lorsque le fouet à lames frappa pour la seconde fois, je le coupai ; Menicius, avec un juron, me jeta le manche du fouet, qui passa au-dessus de ma tête ; nous franchîmes le premier anneau du dernier groupe ; il avait son poignard à la main mais soudain, les yeux dilatés, il vit que j'étais prêt à lancer mon quiva.

— Non ! hurla-t-il en faisant basculer son tarn pour se protéger.

Mon tarn heurta le sien et nous franchîmes ensemble le deuxième anneau du dernier groupe ; selle contre selle, nous nous battîmes ; je tenais son poignet et il tenait le mien ; il poussa un cri de douleur et lâcha son poignard ; le gong de l'arbitre retentit ; nous avions manqué le dernier anneau ; je glissai le quiva dans ma ceinture.

— Menicius de Port Kar a-t-il oublié la course ? demandai-je.

Je dirigeai mon tarn sur le dernier anneau. Avec un juron, il tira brutalement sur les rênes et Carreau, ce bel oiseau, réagit aussitôt si bien qu'Ubar des Cieux et lui franchirent en même temps le denier anneau ; dans un puissant claquement d'ailes, Ubar des Cieux se posa sur le perchoir du vainqueur, le saisit entre ses serres chaussées de métal, rejeta la tête en arrière et poussa un cri de victoire. Je levai les bras.

Carreau, automatiquement, s'était posé sur le deuxième perchoir un instant après nous.

Les hurlements du public étaient assourdissants.

Menicius détacha maladroitement les sangles de sa selle, sauta à terre et se dirigea, les bras tendus, vers la loge de l'Ubar.

Quatre arbalétriers qui s'y trouvaient, sur un signe de Saphronicus, tirèrent. Menicius, frappé par quatre carreaux d'acier, tournoya et s'abattit sur le sable. Un des quatre arbalétriers s'effondra, transpercé par une flèche tirée des gradins. Cernus, vêtu de l'ample robe de l'Ubar, se leva d'un bond et ordonna aux Taurentiens de l'entourer. Au loin, retentit un chant à la gloire d'Ar ; dans les gradins, des voix le reprirent. Des spectateurs se levèrent tout en chantant.

— Arrêtez ! cria Cernus. Arrêtez !

Mais le chant s'amplifia.

Il exprimait la colère, le triomphe, le défi et l'orgueil, l'orgueil que leur Cité, Ar la Glorieuse, inspirait à ses citoyens. Quelqu'un arracha les tentures vertes qui ornaient les loges de l'Ubar et du Grand Initié. Complicius Serenus, mal assuré sur ses jambes, se retira. Un autre citoyen, sans se préoccuper des arbalètes des Taurentiens, jeta une bannière jaune dans la loge de l'Ubar ; on en lança une autre dans celle du Grand Initié.

Cernus ne fit pas tirer sur les citoyens qui se conduisirent ainsi.

Fou de rage, il se tenait dans la loge de l'Ubar.

— Arrêtez ! hurla-t-il. Arrêtez de chanter !

Mais personne n'obéit, le chant s'enfla à mesure que de nouveaux spectateurs le reprenaient et, bientôt, le public tout entier chantait.

L'un après l'autre, les tarns rescapés de la course se posèrent sur les perchoirs, mais personne n'y fit attention.

Il n'y avait plus que le chant, repris par des milliers de voix, et le public debout sur les gradins.

Puis les portes de la piste s'ouvrirent brusquement et des milliers de citoyens, venus du Stade des Lames, envahirent le Stade des Tarns, sous la conduite de Murmillius, héros du Stade des Lames, casqué, puissant, l'épée à la main, magnifique.

Bien que je ne fusse pas d'Ar et que je n'eusse pas quitté la selle de mon tarn noir, je repris également le chant, ce chant d'Ar la Glorieuse.

Cernus, écumant de rage, me regardait.

Je quittai le masque, révélant mes traits.

Il poussa un cri de terreur et recula en trébuchant. Saphronicus lui-même, Capitaine des Taurentiens, parut ébahi, incrédule, désemparé.

Puis, suivi par des milliers de fidèles, Murmillius se dirigea vers la loge de l'Ubar. Lorsqu'il se fut arrêté devant, les arbalétriers le mirent en joue.

Il retira alors son casque, ce casque qui dissimulait ses traits depuis des mois.

Cernus se cacha le visage dans les mains. Avec un cri de terreur, il jeta la robe de l'Ubar et s'enfuit.

Les arbalétriers, eux, jetèrent leurs armes.

Saphronicus, Capitaine des Taurentiens, retira son manteau pourpre et son casque puis descendit l'escalier de la loge. Ensuite, il s'agenouilla aux pieds de l'homme qui se tenait devant et posa son épée sur le sable.

L'homme monta alors dans la loge de l'Ubar et posa son casque sur un bras du trône. On plaça la robe de l'Ubar sur ses épaules. Il s'assit sur le trône, l'épée sur les genoux.

Mes voisins avaient les larmes aux yeux et mes yeux n'étaient pas plus secs que les leurs.

Un enfant demanda à son père :

— Papa, qui est-ce ?

— C'est Marlenus, répondit son père. Il est rentré chez lui, il est Ubar d'Ar.

Puis des milliers de spectateurs se mirent à chanter. Je mis pied à terre et me dirigeai vers le corps de Menicius, percé de quatre carreaux. Je sortis le poignard de ma ceinture et le jetai, la lame en bas, dans le sable, près du cadavre. On pouvait lire, sur la garde : « Je l'ai cherché, je l'ai trouvé. »

Je regagnai mon tarn. Mon épée était glissée dans son fourreau et mon quiva sous ma ceinture.

J'avais affaire dans la Maison de Cernus, ancien Ubar d'Ar.

23

J'EN TERMINE AVEC LA MAISON DE CERNUS

J'attendis dans la grande salle de Cernus, dans son propre fauteuil. Devant moi, sur la table, j'avais posé mon épée.

Je n'avais eu aucun mal à arriver avant lui. J'étais venu à dos de tarn. Mon regard n'avait autorisé personne à me barrer le passage et, en fait, les salles de la Maison étaient pratiquement vides. Apparemment, ce qui était arrivé au Stade des Lames avait atteint la Maison avant de gagner le Stade des Tarns, qui en était plus éloigné.

J'avais erré dans les salles, désertes, vides, apercevant parfois une esclave qui se cachait aussitôt ou un homme d'armes furtif, emballant ses affaires, se préparant à partir. Je vis de nombreux prisonniers, esclaves mâles et femelles, enchaînés aux murs ou enfermés dans les cages.

J'avais trouvé Sura dans son compartiment.

Elle gisait sur la paille des esclaves mais avait mis des vêtements de femme libre. Naturellement, elle avait toujours son collier. Ses yeux étaient fermés ; elle était extrêmement pâle.

Je me précipitai vers elle et la pris dans mes bras.

Elle ouvrit faiblement les yeux et ne parut pas me reconnaître.

Je poussai un cri de colère.

— C'était un beau garçon, dit-elle. C'est un beau garçon.

Je l'allongeai et déchirai des vêtements pour lui bander les poignets.

— Je vais appeler un Médecin, lui soufflai-je à l'oreille. Flaminius, même ivre, était sans doute toujours là.

— Non, fit-elle en me prenant la main.

— Pourquoi as-tu fait ça ? m'écriai-je avec colère.

Elle me regarda, légèrement surprise.

— Kuurus, dit-elle, me donnant le seul nom qu'elle me connût. C'est toi, Kuurus ?

— Oui, dis-je. Oui.

— Je ne voulais pas rester esclave plus longtemps, souffla-t-elle.

Je pleurais.

— Dis à Ho-Tu, murmura-t-elle, que je l'aime.

Je me levai d'un bond et courus à la porte.

J'arrêtai une esclave qui passait en courant.

— Va chercher Flaminius ! ordonnai-je. Qu'il apporte du sang ! Sura doit vivre.

L'esclave partit en hâte.

Je retournai auprès de Sura. Elle avait refermé les yeux. Elle était pâle. Son cœur était pratiquement inaudible.

Les objets avec lesquels nous avions joué, carré de soie, petites bouteilles et flacons de parfum, étaient éparpillés dans la chambre.

Sura ouvrit une dernière fois les yeux, me regarda et sourit.

— C'est un beau garçon, n'est-ce pas, Kuurus ? fit-elle.

— Oui, répondis-je, un joli garçon.

— Un beau garçon, répéta-t-elle, les yeux tendrement réprobateurs.

— Oui, fis-je. Oui.

Puis Sura ferma les yeux. Elle souriait.

Flaminius entra quelques instants plus tard. Il avait les instruments de son art et une bouteille de fluide. Son souffle sentait le Paga mais son regard était vif. Il s'immobilisa brusquement sur le seuil, saisi par l'angoisse.

— Dépêche-toi ! criai-je.

Il posa ses instruments.

— Dépêche-toi ! le pressai-je.

— Ne vois-tu pas qu'elle est morte ? dit-il.

Flaminius, les yeux pleins de larmes, s'agenouilla, à côté de moi, près de Sura. Il sanglota et se cacha le visage dans les mains.

Je m'étais levé.

J'attendais dans la grande salle de Cernus. Elle était vide. Je regardai les tables, le dallage, les anneaux scellés au mur, le carré de sable. J'avais pris place dans le fauteuil de Cernus ; j'avais tiré mon épée, puis l'avais posée devant moi.

J'entendais des cris, dehors, mais étouffés en raison de l'épaisseur des murs. De temps en temps, je reconnaissais un passage du chant à la gloire d'Ar.

Il faisait sombre et frais dans la salle. Il n'y avait pas un bruit. J'attendis. J'étais patient. Il viendrait.

La porte s'ouvrit brutalement et cinq hommes entrèrent : Cernus, les yeux fous, apparemment désemparé, Philemon, membre de la Caste des Scribes, le chef des cinquante tarniers qui m'avaient attaqué et deux gardes Taurentiens.

Lorsque les hommes entrèrent, je me levai dans l'obscurité, posant la pointe de mon épée sur la table, et, les mains sur la poignée, les regardai.

— Je suis venu te voir, Cernus, dis-je.

— Tuez-le ! cria Cernus au chef des tarniers, un Taurentien, lui aussi, et aux deux gardes.

Le chef des tarniers me regarda haineusement et tira son épée, mais il la jeta violemment sur le dallage. Cernus poussa un cri de rage.

Les deux autres Taurentiens, tour à tour, tirèrent et jetèrent leur épée sur le dallage.

— Sleens ! hurla Cernus. Sleens !

Les trois Taurentiens firent demi-tour et s'enfuirent.

— Revenez ! cria Cernus.

Philemon, membre de la Caste des Scribes, les yeux dilatés par la peur, regarda les gardes puis, à son tour, s'enfuit.

— Reviens ! hurla Cernus. Reviens !

Puis il me fit face.

Je le fixai sans un mot. Mon visage devait être terrifiant.

— Qui es-tu ? demanda Cernus.

Je compris à ce moment-là que je ne devais plus ressembler à Tarl Cabot, car Cernus devait se douter que je viendrais, mais à quelqu'un d'autre. On aurait dit qu'il n'avait jamais vu le visage qui, impassible, le fixait.

— Je m'appelle Kuurus, répondis-je.

En revenant du compartiment de Sura, j'étais passé dans ma chambre. J'avais une fois de plus revêtu le Noir des Assassins. Une fois de plus, j'avais apposé sur mon front la marque de la dague noire.

— Le Tueur? s'enquit Cernus d'une voix faible.

Je ne répondis pas.

— Tu t'appelles Tarl Cabot! cria-t-il. Tarl Cabot de Ko-ro-ba!

— Je m'appelle Kuurus, répliquai-je.

— Tu portes au front la marque de la dague noire, souffla Cernus.

— C'est pour toi, déclarai-je.

— Non! s'écria-t-il.

— Si, Cernus, dis-je, c'est pour toi que je porte la marque de la dague noire.

— Je suis innocent! s'écria-t-il.

Je ne répondis pas.

— C'est Menicius, reprit-il. C'est lui qui a tué le Guerrier de Thentis. Pas moi!

— J'ai accepté l'or, dis-je.

J'avais le temps de mentionner Sura.

— C'est Menicius! sanglota-t-il.

— C'est toi qui as donné l'ordre, soulignai-je.

— Je te donnerai de l'or! cria-t-il.

— Tu n'as plus rien, Cernus, dis-je. Tu as tout perdu.

— Ne me frappe pas, supplia-t-il. Ne me frappe pas!

— Mais, fis-je en riant, tu es la première lame de la Maison de Cernus. Tu appartiens même, à ce qu'on dit, à la Caste des Guerriers.

— Ne me frappe pas, pleurnicha-t-il.

— Défends-toi! dis-je.

— Non! fit-il. Non, non, non…

— Noble et fier Cernus, persiflai-je.

— Non, répéta-t-il. Non, non, non…

— Très bien, dis-je. Jette tes armes et rends-toi. Je vais m'assurer que tu arriveras sain et sauf à la cour de l'Ubar où justice te sera rendue.

— Oui, pleurnicha Cernus, oui…

Humblement, maladroitement, il glissa la main sous sa robe et sortit une dague. Je le regardais attentivement. Soudain, il cria:

— Meurs !

Puis lança la dague.

Je m'y attendais et m'étais écarté. La dague atteignit le dossier du fauteuil devant lequel je me tenais, transperça le bois et s'enfonça jusqu'à la garde.

— Excellent ! commentai-je.

Il était immobile, l'épée à la main, les yeux brillants.

Je poussai un cri de joie et sautai par-dessus la table.

Un instant plus tard, nos lames s'entrechoquèrent dans le tintement rapide de l'acier luisant.

C'était un excellent escrimeur, rapide, adroit et puissant.

— Excellent ! commentai-je à nouveau.

Nous nous déplaçâmes dans la salle, par-dessus les tables, derrière elles, dans le carré de sable.

Cernus, en reculant, sur la défensive, trébucha contre l'estrade et, aussitôt, je posai ma lame sur sa gorge.

— Alors, dis-je, que préfères-tu, mon épée ou le pal de la justice d'Ar ?

— Ton épée, répondit-il.

Je reculai, le laissant se relever. Le combat reprit.

Alors, je le touchai à l'épaule gauche. Je reculai. Il se débarrassa de sa robe, ne conservant que sa tunique serrée à la ceinture ; son épaule gauche était couverte de sang.

— Rends-toi ! dis-je.

— Meurs ! hurla-t-il en se ruant sur moi.

C'était une attaque superbe mais je résistai et le touchai deux fois de plus : au flanc gauche et à la poitrine.

Cernus recula, le regard fixe. Il toussa et cracha du sang.

Je ne le poursuivis pas.

Il me regarda, le souffle court. Il se passa un avant-bras ensanglanté sur le front.

— Sura est morte, dis-je.

Il me regarda avec stupéfaction.

— Je ne l'ai pas tuée, suffoqua-t-il.

— Si, tu l'as tuée, affirmai-je.

— Non ! cria-t-il.

— Il y a de nombreuses manières de tuer, relevai-je.

Il me fixa, hagard, ensanglanté.

Je changeai de place. Il regarda par-dessus son épaule, vit la porte du couloir conduisant à l'escalier et au passage menant au compartiment de la Bête. Une exaltation sauvage déforma ses traits. Il se mit en garde comme pour résister à mon assaut. Puis, soudain, il pivota et courut vers la porte.

Je le laissai y parvenir, l'ouvrir, gravir péniblement l'escalier.

Au sommet de l'escalier, alors que j'étais au pied, il se retourna.

— Elle va me protéger ! cria-t-il. Tu es idiot, Tarl Cabot !

Il me lança son épée. Je m'écartai et elle me manqua. Puis il fit demi-tour et s'engagea dans le passage. Je gravis lentement l'escalier.

Parvenu au sommet, je constatai que la porte de la pièce était ouverte. Comme je l'avais prévu, il n'y avait pas de gardiens.

Des traînées de sang, sur le dallage, témoignaient du passage de Cernus.

« Tu ne feras jamais un bon Joueur, Cernus », me dis-je.

Un hurlement horrible s'éleva, suivi d'un rugissement terrifiant, puis de bruits étranges, humains, de grognements et de bruits de mastication.

Lorsque j'entrai dans la pièce, l'épée levée, la Bête était partie.

Je traversai la pièce en courant. Elle donnait sur une autre pièce, plus grande, qui comportait un immense portail ouvert, donnant, lui, sur l'extérieur. Il y flottait une odeur de tarn mêlée à une autre que je ne reconnus pas mais qui était manifestement animale. À l'extérieur, scellé dans le mur de la Maison de Cernus, se trouvait un perchoir. Au loin, montée sur un grand tarn, j'aperçus une chose de grande taille, tassée sur elle-même et ébouriffée.

Je me retournai et regardai la pièce. J'y découvris le fusil apporté de la Terre. Il y avait, le long des murs, des appareils complexes rappelant ceux que j'avais vus dans le Nid il y a déjà longtemps ; tableaux compliqués, fils, disques ; je remarquai que les instruments de contrôle correspondaient à un organisme fondé sur la perception visuelle ; des aiguilles oscillaient sur des cadrans ; un cône clignotait sur une console ; je sortis un cône semblable de son logement ; l'ayant porté à l'oreille, je perçus une succession de signaux plus ou moins aigus ; ils se succédèrent de plus en plus vite et l'intensité augmenta ; puis ils cessèrent brusquement ; il y eut un silence ; ensuite, j'entendis un son qu'aucun gosier humain n'aurait pu prononcer, mais articulé, répété inlassablement.

Je posai le cône. Le son ne cessa pas.

Ho-Tu, le couteau courbe à la main, entra.

— Cernus ? s'enquit-il.

Je montrai le reste d'un corps déchiqueté qui gisait dans un coin de la pièce, parmi les ordures et les morceaux d'os.

— Qu'aurais-tu fait de plus ? demandai-je.

Ho-Tu me regarda.

— Sura, repris-je, m'a demandé de te dire qu'elle t'aimait.

Ho-Tu hocha la tête. Ses yeux étaient pleins de larmes.

— Je suis heureux, dit-il.

Puis il s'en alla.

Sur les restes d'un corps gisant parmi les os, je vis la chaîne et la médaille de Cernus, tachées de sang, or frappé du tarn maintenant des chaînes d'esclave dans les serres.

Je la dégageai et la jetai sur la console horizontale, près du cône clignotant, non loin de l'autre cône qui répétait sa requête.

Je regardai autour de moi. Une lourde odeur animale flottait dans la pièce. J'examinai le lit à sangles sur lequel avait apparemment dormi la Chose, éprouvai sa résistance, notai sa taille. Je regardai des petites boîtes provenant du vaisseau noir. Je vis des boîtes de disques métalliques, peut-être des mémoires ou des dossiers. Je présumai que le contenu de la pièce pourrait servir aux Prêtres-Rois. J'espérais qu'ils en tireraient des enseignements.

Je regagnai la console et ramassai le cône qui transmettait la voix ; le cône comportait un bouton sur lequel j'appuyai ; la voix se tut aussitôt.

Je parlai dans le cône. Je parlai en goréen. J'ignorais à qui je m'adressais. J'étais certain que ma communication, comme les autres, serait enregistrée et conservée. Tôt ou tard, on en comprendrait le sens.

— Cernus est mort, dis-je. La Bête est partie. Il n'y aura pas de réponse.

J'appuyai à nouveau sur le bouton. Le cône resta silencieux.

Je sortis de la pièce, fermant soigneusement la porte afin que personne ne puisse entrer.

En traversant une nouvelle fois la grande salle, je rencontrai Flaminius.

— Ho-Tu, fit-il.

Je le suivis dans le compartiment de Sura.

Ho-Tu s'était tranché la gorge avec son couteau courbe et gisait sur le cadavre de Sura. Je remarquai qu'il lui avait retiré le collier de la Maison de Cernus.

Flaminius paraissait désemparé. Nous échangeâmes un long regard. Puis il baissa la tête.

— Tu dois vivre, dis-je.

— Non, fit-il.

— Tu as du travail, repris-je. Ar a un nouvel Ubar. Tu dois reprendre tes travaux, tes recherches.

— La vie est peu de chose, dit-il.

— Et la mort ?

Il me regarda.

— La mort n'est rien, répondit-il.

— Si la mort n'est rien, poursuivis-je, alors, le peu qu'est la vie doit être beaucoup, en fait.

Il détourna les yeux.

— Tu es un Guerrier, dit-il, tu as tes guerres, tes batailles.

— Toi aussi, fis-je remarquer, Médecin.

Nos regards se rencontrèrent.

— La Dar-Kosis, poursuivis-je, n'est pas encore vaincue.

Il détourna les yeux.

— Tu dois reprendre tes travaux, insistai-je. Les hommes ont besoin de toi.

Il eut un rire amer.

— Le peu que possèdent les hommes, repris-je, mérite ton amour.

— Qui suis-je pour m'occuper des autres ? demanda-t-il.

— Tu es Flaminius, répliquai-je, qui, autrefois, aimait les hommes et a décidé de porter la robe verte des Médecins.

— Autrefois, lâcha-t-il, les yeux baissés, je connaissais Flaminius.

— Moi, affirmai-je, je le connais toujours !

Il me regarda dans les yeux. Des larmes coulaient sur ses joues.

— J'aimais Sura, avoua-t-il.

— Comme Ho-Tu, dis-je, et moi, à ma manière.

— Je ne mourrai pas, décida Flaminius, je travaillerai.

Je regagnai mon logement. Dehors, retentissait le chant à la gloire d'Ar. J'effaçai la marque de la dague noire que je portais au front.

24

La cour de l'Ubar

Dans le Cylindre Central d'Ar, celui du palais et de la cour de l'Ubar, dans la pièce qui m'avait été attribuée, je passai une tunique de Guerrier.

Elle était neuve et propre, rouge vif, repassée avec un fer rond chauffé sur le feu. Je bouclai ma ceinture et mon fourreau à ma taille. Ils étaient neufs, noirs et luisants, incrustés de cuivre. Mais ce fut la même épée, le bel acier familier que je portais déjà au siège d'Ar, de nombreuses années plus tôt, que je glissai dans le fourreau. Assis au bord du lit de pierre, je me penchai et attachai mes sandales. Hup était assis en tailleur sur un coffre, de l'autre côté de la pièce, le menton dans les mains. La chambre était ensoleillée.

— Je suis l'agent des Prêtres-Rois à Ar, dit Hup. Je te surveille depuis ton arrivée.

— Tu appartiens également au parti de Marlenus, fis-je remarquer.

— C'est mon Ubar, déclara Hup. Participer à son retour au pouvoir a été un honneur.

— Je me demande si les Prêtres-Rois seront satisfaits du tour qu'ont pris les événements.

— Ils sont réalistes, souligna Hup.

— Avec Marlenus sur le trône, fis-je remarquer, Ar sera dangereuse.

Hup sourit.

— Ar est toujours dangereuse. (Il se gratta l'oreille.) De toute manière, Marlenus est préférable à Cernus, conclut-il.

— C'est vrai, reconnus-je en riant.

— Le retour de Marlenus a pris des années, enchaîna Hup. De nombreux éléments étaient essentiels. À l'époque de Kazrak, il n'y avait pas grand-chose à faire. Bien que sans imagination et, pire, originaire d'une autre ville, Kazrak n'en était pas moins un homme estimable, honnête, intelligent et courageux, soucieux du bien de la Cité.

— Et Marlenus ? demandai-je.

— Malgré ses défauts, déclara Hup, il est Ar elle-même.

Je pensai à Marlenus, magnifique, vif, brillant, sûr de lui, entêté, vaniteux, orgueilleux, escrimeur exceptionnel, tarnier doué d'un sens inné du pouvoir, qui resterait toujours, pour les habitants d'Ar, l'Ubar des Ubars. Je savais que des hommes étaient prêts à quitter la Pierre du Foyer de leur Cité pour le suivre dans la disgrâce et l'exil, préférant la fuite dans les montagnes à la sécurité de la citoyenneté de leur Cité, demandant seulement l'autorisation de rester à ses côtés, de lever leur épée en criant son nom, et je savais que certains l'avaient fait. Marlenus était à la fois dieu et démon, il attirait les loyautés les plus sublimes et les inimitiés les plus acharnées. Rares sont les hommes pour lesquels on est prêt à mourir mais Marlenus, soldat arrogant et Guerrier impitoyable, était de ceux-là. Je savais qu'il ne se contentait jamais de la deuxième place. Il était revenu à Ar.

— Après le départ de Kazrak et la nomination de Minus Tentius Hinrabius au poste d'Administrateur, poursuivit Hup, le retour de Marlenus est devenu possible. (Il se frotta le nez et me regarda. L'œil gauche était grand et vert. Le droit était normal mais, contrairement à l'autre, il était bleu.) À cette époque, nous avions déjà un réseau d'agents dans la cité, libres et esclaves. Tu en as peut-être rencontré quelques-uns.

— Phaïs, dis-je, et les esclaves de la Rue des Pots en faisaient partie ?

— Oui, répondit Hup, et elles nous ont été très utiles. Les esclaves, contrairement aux femmes libres, peuvent aller partout, collecter les informations, porter les messages. Rares sont ceux qui soupçonnent une esclave de faire un travail important. Si on l'arrête, il est rare qu'elle risque plus que quelques coups de fouet en servant au plaisir de ceux qui l'ont arrêtée. Un jour, Vancius a maltraité Phaïs. Je crois que Marlenus va lui en faire cadeau.

— Pauvre Vancius, glissai-je.

— Il est probable qu'on donnera quelques esclaves aux filles de la Rue des Pots, estima Hup.

Je ne les enviais pas.

— La quasi-totalité de nos informations, reprit Hup, provenait des esclaves des Bains, en particulier des Capaciens. Rares sont les secrets qu'on ignore aux Bains. Ces jeunes femmes nous ont été extrêmement utiles elles aussi, tant en ce qui concerne la collecte des informations que pour l'organisation des contacts. C'est par leur intermédiaire qu'ont été transmis les plans du soulèvement destiné à ramener Marlenus au pouvoir.

— La jeune Nela, m'enquis-je, de la Piscine des Fleurs Bleues, était-elle un agent de Marlenus ?

— Elle était leur chef, me révéla Hup.

— J'en suis heureux, dis-je.

— Toutes les jeunes femmes des Bains ont été affranchies, indiqua Hup.

— C'est bien, approuvai-je. J'en suis très heureux. (Je le regardai.) Mais que deviennent celles qui ne travaillaient pas pour Marlenus ? demandai-je.

Hup parut surpris.

— Elles portent toujours la chaîne et le collier, répondit-il, et restent esclaves aux Bains.

— Sous le déguisement de Murmillius, calculai-je, tandis que les choses empiraient dans la Cité, au milieu de la corruption et du crime, Marlenus a rassemblé ses fidèles.

— Il a apporté aux habitants d'Ar une idée à laquelle ils pouvaient s'identifier, un héros, mystérieux et invulnérable, capable d'impressionner leur imagination. Il a gagné l'amour de la Cité.

— Et les Acier, continuai-je, la nouvelle faction, avaient un rôle à jouer dans l'affaiblissement de l'influence de Cernus et, plus tard, lorsqu'il fut Ubar, dans sa chute.

— Naturellement, reconnut Hup. Avec les Acier, nous souhaitions disposer d'une faction capable, comme

Murmillius au Stade des Lames, d'impressionner l'imagination des citoyens et de gagner la confiance de milliers d'hommes. C'était une faction nouvelle, indépendante, indifférente aux fidélités et à la politique des factions établies. En outre, elle constituait le moyen de battre les Jaunes. Comme nous l'avions prévu, lorsque les Acier constituèrent véritablement un danger pour les Jaunes – la faction secrète de Cernus – son intérêt et son allégeance apparurent au grand jour. La Course de l'Ubar montra à l'évidence qu'il trahissait les Verts et soutenait les Jaunes pour des raisons purement mercantiles. Cette allégeance secrète, considérée comme une trahison perfide par le public des courses, aurait suffi en elle-même à soulever le peuple contre lui. Le public du Stade des Tarns découvrit la faction à laquelle il appartenait en réalité et cela le mit en fureur, surtout les fidèles des Verts et des Acier. Puis Marlenus, sous le déguisement de Murmillius, pénétra dans le Stade des Tarns, à la tête de milliers de citoyens. Les hommes s'étaient soulevés contre Cernus au Stade des Lames et au Stade des Tarns car ils avaient pu constater, dans les deux cas, la perfidie et la cruauté de l'homme qu'ils avaient mis sur le trône de l'Ubar. Cela, ajouté à la mauvaise réputation du gouvernement et à l'insécurité, au souvenir de la Grandeur d'Ar lorsque Marlenus exerçait la charge suprême, de la Splendeur d'Ar lorsqu'elle était crainte, magnifique et Glorieuse parmi les Cités de Gor, tout cela joua en notre faveur.

— En faveur de Marlenus, relevai-je.

— C'est la même chose, répondit Hup. Marlenus et Ar ne font qu'un. (Il me regarda.) Marlenus, ajouta-t-il, est la Cité. Il est Ar elle-même.

Je ne répondis pas.

Je me souvins de la fille de Marlenus, Talena.

On n'avait pas davantage de nouvelles d'elle à Ar qu'à Ko-ro-ba ou dans le Nid des Prêtres-Rois.

Hup sauta par terre.

— Viens, dit-il, allons à la cour de l'Ubar.

Je le regardai.

— L'Ubar, dis-je, peut se passer de moi. Je dois quitter Ar bientôt.

Je ne souhaitais pas partager la gloire de Marlenus ou bénéficier de récompenses qu'il pourrait, dans sa générosité, m'accorder.

J'étais triste.

Marlenus avait fait preuve de gentillesse. La veille au soir, un garde avait frappé à ma porte.

— Je t'amène une fille, avait-il dit, qui va attacher tes sandales et te servir du vin.

Je l'avais renvoyé sans même regarder la fille. Le soleil qui entrait à flots dans la pièce, le rouge de ma tunique, le fourreau neuf aux incrustations de cuivre, tout cela me semblait sans intérêt. J'avais envie d'être seul.

La cause des Prêtres-Rois avait progressé ; Marlenus avait repris possession du trône d'Ar. Mais, par ailleurs, je n'avais guère de raison de me réjouir.

— Je t'en prie, dit Hup. Accompagne-moi à la cour de mon Ubar.

Je le regardai et souris.

— Très bien, Petit Ami, acceptai-je.

Nous commençâmes un long périple dans le Cylindre Central d'Ar, presque une ville en soi. Nous suivîmes des rampes en colimaçon, des escaliers, larges, conduisant toujours plus haut ; nous passâmes dans des corridors au sol de marbre par les étroites fenêtres desquels, trop petites pour qu'un corps puisse y entrer mais assez larges pour qu'on puisse y tirer à l'arbalète, nous découvrions le ciel bleu du matin ; j'entendis, ici et là, le gong proclamant la joie de la population ; puis nous nous dirigeâmes vers le cœur du Cylindre, traversant des salles aux épais tapis, éclairées par des ampoules à énergie, rares dans les logements des citoyens, émettant une douce lumière ; de nombreuses portes comportaient une serrure, une grosse serrure centrale si répandue dans les cités du Nord ; d'autres étaient seulement fermées par un nœud, car il s'agissait probablement de compartiments occupés par de simples employés ou même, dans de nombreux cas, par des esclaves.

Dans les couloirs, nous rencontrâmes de nombreux individus qui nous saluèrent à la manière goréenne, levant la main droite, la paume tournée vers la poitrine, en disant : « Tal ! » Nous répondîmes à leur salut.

Il n'y avait plus de Taurentiens dans le Cylindre Central. La Garde taurentienne avait été dissoute et ses membres chassés. La veille, on leur avait retiré leur manteau pourpre et leur casque devant la Grande Porte ; on avait brisé leurs épées et des Guerriers les avaient conduits, au son d'une musique ironique, à un pasang de la ville où ils leur avaient ordonné de partir. Saphronicus, leur Capitaine, et d'autres officiers supérieurs, y compris Seremides de Tyros, qui avait remplacé Maximus Hegesius Quintilius à la tête des armées d'Ar, étaient enchaînés dans les cellules du Cylindre Central. La Garde du Palais était composée de Guerriers ayant appartenu au parti de Marlenus. Leur casque et leur manteau n'étaient pas différents de ceux des soldats de l'armée régulière. Selon Hup, un roulement serait instauré afin que tout le monde puisse avoir l'honneur de servir l'Ubar, et aussi sans doute, très probablement, afin qu'aucune faction ne puisse, à la longue, prendre le contrôle de la Garde ; la solde des gardes, incidemment, fut considérablement réduite, peut-être pour, grâce à cet artifice, mettre l'accent sur l'honneur attaché à cette charge et dans l'intention de réduire la différence entre la Garde et le reste de l'armée, dont elle était devenue l'émanation.

Presque tous les occupants du Cylindre Central étaient des citoyens de Basse Caste vaquant à leurs occupations, à l'exception de nombreux Scribes. Je vis deux Médecins. De temps en temps, je croisai une esclave. À Ar, l'esclave d'État porte une courte robe grise et un collier assorti. En dehors de la couleur, elle est identique à une robe d'esclave ordinaire. En général, elle porte à la cheville gauche un anneau de métal gris auquel sont fixées cinq clochettes. Autrefois, à Ar, à Ko-ro-ba et dans de nombreuses cités, ces esclaves portaient une robe blanche avec des rayures en diagonale dont la couleur différait d'une ville à l'autre ; le style avait évolué au fil des années ; de toute manière, dans un cas comme dans l'autre, la robe était fendue jusqu'à la ceinture et dépourvue de manches, ces questions, comme la coupe des robes et le style des tuniques, étant soumises aux caprices de la mode. Je souris. Un des premiers actes de Marlenus, la veille au soir, pendant le festin de la victoire, avait été, sous les acclamations de ses fidèles ivres, de décider que les robes des esclaves d'État seraient désormais moins longues de deux horts, approximativement un centimètre et demi ; j'étais persuadé que les propriétaires privés avaient déjà adopté cette mesure ; en fait, les jeunes femmes que je croisai dans les couloirs l'avaient déjà adoptée. Incidemment, l'esclave d'État d'Ar a, en général, les cheveux courts et le visage dégagé ; l'esclave ordinaire, pour sa part, a le plus souvent les cheveux longs et dénoués.

— Philemon a-t-il été capturé ? demandai-je à Hup tandis que nous suivions un couloir.

Il rit.

— Oui, répondit-il. Il a tenté de se réfugier dans les appartements privés de Cernus.

— D'après lui, dis-je, il y allait souvent afin de copier des documents.

Hup rit à nouveau.

— En fait, il ne connaissait pas les appartements de Cernus aussi bien qu'il le prétendait.

Je regardai Hup.

Il me sourit.

— En essayant d'y entrer, il a déclenché le mécanisme d'une serrure à fosse et il est tombé dans le trou. Nous l'en avons tiré.

Je ris.

— Enchaîné, il est en route pour les Sardar, avec le matériel récupéré dans la chambre de la Bête et qui provient des vaisseaux noirs. Les Prêtres-Rois l'interrogeront et il dira probablement ce qu'il sait. J'espère que le matériel leur sera utile, probablement plus utile que Philemon lui-même.

— L'étrange arbalète est-elle également partie pour les Sardar ? demandai-je, faisant référence au fusil.

— Oui, répondit Hup.

— Que fera-t-on de Philemon, dans le Nid, lorsqu'il aura parlé ?

— Je ne sais pas, dit Hup. Peut-être deviendra-t-il esclave.

Nous suivions un couloir avec tapis, mais moins luxueux que d'autres. Les portes n'étaient fermées qu'au moyen de nœuds. Il s'agissait probablement de compartiments d'esclaves ne contenant, dans le meilleur des cas, qu'une paillasse, une cuvette et un petit coffre pour ranger une robe de rechange et quelques objets simples tels qu'un gobelet et une assiette.

Je regardai les nœuds en passant.

Nous entrâmes bientôt dans une immense salle voûtée, éclairée par des ampoules à énergie, et dans laquelle, sur une estrade à laquelle on accédait par quelques marches, se trouvait le trône de marbre de l'Ubar d'Ar. Les Guerriers levèrent leur épée pour me saluer. Je les saluai de la main. Toutes les castes étaient représentées dans la salle. Sur le trône lui-même, vêtu de la robe pourpre de l'Ubar, royal, magnifique, se tenait Marlenus, Ubar d'Ar, Ubar des Ubars. Autour de lui, vêtus avec simplicité, se tenaient les Guerriers qui, en 10110, l'avaient suivi dans les Voltaï, avaient partagé son exil et participaient aujourd'hui à sa restauration. Je remarquai qu'il n'y avait pas d'Initié. J'en conclus que leur influence diminuait à Ar, du moins à la cour de l'Ubar. Marlenus leva la main.

— Tal ! dit-il.

— Tal, Marlenus d'Ar ! répondis-je.

Puis je m'immobilisai auprès de Hup et attendis la suite des événements.

Marlenus remit de nombreuses récompenses à ses fidèles partisans. Beaucoup furent nommés à des postes importants.

Je me souviens plus clairement de certaines scènes. Saphronicus, ancien Capitaine des Taurentiens, ses officiers supérieurs et Seremides de Tyros, qui avait remplacé Maximus Hegesius Quintilius à la tête de l'armée d'Ar, enchaînés, furent introduits. À genoux devant l'Ubar, ils implorèrent sa pitié mais ne furent pas entendus. Il les envoya à Port Kar où ils seraient vendus comme galériens.

Je vis Flaminius se présenter devant le trône de Marlenus. L'Ubar lui pardonna son action au sein de la Maison de Cernus et il lui demanda la permission de rester. Celle-ci lui fut accordée. Il avait l'intention de reprendre ses travaux.

À un moment donné, parmi les cris de joie des hommes de l'Ubar, on fit entrer deux ou trois cents jeunes femmes dans la salle. Elles portaient la courte robe grise des esclaves d'État, serrée à la taille par une ceinture grise ; au cou, elles avaient un collier de métal gris ; elles étaient nu-pieds ; à la cheville gauche, elles avaient un anneau de métal gris auquel étaient fixées cinq clochettes. Leurs cheveux étaient courts et coiffés en rond. Elles étaient enchaînées les unes aux autres par le collier, un mètre cinquante de chaîne les séparant l'une de l'autre.

— Voici les plus belles esclaves de la Maison de Cernus ! annonça Marlenus en montrant, d'un geste large, les jeunes femmes.

Les partisans de Marlenus applaudirent.

— Choisissez ! dit-il.

Il y eut des cris de joie, des hurlements, des protestations, des exclamations et des rires tandis que les hommes mettaient la main sur la fille de leurs rêves. Lorsqu'ils eurent choisi, on détacha les chaînes qui les attachaient les unes aux autres puis on donna au nouveau propriétaire la clé du collier, des menottes et de l'anneau de cheville. Des Scribes endossèrent et mirent à jour les papiers d'enregistrement afin que la propriété des jeunes femmes soit légalement concédée par l'État aux citoyens.

Le silence se fit dans la salle lorsqu'on fit entrer une jeune femme. Comme les autres, elle portait la courte robe des esclaves d'État. Comme les autres, elle avait les mains attachées derrière le dos. On n'entendit que le tintement de ses clochettes lorsque, tremblante, elle approcha. Elle marchait entre deux Guerriers. Chacun d'eux tenait une laisse d'un mètre cinquante, fixée au collier. Une fois parvenue devant le trône de l'Ubar, elle s'agenouilla et baissa la tête. Les Guerriers s'immobilisèrent à ses côtés.

— Esclave ! dit Marlenus.

La jeune femme leva la tête.

— Maître ? fit-elle.

— Comment t'appelles-tu ? demanda-t-il.

— Claudia Tentia Hinrabia, répondit-elle dans un souffle.

— Tu es la dernière Hinrabienne ? demanda Marlenus.

— Oui, Maître, dit-elle sans oser lever la tête et regarder le visage terrible de Marlenus, son Ubar.

— Lorsqu'il était Administrateur de la Cité, reprit Marlenus, ton père, sournoisement ou ouvertement, a souvent tenté de me faire tuer. Il a envoyé dans les Voltaï des assassins, des espions, des tarniers chargés de massacrer mes hommes et moi-même.

Tremblante, la jeune femme ne répondit pas.

— C'était mon ennemi, déclara Marlenus.

— Oui, Maître, murmura-t-elle.

— Tu es sa fille, conclut-il.

— Oui, Maître, répéta la jeune femme.

Elle tremblait dans ses chaînes. Les Guerriers semblaient très puissants et très grands à ses côtés. Puis, soudain, elle posa le front sur le dallage.

— Choisirons-nous la torture ou le pal sur la place publique ? demanda Marlenus.

Elle frémit.

— Eh bien ? fit Marlenus.

— Ce que souhaite le Maître, souffla-t-elle.

— Peut-être, poursuivit Marlenus, serait-il plus distrayant de faire de toi une Esclave de Plaisir dans mon Jardin de Plaisirs ?

La jeune femme n'osait pas lever la tête.

— Ce que souhaite le Maître, répéta-t-elle.

— Ou bien devrais-je t'affranchir ? s'enquit Marlenus.

Ébahie, elle leva la tête.

— Afin de t'enfermer dans un compartiment du Cylindre Central et de t'y garder prisonnière, femme de haute naissance susceptible d'être accouplée, par la suite, lorsque l'intérêt politique d'Ar l'exigera ?

Elle avait les larmes aux yeux.

— Ainsi, ajouta-t-il, une Hinrabienne servira enfin les intérêts d'Ar.

— Ainsi, souffla la jeune femme, je serais plus esclave qu'une esclave.

— Je t'affranchis, décida Marlenus, mais je t'affranchis afin que tu sois libre d'aller où tu veux et de faire ce que tu souhaites.

Elle le regarda, les yeux dilatés, complètement désemparée.

— L'État te versera une pension, ajouta Marlenus, correspondant au train de vie d'une dame de Haute Caste.

— Ubar ! s'écria-t-elle. Ubar !

Puis il s'adressa à ses gardiens.

— Veillez à ce qu'elle soit en tout point traitée comme la fille de l'ancien Administrateur d'Ar.

On fit sortir Claudia qui pleurait.

Ensuite, les affaires se succédèrent. Je me souviens que se posa le problème d'une centaine d'esclaves exotiques découvertes dans la Maison de Cernus, les jeunes femmes en robe blanche qui ignoraient tout de l'existence des hommes.

— L'esclavage leur est inconnu, dit Marlenus. Il est inutile qu'elles l'apprennent maintenant.

Les jeunes femmes seraient traitées avec gentillesse et on leur ferait connaître Gor avec autant de douceur que le permettrait la rudesse de la société, après les avoir affranchies et confiées à des foyers sans esclaves.

On m'avait remis les mille tarnets doubles du prix de la Course de l'Ubar. Je rencontrai brièvement Flaminius dans la salle. Je lui donnai huit cents tarnets doubles afin qu'il puisse reprendre ses travaux.

— Gagne tes batailles, Médecin, dis-je.

— Je te remercie, Guerrier, répondit-il.

— Beaucoup de Médecins travailleront-ils avec toi ? demandai-je, me souvenant du danger que représentait l'hostilité des Initiés.

— Quelques-uns, répondit Flaminius. Huit, déjà, spécialistes compétents et connus, m'ont assuré de leur aide. (Il me regarda.) Et cette femme, poursuivit-il, qui les a encouragés. Une femme de la Caste des Médecins, originaire de Treve.

— S'appelle-t-elle Vika ? demandai-je.

— Oui, répondit-il. Tu la connais ?

— Je l'ai rencontrée, dis-je, sans plus.

— Elle jouit de la considération des Médecins d'Ar, affirma-t-il.

— Tu te rendras compte, l'assurai-je, qu'elle est tout à fait digne de travailler à tes côtés.

Nous nous serrâmes les mains.

Sur les deux cents tarnets doubles d'or restants, j'en consacrai cent quatre-vingt-dix-neuf à l'affranchissement de Mélanie, l'esclave des cuisines de Cernus, et à son installation. Avec cet argent, le prix de la liberté étant négligeable, il lui serait possible, puisqu'elle appartenait à la Caste des Tailleurs, d'ouvrir une boutique, d'acheter du tissu et d'engager des employés.

Je mis le tarnet double restant dans la main de Qualius, le Joueur aveugle, qui se trouvait là du fait que, comme Hup, il faisait partie des fidèles de Marlenus.

— Tu es Tarl Cabot ? demanda-t-il.

— Oui, répondis-je, mais j'étais Kuurus et je te donne ce tarnet double parce que tu as vaincu un Négociant en Vins, il y a longtemps, près de la Grande Porte. Tu n'as pas accepté mon or, croyant que c'était celui d'un Assassin.

Qualius sourit et prit la pièce d'or.

— Je sais que l'or de Tarl Cabot, dit-il, n'est pas l'or d'un Assassin. J'accepte ton or, et en suis honoré.

— Tu l'as gagné, affirmai-je.

Dans la salle, je rencontrai brièvement Nela, que j'avais connue aux Bains, et plusieurs autres jeunes femmes. Je l'embrassai. Elle était heureuse d'être libre. Je rencontrai Phaïs et ses compagnes de la Rue des Pots. Elles avaient également été affranchies. En outre, elles avaient réclamé et obtenu plusieurs hommes d'armes de la Maison de Cernus, y compris Vancius. Je n'enviais pas ces hommes. Lorsqu'elles en auraient assez d'eux, elles pourraient les vendre à leur convenance.

Il ne me restait plus qu'à quitter la salle.

— Ne pars pas maintenant, dit Hup.

— À quoi bon rester, Petit Ami ? demandai-je.

Je tournai les talons et pris la direction de la chambre qui m'était réservée. Dans une ahn, monté sur le tarn noir, je quitterais Ar. Je n'avais plus rien à y faire.

J'avais le cœur lourd en suivant seul les couloirs du Cylindre Central.

Je n'avais pas entièrement réussi.

Je passai d'un couloir à l'autre, suivant le chemin que j'avais pris pour me rendre dans la grande salle.

Je passai devant d'innombrables portes, certaines fermées par de grosses serrures décorées, d'autres par de simples nœuds.

Dans une ahn, j'aurais quitté la ville.

Je m'immobilisai soudain, les yeux fixés sur une étroite porte de bois donnant probablement sur un minuscule compartiment d'esclave.

Stupéfait, désemparé, je tremblais.

J'examinai attentivement le nœud fermant l'humble vantail.

Je tombai à genoux devant la porte. Les doigts gourds, je caressai le nœud.

C'était un nœud compliqué, féminin, complexe, avec des boucles espiègles ici et là.

Je ne pouvais respirer. Pendant un bref instant, j'eus l'impression que le monde s'effondrait sous moi. C'était un beau nœud.

Je le caressai et, tremblant, respirant à peine, soigneusement, je défis, comptant les tours et les boucles, les torsions subtiles de la lanière. Je n'en avais défait qu'un morceau quand je me levai d'un bond, avec un cri, et courus comme un fou dans le couloir en direction de la grande salle de l'Ubar. Des esclaves me regardèrent comme si j'avais perdu la raison. Des hommes s'écartèrent. Il y eut des cris. Mais je courus à perdre haleine et ne m'arrêtai que dans la grande salle.

Deux jeunes femmes en robe grise se tenaient devant le trône.

Je m'immobilisai.

Hup me prit la main et m'empêcha de bouger.

On libérait les jeunes femmes de leurs chaînes avant de les donner à des Guerriers.

Elles étaient belles, avec leurs courtes robes grises, leurs cheveux soigneusement brossés, leurs colliers gris et l'anneau assorti, auquel étaient fixées des clochettes, qu'elles portaient à la cheville gauche.

La première était mince et fragile, avec de grands yeux gris ; l'autre avait les yeux et les cheveux noirs, un corps d'Esclave de Passion.

Les deux guerriers qui vinrent les réclamer étaient Relius et Ho-Sorl.

Stupéfait, je regardai Hup.

Il me sourit.

— Naturellement, fit-il, les Prêtres-Rois et leurs amis ne sont pas aussi bêtes qu'on pense.

— Mais, m'écriai-je, Samos de Port Kar a acheté les jeunes femmes !

— Naturellement, répondit Hup. Samos de Port Kar est un agent des Prêtres-Rois, leur agent de Port Kar.

Je restai sans voix.

— Nous savions depuis des mois que Cernus tenterait de vendre les jeunes femmes à la Curuléenne, pendant la Fête de l'Amour, parmi d'autres barbares, expliqua Hup. Par conséquent, afin que Vella et ses compagnes, du fait qu'elles faisaient partie du même lot, ne tombent pas en de mauvaises mains, il fut décidé de les acheter.

— Philemon, rappelai-je, m'avait promis que Vella serait achetée par un agent des Prêtres-Rois.

— Il ne croyait pas si bien dire, sourit Hup.

— Où est Élisabeth ? demandai-je.

— Élisabeth ? fit Hup.

— Vella, rectifiai-je.

— Elle n'est pas ici, répondit Hup.

J'avais l'intention de le questionner mais, au même moment, Relius s'immobilisa devant Virginia. Elle baissait la tête mais, de la main, il l'obligea à la lever. Ses grands yeux profonds rencontrèrent les siens ; ses lèvres étaient légèrement ouvertes.

Il baissa doucement la tête et l'embrassa. Elle appuya la tête contre son épaule.

Il lui retira son collier.

— Non ! fit-elle. Non, je t'en prie ! (Elle le regarda, soudain effrayée.) Non ! s'écria-t-elle. Garde-moi ! Garde-moi !

— Consentirais-tu, demanda Relius, à devenir la Compagne d'un Guerrier ?

— Compagne ? fit-elle.

Relius hocha la tête. Il la serrait tendrement. Elle le regarda, incapable de comprendre ses paroles.

— Relius espère, reprit-il, que Virginia, femme libre, a de l'affection pour un simple Guerrier, qui l'aime beaucoup, et qu'elle accepte qu'il devienne son Compagnon.

Elle resta sans voix. Des larmes brillaient dans ses yeux. Elle riait et pleurait à la fois.

— Bois avec moi la coupe de la Libre Compagnie, dit Relius avec gravité.

— Oui, Maître, dit Virginia. Oui.
— Relius, corrigea-t-il.
— Je t'aime ! s'écria-t-elle. Je t'aime, Relius !
— Qu'on apporte le vin de la Libre Compagnie ! ordonna Marlenus.
On apporta le vin. Relius et Virginia, les yeux dans les yeux, burent.
Il la souleva dans les bras et l'emporta. Elle pleurait de joie contre sa poitrine.
Il y eut de nombreuses acclamations.
Phyllis, les yeux pleins de larmes car elle était heureuse pour Virginia, se tourna vers Ho-Sorl afin qu'il lui retire le collier qui faisait d'elle une esclave.
— Je t'aime, Ho-Sorl, dit-elle. Et j'accepte que tu sois mon Compagnon !
Le visage radieux, elle attendit qu'il ouvre le collier.
— Compagnon ? fit Ho-Sorl.
— Bien sûr, dit-elle, Compagnon, animal !
Elle lui fit face. Ho-Sorl parut surpris.
— Tu n'as tout de même pas l'intention de me prendre pour esclave ? s'écria-t-elle.
— C'était bien mon intention, reconnut Ho-Sorl.
— Animal ! cria-t-elle. Sale bête !
— Souhaites-tu posséder cette esclave ? s'enquit Marlenus.
— Elle peut se soumettre à qui elle veut, répondit Ho-Sorl d'un air las.
— Très bien, fille, déclara Marlenus, choisis ton maître…
— Ubar ! cria-t-elle.
— Sinon, tu retourneras aux cages de fer.
Phyllis le regarda.
— Choisis ! ordonna Marlenus.
Furieuse, Phyllis regarda autour d'elle. Puis elle s'agenouilla devant Ho-Sorl, la tête baissée et les poignets croisés.
J'ai rarement vu une femme aussi furieuse.
— Alors ? fit Ho-Sorl.
— L'esclave Phyllis se soumet au Guerrier Ho-Sorl ! cria-t-elle.
— D'Ar, ajouta-t-il.

— L'esclave Phyllis se soumet au Guerrier Ho-Sorl d'Ar! répéta Phyllis.

Ho-Sorl ne répondit pas.

Phyllis le regarda avec colère.

— Me supplies-tu de te prendre comme esclave? demanda Ho-Sorl.

Ses yeux s'emplirent de larmes.

— Oui, fit-elle, je te supplie de me prendre comme esclave.

— J'ai attendu longtemps cet instant, releva Ho-Sorl.

Elle sourit au travers de ses larmes.

— Moi aussi, dit-elle. Le jour où je t'ai rencontré, j'ai eu envie de m'agenouiller devant toi et de te demander de me prendre comme esclave.

Il y eut des acclamations.

— Je t'aime, Ho-Sorl, dit-elle.

— Naturellement, fit Ho-Sorl.

— Quoi? cria-t-elle.

Il referma les menottes sur ses poignets.

Elle regarda attentivement ses poignets cerclés d'acier. Elle les examina d'un air incrédule. Puis elle leva les yeux sur Ho-Sorl.

— Animal! cria-t-elle.

Elle se leva d'un bond et voulut le frapper, bien qu'elle eût les poignets enchaînés, mais il se baissa, la prit dans les bras et la jeta sur son épaule. Elle se débattit furieusement et lui bourra le dos de coups de poing.

— Je te hais! hurla-t-elle. Je te hais, animal! Espèce d'animal!

Parmi les rires, Ho-Sorl sortit avec son prix, la jolie esclave turbulente nommée Phyllis Robertson. Je présumais que Ho-Sorl, qui était un homme exigeant, serait un maître difficile à satisfaire. Marlenus avait fait porter du vin, des chaînes et des soieries translucides dans le logement du Guerrier.

J'allai prendre position devant le trône. Et Marlenus, Ubar d'Ar, me regarda.

— Tu viens recevoir tes honneurs, tes gloires et tes récompenses?

Je ne répondis pas mais ne bougeai pas davantage.

— Ar te doit beaucoup, reconnut-il. Moi, Marlenus, son Ubar, je te dois également beaucoup.

J'acquiesçai.

— Je vois mal ce qui pourrait récompenser Gladius de Cos pour l'immense service rendu à ma cause.

Je ne répondis pas.

— Ou les immenses services rendus par Tarl de Ko-roba, que les chansons appellent Tarl de Bristol.

Il était vrai que Marlenus me devait beaucoup, mais je ne souhaitais pas grand-chose.

— En conséquence, reprit Marlenus, prépare-toi à recevoir ton dû.

Debout devant le trône, je regardai Marlenus, Ubar d'Ar, Ubar des Ubars, dans les yeux.

Les yeux féroces de son visage puissant me rendirent mon regard.

Je constatai, stupéfait, qu'on lui apportait du pain, du sel et une petite torche allumée.

Les spectateurs poussèrent des exclamations d'effarement.

Je n'en croyais pas mes yeux.

Marlenus prit le pain et le cassa entre ses grosses mains.

— Nous te refusons le pain, déclara-t-il en posant les morceaux sur le plateau.

Il y eut des cris de stupéfaction.

Marlenus prit le sel, le tendit vers moi puis le reposa.

— Nous te refusons le sel, dit-il.

— Non ! crièrent cent voix. Non !

Puis, sans me quitter des yeux, Marlenus prit la petite torche. Une courte flamme jaune vif brillait à l'extrémité. Il la plongea dans le sel, ce qui l'éteignit.

— Nous te refusons le feu, conclut-il.

Le silence se fit.

— Conformément à la volonté de l'Ubar, ajouta-t-il, tu dois quitter la Cité avant le coucher du soleil. Si tu reviens, tu seras condamné à la torture et au pal.

Les spectateurs n'en croyaient ni leurs yeux ni leurs oreilles.

— Où est Vella ? demandai-je.

— Va-t'en ! ordonna Marlenus.

Ma main était sur la poignée de mon épée. Je ne la tirai pas mais mon geste avait déjà fait jaillir cent lames de leur fourreau.

Je fis demi-tour, la salle semblait tourbillonner autour de moi, obscure et étrangère, puis, sans même savoir comment, je sortis.

Furieux, j'errai dans les couloirs, rongé par la haine noire, mon cœur battant à tout rompre.

Pourquoi m'avait-il fait cela ? Était-ce là ma récompense ? Et qu'était devenue Élisabeth ? Et s'il l'avait trouvée si séduisante qu'il avait décidé de la garder dans le Jardin de Plaisirs de l'Ubar afin que, vêtue de soie, elle serve son plaisir, attendant parfois plus d'une année qu'il la remarque ou la touche ? Les hommes tels que Marlenus prennent ce qui leur plaît et le conservent, fût-ce à la pointe de l'épée. Avait-il posé les yeux sur elle et, usant de sa prérogative d'Ubar, ordonné de l'attacher à son anneau ? Mais était-ce honorable ? La haine pour l'Ubar d'Ar, que j'avais aidé à reprendre son trône, bouillait en moi, volcanique, brûlante et noire. Je serrais convulsivement la poignée de mon épée.

J'ouvris violemment la porte de ma chambre.

La jeune femme se retourna d'un bloc. Elle portait la courte robe des esclaves d'État, un collier gris, un mince anneau métallique avec cinq clochettes à la cheville. Les clochettes tintèrent lorsqu'elle se retourna. Ses yeux étaient pleins de larmes.

Je pris Élisabeth Cardwell dans mes bras. Je ne voulais plus la lâcher. Nous pleurâmes, nos larmes se mêlèrent dans ses cheveux et sur nos joues, nous nous embrassâmes, nous nous touchâmes. Elle portait à une narine le mince anneau d'or des Tuchuks.

— Tarl, je t'aime, dit-elle.

— Je t'aime ! m'écriai-je. Je t'aime, Élisabeth !

Hup, le petit fou, était entré sans se faire voir. Il avait en main des papiers. Ses yeux étaient pleins de larmes.

Au bout d'un moment, il prit la parole.

— Dans une heure, dit-il, le soleil sera couché.

Sans lâcher Élisabeth, je le regardai.

— Remercie Marlenus, Ubar d'Ar, de ma part, demandai-je.

Hup acquiesça.

— Hier soir, dit-il, Marlenus te l'a envoyée afin qu'elle attache tes sandales et te serve du vin, mais tu n'as même pas voulu la voir.

Élisabeth rit et appuya la joue contre mon épaule.

— On m'a refusé le pain, le sel et le feu, dis-je à Élisabeth.

Elle hocha la tête.

— Oui, fit-elle. (Elle me regarda avec surprise.) Hup m'a appris hier qu'il en serait ainsi.

Je regardai Hup.

— Mais pourquoi m'a-t-on fait ça ? lui demandai-je. Cela semble indigne de la main d'un Ubar.

— As-tu oublié, demanda-t-il, la loi de la Pierre du Foyer ?

Je retins mon souffle.

— Le bannissement est certainement préférable à la torture et au pal.

— Je ne comprends pas, intervint Élisabeth.

— En 10110, il y a plus de neuf ans, un tarnier de Ko-ro-ba a volé la Pierre du Foyer de la Cité.

— C'était moi, expliquai-je à Élisabeth.

Elle frémit car elle savait comment sont punis de tels actes.

— En tant qu'Ubar, dit Hup, Marlenus ne pouvait pas se permettre de transgresser la loi de la Pierre du Foyer.

— Mais il n'a pas donné la moindre explication, protestai-je.

— Un Ubar ne rend pas de comptes, déclara Hup.

— Nous avons combattu ensemble, insistai-je, dos à dos. Je l'ai aidé à reprendre son trône. J'ai été le Compagnon de sa fille.

— Je peux dire, parce que je le connais et bien que cela puisse me coûter la vie, affirma Hup, que Marlenus est triste. Il est très triste. Mais il est Ubar. Il est Ubar. Plus qu'il n'est homme, plus qu'il n'est Marlenus, il est Ubar de ma Cité, Ar.

Je le regardai.

— Trahirais-tu la Pierre du Foyer de Ko-ro-ba ? s'enquit Hup.

Je saisis la poignée de mon épée.

Hup sourit.

— Alors, reprit-il, ne crois pas que Marlenus, quels que soient le prix, sa tristesse, ses rêves, trahirait celle d'Ar.

— Je comprends, fis-je.

— Si l'Ubar ne respecte pas la loi de la Pierre du Foyer, qui le fera ?

— Personne, répondis-je. Il est difficile d'être Ubar.

— Le soleil se couche dans moins d'une ahn, rappela Hup.

Je serrai Élisabeth contre moi.

— J'ai les documents, dit Hup. Ils sont en règle. L'esclave t'appartient.

Élisabeth regarda Hup. Il était goréen. À ses yeux, elle n'était qu'une esclave.

Pour moi, elle était tout.

— Écris sur les documents, dis-je, qu'en ce premier jour de la restauration de Marlenus l'esclave Vella a été affranchie par son maître, Tarl Cabot de Ko-ro-ba.

Il me donna la clé du collier et de l'anneau qu'Élisabeth portait à la cheville. Je lui retirai l'acier qui faisait d'elle une esclave.

— Je vais classer les documents au Cylindre des Archives, dit Hup.

Je pris Vella de Gor, Élisabeth Cardwell de la Terre, femme libre, dans mes bras.

Ensemble, nous gravîmes l'escalier conduisant au toit du Cylindre Central et regardâmes les tours de la cité, les nuages brillants, le ciel bleu, les hauteurs pourpres des Voltaï, au loin.

Les fontes de ma selle étaient pleines. Mais moi seul pouvais seller mon oiseau.

Je hissai Élisabeth sur la selle et l'attachai au haut pommeau.

Hup était immobile sur le toit du cylindre, le vent ébouriffant ses cheveux, les yeux, de tailles et de couleurs différentes, fixés sur nous.

Puis Relius et Virginia, suivis par Ho-Sorl et par Phyllis, arrivèrent sur le toit.

Virginia avait revêtu les magnifiques Robes de Dissimulation multicolores des femmes libres. Mais, fière de sa beauté et de son bonheur, elle les avait coupées si bien qu'elles n'étaient guère plus longues qu'une robe d'esclave ; un léger voile orange et transparent tenait ses cheveux et lui couvrait la gorge. Elle portait les Robes de Dissimulation de telle sorte qu'elles soulignaient sa beauté au lieu de la cacher. Sur ce monde rude, elle avait fait l'apprentissage de sa personnalité et de sa beauté, elle était aussi fière de son corps que les esclaves les plus effrontées, et ne voulait pas le priver du vent et du soleil. Ses vêtements faisaient penser à une esclave mais insistaient cependant, presque avec insolence, sur la réserve, la fierté et la dignité de la femme libre. La combinaison était extraordinaire, douloureusement séduisante, si provocante et incroyablement excitante qu'il ne serait pas étonnant que les femmes libres d'Ar, rebelles, fières de leur corps, l'adoptent, enfin décidées à renoncer à des siècles de restriction, d'isolement et de séquestration, enfin décidées à assumer leur individualité de femmes, sensuelles comme des esclaves mais également riches d'elles-mêmes, intelligentes, hardies, belles et libres. Je me dis que les raids en vue de se procurer des esclaves à Ar seraient plus fréquents.

Élisabeth se joignit à moi pour saluer Relius et sa Libre Compagne, Virginia Kent.

Phyllis, un peu en retrait à la gauche de Ho-Sorl, nous regarda, les larmes aux yeux.

— Salut, Esclave ! dit Élisabeth.

Phyllis sourit.

— Salut, Maîtresse ! répondit-elle.

Ho-Sorl autorisa Phyllis à le prendre par le bras et elle le fit, se serrant contre lui, posant la joue contre sa manche.

Elle portait les soies de la danse. Sa robe était rouge vif.

Je la regardai hardiment car un Guerrier ne doit pas détourner son regard de la beauté d'une femme, surtout lorsqu'il s'agit d'une esclave.

— Tu as une jolie esclave, Ho-Sorl, dis-je.

— Elle fera l'affaire, répliqua-t-il.

— Ton maître est un animal, Esclave, déclara Virginia.

— Je sais, Maîtresse, fit Phyllis avec un sourire.

Elle prit le tissu de la manche de Ho-Sorl entre les dents et tira doucement.

— Je vous souhaite bonne chance, dit Ho-Sorl.

— Nous vous souhaitons également bonne chance, répondit Élisabeth.

— Je vous souhaite bonne chance, dit Hup en levant la main.

— Je te souhaite bonne chance, répétai-je.

Je tirai sur la première rêne et le tarn, battant des ailes, décolla avec majesté. Nous fîmes le tour du cylindre.

— Regarde ! s'écria Élisabeth.

Je baissai la tête et constatai qu'une autre silhouette était arrivée sur le toit du Cylindre Central d'Ar, une silhouette géante vêtue de la pourpre de l'Ubar.

Marlenus nous dit adieu de la main.

Je levai la main pour le saluer, puis dirigeai le tarn vers l'enceinte d'Ar.

Le soleil se couchait derrière la Grande Porte d'Ar lorsque l'oiseau dépassa les murailles et laissa la Cité derrière lui.

Table des matières

GOR

Arraché à la Terre, Tarl devient, pour survivre, le guerrier de Gor…

Déjà parus

Tome 1 : LE TARNIER DE GOR (n° 3168)

Tome 2 : LE BANNI DE GOR (n° 3229)

Tome 3 : LES PRETRES-ROIS DE GOR (n° 3351)

Tome 4 : LES NOMADES DE GOR (n° 3435)

Conformément à la promesse faite à Misk, Tarl Cabot de Ko-ro-ba part à la rencontre des Peuples des Chariots, en quête du mystérieux œuf des Prêtres-Rois. Mais le bruit court, sur Gor, que les Peuples des Chariots massacrent les étrangers… Tarl devra gagner la confiance de ses ennemis et percer un nouveau mystère : les Prêtres-Rois ont-ils, en quelques semaines à peine, regagné leur puissance ou existe-t-il un autre pouvoir capable d'organiser des Voyages d'Acquisition ?

À paraître

Tome 6 : LES PIRATES DE GOR (n° 3548, novembre 2006)

Intrigué par la réputation de cette ville sans Pierre de Foyer, repaire de brigands et de sans-lois, Tarl voyage en direction de de Port Kar. Alors qu'il traverse les marais qui devraient le mener au delta du fleuve sur lequel se dresse la cité, il est capturé par les Renciers, les habitants d'îles flottantes qui se déplacent dans les marais. Le Guerrier doit maintenant choisir entre la mort ou l'esclavage…

Tome 7 : LES ESCLAVES DE GOR (n° 4201, janvier 2007)

Tome 8 : LES MARAUDEURS DE GOR (n° 3909, mars 2007)

DOSSIERS

VAMPIRE

Jack Fleming a une dent contre la pègre. Ça va saigner!...

Jack Fleming se réveille sur une plage et plus rien n'est pareil. Le jeune journaliste new-yorkais est mort et devenu vampire. Dans le Chicago de la prohibition, ses démêlés avec la Mafia ne font que commencer.

Déjà parus

Tome 1 : LISTE DE SANG (n° 7966)

Tome 2 : LES LIENS DU SANG (n° 7967)

Tome 3 : RONDE DE SANG (n° 8045)

Tome 4 : L'ART DANS LE SANG (n° 8092)

À paraître

Tome 5 : À FEU ET À SANG (n° 8144, octobre 2006)

Tome 6 : BAIN DE SANG (n° 8191, décembre 2006)

Tome 7 : MAUVAIS SANG (n° 8250, février 2007)

3497

Composition Chesteroc Ltd
Achevé d'imprimer en France (Manchecourt)
par Maury-Eurolivres
le 22 août 2006.
Dépôt légal août 2006. ISBN 2-290-35371-X

Éditions J'ai lu
87, quai Panhard-et-Levassor, 75013 Paris
Diffusion France et étranger : Flammarion